王水照編

歷代文話

第二册

復旦大學出版社

文辨

〔金〕王若虚 撰

《文辨》四卷

金　王若虚　撰

王若虚(一一七四——一二四三),字從之,自號慵夫、滹南遺老,稾城(今河北藁城)人。承安二年(一一九七)進士,官至翰林直學士。有《滹南遺老集》四十五卷。傳見《金史》卷一二六。

《文辨》四卷,共一三六則。王氏論文,主張典實平易,反對浮華奇險;强調自然真率,反對求文害理;倡導追求真是,反對厚古薄今。能擺脱流俗之見,對名人名作指摘疵病,論析深微,時有卓識。推崇《左傳》、褒贊蘇軾而不忘指點失誤,敬重杜甫而不以杜甫的是非爲是非。然「毛舉細故」而失之煩瑣,亦有過正之偏。對韓愈、柳宗元、劉禹錫乃至《史記》,均有苛責失當之處。

《文辨》無單行本,爲《滹南遺老集》卷三十四至三十七。《滹南遺老集》今通行者有《四庫全書》本、《四部叢刊》本(影印舊鈔本)、《叢書集成》本。今據《四部叢刊》本收録。《叢書集成》本文字與此本略異,分合亦有不同,且有逸出此本者三則,現據以録入,附於篇末。

(顔應伯)

文辨卷一

金 王若虚 撰

相如《上林賦》設子虛使者、烏有先生，以相難答，至亡是公而意終。蓋一賦耳，而蕭統別之爲二。統不足怪也，至遷、固爲傳，亦曰上覽《子虛賦》而善之，相如以爲此乃諸侯之事，故別賦《上林》。何哉？豈相如賦《子虛》自有首尾，而其賦《上林》也，復合之爲一邪？不然，遷、固亦失也。

張衡《二京》，一賦也，而《文選》析爲二首；左思《三都》，一賦也，而析爲三首。若以字數繁多，一卷不能盡之，則不當稱某京某都而各云一首也，豈後人編輯者之誤而不出于統歟？然《世說》載庾亮評庾闡《南都賦》謂可以三《二京》而四《三都》，又何也？

《晉》、《宋書》載淵明《歸去來辭》云：「善萬物之得時，感吾生之行休。已矣乎！寓形宇內復幾時，曷不委心任去留，胡爲遑遑欲何之？」「已矣乎」之語，所以便章而爲斷，猶「系曰」、「亂曰」之類，則與上文不相屬矣，故當以「時」字、「之」字爲韻，其「留」字偶與前「休」字相協而已。後之擬者，自東坡而下皆雜和之，然則果孰爲韻邪？近見陶集本作「能復幾時」，此爲可從。蓋八字自是兩句耳。然陶集云：「胡爲乎遑遑兮欲何之？」殆不可讀，却宜從史所載也。

劉禹錫《問大鈞賦》云：「楚臣《天問》不酬，今臣過幸，一獻三售。」上二句脱兩字。《何卜賦》云：「時乎時乎，去不可邀，來不可逃。淹兮孰舍操？」夫「操」所以對「舍」也，上當脱三字。又云：「堇之毒、豕苓、鷄首之賤毛」，亦有脱誤處。《禹錫集》、《文粹》所載皆然，安得善本而考之。

東坡《杞菊賦》云：「或糠核而瓠肥，或粱肉而墨瘦。」諸本皆同。近觀秘府所藏公手書此賦，無「瓠」「墨」二字，固當勝也。

東坡詩論其末云：「嗟夫！天下之人欲觀于詩，其必先知夫興之不可與比同，則詩之意可以意曉而無勞。」而其中又有云：「嗟夫！天下之人欲觀于詩，其必先知比興。」此十六字，蓋重複也。不惟語言爲贅，其於上下文理亦自間斷，此灼然可見，而諸本皆無去之者，蓋相承其誤而未嘗細考也。

左氏文章，不復可議，惟狀物論事，辭或過繁，此古今之所知也。如《韓原之戰》，晉侯乘鄭駟，慶鄭以其非土産而諫之，言其「進退不可，周旋不能」，足矣。至云「亂氣狡憤，陰血周作，張脉僨興，外强中乾」，何必爾邪！

左氏書晉敗於邲，軍士争舟，舟中之指可掬。《獻帝紀》云：帝渡河，不得渡者皆争攀船，「船上人以刃攣斷其指，舟中之指可掬」。劉子玄稱丘明之體：文雖缺略，理甚昭著，不言攀舟，以刃斷指，而讀者自見其事。予謂此亦太簡，意終不完，未若《獻帝紀》之爲是也。

洪邁《容齋隨筆》云：「石駘仲卒，有庶子六人，卜所以爲後者。曰：『沐浴佩玉則兆。』五人者皆沐浴佩玉。石祁子曰：『孰有執親之喪而沐浴佩玉者乎？』不沐浴佩玉。此《檀弓》之文也。今之爲文者不然，必曰沐浴佩玉則兆，五人者如之，祁子獨不可，曰『孰有執親之喪而若此者乎？』似亦足以盡其事，然古意衰矣。」慵夫曰：邁論固高，學者不可不知。然古今互有短長，亦當參取，使繁省輕重得其中，不必盡如此說也。「沐浴佩玉」字實多兩處。夫文章惟求真是而已，須存古意何爲哉？

邵氏云：「讀司馬子長之文，茫然若與其事相背戾。《伯夷傳》曰：『予登箕山，其上有許由塚。』意果何在？下用『富貴如可求，雖執鞭之士，吾亦爲之』、『歲寒，然後知松柏』等語，殊不類其事。所以爲閎深高古歟！視他人拘拘窘束，一步武不敢外者，膽智甚薄也。」慵夫曰：許由之事，何關伯夷，遷特以其議國高蹈風義略等，而傳聞可疑，因附見耳，然亦不足爲法也。若夫「富貴不苟求」、「歲寒知松柏」等語，此正合其事矣，安得爲不類？且爲文者亦論其是非當否而已，豈徒以膽智爲貴哉？遷文雖奇，疏拙亦多，不必皆可取也。邵氏之言太高而過正，將誤後學，予不得不辨。

洪邁云：「司馬遷記馮唐救魏尚事，其始曰：『魏尚爲雲中守，與匈奴戰，上功幕府，一言不相應，文吏以法繩之，其賞不行。臣以爲陛下賞太輕，罰太重。』而又申言之曰：『且雲中守魏尚

坐上功首虜差六級，陛下下之吏，削其爵，罰作之。』重言雲中守及姓名，而文勢益遒健有力，今人無此筆也。」予謂此唐本語，自當實録，何關史氏之功。若以文法律之，則首虜、差級、削爵、罰作之語，宜移於前，而前語復換於後乃愜。蓋始言者其事，而申言者其意，次第當如此耳。重言官職姓名，其實冗複，吾未見其益健也。宋末諸儒，喜爲高論而往往過正，詎可盡信哉？

洪邁云：「文之繁省者各有當。《史記·衛青傳》云：『校尉李朔、校尉趙不虞、校尉公孫戎奴，各三從大將軍獲王，以千三百户封朔爲涉軹侯，以千三百户封不虞爲隨成侯，以千三百户封戎奴爲從平侯。』《前漢書》但云：『校尉李朔、趙不虞、公孫戎奴，各三從大將軍獲王，封朔爲涉軹侯，不虞爲隨成侯，戎奴爲從平侯。』減《史記》二十三字，然不若《史記》爲樸贍可喜。」予謂此本不足論，若欲較之，則封户之實當從《史記》，而校尉之稱，《漢書》爲勝也。

司馬遷之法最疏，開卷令人不樂。然千古推尊，莫有攻其短者，惟東坡不甚好之，而陳無己、黄魯直怪歎以爲異事。嗚呼！吾亦以千古雷同者爲不可曉也，安得如蘇公者與之語此哉？

晉張輔評遷、固史云：「遷叙三千年事止五十萬言，固叙二百年事乃八十萬言，繁省不同，優劣可知。」此兒童之見也。遷之所叙雖號三千年，其所列者幾人，所載者幾事，寂寥殘缺，首尾不完，往往不能成傳，或止有其名氏，至秦漢乃始稍詳，此正獲疏略之譏者，而反以爲優乎？且論文者求其當否而已，繁省豈所計哉。遷之勝固者，獨其辭氣近古，有戰國之風耳。

邵公濟嘗言：「遷史杜詩，意不在似，故佳。」此繆妄之論也。使文章無形體邪則不必似，若其有之，不似則不是。謂其不主故常，不專蹈襲可矣，而云意不在似，非夢中語乎？

唐子西云：「六經已後，便有司馬遷，《三百篇》已後，便有杜子美。故作文當學司馬遷，作詩當學杜子美。」其論杜子美吾不敢知，至謂六經已後便有司馬遷，談何容易哉。自古文士過於遷者何限而獨及此人乎？遷雖氣質近古，以繩準律之，殆百孔千瘡，而謂學者專當取法，過矣。

馬子才《子長游》一篇，馳騁放肆，率皆長語耳。自古文士，過於遷者爲不少矣，豈必有觀覽之助始盡其妙，而遷之變態，亦何至於是哉！使文章之理果如子才所説，則世之作者其勞亦甚矣。其言吊屈原之魂云：「不知魚腹之骨尚無恙者乎！」讀之令人失笑。雖詩詞詭激，亦不應爾，況可施於文邪？蓋馬氏全集其浮誇多此類也。

洪邁謂「《漢書・溝洫志》載賈讓《治河策》云：『河從河内北至黎陽，爲石堤，激使東抵東郡平岡；又爲石堤，使西北抵黎陽、觀下；又爲石堤，使東北抵東郡津北；又爲石堤，使西北抵魏郡昭陽；又爲石堤，激使東北。百餘里間，河再西三東。』凡五用石堤字而不爲冗複，非後人筆墨畦徑所能到」。予謂此實冗複，安得不覺？然既欲詳見其事，不如此當如何道？蓋班氏之美，不必言是，特邁過愛而妄爲高論耳。

退之於前人，自班固以下不論。以予觀之，他文則未敢知，若史筆詎可輕孟堅也。

楊子雲《解嘲》云：「爲可爲於可爲之時，則從；爲不可爲於不可爲之時，則凶。」此不成義理。但云「爲於可爲之時，爲於不可爲之時」；或云「可爲而爲之，不可爲而爲之」，則可矣。

陳後山曰：「楊子雲之文，好奇而卒不能奇，故思（若）〔苦〕而辭艱。善爲文者因事出奇，江河之行順下而已，至其觸山赴谷，風搏物激，然後盡天下之變。子雲雖奇故不能奇也。」此論甚佳，可以爲後學之法。

退之《送窮文》，以鬼爲主名，故可問答往復。楊子雲《逐貧賦》，但云「呼貧與語」，「貧曰唯唯」，恐未妥也。

謝靈運嘗謂：「天下才共一石，子建獨得八斗，我得一斗，古今共得一斗。」茆璞辨其不然。慵夫曰：此自狂言，又何足論。然璞復云：「可當八斗者唯坡」云，亦恐不必道。坡文固未易及，要不可以限量定也。

凡爲文有遥想而言之者，有追憶而言之者，各有定所，不可亂也。《歸去來辭》，將歸而賦耳，既歸之事，當想像而言之。今自問途而下，皆追録之語，其於畦徑，無乃窒乎。「已矣乎」云者，所以總結而爲斷也，不宜更及耘耔嘯咏之事。退之《感二鳥賦》亦然。

《歸去來辭》本自一篇自然真率文字，後人模擬已自不宜，況可次其韻乎？次韻則牽合而不

類矣。

庾信《哀江南賦》堆垛故實，以寓時事。雖記聞爲富，筆力亦壯，而荒蕪不雅，了無足觀。如「崩於鉅鹿之沙，碎於長平之瓦」，此何等語？至云「申包胥之頓地，碎之以首」，尤不成文也。

杜詩云：「庾信文章老更成，凌雲健筆意縱横。」今人嗤點流傳賦，未覺前賢畏後生。」嘗讀庾氏諸賦，類不足觀，而《愁賦》尤狂易可怪。然子美雅稱如此，且譏誚嗤點者，予恐少陵之語未公，而嗤點者未爲過也。

張融《海賦》，不成文字。其序云：「壯哉水之奇也，奇哉水之壯也。」何等陋語？

文辨卷二

退之《盤谷序》云：「友人李愿居之。」稱友人則便知爲己之友，其後但當云「予聞而壯之」，何必用「昌黎韓愈」字。柳子厚《淩準墓誌》既稱孤某「以其先人善予，以誌爲請」，而終云「河東柳宗元」「哭以爲誌」；山谷《劉明仲墨竹賦》，既稱「故以歸我」，而斷以「黄庭堅曰」，其病亦同。蓋「予」「我」者自述而姓名則從旁言之耳。劉伶《酒德頌》，始稱「大人先生」，而後稱「吾」；東坡《黠鼠賦》，始稱「蘇子」，而後稱「予」；蘇過《思子臺賦》始稱「客」，而後稱「吾」，皆是類也。前輩多不計此，以理觀之，其實害事。謹於爲文者，當試思焉。

崔伯善嘗言退之《送李愿序》「粉白黛緑」一節當删去，以爲非大丈夫得志之急務。其論似高，然此自富貴者之常，存之何害？但病在太多，且過於浮艷耳。餘事皆略言，而此獨説出如許情狀，何邪？蓋不唯爲雅正之累，而於文勢亦滯矣。「其於爲人賢不肖何如也」，多却「於」字。

退之《行難》篇云：「先生矜語其客曰：某胥也，某商也，其生某任之，其死某誄之。」予謂上二「某」字胥、商之名也，下二「某」字先生自稱也，一而用之何以別乎？又曰：「某與某何人也，

己之任與誅也非罪歟？皆曰：然。」「然」者是其言之辭也，〔令〕〔今〕先生問胥商之爲人何如？有任誅當否？其意未安，取决於衆。而皆以爲然，何所是而然之哉？又云：「其得任與誅也，有由乎？抑有罪不足任而誅之邪？先生曰：否。吾惡其初。」又云：「先生之所謂賢者，大賢歟，抑賢於人之賢歟？齊也，晉也，且有二與七十，而可謂今之天下無其人邪？」又云：「先生之與者，盡於此乎？其皆賢乎？抑猶有舉其多而没其少者乎？先生曰：固然，吾敢求其全。」其問答之間，所下字語，皆支離不相應，觀者試詳味之。

退之《行難》篇言取士不當求備，蓋言常理，無甚高論，而自以爲孟子不如，其矜持亦甚矣。

退之《原道》云：「寒然後爲之衣，飢然後爲之食。木處而顛，土處而病也，然後爲之宫室。」三「然後」字慢却本意。又云：「責冬之裘者曰：曷不爲葛之之易？責飢之食者曰：曷不爲飲之之易？」「葛之」「飲之」多却「之」字。

凡作序而併言「作之」之故者，此乃序之序，而非本序也，若記、若詩、若誌、銘皆然，人少能免此病者。退之《原道》等篇末云作《原道》、《原性》、《原毁》。歐公《本論》云：作《本論》，猶贅也。

退之《送温處士赴河陽軍序》云：「洛之北涯曰石生，其南涯曰温生。」全篇皆從傍記録之辭，而其末云：「生既至」「其爲吾以前所稱爲天下賀，以後所稱爲吾致私怨於盡取。」此乃方與他人言，而遽與本人語；亦有方與本人語，而却與他人言者。自古詩文如此者，何可勝數哉。

「伯樂一過冀北之野，而馬群遂空。夫冀北馬多天下，伯樂雖善知馬，安能遂空其群邪？解之者曰：吾所謂空，非無馬也，無良馬也。」此一「吾」字害事。夫言群空及解之者，自是兩人，而云「吾所謂」却是言之者自解也。若作「彼」字、「其」字，故云「所謂空者」、「吾謂空者」皆可矣。又云：「生既至，拜公於軍門，其爲吾以前所稱爲天下賀，以後所稱爲吾致私怨於盡取也。」二「爲吾」字當去其一。

退之評伯夷止是議論，散文而以頌名之，非其體也。

退之《送石處士序》云：「河陽軍節度御史大夫烏公爲節度之三月」，重却「節度」字，但作至鎮、到官、莅事之類可也。又云：「先生仁且勇，若以義請而强委重焉，其何説之辭？」「之」字不妥。又云：「先生起拜祝辭曰：『敢不敬蚤夜以求從祝規。』」當去「祝辭」字。

退之論時尚之弊云：「每爲文得意，人必怪之，至應事俗作，下筆自慚者，人（及）〔反〕以爲好。」王元之嘗謂《祭裴少卿文》當是，蓋得之矣。然《顔子不貳過論》亦此類耳，而置集中，何也？

退之《祭柳子厚文》云：「嗟嗟子厚，而至然耶？自古莫不然，我又何嗟！」而其下復用「嗟」字，似不可也。

《石鼎聯句詩序》云：「斯須曙鼓動鼕鼕。」何必用「鼕鼕」兩字，當削去之。

《李于墓誌銘》：「豚、魚、（難）〔雞〕三者，古以養老，反曰是皆殺人，不可食，一筵之饌，禁忌

十常不食二三。」多却「不食」二字。

《師説》云：「萇弘、師襄、老聃、郯子之徒，其賢不及孔子。孔子曰：『三人行必有我師。』」此兩節，文理不相承。

《圬者王承福傳》云：「又曰：粟，稼而生者也。」「又」字不妥，蓋前無承福語也。

《猫相乳説》云：「客曰：『王功德如是，祥祉如是，其善持之也可知已。』既已，因叙之以爲《猫相乳説》云爾。」「既已」字不妥，「爾」字亦贅。

《仲長統贊》云：「自謂高幹有雄志而無雄才。」「自」字不妥，言「嘗」可也。

《樊紹述墓誌》云：「紹述於斯術，其可謂至於斯極者矣。」「斯極」字殊不愜。古人或云「何至斯極者」，言若是之甚耳，非極至之極也。

退之論許遠之事云：「城壞，其徒俱死，獨蒙愧恥求活，雖至愚者不忍爲。嗚呼！而謂遠之賢而爲之邪！」「而」字上著不得「嗚呼」字。

《猫相乳説》云：「猫有生子同日者，其一母死焉，有二子飲於死母。母且死，其鳴咿咿。」「母且死」一句，贅而害理。「且」字訓將也。

《薛公達墓誌》云：鳳翔軍帥設的命射，君三發連三中，「中，輒一軍大呼以笑，連三大呼笑。」下五字似不須用。《史記》云：陳平從攻陳豨、黥布，「凡六出奇計，輒益邑，凡六益封。」亦此類。

《邵氏聞見録》云：「嘗得退之《薛助教誌》石，與印本不同，『挾一矢』，作『指一矢』，甚妙。又得《李元賓墓銘》，亦與印本不同。印本云『文高乎當世，行過乎古人，竟何爲哉？』石本乃作『意何爲哉？』益歎石本之語妙。」予謂「指」字太做造，不若「挾」之自然；「意」字尤無義理，亦只當作「竟」。邵氏之許，殊未當也。茆荆産云：「碑本蓋初作時遂刻之，中間或有未安，他日自加點定，未可知也。若初本不同，當擇其善者取之，不必專以石刻爲正。」此説盡矣。

陳後山云：「退之之記，記其事耳，今之記，乃論也。」予謂不然。唐人本短於議論，故每如此。議論雖多，何害爲記？蓋文之大體，固有不同，而其理則一。殆後山妄爲分别，正猶評東坡以詩爲詞也。且宋文視漢唐百體皆異，其開廓横放，自一代之變，而後山獨怪其一二，何邪？

《後山詩話》云：「黄詩韓文，有意故有工，左、杜則無工矣。然學者必先黄、韓，不由黄、韓而爲左、杜，則失之拙易。」此顛倒語也。左、杜冠絶古今，可謂天下之至工而無以加之矣。黄、韓信美，曾何可及，而反憂學者有拙易之失乎？且黄、韓與二家亦殊不相似，初不必由此而爲爲彼也。陳氏喜爲高論而不中理，每每如此。

丹陽洪氏注韓文有云：「字字有法，法左氏、司馬遷也。」予謂左氏之文，固字字有法矣，司馬遷何足以當之。文法之疏，莫遷若也。

柳子厚謂退之《平淮西碑》猶有帽子頭，使己爲之，便説用兵、伐叛。此争名者忌刻，妄加詬

病耳。其實豈必如是論，而今世人往往主其説。凡有議論人者，輒援是以駁之，亦已過矣。

劉禹錫評段文昌《平淮西碑》云：「碑頭便曰『韓弘爲統，公武爲將』，用左氏『欒書將中軍，欒黶佐之』文勢也。又是仿班固《燕然碑》樣，别是一家之美。」嗚呼！劉、柳當時譏病退之，出於好勝而争名，其論不公，未足深怪。至於文昌之作，識者皆知其陋矣，而禹錫以不情之語，妄加推獎，蓋在傾退之故，因而爲之借助耳。彼真小人也哉！

東坡嘗欲效退之《送李愿序》作一文，「每執筆輒罷，因笑曰：不若且讓退之獨步。」此誠有所讓耶？抑其實不能邪？蓋亦一時之戲語耳！古之作者，各自名家，其所長不可强而同，其優劣不可比擬而定也。自今觀之，坡文及此者豈少哉？然使其必模仿而成，亦未必可貴也。

邵氏云：「韓文自經中來，柳文自史中來。」定自妄説。恰恨韓文皆出於經，柳文皆出於史，或謂東坡學《史記》、《戰國策》，山谷專法《蘭亭序》者，亦不足信也。

世稱李杜而李不如杜，稱韓柳而柳不如韓，稱蘇黄而黄不如蘇，不必辨而後知。歐陽公以爲李勝杜，晏元獻以爲柳勝韓，江西諸子以爲黄勝蘇，人之好惡固有不同者，而古今之通論不可易也。

晏殊以爲柳勝韓，李淑又謂劉勝柳，所謂一蟹不如一蟹。

柳子厚放逐既久，憔悴無聊，不勝憤激，故觸物遇事，輒弄翰以自託。然不滿人意者甚多。若《辨伏神》、《憎王孫》、《駡尸蟲》、《斬曲几》、《哀溺》、《招海賈》之類，苦無義理，徒費雕鎸，不作

可也。《黔驢》等説，亦不足觀。

《罵尸蟲文》，意本責尸蟲，而終之以祝天帝，首尾相背矣。

《捕蛇者説》云：「叫囂乎東西，隳突乎南北。」殊爲不美，退之無此等也。子厚才識不減退之，然而令人不愛者，惡語多而和氣少耳！

文辨卷三

杜牧之《阿房宫賦》云：「長橋卧波，未雲何龍？複道行空，不霽何虹？」或以「雲」爲「雩」字之誤，其説幾是，然亦於理未愜。豈望橋時常晴，而觀複道必陰晦邪？「鼎鐺玉石，金瑰珠礫。」曾子固以爲「瑰」當作「塊」，言視金珠如土塊瓦礫耳。然則「鼎鐺玉石」亦謂視鼎如鐺，視玉如石矣，無乃太艱詭而不成語乎？「棄擲邐迤」，恐是「邐迤棄擲」。「滅六國者，六國也，非秦也。族秦者，秦也，非天下也。嗟乎！使六國各愛其人，則足以拒秦；使秦復愛六國之人，則遞三世可至萬世而爲君。」多「嗟乎」，字當在「滅六國」上。尾句云：「亦使後人而復哀後人也。」此亦語病也。有「使」字，則「哀」字下不得，不當復云「後人」；言「哀後人」，則「使」字當去。讀者詳之。

王義方《彈李義府章》云：「貪冶容之好，原有罪之淳。于恐漏泄其謀，殞無辜之正義。雖挾山超海之力，望此猶輕；迴天轉日之威，方斯更劣。金風戒節，玉露啓塗。霜簡與秋典共清，忠臣將鷹鸇並擊。請除君側，少答鴻私。碎首玉階，庶明臣節。」其辭蕪陋，讀之可笑，而林少穎《觀瀾集》顧選取之，何其濫也！

封敖爲李德裕制辭云：「謀皆予同，言不他惑。」斯亦無甚可嘉，而德裕大喜，且以金帶贈之。蓋德裕得君謀從計合，方自以知遇爲幸，而敖適中其心故爾。又武宗使作詔書慰邊將傷夷者云：「傷居爾體，痛在朕躬。」帝善其如意，賜以宫錦。予謂「居」字亦不愜也。

楚詞自是文章一絶，後人固難追攀，然得其近似可矣。如皮日休《擬九歌》有云：「王孫何處兮，碧草極目；公子不來兮，清霜滿樓。汀邊月色兮曉將曉，浦上蘆花兮秋復秋。」此何等語邪？

李翺《與(王)〔朱〕載言書》論文云：「義雖深，理雖當，辭不工不成爲文。」「陸機曰：『怵他人之我先。』退之曰：『惟陳言之務去。』假令述笑哂之狀，曰『莞爾』，則《論語》言之矣；曰『啞啞』，則《易》言之矣；曰『粲然』，則《穀梁子》言之矣；曰『逌爾』，則班固言之矣；曰『囅然』，則左思言之矣。吾復言之，與前文何以異？」予謂文貴不襲陳言，亦其大體耳，何至字字求異如翺之説？且天下安得許新語邪？甚矣，唐人之好奇而尚辭也。

歐陽《晝錦堂記》大體固佳。然辭困而氣短，頗有争張粧飾之態。且名堂之意不能出脱，幾於駡題。或曰：記言魏公之詩「以快恩仇矜名譽爲可薄，而以昔人所夸者爲戒」。意者魏公自述甚詳，故記不復及，但推廣而言之耳。惜未見魏公之詩也。曰：是或然矣。然記自記，詩自詩，後世安能常並見而參考哉。東坡作《周茂叔濂溪》詩云：「先生本全德，廉退乃一隅。因抛彭澤米，偶似西山夫。遂即世所知，以爲溪之呼。」如此則無病矣。

《桑榆雜録》云：「或言《醉翁亭記》用『也』字太多。荆公曰：『以某觀之，尚欠一也字。』坐有范司户者曰：『禽鳥知山林之樂，而不知人之樂。此處欠之。』荆公大喜。」予謂不然。若如所説，不惟意斷，文亦不健矣。恐荆公無此言。誠使有之，亦戲云爾。

《醉翁亭記》言太守宴曰：「釀泉爲酒，泉香而酒冽。」似是旋造也。

宋人多譏病《醉翁亭記》，此蓋以文滑稽。曰：何害爲佳，但不可爲法耳。

荆公謂王元之《竹樓記》勝歐陽《醉翁亭記》，魯直亦以爲然，曰：「荆公論文，常先體製，而後辭之工拙。」予謂《醉翁亭記》雖（淺）〔涉〕玩易，然條達（逃）〔迅〕快，如肺肝中流出，自是好文章。《竹樓記》雖復得體，豈足置歐文之上哉！

歐公《秋聲賦》云：「如赴敵之兵，銜枚疾走，不聞號令，但聞人馬之行聲。」多却「聲」字。又云：「豐草緑縟而争茂，佳木葱蘢而可悦；草拂之而色變，木遭之而葉脱。」多却上二句。或云：草正茂而色變，木方榮而葉脱，亦可也。

《憎蒼蠅賦》非無好處，乃若「蒼頭丫髻，巨扇揮颶。咸頭垂而腕脱，每立寐而顛僵」，殆不滿人意。至於「孔子何由見周公於彷彿，莊生安得與蝴蝶而飛揚」，已爲勉强，而又云：「王衍何暇於清談，賈誼堪爲之太息。」可以一笑也。議者反謂非永叔不能賦此等語邪。

宋人詩話言薛奎尹京，下畏其嚴，號薛出油。奎聞之，後在蜀乃作《春游詩》十首，因自呼薛

春游，蓋欲换前稱也。歐公誌奎墓云：「公在開封，以嚴爲治，京師之民，至私以俚語目公，且相戒曰：是不可犯也。囹圄爲之數空，而至今之人猶或目之。」歐公所謂俚語，必詩話所載者也，然後世讀之，安能知其意邪！删之可也。

歐公贊唐太宗，始稱其長，次論其短，而終之曰：「然《春秋》之法，常責備於賢者。」此一「然」字甚不順。公意本謂太宗賢者，故責備耳，若下「然」字，却是不足貴也，必以「蓋」字乃安。世人讀之皆不覺，會當有以辨之者。又云：「自古功德兼隆，由漢以來未之有也。」既曰「由漢以來」則「自古」字亦重複。

歐公多錯下「其」字。如《唐書·藝文志》云：「六經之道簡嚴易直而天人備，故其愈久而益明。」《德宗贊》云：「恥見屈於正論，而忘受欺於姦諛，故其疑蕭復之輕己，謂姜公輔爲賣直而不能容。」《薛奎墓誌》：「夫遭時之士，功烈顯於朝廷，名譽光於竹帛，故其常視文章爲末事。」《蘇子美墓誌》云：「時發憤悶於歌詩，又喜行草，書皆可愛，故其雖短章醉墨，落筆争爲人所傳。」《尹師魯墓誌》云：「所以見稱於世者，亦所以取嫉於人，故其卒窮以死。」此等「其」字，皆當去之。《五代史·蜀世家論》云：「龍之爲物，以不見爲神。今不上於天而下見於水中，是失職也，然其一何多歟？」「然其」二字，尤乖戾也。

歐公誌蘇子美墓云：「短章醉墨，落筆争爲人所傳。」「争」字不妥。

張九成云：「歐公《五代史》論多感嘆，又多設疑。蓋感歎則動人，設疑則意廣，此作文之法也。」慵夫曰：歐公之論則信然矣，而作文之法不必如是也。

歐公散文，自爲一代之祖，而所不足者精潔峻健耳。《五代史》論，曲折太過，往往支離蹉跌，或至涣散而不收。助詞虚字，亦多不愜。如《吴越世家論》尤甚也。

《湘山野録》云：「謝希深、尹師魯、歐陽永叔，各爲錢思公作《河南驛記》。希深僅七百字，歐公五百字，師魯止三百八十餘字。歐公不伏在師魯之下，别撰一記，更減十二字，尤完粹有法。師魯曰：『歐九真一日千里也。』」予謂此特少年家後，一時争勝而然耳。若以文章正理論之，亦惟適其宜而已，豈專以是爲貴哉！蓋簡而不已，其弊將至於儉陋而不足觀也已！

歐公《謝校勘啓》云：「脱絢組之三十，簡編多前後之乖。并《盤庚》於一篇，文章有合離之異。以仲尼之博學，猶存郭公以示疑。非元凱之勤經，孰知門王而爲閏。」其舉訛舛之類初止於是，蓋亦足矣。而《播芳大全》載董由《謝正字啓》，窮極搜抉幾二千言，此徒以該贍誇人耳，豈爲文之體哉！

邵公濟云：「歐公之文和氣多英氣少，東坡之文英氣多和氣少。」其論歐公似矣，若東坡豈少和氣者哉？文至東坡，無復遺恨矣！

趙周臣云：「党世傑嘗言文當以歐陽子爲正，東坡雖出奇，非文之正。」定是謬語。歐文信

妙，詎可及坡。坡冠絶古今，吾未見其過正也。

《冷齋夜話》載東坡經藏記事，荆公愛之，至稱爲人中龍。苕溪辨之，以爲坡平時譏切介甫極多，彼不能無芥蔕於懷，則未必深喜其文，疑冷齋之妄。予觀坡在黄州《答李悰書》曰：「聞荆公見稱經藏文，是未離妄語也，便蒙印可，何哉？」然則此事或有之，二公之趣固不同，至於公論豈能遂廢，而苕溪輒以私意量之邪。李定鞫子瞻獄，必欲置諸死地，疾之深矣。然而出而告人，以爲天下之奇才，蓋歎息者久之，而何疑於荆公之言乎！

荆公謂東坡《醉白堂記》爲韓白優劣論，蓋以擬倫之語差多，故戲云爾，而後人遂爲口實。夫文豈有定法哉，意所至則爲之，題意適然，殊無害也。

東坡《超然臺記》云「美惡之辨戰乎中，去取之擇交乎前」，不若云「美惡之辨交乎前，去取之擇戰乎中」也。子由「聞而賦之，且名其臺曰超然」。不須「其臺」字，但作名之可也。

東坡《潮州韓文公廟碑》云：「其不眷戀於潮也審矣。」「審」字當作「必」。蓋「必」者料度之詞，「審」者證驗之語，差之毫釐而實若白黑也。

或疑《前赤壁賦》所用「客」字不明。予曰：始與泛舟及舉酒屬之者衆客也，其後吹洞簫而酬答者一人耳，此固易見，復何疑哉！

《赤壁後賦》自「夢一道士」至「道士顧笑」，皆覺後追記之辭也，而所謂「疇昔之夜，飛鳴過我

者」，却是夢中問答語。蓋「嗚呼噫嘻」上，少勾唤字。

《黠鼠賦》云：「吾聞有生，莫智於人。擾龍、伐蛟、登龜、狩麟，役萬物而君之，卒見使於一鼠，墮此蟲之計中，驚脱兔於處女。」夫役萬物者通言人之靈也，見使於鼠者一己之事也，似難承接。

東坡《祭歐公文》云：「奄一去而莫予追。」「予」字不安，去之可。

東坡用「矣」字有不妥者。《超然臺記》云：「求禍而辭福，豈人之情也哉。物有以蔽之矣。」《成都府大悲閣記》云：「髮皆吾頭而不能爲頭之用乎，足皆吾身而不能具身之智，則物有以亂之矣。」《韓文公廟碑》云：「必有不依形而立，不恃力而行，不待生而存，不隨死而亡者矣。」此三「矣」字皆不妥，明者自見，蓋難以言説也。

東坡自言其文如萬斛泉源，不擇地而滔滔汩汩，一日千里無難。「及其與山石曲折，隨物賦形，而不自知。所(之)〔知〕者，(當)〔常〕行於所當行而止於不可不止。」論者或譏其太誇，予謂惟坡可以當之。夫以一日千里之勢，隨物賦形之能，而理盡輒止，未嘗以馳騁自喜，此其横放超邁而不失爲精純也邪。

東坡之文具萬變而一以貫之者也。爲四六而無俳諧偶儷之弊，爲小詞而無脂粉纖艷之失，楚辭則略依仿其步驟而不以奪機杼爲工，禪語則姑爲談笑之資而不以窮葛藤爲勝，此其所以獨兼衆作，莫可端倪。而世或謂四六不精於汪藻，小詞不工於少游，禪語楚辭不深於魯直，豈知東坡也哉。

文辨卷四

古人或自作傳，大抵姑以託興云爾。如五柳、醉吟、六一之類可也。子由著《潁濱遺老傳》，歷述平生出處言行之詳，且詆訾衆人之短以自見，始終萬數千言，可謂好名而不知體矣。既乃破之以空相之説，而以爲不必存，蓋亦自覺其失也歟！

蘇叔黨《思子臺賦》，步驟馳騁，抑揚反復，可謂奇作，然引扶蘇事不甚切。按始皇止以扶蘇數直諫，故使監兵於外，當時趙高輩未敢逞其姦。及帝病，亟爲書召扶蘇，而高輩矯遺詔賜死耳。責始皇不蚤定儲嗣則可，謂其信讒而殺之非也。且秦何嘗築臺寄哀，而云「三后一律」「同名齊實」乎？「幸曾孫之無恙，聊可慰夫九原。」此兩句隔斷文勢，宜去之。其言晉惠事云：「寫餘哀於江陵，發故臣之幽契。」夫江統、陸機之作誄，出於己意，而非上命，則畦逕有礙，亦當删削。其言曹操事云：「然後知鼠輩之果無。」此尤乖戾。本以愛蒼舒相明而却似惜華佗。又云：「同舐犢於晚歲，又何怨於老臛？」操問楊彪何瘦？而答以老牛舐犢，操爲改容。是豈有怨意哉，但下「疑」、「怪」等字可也。

蘇叔黨《颶風賦》云：「此颶之漸也。」少箇「風」字。又云：「此颶之先驅耳。」却多「颶」字，但云「此其先驅」足矣。風息之後，父老來唁，酒漿羅列，至於理草木，葺軒檻，補茅茨，塞墻垣，則時已久矣。而云：「已而山林寂然，海波不興，動者自止，鳴者自停。」豈可與上文相應哉！

魯直《白山茶賦》云：「彼細腰之子孫，與莊生之物化，方坏户以思温，故無得而凌跨。」竹谿黨公曰：「此正謂冬無蜂蝶耳，何用如許？」予謂詞人狀物之言，不當如是論。然數句自非佳語。「細腰子孫」，既已不典，而又以莊生物化爲蝶，不亦謬乎？

《江西道院賦》最爲精密，然「酌樽中之醁」一句頗贅，但云「公試爲我問山川之神」足矣。

王元之《待漏院記》，文殊不典。人所以喜之者，特取其規諷之意耳。

代古人爲文者，必彼有不到之意，而吾爲發之，且得其體製乃可。如柳子《天對》，蘇氏《侯公說項羽》之類，蓋庶幾矣。王元之《擬伯益上〔憂〕〔夏〕啓》、《子房招四皓》等書，既無佳意，而語尤卑俗，只是己作，其徒勞亦甚。而選文者或録之，又何其無識也！

張伯玉以《六經閣記》折困曾子固，而卒自爲之曰：「六經閣者，諸子百氏皆在焉，不書，尊經也。」士大夫以爲美談。予嘗於《文鑑》見其全篇，冗長汗漫，無甚可嘉，不應遽勝子固也。或言子固陰毁伯玉，且當時薦譽者大盛，故伯玉薄之云。

宋人稱胡旦喜玩人，嘗草《江仲甫升使額制》云：「歸馬華山之陽，朕雖無愧；放牛桃林之

野，爾實有功。」江小字忙兒故也。又行一巨璫誥，詞云：「久淹禁署，克慎行藏。」由是宦豎切齒。夫制誥，王言也，而寓穢雜戲侮之語，豈不可罪哉。

孫覿《求退表》，有云：『聽貞元供奉之曲，朝士無多；見天寶時世之粧，外人應笑。新豐翁右臂已折，杜陵叟左耳又聾。』夫臣子陳情於君父，自當以誠實懇惻爲主，而文用四六，既已非矣，而又使事如此，豈其體哉？宋自過江後，文弊甚矣！

舊說楊大年不愛老杜詩，謂之村夫子語。而近見《傅獻簡嘉話》云：「晏相常言大年尤不喜韓柳文，恐人之學，常橫身以蔽之。」嗚呼！爲詩而不取老杜，爲文而不取韓柳，其識見可知矣。

吾舅周君德卿，嘗云：「凡文章巧於外而拙於內者，可以驚四筵而不可適獨坐，可以取口稱而不可得首肯。」至哉，其名言也。杜牧之云：「杜詩韓筆愁來讀，似倩麻姑癢處抓。」李義山云：「公之斯文若元氣，先時已入人肝脾。」此豈巧於外者之所能邪！

邵氏云：楊、劉四六之體，「必謹四字六字律令，故曰四六，然其弊類俳可鄙。」歐蘇「力挽天河以滌之，偶儷甚惡之氣一除，而四六之法則亡矣。」夫楊、劉惟謹於四六，故其弊至此。思欲反之，則必當爲歐蘇之橫放。既惡彼之類俳，而又以此爲壞四六法，非夢中顛倒語乎？且四六之法，亦何足惜也！

四六，文章之病也，而近世以來，制誥表章率皆用之。君臣上下之相告語，欲其誠意交孚，而

駢儷浮辭不啻如俳優之鄙，無乃失體耶？　後有明丁賢大臣一禁絶之，亦千古之快也。

科舉律賦，不得預文章之數，雖工不足道也，而唐宋諸名公集往往有之。　蓋以編録者多愛不忍，因而附入，此適足爲累而已。　柳子厚《夢愈膏肓疾賦》，雖非科舉之作，亦當去之。

凡人作文字，其他皆得自由，惟史書實録，制誥王言，决不可失體。　世之秉筆者往往不謹，馳騁雕鎸，無所不至。　自以爲得意，而讀者亦從而歆羨，識真之士何其少也！

凡爲文章，須是典實過於浮華，平易多於奇險，始爲知本。　求世之作者，往往致力於其末，而終身不返，其顛倒亦甚矣！

或問：「文章有體乎？」曰：「無。」又問：「無體乎？」曰：「有。」「然則果何如？」曰：「定體則無，大體須有。」

書傳中多有「自今以來」之語，此亦疵病。　蓋由昔至今，而「來」則順，由今至後者，言「往」可也。

宋玉稱鄰女之狀曰：「增之一分則太長，減之一分則太短，著粉則太白，施朱則太赤。」予謂上二「太」字不可下。　夫其紅白適中，故著粉太白，施朱太赤。　乃若長短則相形者也，增一分既已太長，則先固長矣，而減一分乃復太短，却是原短，豈不相窒乎？　是可去之。

《史記·屈原傳》云：　每出一令，「平伐其功，曰以爲『非我莫能爲也』」。「曰」字與「以爲」意重複。　柳文《鶻説》云：「余疾夫今之説曰：　以呴呴而默，徐徐而俯者善之徒，翹翹而厲，（烟烟）

〔炳炳〕而白者暴之徒。」亦是類也。

《史記·田敬(叔)〔仲〕完世家》云:「太史敫女奇法章狀貌,以爲非恒人」而憐之。《梁鴻傳》云:「鄰里耆老見鴻非恒人。」蔡邕狀異恒人,孫權骨體不恒,苻堅骨相不恒,姚萇志度不恒。此等「恒」字,皆當作「常」。蓋「恒」雖訓「常」,止是久遠之意,非尋常之常也。

張良問高祖曰:「上平生所憎誰最甚者?」袁盎慰文帝曰:「上自寬。」(天)〔夫〕稱君爲上,自傍而言則可,面稱之似不安也。

張釋之言盗長陵一抔土,「抔」,掬也。此本謂發塚而云一抔者,蓋不敢指斥耳。駱賓王《檄武后書》云:「一抔之土未乾。」世皆稱工,而其語意實未安也。而唐彦謙詩,復有「眼見愚民盗一抔」之句,豈不益謬哉!

張安世爲光禄勛,郎有小便殿上者,主事白行法。安世曰:「何以知其不反水漿耶?」「何以」字別却本意,當云「安知非」耳。

後漢張升見黨事起,去官歸鄉里,與友人相抱而泣。陳留老父見而謂曰:「網羅張天,去將安所?」朱泚敗走,失道,問野人,答曰:「天網恢恢,逃將安所?」二「所」字不成語,謂之「往」可也。

《吴志》蜀零陵太守郝普,爲吕蒙所給而降,「慚恨入地」,此不成義理。謂有欲入地之意則可,直云入地可乎?

《新唐》記姚崇汰僧事云：「髮而農者，餘萬二千人。」此本萬二千餘人耳。如子京所云，則是多餘許數也，可謂求文而害理。然此病人多犯之者，不獨子京也。

范蜀公記狄青面具事，止云「帶銅面具」而已。《澠水燕談》則曰：「面銅具。」《聞見録》又曰：「帶銅鑄人面。」予謂邵氏語頗重濁，《燕談》似簡而文，然安知其爲何具？俱不若蜀公之真。蓋「面具」二字，自有成言也。

《通鑑》云：「吴主孫皓，惡人視己，羣臣侍見，莫敢舉目。左丞相陸凱曰：『君臣無不相識之道，猝有不虞，不知所赴。』吴主乃聽凱自視，而他人如故。」予謂「自視」字不安，若云「獨聽凱視」可矣。

《通鑑》：劉聰朝崔暐説太弟義曰：「四衛精兵不減五千。」晉孝武時，幽州治中平規謂唐公洛曰：「控弦之士不減五十餘萬。」唐懿宗每月宴設不減十餘。予謂凡「不減」字，止可於比對處言之，而非所以料數也。宇文泰謂賀拔岳曰「費也頭控弦之騎不下一萬」是矣。餘「減」字皆當作「下」。《新唐書》劉仁軌諫校獵妨農事云：「役雖簡省，猶不損數萬。」「損」字尤非也。

《通鑑》云：「謝安好聲律，期功之慘，不廢絲竹。」予謂「聲律」字不安，若作「聲伎」、「聲樂」或「音律」則可矣。

《通鑑》云：「苻堅鋭意欲取江東，寢不能旦。」「旦」字不妥。

《通鑑·宋紀》：蕭道成遣薛淵將兵助袁粲，淵固辭。道成曰：「但當努力，無所多言。」《齊紀》豫章王嶷，常慮盛滿，求解揚州。武帝不許，曰：「畢汝一世，無所多言。」二「所」字，殊剩也。

《通鑑》魏中尉元匡劾于忠專恣云：「觀其此意，欲以無上自處。」《舊唐》上官婉兒爲節愍太子所索，大呼曰：「觀其此意，即當次索皇后以及大家。」《周書》言齊王憲善處嫌疑云：「高祖亦悉其此心，故得無患。」「其此」二字，豈可一處用。《新唐》李德裕論朋黨云：「仁人君子，各行其己，不可交以私。」亦下不得「其」字。

史傳中間有不避俗語者，以其文之則失真也。齊後主欲殺斛律光，使力士劉桃枝自後撲之，「不倒」。《通鑑》改爲「不僕」。「僕」亦倒也，然「撲」字下便不宜用。

《通鑑》唐文皇時，權萬紀言宣、饒二州銀利事，上曰：「卿欲以桓靈俟我邪？」「俟」當作「待」，蓋「俟」雖訓「待」，乃候待之待，非待遇之待也。

《通鑑》云：唐宣宗時，吐番「大掠河西，鄯、廓等八州，五千里，赤地殆盡。」(却)〔「殆」〕是幾無也，不若作「遍」字。

《通鑑》記周世宗禁銅事，云：「唯官法物及寺觀鐘磬等聽留外，自餘民間銅器，悉令輸官。」既有「外」字，不當更云「自餘」也。然《楚世家》或説頃襄王之辭，亦有「外其餘」字。

楊雄之經，宋祁之史，江西諸子之詩，皆斯文之蠹也。散文至宋人，始是真文字，詩則反是矣。

附録

孔德璋《北山移文》立意甚新可喜，然其語亦有鄙惡處。如「林慚無盡，澗愧不歇； 秋桂遣風，春蘿罷月」，既已大過，而又云： 「叢條嗔膽，疊穎怒魄。 或飛柯以折輪，乍低枝而埽迹」，不亦怪乎？ 且顚實未至，但爲榜示檄諭之辭，安得遽及此也？ 東坡謂退之《畫（詔）〔記〕》僅似甲乙帳，了無可觀。 夫韓文高出古今，是豈不知體者？ 蓋其圖中人物品數甚多，而狀態不一，公惜其去而不復見，故詳言而備書之，庶幾猶可得於想像耳，不必以尋常體制繩之也。 秦少游誌五百羅漢云： 「嘗覽韓文公《畫記》，愛其善於叙事，該而不繁縟，詳而有軌律。 讀其文恍然如即其畫，心竊慕焉，故倣其遺意而記之。」此復何如哉？ 或謂此退之最得意之文，則過矣。 故東坡不得不辨，然其貶之不已甚乎？

今人作墓銘，必系以韻語，意謂叙事爲誌，而系之者爲銘也。 然古人初不拘此。 退之作張圓、張孝權銘，皆止用散語以誌，而終之曰「是爲銘」，其銘乳母亦云「刻其語於石，納諸墓爲銘」。 蓋祇此爲銘，而不必有所系也。 而或者於孝權銘後注云「銘亡」，獨何與？

退之《送窮文》言鬼之數曰：「子之朋儔，非三非四，在十去五，滿七除二。」此本欲不正言「五」字耳，而云「在十去五」則大顯矣，不如「在六去一」爲愈。始言「屏息潛聽」，「若有言者」，鬼稱「單獨一身」，以紿主人，則是但聞其聲而無所見也。而復云「張眼吐舌，跳梁偃仆，抵掌頓脚，失笑相顧」以至「延之上座」，豈既言之後，復露其形邪？又云「朝晦其形，暮已復然」，予謂此鬼不當言「晦顯」也。

（據《叢書集成》本《滹南遺老集》卷三十四録入）

文章精義

〔元〕李淦 撰

《文章精義》一卷

元 李淦 撰

李淦，字耆卿，朱熹再傳弟子，學者尊爲性學先生。建昌南城人。此據元代程鉅夫《故國子助教李性學墓碑》（《雪樓集》卷二十），常見作「李淦」，實誤。入元曾任國子助教，卒於官。

此書爲李淦門生于欽向其問學聽講之筆記，并由于欽於元至順三年（一三三二）初刻行世。于欽，《新元史》卷一九六有傳，謂于氏卒於至順四年（一三三三），時年五十，則其生年爲元至元二十一年（一二八四）。據本書于欽所作跋尾，他從李淦聽講時，年「十八九」，并予「隨筆之於簡帙」，則當在大德六年（一三〇二）左右。由此推斷，此書不僅初刊在元代，且筆録成稿亦在元代。李淦爲宋元間人，但此書應成書於元，一般將其列入南宋，實不確。

作者學出朱子，論文多本六經，標舉「聖賢明道經世之書，雖非爲作文設，而千萬世文章從是出焉」。强調「做大文字，須放胸襟如太虛始得」，立論甚高。而尤擅於作文之精深法則的探求，如論文章四難，貴自然平正，倡辭理俱到，均見允當；對文章布局結構，提出需有「間架」，「間錯而不斷」，「起句發意最好」等，亦屬體會有得之見。其論諸家文章特色，更多鞭辟入裏之語，從比

較角度分析諸家文風，尤爲嫻熟精彩，如「韓如海，柳如泉，歐如瀾，蘇如潮」等（後人又演變爲「韓潮蘇海」）。論二程與朱熹優劣，既謂「晦菴先生治經明理，宗二程而密於二程」，又謂「二程一句撤開，做得晦菴千句萬句；晦菴千句萬句，拏斂來只作得二程一句」，即學術上朱優於程，文字上則反之，持論不拘門户之見，更爲難能可貴。

有元至順三年（一三三二）于欽刊本、文淵閣《四庫全書》本，又有人民文學出版社一九六〇年本。本書據元刊本録入，并參考人民文學出版社本。

（王宜瑗）

文章精義

元　李淦　撰

一

《易》、《詩》、《書》、《儀禮》、《春秋》、《論語》、《大學》、《中庸》、《孟子》，皆聖賢明道經世之書，雖非爲作文設，而千萬世文章從是出焉。

二

《國語》不如《左傳》，《左傳》不如《檀弓》，叙晉獻公、驪姬、申生一事，繁簡可見。

三

《孟子》之辨，計是非，不計利害，而利害未嘗不明；《戰國策》之辨，計利害，不計是非，而二者胥失之。

四

《莊子》文章善用虚，以其虚而虚天下之實；太史公文字善用實，以其實而實天下之虚。

五

《莊子》者，《易》之變；《離騷》者，《詩》之變；《史記》者，《春秋》之變。

六

《史記·帝紀》、《世家》從二《雅》、十五《國風》來，《八書》從《禹貢》、《周官》來。

七

李斯《上秦始皇書論逐客》，起句即見事實，最妙。中間論不出於秦而秦用之，獨人才不出於秦而秦不用，反覆議論，痛快，深得作文之法，未易以人廢言也。

八

《老子》、《孫武子》，一句一理，如串八寶珍瑰，間錯而不斷，文字極難學，惟蘇老泉數篇近之。（《心術》、《春秋論》之類是也。）

九

《韓非子》文字絶妙。

一〇

賈誼《政事書》，是論天下事有間架底；賈讓《河渠書》，是論一事有間架底。

一一

孟子就三綱五常内立議論，其與人辨，是不得已；莊子就三綱五常外立議論，其與人辨，是得已而不已，義理有間矣。然文字皆不可及。（二人同處齊梁，不知如何不相見；若相見，其辨必然有可觀。）

一二

韓退之文學《孟子》。（不及《左傳》。有逼真處，如《董晉行狀》中兩段辭命是也。）

一三

柳子厚文學《國語》、（《國語》段全，子厚段碎，句法却相似。）《西漢》諸傳。（髣髴似之。）

一四

歐陽永叔學韓退之。（諸篇皆以退之爲祖，加以姿態，惟《五代史》過《順宗實録》遠甚，所謂青出於藍而青於藍者也。）

一五

子瞻文學《莊子》、（入虚處似，《凌虚臺記》、《清風閣記》之類是也。）《戰國策》、（論利害處似，《策略》、《策别》、《策斷》之類是也。）《史記》、（終篇惟作他人説，末後自己只説一句，《表忠觀碑》之類是。）《楞嚴經》。（《魚枕冠頌》之類是也。子瞻文字到窮處，便濟之以此一着，所以千萬人過他關不得。）

一六

曾子固文學劉向。（平平說去，亹亹不斷，最淡而古。但劉向老，子固嫩；劉向簡，子固煩；劉向枯槁，子固光潤耳。）

一七

韓如海，柳如泉，歐如瀾，蘇如潮。

一八

司馬子長文字，一二百句作一句下，（更點不斷。）韓退之三五十句作一句下，蘇子瞻亦然。初不難學，但長句中轉得意去，便是好文字；若一二百句三五十句只說得一句事，則冗矣。

一九

孟子譏蚳鼃不諫，蚳鼃卒以諫顯；韓退之譏陽城不諫，陽城卒以諫顯；歐陽永叔譏范仲淹不諫，范仲淹卒以諫顯。三事相類，然孟子數語而已，退之費多少糾說，永叔步驟退之而微不及：古今文字優劣，於此可見。

二〇

退之雖時有譏諷，然大體醇正。子厚發之以憤激，永叔發之以感慨，子瞻兼憤激感慨而發之以諧謔。讀柳、歐、蘇文，方知韓文不可及。

二一

文章不難於巧，而難於拙；不難於曲，而難於直；不難於細，而難於麤；不難於華，而難於質。可與智者道，難與俗人言也。

二二

司馬子長文拙於《春秋内外傳》，而力量過之；葉正則之文巧於韓、柳、歐、蘇，而力量不及。

二三

文字請客對主極難，獨子瞻《放鶴亭記》以酒對鶴。大意謂清閒者莫如鶴，然衛懿公好鶴則亡其國；亂德者莫如酒，然劉伶、阮籍之徒反以酒全其真而名後世。南面之樂，豈足以易隱居之

樂哉？鶴是主，酒是客，請客對主，分外精神。又歸得放鶴亭隱居之意切，然須是前面陷「飲酒」二字，方入得來，亦是一格。

二四

退之《平淮西碑》是學《舜典》，《畫記》是學《顧命》。

二五

退之諸文，多有功於吾道，有補於世教。獨《衢州徐偃王碑》一篇害義，蓋穆天子在上，偃王敢受諸侯朝，是賊也；退之乃許之以仁，豈不謬哉！

二六

永叔《醉翁亭記》結云：「太守謂誰？廬陵歐陽修也。」是學《詩·采蘋》篇：「誰其尸之？有齊季女」二句。

二七

傳體前叙事,後議論。獨退之《圬者王承福傳》,叙事議論相間,頗有太史公《伯夷傳》之風。

二八

《孟子·公孫丑下》首章起句謂:「天時不如地利,地利不如人和。」下面分三段,第一段説天時不如地利,第二段説地利不如人和,第三段却專説人和,而歸之「得道者多助」,一節高一節,此是作文中大法度也。

二九

子瞻《喜雨亭記》結云:「太空冥冥,不可得而名,吾以名吾亭。」是化無爲有。《凌虚臺記》結云:「蓋世有足恃者,而不在乎臺之存亡也。」是化有爲無。

三〇

文字有反類尊題者,子瞻《秋陽賦》,先説夏潦之可憂,却説秋暘之可喜,絶妙。若出《文選》

諸人手，則通篇説秋暘，斬無餘味矣。

三一

班孟堅叙霍光廢昌邑王，讀書一半，太后曰：「止，爲人臣子，當誖亂如是耶！」再讀畢奏。此段最妙，載一時君臣堪畫。

三二

盧仝《月蝕詩》，膾炙人口，其實《詩·大東》後二章耳。

三三

《詩·雲漢》有「耗斁下土，寧丁我躬」之句，退之、永叔《禱雨文》，遂各演作一篇，其實皆自《雲漢》來，然不逮遠矣。

三四

《孟子》辨百里奚一段，辭理俱到，健讀數過，使人神爽飛越。

三五

子瞻《萬言書》，是步驟賈誼《治安策》；然虚文有餘，實事不足，去誼遠矣。

三六

陸宣公文字不用事，而句語鏗鏘，法度嚴整，議論切當，事情明白，得君臣告戒之體。

三七

作世外文字，須换過境界。《莊子》寓言之類，是空境界文字。靈均《九歌》之類，是鬼境界文字。（宋玉《招魂》亦然。）子瞻《大悲閣記》之類，是佛境界文字，（《魚枕冠頌》亦自《楞嚴經》來。）《夫容城》、《黄鶴樓》仙詩之類，是鬼仙境界文字，《上清宫辭》之類，是仙境界文字。惟退之不然，一切以正大行之，未嘗造妖捏怪，此其所以不可及。

三八

《六經》是治世之文，《左傳》、《國語》是衰世之文，（《書·平王之命》一篇，已有衰世氣象。）《戰國策》是

亂世之文。

三九

唐人文字，多是界定段落做，所以死。惟退之一片做，所以活。（柳子厚文字，便有界畫得斷者。）

四〇

退之《張中丞傳後序》云：「翰以文學自名，爲此傳頗詳密。然尚恨有闕者，不爲許遠立傳，又不載雷萬春事首尾。」「雷萬春」三字，斷是「南霽雲」，但俗本誤耳。此序前半篇是説巡、遠，後半篇是説南霽雲，即不及雷萬春事，三字誤無疑。

四一

《堯典》命羲和才數句耳，《七月》便詳似《堯典》，《月令》又詳似《七月》，而節病極多。然《堯典》分時，《月令》分月，其爲文也易；《七月》顛倒月分，而以衣食爲脈絡，其爲文也難。（此詩與周人之文不同類。）

四二

《送文暢師序》，退之闢浮圖。子厚佞浮圖，子厚不及退之。

四三

論史書，子厚不恤天刑人禍，退之深畏天刑人禍，退之不及子厚。

四四

退之諸墓誌，一人一樣，絶妙。

四五

退之誌樊宗師墓，其不蹈襲前人一言一句，蓋與「鑿鑿乎陳言之務去，戛戛乎其難哉」意適相似，深喜之。然銘謂「文從事順，各識職則」，宗師之文不從字不順者多矣，亦微有不滿意。

四六

退之誌樊紹述，其文似樊紹述；誌子厚，其文似子厚。春蠶作繭，見物即成性，極巧。

四七

子瞻作《醉白堂記》，一段是説魏公之所有，樂天之所無；一段是説樂天之所有，魏公之所無；一段是樂天、魏公之所同，方纔説是爲韓魏公作《醉白堂記》。王介甫乃謂「韓白優劣論」，不亦謬乎？

四八

永叔《晝錦堂記》全用韓稚圭《晝錦堂詩》意。

四九

子瞻《灩澦堆賦》辭到，《天慶觀乳泉賦》理到。

五〇

西漢制度，散見諸傳中，此是孟堅筆力。

五一

歐陽永叔《五代史贊》首必有「嗚呼」二字，固是世變可嘆，亦是此老文字，遇感慨處便精神。

五二

《禹貢》簡而盡。山水、田土、貢賦、草木、金革、物産，叙得皆盡。後叙山脈一段，水脈一段，五服一段，更有條而不紊。

五三

《周禮·職方氏》冗而疎。

五四

《左傳》、《史記》、《西漢》叙戰陳堪畫。

五五

文字須有數行齊整處，須有數行不齊整處。

五六

意對處，文却不必對；文不對處，意却著對。

五七

文有圓有方。韓文多圓，柳文多方。（《晉問》之類是也。）蘇文方者亦少，惟《上神宗萬言書》、《代張方平諫用兵書》數篇方，圓者多。

五八

退之《琴操》，平淡而味長；子厚《饒歌鼓吹曲》，險怪而意到。

五九

退之墓誌，篇篇不同，蓋相題而設施也；子厚墓誌，千篇一律。

六〇

《資治通鑑》是續《左傳》，《綱目》是續《春秋》。

六一

真景元集《文章正宗》，分作四體：辭命一也，議論一也，叙事一也，詩賦一也，井然有條。

六二

史遷《項籍傳》最好。立義帝以後，一日氣魄一日；殺義帝以後，一日衰颯一日：是一篇大

綱領。至其筆力馳驟處，有喑嗚叱咤之風。

六三

班固賦設問答最弱，如西都責東都主人之類。至子瞻《後杞菊賦》起句云：「吁嗟先生，誰使汝坐堂上，稱太守。」便自風采百倍。

六四

子瞻《表忠觀碑》，終篇述趙清獻公奏，不增損一字，是學《漢書》。王介甫以爲《諸侯王年表》，則非也。

六五

呂相《絶秦書》，雖誣秦，然文字自佳。

六六

《莊子·胠篋篇》，辭理俱到。

六七

不讀《莊子·秋水篇》，見識終不宏闊。

六八

佛是掃除事障，禪是掃除理障，熟讀《楞嚴經》自見。

六九

《維摩詰經》亦有作文法。三十二菩薩各説不二法門，此未得不二法門者也；維摩詰默然不説不二法門，乃真得不二法門者也。柳子厚《晉問》，微用此體。

七〇

歐陽永叔《豐樂亭記》之類，能畫出太平氣象。

七一

褚少孫（《史記》稱褚先生者是也。）學太史公，句句相似，只是成段不相似。柳子厚學《國語》，段段都似，只是成篇不似。

七二

學文切不可學人言語，《文中子》所以不及諸子，爲要學夫子言語故也。

七三

《論語》氣平，《孟子》氣激，《莊子》氣樂，《楚辭》氣悲，《史記》氣勇，《漢書》氣怯。文字順易而逆難，《六經》都順，惟《莊子》、《戰國策》逆；韓、柳、歐都順，（《封建論》一篇逆。）惟蘇明允逆，子瞻或順或逆，然不及明允處多。

七四

文字有終篇不見主意、結句見主意者，賈誼《過秦論》「仁義不施而攻守之勢異也」、韓退之

《守戒》「在得人」之類是也。

七五

韓退之非佛，是説吾道有來歷，浮圖無來歷，不過辨邪正而已；歐陽永叔非佛，乃謂修其本以勝之，吾道既勝，浮圖自息，此意高於退之百倍。

七六

文字起句發意最好，李斯《上秦始皇逐客書》起句，至矣盡矣，不可以加矣。張伯玉作《六經閣記》謂：「六經閣者，諸子百家皆在焉；不書，尊經也。」亦是起句發意，但以下筆力差乏。

七七

唐子西文極莊重縝密，雖幅尺稍狹，無長江大河一瀉千里之勢，然最利初學。

七八

李邦直《勢原》只一「勢」字，《法原》只一「法」字，演出數千言，所謂一莖草化作丈六金身者。

惜文字斷續，然亦是一法。

七九

唐代宗時有晉州男子郇謨者，上三十字條陳利害，一字是一件事，如「團」字是説團練使之類。謨自知之，他人不諭也。吾謂世之作文，務要崎嶇隱奥辭不足以達意者，皆郇謨之徒也。

八〇

胡致堂文字，就事論理，理盡而辭止，而氣極不衰。雖不必調弄文法，然自卓然不可及。

八一

子厚文不如退之，退之詩不如子厚。

八二

學《楚辭》者多矣，若黄魯直最得其妙。魯直諸賦，如《休亭賦》、《蘇□□□畫道士賦》之類。他文愈小者愈工，如《跛奚移文》之類，但作長篇，苦於氣短，又且句句要用事，此其所以不能長江

大河也。

八三

樂毅《答燕惠王書》、諸葛孔明《出師表》，不必言忠，而讀之者可想見其忠；李令伯《陳情表》，不必言孝，而讀之者可想見其孝。杜子美詩之忠，黄山谷詩之孝，亦然。

八四

杜子美《哀江頭》，妙在「渭水東流劍閣深，去住彼此無消息」二句。明皇在蜀，肅宗在秦，一去一住，兩無消息，有天下而不得養其父，此情何如耶？父子之際，人所難言，子美獨能言之，此其所以不可及，非但「細柳新蒲」之感而已。

八五

《詩》惟《生民》一篇，如廬山瀑布泉，一氣輸寫直下，略無回顧。自「厥初生民」至「以迄于今」，只是一意。

八六

盧仝《月蝕詩》，韓退之删改耳，謂之效玉川子作，何邪？

八七

文章有短而轉摺多氣長者，韓退之《送董邵南序》、王介甫《讀孟嘗君傳》是也。有長而簡直氣短者，盧襄《西征記》是也。

八八

退之《送孟東野序》，一「鳴」字發出許多議論，自《周禮》「梓人爲筍簴」來。

八九

永叔《山中樂三章贈惠勤》，望其出佛而歸儒，持論甚正，從退之《送文暢序》來。

九〇

「石駘仲卒，無適子，有庶子六人，卜所以爲後者，曰：『沐浴佩玉則兆。』五人者皆沐浴佩玉。石祈子曰：『孰有執親喪而沐浴佩玉者乎？』不沐浴佩玉，石祈子兆。衛人以龜爲有知也。」此段言「沐浴佩玉」者四，而不覺其重複。

九一

文字貴相題廣狹。晦菴先生諸文字，如長江大河，滔滔汩汩，動數十萬言而不足。及作《六君子贊》，人各三十二字，盡得描畫其平生，無欠無餘，所謂相題而施者也。

九二

做大文字，須放胸襟如太虛始得。太虛何心哉？輕清之氣旋轉乎外，而山川之流峙，草木之榮華，禽獸昆蟲之飛躍游乎重濁渣滓之中，而莫覺其所以然之故。人放得此心，廓然與太虛相似，則一旦把筆爲文，凡世之治亂，人之善惡，事之是非，某字合當如何書，某句合當如何下，某段當先，某段當後，如妍醜之在鑑，如低昂之在衡，決不致顛倒錯亂，雖進而至之聖經之文可也。今

人作文，動輒先立主意，如經賦論策，不知私意偏見，不足以包盡天下之道理。及主意有所不通，則又勉强遷就，求以自伸。若是者，皆時文之陋習也，不可不戒。

九三

《選》詩惟陶淵明，唐文惟韓退之，自理趣中流出，故渾然天成，無斧鑿痕。餘子正是字煉句煅，鏤刻工巧而已。今人言詩動曰《選》，言文動曰唐，何泛然無别之甚！

九四

西漢文辭尚質，司馬子長變得如此文，終不失其爲質。唐文字尚文，韓退之變得如此質，終不失其爲文。

九五

晦菴先生治經明理，宗二程，而密於二程，如《易本義》、《詩集傳》、《小學書》、《通鑑綱目》之類，皆青於藍而寒於水也。但尋常文字，多不及二程：二程一句撒開，做得晦菴千句萬句；晦菴千句萬句，揫斂來只作得二程一句。雖世變愈降，亦關天分不同。然晦菴先生詩，則《三百篇》之

後一人而已。

九六

濂溪先生《太極圖説》、《通書》、明道先生《定性書》、伊川先生《易傳序》、《春秋傳序》、横渠先生《西銘》，是聖賢之文，與《四書》諸經相表裏。司馬子長是史官之文，間有紕繆處；退之是文人之文，間有弱處，然亦宇宙間所不可無之文也。

九七

晦菴先生詩音節從陶、韋、柳中來，而理趣過之，所以卓乎不可及。

九八

經是山林中華，史是園圃中華，（《左傳》以下。）古文高者是欄檻中華，（韓之類。）次者是盆盎中花，（歐之類。）下者是瓶中花耳。（無根。）

九九

蘇門文字，到底脱不得縱横氣習；程門文字，到底脱不得訓詁家風。

一〇〇

學文切不可學怪句，且先明白正大，務要十句百句只如一句，貫穿意脈。説得通處，儘管説去；説得反覆，竭處自然住。所謂行乎其所當行，止乎其所不得不止，真作文之大法也。

一〇一

古人文字，規模間架，聲音節奏，皆可學，惟妙處不可學。譬如幻師塑土木偶，耳目口鼻，儼然似人，而其中無精神魂魄意，不能活潑潑地，豈人也哉？此須是讀書時，一心兩眼，痛下工夫，務要得他好處。則一旦臨文，惟我操縱，惟我捭闔，一莖草可以化丈六金身。此自得之學，難以筆舌傳也。（請參。）

人皆曰文章天下之公器，然必具眼目識見高者，而後能語其精義之精。予十八九時，從性學

先生學，每讀書講究義理之暇，則論古今文章。予資質魯鈍，恐其遺忘，故隨筆之於簡帙。凡二百□八條，於是表其書之首曰《性學李先生古今文章精義》，藏於家者四十餘年，未嘗出以示人。至順三年冬十有二月，閱所蓄故書，得於篋笥中，臨文興悅，手不忍置。因念與其獨善一身，孰若兼善天下，遂繡諸梓，與士大夫共之。如此，則不獨不泯先生學力之所到，亦可以爲學者識見之一助云。先生姓李名淦，字耆卿。性學，當代名公鉅卿扁其齋居之號，□□□□朱子門人之門人也。後仕至國子助教，卒於官。學生益都于欽止□□書于卷末。

修辭鑑衡評文

〔元〕王構 撰

《修辭鑑衡評文》一卷

元　王構　撰

王構（一二四五—一三一〇）字肯堂，號安野，又號瓠山，東平（今屬山東）人。幼師李謙，頗受當時「東平學」之薰習。曾任翰林國史院編修。被稱爲「學問該博，文章典雅」（《元史》本傳）。有文集三十卷，已佚。傳見《元史》卷一六四。

作者於大德九年（一三〇五）任濟南路總管時，爲授門生劉起宗而出示所編此書。書名「修辭」，實泛指辭章之學。書共二卷，卷一論詩，卷二論文，末附論四六。輯録宋人詩話及文集、雜記而成，「所以教爲文與詩之術也」（王理《修辭鑑衡序》）。全書共二〇一條，卷一爲一一三條，卷二爲八八條。除「結語」一條爲王構所論外，均爲宋人評詩論文之語。王氏選材頗爲精當，並設置「詩以意爲主」、「古文有三等」等標題（卷一有四十七題，卷二有四十九題），眉目釐然；有的同一標題下撮輯數條言論（如「用事」等），亦堪比照參酌。《四庫全書總目提要》卷一九六云：此書「所録雖多習見之語，而去取頗爲精核」，「具有鑒裁」，推爲「談藝家之指南」，不爲無因。論文部分，多選録文主傳道明心，多學、多作、養氣之文人修養，以意爲主、力求創新以及謀篇、修辭、風

格等方面之言論。通觀全書，雖爲指導初學者而編纂，而實已略具宋人詩文理論、批評之大要。

此書具有重要之輯佚、校勘價值。全書引用宋人著作四十六種，其中詩話二十二種，文集、雜記二十四種，有不少現已亡佚或僅存節本者，如《詩憲》、《蒲氏漫齋録》、《周小隱詩話》、《孫氏詩譜》、《麗澤文説》（此書引用八條）等。郭紹虞《宋詩話輯佚》從此書中輯得大量佚文，如《王直方詩話》採得十六條（此書稱名爲《詩文發源》，近人或誤將《詩文發源》作爲《修辭鑑衡》之别名，不確）；此書引《童蒙訓》多至三十四條（上卷八條，下卷二十六條），亦爲郭氏所輯録。即或尚存之書，亦有佚文可採。然此書卷二引《吕氏家塾記》兩條，實爲北宋人吕希哲之《吕氏雜記》，王構作《吕氏家塾記》，易與吕祖謙《吕氏家塾讀詩記》書名相混，不甚妥當。

此書今存影元抄本（日本静嘉堂文庫）、元至順四年集慶路儒學刊本（臺灣「中央圖書館」；又見葉德輝所輯《麗廔叢書》、《郋園全書》）、《四庫全書》本、《指海》本（又見《叢書集成》初編本）。另《文學津梁》選收此書卷二論文部分，爲一卷本。今據《四庫全書》本録入卷二論文部分。

（王宜瑗）

修辭鑑衡評文

元　王構　撰

修辭鑑衡原序

〔監察御史東平劉君起宗，始〕（本書整理者案：以上十一字四庫本原缺，據元至順刊本補）以歲貢山東廉訪司，爲其書吏，居濟南。故翰林承旨王文肅公爲濟南總管，固其鄉先生也，君以諸生事之。文肅教之爲文，出書一編，即此書也。劉君愛之，不忘，俾刻之，理命李君晉仲、李君伯羽校之，釐正其次叙，論詩爲首，文爲後，四六以附，凡一百九十餘條，俾學者知其難焉。因命儒學正戚君子實掌板，鄭棶刻之於集慶路學。至順四年七月望日，文林郎、江南諸道行御史臺監察御史王理序。

余近作《示客》云：「刺美風化，緩而不迫，謂之風；採摭事物，摛華布體，謂之賦；推明政治，正言得失，謂之雅；形容盛德，揚厲休功，謂之頌；幽憂憤悱，寓之比興，謂之騷；感觸事物，託於文章，謂之辭；程事較功，考實定名，謂之銘；援古刺今，箴戒得失，謂之箴；紆徐抑揚，永

言謂之歌；非鼓非鐘，徒歌謂之謠；步驟馳騁，斐然成章，謂之行；品秩先後，序而推之，謂之引；聲音雜比，高下長短，謂之曲；吁嗟慨歌，悲憂深思，謂之吟；吟咏情性，合而言志，謂之詩；蘇李而上，高簡古澹，謂之古；沈宋而下，法律精切，謂之律。此詩之衆體也。帝王之言出法度以制人者，謂之制；絲綸之語若日月之垂照者，謂之詔；制與詔同，詔亦制也。道其常而作彝憲者，謂之典；陳其謀而成嘉猷者，謂之謨；順其理而迪之者，謂之訓；屬其人而告之者，謂之誥；即師衆而申之者，謂之誓；因官使而命之者，謂之命；出於上者，謂之教；行之下者，謂之令；持而戒之者，勅也；言而諭之者，宣也；諮而揚之者，贊也；登而崇之者，册也；言其倫而析之者，論也；度其宜而揆之者，議也；別嫌疑而明之者，辯也；正是非而著之者，説也；記者，記其事也；紀者，紀其實也；書者，纘而述焉者也；策者，條而對焉者也；傳者，傳而信者也；序者，緒而陳者也；碑者，披列事功而載之金石也；碣者，揭示操行而立之墓隧也；誄者，累其素履而質之鬼神也；誌者，識其行藏而謹其終始也；檄者，激發人心而諭之禍福也；移者，自近移遠，使之周知也；表者，布人子之心，致君父之前也；牋者，修儲后之問，伸宮閫之儀也。簡者，質言之而略也；啓者，文言之而詳也；狀者，言之公上也；牒者，用之官府也。捷書不緘，插羽而傳之者，露布也；尺牘無封，指事而陳之者，劄子也。青黄黼黻，經緯以相成者，總謂之文也。此文之異名。客有問古今體制之不一者，勞於應答，乃著之篇以示焉。《珊瑚鉤詩話》

古文有三等

余以古文爲三等：周爲上，七國次之，漢爲下。周之文雅，七國之文壯偉，其失騁；漢之文華贍，其失緩。東漢而下，無取焉。《後山詩話》

六經之文易曉

夫文傳道而明心也，古聖人不得已而爲之。而又欲句之難通、義之難曉，必不然矣。請以六經明之。《詩》三百篇皆儷其句，皆叶其音，可以播管絃，薦宗廟，闕熟也。《書》者，上古之書，二帝三王之世之文也，言古文者，無出乎此，則曰：「惠迪吉，從逆凶。」又曰：「德日新，萬邦惟懷；志自滿，九族乃離。」在《禮·儒行》，夫子之文也，則曰：「衣冠中，動作謹，大遜如慢，小遜如僞。」在《樂記》，則曰：「鼓無當於五聲，五聲不得不和；水無當於五色，五色不得不章。」《春秋》則全以屬辭比事爲教，不可備引焉。在《易》，則曰：「乾道成男，坤道成女，日月運行，一寒一暑。」夫豈句之難通、義之難曉耶？今爲文而舍六經，又何法焉？若第取其《書》所謂「吊由靈」、《易》所謂「朋合簪」者，摹其語而謂之古，亦文之弊。《小畜文集》

《論語》之文

《論語》文字，簡淡不厭，非左氏所可及。呂居仁《童蒙訓》

《孟子》之文

「百里奚自鬻於秦」一章，最見抑揚反覆處。《呂氏童蒙訓》

林文節公言：「『以釜甑爨，以鐵耕乎』，他人書此，不知幾百言也。」黄端冕纓云：「『輕暖不足於體』，亦不減此。」《步里客談》

《孟子》之文，語約而意盡，不爲巉刻斬絶之言，而其鋒不可犯。蘇明允《上歐公書》

《毛詩》之文

張文潛云：「《詩》三百篇，雖云婦人女子、小夫賤隸所爲，要之非深於文章者不能作。如『七月在野，至入我牀下』，於七月以下皆不道破，直至十月方言蟋蟀，非深於文章者能爲之耶？」《呂氏童蒙訓》

《檀弓》之文

《檀弓》云：「南宫縚之妻之姑之喪」，三「之」字，不能去其一，「進使者而問故夫子之所以問使者、使者所以答夫子」，一「進」字足矣。豈不餘一言，約不失一辭。《呂氏童蒙訓》

《檀弓》與左氏紀太子申生事，詳略不同。讀左氏，然後知《檀弓》之高遠也。同上

往年嘗請問於東坡先生作文法，答云：「但熟讀《檀弓》，當得之。」既而取讀數百遍，然後知後世人作文不及古人之病。山谷

《春秋》之文

爲文必學《春秋》，然後言語有法。近世學者多以《春秋》爲深隱不可學，蓋不知《春秋》者也。且聖人之言，曷嘗務爲奇險，求後世之不可曉？趙啖曰：「《春秋》明白如日月，簡易如天地。」

左氏之文

文章不分明指切而從容委曲，辭不迫切而意已獨至，惟《左傳》爲然。當時諸國往來之辭，與當時君臣相告相誚之語，蓋可見矣。亦是當時聖人餘澤未遠，涵養自别，故詞氣不迫如此，非後

世專學言語者也。《呂氏童蒙訓》

左氏之文，語有盡而意無窮，如「獻子辭梗陽人」一段，所謂一唱三嘆有遺音者也。如此等處，皆是學文之本，不可不深思也。《呂氏童蒙訓》

《莊子》《左傳》

讀《莊子》，令人意思寬大，敢作；讀《左傳》，使人入法度，不敢容易。此二書不可偏廢。近讀東坡、魯直文，亦類此。《呂氏童蒙訓》

《列　子》

《列子》氣平文緩，非《莊子》步驟所能到。《呂氏童蒙訓》

《孫　子》

《孫子》十三篇論戰守次第，與山川險易、長短、小大之狀，皆曲盡其妙。摧高發隱，使物無遁情。此尤文章妙處。

《韓非子》

《韓非》諸書皆説盡事情。《呂氏童蒙訓》

《史記》

《史記》其意深遠則其言愈緩，其事繁碎則其言愈簡，此特《春秋》之意。《李方叔文集》

兩漢之文

《漢高祖紀》詔令雄健，《孝文紀》詔令溫潤，去先秦古書不遠，後世不能及。至《孝武紀》詔令始事文采，文亦寖衰矣。《童蒙訓》

西漢自王褒以下，文字專事詞藻，不復簡古，而谷永等書雜引經傳，無復己見，而古學遠矣。此學者所宜深戒。《童蒙訓》

班固叙事詳密，有次第，專學左氏。如叙霍氏、上官相失之由，正學左氏記秦穆、晉惠相失處也。《童蒙訓》

張茂先稱左思《三都賦》「使讀之者盡而有餘，久而更新」。此最是作文字好處，未知左思果

能爾耶？《步里客談》

韓文公之文

韓子之文如長江大河，渾浩流轉，魚黿蛟龍，萬怪惶惑，而抑遏掩蔽，不使自露，而人望見其淵然之光，蒼然之色，亦自畏避不敢迫視。蘇明允《上歐公書》

柳子厚之文

東坡在嶺外，特喜子厚文，朝夕不去手，與陶淵明並稱二友。及北歸，《與濟明書》乃痛詆子厚《時令》、《斷刑》、《四維》、《貞符》諸篇，至以爲小人無忌憚。《老學庵記》

徐敦立侍郎紹興末嘗爲予言：柳子厚《非國語》之作，正由平日法《國語》爲文章，看得熟，故多見其疵病。《老學庵記》

歐陽公文

文章紆餘委曲，説盡事理，惟歐陽公得之。《童蒙訓》

歐公之文紆餘委備，往復百折，而條達疏暢，無所間斷，氣盡語極，急言竭論，而容與閒易，無

艱難勞苦之態。蘇明允《上歐公書》

歐公每爲文，既成，必自竄易，至有不留本初一字者。其爲文章，則書而傳之屋壁，出入觀省之，至於尺牘單簡，亦必立藁，其精審如此。每一篇出，士大夫皆傳寫諷誦，惟睹其渾然天成，莫究斧鑿之痕也。《呂氏家塾記》

張子韶云：「歐公文粹如金玉，東坡之文浩如河漢，盛矣哉。」《橫浦日新》

東坡之文

老坡作文工於命意，必超然獨立於衆人之上。如《趙清獻碑》，世間稱治郡者曰寬，立朝者曰直，蓋已大矣；欲進於二者，又有說焉。故曰：「其於治郡，不專於寬，時出猛政，嚴而不殘；其在朝廷，不專於直，爲國愛人，掩其疵病。」如吾家蜀公，堅卧不起，人知其高而不稱其用，則爲碑銘曰：「世皆謂公貴身賤名，孰知其功侔聖人之清。」然後知其有功於世也。又曰：「君實之用，出而時施，如彼水火，寧除渴飢；公雖不用，亦相其行，如彼山川，出雲相望。」然後知其表裏廢一不可也。此皆非世人所能到者，平日得意到處多如此。其源蓋出於《莊子》，故其論劉伶、莊子、阮千里、閻立本，皆於世人意外別出眼目，其平日取捨文章多以此爲法。《潛溪詩眼》

王文公居鍾山，有客自黃州來，公曰：「東坡近日有何作？」對曰：「東坡宿臨皋亭，醉夢中

而起，作《寶相藏記》千餘言，才點定一兩字而已。」有墨本適留舟中，公遣健步往取，而至時，月出東方，林影在地，公展讀於風簷，喜見鬚眉，曰：「子瞻，人中龍也。然有一字未穩。」客請願聞之，公曰：「『日勝日負』不若『日勝日貧』耳。」東坡聞之，撫掌大笑，以公爲知言。《冷齋夜話》

東坡晚年叙事文字多法柳子厚，而豪邁之氣非柳所能及也。《童蒙訓》

曾子固文

近世文字如曾子固諸序，尤須詳味。《童蒙訓》

曾子固《答李沿書》最見抑揚反覆處。《童蒙訓》

曾子固文章紆餘委曲，説盡事情，加之字字有法度，無遺恨矣。《童蒙訓》

秦少游文

文章有首有尾，無一言亂説，觀少游五十策可見。同前

李格非論文

李格非善論文章，嘗曰：「諸葛孔明《出師表》、劉伶《酒德頌》、陶淵明《歸去來辭》、李令伯

《乞養親表》皆沛然如肺肝中流出，殊不見斧鑿痕。是數君子在後漢之末、兩晉之間，初未嘗欲以文章名世，而其詞意超邁如此，是知文章以氣爲主，氣以誠爲主。《冷齋夜話》

文有三多

陳後山云：「永叔謂爲文有三多：看多、做多、商量多也。」《後山詩話》

東坡云：「頃歲，孫莘老識文忠公，乘間以文字問之。云：『無他術，惟勤讀書而多爲之，自工。世人患作文字少，又懶讀書，每一篇出，即求過人，如此少有至者。疵病不必待人指摘，多作自能見之。』此公以其嘗試過告人，故尤有味。」《三蘇文》

爲文當從三易

沈隱侯曰：「古今爲文，當從三易：易見事，一也；易見字，二也；易讀誦，三也。」邢子才嘗曰：「沈侯文章，用事不使人覺，若胸臆語。深以此服之。」杜工部作詩，類多故實，不似用事者，是皆得作者之奥。樊宗師爲文，澀不可讀，亦自名家，才不逮宗師者，固不可效其體。劉勰《文心雕龍》論之至矣。

學文有自來

東坡教人讀《戰國策》，學說利害；讀賈誼、鼂錯、趙充國疏，學論事；讀《莊子》，論理性；讀韓柳，知作文體面。《李方叔文集》

議論文字須以董仲舒、劉向爲主，《禮記》、《周禮》及《新序》、《説苑》之類，皆當貫穿熟考。山谷詞氣或不逮初造意時，此病只是讀書未精博耳。「長袖善舞，多錢善賈」，不虚語也。山谷《與王觀復書》

作文有悟入處

作文必要悟入處，悟入必自工夫中來，非僥倖可得。如老蘇之於文，魯直之於詩，盡此理矣。《童蒙訓》

林文節子中言，讀《孟子》而悟文章法。嘗云：「『以釜甑爨，以鐵耕乎』，他人書此，不知當幾百言也。」《步里客談》。餘見前

老蘇嘗自言：「『升裏轉，斗裏量。』因聞此，遂悟文章妙處。」《童蒙訓》

東坡《三馬贊》：「振鬣長鳴，萬馬皆瘖。」此皆記不傳之妙。學文者能涵泳此等語，自然有入處。

《童蒙訓》

文章足以見人貴賤

小說載盧携貌陋，常以文章謁韋宙，韋氏子弟多肆輕侮。宙語之曰：「盧雖人物不揚，然觀其文章有首尾，異日必貴。」後竟如其言。本朝夏英公亦嘗以文章謁盛文肅公，文肅公曰：「子文章有館閣氣象，異日必顯。」後亦如其言。《皇朝類苑》

草野臺閣之文

余嘗究之，文章雖各出於心術，而實有兩等：有山林草野之文，有朝廷臺閣之文。山林草野之文，其氣枯槁憔悴，乃道不得行、著書立言〔者〕之所尚也；朝廷臺閣之文，其氣温潤豐縟，乃得行其道、代言華國者之所尚也。故本朝楊大年、宋宣獻、宋莒公、胡武平所撰制詔，皆婉美淳厚，過於前世燕、許、常、楊遠甚，而其爲人亦各類其文章。王安國常語余曰：「文章格調須是官樣。」豈安國所言「官樣」，亦謂有館閣氣耶？今世樂藝亦有兩般格調：若教坊格調，則婉美風流；外道格調，則粗野嘲哳。至於村歌社舞，則又甚焉。兹亦與文章相類。《皇朝類苑》

文章有三等

文有三等：上焉藏鋒不露，讀之自有滋味；中焉步驟馳騁，飛沙走石；下焉用意庸常，專事造語。《麗澤文説》

文要先定凡例

凡爲文章，皆須凡例先定。如張安道作《蘇明允墓表》，或曰「蘇君」，或曰「先生」，或曰「明允」；言歐陽永叔或名，或字。凡例不先定，致輕重不等。《步里客談》

爲文先識主客

凡爲文須有主客，先識主客，然後成文字。如今作文，多是先立己意，然後以己説佐之，此是不知主客也。須是先立己意，然後以故事佐吾説，方可。《蒲氏漫齋語録》

爲文不可蹈襲

文章必自名家，然後可傳不朽；若體規畫圓，準方作矩，終爲人之臣僕。古人譏屋下架屋，信

然！陸機曰：「謝朝華於已披，啓夕秀於未振。」韓愈曰：「惟陳言之務去。」此乃爲文之要。宋子京《筆記》

文不可拘一體

歐陽公云：「作文之體，初欲奔馳，久當撙節，使簡重嚴正，或時放肆以自舒，勿爲一體，則盡善矣。」《盧陵文集》

文要紆餘有首尾

鼓氣以勢壯爲美，勢不可以不息，不息則流宕而忘返。亦猶絲竹繁奏，必有希聲窈眇，聽者悦聞；如川流迅激，必有洄洑逶迤，觀者不厭。《麗澤文説》

過換處不可忽

看文字，須要看他過換及過接處。《麗澤文説》

文字用意爲上

文章貴曲折斡旋。《麗澤文説》

《孟子》中「百里奚自鬻於秦」一章，與韓退之論「忠元賓而不見，見元賓之所與者，猶吾元賓也」，及曾子固《答李沿書》，最見抑揚反覆處，如此等類，皆宜詳讀。《童蒙訓》

東坡在儋耳時，葛延之自江陵擔簦萬里絶海往見，留一月。坡嘗誨以作文之法，曰：「儋州雖百家聚，州人所須，取之市而足；然不可徒得也，必有一物以攝之，然後爲己用。所謂一物者，錢是也。作文亦然，天下之事散在經子史中，不可徒使，必得一物以攝之，然後爲己用。所謂一物者，意是也。不得錢，不可以取物；不得意，不可以用事。此文字之要也。」《韻語陽秋》

文字不必多用事，只用意便得。《麗澤文説》

古語云：「大匠不示人以樸。」蓋恐人見斧鑿痕迹也。黄魯直於相國寺得宋子京《唐史藁》一册，歸而熟讀之，自是文章日健。此無他，見其竄易句字，與初造意時不同，而識其用意處。《曲洧舊聞》

山谷謂王立之：「若欲作楚詞追配古人，直須熟讀《楚詞》，觀古人用意曲折處，講學之，然後下筆。譬如巧女文繡妙一世，若欲作錦，必得錦機乃成錦爾。」《南昌文集》

文字一意，貴在段數多。《麗澤文説》

人言歐公《五代史》其間議論多感歎，又多設疑。蓋感歎則動人，設疑則意廣，此作文之法也。《張横浦日新》

文要説盡事情

東坡云：「意盡而言止者，天下之至言也；然而言止而意不盡，尤爲極至。如《禮記》、《左傳》可見。」《童蒙訓》

吕居仁云：「文章須要説盡事情，如韓非諸書，大略可見。至一唱三嘆有遺音，非有所養不能也。」《童蒙訓》

文字要布置

范元實云：「古人文章必謹布置，如老杜《贈韋見素》詩云：『紈袴不餓死，儒冠多誤身』，此一篇立意也，故令『静聽』而陳之。自『甫昔少年日』至『再使風俗淳』，皆儒冠事業也。自『此意竟蕭條』至『蹭蹬無縱鱗』，言誤身如此也，則舉意而文備，固已有是詩矣。然必言所以見韋者，於是有『厚愧』、『真知』之句，所以『真知』者，謂傳誦其詩也。然宰相職在進賢，不當徒愛人而已，士固不能無望，故

曰：『竊效貢公喜，難甘原憲貧。』果無益，則去之可也，故曰：『焉能心怏怏，止是走踆踆。』必入海而去秦也，其於去也，人情必有遲遲不忍之意，故曰：『尚憐終南山，回首清渭濱。』所知不可以不别，故曰：『常擬報一飯，况懷辭大臣。』夫如是，則相忘江湖之外，雖見素亦不可得而見矣，故曰『白鷗没浩蕩，萬里誰能馴』終焉。此詩，前賢録爲壓卷，爲其布置最得正體，如官府甲第廳堂房室，各有定處，不亂也。韓文公《原道》與《書》之《堯典》蓋如此。其他雖謂之變體可也。《古今詩話》

文章平淡

凡文字，少小時須令氣象峥嶸，采色絢爛，漸老漸熟，乃造平淡；其實不是平淡，乃絢爛之極也。《東坡集》

文不當好奇

寧拙毋巧，寧朴毋華，寧粗毋弱，寧僻毋俗，詩文皆然。《後山詩話》

南朝劉勰嘗論文章之難云：「意翻空而易奇，文證實而難工。」此語亦是沈謝輩爲儒林宗主時，好作奇語，故後生之論如此。好作奇語，自是文章一病，但當以理得而辭順，文章自然出羣拔

萃。觀杜子美到夔州後詩，韓退之自潮州還後文章，皆不煩繩削而自合矣。文章蓋自建安以來，好作奇語，故其氣象衰薾，其病至今猶在。惟陳伯玉、韓退之、李習之，近世歐陽永叔、王介甫、蘇子瞻、秦少游，乃無此病耳。山谷《與王觀復書》

莊、荀皆文士而有名者，其《説劍》、《成相》諸篇，與屈《騷》何異？揚子雲之文，好奇而卒不能奇也，故思苦而詞艱。善爲文者，因事以出奇。江河之行，順下而已；至觸山赴谷，風搏物激，然後盡天下之變。子雲惟好奇，故不能奇也。《後山詩話》

文要用人所不能用

某少讀《貨殖傳》，見所謂「人棄我取，人取我與」，遂悟爲學法。蓋爲學，能知人所不能知；爲文，能用人所不能用，斯爲善矣。節孝先生語

作文，他人所詳者，我略；他人所略者，我詳。若用言語，必不得已，只與點過。《麗澤文説》

起語上重下輕爲文之病

凡爲文上句重，下句輕，則或爲上句壓倒。《晝錦堂記》云：「仕宦而至將相，富貴而歸故鄉。」下云：「此人情之所榮，而今昔之所同也。」非此兩句，莫能承上句。《六一居士集序》云：

「言有大而非誇。」此雖只一句，而體勢則甚重；下乃云：「賢者信之，衆人疑焉。」非用兩句，亦載上句不起。韓退之與人書：「泥水馬弱不敢出，不果鞫躬親問，而以書。」若無「而以書」三字，則上重甚矣。此爲文之法也。《唐子西語録》

結　語

結文字須要精神，不要閒言語。《麗澤文説》

愚按：韓文公《獲麟解》結云：「麟之所以爲麟者，以德不以形，若麟之出不待聖人，則謂之不祥也亦宜。」又《送浮屠文暢師序》結云：「余既重柳請，又嘉浮屠能喜文詞，於是乎言。」歐公《縱囚論》結：「是以堯、舜、三王之治，必本於人情，不立異以爲高，不逆情以干譽。」皆此法也。

下字倒用有力

下字有倒用語格力勝者，如「吉日兮辰良」、「必我也爲漢患」者。《步里客談》

《春秋》書曰：「吴子謁伐楚，門於巢卒。」《公羊傳》曰：「入巢之門而卒也。」仲山甫城歸於謝，《詩》則曰：「謝於城歸」；隱盜所得器，《左氏傳》則曰：「盜所隱器」，此一例法也。《尚書》

「厥篚玄纖縞」，「纖」字不在「玄」上；又曰：「雲土夢作乂」，「土」字不在「夢」下，亦例法也。《文則》

錯綜成文

韓退之《羅池廟碑銘》有「春與猿吟兮秋鶴與飛」，如《楚詞》「吉日兮辰良」、「蕙殽烝兮蘭藉，奠桂酒兮椒漿」，蓋欲相錯成文，則語勢矯健耳。沈存中《筆談》

檢尋出處

楊文公凡爲文章，所用故事，常令子姪諸生檢討出處。每段用小片紙録之，既成，則粘綴所録而蓄之，時人謂之衲被。《吕氏家塾記》

文章日進

宋子京云：「余每見所作文章憎之，必欲燒棄。」堯臣喜曰：「公之文進矣。」《廬陵文集》

繁簡

文有以繁爲貴者，若《檀弓》石祁子「沐浴佩玉」，《莊子》之「大塊噫氣」用「者」字，韓子《送孟

東野》用「嗚」字，《上宰相書》「至今稱周公之德」，其下又有「不衰」二字，凡此類，則以繁爲貴也。文有以簡爲貴者，若《舜典》「至於南岳，如岱禮」，「西岳如初」，《孟子》「獻子之友五人，其三人則予忘之」，《史記》「事在某人傳」，凡此類，則又以簡爲貴也。但繁而不厭其多，簡而不遺其意，乃爲善也。

爲文養氣

韓退之《答李翺》、老泉《上歐陽公書》最見爲文養氣之妙。《童蒙訓》

作史

劉元城與僕論作史之法，先生曰：「《新唐書》叙事好簡略其辭，故其事多鬱而不明，此作史之弊也。且文章豈有繁簡也？意必欲其多，則冗長而不足讀；必欲其簡，則僻澀令人不喜讀。假令《新唐書》載卓文君事，不過止曰：『少嘗竊卓氏以逃。』如此而已。班固載此事，乃近五百字，讀之不覺有繁也。且文君之事，亦何補於天下後世哉？然作史之法，不得不如是，故可謂之文如風行水上，出於自然也。若不出於自然，而有意於繁簡，則失之矣。《唐書進表》云：『其事則增於前，其文則省於舊。』且《新唐書》所以不及兩漢文章者，其病正在此兩句也。又反以爲工，

何哉？然新舊《唐史》，各有長短，未易優劣也。」《元城先生語録》

四六

四六之工在於剪裁，若全句對全句，亦何以見工？四六以經語對經語，史語對史語，詩語對詩語，方妥帖。《四六談麈》

太祖郊祀，陶穀作赦文，不以「籩豆有楚」對「黍稷非馨」，而曰：「豆籩陳有楚之儀，黍稷奉惟馨之薦。」近世王初寮在翰苑作《寶籙宫青詞》云：「上天之載無聲，下民之虐匪降。」時人許其裁剪。同上

靖康間，劉觀中遠作《百官賀徽廟還京表》云：「漢殿上皇，本是野田之叟；唐朝肅帝，又非揖遜之君。」何櫓文縝時爲中書侍郎，索筆塗之，用此二事，别作一聯云：「擁篲却行，陋未央之過禮；執鞚前引，笑靈武之曲恭。」文縝以四六知名，其《謝召還表》云：「兩曾參之是非，浮言猶在；一王尊之賢佞，更世乃明。」同上

夏英公父官於河北，景德中，契丹犯河北，遂没於陳。後公爲舍人，丁母憂，起復奉使契丹，公辭不行。其《表》云：「父没王事，身丁母憂。義不戴天，難下穹廬之拜；禮當枕塊，忍聞禁觩之音。」當時以爲四六對偶最精絶者。《歸田録》

文章歐冶附古文矜式

〔元〕陳繹曾　撰

《文章歐冶(文筌)》八卷附《古文矜式》等

元　陳繹曾　撰

陳繹曾,字伯敷,號汶陽左客,原籍處州(今浙江麗水),後僑居吴興。至順中(一三三〇年左右)官國子監助教。先從父贄戴表元受學,後師從敖繼翁(字君善)。許有壬《薦吴炳陳繹曾》(《至正集》卷七五)評云:「江南陳繹曾,博學能文,懷才抱藝,挺身自拔乎流俗,立志尚友乎古人。」著作除《文章歐冶》、《文説》外,還有書法論著《翰林要訣》等。傳附見於《元史》卷一九〇《陳旅傳》。

《文章歐冶》國内罕見,現通行者爲日本元禄元年(一六八八)伊藤長胤刊本,包括《古文譜》七卷、附録《四六附説》。另又收入《楚辭譜》、《漢賦譜》、《唐賦附説》、《古文矜式》、《詩譜》五種。其中《古文矜式》和《詩譜》曾單行别出而被著録於公私書目。

此書原名《文筌》。陳氏於至順三年(一三三二)作《文筌序》云:「夫筌所以得魚器也,魚得則筌忘矣。文將以見道也,豈其以筆札而害道哉!」揭示命名之由和著書之旨。把此書改名《文章歐冶》者殆是明人朱權,見其所刻《文章歐冶》(今藏山東省圖書館),其序後有行書「神」字等特

別標識（後明周弘祖所撰《古今書刻》上編，載各直省所刊書籍，在「江西弋陽王府」下也有《文章歐冶》一書）。改名者在《文章歐冶序》中云：「汶陽陳繹曾演先聖之未發，泄英華之秘藏，撰爲是書，名曰《文筌》，可謂奇也；然出乎才學，見乎製作規模，又可謂宏遠矣。」又云：爲使後學「知夫文章体製有如此法度，庶不失其規矩也。更其名曰《文章歐冶》」。説明改名之由及此書主要價值在於從寫作規範、法度上闡發「蘊奥精微之旨」。

此書涉及古文、駢文、賦、詩等多種門類，對文學本體、修養、創作、鑒賞、文體、風格悉有論列，視野開闊，框架完整，論述詳備細密，多有體悟有得之見。如《古文譜》論爲文之道，大抵由辨體以定型範，養心以涵内情，積學以明道理，研閲以廣見識，秉術以習技巧。而於具體寫作技巧，更細析有抱題十四法、用筆九十法、造句十四法、下字四法、用事十八法、描寫七法、叙事十一法、議論七法、養氣八法、起端八法、結尾九法等，名目繁多，極盡條列化之能事，雖不免有强立名目、瑣碎固陋之弊，但亦見用心細密、抉剔入微之處。

本書有日本元禄元年（一六八八）京都刻本（又見長澤規矩也所編《和刻本漢籍隨筆集》第十六輯），此本乃據朝鮮光州刊本（刊於一五五〇年，明嘉靖二十九年）重刊。光州刊本之刊行者爲全羅道監司南宫淑、大司諫尹春年等，且有尹春年少量注釋。國内僅存兩本，除山東省圖書館所藏明初朱權刻本外，另一清抄本藏於華東師範大學圖書館（現已收入《四庫全書存目叢書》集部

第四一六册、《續修四庫全書》集部第一七一三册）。此書亦增附於《新刊諸儒奥論策學統宗》之前（藏台灣「中央圖書館」）。今據和刻本録入，并以華東師大抄本參校。

（王宜瑗）

文章歐治序

世之奇者，奇莫奇於是書爾。所奇者幾近道矣！汶陽陳繹曾演先聖之未發，泄英華之秘藏，撰爲是書，名曰《文筌》，可謂奇也。然出乎才學，見乎製作規模，又可謂宏遠矣。《孟子》所謂「能與人規矩，不能使人巧」，要在天性明哲之何如耳。得之者可以宣天地之化育，拯綱常，以匡道德之學，安世治民，以明仁義之教，方謂之文。不知體製，不知用字之法，失於文體，去道遠也。孰不知文章製作五十有一，各有體製，起承、鋪叙、過結皆有法度，稍失其真，則不爲文。其間取捨輕重之法，囊括蘊奥精微之旨，有不可形容而舉者。若海天澄徹，萬象倒影，做乎其有形，擴乎其無跡。看周秦漢之文章，則得之矣。有只用一字以明萬世之功、一字以正萬世之罪者，有下一字不言罪而莫大乎罪，不言功而莫大乎功，有諸中而不形諸外：若此者，皆作文之法，能知此者，可以語於文矣。嘗謂《國語》不如《左傳》，《左傳》不如《檀弓》，晉獻公申生之章，蓋其文混涵，申生辭狐突數句，反覆救互，義理極切，便可見用文之法。如《老子》「謙德」章云：「或下以取，或下而取。」「以」字是上取下，「而」字是下取上，此二字乃用字之法，妙在入神，是謂「一夫當關，萬夫

莫敵」。故《檀弓》内有「君安驪姬」之句，「安」字乃是用字之妙，其用法與《老子》同，非有眼力者莫能見。是以古人作文，一篇之中，有關鍵縝密理固而不可攻者，有作六七段拆開不失義理者，有只以一字生出百千字者。是知作文難而用字尤難。與夫《文章精義》校而論之，彼以宏辯而簡，此則矜式太隆。但繹曾所評諸賢，皆出於一己之見，故不足以公天下。若評太白之才，變化不及子美之類是也，予以爲不然，乃重判二賢之體而正之。然其書有可法者，故取之，乃命壽諸梓以示後學，使知夫文章體製有如此法度，庶不失其規矩也。更其名曰《文章歐冶》，以奇益奇，不亦奇乎？

文筌序

或問於余曰：「子論詩專以聲爲主，其説可得聞乎？」曰：「天下之物，莫不有氣；天下之氣，莫不有聲。聲因氣而動，氣因聲而彰，此乃本然之理也，何足怪哉？今夫以吾之一身驗之：心感於物則必宣於言，既宣於言則必形於聲，天下安有無聲而有言者哉？言猶若是，況詩者乃人言之最精者乎？是故古人論詩，皆以聲爲主。姑以楊伯謙《唐音》論之，其曰『始音』、『正音』、『遺響』者，豈無謂歟？況李西涯《詩話》曰：『李太白、杜子美爲宫，韓退之爲角，劉長卿爲商。』又曰：『予欲求聲於詩，心口相語。』且以『陳公父論詩專取聲，爲最得要領』也。則西涯豈欺我哉！至於《唐詩鼓吹》之以『鼓吹』爲名，《雅音會編》之以『雅音』爲號者，亦皆主聲也，又何疑乎？但聲音之道極玄極妙，故世人未之知，而皆以詩爲無聲，何不思之甚耶？夫瞽者不能見文章，聾者不能聽鐘鼓，遂以爲無文章無鐘鼓可乎？世未嘗無文章，而瞽者自不見；世未嘗無鐘鼓，而聾者自不聽爾！然則詩果無聲乎？特世人未之知耳！」曰：「然則知詩之聲，其有道乎？」曰：「不難也。勿聽之以耳，而聽之以心，則可知之矣。世之人徒聽之以耳，此所以不能知

使虛靈者昏昧，湛寂者汨亂也。故凡天下之聲，外雖應於耳，而內不屬於心矣。是故《大學》曰『心不在焉』，『聽而不聞』，其斯之謂歟？然則不能正心，則凡天下之聲，尚不能聽，況詩者無聲而有聲者乎？其曰無聲者，外之聲也；其曰有聲者，內之聲也。此即嚴滄浪所謂『空中之音』也。然苟能正心，則亦何難乎能聽之乎？」曰：「然則欲求詩聲，當從何入？」曰：「余自十年以來，欲求詩聲，其於《詩》傳、《楚辭》、《選》詩，莫不推之。至於《詩人玉屑》、《詩家一指》及凡古人論詩之書，亦莫不探之，然未得要領。其後幸得《文筌》，反覆參究，積有歲月，怳然有悟，雖不及於古之人，然亦不可自謂全無所得也。然則欲求詩聲，當從《文筌》而入。」問者唯唯而退。

者也。」曰：「然則聽之以心之說，可得聞乎？」曰：「心者本虛靈湛寂之物也，而衆欲蔽之，

《文筌》者，元人陳繹曾伯敷氏之所著也。余於庚戌歲請之於全羅監司南宮公淑開刊於光州矣。而庶欲發明伯敷之遺意，乃叙其與客問答之語，而遂爲之序。

嘉靖壬子仲夏下澣通政大夫司諫院大司諫坡平尹春年謹序

文筌序

文者何？理之致精者也。三代以上行於禮樂刑政之中，三代以下明於《詩》、《書》、《易》、《春秋》之策。秦人以刑法爲文，靡而上者也。自漢以來，以筆札爲文，靡斯下矣。烏乎，經天緯地曰文，筆札其能盡諸？戰國以上，筆札所著，雖輿歌巷謡，牛毉狗相之書，類非漢魏以來高文大策之所能及，其故可知也：彼精於事理之文，假筆札以著之耳；非若後世置事理於精神之表，而唯求筆札之華者也。

予成童，剽聞道德之説於長樂敖君善先生，痛悔雕蟲之習久矣。比游京師，東平王君繼志講論之隙，索書童時所聞筆札之靡者。以爲不直則道不見，直書其靡，使人人之惑於是者，曉然知之，所謂筆札之文不過如此，則靡者不足以玩時愒日，而吾道見矣。因感其言，悉書童習之要，命曰《文筌》焉。

夫筌所以得魚器也，魚得則筌忘矣。文將以見道也，豈其以筆札而害道哉！且余聞之，《詩》者情之實也，《書》者事之實也，《禮》有節文之實，《樂》有音聲之實，《春秋》有褒貶，《易》有天

人，莫不因其實而著之筆札。所以六經之文不可及者，其實理致精故耳。人之好於文者求之此，則魚不可勝食，何以筌爲？亡友石桓彦威嘗共爲《詩小譜》二卷，因附其後。

至順三年七月汶陽〔老〕〔左〕客陳繹曾書

文章歐治目録

一漢賦法　二漢賦體　三漢賦製　四漢賦式　五漢賦格

唐賦附説

一唐賦法　二唐賦體　三唐賦製　四唐賦格

古文矜式

一培養　二入境

詩譜

一本　二式　三制　四情　五景　六事　七意　八音

九律　十病　十一變　十二範　十三要　十四格　十五體　十六情

十七性　十八音　十九調　二十會

文章歐冶

元 陳繹曾 撰

古文譜一

養氣法

㈠ 澄神

屏慾棄染，息慮澄神。静定瑩徹，此心光明普遍，如青天白日，上也；虚明圓瑩，如澄秋皎月，次也；清泠淵静，如萬頃寒潭，又其次也；如清池、如明鏡，則可小用而已。以此照物，何物不燭？以此照理，何理不明？以此役神，何神不妙？以此屬辭，何辭不精？上智君子，敬之敬之。

㊙ 如要好求勝、求工、求麗、干名、效諂之類皆是。

㊍染 如習韓、習柳、習歐、習蘇，執一偏而不圓通皆是。

㊍慮 身事、家事、國事不可撥置，則勿作文。作文便當撥置。

㊍神 妙萬物而主吾心，須先識此，須令屬我，須令我與之爲一，須令不復有我，而我即神，第一工夫也。

㊁ 養　氣

㊍肅 朝廷題，聖賢題。

㊍壯 河岳題，武功題。

㊍清 山林題，仙隱題。

㊍和 宴樂題，通人題。

㊍奇 怪神題，豪俠題。

㊍麗 園榭題，美人題。

㊍古 上古題，雅勝題。

㊣遠 登眺題，功業題。

澄神矣，將此題中此景、此事、此情、此意，一一由根生幹，由幹生節，由節生枝，生葉生花。枝枝葉葉無，則不可强生，有則不可脱漏，一一將此題此景、此事、此情，如青天白日，照燭纖悉，明白净盡，却將此景、此事、此情、此意都掃除，無纖毫存於心目之間，只有此題此氣。肅者凛然，壯者巍然，清者泠然，和者温然，奇者屹然，麗者爛然，古者淡然，遠者廓然，一片真境存於胸中，而此景、此事、此情、此意融化於其中，變態蜂生，取其精者、切者、要者、妙者而用之。須是自然存於胸中，不可著想，着想之即入客氣，徒勞終日，無所用之。

〇 料 景

(景) 是題中實有本身及相連諸物。

(事) 是題中動用處。

(情) 是題中喜怒哀樂愛惡欲之情狀。

(意) 是題中事物及情合説意思及吾所以處置之意，與古人曾有處置之意。

〇 取 精

(精) 是理之至者。

㊉切 是辭之切題者。

㊉要 是事之要領者。

㊉妙 是意之高妙者。

○ 養存

㊉存 是真題中自然於胸中生出此景、此事、此情、此意。

㊉想 是看題浮沉，却於自胸中別生出他景、他事、他情、他意也。

㊂ 立本

經書　子書　性理書　禮書　樂書

政術書　兵書　法律書　天文書　地理書　姓氏書　小學書　名物書

圖譜書　史書　道書　傳記書

草木蟲魚書　醫書　卜筮書　陰陽書　古緯書　器物書　百工書

雜藝書　異端百家書　小説雜書

總集　別集

右諸書皆須以先秦爲根本，其百家又各有源流。致精於其源，而無泥於其流可也。其法先立題目，貼壁間，求其精力好學朋友數人，分題立限，相與一一勾鎖之。不爲則已，爲則必要其精；不精則已，精則必歸於正。實用工夫，亦不過數年耳。但初用工時，頗覺事多，其後工夫積累漸廣，彼此互自相解釋，初無多也。

右諸書，前五件，當專精；次十二件，當博習；又次七件，當旁通；又次三件，當泛覽；末二件，當鉤玄。盡心曰專精，考索曰博習，摘要曰旁通，涉獵曰泛覽，遴選曰鉤玄。

㈣ 清識

天理　須精究二《典》、三《謨》、《大雅》、《周頌》、《易·繫辭》、《大學》、《中庸》、《論語》、《孟子》、《通書》、《太極》、《西銘》、《經世》書，心得其妙，方爲真識。

物理　眼前物理，須一一就眼前窮究，不可專倚書籍；眼前所無物理，則須博採古今書以考諸言，將求圖譜以詳其形，方爲真識。

事理　今事須於自家自心歷練處，體驗人情事理，十分切實老成，即以此心去量度他家事理，雖不中，不遠矣。古事只要看來踪去跡言行著實處，休聽他古人議論，休據古人字樣，懷洗千古冤抑，照百代奸欺之心以臨之，自家的見識定，然後看古人議論以商榷之可也。如此則爲真

識。

神理　自家先澄吾神，明明白白，見此主宰妙理。則其他天神地祇人鬼物怪，有者無者，是者非者，可得而照矣。自家不識自神，而欲妄意窺測，政恐魑魅罔兩輩竊笑耳。識自家神以照彼神一也，方是真識。

右萬理不同，同歸於是，謂之至理；至理本　，其變無方，謂之衆理。至理唯當心解處，不可以言求，以言求者是謂無識；衆理必須根幹枝葉、脉絡紋理，纖悉推究，目無不知見，心無不真知，口無不可以真言之，方可謂之真識。真識之目四：一曰其然，目可見、耳可聞之實理。二曰當然，心可知、身可行之正理。三曰所以然，口不可言、心不可思，而理勢自然之所必至。四曰不然。正理之外，所當防戒有種邪僻者是也。每題中景意事理，皆當今四目推研之，庶幾可以見理矣。

㈤ 定　志

心性必欲通神明，量度必欲包宇宙，
聰明必欲察毫釐，裁處必欲合聖賢，
識趣必欲度先秦，變化必欲備百家，
體製必欲像韓柳，格力必欲造屈馬。

右志於其上，猶恐不及其中；志於其中，終亦卑下而已矣。須是自心斷定不回，不顧世俗之毁譽，不憚心力之勞瘁，勇往直前，不讓第一等與他人，方可與言文矣。

古文譜二

識題法

㊀ 虚實

虚題

實題

右古文一主於實，實題實做，虚題亦實做，叙事則實叙，議論則實議是也；時文一主於虚，虚題虚做，實題亦虚做。只此是古文、時文分別也。

㊁ 抱題

開題　盡開題中景意事情，而悉區分用之。

合題　收斂題中景意事情，合爲一片，而融化其精英用之。

超題　超出題中景意事情之外，而别取一片清虚玄妙之氣用之。

引題　先説别事忽入題中。

張題　小題張而大之。

蹙題　大題蹙而小之。

影題　别把他物影見本題。

摘題　摘取題中緊切要精者，而用其景意事情之一端。

縋題　别立説話，却不離題，直至結尾，方見本題。

撇題　先設本題，撇入别事。

㊂ 斷　題

○推鞠

來蹤　題中景意事情各各來由。

去跡　題中景意事情各各去處。

本宗　直下本原。

旁枝　牽連枝節。
證佐　聞見可徵。
隱匿　隱匿情節，一一點破。
形似　僞造形似，實非本真，尤須詳察。
○磨勘
罅漏　景意事情，直須磨勘，盛得水住，稍有滲漏，便是病。
○擬斷
原情　原以人情而以恕度之。
據理　據其天理而以正折之。
按例　史子比則。
奉敕　本朝典故。
唯令　聖賢格言。
依律　經書正例。
○處置
斷決　明正功罪。

赦宥　赦過宥罪。

○詳審

人名　稱呼歸一，雖變不差。

地名　地名各須明白，認歸宿處。

歲月　歲月先後，須要來歷分別。

宮室　宮室制度及遷改，不可混雜。

器仗　器仗制度及陳設，不可虛妄。

服色　服色制度及變易，須要緣故。

辭令　辭令謙倨，須要等級。

容貌　容貌變常，各各威儀。

右以題目作考功問罪之人，一一磨勘分明，方可運意下筆。

古文譜三

式

㈠ 叙事

叙事　依事直陳爲叙，叙貴條直平易。

記事　區分類聚爲記，記貴方整潔净。

㈡ 議論

議　切事情之實，而議其可行者。

論　依事理之正，而論其是非者。

辨　重複辨析，以決是非之極致。

説　評説其事可否，是非自見言外。

解　解析其理明白，則已不勞論辨。

傳　傳述所聞，不敢增減。

疏　條陳其事，畫一分明。

牋　拾古人非缺之處而補正之。

講　解析其理，究研詳盡。

戒　正辭嚴色，規儆於人。

喻　和顏温辭，曉諭於人。

㊂ 辭　令

禮辭　尊卑上下禮法之辭，貴高下中節。

使辭　使命往來傳命致事之辭，貴簡要而動中事情。

正辭　法語禁人之辭，貴嚴峻切至、凜然可畏。

婉辭　巽語諷人之辭，貴辭寬意切，使人自然動心而不可激怒。

權辭　權謀機警、務以成事之辭，貴得其畏愛之情而逆取順導之。

右三綱十八目，斷題之後，以此法隨宜議擬，諸文體中皆通用之。

古文譜四

製

㈠ 體段

起　貴明切，如人之有眉目。

承　貴疏通，如人之有咽喉。

鋪　貴詳悉，如人之有心胸。

叙　貴轉折，如人之有腹臟。

過　貴重實，如人之有腰膂。

結　貴緊快，如人之有手足。

右六節，大小諸文體中皆用之。然或用其二，或用其三四，不可，以至於五六七。可隨宜增減，有則用之，無則已之，若强布擺，即入時文境界矣。其間起結二字，則必不可無者也。起結二法，在作文家最爲難事，須將韓柳二家諸體文字，摘出起結，觀其變化手段，當自得之，非可言傳也。

㈡ 體式

叙事	叙事	叙言
記事	記事	記言
議論	論事	論理
辭令	應辭	問對

㈢ 體製

〇製法九十字

製	叙論辭		起承鋪 叙過結
引	〇〇〇	洗爲虚詞 引入本題	〇〇〇 〇〇〇
入	〇〇〇	直入本題	〇〇〇 〇〇〇

製	叙論辭		起承鋪 叙過結
出	〇〇〇	説出題外 或生意外	〇〇〇 〇〇〇
歸	〇〇〇	復歸題中 或生意中	〇〇〇 〇〇〇

（續表）

製	叙論辭		起承鋪 叙過結
承	○○○	承接上文	○○○ ○○○
粘	○○○	辭意斷處 略粘綴之	○○○ ○○○
送	○○○	辭意未斷 送之即止	○○○ ○○○
歇	○○○	辭意少歇 以養文力	○○○ ○○○
過	○○○	詞源浩翰 過而後激	○○○ ○○○
製	叙論辭		起承鋪 叙過結
設	○○○	本非事實 假設立言	○○○ ○○○
影	○○○	假他事物 言外影見	○○○ ○○○
轉	○○○	因上所言 轉深一重	○○○ ○○○
折	○○○	因上所言 轉深兩重	○○○ ○○○
警	○○○	驚天動地 峻拔之作	○○○ ○○○

（續表）

製	叙論辭		起承鋪 叙過結
激	○○○	嘻笑怒罵 激烈之語	○○○ ○○○
頓	○○○	頓而高之 升於青天	○○○ ○○○
挫	○○○	挫而下之 入於黄泉	○○○ ○○○
起	○○○	忽然而起 詞意響拔	○○○ ○○○
伏	○○○	倏然而伏 辭意(疏)〔沉〕降	○○○ ○○○
提	○○○	千鈞之力 扶所難起	○○○ ○○○

製	叙論辭		起承鋪 叙過結
蹶	○○○	萬鈞之力 踣所難伏	○○○ ○○○
點	○○○	主意既立 時復捻點	○○○ ○○○
應	○○○	前語既遠 後必照應	○○○ ○○○
呼	○○○	設詞於前 以呼後意	○○○ ○○○
喚	○○○	屬詞於後 以(興)〔喚〕前因	○○○ ○○○
排	○○○	整齊排比	○○○ ○○○

（續表）

製	叙論辭	起承鋪	叙過結
抑	○○○ 抑而下之	○○○	○○○
揚	○○○ 揚而高之	○○○	○○○
開	○○○ 分爲兩段	○○○	○○○
合	○○○ 合爲一意	○○○	○○○
收	○○○ 撮而斂之	○○○	○○○
縱	○○○ 放而肆之	○○○	○○○
援	○○○ 泛引古書	○○○	○○○
證	○○○ 泛引古語	○○○	○○○
按	○○○ 的按經律本條	○○○	○○○
據	○○○ 的據本事根原出處	○○○	○○○
撒	○○○ 撒開散語	○○○	○○○
伸	○○○ 前意已畢泛而申之	○○○	○○○

製	叙論辭		起承鋪 叙過結
衍	○○○	片言隻字衍而多之	○○○ ○○○
掉	○○○	兩字掉轉敳（數）〔鼓〕自〔擊〕	○○○ ○○○
纏	○○○	首尾二字（輅）〔聯〕如績麻	○○○ ○○○
蹙	○○○	事詞（叛）〔衆〕多蹙而具之	○○○ ○○○
疊	○○○	疊語諱〔複〕以見深意	○○○ ○○○
難	○○○	設爲問難欲不可解	○○○ ○○○
製	叙論辭		起承鋪 叙過結
辨	○○○	辨其所難使無其疑	○○○ ○○○
解	○○○	依理解義	○○○ ○○○
規	○○○	箴已著之罪	○○○ ○○○
戒	○○○	戒未來之失	○○○ ○○○
勸	○○○	誘使爲善	○○○ ○○○
頌	○○○	誇功奬德	○○○ ○○○

（續表）

（續表）

製	叙論辭	起承鋪叙過結
願	○○○ 願望其然所主在彼	○○○○○○
欲	○○○ 願欲其然所主在此	○○○○○○
許	○○○ 可是而是之	○○○○○○
鄙	○○○ 當否而否之	○○○○○○
正	○○○ 明述正理	○○○○○○
反	○○○ 反言不然	○○○○○○

製	叙論辭	起承鋪叙過結
破	○○○ 盡其底藴	○○○○○○
露	○○○ 微露上意	○○○○○○
蓄	○○○ 包〔蹁〕〔涵〕在内	○○○○○○
含	○○○ 引而不發	○○○○○○
疑	○○○ 設爲疑解	○○○○○○
斷	○○○ 必然斷之	○○○○○○

（續表）

製	叙論辭	起承鋪 叙過結
憾	〇〇〇 有所感動	〇〇〇 〇〇〇
嘆	〇〇〇 嗟嘆不已	〇〇〇 〇〇〇
劇	〇〇〇 空中劇下無根蒂語	〇〇〇 〇〇〇
拙	〇〇〇 句句相累各各自成	〇〇〇 〇〇〇
覆	〇〇〇 反有不然者	〇〇〇 〇〇〇
鋪	〇〇〇 列鋪其事	〇〇〇 〇〇〇

製	叙論辭	起承鋪 叙過結
叙	〇〇〇 直叙其事	〇〇〇 〇〇〇
陳	〇〇〇 陳説其理之所當然	〇〇〇 〇〇〇
録	〇〇〇 實録所有	〇〇〇 〇〇〇
述	〇〇〇 述已往之事意	〇〇〇 〇〇〇
探	〇〇〇 探未來之事情	〇〇〇 〇〇〇
斡	〇〇〇 斡復叙事	〇〇〇 〇〇〇

製	叙論辭		起承鋪 叙過結
留	○○○	留連事情 未即斷遣	○○○ ○○○
翦	○○○	翦取一枝	○○○ ○○○
超	○○○	超出常情 迥然物表	○○○ ○○○
跳	○○○	語意隔越	○○○ ○○○
驀	○○○	事理隔越	○○○ ○○○
撇	○○○	撇入一物	○○○ ○○○
製	叙論辭		起承鋪 叙過結
鈐	○○○	兩股鈐斷	○○○ ○○○
分	○○○	細分條目	○○○ ○○○
總	○○○	總約大綱	○○○ ○○○
拾	○○○	一言蔽之	○○○ ○○○
兜	○○○	散漫衆言 一語兜住	○○○ ○○○
繳	○○○	繳結斷節	○○○ ○○○

（續表）

（續表）

製	叙論辭		起承鋪 叙過結
截	○○○	截斷衆流	○○○ ○○○
貶	○○○	結正其罪	○○○ ○○○
製	叙論辭		起承鋪 叙過結
結	○○○	結尾終篇	●●● ●○○
褒	○○○	明賞其功	○○○ ○○○

改潤法十字，連上製法共一百字。

㊀翻 辭理已具，重新翻改。

㊀變 段語近排，加之變態。

㊀融 意有斷續，融而通之。

㊀化 理有滓渣，化而去之。

㊀點 質勝於文，點以字樣。

㊀割 可愛而冗，痛割棄之。

㊀瑩 意有未清，磨而瑩之。

㊀熨 突兀不安，熨而平之。

㊀補 失枝脱節，安（補）〔插〕無踪。

㊀掇 前後失（次）〔序〕，貴在移掇。

右一百字，作文活法，變化之妙，盡在是矣。此譜不可以言傳，而可以心得。當於先輩作文時，觀其用處而默識，所謂千學不如一見者也。

古文譜五

體

㊀文體

○叙事

	變	原	流
叙	序其始末以明事物	小序大序書小序易卦後序詩大雅荀子後序	韓
傳	傳述其事以示後人	本傳附傳合傳	史記西漢書
録	實録總録附録其事雜録	金縢顧命	國語國策
碑	刻以紀功五品以上墓誌	紀功〔碑、墓碑〕歷代封〔禪石〕刻述德碑石鼓秦碑	韓歐

（續表）

	變	原	流
述	述先人之行（實）（述）	行述事述 孔子家語	柳
表	或列表以明事 或樹表以題墓	年月日世（書）系墓表孔子書季札墓史記	西漢書歐
譜	列具其詳世譜 人譜以明事物 事物（譜）	世本世系（姓） 爾雅（二十）（平童）（五星） 經山海經七十二弟子記考功記	柳歐
記	記其事理 必具始末	事記 物記 雜記	柳

	變	原	流
紀	編年記事	二典武成春秋禮記左傳	史記本紀 五代史本紀
志	記載故實	史志禹貢洪範 周官呂刑周髀 司馬法 雜志	史記八書 西漢十志
誌	記載行實	壙志郭有道碑 墓誌曹娥碑	韓
碣	記述小事六品以上墓誌	墓碣文範先生碑 雜碣崔府君碑	柳
狀	實録事狀	行狀	韓柳歐

（續表）

	變	原	流		變	原	流
注	詳具事實	起居注穆天子傳儀注儀禮雜注古今注					
○議論							
議	切事而議 奏議雜議	三謨	漢議文粹陸宣公集宋諸臣奏議	贊	贊美功德	史贊贊史記西漢書	文選
説	明説其理	説雜説孟子列子	韓柳歐	銘	銘器自警	碑銘湯盤器銘武王踐祚	文粹
辨	辨析事理	孟子　莊子	荊公	約	約信之辭 規約契約	高祖三章約王子淵僮約	

（續表）

	變	原	流
喻	曉喻之文	書訓誥	司馬相如 陸宣公
跋	跋於圖籍之後	〔鎦讓〕〔劉歆〕七略	柳歐曾
彈	臺平彈劾	漢書	文選 文粹 文鑑
狀	奏狀公狀		昌黎 宣公
書	抒寫事情	君奭吕相絶秦 戰國策	韓柳
連珠	屬辭託諷		文選
箋	上太子箋		文選
論	窮理之論	荀子 吕不韋	蘇
解	解釋義理解書〔解〕難	經解〔管子〕韓非淮南子〔解嘲〕	韓
義	解説經義	經義禮記白虎通	〔鎦〕〔劉〕原父

（續表）

	變	原	流
箴	箴刺過惡	虞人箴	揚雄韓
戒	豫説儆戒戒喻 雜喻	伊訓無逸	柳
規	規諫過失	詩沔水書太甲	文粹
題	題於圖籍之首	孟子題辭	柳蘇
奏	奏事天子疏劄	三謨五誥	漢書文粹陸宣公宋奏議
表	明情陳情上表 陳表請表勸表 諫表	文選	宣公 昌黎 東坡
劄	書劄奏事	奏劄公劄	宣公 六一 東坡
對	答問之解左傳 對策對問孟子	家語 文選 董子 韓	文粹 柳
原	原理之本	淮南	韓

變		原	流
○辭令			
詔	詔〔示〕天子詔 敕勑	湯誥 盤庚 周誥	漢詔陸宣公
誥	命官之辭內制 外制	舜典 微子 畢命 冏命 蔡仲 君陳	宣公 蘇
册	册命之辭	文侯之命 六 王之册	文選 文粹 宣公
榜	示衆之辭	相魏 筦子 幼官	
教	大臣（告）〔教 衆〕之辭	多士 左傳 武侯	文選
誓	誓衆之辭	苗甘 商周 魯秦六誓	
啓	陳事上官	左傳	文選
簡	簡牘傳情	法帖	蘇黃孫覿

（續表）

（續表）

	變	原	流
檄	軍書示威	胤征 高祖 出關〔諭〕 告（諭）	文選
布露	軍捷播告	多方	文苑英華
祝	告神之辭	武成 少牢 特牲 太傅	
盟	盟神之辭	左傳 孟子 葵丘之盟	

右一一體製，先認本色，次知變化。

（二）家法

○經

《易》《書》《詩》《春秋》《禮記》《論語》《孟子》

○史

《國語》《國策》《史記》《西漢》

文章歐冶

〇子書

《山海經》《周髀》《九章》《素問》《考工記》《筦子》《老子》《列子》《莊子》《荀子》《穰苴》《吴起》《孫子》《韓非》《吕覽》《賈子》《淮南子》《新序》《説苑》《揚子》《世説》

〇總集

《文選》《古文苑》《文粹》《文鑑》

〇别集

韓文　柳文　宣公文　歐文　荆公文　三蘇文　曾文

右一一家數，各知其所不同，各知其所以不同而知其所同，取其所長，棄其所短，融化自成一家。各似其似而不摹擬，各變其本而不相錯雜。

古文譜六

格

㈠ 未入格

布置：布置事理，各得其所。順鋪：鋪陳事意，順其次序。

直叙：直叙其事。　縋後：直至結尾，方見本題。

滑稽：題有礙理，以戲出之。頓挫：着力頓挫，頗見精神。

㈡ 正格

玄：精神極至，洞然無迹。圓：辭情理趣，圓美粹然。

右上上

妙：神工詣極，重重入妙。適：情趣自然，從容中度。

右上中

沉：力可迴天，不動聲色。　雄：氣蓋天下，渾然雄風。

右上下

清：乾坤清氣，徹底泠然。　婉：理嚴辭巽，惟恐傷人。
閑：優游塵外，真趣怡然。　典：言語步趨，俱中典則。
雅：臺閣氣象，正大從容。　深：極深研幾，未易窺測。
覈：言言有據，字字精實。　精：思精理到，幾入於神。
嚴：法度森森，動中規矩。　偉：氣相宏大，偉然可觀。
絶：辭理俱到，令人擊節。　卓：有意卓然，高出相表。
高：情理傑特，下視羣才。　遠：理致悠長，宛在言外。
大：籠天絡地，未能無迹。　瑩：表裏無瑕，瑩然透徹。
古：辭理淵奥，太古之音。　逸：超出常情，飄然天趣。

右中上

重：力重萬鈞。　奇：出入意表。
老：見識老成。　健：骨氣矯健。
簡：辭意簡當。　(道)〔遒〕：遺辭清快。

勁：骨力剛正。　壯：氣力沛然。
峭：辭意峻拔。　活：意思活動。
和：氣宇恬和。　肅：氣相肅整。
正：辭意端正。　秀：辭意穠秀。
縝：法度縝密。　潤：辭氣温潤。
新：掃盡陳言。　華：富麗榮華。

右中中

響：音吐洪暢。　亮：辭音並皦。
緊：節節抱實。　謹：謹守繩墨。
平：略不廢力。　實：辭理皆實。
俊：翩翩意氣。　温：慈祥可愛。

右中下

富：事料飽滿。　密：文辭緊密。

右下上

險：語意陟峻。　穩：字字不差。

流：務爲波潤。　麗：務寫藻麗。
淡：不務華飾。　贍：才思有餘。
直：直而不俚。　明：辭意顯白。
詳：事理詳具。　快：開口見心。
易：省力通快。　工：功夫苦到。
滑：辭響滑溜。

右下中

怪：常理之外。　巧：組織小巧。
熟：陳辭熟語。

右下下

㊂ 病　格

晦：不明　浮：不沉　澀：不滑　淺：不深
輕：不重　率：不工　泛：不切　俗：不雅
略：不詳　軟：不勁　訐：不婉　短：不遠

穢：不潔　胖：不遒　俚：不典　虚：不實
排：不活　疏：不密　嫩：不老　散：不緻
枯：不潤　緩：不謹　寬：不緊　粗：不細
尖：不圓　巍：婢作夫人　瑣：淺中狹量　碎：不成片段
猥：全無可用　冗：(承占)〔玉少石〕多　憊：精神倦憊　陳：不新
庸：凡下之談　低：志意不揚　雜：不精　陋：聞見可鄙

右或無兩格，或專一格，變化無方，而戒病格。

古文譜七

律

㈠ 音聲

宮(稔)〔穩〕　商響　角起　徵細　羽嘔

右五聲於讀先秦古文時，以平、響、起、細、嘔五字調切之，久當心解矣。

㈡ 律調

黄鍾十一月聲，嘔下。太簇正月聲，起上。姑洗三月聲，起下。

蕤賓五月聲，細中。夷則七月聲，響下。無射九月聲，響上。

大吕十二月聲，嘔下。夾鍾二月聲，起中。中吕四月聲，細上。

林鐘六月聲，細下。南吕八月聲，響中。應鐘十月聲，嘔上。

右於夜中静虚時，聽十二月天地本然之聲，聽其耳熟，則文中之律自然能辨矣。若有風聲間之，則驗八方來處，而定十二辰之方位，以還宫法推之，便知是本律中何調，若不應還宫法，即是姦聲也。如此則文中之調可識矣。

四六附説

㈠ 法

四六之興，其來尚矣。自典謨誓命，已加潤色，以便宣讀。四六其語，諧協其聲，偶儷其辭，凡以取便一時，使讀者無聱牙之患，聽者無詰曲之疑耳。故爲四六之本，一曰約事，二曰分章，三曰明意，

四曰屬辞，務欲辭簡意明而已。此唐人四六故規，而蘇子瞻氏之所取則也。後世益以文華，加之工緻，又欲新奇，於是以用事親切爲精妙，屬對巧的爲奇崛。此宋人四六之新規，而王介甫氏之所取法也。變而爲法凡二，一曰剪截，二曰融化。能者得之，則兼古通今、信奇法也；不能者用之，則貪用事而晦其意，務屬對而澀其辭，四六之本意失之遠矣，又何以文爲哉？今開具二法於後。

㊣

約事　將當開説之事，沙汰其枝葉，而約其本根。則辭簡意明，讀者不煩，而聽者易解也。

分章　將事中節目分開，各爲一段以陳述之。則事意分明，聽者無雜亂之患。

明意　於各段中發揮其意，使之明白洞達，無少晦澀。則聞者朗然入耳而心喻矣。

屬辭　每一段中，以一隔聯，包括其意，前後隨宜；以四字六字散聯，彌縫其闕。所以然者，事分則明，既以約事分章取之矣。意分則朗，故以明意、屬辭取之也。凡意或有首尾，或有主客，或有待對。混而言之，則昏晦；分而言之，則明朗。故四六屬辭之法，必分事意爲兩壁，而以對偶明之也。又一意之中，必分主從。從者常多而意短，主者常少而意長，若不爲法以明之，則主從混淆、而輕重不分矣。故少其偶聯以明主意，多其散聯以明從意，此四六屬辭所以用四六、限段節、拘對偶、分散聯之本意也。欲讀者便於音聲，故切以平仄，欲聽者不至迷誤，故平易其辭，此又四六屬辭所以定粘律、明句讀文辭之本意也。但明此旨，則四六之作自然合轍矣。

㊀今

剪截　事意深長，有非片言可明白者，於是作者取古人事意與此相似者，點出所數字，而以今日事意串使成聯，使人聞之，不可盡言之深意，朗然可見於言外，此四六之妙用也。其法凡三，一曰「熟」，二曰「剪」，三曰「截」。

㊀熟　用衆所共之事，則人人耳熟而易曉。

㊀剪　兩句出處，各剪出本處屬對字樣，以備采用。

㊀截　以所剪屬對字樣，截取其聲律諧順、語意明白、字樣穩切者而用之。

融化　剪截既定，融以神思，化以筆力，而四六之文法凡三：一曰「融」，二曰「化」，三曰「串」。

㊀融　截取所剪字樣，以神思融會之，使與題中本事相合爲一，朗然可見矣。或折碎本語以融之，或點綴上下以融之，或合取筆意以融之，或貼以己事以融之，皆是也。

㊀化　融會事意，既定而後，以助語呼喚字化爲渾成之語，使古事與今意並行昭然明白是也。

㊀串　聯串兩句，融化明白。一段數聯，又須融化相串。篇串數段，仍須融化照應。脉絡貫通，語意瀏亮，渾然天成，則式雖四六文，與古文不異矣。

㈡ 目

○臺閣

詔 誥 表 箋 露布 檄

○通用

青詞 朱表 致語 上梁文 寶瓶文

○應用

啓 疏 劄

㈢ 體

○唐體

蘇頲 張説 常衮 陸贄 白居易 元稹

右唐體四六，不俱粘，段中用對偶，而段尾多以散語襯貼之，猶古意也。

○宋體

楊大年 歐陽脩 王安石 蘇軾 邵澤民 邵公濟 汪藻

右宋體，拘粘，拘對偶，格律益精，而去古益遠矣。凡唐体四六，《文苑英華》最爲詳贍；宋体四六，唯蜀本《四六適用集》，皆南渡以前精選之文。格律渾厚，辭氣雄雅，無後來雕鎸之弊，餘不足觀也。

㈣ 製

起　破題

承　解題

中　述德　或作入事

過　自述　或在述德之前

結　述意

右四六製大概，此其準也。其餘各具于式，變换之爲或不用解題，或不用自叙，或變自叙而叙他人，此又隨題變换者也。

㈤ 式

詔　多用散文，亦有用四六者。今代四六詔書、赦文，多作二段：一破題，二入事，三戒敕，

或獎諭，或獎勸。

誥　多用散文，亦多用四六。今代詞命、宣命多三段，一破題，二褒獎，三戒敕，或獎諭，封贈則用慰喻。

表　諫表、論事表、請表、勸表、乞陳表、薦表，皆用散文；賀表、謝表、進表，皆用四六。賀祥瑞表四段：一破題，二解題，三頌聖，四述意。賀尅捷表亦四段：一破題，二入事，三頌聖，四述意。賀正旦表、冬至、聖節、登極、册后、建儲等表皆三段：一破題，二頌德，三述意。謝官、謝賜雜表皆四段：一破題，二自述，三頌聖，或先頌聖後自述，四述意。進書表：一破題，二解題，或自述，三頌聖，四述意。進貢物表：一破題，二頌聖，三入事，或先入事，四述意。

箋　諫戒論事皆散文，賀箋皆三段，進書進物箋皆四段，大略如表，而字樣不同於皇太子用之。

露布　出師勝捷播告之文，一冒頭，二頌聖，三聲罪，四叙事，五宣威，六慰喻。

檄　出師喻衆之文，一冒頭，二頌聖，三頌功，四論理，五宣慰，六招喻。

青詞　方士懺過之辭，一籲天，二懺過，三祈禱。

朱表　方士告天之辭，一破題，二籲天，三述意。

致語　樂工問白，一破題，二頌德，三入事，四陳詩。

上梁文　匠人上梁之文，一破題，二頌德，三入事，四陳抛梁，東西南北上下詩各三句。

寶瓶文　圬者鏝棟脊之辭，一破題，二頌德，三入事，四陳詩。

啓　人間通問之辭。

謝啓：一破題，二自叙，三頌德，四述意。

通啓：一破題，二頌德，三自叙，四述意。

陳獻啓：一破題，二入事，三頌德，四述意。

定婚啓：一合姓，二入事，三述意。

聘婚啓：一破題，二入事，三述意。

賀啓：一破題，二入事，三頌德，或後入事，四述意。

小賀啓：一破題，二頌德，三述意。

疏　請疏：一破題，二頌德，三述意。

勸緣疏：一破題，二入事，三述意。

㈥ 格

上，渾成格　辭意明白，渾然天成。

中，精嚴格　法律精嚴，妙入規矩。
下，巧密格　用事巧中，無少疏漏。
凡四六諸格，變化無方，已具《古文譜》中。其尤切者，則在此三格而已。

楚賦譜

㈠ 楚賦法

楚賦之法，以情爲本，以理輔之。先清神沉思，將題目中合説事物，一一瞭然在心目中，却都放下，只於其中取出喜怒哀樂愛惡欲之真情，又從而發至情之極處，把出第一第二重易得之浮辭，一切革去，待其清虛玄遠者至，便以此情就此事此物而寫之。寫情欲極真，寫物欲極活，寫事欲極超詣。以身體之則情真，以意使之則物活，以理釋之則事超詣。清神法見《古文譜》，曰沉思，即沉抑，兩重浮辭而不用之是也。

㈡ 楚賦體

屈原《離騷》爲楚賦祖。只熟觀屈原諸作，自然精古。宋玉以下，體制已不復渾全，不宜遽雜

亂耳。今具屈原賦十一篇目於左，變化之妙備於此矣。

《離騷經》《遠游》《惜誦》《涉江》《哀郢》

《抽思》《懷沙》《橘頌》《思美人》《惜往日》《悲回風》

㈢ 楚賦製

○起端

原本　推原本始，或原理，或原事，或原物，或原景，或原情，或原古。

叙事　宜叙事實。

抒情　抒寫至情。

設事　假設而言。

冒頭　立説起端。

破題　説破本題。

○鋪叙

抒情

况物　借指他物，實言人事，辭欲不通，而意初不悖。大概以草木况人品，以鳥獸况人物，以

天宫况朝廷，以風雲况號令，以弓劍况才用，以車馬况行藏，以賓玉况德性。

設事

序事

論事　論説事情。

論理　直論至理。

比物　以物比事，辭通而意露，與况物絶不同。

用事　引用古事。

少歌　間以短歌。

倡　激以高辭。

〇結尾

述意　陳述己意。

論事

設事

抒情

論理

超絶　超玄入妙。

亂辭　結以切至之辭。

右楚賦段法之變，盡於此矣。體認而善用之，不言之妙用當自得之。凡楚賦正〔變之〕製，每（矣）〔以〕四句爲小段。

㊃ 楚賦式

○句法

○六言長句兮字式

㊣ 上一字單　體狀字　呼喚字　作用字　虛字　實字

次二字雙

中一字單　之、乎、而、以、於、于、其、與、余、吾、我、尔、汝、曰、夫、又、孰、惟、焉、乃。

下二字雙

㊫ 上二字雙

次一字單

中二字雙

下一字單

(變)中不用單字

(變)七言

(變)八言

(變)九言

(變)五言

(變)四言

(變)三言

凡楚賦以六言長句爲正式，其間變化無方，姑舉其要如右，詳見《楚賦緯》。

○四言兮字式

(正)上一句四言，下一句三言兮字，韻在兮字下。

(變)上一句四言兮字，下一句四言，韻在句下。

凡四言，中亦間用五言六言，但以四言爲主耳。

○六字短句式

㊣ 上一字單

上二字雙

次二字雙　中兮字　下二字雙

(變) 上二字雙

(變) 五言

(變) 七言

此本題歌句法，後人有用爲賦者，非屈原之正式也。

○四言只字式

㊣ 上一句四言，下一句三言只字，變五言。

此景差《大招》句法可用，宋玉《招魂》用此字，惟哀辭、祭文得用耳，不〔入〕賦式也。

○雜言式

此始於宋玉《九辯》，極於淮南《招隱》，非屈原之正式也。

㊄ 楚賦格

○上

清玄騷〔短〕〔經〕　神清思精，意真語起。

○中

清婉　寓意深遠，遣辭粹雅。

超逸遠遊　超出常度，別發奇文。

壯麗　奮厲辭氣，不拘調度。

清麗　專煉辭情，略具首尾。

典雅　立意高平，造語醇古。

奇麗　運意險絶，造語精神。

頓挫　立意跳盪，造辭起伏。

縋後　前但泛言，後方着題。

布置　拆繁衍略，間架整齊。

順布　自首至尾，順文鋪叙。

文章歐冶

此楚賦〔正格，其〕格變化無方，其詳已具《古文譜》中。今取屈原十一篇格具列於右。

凡楚賦短篇以格爲主，中篇以式爲主，大篇以製爲主，而法一也。

漢賦譜

㈠ 漢賦法

漢賦之法，以事物爲實，以理輔之。先將題目中合說事物，一一依次鋪陳，時（然）〔默〕在心，便立間架，（搞）〔搆〕意緒，收材料，措文辭。布置得所，則間架明朗；思索巧妙，則意緒深穩；博覽慎擇，則材料詳備；鍛煉圓潔，則文辭典雅。寫景物如良畫，制器物如巧工，說軍陳如良將，論政事如老吏，說道理通神聖，言鬼神極幽明之故。事事物物，必須造極。處事欲巧，造語貴拙。

㈡ 漢賦體

宋玉、景差、司馬相如、枚乘、揚雄、班固之作，爲漢賦祖，見《文選》者，篇篇精粹可法，變化備矣。《文粹》、《文鑑》諸賦多雜，唐宋人新體少合古製，未宜輕覽。

大體

《高唐》《神女》《招魂》《大招》《子虛》《上林》《七發》《長楊》《羽獵》《西都》《東都》《靈光殿》《文賦》《閑居》《藉田》《長笛》《琴》《舞》

中體

《風》《月》《雪》《赭白馬》《鸚鵡》《長門》《登樓》《嘯》

小體

荀卿五賦出《荀子》　宋玉《大、小言賦》《古文苑》　司馬相如《哀二世賦》　孔臧諸賦《孔叢子》　梁孝王諸大夫分題賦《西京雜記》

㊂ 漢賦製

○起端

此段是一篇之首。

問答：設爲問答以發端。

頌聖：頌美聖德以發端。

序事：次序事實以發端。

原本：或原理之本，或原事之本，或原古始。

冒頭：或就題立説，或題外生意。

破題：或見題字，或切題意。

設事：本無事實，假設次序。

抒情：抒其真情，以發事端。

○鋪叙

此段是一篇之實，物理爲鋪，事情爲叙。

體物　體狀物情，形容事意，正所謂賦，尤當極意模寫，其目凡七：

實體　體物之實形，如人之眉目手足，木之花葉根實，鳥獸之羽毛骨角，宫室之門墻棟宇也。惟天文（惟）題以聲色字爲實〔體〕。

虚體　體物之虚象，如心意、聲色、長短、動静之類是也。心意、聲色爲死虚體，長短、高下爲半虚體，動静、飛走爲〔活〕虚體。

象體　以物之象貌，形容其精微而難狀者，「縹」、「爛熳乎」、「浩然」、「皇矣」、「赫兮」、「巍哉」、「翼如也」、「申申如也」、「峨峨」、「崔嵬」之類皆是也。有碎象體，有扇象體，有排象體，變化而用之。

比體　設比似以體物，如賦雲言「羽旗」、雪言「璧玉」是也。

量體　量物之上下、四方、遠近、久暫、大小、長短、多寡之則而體之，其體有量本、量枝、量連、量形、量態、量時、量方，其法有數量、排量、總量。

連體　體物之相連及者。有近連，如賦人言衣冠、官室，賦馬言鞍轡、厩輿之類是也；有遠連，如賦人言風雲、賦馬言舟海之類是也。

影體　不着本物，泛覽旁觀，而本物宛見於言外。

叙事　或全篇，或篇中，或首尾。次序事以寓賦辭，其目凡十一：

正叙：叙事得文質詳略之中。

總叙：總事之繁者而約言之。

間叙：以叙事爲經，而緯以他辭，相間成文。

引叙：篇首或篇中用叙事，以引起他辭。

鋪叙：詳析事語，極深鋪陳。

略叙：語簡事略，備見首尾。

列叙：排列事物，因而備陳之。

直叙：依事直叙，不施曲折。

婉叙：設辭深婉，事寓於情理之中。

〔意叙：略睹事迹，度其必然，以意叙之。〕

平叙：在直婉之間。

引類　篇内泛覽群物，各以類聚，此賦之敷衍者也。務欲包括無遺，而群不冗，其目凡十九。

天文　地理　時令　鳥獸

魚蟲　草木竹　果穀粟菜藥　人物

舟車　文物　服飾　寶玉

鬼神　器用　宫室　兵仗

飲食　聲色　聖德

議論　一篇之中，或首尾之際，立爲議論，以明剖析決斷之機。其目凡七：

正論　依正理而論之。

切論　切本事而論之。

廣論　備推題理而析論之。

玄論　詣極超玄之論。

比論　二事相比而論。

難論　辯言相難而論。

譬喻　引牽物以喻理。

用事　引用古事以證題發意，其目凡十三：

正用　本題的正必用之事。（原注：正一作證。）

歷用　歷用故事排比先後。

列用　廣用故事鋪陳整齊。

衍用　以一事衍爲一節而用之。

援用　順引故事以原本題之所始。

評用　引故事因而評論之。

反用　引故事反其意而用之。

活用　借故事於語中以順道今事。

借用　事與本説不相干，取其一端近似而借之。

設用　以古之人物而設言今事。

假用　故事不盡如此，因取爲根别生枝葉。

藏用　用事而不顯其名，使人思而自得之。

暗用　用古事古語暗藏其中，若出諸己。

○結尾

此段是一篇之終，收意結辭。

問答　問答起伏，折而終之。

張大　題之約者，張而大之。

收斂　題之侈者，收而斂之。

會理　矩步規行，確然正理。

叙事　叙事起，叙事終之。

設事　設事起，設事終之。

抒情　抒其至情，以終不盡之意。

要終　要事之終，以終篇意。

歌頌　或爲亂辭，或爲歌詩。

㊃ 漢賦式

設問　設事　六言　四六言　四言　散韻語　兮字

㈤ 漢賦格

上，壯麗　中，典雅　下，布置

右漢賦格，變化無方，其詳已具《古文譜》中。此三格乃其正體，故特著之。

凡漢賦短篇以格爲主，中篇以式爲主，大篇以製爲主，而法一也。

唐賦附説

漢賦至齊梁而大壞，務爲輕浮華靡之辭，以剽掠爲務，以俳諧爲體，以綴緝飣餖小巧爲工，而古意掃地矣。唐人欲變其弊，而或未能反本窮原也，乃加之以氣骨，尚之以風騷，間之以班馬，下視齊梁，亦已卓然，楚漢不分，古今相雜，謂之自成一家則可，追配古人未可也。其法浮，其體漓，其製雜，其式亂，其格則有高者，難以譜定也。

因爲之説，以附楚漢之後。

㈠ 唐賦法

以唐爲本，以辭附之。將題中合説事皆撇過，自成一種簡便輕浮之意，就立間架而敷衍之。

發意欲巧而新，間架欲明而簡，措辭欲切而妍，如斯而已。

㈡ 唐賦體

鮑照、陳子昂、宋之問、蕭穎士，爲唐古賦之祖；江淹、庾信、王勃、盧照鄰、楊炯、駱賓王，爲唐排賦之祖。唐古賦見《文粹》，排賦見《文苑英華》。

㈢ 唐賦製

○古賦

一起端　破題、冒頭。

二承接　入題。

三鋪序　叙事，議論，用事。

四承過　歌詠，用事，議事，序事。

五結尾　歌辭，優劣，議論，抒情。

○排賦

虚排　取虚體中字，立柱排之。

實排　取實體中字，立柱排之。
用事　用古事立柱排之。
請客　用請題外事外，立柱排之。
右四法排賦之用。
碎排　或一句中，排二三事是也。
　或一句中，排一事是也。
疊排　二句、三句、四句或五六句以上排一事，長短參差相疊。
扇排　三句以上，樹扇排之。
衍排　一事衍作一段排之。
間排　碎疊扇衍相間排之。

㊃ 唐賦格

上，壯麗
　清麗
中，立意　自立新意，以爲機軸。
文章歐冶

布置

下，體貼　結構古語，體貼題字。

右唐賦格，變化無方，已見《古文譜》。此五格是其尤多者也，故特附之。

凡唐賦外又有律，始於隋進士科，至唐而盛，及宋而纖巧之變極矣。然賦，古詩之流也，律賦巧，或以經語爲題，其實則押韻講議，其體則押韻四六，雖曰賦，實非賦也，孔子所謂「觚哉觚哉」者。今不復附於《賦譜》之後。

古文矜式

㈠ 培　養

○養心

地步高則局段高。

六經之文，諸子不能及者，聖人也；諸子之文，史不能及者，賢人也。六經之中，《周書》不及《商》，《商書》不及《夏》，《夏書》不及《虞》，世降也；《風》不及《小雅》，《小雅》不及《大雅》，《大雅》不及《頌》，位殊也。由是言之，在我所立地步不高而欲文章高，猶坐井而窺天，無是理也。欲地

步高，何法而可？曰立伊尹之志，爲顔子之學，立脚峻絶，操心誠至，自然高出千載。舍是則僞而已，何益？

見識高則意度高。

文者，言之精也。天下精妙之言，非識見高者能之乎？鄉社之士，不可與語城郭；城郭之士，不可與語都邑；都邑之士，不可與語朝廷。見識卑下，雖欲爲高上，無是理也。欲識見高，何法而可？曰此心之靈，與神明通，默而識之，遊於造化之祖，天機出入，陟降左右則妙與神明通矣。神慮周密，照物精巧，纖毫曲折，必盡其情，則與神明通矣。清圓妙用，與造化者爲一，然而識見不高者，吾未之見也。

氣量高則骨格高。

文章與人品同。自古大聖大賢，非有英雄氣量者不能到也。英雄之氣，擔負天地；英雄之量，包含古今。擔負天地之至重，包含古今而有餘，氣量如立，天下之道德成，天下之事業無不可，況區區古文而有不高者乎？欲氣量高，何法而可？曰熟讀《孟子》，以昌吾氣；細看《堯典》，以恢吾量；參以《史記》諸紀、世家、列傳，以博其趣。大要只是要有英雄擔負天地之氣，要有英雄包含古今之量。

右三者須樸實用工夫，自得於心，而實踐於身。生乎由是，死乎由是。雷霆震於上，而不爲

之動；山岳壓於前，而不爲之變。牢立脚跟，净洗眼睛，所謂有諸内必形諸外者，不可以聲音笑貌爲之也。

○養力

讀書多則學力富。

古文者，古人之文章也。不得古人之心，不知古人之事，不明古人之天文地理萬物之變，不辯古人之城郭宫室車旗器物之制，乃欲操而爲古人之文，無是理也。欲讀書多，何法而可？曰讀經以明聖人之用，讀子以擇百家之善，讀史以博古今之變，讀集以究文章之體。讀其實，無讀其虚。三才，萬物之體用，謂之實；議論，文章之末流，謂之虚。今人讀書，多忽其實而取其虚，是倒置也。夫議論，文辭末也，苟得其實，則變化在我，何必資於彼哉？資於彼是乃蹈襲而已。韓子「唯陳言之務去」，此之謂也。

歷世深則材力健。

文所以記事也。自家涉歷世故不深，則於人情事理不諳練，發之筆則淺近陳腐，不足以警世動物。文人傑作，往往出於幽憂患難之餘，文王之《易》，孔子之《春秋》，屈原之《楚辭》，司馬遷之《史記》，皆是歷練艱難，深造事情，所以高出萬山也。不曾深涉世故，而欲爲古文，有是理乎？欲涉世深，何法而可？曰毋偷安一室，而有經營天下之心；毋閉户讀書，而有擔笈萬里之益；

毋老爲蠹魚，而實爲家國通濟之用。茹荼如飴，履嶮若平，久久心解自當見之。

右二者，行則涉世，吾學問之本也；止則讀書，吾學文之料也。動静食息，無非此事，孰謂伸紙行墨而後爲古文乎？

○養氣

養元氣以充其本。

嗜欲淡，則神氣清；色欲節，而血氣盛；飲食不過，則昏氣少；天理獨行，則志氣明。心欲平，平則無刻鑿之過；氣欲易，易則無艱苦之失。須平日動静食息養之有素，則元氣自然充盛，不可臨文强爲也。

養題氣以極其變。

朝廷之題，其氣肅；軍旅之題，其氣壯；山林之題，其氣奇；宫苑之題，其氣麗；鐘鼎之題，其氣古；關河之題，其氣遠。此皆舉一隅言之，其餘可以類推也。凡養氣，先將題中合説此景此事此情此意，一一推究，枝枝節節，不可脱漏。須令眼中明，不如見胸中朗然，與之神會，悲歡離合之情，了然如身履目擊其間，更加詳察而研究之，而鼓舞之，須臾題中本然之氣，油然自生於吾胸中矣。此氣既生，擇其精而不僻、新而不尖者，淘之、汰之、濾之、漉之，而吾文得之矣。

㈡ 入　境

○識體

體格明則規矩正。

叙事之文貴簡實。

㊞記 以記事，貴方整。　序 以序事，貴直達。

傳 以傳事，貴覈實。　紀 以紀事，貴切要。

録 以録事，貴質實。　志 以志事，貴詳明。

碑 以誌悲，貴哀慕。　表 以白事，貴簡明。

議論之文貴精到。

議 以議事，貴切事而有處置。

論 以論理，貴反覆而盡事情。

辯 以辯明，貴曲折而善解結。

㊟說 以說理，貴明白而不煩解注。

㊟解 以解義，貴明白而題意朗然。

㊟難 以詰問，貴糾結而使人難解。

㊟戒 以規警，貴嚴正而不可犯。

㊟箴 以懲創，貴嚴切而使人痛心。

㊟評 以評事，貴公平而服衆。

㊟贊 以贊美，貴隱惡而不虛〔美〕。

㊟題 以品物，貴忠厚而有益於彼。

㊟跋 以繫尾，貴簡當而有所發明。

㊟喻 以曉人，貴明切而使人心解。

㊟原 以原理，貴精嚴而直造本原。

㊟策 以籌謀，貴縝密而可施行。

㊄奏 以奏事，貴明白體面而感上應下。

辭令之文貴婉切。

㊄詔 以昭宣德意，貴正大而尊嚴，仁愛之心油然。

㊄誥 以告示上意，貴嚴正而輕重得宜。

㊄表 以明通下情，貴切當而無冗長。

㊄狀 以形狀事跡，貴明白而關通律令。

㊄檄 以飛遠軍情，貴雄健而感動人心。

㊄彈 以糾劾奸惡，貴嚴正而不容走脱。

㊄書 以攄寫事情，貴條達而隨人所好。

㊄簡 以傳達事意，貴簡要而分明。

㊄啓 以啓發所言，貴安詳而有體面。

辭賦之文貴婉麗。

(辭) 以寄情，貴情深而語緩。

(賦) 以體物，貴詳盡而文切。

(頌) 以頌美，貴形容盛偉。

(雅) 以詠政，貴鋪張正大。

(風) 以動物，貴情直而語婉。

體段明則制作當。

篇首欲包含一篇大旨，貴乎明而緊。

篇中欲曲折周密，鋪陳詳盡，引用飽滿。

篇尾欲點綴丁寧，發送輕快。

○家數

歷代有風氣之殊。

虞夏天理縝密，文字在一字中。

商人天性嚴正，文字在一字中。

周人天性篤至，文在章句曲折之間。

先秦風氣英爽，文在辯難中。
西漢氣質雄健，文在按據經典中。
東漢學問質實，文在聲音氣相中。
盛唐氣骨俊健，文在體製意思中。
宋人見識端正，文在議論中。

諸家有材氣之别。

左丘明善序事，如老吏具獄，枝節悉備。但斷決處把滑，只論旁枝，至於本宗，則讓於聖人處置，亦是有當如此處。

穀梁氏善議論，簡當清潔。左氏議論在序事中，穀梁議論在議論中，比看各是一奇也。孟子善議論，先提其綱，而後詳説之。只是見識高，胸中流出辯論，盤根錯節處，只以譬喻輕輕解破。

屈原善辭賦，其法有七：一曰抒情，互陳哀樂；二曰況物，借物名説人事，是指狗詈人之意；三曰設事，假説詭怪虚無之事，以寄胸中之趣；四曰序事，直序事實；五曰論理，切論情理；六曰論事，就事論理；七曰用事，引用古事，情真理精，事詭意激。

孫武子善議論，算計精詳。密處盛得水仕，無絲毫罅縫；妙處勝算如神明，只從省力處

用心，幾於無爲之爲。有此心計，方有此文章。

管子善議論，辯政事極其覈實，論心術極其精微，序事簡嚴。

荀子善議論，辯博富麗，失之太方，轉折少力。

老子善議論，精極無言；不得已而言之，言猶無言也，故妙。老於世故，故高。其神奇變化，人莫能測其端倪，而大有功於世教，乃王者修齊治平之術，故有天下者莫不尊之爲聖經。

莊子善議論，見識高妙，機軸圓活，情性滑稽。故肆口安言亦妙，緘口不言亦妙，開口正言亦妙。文法極老，儒皆宗之。

列子善議論，性情清真，見識峻絶。故平淡言語中，皆是驚天動地奇絶意思。

《戰國策》善辭令，其法有九：一曰箝，束縛定他人，使之必聽也；二曰飛，不可言處，借別語飛入，不覺墮其術中；三曰捭，彼意難測，反語捭開即見之；四曰闔，既知彼意，塞其兑，閉其門；五曰揣，捭之不得，多方取之；六曰摩，揣之不得，周（違）〔圍〕摩之；七曰抵，抵入巇巇中，使之不恐；八曰鉤，誘入利中，使之喜慕；九曰決，彼意若從，爲之勇決。故令人至今讀之亦忘倦。

《素問》善議論，理明故枝節詳盡，而論辯精審，先秦書皆然。

《考工記》善序事，句法變化，字樣古雅。

《九章算經》善序事，意緒巧妙，句法字樣別是一家。

《山海經》善序事，實處簡妙。虚處幽玄，名物字樣，皆是文字中珍貝。

《越絶》善序事議論，序事古拙卻好，議論精到，文采殊可觀。

《國語》善序事議論，亦出左丘明，比《春秋内傳》失之方。

《吕覽》善議論序事，平易詳明，絶無古怪險澀之僻，先秦古書中最通今者也，似差弱耳。

《韓非子》善議論，亦善序事。精覈嚴厲出於荀子，而非方冗之病。

司馬遷善序事，只陳最大事爲主，主者從者，以次而略，小者不書。

司馬相如善辭賦，長於體物：一曰實體，羽毛花實是也；二曰虚體，聲色高下飛步是也；三曰比體，借物相興是也；四曰相體，連綿雙疊體狀是也；五曰量體，數目方偶歲日變態是也；六曰連體，衣服宫室器用天地萬物是也。相如尤長於相體。

枚乘善辭賦，體物皆精於物理，有入神之妙，非相如所及。

賈誼善議論，材氣雄俊，見識明決，政事通達，有蓋世之英資，故胸中流出，儁偉跌蕩，不可羈束，三代以後，一人而已，但稍麤耳。

《淮南子》明天道神奇之妙，善於屬文，其辭變化莫測。

揚雄善議論，不善制作，而工於摹擬。唯其忠索深至，學問精博，故往往有妙處，止可零

碎取之，無大段妙處。

劉向善序事、議論，質直平淡而不弱，此是不可及處。

班固善序事，據經按典，勝於司馬遷； 提要鉤玄，不及也。

韓退之序事、議論、辭令，無不善者，出入百家，變化古今，無不備矣，文中之聖者也。

柳子厚序事、議論，無不善者，取古人之精華，中當時之體製，酌古準今，自是一家，比退之微方耳。

右諸家古文皆宜精讀，但學他胸中妙處，勿取其紙上浮文。 必有先秦諸子之精理，兼以西漢諸家之氣骨，韓柳二家今文之體製，至矣盡矣，無以復加矣。 了此以定胸中之權度，然後可及後來之文也。

詩　譜

㈠ 本

凡作五言古詩，先須澄静此心，如滄海不波，空碧無際，纖月倒景，萬象涵精。 題目如鏡中物影，悲懼動静，了無遁情，懷天地於秋毫，洞古今爲一瞬，視彼區區者，而談笑道之。 大抵五言古

詩，所養浩蕩，所見詳明，所取精微，所用輕快。

凡作七言古詩，先須澄静此心，如泛舟滄溟，春晴秋雨，風波作止，萬變隨時。題目如大海受風，泠風則微潤應，疾風則駭浪驚，自然而然，吾取其神奇者而用之。大要七言古詩，所養浩蕩，所見詳明，所取奇崛，所用峭絶。

凡作五言律詩，先須澄静此心，如春江無風，澄緑千里，萬象森列，皆有温柔平遠之意，就其中擇取事情極明瑩者而用之，務要涵養寬平，不可迫切。

凡作七言律詩，先須澄静此心，如秋高月明，獨立華嶽之巔，〔俯〕視萬景皆入奇峭中，就其中擇取沈雄險特者而用之，務要奇峭不可寬緩。

凡作絶句，如窗中覽景，立處雖窄，眼界自寬。題廣者取遠景，寸山尺水，愈覺其遥；題小者取近景，一草一禽，皆有生意。五言絶句主情景，七言絶句主事意。

㈡　式

十八名

五言章句整潔，聲音平淡；七言章句參差，音聲雄渾。

歌　情揚辭遠，音聲高暢。　　吟　情抑辭鬱，音聲沈細。

行　情順辭直，音聲瀏亮。
曲　情密辭婉，音聲縟諧。
謡　情謫辭寓，音聲質俚。
風　情切辭遠，音聲古淡。
唱　與歌、行、曲通。
嘆　情戚辭老，音長聲絶。
樂　情和辭直，音聲舒緩。
解　與歌、曲、嘆、樂通。
引　情長辭蓄，音聲平永。
弄　情通辭麗，音聲圓莊。
調　情逸辭雅，音聲清壯。
辭　情長辭雅，音聲平亮。
舞　情通辭麗，音聲應節。
怨　情（淡）〔沉〕辭鬱，音聲凄斷。
謳　情揚辭直，音聲高放。

二十三題

送　留須戀戀，勉必（奉奉）〔拳拳〕。
別　前瞻戀戀，後顧懸懸。
逢　樂生於哀，喜極還感。
寄　萬里寄言，必有信惠。
疇　識曲識直，無言不酬。
贈　贈人以言，非諂非刺。
答　答指有歸，無離來意。
遊　主景。
宴　主情。
行　行必有故，切忌矯情。
至　至必有爲，不宜徒善。
歸　歸人皆喜，必有我私。

興　物輕意重。

登　登峰詣極，所貴眼高。

題　題忌損物。

思　思必有因，豈徒悽愴。

壽　忌似挽詩。

賀　忌似〔攖〕〔摟〕客。

謝　物意俱重。

覽　泛覽景物，必有得焉。

詠　詠忌粘題。

挽　忌似壽詩。

應制　氣欲嚴肅，辭貴曲麗。

三　制

三停

㊀起　古詩，混淪包括，意整語圓。

七言律詩，聲起語圓。

㊥中　古詩，反覆變化，意真語暢。

七言律詩，頷響亮警峭拔。

結　古詩，含蓄不盡，意重語重。

五言律詩，聲語重。

絶句，平實，第一二句是。

五言律詩，□□□□。

絶句，精要，第三句是。

五言律詩，聲細意長。

七言律詩，聲穩語健。絶句，健次，第四句是。

十一變

抒情，抒發真情。立意，自發新意。

寫景，描寫真景。設事，假設情事。

叙事，叙述實意。論事，論説事情。

用事，引用古事。擬人，擬着一人。

比物，備物喻事。詠物，詠物寄情。

論理，論説事理。

八用

入，急換入題。序，平叙事物。轉，就題轉意。

折，因轉更深。出，跳出題外。歸，忽歸題中。

警，全平以奇爲警，全奇以平爲警。超，超絶常情。

十二感

喜，寓物而見。怒，始欲張而終平。哀，極之而後反。懼，在義理中。

愛，在言外。欲，歆動而歸於正。惡，欲忠厚。憂，瞀而有處置。

羞，不敢盡言。　惜，發於深愛。　思，真切則有分數。　樂，因物而見。

三體

己，發盡真情，去浮取切。　人，以心體之真切猶己。　物，心體造化，鼓舞天機。

五言古詩，就題取真情，推究到極處，情狀畢獻於心目間，擇其極情切處，提出一兩轉，其餘並寓事中隱然見之。

七言古詩，就題先取景，寓情其間，不敢太泄露。

五言律詩，就真情推研到深處用之。

七言律詩，就真情激發到奇絶處用之。

五言絶句，撇情入景。

七言絶句，掉景入情。

㊄ 景

十二類

時候　天文　地理　宮室　人物　鬼神

鳥獸　草木　器物　飲饌　音樂　藝文

凡景皆以時候爲本，人物爲主，隨題消息之。

四真

適，適然意會，就寫真景鍛煉之。

煉，景少之處，就取真景鍛煉之。

扶，枯寂之處，扶取真景鍛煉之。

生，幽獨之處，別生真景鍛煉之。

三奇

平，景多之處，平中取奇。奇，景奇之處，(其)〔奇〕中取奇。雜，景雜之處，平奇奇平。

四玄

仙，仙家想景，煉無爲有。天，清都步景，煉有入無。

神，神靈化景，有有無無。理，至理存景，出有入無。

五言取其空清者用之。

七言取其奇壯者用之。

㊅ 事

即事貴真，故事貴切，設事貴新。

四即事

正，以温柔道之而藹然可見。

邪，以忠厚道之而凛然可畏。

疑，以從容道之而斷在其中。

妄，以滑稽道之而辨在其中。

五故事

正用，的切本題，必然當用。反用，用其事而反其意。

借用，本不切題，借用一端。暗用，用其語而隱其名。

活用，本非故事，因言及之。此乃用事之妙。

六設事

夢寐，以言夢必依幻。古人，言古必依實。

神示，言神必依疑。仙靈，言仙必依想。

鳥獸，託動物必依才。　草木，託植物必依類。
叙即事，取出清虛處；　用故事，取着圓活處；　假設事，語似礙而情理暗通。

㊆ 意

十取

正當，天理當然，取新去俗。　將迎，事未然，而逆料之。
補續，事已然，而補續之。　疑難，淺則含，深則詰難。
反異，或全相反，或有異同。　超越，超越常情，迥出至理。
規正，事有過失，則規正之。　願望，心所願望，取真去矯。
解釋，事有分争，則解釋之。　推極，推情究理，重重搜抉。
五言詩意常含蓄，舉一及二，則含蓄矣。
七言詩意欲顯露，直要其終而斷之，則顯露矣。

㊇ 音

㊡ 穩，上平，全濁。　商 響，下平，次濁。　角 （超）〔起〕，上，不清不濁。

㊥ 嗢，去，次清。㊓ 細，入，全清。

響、〔超〕〔起〕音揚，嗢、細音抑，穩聲和，叶其間而用之，循環無端，然有疏有密，消息用之。

二聲

㊣ 上平、下平。㊛ 上、去、入。

五言律詩，貴字平仄諧和。

七言律詩，貴拗律，句頭欲起，句腰欲嗢，句尾欲響。八句之内，六響一穩一嗢，結句貴諧和。

五言絶句，貴拗律。

七言絶句，貴諧和。

㊈ 律

黄鍾	太簇	姑洗	林鍾	南吕	大吕	夾鍾
中吕	夷則	無射	太簇	姑洗	蕤賓	南吕
應鍾	夾鍾	中吕	林鍾	無射	黄鍾	姑洗
蕤賓	夷則	應鍾	大吕	中吕	林鍾	南吕

黃鍾　太簇　蕤賓　夷則　無射　大呂　夾鍾
林鍾　南呂　應鍾　太簇　姑洗　夷則　無射
黃鍾　夾鍾　中呂　南呂　黃鍾　大呂　姑洗
蕤賓　無射　黃鍾　太簇　中呂　林鍾　應鍾
大呂　夾鍾　蕤賓　夷則

五言古詩主穩，響起不得暴揚，嗢細不得驟抑。

七言古詩，情樂者貴響起，不得驟用嗢細；情哀者貴嗢細，不得暴用響起。音凡叶端一字中本宮，從此〔高下，取此〕相間，復終於本宮，纍纍無端，如貫珠是也。

七言律詩，雖哀亦響起。

凡律高則用重律，中則用正律，下則用子律，大要欲調勻。

凡律聲聲有五音，字字有十二律，消息活法用之。

⊕ 病

違式　體制散亂　無情　七情相干
景非時　景失地　無主　事不實

事牴牾　用事差誤　用事非宜　用事塵俗
意腐　意僻　意邪　思淺
音率　律亂　字俗　字腐
字不安　語麤　語繁　語碎
辭費　言涉譏訕　心存刻薄　意大迫切
古詩叶韻不合例　五言律失粘失律
七言拗律不合例

㊉ 變

四字變
虛　實　死　活
四句變
情　景　事　意
五聲變
穩　響　起　嗢　細

二篇變

製　律

字變　一句内忌併，一聯内非對者忌繁，隔聯忌字相似，一篇忌句相似。

句變　四者相關不得碎雜，相從不得過三聯，全篇純一者不拘。

聲變　兩句不得相併，兩聯不得相似。起宜重濁，承宜平穩，中宜鏗鏘，結宜輕清。

篇變　二者篇篇欲變，若一題聯賦者，變製不變律。

㈢ 範

五言古詩

十九首　漢樂府　建安　陶潛

陳子昂　李白　杜甫

七言古詩

鮑照　李白樂府　王建　張籍

杜甫　李賀

五言律詩

文章歐冶

張籍　劉長卿　杜甫　李白

七言律詩

杜牧　許渾　李商隱　李白

杜甫

五言絶句

王維　裴迪　李白　杜甫

七言絶句

杜牧　岑參　劉禹錫　李白

初學詩者且宜模範此數家，成趣之後方可廣看。

㈩三 要

八養氣

朝廷宗廟宜肅。山河軍旅宜壯。山林神仙宜清。歡娱通達宜和。

幽險豪傑宜奇。宫苑佳麗宜麗。覽古搜玄宜古。登臨志士宜遠。

右養氣之法，宜澄心静慮，以此景此意此人事嘿存於胸中，使之融化，與吾心爲一，則此氣油

然自生，當有樂處，詩思自然流動充滿，而不可遏矣。切不可作氣，若强作其氣，則昏而不可用，所出之言，皆浮辭客氣，非詩也。氣之變萬方，以此例推之。

六鍛思

㊟詳 八面中間，推尋欲盡。 ㊟要 痛芟刻取，撮出至要。

㊟博 博覽羣書，悉歸部分。 ㊟精 含精咀華，嗽取芳潤。

㊟真 提要煉真，天然秀出。 ㊟雅 嗽芳爾雅，加以潤色。

右煉思之法，先煉題，推詳取要是也；次煉料，覽博漱精是也；末煉意，鍛真如雅是也。得真如雅，得雅如真，鍛思至矣。鍛如洪爐鍛鐵，礦盡鋼存。

四煉法

㊟險 倒持造化，鬼神莫知。 ㊟易 渾然天成，人人愜意。

㊟今 一時新語，千古闕文。 ㊟古 楚漢晉唐，情辭純粹。

右煉語之法，險易相須，古今不雜，煉如金鼎火候，不疾不徐。

四下字

㊅音　順時之聲，高下中節。　㊅意　詳文之意，隱顯得宜。

㊅故　平穩之處，宜求古字。　㊅新　出奇之處，宜下新字。

右下字之法，下穩字處，爲意當有所迴避故也，若〔下〕新字，須是不經人道。

㈣ 格

五甲等

㊅玄　境極清虛，了無影迹。　㊅圓　八面中問，透徹明瑩。

㊅沈　神力所載，天地秋毫。　㊅雄　神氣自然，胸蟠八表。

㊅鬱　精力造微，窮深極遠。

五乙等

㊅清　泠然至清，微似有迹。　㊅明　明白洞達，正面瑩然。

㊅深　運思至清，杳冥不測。　㊅壯　志氣宏人，手斡乾坤。

㊅密　精力造微，周密無罅。

五丙等

㊣逸 飄然凌雲，想在塵外。　㊣温 温其如玉，正而有文。

㊣重 氣質凝重，山岳不摇。　㊣健 老氣蒼然，筆力有餘。

㊣婉 意思從容，辭旨微婉。

五丁等

㊣淡 脱落浮華，唯有真實。　㊣奇 驚天動地，迴出常情。

㊣俊 才思風流，舉措可愛。　㊣怪 神出鬼入，嶮絶常理。

㊣麗 文華綺麗，燁然精妙。

㊄ 體

古三體

《周南》　不離日用間，有福天下萬世意。

《召南》　至誠惇恪，秋毫不犯。

文章歐冶

《邶風》　君子處變，淵静自守。

《齊風》　翩翩有俠氣。

《唐風》　憂思深遠。

《秦風》　秋聲朝氣。

《邠風》　深（真）〔知〕民情而真體之。

《小雅》　忠厚。

宣王《小雅》　振刷精神。

《大雅》　深遠。

宣王《大雅》　鋪張事業。

《周頌》　天心希聲。

《魯頌》　謹守禮法。

《商頌》　天威大聲。

凡讀《三百篇》要會其情不足、性有餘處。情不足，故（寫）〔寓〕之景；性有餘，故見乎情。

《離騷》　倚於至情，愈深愈厚。

凡讀《騷》要見情有餘處。

漢樂府　真情自然，但不能中節耳，累處乃是好處。

《安世歌》　質古文雅。

《郊祀歌》　鍛思刻酷，〔煉字神奇〕。

《十九首》　景真情真事真意真，澄至清發至（精）〔情〕。

張子平　寄興高遠，遺辭自妙。

蔡琰　真精極切，自然成文。

凡讀漢詩，先其實後文（章）〔華〕。

魏武帝　自然沈雄。

魏文帝　自然浮俊。

王仲宣　真實有餘，澄濾不足。

曹子建　斲削精潔，自然沈健。

劉公幹　思健切圓。

凡讀建安詩，於文華中取真情。

三國六朝樂府　猶有真意，勝於當時文人之詩。

嵇康　人品胸次高，〔自然流出〕。

文章歐冶

阮籍　天識清虚，禮法疏短。

傅玄　思絶清古，失之太工。

張華　氣清虚(氣)(思)頗率。

陸機　才思有餘，但胸中書太多所礙，能痛割入乃佳。

潘岳　質勝於文有古意，但澄汰未精耳。

左思　全篇鍛煉，首尾有法。

張協　逐句鍛煉，辭工製率。

劉琨　忠義之氣自然形見，非有意於詩也。　杜子美以此爲根本。

郭璞　構思險怪而造語精圓，三謝皆出於此。　李杜精奇處皆取此。　本出自淮南小山。

謝瞻　境至清虚，其有古風。

謝惠連　約取險怪、(自然)之中，而句句爲之。

謝靈運　以險怪爲主，以自然爲工，李杜深處多取此。

陶淵明　心存忠義，身處閑逸，情真景真意真事真，幾於《十九首》矣，但氣差緩耳。　至其工夫精密而天然無斧鑿痕迹，又有出於《十九首》之表者，盛唐諸家風韻皆出此。

謝朓　藏險怪於意外，發自然於句中，齊梁以下，造語皆出此。

鮑照　六朝文氣雖緩，唯劉越石、鮑明遠佳處有西漢氣骨，李骨杜筋取此。

顔延年　辭氣重厚，有館閣之體，盛唐諸家應制多取此。

江淹　善觀古作，（由）〔曲〕盡心手之妙，其自作乃不能，故君子貴自立，不可隨流俗也。

沈約　佳處斲削清瘦可愛，自拘聲病，氣骨薾然，唐諸家聲律出此。

凡讀《文選》詩分三節：東都以上主情，建安以下主意，三謝以下主辭。齊梁諸家，五言未成律體，七言乃多古製，韻度尤出盛唐諸人上一等，〔但〕理不勝情，氣不勝辭耳。

陳子昂　初變齊梁之弊，以理勝情，以氣勝辭，祖《十九首》，宗郭景純、陶淵明，故立意玄而造語精圓。

崔顥　宋之問　沈佺期　李嶠　劉希夷　王昌齡
皆齊餘風氣與高下者也。

李太白　風度氣魄，高出塵表，善播弄造化，與鬼神競奔，變化極妙，乃詩中之仙，詩家之聖者也。其雄才大略，亘古尊之，無出右者。

杜子美　体製格式，自成一家。祖《雅》、《頌》之作，故詩人尚之，以爲詩家之賢者也。

孟浩然　祖建安，宗淵明，冲淡中有壯逸之氣。

韋應物　學謝靈運，略其險怪，深取自然。

高適　尚質主理。

岑參　尚（秀）〔巧〕主景。

劉長卿　最得騷人之興，專主情景。

常建　郎士元　崔曙　錢起　李益　李頎　李端　戎昱　盧綸

皆宗陳子昂，以古意變齊梁。

已上爲盛唐。

柳子厚　斟酌陶謝之中，用意極工，造語極深。

韓退之　祖《風》、《雅》，宗漢樂府，不入詩境，其實有韻文也。

杜牧　主才氣後思活。

張籍　祖《國風》，宗漢樂府，思艱辭易。

王建　似張籍，古少新多。

李賀　祖《騷》宗謝，展萬物而覆取之。

李商隱　以古語入新意，宋諸家皆陰祖之。

白居易　祖《國風》、漢六朝樂府，務欲爲風俗之用。

劉禹錫　以意爲主，有氣骨。

元稹　與白同意，白意古辭俗，元辭古意俗。

孟郊　祖《國風》，宗謝，主理。

盧仝　外險怪内主理。

賈島　煉景清真，太拘聲病。

已上爲中唐。

唐詩分三節：盛唐主辭情，中唐主辭意，晚唐主辭律。

律體

沈約　吴均　何遜　王筠　任昉　陰鏗

徐（度）〔陵〕　江總　薛道衡

右諸家律詩之端源，而猶近古者，視唐律雖寬，而風度遠矣。

沈佺期　杜審言　王摩詰　高適　杜甫

李白　岑參　劉長卿　常建　錢起

姚合　李益　郎士元　李端　許渾

皇甫冉　皇甫曾

右諸家謂之盛唐，視齊梁益嚴矣。意思從容，乃有古意，皆祖《風》、《騷》，宗陶謝。

杜牧　李商隱　王建　張籍　韓愈

柳宗元　劉禹錫　白居易　元稹　賈島

右諸家詩律視盛唐益熟矣，而步驟漸拘迫，皆祖《風》、《騷》，宗盛唐，謂之中唐。

絶句體

古樂府　渾然有（六）〔大〕篇氣象。

六朝諸人語絶意不絶。

王維　裴迪　賀知章　李太白　杜子美

岑參　高適　王昌齡　張祜　劉長卿

韋應物　孟浩然

右諸家意絶語不絶。

杜牧　張籍　李商隱　王建　韓退之

賈島　李賀　柳宗元　劉禹錫　白居易

右諸家意語俱絶。

㊅ 情

五不足

㊅思 思之切矣，抑而勿思。 ㊅言 言不可禁，噤而勿言。

㊅嘆 嘆不可忍，止而弗嘆。 ㊅詠 詠不能已，默而勿詠。

㊅蹈 怒蹈喜舞，詩可作矣。

含蓄至此，始可言詩，雖工五七言雜文耳。

㊆ 性

五性

㊅仁 喜怒藹然，皆愛人之心。 ㊅義 情之極，裁之以理。

㊅禮 讓謙有節，用物得度。 ㊅智 深達事情。

㊅信 情真景真事真意真。

須平日涵養，自然而然。

㈥ 音

八音

金　韻在斷句外，淵然留有餘之意。

石　韻在斷句處，璆然含不足之意。

絲　韻在抑揚轉折中，悠然有無窮之意。

竹　韻在餘聲轉折處，嫋嫋有不盡之意。

匏　韻在衆聲會合處，澒洞有廣大之風。

土　韻在始終無迹處，渾渾有無端之象。

革　韻在聲中，振動羣聽。

木　韻在聲外，節宣衆音。

一音獨作，各依其韻；衆音合奏，並諧其韻

㊈ 調

十二律

黄鍾　仲冬之月，冬至之炁，無和之端。
大吕　季冬之月，大寒之炁，太陽之極。
太簇　孟春之月，立春之炁，少陽之始。
夾鍾　仲春之月，春分之炁，少陽之中。
姑洗　季春之月，清明之炁，太陽之始。
中吕　孟夏之月，立夏之炁，太陽之中。
蕤賓　仲夏之月，夏至之炁，微陽之端。
林鍾　季夏之月，大暑之炁，太陽之極。
夷則　孟秋之月，立秋之炁，少陰之始。
南吕　仲秋之月，秋分之炁，少陰之中。
無射　季秋之月，霜降之炁，少陰之成。
應鍾　孟冬之月，立冬之炁，太陰之始。

文章歐治

隨題候律即調。

(三十) 會

六悟

情　詩本人情，性之妙用，必有心悟，當領會之。

性　詩正禮義，性之本體，必有心悟，當領會之。

聲　情意於聲，天機之妙，必有心悟，當領會之。

文　聲發成文，萬象之精，必有心悟，當領會之。

政　詩與政通，用之天下，必有心悟，當領會之。

氣　詩動元氣，通於鬼神，必有心悟，當領會之。

五妙

格　諸格，古人未嘗有意如此也。精神所到，不知其然而然耳。心悟者隨機而用之，不可執一也。

體　諸家體制，古人未嘗有意如此也。風俗才力有所拘限，不知其然而然耳。心悟者隨宜而象之，不可執一也。

情　喜怒哀樂，人之至情，未嘗有意如此也。事至物來，不知其然而然耳。心悟者隨感而應之，不可執一也。

性　仁義禮智，人之本性，未嘗有意如此也。理所當然，不知其然而然耳。心悟者隨理而用之，不可執一也。

韻　八音之用，物之至音，未嘗有意如此也。材各有識，不知其然而然耳。心悟者隨聲而叶之，不可執一也。

雖到化處，心長要在腔子中，自然出於微妙。

嘉靖庚戌歲暮初吉光州牧刊行

校正官成均進士金世球

通訓大夫行光州判官羅州鎮管兵馬節制都尉鄭潚

推誠協翼定難衛社功臣通政大夫行光州牧羅州鎮管兵馬同僉節制林九齡

通善郎都事兼春秋館記注官金瀷

嘉善大夫全羅道觀察使兼兵馬水軍節度使南宮淑

《古文譜》體製法注

製法九十字

此乃横看之圖也。「引」字下三圈内，第一圈屬「叙」字，二圈屬「論」字，三圈屬「辭」字。其下雙行六圈内，第一圈屬「起」字，二圈屬「承」字，三圈屬「鋪」字，第四、五、六圈屬「序」、「過」、「結」三字，蓋「引」字之法皆可用之於「叙」、「論」等九字也，其下做此。且白圈爲用，黑圈不用。假如「結」字之下，自第一圈至第四圈皆黑者，結語不可用之於「起」、「承」、「鋪」、「叙」故也，第五、第六皆白者，「過」與「結」相同故也。

《古文譜》律音聲注

調　　切

國朝太常寺少卿張鶚曰：「闢則從調，翕則從切。蓋闢者，開口也；翕者，合口也。猶我國平側之謂也。平者闢也，屬陽爲濁；側者翕也，屬陰爲清。陽氣實故濁，陰氣虚故清矣。」

還相爲宫法

黄鍾爲宫，則太簇爲商，姑洗爲角，林鍾爲徵，南吕爲羽，此乃旋宫法也。大吕以下倣此。

子　律

如清黄鍾、清大吕，折半本律之謂，十二律各有子聲，而輕清之極，不可爲樂，故我國自姑洗以下不用。

聲聲有五音

如東字，或爲宫、或爲商之類。蓋字無定聲，隨一句一篇之中，上下和協之聲而用之者也，字字有十二律亦然。我國音與華音不同，而其所以同者，乃中聲也。凡字有初終中三聲，與華音同者中聲也，不同者初終聲也。能用中聲，則與古人作詩之音同矣。

嗢　音兀，咽也，乃咽聲之細者也。

撇　普滅反，擊也。

胖　音龐，脹也。

壬子秋無心道人尹春年謹注

文章歐治後序

輪扁之作輪也，規矩準繩，以爲之法；刀鋸椎鑿，以爲之用；而至於其所以不徐、不疾、不甘、不苦者，則在得之於其心也耳。蓋得之於心者其本，而得之於器者其末也。不得之於器，則無以致其巧；而不得之於心，則無以造其妙。其得之於心者既至，得之於器者亦精，而後可與言妙矣。技術之賤猶然，况於文乎？日月星辰，森列乎上者，天之文也；山川草木，參錯乎下者，地之文也；道德仁義，施於其身者，人之文也。故和順積乎中，英華發乎外，足以贊化育，足以拯綱常，而後始可謂之文也已矣，豈組織雕蟲云乎哉？豈衮冕黼裳云乎哉？《文章歐治》者，作文之規矩準繩也。凡學爲文者，不可不本之於六經，而參之於此書。本之於六經者，所以得之於心也；參之於此書者，所以得之於器也。窮經雖精，譚理雖邃，苟不得其法焉，則不足爲文。然則欲作文者，舍此書其何以哉？此書簡衮雖少，然作文之法悉矣。若吴氏《辨體》、徐氏《明辨》，其論體製雖頗詳備，然至於作文之法，則未若此書之纖悉無遺也。予嘗獲朝鮮寫本，然文字漫漶，魚

冢相望，殆不可讀焉。乃不自揣，爲校讎參訂，略得緒正。不敢自私，因壽諸梓，欲與四方之士共焉。其未及是正焉者，竊俟後之君子云。

日東元禄改元戊辰洛陽伊藤長胤書

元禄元戊辰歲黄鍾梓洛陽書林

唐本屋又兵衛

永原屋孫兵衛

文説

〔元〕陳繹曾　撰

《文説》一卷

元 陳繹曾 撰

《文説》爲陳繹曾答陳儼（陳文靖公，元翰林學士）之問而作，實亦適應元仁宗延祐年間恢復科舉、指導舉子應試之需。先論爲文之法，計分養氣、抱題、明體、分間、立意、用事、造語、下字八項分別論析；後論爲學之法，有科舉讀書法，指出研讀需分四步驟：先粗看，次分段，次分節，再次揣摩文章作法，并對讀經讀史讀文均有具體指點。大抵崇奉朱熹之説，因其著什時已懸爲功令準的，不可違拗；但又能突破程試畦畛，而深入把握寫作技巧。如論抱題法，列舉開題、合題、括題、影題、反題、救題、引題、蹩題、衍題、招題十端，雖不免分類過細却能開拓思路，活躍文情。

本書有《四庫全書》本（上海圖書館藏清抄本，即爲《四庫》底本）。周鍾游輯入《文學津梁》（一九一六年），不如《四庫》本，今即據《四庫》本録入。

（王宜瑗）

文說

元　陳繹曾　撰

陳文靖公問爲文之法，繹曾以所聞於先人者對曰：「一養氣，二抱題，三明體，四分間，五立意，六用事，七造語，八下字。」

養氣法

肅：朝廷之文宜肅，聖賢道德宜肅。

壯：長江大海之文宜壯，軍陣英雄之文宜壯。

清：山林之文宜清，風月貞逸宜清。

和：宴樂之文宜和，通人達士宜和。

奇：鬼神之文宜奇，俠客高士宜奇。

麗：宮苑之文宜麗，富貴美人宜麗。

古：遊覽古迹之文宜古，上古人事宜古。

遠：登高眺遠之文宜遠，大功業人宜遠。

右養氣之法，宜澄心静慮，以此景此事此人此物默存於胸中，使之融化，與吾心爲一，則此氣油然自生，當有樂處，文思自然流動充滿而不可遏矣。切不可作氣，氣不能養而作之，則昏而不可用。所出之言，皆浮辭客氣，非文也。氣之變化無方，當以此類推之。

抱題法

開題：以題中合説事，逐一分析開寫，於篇中各間架内，次其先後所宜，逐一説盡，或以意化之，或以情申之，或以實事紀之，或以故事彰之，或以景物叙之，一篇之内，變换雖多，句句切題也。此作文入門之法，非其至者也。

合題：亦以題中合説事逐一開寫，却將意融會作一片，一口氣道盡，然忌直率，却於間架中要意思曲折，此高於開題也。

括題：只取題中緊要一節作主意，餘事輕輕包括見之，此最徑捷也。

影題：並不説正題事，或以故事，或以他事，或立議論，挨傍題目而不着迹，題中合説事皆影見之，此變態最多。

反題：題目或悖義理，則反意説之。

救題：題目雖悖義理，而以强辭奪正理解救之。

引題：别發遠意，使人不知所從來，忽然引入題去，却又親切痛快，此要筆力似影題而實異也。

影題：從題中來，此自題外來。

蹙題：題繁乃蹙其文，使甚簡而不漏脱題中一事。

衍題：題虚無可説，乃衍其意，使甚多，而無一事題外來。

招題：將題目熟涵泳之，使胸中融化消釋，盡將題中合説麄話掃去，就其中取出精華微妙之意，作成文章，超出題外，而不離題中，此作文之極功也。

明體法

頌：宜典雅和粹。

樂：宜古雅諧韶。

贊：宜温潤典實。

箴：宜謹嚴切直。

銘：宜深長切實。

碑：宜雄渾典雅。

碣：宜質實典雅。
表：宜張大典實。
傳：宜質實，而隨所傳之人變化。
行狀：宜質實詳備。
紀：宜簡實方正，而隨所紀之人變化。
序：宜疏通圓美，而隨所序之事變化。
論：宜圓折深遠。
說：宜平易明白。
辨：宜方折明白。
議：宜方直明切。
書：宜簡要明切。
奏：宜情辭懇切，意思忠厚。
詔：宜典重溫雅，謙冲惻怛之意藹然。
制誥：宜峻厲典重。

分間法

頭：起欲緊而重。大文五分腹，二分頭額；小文三分腹，一分頭額。

腹：中欲滿而曲折多。

〔腰〕：欲健而快。

尾：結欲輕而意足，如駿馬注坡，三分頭，二分尾。

凡文如長篇古律、詩騷古辭、古賦碑碣之類，長者腹中間架或至二三十段，然其腰亦不過作三節而已。其間小段間架極要分明，而不欲使人兒其間架之迹。蓋意分而語串，意串而語分也。

立意法

景：凡天文地理物象皆景也。景以氣爲主。

意：凡議論思致曲折皆意也。意以理爲主。

事：凡實事故事皆事也。事生於景則真。

情：凡喜怒哀樂愛惡欲之真趣皆情也。意出於情則切。

凡文體雖衆，其意之所從來，必由於此四者而出。故立意之法，必依此四者而求之。各隨所

宜，以一爲主，而統三者於中。凡文無景則枯，無意則麄，無事則虚，無情則誣，立意之法必兼四者。戴帥初先生曰：「凡作文發意，第一番來者，陳言也，掃去不用。第二番來者，正語也，停之不可用。第三番來者，精意也，方可用之。韓子所謂『陳言之務去，戞戞乎其難哉』，其法如此。」戴先生又云：「作文須三致意焉，一篇之中三致意，一段之中三致意，一句之中三致意。」先尚書云：「文章猶若理詞狀也，一本事，二原情，三據理，四按例，五斷決。本事者，認題也。原情者，明來意也。據理者，守正也。按例者，用事也。斷決者，結題也。五者備矣，辭貴簡切而明白。」

用事法

正用：故事與題事正用者也。

反用：故事與題事反用者也。

借用：故事與題事絶不類，以一端相近而借用之者也。

暗用：用故事之語意，而不顯其名迹。

對用：經題用經事，子題用子事，史題用史事，漢題用漢事，三國題用三國事，韓柳題用韓柳事，佛老題用佛老事，此正法也。

扳用：子史百家題用經事，三國題用周漢事，此扳前證後，亦正法也。

比用：莊子題用列子，柳文題用韓文，亦正用之變也。

倒用：經題用子、史，漢題用三國，此有筆力者能之也。

泛用：於正題中乃用稗官、小説、俗語、戲談、異端、鄙事爲證，非大筆力不敢用，變之又變也。

凡用事，但可用其事意，而以新語融化入吾文，三語以上即不可全寫。

造語法

正語：《尚書》：「曰若稽古，帝堯曰放勛。」「帝舜曰重華，協于帝。」「大禹曰：文命敷於四海。」「皐陶曰：允迪厥德，謨明弼諧。」《春秋》：「六鷁退飛過宋都。」「隕石於宋。」皆正其事而語之。

拗語：《楚辭》：「吉日兮辰良」，不言「吉日兮良辰」。「蕙殽蒸兮蘭藉，奠桂酒兮椒漿」，不曰「蒸蕙殽兮蘭藉」。《莊子》：「樂出虚，蒸成菌」，不言「虚出樂」，倒一字，句法便健十倍。

反語：《論語》：「學而時習之，不亦説乎？」又曰：「愛之能勿勞乎？」與《尚書》「俞哉！衆非元后何戴？」此皆反其意而道，使人悠悠致思焉。

累語：《尚書》「寬而栗」，《老子》「長短相形」等語，皆累句也。《孫武子》「利而誘之，亂而取

之」一節，語雖累，而辭意句句有妙者。

聯語：《尚書》：「以親九族，九族既睦。」《大學》：「知止而后有定，定而后能静。」《檀弓》：「人喜則斯陶。」皆聯語也。

歇後語：《論語》：「禮云禮云，玉帛云乎哉！」「曾謂泰山不如林放乎？」此皆不説破正意歇後所當語，而使人自思之。

答問語：《論語》：「吾何執？執御乎？執射乎？」《孟子》：「王何必曰利？亦有仁義而已矣。」《詩》云：「鷄既鳴矣，朝既盈矣；匪鷄則鳴，蒼蠅之聲。」《公羊》、《穀梁》尤極其變。

變語：《堯典》「宵中星虚」，《舜典》「如西禮」，「正月上日」，「月正元日」，「正月朔旦」是也。

省語：《舜典》：「至於南岳，如初禮。」《儀禮》：「其他如皮弁之儀。」此省語也。

助語：《檀弓》「南宫縚之妻之姑之喪」，一句纍三「之」字。《詩大序》「不知手之舞之足之蹈之」，纍四「之」字。《莊子》尤多。《論語》：「學而時習之，不亦説乎？」但「學」、「詩」、「習」、「説」四字是實，「而」、「之」、「不」、「亦」、「乎」五字是助語。「其諸異乎人之求之歟？」但「異」、「人」、「求」三字是實，「其」、「諸」、「乎」、「之」、「之」、「歟」六字是助語。《孟子》：「然而無有乎爾，則亦無有。」「乎」、「爾」兩字是實，八字是助語。當用則不嫌多也。

實語：《尚書》及《易》彖辭、爻辭，用助語極少。《春秋》、《儀禮》皆然。此實語也，凡碑碣傳

紀等文不可多用助語字，序論辨説等文，須用助語字。

對語：《尚書》命義和仲叔四節，長對也。「威侮五行，怠棄三正」，正對也。「天聰明自我民聰明，天明畏自我民明威」，此對語不對字也。「衆非元后何戴？后非衆罔與守邦。」此對意不對字也。「天叙五典」、「天秩有禮」下間以「五禮有庸哉」、「五服五章哉」；「佑賢輔德」下間以「邦乃其昌。」散文用對語，必以散語間之也。

隱語：《論語》「割鷄焉用牛刀」，「有美玉於斯，求善價而沽諸」，「虎兕出於柙，龜玉毁於櫝中」。《孟子》：「城門之軌，兩馬之力歟？」皆隱語也。《小雅・鶴鳴》，古樂府《藁砧》，全篇隱語，《莊》、《列》尤多。

婉語：《論語》陽貨言：「日月逝矣，歲不我與！」子曰：「諾，吾將仕矣。」此語直而意婉也。《春秋》：「天王狩於河陽。」此語婉而意直也。凡造語皆自然，當如此則好，有意爲之，非也。

下字法

諧音：凡下字有順文之聲而下之者：若音當揚，則下響字；若音當抑，則下嘔字。

審意：凡下字有詳文之意而下之者：意當明，則下顯字；意當藏，則下隱字；意當尊，則下重字；意當卑，則下輕字。如此之類，變化無方。

襲古：凡下字於平穩處，宜用古人曾下好字面，須求其的當平實者用之。

取新：凡下字於出奇處，宜用新字面，須尋不經人道語之，的當新奇而不怪僻，令讀之若出於自然乃善。

繹曾謂：今世爲學，不可不隨宜者，科舉之文是也。科舉之文，有不得不與《朱子語録》參者，謹具於後。

一、讀《四書》，當謹守《章句集註》，參以《或問》、《語録》及文公《大全集》。其間有《或問》與《集註》不同，當從《集註》，又有《集註》與《語録》不同者，只以《集註》爲本，而與《語録》參訂之。

一、讀《尚書》，主蔡氏，參《朱子語録》。

一、讀《詩》，主朱子詩傳綱領，義理都在綱領中，詩傳只是訓詩傳制度參古註疏。

一、讀《周易》，先曉啓蒙，次本義九圖，次五贊，次《繫辭》、《説卦》，乃可讀《上下經》、《彖》、《象》、《文言》、《序卦》、《雜卦》傳本義，然後讀程朱傳。程朱異同處，不可作是非論，只是各有取用，朱子是明經，程子是借經明道。

一、讀《春秋》，朱子本説皆在張洽註，今科舉偶不及此，蓋事實在左氏，論辨在公、穀，斷以胡氏，而取《朱子語録》及張洽之説折衷之可也。

一、讀《禮記》，雖主古疏，然制度當訂以朱子《經傳通解》。有朱子《經傳通解》，有勉齋《經傳

通解》，有楊復《經傳通解》，三書皆具，然後可以考也，義理當訂《朱子語録》。

一、古賦有楚賦，當熟讀朱子《楚辭》中《九章》、《離騷》、《遠遊》、《九歌》等篇，宋玉以下未可輕讀。有漢賦，當讀《文選》諸賦，觀此足矣。唐宋諸賦未可輕讀，有唐古賦，當讀《文粹》諸賦，《文苑英華》中亦有絶佳者。有唐律賦，備見《文苑英華》。

一、詔，漢詔當盡取真西山《文章正宗》所選讀之，唐詔當選取《文苑英華》所有之精者讀之，宋詔當盡取吕東萊《文鑑》中所選讀之。

一、誥，漢無制誥，當取《尚書》諸誥，及漢武封三王策與漢官儀命公卿諸策書讀之。唐誥當取《文苑英華》中精者讀之。宋誥當盡取東萊《文鑑》中所選者讀之。

一、章，漢章取《文章正宗》，唐章取《文粹》，宋章取吕東萊《名臣奏議》。

一、表，漢表即章，宋表有蜀本《適用集》中所選，皆南渡以來，渾厚典雅，唐表取《文苑英華》。

一、策，書坊漢唐策亦可觀，但分開，章自章，策自策，不宜混雜。然只董仲舒三策是正格式，或賈誼《治安策》是正籌策文字，以董爲體，以賈爲骨，而東坡策略助波瀾，白居易諸策止可體面亦可已矣。此上只科舉所急用如此。若依朱子讀書法，則尚有評章答韓莊伯讀書說。

讀諸經當以一經爲主，《詩》、《書》必須通習。讀《詩》，吟咏古人性情，而反之吾心之性情，達之合天下之情性。只作街談俚語看，不須深難求之，鳥獸草木器服之名，却須通習讀。考究每章

每句，不要拘一説，隨用句句有千變萬化，只要看得活、推得廣、用得實。古註疏是漢唐經師教學者之説，於淫奔逆亂難講處，多假古事换别意以避之。朱子是商周魯十五國作詩人本情性之説，兩不可廢。讀書要看堯、舜、禹、湯、文、武之爲君，啓、太甲、成康之繼述，高宗之中興，其政何施，其事何在；舜、禹、臯陶、伊尹、傅説、周公、召公之相業，其政何施，其事何在；其餘聖賢所居何位，所施何政，所行何事，隨句要歸着各人所居地位，以爲模楷。上自帝王，下自小民，皆有其法，須帖實有歸着看自見。大抵《尚書》只當作爲政治事樣子看便分明也，政是平治天下大經大法，事是逐時小事。書中不見樣者，不必强求；書中有樣者，不可放過。逐句看見各人地位處置樣子分明，又將先日所見，同是此樣地位而處，或同或不同者，以類參合而觀，則所得多矣。讀《易》，先將啓蒙，看透圖書之理，原卦畫明蓍策考變占之説，然後熟讀《繫辭》、《説卦》，太極、兩儀、四象、八卦之理與象數，昭昭在心目中。却細看六十四《卦象》，三百八十四《爻辭》，一字字從太極、兩儀、四象、八卦本然理象數中來，自然見得聖人下一字皆有來歷，歸着若其用處，只在夫人日用間審動端而吉凶悔吝可見。朱子本義是四聖人各各本意，程子傳是吾人日用切實之理。讀三《禮》，《儀禮》是經，《周禮》是緯，官守所分掌者，《禮記》是傳。當分四科三百經禮以類相從而考證之，在者審所歸，亡者缺之。四科者，禮也、儀也、樂也、制度也。吉凶軍賓嘉之大目爲禮，應對進退拜立趨行之小節爲儀，音律歌舞八音之法爲樂，封井宗學宫室器服之等爲制度。以經

證經，不可曲泥傳註。《周禮》一書，是文、武、周公平天下之法，自《堯典》以降，莫不備於此。大政在六官，小事具諸職。有志者須要細心深思而實體之。讀《春秋》，以左氏爲案，正經爲斷，先儒二言盡之矣。斷事不可先立主見，將本人所立何功，所犯何罪，來蹤去跡，仔細推尋，一小節不究便有錯斷處，功罪本事，節節明白，却原其情而定褒貶，有兩是者，有兩非者，有似是而非者，有似非而是者，有是非各半者，有是非輕重比倫者，有以功補過者，有以罪絀功者，有初無是非者，有眚災者，有功之首、罪之魁，不見形迹，必當表而出之者，平心易氣以觀其事，明目聰耳以察其情，執中有權以斷其理。左氏案也，公羊、穀梁議也，然聖人之旨微，必待吾心之清明者以裁之。讀《大學》，「明明德」章句是一書之根本，須細細切己看，教分明無罅漏。「致知格物」章，或問是聖門學知之法，然須依此細看，立定條目，實下功夫。「誠意」章句是聖學心學之根本，朱子平生留意切至處，字字切己，仔細尋思，至切至切。大要只是一朴實爲善而已，恰是要朴實到至極處。「平天下」章絜矩好惡，是聖治心法，貨德仁人小人，是聖政大端，治天下之要，不出乎此。仔細讀，著實尋思，用之不盡矣。讀《論語》，將問處作自己問，答處作今日耳聞先儒之説，至矣切矣。訓詁義理在集(句)〔註〕，同異是非在《或問》，格言遺説在《朱子語類》，道理在今日天下之事物，實用在吾身，玩而味之在吾心。讀《孟子》，每章須有一兩句是主意，其餘是敷衍此意而明辨之見，破主意，則其餘涣然易知矣。一書主意在性善，實理在仁義，功夫在求放心、養浩氣，政事在

務農興學以行王道。讀《中庸》，最不易，此兼明天人之道，微而顯，著而隱，若識得「天命之謂性」一句分明，方可讀下文也。《易》就陰陽説得駁雜而有依憑，《中庸》提出天命，説雖簡約，却難把捉，走作便入異端，慎之哉，慎之哉！讀《孝經》，《刊誤》大體已正，近吴草廬先生註詳明矣。更看黄氏《本旨》以極其趣，天理人倫之本在是。讀史，須分五科：第一於帝紀内看歷代興亡，第二於列傳内看古今人才，第三於列傳内看古今事迹，第四於諸志内看歷代典章，第五以春秋之法斷興亡人才事迹之是非，以三代斷歷代典章粹駁，仍須以外史參辨誣枉。凡讀史當以正史爲先，十七〔史〕是也。然後以通史通志會同之，《通鑑》、《通典》之類是也。又以外史會要考訂之，《國語》、《國策》、《東觀》、荀表、外書、舊唐、周書、漢儀、唐宋會要之類是也。又以史論評確之，《唐鑑管見》之類是也。至於古史，暇日亦不可不知，當斷以孔子，五帝德存而勿論可也。讀諸子，儒家：荀、揚、文中、《新序》、《説苑》；雜家：管子、《吕覽》、賈誼、《淮南》；道家：老子、莊子、列子、《抱朴子》；兵家：孫武子、吴起、《司馬法》；法家：韓非子等。皆文章精奇，論説要妙，雖所學不醇，而見趨高深，可資博覽。讀之當分三科：一見地，二文章，三事料。見地者，諸子所造，雖有大小淺深，然必有所悟入處。雖偏駁要必有識見，見識既真，自有妙理，學者所志雖不同，皆須有真悟處，方能有所成就。後世文章事業不及古人者，以其悟入處淺故也，讀諸子可以見之矣。文章者，荀卿博雅，揚雄簡奥，穰苴典古，有先王遺風，韓非嚴峭，皆自成一家。事料者，古事

也，精意也，句法也，字樣也，制度名物也，助辭之變例也，往往精古，非漢魏以後所及，皆須摘取，以資筆端。讀文章，就今日所宜，且於《孟子》中取長者二十餘章，韓文四五十篇，蘇文亦然，合成百篇，取時須自己意擇意中所甚喜者寫入。若覺篇篇可喜，截滿百篇之數即止，不必多貪；若篇篇不見可喜，即不必强取，看終集之後再轉求之，雖百轉可也。寫成百篇後，讀書之暇，每日隨意多少，反復讀之，或默看，或批點隨意。先粗粗看過，却與分大段，又與細分小節。節段既明，觀其首尾中間相應處、相變處、擎掉處、轉折處，寬心細目徐觀之，意無昏倦。《老子》云「孰能濁以静之徐清」，要必有事焉而勿正，如此，久久自當有得。大概只要扯拽作性漸通耳。毋將迎、毋凝滯。讀經以融貫義理，讀史以該洽事實。取胡氏《讀史管見》，隱然若一敵國，自立説與之相辨，唯久久義理事實來於經史，議論生於《管見》，作性扯拽，開於孟、蘇、韓文之路，輻凑筆下，滔滔不能禁止，技癢欲寫，即宜痛禁止之，慎勿拈紙筆便作文也，一拈紙筆，昏氣隨至，前功廢矣。如此久之，欲寫愈甚，禁之愈切，直至隨所見題目，分明有一片文字，首尾中間議論句法字樣見成，了了自然成文，胸中不費尋思，直拈筆便寫去，方可拈紙筆矣。此後只可因自然成文之甚明者一寫之，不可乘此便日弄紙筆，仍須切禁止如前，當愈嚴也。禁之愈嚴，其來愈多，作性之道不可遏矣，勉之哉！此後却須從先輩求點化，芟繁就簡，掃博歸約矣。

金石例

〔元〕潘昂霄 撰

《金石例》十卷

元 潘昂霄 撰

潘昂霄，字景樑（一作梁），號蒼崖，濟南（今屬山東）人。雄文博學，爲時推重，學者稱蒼崖先生。官至翰林侍讀學士，出入翰苑達二十餘年。卒謚文僖。有《蒼崖類稿》（已佚）、《河源記》等。

《金石例》一書乃其子潘詡於至正五年（一三四五）所初刊，八年（一三四八）王思明重刊。作者本「文章以體製爲先」之宗旨，卷一至卷五論述碑碣銘誌之起源、功能，而於貴賤、品級、塋墓、羊虎、德政、神道、家廟、賜碑等制度，詳予辨析；卷六至卷八，則以韓愈所撰碑誌爲實例，提綱舉要，條分類聚，而於家世、宗族、職名、妻子、死葬日月等之記述，歸納義例，總結作法、用語，標爲程式，以爲後世準的，矯正當時虛浮猥碎之文弊，并成爲我國第一部研究碑板文體之專著。但於立例之義理較少闡發，分疏亦有失細瑣，并有不必例而例之者。如上代兄弟宗族姻黨之有書有不書，不過以其著名不著名而隨意確定，初無定例，不必强以立例。故亦開後人繼續研討之風，如清黄宗義《金石要例》、郭麐《金石例補》等，近人繆荃孫撰有《札記》一卷附刻於潘氏此書之後。卷九則雜論其他文體，計有制、誥、詔等十三類，涉及頗廣；卷十則爲史院凡例，作者久歷翰院，

於朝廷各類文書，知之甚稔，此卷舉二十七條以示例。後兩卷與《金石例》書名不符。

有元刻本、明刻本、清《金石三例》本、《四庫全書》本、《式訓堂叢書》本、《隨盦徐氏叢書》本。今據乾隆二十年校刊《金石三例》本録入。

（王宜瑗）

金石例目録

韓文公銘誌括例

自宦業俊偉者叙起而以世系妻子居後

自急流勇退者叙起次履歷家世而以死葬居後

自事實叙起次履歷家世子女而以葬年月日居後

先叙姓字三代次履歷而以妻子居後

先叙家世

不書家世而書履歷

不書家世履歷而言丹砂之害

先叙死年月起

先叙死者葬地

先叙姓名履歷而以三代妻子居後

無履歷可叙者

僅有初筮可書者

叙文詞之盛者

自賜廟叙起

自乞銘叙起

有誌無銘

述其妻子之辭

法揚子雲造語

王臨川以爲銘之奇者

樓迂齋所取者

賜廟碑體

郡王碑體

公相銘誌體　節度觀察刺史誌銘碣
御史卿監郎官墓誌博士附　州縣官誌銘
處士誌銘　幼殤誌銘

卷之七

宗族姻黨稱呼例
書上代例　書曾祖例　書曾伯叔祖例
書祖例　書父例　書母例
書伯叔例　書伯叔母例　書兄弟姊妹例
書姊妹夫例　書妻例　書子男例
書女壻例　書舅姑例　書外家例

職名例
有出身必書例　内職必書例　書除授例

家世例
書三代例　不書三代例　歷書世系例
書三代及其兄例

書兄弟例
　書兄及弟例
書妻例
　書妻及曾祖祖不書妻之父例
　書妻及妻之祖父不書妻曾祖例
　書妻及妻之父不及其曾祖祖例
　書妻及妻之父及曾伯父例
　書妻及妻叔祖不書其祖父例
　不書妻祖父例
　因祔葬書妻例
　書三娶例
書子女例
　書子女不名例
　子女並書名例
　不書壻姓名例

　因葬書妻例
　書再娶例
　書婦德例
　子書名女不書名例
　書子女及壻例
　書子女壻及外孫例

卷之九

卷之十 史院纂修凡例

聖旨詔例
車駕飛放
聖節朝賀
内庭宴集
百官拜罷
誅殺罪人
天地災異
陞加散官
營造工作
元正朝賀
車駕行幸
諸王稱號
大會諸王
百官除目
錫宴犒勞
奏除臣僚
征伐收撫
臣下奏事
外國來賀
嶽瀆降香
皇屬除拜
神祇祭享
萌古言語
甲子日分
奏對陳言
外國君長
臣僚薨卒

金石例序

《金石例》者，蒼崖先生所述也。凡碑碣之制、始作之本、銘誌之式、辭義之要，莫不放古以爲準，以其可法於天下後世，故曰例。而其所以爲例者，由先秦、二漢暨唐宋諸大儒，皆因文之類以爲例。至夫節目之詳，率祖韓愈氏，大書特書不一書，彪分眒列，其亦做乎《春秋》之例也與？甚矣！先生有功於斯文也。先生世居中州，以文學鳴。國初，士之爲文者猶襲纖巧，其氣萎薾不振。先生患其久而難變也，乃述是書以授學者，使其知古之爲文如此，粲然畢舉，如示諸掌。故歷事六朝，出入翰苑餘二十年，凡經指授者皆有法度，朝野至今稱之。至正四年春，先生之子敏中來爲饒理官，好賢下士，文雅有父風。其於先生手澤尤加慎重，以本之與於斯文也，俾之次第而讎校之，刻之梓，以永其傳。嗟乎！先生不以崇高自居而加惠於後學，敏中不以勢利相尚而盡力於遺書。有子如是，先生爲猶生矣。後之人當知是書有功於斯文不細也。先生姓潘氏，諱昂霄，字景梁，學者稱之曰蒼崖先生。官至翰林侍讀學士、通奉大夫，謚文僖。有《蒼崖類稿》若干卷云。至正五年春三月鄱陽後學楊本叙。

聖人《春秋》褒貶著於筆削者，謂之例；國家政刑賞罰見於制度者，謂之例：是皆以其可爲法於天下後世也。濟南文僖潘公蒼崖先生，取古昔碑碣鐘鼎之文，提綱舉要，條分類聚，定爲十卷，名曰《金石例》。一卷至五卷，則述銘誌之始，而於貴賤、品級、塋墓、羊虎、德政、神道、家廟、賜碑之制度必辨焉。六卷至八卷，則述唐韓文括例，而於家世、宗族、職名、妻子、死葬月日之筆削特詳焉。九卷，則先正格言。十卷，則史院凡例。制度筆削於此又可以概見焉。使世之孝子慈孫觀其制度之等，則思得爲而爲、不得爲而不爲，而於事親之道不至違禮矣。觀其筆削之旨，則思孰爲可傳、孰不可傳，而於揚名之道有以自力矣。是豈惟爲文者之助，於世教將重有補焉。公之子敏中來官於饒，出是書以示余，因得以觀夫公之篤意斯文，而又喜斯文之有賢子以傳也。遂爲之引。至正乙酉春三月望，賜同進士出身、將仕郎、前慶元録事、鄱陽後學傅貴全序。

文章先體製，而後論其工拙。體製不明，雖操觚弄翰於當時猶不可，况其勒於金石者乎？陸士衡《文賦》論作文體製大略可見。由先秦以來迄於近代，金石之所篆刻，具有體製，好古博雅之士皆不可以不之考也。然而自上徂下，貴賤有等，名器亦因之而異數，叙事紀實，抑揚予奪，必當有所法，自非類聚而通考之，何以見之哉！翰林蒼崖先生潘公，雄文博學，爲當世所推。嘗歷考古今文辭，提綱舉要，萃爲一編，名曰《金石例》。凡爲文之檃度、制器之楷式，開卷瞭然，其用心亦勤矣。公之子敏中，寶其手澤，罔敢失墜，宦游四方，必載與俱。其在番易，復刊是編，以廣

其傳，且與吾黨共之。噫！公掌帝制，司文衡，其所以藻飾太平者，已無所不盡其忠。敏中克承家學，益彰其親之美，斯亦繼志述事之孝者乎！忠孝萃於一門，文物昭於盛世，使夫爲人臣、爲人子，皆有所矜式，實有功於名教，豈特爲文之助而已哉！余故表而出之，以冠篇端云。至正五年春三月，饒州路儒學教授、桐川後學楊植翁序。

三代無文人，六經無文法，儒者有是言也。然《春秋》大義數十，以褒貶寓於一字之間，傳者謂：其發凡以言例，皆經國之常制。周公之垂法諸稱「書」「不書」「先書」「故書」「不言」「不稱」「書曰」之類，皆所以起新舊、發大義，謂之變例。至謂發傳之體有三，而爲例之情有五，然則謂無法可乎？後世之文莫重於金石，蓋所以發潛德，誅姦諛，著當今，示方來者也。如是而不知義例，其不貽嗚吠之誚也幾希。翰林蒼崖潘先生，動必稽古，取先代碩儒所爲文，類而集之，題曰《金石例》，視傳《春秋》者所言，如合符節。俾夫考古者知古人用意之所在，而學古者有所矜式而不敢肆。其嘉惠斯文，不其至乎！至正丁亥，予忝教番易，公之子敏中爲理官，嘗屬郡士楊本端如緝其次第。既已刻於家而公諸人，學之賓師景陽吴君旭子謙、吴君以牧謂此書將歸中州，則邦之人焉能一一而見之哉？盍列之學官，以垂永久。乃復加校正而壽諸梓。於乎！古人，吾不得而見之矣；得見古文，斯可矣。明年戊子夏六月既望，廬陵王思明謹叙。

金石例卷之一

元　潘昂霄　撰

碑碣之始

《禮記·檀弓》下「季康子之母死，公肩假曰：『公室視豐碑。』註：「言視者，時僭天子也。豐碑，斲大木爲之，形如石碑，於椁前後四角樹之，穿中於間爲鹿盧，下棺以緈繞。天子六緈四碑，前後各重鹿盧也。」三家視桓楹。』」註：「時僭諸侯。諸侯下天子也，斲之形如大楹耳。四植謂之桓，諸侯四緈二碑，碑如桓矣。大夫二緈二碑，士二緈無碑。」疏：「視，比擬之辭也，斲大木爲之，形如石碑者。禮，廟庭有碑，故《祭義》云：『牲入麗於碑。』《儀禮》每云『當碑揖』，此云『豐碑』，故知斲大木爲碑也。云『於椁前後四角樹之』者，謂椁前後及兩旁樹之，角落相望，故云。非正當椁四角也。云『穿中於間爲鹿盧』者，謂穿去碑中之木令使空，於空間著鹿盧，兩頭各入碑木。云『下棺以緈繞』者，緈即紼也，人各背碑負紼末頭，聽鼓聲以漸却行而下之。案《春秋》，天子有隧，以羨道下棺。所以用碑者，凡天子之葬，掘地以爲方壙。《漢書》謂之「方中」。又方中之内，先累椁於其方中南畔，爲羨道，以蜃車載柩，至壙，説而載以龍輴，從羨道而入。至方中，乃屬紼於棺之緘，從上而下，棺入於椁之中，於此時用碑緈也。又云：以言「視桓楹」，不云碑，知不似碑形，故云「如大楹耳」。通而言之，亦謂之碑也。云「四植謂之桓」者，案：《説文》：「桓，亭郵表也。」謂亭郵之所而立表木謂之桓，即今之橋旁表柱也。今諸侯二碑，兩柱爲一碑而施鹿盧，故云

「四植謂之桓」也。《周禮》「桓圭而爲雙植」者，以一圭之上不應四柱，但瑑爲二柱，象道旁二木。又宮室兩楹，故雙植謂之桓也。大夫亦二碑，但柱形不得麤大，所以異於諸侯也。

《韻會舉要》「碑」字。註：《說文》：「竪石，紀功德，從石，卑聲。」徐曰：「按古宗廟立碑以繫牲耳，後人因於其上紀功德，此碑字從石，秦以來制也。七十二家封禪勒石，不言碑。」七十二家封禪之言，始於管仲，不言碑。《穆天子傳》「乃爲名迹於弇茲石上」，亦不言碑也。銘勒功德，當始於宗廟麗牲之碑也。又《祭義》「麗牲」疏：賈氏曰：「官必有碑。」《士昏禮・聘禮》「入門當碑揖」，則大夫士廟內皆有碑。《鄉飲酒・鄉射》「三揖」，則庠序之內皆有碑。據祭，則諸侯廟內有碑。碑所以識日景，觀碑景邪正以知早晚，宮廟用石爲之。葬碑取懸繩繂，暫時往來運載，當用木而已。《喪大記》註：「天子用大木爲碑，謂之豐碑；諸侯樹兩大木，謂之桓楹。」《檀弓》註：「鄭氏曰：斲大木，形如石碑，於椁四角樹之，穿中爲鹿盧，下棺以繂繞。天子六繂四碑，諸侯四繂二碑，士二繂無碑。」又《釋名》云：「碑，被也。葬時所設，臣子追述君父之功，以書其上。」徐曰：「劉熙言起於懸棺之碑者，蓋今神道碑也。」《初學記》：「碑，悲也，所以悲往事。今人墓隧宮室之事，通謂之碑矣。」

《事祖廣記》云：「管子曰：『無懷氏封泰山，刻石記功。』秦漢以來，始謂刻石曰碑，蓋因喪禮豐碑之制也。刻石當以無懷爲始，而名碑自秦漢也。」陸龜蒙《笠澤叢書》曰：「碑，悲也。古者懸而窆，用木書之，以表其功德。因留之不忍去，碑之名由是而得。自秦漢以降，生有功德政事者，亦碑之，而又易之以石，失其稱矣。」此又德政有碑之起也。陸法言《廣韻》曰：「碑碣，李斯造，宜始於嶧山之刻爾。」《釋名》曰：「本葬時所設，臣子追述君父之功以書其上。」

《事祖廣記》云：「古之葬，有豐碑以窆。秦漢以來，死有功業生有德政者皆碑之，稍改用石，因總謂之碑。晉宋之世，始又有神道碑，天子及諸侯皆有之。」其刻文止曰「某帝或某官神道之碑」，今世尚有

《宋文帝神道碑》墨本也。其初由立之於葬兆之東南，地理家言以東南爲神道，故以名碑爾。案《後漢》：「中山簡王薨，詔爲之修冢塋，開神道。」註云：「墓前開道，建石柱以爲標，謂之神道。」是則神道之名，在漢已有之也。晉宋之後，易以碑刻云。

墓誌、墓碑，文辭各異。如云：「千歲之後，陵谷變遷，知其爲良吏之壙，其勿毁焉。」又云：「兩嬪雁行，同域也而不同藏」之類，止可施於墓内，不可作碑用。如文詞有可通用，則或爲墓誌，或爲墓道之碑，亦可也。但碑上不言「誌」字，止曰「某官某人墓碑」，或云「墓碣」。

墓誌之始

《事祖廣記》云：「炙轂子曰：『齊王儉云：石誌不出《禮》典，「石誌」一作「木誌」。按：齊太子穆妃將葬，議立石誌。王儉曰：「石誌不出《禮》經。」起宋元嘉中顔延之爲王琳一作王彌。作石誌，以其無銘誄，故以紀行。自爾遂相祖習。』」然魏侍中繆襲改葬父母，制墓下埋文，將以陵谷遷變，欲後人有所聞知。但記姓名、歷官、祖父、姻媾而已。有德業則爲銘文。又隋代釀家於王戎墓得銘云：「晉司徒安豐元公王君之銘。」有數百字，則魏晉已有其事，不起於宋也。馮鑑《續事始》云：「按《西京雜記》，前漢杜子春，一作杜子夏，臨終作文，命刻石，埋於墓前。恐墓誌因此始也。」予謂昔吴季札之喪，孔子銘其墓曰：「嗚呼！有吴延陵季子之墓。」《莊子》：「衛靈公葬沙丘，掘得石椁，銘曰：『不馮其子，靈公奪而埋之。』」唐開元時，人有耕地得比干墓誌，刻其文以銅盤曰：「右林左泉，後岡前道，萬世之寧，兹焉是保。」漢滕公夏侯嬰得定葬，石銘曰：「佳城鬱鬱，三千年見。白日吁嗟，滕公居此室。」則墓之有誌，其來遠矣。

碑碣制度

諸碑碣，其有皆須實録，不得濫有褒飾。五品以上立碑，螭首龜趺。二品以上，上高不得過一丈二尺；五品以上，上高不得過九尺。七品以上立碣，圭首方趺，上高四尺。其執政官以上，聽立墳峰。

三品以上神道碑，碑於墓隧道之左，面南立，螭首龜趺，有依品從合得尺寸。見儀制，今更欲檢之，此未盡也。

司馬公曰：「按令式，墳碑石獸大小多寡，各有品數。」然葬者當爲無窮之規，後世見此等物，安知其中不多藏金玉耶？是皆無益於亡者而反有害。故令式又有「貴得同賤，賤不得同貴」之文。然則不若不用之爲愈也。

五品以下，不名碑，謂之墓碣。圭首方座，以上石人、石柱、石羊、石虎，各有合得之數。

墓誌制度

墓誌納之墓中柩前，平放，其狀如方石，斗二，底撮面平而不凹，大小無定制。上一斗於平面上大字題「某官某人墓誌銘」，曾見古墓中石誌制度如此。又記，上一斗止寫「某人墓誌」，不書「銘」字；下一斗上作小字書前一行刻云「某官某人墓誌銘并引」，或言「有序」，或言「并序」。後書序及銘，刻畢，以丹填之，上下二斗字並用丹填。二斗相合，四角以

薄石片揞起。揞石如錢大，厚薄亦如之，但要不使二石實相壓着。

《家禮》云：「下誌石。」云墓在平地，則於壙内近南先布磚一重，置石其上，又以磚四圍之，而覆其上。若墓在山側峻處，則於壙南數尺間，掘地深四五尺，依此法埋之。

墓表制度

《家禮》云：「墳高四尺，立小石碑於其前，亦高四尺，趺高尺許。」按：孔子防墓之封，其崇四尺，故取以爲法，用司馬公説。别立小碑，但石須闊尺以上，其厚居三之一，圭首，而刻其面，如誌之蓋，乃略述其世系、名字、行實，而刻於其左轉及後右而周焉。婦人，則俟夫葬乃立面，如夫亡，誌蓋之刻云。

墓表石立於墓前。就地埋定，上題云「某人之墓」，無文辭。墓雖無碑者，亦當立此石。

石人、羊、虎、柱制度

《事祖廣記》云：「炙轂子曰：『秦漢以來，帝王陵寢，有石麟、辟邪、兕馬之屬，人臣墓有石人、羊、虎、柱之類，皆表飾墳壠，如生前儀衛。』《風俗通》曰：「方相氏，葬日入壙驅罔象。罔象好食死人肝腦，人臣不能備方相，乃立其象于墓側。又罔象畏虎與柏，故頂上栽柏，路前立虎也。」盧思道《西征記》曰：「新城西有漢旌陽太守趙起墓，有石柱，東南有亭，因名柱爲表。漢霍去病墓像祁連山，立石人馬。」然則墓前之立石人、柱、羊、虎之類，皆起於漢也。又唐王建《北邙行》云：「山頭澗底石漸稀，盡向墳前作羊虎。」

金制諸葬儀：一品官，石人四事，石虎、石羊、石柱各二事。二品、三品，減石人二事。四品、五品，又減石柱二事。

墓圖

《古金石例》云：「墓圖作方石碑，先畫墓圖。有作圓象者，内畫墓樣，各標其穴某人。其石嵌之祭堂壁上；無祭堂，則嵌圍墻上。」韓魏公父墓圖，今有此石，歲久卧之墻外。

宗氏圖碣二：一埋中宫之下，一立中宫之上。太原以墳塋中心爲宅神，亦中宫之義也。祭堂瓦花頭皆寫云「某氏千秋」，墓磚亦然。南陽宗資墓，前人有得古花頭瓦，其花頭刻云：「宗氏千秋。」今石刻在中州刺史宅。凡祭堂二，於中宫左右建。

《家禮》云：「刻誌石。」用石二片：其一爲蓋，刻云「有宋某官某公之墓」，無官則書其字曰「某君某甫」。其一爲底，刻云：「有宋某官某公諱某字某、某州某縣人。考諱某某官，母氏某封。某年月日生。叙歷官遷次。某年月日終，某年月日葬於某鄉某里。娶某處某氏某人之女。子男某某官，女適某官某人。」婦人，夫在，則蓋云「有宋某官姓名某封某氏之墓」；無封，則云「妻」；無官，則書夫之姓名。夫亡，則云「某官某公某封某氏」；夫無官，則云「某君某甫妻某氏」。其底叙年若干，適某氏，因夫子致封號。無則否。葬之日，以二石字面相向，而以鐵束束之，埋之壙前近地面三四尺間。蓋慮異時陵谷變遷，或誤爲人所動，而此石先見，則人有知其姓名者，庶能爲掩之也。

諸墳塋地，一品，四面各三百步；長周不等者，以積步折之。餘准此。二品，二百五十步；三品，二百

步；四品五品，一百五十步；六品以下，一百步；庶人不叙使官，餘條葬無文者，並准此。及寺觀，各三十步。若經恩錫及山谷内已業荒田者，不在步數之限。

古今碑石同異

漢碑有銘辭，亦有無者；今亦然。謂神道碑并墓碣有銘辭者，有無銘辭者。今碑碣亦然也。

墓碑無銘辭，刻墓前石柱上，亦有刻在碑上者。

金石例卷之二

金石文之始

《周禮》：「王功曰勳，國功曰功，民功曰庸，事功曰勞，治功曰力，戰功曰多。凡有功者，銘書於王之太常。」

《禮記》曰：「夫鼎有銘。銘者，自名也，自名以稱揚其先祖之美，而明著之後世者也。爲先祖者，莫不有美焉，莫不有惡焉。銘之義，稱美而不稱惡，此孝子孝孫之心也。唯賢者能之。銘者，論譔其先祖之有德善、功烈、勳勞、慶賞、聲名，列於天下，而酌之祭器，自成其名焉，以祀其先祖者也。顯揚先祖，所以崇孝也。身比焉，順也；明示後世，教也。夫銘者，壹稱而上下皆得焉耳矣。是故君子之觀於銘也，既美其所稱，又美其所爲。爲之者，明足以見之，仁足以與之，知足以利之，可謂賢矣。賢而勿伐，可謂恭矣。故衛孔悝之《鼎銘》曰：『六月丁亥，公假於大廟。公曰：叔舅！乃祖莊叔，左右成公，成公乃命莊叔隨難於漢陽，即宮於宗周，奔走無射，啓右獻公，

獻公乃命成叔纂乃祖服。乃考文叔，興舊耆欲，作率慶士，躬恤衛國，其勤公家，夙夜不解，民咸曰休哉！公曰：叔舅！予女銘，若纂乃考服。悝拜稽首曰：對揚以辟之，勤大命，施於烝彝鼎。』此衛孔悝之《鼎銘》也。古之君子論譔其先祖之美，而明著之後世者也，以比其身，以重其國家如此。子孫之守宗廟社稷者，其先祖無美而稱之，是誣也；有善而弗知，不明也；知而弗傳，不仁也：此三者，君子之所耻也。昔者，周公旦有勛勞於天下。周公既没，成王、康王追念周公之所以勛勞者，而欲尊魯，故賜之以重祭。外祭，則郊社是也；内祭，則大嘗禘是也。夫大嘗禘，升歌《清廟》，下而管象朱干玉戚以舞《大武》，八佾以舞《大夏》。此天子之樂也，康周公故以賜魯也，子孫纂之，至於今不廢，所以明周公之德，而又以重其國也。」

《春秋左氏傳》曰：「季武子以所得於齊之兵，作林鍾，而銘魯功焉。臧武仲謂季孫曰：『非禮也。夫銘，天子令德，諸侯言時計功，大夫稱伐。今稱伐，則下等也；計功，則借人也；言時，則妨民多矣。何以爲銘？且夫大伐小，取其所得以作彝器，銘其功烈以示子孫，昭明德而懲無禮也。今將借人之力，以救其死，若之何銘之，小國幸於大國，而昭所獲焉以怒之，亡之道也。』」

《國語》曰：「昔克潞之役，秦來圖敗晉功，魏顆以其身却退秦師於輔氏，親止杜回。其勛銘於景鐘。」克，勝也。魯宣十五年六月癸卯，晉荀林父將滅赤翟，潞氏。七月，秦桓公伐晉，次於輔氏。晉景公治兵以略翟土及潞，魏顆敗秦師於輔氏，獲杜回。景鐘，景公鐘。

碑式碑式之可法者固多，舉其一二以爲式，後皆放此，當類推之。

《衢州徐偃王廟碑》韓退之 《平淮西碑》 《曹成王碑》 《南海神廟碑》 《處州孔子廟碑》 《柳州羅池廟碑》 《黄陵廟碑》 《箕子碑》柳子厚 《道州文宣王碑》 《柳州文宣王碑》 《終南山祠堂碑》 《太白山祠堂碑》 《湘源二妃廟碑》 《饒娥碑》 《南霽雲睢陽廟碑》 《后土神祠碑》張説 《唐天下放生池碑》顔真卿 《禹穴碑》鄭魴 《表忠觀碑》蘇子瞻 《潮州韓文公廟碑》 《伏波將軍廟碑》 《壽域碑》王元之 《四皓廟碑》 《披雲堂碑》馬子才 《東平行臺嚴公祠堂碑》元遺山 《祭孤魂碑》杜止軒 《文子廟碑》郝伯常 《漢高祖廟碑》 《漢光武廟碑》 《處士管寧廟碑》

碑陰文式

《碑陰文》柳子厚 《碑陰記》 《大明碑陰》 《先友記》 《處州孔子廟韓文公碑陰記》杜牧之

德政碑之始《事祖廣記》云：「自秦漢以來，死有功業、生有德政者，皆記之，稍改用石，因總謂之碑。」

德政碑式

《明州王密德政碑》李舟　《易州刺史田仁琬德政碑》蘇靈芝　《高陵縣令劉君德政碑》劉禹錫

墓碑式

《清邊郡王楊燕奇碑文》韓退之　《權公墓碑》　《劉統軍碑》　《王黄華墓碑》元遺山　《寄菴先生墓碑》　《費縣令郭明府墓碑》　《宣武將軍孫君墓碑》

神道碑之始

《事祖廣記》云：「晉宋之世，始又有神道碑。天子及諸侯皆有之，其刻文止曰『某帝或某官神道之碑』。今世尚有《宋文帝神道碑》墨本也。其初猶立之於葬兆之東南，地理家言以東南爲神道，若神靈出遊道之意，故以名碑爾。」唐李夷簡臨終，敕無碑神道。

神道碑式

《唐銀青光禄大夫守右散騎常侍致仕上柱國襄陽郡王平陽路公神道碑銘》韓退之　《唐故河東節度觀察使滎陽鄭公神道碑文》　《唐故中散大夫少府監胡良公墓神道碑》　《唐故江南西道觀察使贈左散騎常侍太原王公神道碑》　《司徒兼侍中中書令贈太尉許國公神道碑銘》　《湖州長

城縣令崔孚神道碑》白樂天　《平章政事壽國張公神道碑》元遺山　《沁州刺史李君神道碑》《内相文獻楊公神道碑》《轉運使王公神道碑》《朝散大夫胡公神道碑》《禮部尚書趙公神道碑》《内翰馮公神道碑》《國子祭酒馮公神道碑銘》《東平行臺嚴公神道碑》《朮虎公神道碑》《刺史馬公神道碑銘》《康公神道碑銘》《劉氏先塋神道碑》《完顏公神道碑》《畢侯神道碑銘》《千户趙君神道碑》

家廟碑式

立家廟，自有品從。唐人三品以上得立，餘不得立碑，與墓碑制度同。曾見永寧縣西寺有《文潞公家廟碑》，是司馬温公撰，制度與墓碑同。其陰今磨之，刻寺記矣。家廟碑立之家廟前。

司馬温公撰《文潞公家廟碑》。其略云：公以廟制未備，不敢作主。用晉荀安昌公祠制作神板，采唐周元陽議，祀以元日、寒食、春秋分、冬夏至，致齋一日。又以或受詔之四方，不常其居，乃酌古諸侯載遷主之義，作車奉神板以行，此皆禮之從宜者也。

先廟碑式

《烏氏廟碑銘》壬辰，詔用烏公爲銀青光禄大夫河陽軍節度使兼御史大夫封張掖郡開國公。居三年，河陽稱治。詔贈

其父工部尚書，且曰：「其以廟享。」即以其年，營廟於京師崇化里。軍佐竊議曰：「先公既位常伯，而先夫人無加命號，名差卑，於配不宜。」語聞，詔贈先夫人劉氏沛國太夫人。八年八月廟成，三室同宇，祀自左領府君而下，作主於第，乙巳，升於廟。《魏博節度觀察使沂國公先廟碑銘》田弘正始有廟京師。謹案：魏博節度使銀青光禄大夫檢校工部尚書兼魏州大都督府長史御史大夫沂國公田弘正，北平盧龍人，故爲魏博諸將，忠孝畏慎。田季安卒，其子幼弱，用故事代父。人吏不附，迎弘正於其家，使領軍事。弘正籍其軍之衆與六州之人，還之朝廷，悉除河北故事，比諸州，故得用爲帥。已而復贈其父故滄州刺史、兵部尚書，母夫人鄭氏梁國太夫人。得立廟，祭三代，曾祖都水使者府君祭初室，祖安東司馬贈襄州刺史府君祭二室，兵部府君祭東室。《袁氏先廟碑》袁公滋既成廟，明歲二月，自荆南以旂節朝京師。留六日，得壬子春分，率宗親子屬用少牢於三室。既事，退言曰：「嗚呼！遠哉！維世傳德，襲訓集余，乃今有濟。今祭既不薦金石音聲，使工歌詩載烈象容，其奚以飭稚昧於長久？惟敬繫羊豕幸有石，如具著先人名跡，因爲詩繫之語下，於義其可。雖然，余不敢，必屬篤古而達於辭者。」遂以命愈。（已上係韓退之。）《丞相崔圓廟碑》始立廟洛邑，曰考廟、王考廟，皆二丈有七，從四尋，衡八尋，二户立楹外，垂四阿，圬墁彩繪，施以丹雘。齋室爨室，庭垣稱之。《禮》曰：「以勞定國則祀之，能禦大災則祀之，能捍大患則祀之。」是宜廟食，以銘於鼎。古者諸侯立五廟，有鼎與樂。有國之制，侯伯有爵而無土廟，有鼎祭樂，不克立五廟而立三廟，不銘於鼎，而銘於碑。（韓雲卿）《南康郡王韋臯先廟碑》萬物本乎天，人本乎祖，乃立宗廟以交神明。古者揚其功烈，銘於祭器；近古以魯鐘衛鼎追琢先德，不若鏤文字於麗牲之碑之爲詳也。乃謹而書之。（權載之）《丞相代國公王涯先廟碑》唐制，五等有爵服而無山川，登於三事，得立四廟，備物崇祀，以交神明，敬先報本，以輔孝治，有國之令典也。唯長慶三年，前相國王公始卜廟於西京崇業里。公時鎮劍南東川，上章曰：「臣涯官秩印綬品俱第三，請如式以奉家廟。」制曰：「可。」是歲仲冬，申命長男孟堅袝其主於三

室。明年，公入爲御史大夫，復以十一月親行烝嘗。間歲，公出梁州，就拜司空，禮崇數異，廟加祀室。太和二年，增新室既成，祔顯考於尊位，告饗由禮。（劉禹錫）《彭陽郡公令狐楚先廟碑》今上元年七月具官令狐公西嚮拜章上言：「守臣楚蒙被恩〔深〕〔澤〕，列於元侯，得立家廟，以奉常祀。」制書下其奏於有司，於是善相考祥，得地於京師通濟里。居無何，新廟成，公以守藩故，申命季弟監察御史定卜牲練日。越八月丁亥，祔饗三室，瑫墉以尚幽，設幄以迎精，理無尤違，神用寧謐。（劉禹錫）《右僕射趙郡李紳先廟碑》王建侯，侯建廟，廟有器，器有銘，所以論譔先德，明著後代。或書於鼎，或文於碑，古今之通制也。齋沐祗慄，拜章上言，請立其廟，以奉常祀。於是得請於天子，承式於有司。是歲某月某日，經始於東都；明年某月某日，有事於新廟。外盡其物，内盡其志，三獻百順，神格禮成。（白樂天）

先塋、先德、昭先等碑之始

蒼崖先生曰：先塋、先德、昭先等碑，例似與神道碑、墓誌碑不同。先塋、先德、昭先等碑，創業於國朝，已前唐宋金皆無之。所書三代并妻子例，似與神道、墓誌不同也。

先塋、先德、昭先等碑式

《安肅郝氏先塋之碑》宣差五路萬户郝侯和尚貞祐今年夏五月，侯朝行闕，對於幄殿者餘七十日，且以上厩馬二、西域馬三、彤弓四、鎧胄三、金錦三并金虎符錫之。夫人劉氏亦拜雙錦之賜。按：郝氏安肅人，葬於縣之元兔鄉千秋里者，不知幾昭穆矣。曾大父諱廣，資善良，有陰德，閭里中，年八十三，遇異人教之良禁，齒髮更生，又十年乃終。妣曰劉氏。大父諱全，任

俠尚氣，勇於赴難，有朱家郭解之器。妣曰田氏，生二子。侯之父諱增，氣節豪宕，人多歸之，不幸蚤世。妣曰孫氏。從上三世，皆潛德不耀。獨叔父彦，自承平時，以貲爲恩州酒務使，次令安肅，迄今康寧壽考，坐饗榮養，歲時問安，孫息滿前。郝宗陽報之慶，斯濫觴也。雖侯襲已積之善，擁方來之福，而生子如此，祖考可以無恨矣。（元遺山）《大丞相劉氏先塋神道碑》謹按：劉氏世居宣德縣北鄉之青魚里，孝弟力田，蓋有年矣。曾大父雲，自遼日爲大家，有子四人：曰璋，曰瓊，曰玹，曰瓚。玹之子四人：顯仁，字仲明；祖仁，字仲昌；用仁，字仲至；體仁，字仲康。仲至府君即公之考也。公家故大族，府君娶同鄉李氏，生三子。長敦，字德厚；季效，字德信。皆無禄，早世。公，其第二子也。自大父以來，不常厥居，有其先塋，止於青魚西北原而已。夫忠以報國，孝以起家，立身行道之義彰，慎終追遠之德厚，不有金石，後裔何觀？乃爲之銘。公名某，字德柔，以小字某行。八子：某其長，已襲世爵云。《歸德府總管范陽張公先德碑》范陽張公漢臣遣其參佐陳玠、李侃、侯玠自曹南走書幣及予於順天，書謂予曰：「子良不敏，爰自束髮以良家子隸軍籍，轉戰南北將四十年，馮藉先世積善之舊，生還鄉國。乃辛丑某月得用侯伯之服之禮，展省墳墓。考之令甲諸仕及通貴，廟與墓俱有碑，應用螭首龜趺之制。竊不自揆度，思得文士之見信於人者譔述之。」維張氏族出范陽，其家於縣東仇家里者，不知其幾昭穆矣。自公曾大父甲而下，皆隱德不耀。大父臣甫，資稟高亮。壽八十有七，怡然坐逝。祖妣王氏、李氏，生子三人，其季諱珪，純質有父風。明昌壬子之夏，三水泛濫，漂壞廬舍，至於丘隴亦爲湮没。珪與長女李乘船筏百計訪求，僅得祖考遺骸於泥淖之下。其瀕於死者屢矣。妣宋氏，慈仁勤儉，孝於舅姑，生子二人，長即公，次曰子明，仕爲鄜州洛郊主簿。母有前識，謂公材幹特達，後當貴顯，常戒之毋妄殺，以仁愛爲懷。墓故在三水之陽，懲創水禍，改卜其陰，乃在所居之西南原，見於辛丑新阡者，特二世耳。初，大安兵興，公以材選爲軍中千夫長。故予既論次其先德，并以公出處附之。欲人知張氏所以起其宗者蓋如此。《龍山趙氏新塋之碑》歲癸酉冬十月，先太師以王爵統諸道兵，長驅而南。癸卯冬十月，侯介於同官李稚川、周才卿爲予言：「吾趙氏世居保塞，以仕遷大梁。五代末，有諱匡穎者，官

至靜江軍節度使、兼桂州管内觀察使。弟匡衡及八世孫襄叠仕於宋，皆至通顯。金朝兵破大梁，吾家例爲兵所驅，盡室北行，至龍山，遂占籍焉。雖譜牒散亡，而其見於祖塋石誌者蓋如此。振玉之曾大父坤，隱田間，致貲巨萬。娶王氏，生大父憲，資倜儻，好施予，人多以急難歸之。娶馬氏，生子八人。吾父琳，其第四子也。幼出大家，頗以裘馬自喜。由大父而上，皆葬鄉里。振玉之考妣，兵亂中權厝縣西佛寺。比避兵還，而寺屋被焚，遂失藁殯所在。乃用故事，卜於平棘縣西北鄉蘇村里之南原，爲顯考衣冠之藏。日者室人冀氏物故，因從祔焉。維遠祖自保塞遷大梁，既無歲月可考；自大梁遷龍山，則僅能志之。今南原卜宅，亦吾趙宗之大舉。不勒之金石以昭示永久，後世其謂我何？誠得吾子辱以文賜之，爲幸多矣。敢再拜以請。」《**下邳劉氏先德碑銘**》下邳劉氏，其先世皆滄人。自總管而上，其世系、名諱與其仕宦可知者，凡四世。高祖父諱辛，仕金官至顯武將軍、軍資庫使、符離縣尉，升下邳令。子二人：長曰思誠；次曰思謙，業儒術，有子二人：曰元，曰珍。元早卒，珍字子玉。年八十二以壽終。配欒氏、潘氏。子二人：曰榮，曰顯。其一早卒，皆欒氏所出。榮字德茂。至元十一年正月卒，享年七十有六。配邢氏。子男二人：長曰源，承事郎、欒安州判官，娶徐氏。子男二人：曰某，次即總管傑也。娶謝氏，前卒。繼娶郭氏，靈壽縣尹敏之女。子男七人。傑，字漢卿。自曾大父以上，皆葬下邳巨山之陽。自祖父以下，皆葬益都。今將補松楸之闕，展拜掃之儀，願得子之文，刻之貞石。乃爲次第其世，數事跡，而繫之以銘。（王鹿庵）《**彰德總管孫公先塋碑銘**》公之曾大父某，娶何氏，四子：慶祐、慶文、慶元、禄和。慶元，則公之大父也。娶趙氏，有婦德。二子：威、平。平早世。威，即公之考也。年若干，終於某官。杜氏年八十八，下及五世孫。疾，公率其子拱、振等，諸孫謙、諧、誼等以聞。然而公未老，事業尚未既，而拱有才氣，謙既能以世其業云。予他日又可以考其淺深厚薄於此也。（劉夢吉）《**懷孟萬户劉公先塋碑銘**》按：顯曾祖考諱德安，隱居不仕。妣張氏、楊氏。顯祖考祁陽府君諱賓，資幹奇偉，氣略過人。享年若干。妣李氏、楊氏、姜氏。顯考蒲陰府君諱世鼎，不避矢石，竟被創而廢，享年若干。妣齊氏、張氏。三世皆葬祁州蒲陰之北鄉百長原。其家宗支則有圖列碑陰。《**龐氏墓**

道先德碑銘》曾祖，其次居十。然以次推十曾，外二伯曾，則兄猶十人。其下有季叔無耶？昆弟耶？從父從祖之昆弟耶？所不可知。姑計是十家子孫，將不百人而止。咸盡於賊，惟十曾一子祖府君諱智者存。考府君生六年，當至元，改明年己丑夏五月二十有八日以卒，年七十七。考府君即墳喪之，仲應亦卒。仲温以他求出異，以九年戊辰十一月二十有七日卒，年止四十七，從葬先塋。諸姑四人，皆歸鄉人。詠昆仲二人，合仲父、季父了各四人，爲十人，輅銀符，由同提舉興州採木司主洺水簿卒子文抑、文振，詠子文括、文播承顔，合諸父之子男十二人，女十一人。（姚牧菴）《鄒平賈氏昭先之碑》賈氏世爲濟南鄒平人，祖諱某，以敦斂自尚。二子：長諱某，次諱某，尚書，君父也。卒年六十四。配王氏。癸巳三月二十日，年七十卒。二子：曰馴，致道。君曰某，以字顯。監濱州税，孝友有爲。四女：長適王氏，次李氏，次段氏，次王氏，皆濟南盛族。（劉中菴）

賜碑名號之始

《退朝録》云：「唐太宗自撰《魏元成碑》，德宗亦撰《段秀實碑》，本朝太宗撰《中令趙公碑》。皇祐中，王侍郎子融守河中還，乃以唐明皇所題裴耀卿額上之，仁宗遂御篆賜沂公碑曰『旌賢』。」

賜碑名號式

《旌賢王沂公碑》《懷忠呂許公碑》《顯忠李忠武公碑》《旌忠寇萊公碑》《全德元老王太尉碑》《教忠積慶文潞公父洎碑》《親賢李侍郎用和碑》《褒親齊國獻穆公主碑》《旌功

曹襄悼碑》《崇儒丁文簡碑》《舊覺晏元獻碑》《舊德張鄧公碑》《顯先積慶趙中令子鼎昭碑》《旌忠懷德張侍中耆碑》《儒賢高文莊碑》《思賢李相沆碑》《褒賢范文正公碑》《旌忠元勳狄忠襄碑》《褒忠陳恭公碑》《清忠王武恭碑》《純孝張文孝碑》《忠規德範宋元憲碑》《淳德守正吕文穆碑》《大儒元老賈公碑》

金石例卷之三

碣式

《國子司業陽城遺愛碣》公名城，字亢宗，家于北平，隱于條山。惟公端粹沖和，高嶷懿醇。道德仁明，孝愛友悌。薰襲里閈，布聞天下。守節貞固，患難不能遷其心；怡性坦厚，榮位不足動其神。爲司諫，義震于周行；爲司業，愛加于生徒。宜乎立石，俾後是憲。其辭曰：惟兹陽公，履道葆醇。爰初隱聲，覆簣基仁。德充而形，乃作諫臣。抗忠勵義，直道是陳。帝求師儒，貳我成均。開朗蒙滯，宣明德教。大和濳布，玄機密照。羣生聞禮，後學知孝。進退作則，動言是效。匪公之軌，人用奚蹈？ 麤厲貪凌，待公順之；欺僞譎詐，待公信之。少年中申，咸適其宜。榎楚廢弛，尊嚴而威。公褒其良，俾升于堂。癯者既肥，榮如衮衣。公棄不用，懲咎内訟。既訟于内，猶公之誨。匪仁孰親，匪德孰尊，今公于征，孰表儒門！ 生徒上言，稽首帝閽。謂天蓋高，曾莫我聞。青衿涕濡，填街盈衢，遠逸于南，望慕踟蹰。立石書德，用揚猷則。嗚呼斯文！ 遺愛罔極！ 《故御史周公碣》有唐貞臣汝南周氏，諱某，字某，以諫死，葬于某。貞元十二年，柳宗元立碣于其墓左。在天寶年，有以諂諛至相位，賢臣放退。公爲御史，抗言以白其事，得死于墀下，史臣書之。公之死，而佞者始畏公議。銘曰：忠爲美，道是履，諫而死，佞者止。史之志，石以紀，爲臣軌兮。《故秘書省校書郎獨孤君墓碣》嗚呼！ 有唐仁人獨孤君之墓，祔于其父太子舍人諱助之墓之後。自其祖贈太子少保

諱問俗而上，其墓皆在霸水之左。今王父營陵于其側，故再世在此。君諱申叔，字子重，年二十二，舉進士；又二年，用博學宏詞爲校書郎；又三年，居父喪，未練而没，蓋貞元十八年四月五日也。是年七月十日而葬，鄉曰某鄉，原曰某原。（柳子厚）

墓碣式

《故兵部郎中楊君墓碣》君諱凝，字懋功。貞元十九年正月某日，守尚書兵部郎中楊君卒，某月日葬于奉先縣某原。既葬，其子姪洎家老謀立石以表于墓。葬令曰：「凡五品以上爲碑，龜趺螭首。降五品爲碣，方趺圓首。其高四尺。」按郎中，品第五，以其秩不克偕，降而從碣之制。其世系則紀于大墓。（柳子厚）《故萬年令裴府君墓碣》公諱墐，字封叔，河東聞喜人。太尉公諱行儉，實高祖。侍中公諱光庭，實曾祖。刑部員外郎府君諱稹，實祖。大理卿府君諱儆，實父。冢子銑奉柩，以明年月日克葬于墓。銑以文書來柳州，告其叔舅宗元，願碣于墓左。則涕爲之銘。

墓誌式

《故尚書户部郎中魏府君墓誌》魏氏世墓于某縣某原。唐興，有聞士諱之遏者，與子及孫咸舉進士，嗣爲儒家。綿州涪城尉諱全瑶，魏州臨潢主簿諱欽慈，太常主簿諱緄，尚書膳部員外郎兼江陵少尹諱萬成，凡五代，名高而不浮于行，才具而不得其禄。江陵府君益之以閎達之量，經緯之謀，故豪士、賢大夫痛慕加厚。生郎中府君諱宏簡，字曰裕之，以文行知名。監察御史柳宗元聞其道而玩其文也久，居又同閈，故哀而銘之。（柳子厚）《故朝散大夫永州刺史崔公墓誌》維元和五年九月十五日壬子，永州刺史崔公薨于位，享年六十八。乙未，殯于路寢。景寅，遷神于舟，以某年某月日歸葬于某縣某原，祔于

皇考吏部侍郎、贈户部尚書府君之墓。公前夫人，徐州參軍滎陽鄭鉅女，有子曰義和，早夭。後夫人，萬年尉范陽盧彤女，嘉淑之德，繼聞宗族。有子曰貽哲、貽儉，克承丁家。洎公之兄子，曰勵，曰禮，誠願誌于墓，無忘公之德。《安南都護張公誌》公諱舟，字某，某郡人也。曾祖彦師，朝散大夫、尚書駕部郎中。祖瑾，懷州武德縣令。考清，朝議郎、試大理寺丞、贈右贊善大夫。咸有懿美，積爲餘慶。公以忠肅循其中，以文術昭于外，推經旨以飾吏事，本法理以平人心。優詔累旌其忠良，太史嗣書其功烈。就加國子祭酒，封武城男，食邑三百户，凡再策勳至上柱國，三增秩至中散大夫。某年月薨于位，年若干。天子震悼，傷辭有加。明年，其孤某官與宗人號奉裳帷，率其家老，咨于叔父延唐令某，卜宅于潭州某原，葬用某月某日，人謀皆從，龜兆襲吉，乃刻兹石，著公之閥，以志于丘竁，以告於幽明。《邕州刺史李公誌》公諱位，字某，實惟文皇帝之玄孫。别子曰承乾，爲皇太子，以藩愛逼奪，危慄致禍。後封恒山，爲愍王，贈荆州大都督。繼别曰象，蘄春郡太守、贈越州大都督、郇國公。大宗曰玭，太子詹事、贈祕書監。生廙，尚書左丞。凡四代，有土田，居貴仕。公丕承之，以率南服，克荷天休，繼有功德。嘗合汞、硫黄、丹砂爲紫丹，能入火不動，以爲神，服之且十年，然卒以是病暴下赤黑，數日薨，實元和十三年六月十五日，年五十七。僚宰庀事，有緹五兩，無金銀泉貝，幾不克斂。夫人號呼致幣歸。以明年月日葬，祔其穆長安西南高陽原上。《貴州刺史鄧君誌》君諱某，字某，南陽人，漢司徒禹之後也。曾祖倚，皇連州普城令。祖少立，皇滄州司馬。考邕，皇左武衛兵曹參軍。惟君敏給以御下，廉忠以承上，幹蠱之稱，洽于諸侯；信謹之跡，彰干所涖。故自始仕以至没世，未嘗無聞焉。始由湖南爲江西，再以君爲從事，知之最厚。痛君之能，不施于劇任；惜君之志，見屈于羣疑。且以誌授宗元，使備其闕。古者，觀其所使而知在上之德；今也，觀其所使而知在下之誠。嗚呼！可無辭乎？《桂管防禦副使吕公誌》吕氏世居河東，至延之始大，以御史大夫爲浙東道節度大使。延之生渭，爲中書舍人、尚書禮部侍郎、刺湖南七州。生四子：温、恭、儉、讓。以温爲尚書郎，再贈至

右僕射。恭字敬叔，他名曰宗禮，或以爲字，實惟吕氏宗子。尚氣節，有勇略，不事小謹，讀從横書，理《陰符》、《握機》、《孫子》之術，曰：「我，師尚父胄也。」不幸温刺衡州，年四十卒。恭未及理人，年三十七又卒。世固有有其具而不及其用若温、恭者耶！恭貌奇壯，有大志，信善容物，宜壽考碩大，而又不克，吕氏之道惡乎興！《柳州司馬孟公誌》常謙。孟氏之孤曰遵慶，奉其父命書九篇，爲善狀一篇來告曰：「月日君薨，月日將葬于某，敢請刻辭。」惟公志專于中，貌嚴于外，常立廷中毅然，望之若圖形刻像。聞國難，輒不寢食，謀度憤吒，以故病不可治。曾祖某官，諱某。祖某官，諱某。父某官，諱某。公之諱曰常謙。子遵慶，弟曰某。《故試大理評事裴君誌》裴氏之昭曰贈户部尚書諱某。穆曰起居郎諱某。生均州刺史諱某。均州與其弟大理更爲刑部郎，用文史名于朝，善杜禮書。長子曰某，射進士策，不中，去，過汴，韓司徒宏迎取爲從事，以聞，拜太子通事舍人，進大理評事。當伐蔡及鄆，汴常爲軍首，贊佐有勞。既事，將侍太夫人于京師，道發疽，元和十四年月日，終于河南敦厚里，年若干。字曰某。弟某，以其喪歸葬于某縣某里，未果。娶，有男子二人，女一人。男之長曰某，通兩經，始杖且廬。《大理評事柳君誌》晉之亂，柳氏始分。曰耆，爲汝南守，居河東。又五世曰慶，相魏。魏相之嗣曰旦，仕隋爲黄門侍郎。其小宗曰楷，至于唐，刺濟、房、蘭、廓四州。楷生夏縣令府君，諱繹。繹生司議郎府君諱遺愛。皆葬長安少陵原。遺愛生御史府君諱開，葬南陽。其嗣曰寬，字存諒，讀其世書，揚于文辭。卒于公館，元和六年八月七日也，年四十七。今將以某月日祔葬，苟又不得令辭而誌焉，是無以蓋前人之大痛，敢固以請。嗚呼！余懼辭之不令以爲神羞，余曷敢不諾。《祕書郎姜君誌》祕書郎姜𡸣，字某，開元皇帝外孫也。始楚國公皎與上游，益貴幸，子慶初得尚某公主，生𡸣。𡸣生三日，上曰：「他物無以餉吾孫。」即勅有司以第六品告與緋衣銀魚，得通籍出入。凡名是官七十餘年，終不徙。元和十四年月日終。桂州都督、御史中丞裴公曰：噫！帝戚也，葬不可以廉。」爲具物，祭以豚酒。月日葬州東南一里。子某，年若干。母曰雷姬。《襄陽丞趙君誌》貞元十八年月

日，天水趙公矜，年四十二，客死于柳州，官爲斂葬于城北之野。矜之父曰漸，南鄭尉。祖曰倩之，鄆州司馬。曾祖曰弘安，金紫光禄大夫、國子祭酒。始矜由明經爲舞陽主簿，蔡帥反，犯難來歸，擢授襄城主簿，賜緋魚袋。後爲襄陽丞。其墓自曾祖以下，皆族以位。時宗元刺柳，用相其事，哀而旌之以銘。《温縣主簿韓君誌》有唐故温縣主簿韓慎，字某，漢弓高侯其先也，徙于南陽。貞元十六年，又調于天官署河陽丞，未拜，十有一日，暴病，卒于長安永崇里先人之廬。又十有一日，龜策襲吉，祔于咸陽洪瀆原先人之墓。《東明張先生誌》東明先生張氏曰因，嘗有以文薦于天子。天子策試甚高，以爲長安尉。一年，投去印綬，願爲黄老術。詔許之。病既，亟以命回曰：「吾生天寶訖貞元乙酉歲十月，今死于汝之手，盈吾志矣。京師，吾生也；畢原，先人之歸也。必以返葬。」乃自爲誌而卒。明年正月某日，葬如其言。弟子某等爲碑，以誌其墓。《太府李卿外婦馬淑誌》氏曰馬，字曰淑，生廣陵。母曰劉，客倡也。淑之父曰總，既孕而卒，故淑爲南康謳者。李君爲睦州録，過而慕焉，納爲外婦，偕竄南海上。及移永州，州之騷人，多李之舊，日載酒往焉。聞其操鳴絃爲新聲，撫節而歌，莫不感動其音，美其容，以忘其居之遠而名之辱。方幸其若是也，元和五年五月十九日，積疾卒于湘水之東，葬東岡之北，垂年二十四。《朗州員外司户薛君妻崔氏墓誌》唐永州刺史博陵崔簡女諱媛，嫁爲朗州員外司户河東薛巽妻。三歲知讓，五歲知戒，七歲能女事。善筆劄，讀書通古今，其暇則鳴絃桐，諷《詩》、《騷》以爲娱。始簡以文雅清秀重于當世，其後病惑得罪，投驩州。諸女蓬垢涕號，柳氏出也。以叔舅命歸于薛。元和十二年五月二十八日，既乳，病肝氣逆肺，牽拘左腋，巫醫不能已。期月之日，潔服飾容而終，年若干。某月日遷柩于洛，某月日祔于墓，在北邙山南洛水東。

墓誌式

《董府君墓誌》公諱溪，字惟深，丞相贈太師隴西恭惠公第二子。十九歲明兩經，獲第有司。沉重精敏，未嘗有子弟之

過。賓接門下，推舉人士，侍側無虚口，退而見其人，淡若與之無情者。太師賢而愛之。除名，徙封州。元和六年五月十二日死湘中，年四十九。公之母弟全素孝慈友弟。公坐事，棄同官令歸。公殁比葬三年，哭泣如始喪者。大臣高其行，白爲太子舍人。將葬，舍人與其季弟瀰，問銘于太史氏韓愈，愈則爲之銘。（韓退之）《處士裴君墓誌》河東聞喜裴君諱某，字某，好學未仕，年若干，元和十四年月日，終于京兆渭南墅。君之弟中丞公督桂州，命其僚柳宗元以銘。君之出，河間邢羣以狀來告：「曾祖諱某，寧州刺史、贈户部尚書。祖諱某，起居郎。父諱某，尚書刑部員外郎。」是年月日葬渭南某里。遷韋夫人之喪，自萬年來，有俟，猶異室。（柳子厚）《誌從父弟宗直殯》從父弟宗直，生剛健好氣，自字曰正夫。聞人善，立以爲己師；聞惡，若己讐。見佞色諂笑者，不忍與坐語。善操觚牘，得師法甚備。融液曲折，奇峭博麗，知之者以爲工。作文辭，淡泊尚古，謹聲律，切事類。譔《漢書文章》爲四十卷。是月二十四日，出殯城西北若干尺，死七日矣。俟吾歸，與之俱，志其殯。《伯祖妣趙郡李夫人墓誌銘》夫人姓李氏，辯族氏者曰趙郡贊皇之東祖。祖某，爲某官。父沖，爲單父尉。夫人生于良族，嶷然殊異。及笄，德充于容，行踐于言，高朗而不傷其柔，嚴恪而不害其和。特善女工翦製之事，又能爲雅琴秦聲操縵之具。婦道既備，宜爲君子之配偶焉。我伯祖臨邛令府君諱某，受夫人于李氏之廟，而歸于正室。諸姑合以爲斯志，以從人之道。内夫家，外父母家，且又葬于我，志于我，故叙柳氏爲備。《户部郎中魏府君墓誌》魏氏世墓于某縣某原。唐興，有聞士諱之遏者，與子及孫，咸舉進士，嗣爲儒家。綿州涪城尉諱全瑶，魏州臨潢主簿諱欽慈，太常主簿諱緄，尚書膳部員外郎兼江陵少尹諱萬成，凡五代，名高而不浮于行，才具而不得其禄。江陵府君益之以閎達之量、經緯之謀，故豪士賢大夫痛慕加厚。生郎中府君諱宏簡，字曰裕之，以文行知名。由是處約以終其世。既斂，家宰庀其政。視廩，惟釜鍾；視藏，惟束帛，無餘積焉。十有一月，遺車歸于洛師，某日，祔于墓。監察御史柳宗元聞其道而玩其文也久，居又同閈，故哀而銘之。《亡姊裴君夫人墓誌》柳氏至于唐，其著者

中書令諱奭。中書之弟之子曰徐州府君諱某，實有孝德，世其家業。清池府君諱某，繼之以茂實。德清府君諱某，承之以善政。以至于侍御史府君諱某，用貞信勁正達于邦家。克生賢女，以配于裴氏。其年八月十八日甲子，安厝于長安縣之神禾原，從于先塋，祔于皇姑，宜也。母弟號哭而爲之志。嗚呼！至哀無文，至敬不飾，故無其辭。《亡妻弘農楊氏墓誌》亡妻弘農楊氏，諱某。高祖皇司勳郎中諱某，司勳生殿中侍御史諱某，殿中生醴泉縣尉諱某，醴泉生今禮部郎中凝。代濟仁孝，號爲德門。郎中娶于隴西李氏，生夫人。及許嫁于我，柔日既卜，乃歸于柳氏。遂以九月五日庚午，克葬于萬年縣棲鳳原，從先塋，禮也。是歲唐貞元十五年龍集己卯，爲之誌云。

葬誌式

《馬室女雷五葬誌》馬室女雷五，父曰師儒，業進士。雷五生巧慧異甚，凡事絲纊文繡，不類人所爲者，余睹之甚駭。家貧，歲不易衣，而天姿潔清脩嚴，恒若簪珠璣衣紈縠，寥然不易爲塵垢雜。年十五，病死。死後二日，葬永州東郭東里。以其姨母爲妓于余也，將死，曰：「吾聞柳公嘗巧我慧我，今不幸死矣，安得公之文誌我葬？」其父母不敢以云。葬之日，余乃聞焉，既而閔焉。以攻石之後也，遂爲砂書玄甎，追而納諸墓。（柳子厚）

殯誌

《誌從父弟宗直殯》已見墓誌。（柳子厚）

權厝誌式

《刺史崔君權厝誌》博陵崔君，由進士入山南西道節度府，始掌書記，至府留後。凡五徙職，六增官，至刑部員外郎，出刺連、永兩州。未至永，而連之人愬君。御史按章具獄，坐流驩州。幼弟訟諸朝。天子黜連帥，罷御史，小吏咸死，投之荒外，而君不克復。元和七年正月二十六日卒。夫人河東柳氏，德碩行淑，先崔君十年卒，其葬在長安東南少陵北。君以竄没家，又有海禍，力不克祔。三年，將復故葬也。徒志其一二大者云。（柳子厚）《亡姑渭南縣尉陳君夫人權厝誌》唐貞元十七年九月六日甲子，前渭南縣尉潁川陳君之夫人河東柳氏，終于平康里。將終，告于陳君曰：「吾生四十有四年，爲陳氏介婦九年，謹飭不怠，以至此，命也。嘗謂君宜有貴位，而不克見；執親之喪，不得終紀：皆天譴之大者也。且願殺禮以成吾私，邇先夫人之墓而窆我焉。將俟君之不諱，而歸復于正，其可也。」陳君乃卜，十二月十八日，權厝于城南原，曰棲鳳，如夫人之志。《連州司馬凌君權厝誌》年月日，尚書都官員外郎、和州刺史、連州司馬富春凌君諱準，卒于桂陽佛寺。執友河東柳宗元，哀君有道而不明白于天下，離愍逢尤夭其生，且又同過，故哭以爲誌，其辭哀焉。

歸祔誌式

《先太夫人歸祔誌》先夫人姓盧氏，諱某，世家涿郡，壽止六十有八，元和元年歲次丙戌五月十五日，棄代于永州零陵佛寺。明年某月日，安祔于京兆萬年棲鳳原先侍御史府君之墓。其孤有罪，銜哀待刑，不得歸奉喪事以盡其志。姪洎太夫人兄之子弘禮承事焉。靈車遠去，而身獨止；玄堂暫開，而目不見。孤囚窮縶，魄逝心壞。蒼天蒼天，有如是耶？有如是耶？而猶

言猶食者，何如人耶？已矣！窮天下之聲，無以舒其哀矣；盡天下之辭，無以傳其酷矣。刻之堅石，措之幽陰，終天而止矣。（柳子厚）《叔妣陸氏夫人遷祔誌》夫人諱則，字内儀，姓陸氏，家于吴郡，蓋江左上族。以宗子在他國，家牒逸墜，故曾王父、王父之諱官，不克究知而闕其文。父覃，皇河南陸渾令。夫人生而柔，笄而禮。會伯舅爲河南尹，撰擇僚寀，謂我文學掾仲父，士林殊英，儒流推高，故夫人歸于我。夫人之志也。遂以其年十二月十三日庚午，合祔于少陵原之墓。恭惟仲父之諱字、夫人之爵齒，備于版文。今不書，懼再告也。

墓版文式

《故叔父殿中侍御史府君墓版文》柳氏之先，自黄帝及周魯，其著者無駭，以字爲展氏，禽以食采爲柳姓。厥後昌大，世家河東。嗚呼！公諱某，字某。曾王父朝請大夫、徐州長史諱子夏，遺貞白之操，表儀宗門。王父朝請大夫、滄州清池令諱從裕，垂博裕之道，啓祐後胤。皇考湖州德清令諱察躬。小子常以無兄弟，移其睦于朋友；少孤，移其孝于叔父。天將窮我而奪其志，故罔極之痛仍集焉。樸魯甚駭，不能文字，敢用書宗人之辭以致其直，故質而俚。輟哭紀事，哀不能文，故叙而終焉。（柳子厚）

金石例卷之四

銘文之始

《事祖廣記》云：「蔡邕曰：黄帝有金几之銘。王子年《拾遺記》曰：黄帝以神金鑄器，皆有銘題。凡所造建，皆記其年時。此銘之起也」。

《三禮圖》云：「《檀弓》曰：『銘，明旌也。以死者爲不可别已，故以其旗識之。』註：「明旌，神明之旌也。」《士喪禮》云：『爲銘各以其物，亡則以緇，長半幅，赬末，長終幅，廣三寸，書銘于末曰某氏某之柩。』註：「銘，明旌也。雜帛爲物，大夫之所建也。以死者爲不可别，故其旗識識之，愛之斯録之矣。亡，無也。無旌，不命之士也。半幅，一尺；終幅，二尺。在棺爲柩，今文銘皆爲名，末爲旆也。」竹杠長三尺，置于宇西階上。』註：「杠，銘橦也。宇，梠也。」《周禮·司常》：『大喪則供銘旌。』」註：「王則太常。」《司常職》云：「王建太常，諸侯建旂，孤卿建旜，大夫士建物，則銘旌亦然。但尺數異耳。」《禮緯》云：「天子之旌高九仞，諸侯七仞，大夫五仞，士三仞。」其《士喪禮》：「竹杠長三尺。」則死者以尺易仞也。天子九尺，諸侯七尺，大夫五尺，士三尺，其旌旗身亦以尺易仞也。又從遣車之差，蓋以喪事略故

也。若不命之士，則《士喪禮》云「以緇布半幅」，長一尺也。「赬其末，長終幅」，長二尺也。緇、赬共長三尺。「廣三寸，書銘於末曰某氏某之柩，竹杠長三尺，置于宇西階上。」

《荀·禮論》云：「祭祀，敬事其神也。其銘、誄、繫世，敬傳其名也。」註：「銘，謂書其功于器物，若孔悝之《鼎銘》者；誄，謂誄其行狀以爲謚也；繫世，謂書其傳襲，若今之譜牒也：皆所以敬傳其名于後世。」

《禮·祭統》：「銘之義，稱美而不稱惡，此孝子孝孫之心也。銘者，論著其先祖之有德善、功烈、勳勞、慶賞、聲名於天下。」

前輩云：「銘婦人墓，當詳于家世，議論取法于韓退之。退之所作，蓋出于《碩人》之詩，觀其銘元稹妻韋夫人墓可見矣。」

銘　式

權德輿《世德銘》乃權公紀先世之德也。四言，無序，此又一例也。「肅肅我祖，玄鳥自天。天乙革夏，武丁相賢。手文命子，開國于權。」末云：「聿修之誡，大懼不克。夙夜以思，敢銘世德。」《唐故悼王石塔銘》并序。「唐開元五年歲在丁巳四月庚午朔二十一日庚寅，故悼王薨于上陽之中禁，曰二歲而未及周。嗚呼哀哉！王即開元神武皇帝第九之愛子也，以其月二十七日丙申，葬于萬安山之東南嶺。壙惟五尺，棺不三寸，壘石塔一丈于其上，不雕不礱，從尚薄也。其銘曰：南有萬安兮北有洛城，城可望兮天之京。嗚呼悼王，寧不戀兮！嗚呼悼王，寧不見兮！倚素塔兮凌翠微，空不礙兮雲則飛，嗚呼悼王兮其何歸！」（蘇頲）《廬山女道士石碣銘》道士，粱洞微也。其銘無序，四言。廬山玄德先生碣銘亦然。（符載）《河中府法曹

《張君墓碣銘》君字直之，祖驩，父孝新，皆爲官汴宋間。君嘗讀書，爲文辭有氣，有吏才。嘗感激，欲自奮拔，樹功名以見世。初舉進士，再不第，因去，事宣武軍節度使，得官至監察御史。坐事貶嶺南。再遷至河中府法曹參軍，攝虞鄉令，有能名。進攝河東令，又有名，遂署河東從事。絳州闕刺史，攝絳州事，能聞朝廷。元和四年秋，有事適東方，既還，八月壬辰，死于汴城西雙丘，年四十有七。明年二月日，葬河南偃師。妻彭城人，世有衣冠。祖好順，泗州刺史。父泳，卒蘄州別駕。女四人；男一人，嬰兒汴也。是爲銘。（韓退之）《虞部員外郎張府君銘》尚書虞部員外郎安定張君諱季友，字孝權，年五十四病卒東都。塗進韓氏門，伏哭庭下，曰：「叔父且死，幾于不能言矣，張目而言曰：『吾不可無告韓君別。藏而不得韓君記，猶不葬也。塗爲書致吾意。』已而自署其末與封，敢告以請。」愈既與爲禮，發書云云，其末有複語「千萬永訣」八字，名日月與封，皆孝權迹。孝權爲人孝謹，與人語，恐傷之，而時嶷嶷有立。與孝權游者極衆，而獨以其死累余，可尚也已。是爲銘。《東明張先生銘》匪禄而康，匪爵而榮。漠焉以虚，充焉以盈。言而不爲華，光而不爲名。介潔而周流，苞涵而清寧。幽觀其形，與化爲冥。寂寞以成其道，是以勿嬰。世皆狂狂，奔利死名；我獨浩浩，端一以生。或曰：「先生友悌以道，慈幼以死，若不能忘情者何耶？」吾曰：「道去友耶？去慈耶？從容以求，其得之耶？鹵莽狠悻，道之非耶？且夫虧恩壞禮，枯槁憔悴，隳聖圖壽，離中就異。欻然與神鬼爲偶，頑然以木石爲類。倥侗而不實，窮老而無死。先生之道，固知異夫如此也。」乃書于石以紀。（柳子厚）

墓銘式

《李元賓墓銘》已虖元賓！壽也者，吾不知其所慕；夭也者，吾不知其所惡。生而不淑，孰謂其壽？死而不朽，孰謂之夭？已虖元賓！才高乎當世，而行出乎古人。已虖元賓！竟何爲哉！竟何爲哉！（韓退之）《崔評事墓銘》朝之言嘻

嘻，夕之言怡怡，偕入而出乘馬馳，一日不見而死，吁其悲！《施先生墓銘》先生之祖，氏自施父。其後施常，事孔子以彰。讐爲博士，延爲太尉。太尉之孫，始爲吴人。曰然曰續，亦載其跡。先生之興，公車是召。纂序前聞，于光有曜。古聖人言，其旨密微，箋注紛羅，顛倒是非。聞先生講論，如客得歸。卑讓肫肫，出言孔揚。今其死矣，誰嗣爲宗。縣曰萬年，原曰神禾。高四尺者，先生墓耶！《盧君墓銘》盧君東美。愈謂立曰：「子来宜也，行不可一一舉。且吾之生也後，不與而祖接，不得詳也。其大者莫若衆所與。觀所與衆寡，兹可以審其德矣。乃祖未出而處也，天下大夫士以爲與古之夔、皐者侔，且可以爲相。其德不既大矣乎？講説周公、孔子，樂其道，不樂從事于俗；得所從，不擇外内奮而起。其進退既不合于義乎？銘如是，可以示于今與後也歟？」立拜手曰：「唯唯。」君祖子輿，濮州濮陽令。父同，舒州望江令。夫人之祖延宗，鄆州司馬。父進成，鄜州洛交令。男三人：暢、申、易。女三人，皆嫁爲士人妻。墓在河南緱氏縣梁國之原。其年月日，元和二年二月十日云。《大理評士胡君墓誌》胡之氏，别於陳。明允先，河東人。世勤固，戴厥身。籍文譜，進連倫。惟明允，加武資，力牛虎，柔不持。吏夏陽，有施爲。去平陽，民思悲。河東土，河陸原。宜兹人，肖厚完。五十七，不足年。孤兒啼，死下官。母弟證，秩大夫。摭君遺，哭泣書。友諱愈，司馬徒。作後銘，系序初。《衛府君墓銘》嗟惟君，篤所信。要無有，弊精神。以棄餘，賈于人。脱外累，自貴珍。訊來世，述墓文。《故相權公墓銘》權在商周，世無不存，滅楚徙秦，嬴劉之間。甘泉始侯，以及安丘。詆訶浮屠，皇極之扶。貞孝之生，鳳鳥不至。爵位豈多，半途以税；壽考豈多，四十而逝。惟其不有，以惠厥後。是生相君，爲朝德首。行世祖之，文世師之。流連六官，出入屏毗。無黨無讐，舉世莫疵。人所憚爲，公勇爲之；其所競馳，公絶不窺。孰克知之，德將在斯。刻詩墓碑，以永厥垂。《覃季子墓銘》覃季子，其人生愛書，貧甚，尤介特，不苟受施。讀經傳言其説數家，推太史公、班固書下到今，横竪鉤貫，又且數十家，通爲書，號《覃子史纂》。又取《鬻》、《老》、《管》、《莊》、《子思》、《晏》、《孟》下到

今，其術自儒、墨、名、法，至于狗彘、草木，凡有益于世者，爲《子纂》，又百有若干家。篤于聞，不以仕爲事。黜陟使取其書以氏名聞，除太子校書。某年月日死永州祁陽縣某鄉。將死，嘆曰：「寧有聞而窮乎？將無聞而豐乎？寧介而躓乎？將溷而遂乎？」葬其鄉。後若干年，柳先生來永州，戚其文不大於世，求其墓以石銘。銘曰：困其獨，豐其辱。（柳子厚）《善人白公墓銘》齒以德尊，師以道存，習俗以教遷。惟仁人君子之所居，若時雨然。羽山之顔，疪癘爲蠲。媿心發之彦方，學業復于譙玄。禮所以祠鄉長者，而傳書先賢。在昔兵屯，河曲雄邊。爰分公家，乃誦乃絃。身爲義方，奉之周旋。兩息蹁蹁，起爲儒先。岌彼熒臺，火伏在泉。振而鼓之，有光屬天。仲也銅章，惠浹岐岍；叔也奉璋，入侍禁垣。藹兮芝蘭之庭，炯兮珠玉之淵。州里趨風，媚學躚躚。至于餘波所及，且孝弟而力田。古有之種德欲深，望歲百年。有相之道，理無空捐。禄匪我榮，殆以爲黨塾無窮之傳。樂石有銘，表公之阡。異時配縣社之食，尚有考焉。（元遺山）

墓誌銘式

《裴君墓誌銘》裴爲顯姓，入唐尤盛。支分族離，各爲大家。惟公之系，德隆位細。曰子曰孫，厥聲世繼。晉陽之色，愉愉翼翼，無外無私，幼壯若一。何壽之不遐，而禄之不多。謂必有後，其又信然耶！（韓退之）《薛君墓誌銘》宦不遂，歸譏于時；身不得年，又將尤誰？世再絶而紹，祭以不隳。《韋夫人墓誌銘》詩歌《碩人》，爰叙宗親。女子之事，有以榮身。夫人之先，累公累卿。有赫外祖，相我唐明。歸逢其良，夫夫婦婦。獨不與年，而卒以夭。實生五子，一女之存。銘于好辭，以永於聞。《李公墓誌銘》高其上而坎其中，以爲公之宫，奈何乎公！《房君墓誌銘》有位有年，有弟有子，從先人葬，是謂受祉。《石公墓誌銘》生之艱，成之又艱。若有以爲，而止於斯。《韋公墓誌銘》武陽受業，始于太師。以官讓兄，自待

不疑。勤于紫閣，取益以卑。可謂有源，卒用無疵。慊慊爲人，矯矯爲官，爰及江西，功德具完。名聲之下，獨處爲難。辯而益明，仇者所歎。碑于墓前，維昭美故；納銘墓中，以識公墓。《畢君墓誌銘》上古愛民，爲官求人。苟可以任，位加其身。其後喜權，人自求官。退而緩者，身後人先。故廣平死節，而子不苟其澤；王屋謹廉，而神不福其謙。嗚呼！天與人，苟無傷其穴與墳！《盧丞墓誌銘》弘農諱懷仁，沂諱璬，襄陽諱某。今年實元和六年。《苗君墓誌銘》有行以爲本，有文以爲華。恭以事其職，而勤以嗣其家。位卑而無年，吁其奈何！《孔君墓誌銘》允義孔君，兹惟其藏。更千萬年，無敢壞傷。《杜君墓誌銘》杜氏大家，世有顯人，承繼綿綿，以及公身。始爲進士，乃篤朋友。及作大官，克施克守。纂辭奮筆，涣若不思，公牒盈前，笑語指麾。禄以給求，食以會同。不畜不牧，庫廐虚空。事在於人，日遠日忘，何以傳之，刻此銘章。《盧渾墓誌銘》前汝父母右汝兄，汝從之居，視汝如生。遷汝居兮，日月之良。汝居孔固兮，後無有殃。如不信兮，視此銘章。《息國夫人墓誌銘》男主外事，治不爲易。施於其家，難甚吏治。又況公侯，族大而貴。夫人是專，厥聲惟懿。昔在貞元，有錫自天，啓封備服，以疇時勳。婉婉夫人，有籍宫門，克承其後，以嫁以婚。隨葬東（土）〔上〕，在河之陽，遥望公墳，而不同藏。《王君墓誌銘》鼎也不可以柱車，馬也不可使守閭。佩玉長裾，不利走趨。祇繫其逢，不係巧愚。不諧其須，有銜不祛。鑽石埋辭，以列幽墟。《扶風郡夫人墓誌銘》陰幽坤從，維德之恒。出爲辨强，乃匪婦能。淑哉夫人，夙有多譽。來嬪大家。不介母父。有事賓祭，酒食祗飭。協于尊章，畏我侍側。及嗣内事，亦莫有施。齊其躬心，小大順之。夫先其歸，其室有丘，合葬有銘，壺彝是收。《李君墓誌銘》不贏其躬，以尚其後人。《乳母墓誌銘》乳母李，徐州人，號正真，入韓氏，乳其兒愈。愈生未再周月，孤失怙恃。李憐不忍棄去，視保益謹，遂老韓氏。及見所乳兒愈舉進士第，歷佐汴徐軍，入朝爲御史、國子博士、尚書都官員

外郎、河南令，娶婦，生二男五女。時節慶賀，輒率婦孫列拜進壽。年六十四，元和六年三月十八日疾卒。卒三日，葬河南縣北十五里。愈率婦孫視窆封，且刻其語于石，納諸墓爲銘。《盧太醫墓誌銘》岐黄聖學，炳如日星，苟非其人，道不虚行。惟尚藥公，有得《内經》，探病之源，起死而生。爲醫作鏡，底裏洞明，道風既扇，取重漢廷。陽報沓來，壽考康寧。翛然坐逝，歸神太清。大河安流，扶衛厥靈。扁鵲湯陰，實魏大名。遥遥華胄，復起魏京。古今世業，前後家聲，遺書具在，永爲世程。（元遺山）《張君墓誌銘》履潔修，體柔嘉，内美充，福不遐。哀哀蒼天，孰使然耶？天耶人耶？其父母耶？從容以思，其得之耶？茁其芽，鬱其華，其實孔多！父播而子穫，穰穰滿家。故曰：其源濫觴，其流江河。淵兮其未涯，不有以浚之，其末奈何？然則古所謂不于其躬，必于其子孫者，尚信然耶！尚信然耶！

墓碣式

《河中府法曹張君墓碣銘》已見銘式。《蘧然子墓碣銘》蘧然子諱滋，字濟甫，姓趙氏，本出馮翊。其大父天會貞元間來爲汴梁户籍判官，卒官下，妻子不能歸，遂爲汴人。父諱青，字漢卿。蘧然子三男：長某，次某，兵亂中所失。小子尚幼。二女，次即孟卿所娶者。蘧然子春秋五十有九，以病終，權葬于東平沂州門之外若干步。庚子歲除日，予實銘之。其銘曰：積之之深，守之之堅。傳人之所不傳，兼人之所獨專。自拔泥塗，如蜕而仙。文以表之，慰彼下泉。顧雖愛我，豈以一言而敢私焉。（元遺山）《張遵古墓碣銘》茫茫之原，纍纍之阡，行人而歸，何千萬年。有子而傳，孰不欲揚其先。今君獨然修德則人，而死而不亡則天，吾是以知其人之賢。

墓甎銘

《下殤女子墓甎銘》孰致也而生，孰召也而死？焉從而來，焉往而止？魂氣無不之也，骨肉歸復于此。（柳子厚）

《小姪女墓甎銘》字爲雅，氏爲柳。生甲申，死己丑。日十二，月在九。是日葬，東岡首。生而惠，命則夭。始也無，今何有？質之微，當速朽。銘兹瓦，期永久。

壙銘式

《女挐壙銘》汝宗葬于是，汝安歸之，惟永寧。（韓退之）

金石例卷之五

古墓表式

《蔡致遠墓表》《周景和墓表》《周無晦墓表》《李德元墓表》《楊希節墓表》《智氏夫人墓表》《司馬夫人墓表》《宋夫人墓表》《吕氏夫人墓表》《唐元夫墓表》

今墓表式

《文通先生陸給事墓表》郡人陸先生質，以其師友天水啖助洎趙匡，能知聖人之旨，故《春秋》之言及是而光明。使庸人小童皆可積學以入聖人之道，傳聖人之教，是其德豈不侈大矣哉！先生字某，既讀書，得制作之本，而獲其師友。於是合古今，散同異，聯之以言，累之以文。蓋講道者二十年，書而志之者又十餘年，其事大備，爲《春秋集註》十篇，《辯疑》七篇，《微旨》二篇。用是爲天子争臣，尚書郎、國子博士、給事中、皇太子侍讀，皆得其道。刺二州守，人知仁。永貞年，侍東宫，言其所學，爲《古君臣圖》以獻，而道達乎上。是歲，嗣天子踐祚而理，尊優師儒。先生以疾聞，臨問加禮。某月日終于京師，某月日葬于某郡某里。將葬，以先生爲能文聖人之書通于後世，遂相與謚曰文通先生。後若干祀，有學其書者過其墓，哀其道之所由，乃

作石以表碣。（柳子厚）《殿中侍御史柳公墓表》唐貞元十一年二月庚寅，葬我殿中侍御史河東柳公于萬年縣之少陵原。公諱某，字某，邑居于虞鄉。曾王父某官，王父某官，皇考某官。奕世餘慶，叢而未稔。濟德流祉，其後宜大。秀而不實，爲善者惑。嗚呼哀哉！故友諸生，宗人外姻，號慟會葬，哀禮咸申。克空玄堂，掩坎廣輪。顧盼無依，徘徊增哀。願勒休聲，延垂後賢。於是汝南周公巢等相與琢石書德，用圖不朽。文曰：抱元淳，禀粹和，既强毅，又柔嘉。登儀曹，耀文章，司學徒，儒風揚。自渭北，佐朔方。戎政閑，黔首康。冠惠文，垂衣裳。才不施，天茫茫。刊樂石，篆遺德。延休烈，垂憲則。于萬年，長無極。

《朝列大夫張公墓表》公諱公著，字庭俊，姓張氏。初名宁，以夢兆改焉。世爲太原陽曲人。曾大父某，知宋將亂，隱居不仕。大父祐，好讀書，尤長于術數，卜葬東山之大石谷，自言：「却後三十年，吾宗當有文達者。」已而果然。考諱某，資禀寬緩，輕財好施，以詩書棋酒自適，後因公貴，封朝列大夫。生三子，公其季也。先大夫履正奉公，惟義所在，死生禍福，無所顧藉。天子大夫士飽聞而厭道之，果得掛名表誌，自託不腐。鄉里晚生預有榮焉，敢不唯命是聽。乃退而論次之，而系之以銘。銘曰：平易而仁卓，魯之近民，發奸擊强，趙張三王之所以神。此在公爲一節，固已無望于時之人。若夫確固而不移，質直而無文，直前徑行，唯義所存。有言責則致其忠，有官守則致其身，名節凛然，獨爲不二心之臣。聞公之風，益知鄙夫之不可以事君。（元遺山）《御史張君墓表》謹按：中奉大夫故治書侍御史、守申州刺史張君諱汝明，字子玉，世家汶上。曾大父靖，大父彦，皆潛德弗耀。父恕，用君貴，贈中議大夫。母程氏，清河郡太君。君三歲，喪父。母程，故衣冠家，而有賢行，力課君學，君亦能自樹立如成人。弱冠，擢大安元年經義進士第。君資禀厚重，與人交，敦仁義，平居恂恂，似不能言。及當官而行剛介有守，論議純正，人不能奪。仕宦三十年，家無餘資。其他尚多可稱，弗著，著不爲窮達易節者。銘曰：汶之洋洋，思聖有堂。禮樂衣冠，此爲之鄉。維御史君，尤魯士之良。沉潛而剛，耆艾而敦龐，可以爲公卿大臣，訓于四方。昔往矣，秉筆帝傍，藹然粹温，如珪如璋；今來斯，微服裹糧，衡門棲遲，詠歌虞唐。謂其逢也耶，茫乎及夜舟之藏；其不逢也耶，泰焉如晚節之昌。抱明月而長終，

懷舊俗而不忘。在君爲樂天，而識者涕滂。林深而蘭芳，風雨如晦，而雞鳴有常。世無良史久矣，孰爲發幽潛之光。《司農丞康君墓表》君諱錫，字伯禄，姓康氏，世爲寧晉人。中崇慶二年進士第，釋褐櫟陽簿警巡判官，辟彭原令，入爲尚書省掾。考滿，遷開封府判官，尋拜監察御史，言宰相侯摯、師安石非相材，提點近侍局宗室安之，聲勢焰焰，公門請托，不可使久在禁近。朝議偉之，選授右司都事，遷京南路大司農丞，破上蔡諸縣羣不逞把持之黨，彈種人以贓污尤狼籍者五六輩。宰相有不説者云：「康錫不欲吾種人在仕路耶？」因以飛語中之。出爲河中府治中，充行尚書六部郎中。城陷，投水死，時年四十八。《陽曲令周君墓表》君諱鼎，字器之，姓周氏，世爲定襄人。遷陽曲令，權河東北路轉運司户籍判官、帥府檢察。又明年，雁門破，兵勢駸駸而南，鄉曲以太原不可保，趣君弟獻臣就謀去就。君爲獻臣言：「城不保必矣。我臣子也，尚欲逃死乎？」獻臣欲挈君妻子以出，君又不可，曰：「吾守官于此，而不以妻子自隨，是懷二也。吾弟往，吾死于此矣。」乃與之泣别于北門之外。是歲，城陷没于兵，實興定二年九月六日也。得壽三十有七，官奉直大夫。《史邦直墓表》邦直諱元，姓史氏，世爲武陟人。某年遷河南，乃占籍焉。遷管勾黄河漕運，未幾，河南破，右丞仲德行臺徐州，檄邦直守禦，注授彭城令，尋轉充觀察判官。危急存亡之際，多所建白，仲德甚倚重之。喪亂後，間關東歸，歲戊戌十二月二十有六日，春秋五十有七，以疾終于州之私第。邦直爲人軀幹雄偉，望之如羽人劍客，而處事詳雅，倉猝無失辭。事母孝，待故舊有終始。身殁之日，識者多嗟惜之。《御史孫公墓表》正大中，内帑被盜，所失皆慈聖宫珠貝。上怒甚。公時爲監察御史，被詔按其事，而無迹可尋。法官讞疑，欲棄守者市。公執奏緩之，會赦，得原。汴民李氏女，有姿色，已許嫁矣。首相布薩之姪，恃勢奪婚，且欲以爲妾。夫家訴于官，官畏，徇不爲理。遂訴于公，公爲奏聞。詔還已許人。八年，親享太廟，郕國夫人温敦氏過廟門而不偃，蓋公劾奏以爲失臣妾禮。上不忍加姨母罪，勅有司杖御者百，仍罰俸以愧之。舊制，承天門非犒軍不登。一日，上無故登焉。公奏：「人主不可示民不信。」上即日爲公犒

軍。庚寅、辛卯以來，雖軍出屢勝，而亡徵已具，危急存亡之際，大夫士以自保爲幸，或高蹈遠引，脱屣世務；或酣歌縱酒，苟延歲月。公獨正色立朝，耿耿自信，言事數十條，藹然有承平之風。公諱德秀，字伯華，其先涇州長武人。大父皐遭靖康之亂，流寓太原之文水，因家焉。《曹徵君墓表》歲丙午秋九月日，曹徵君子玉以疾終于襄陰之寓舍，春秋七十有四。嗚呼哀哉！世豈復有敦龐耆艾之士如君者乎！君諱珏，姓曹氏，子玉其字也。君既老，自號囂囂老人。有《卷瀾集》三卷，藏於家。銘曰：仁信而篤誠，寬博而和平，以儒行概之，衆善具并。何負于人，而不能百齡。豈無百齡，孰愈君之名。城郭千年，貞石有銘，曰：是維子曹子之墓，尚可以爲鄉人之榮也。《善人白公墓表》公諱某，字全道，姓白氏。公資稟聰悟，而謹厚自恃。略通經史，精究曆算。中年耽嗜佛書，皆所成誦。爲人敦信義，樂施與，一言所諾，千金不易。家人化之，皆以賢行稱焉。正大中，累贈中大夫、輕車都尉、南陽郡伯。兩夫人，南陽郡太君。維火山自太平興國中升爲軍，雖有學校，而肄業者無幾。宣和末，僅有上舍。宋生歷大定，明昌官學之盛。然後公之二子擢巍科，取美仕，邦人築亭以榮鄉，名之屏山，李君之純爲作記，辭與事稱，相爲不朽。故公雖躬不受祀，所以起其家與善化一鄉者，其利豈有既耶？《南峰先生墓表》先生諱豫，字彦先，姓吕氏，懷州修武人。祖道，父琰皆力田爲業。先生自成童知讀書，既冠，游學東州，以《易》爲專門。經明行修，高出倫輩。醇德先生王廣道特器重焉。一時名士，如秀容折安上、濟陽王善長、安陽苗景藩、館陶段彦昌、冠氏孫希賢、田子發，從之學者甚衆。故家近太行五峰山，因以爲號，示不忘本也。有《易説》若干卷。《施州房使君鄭夫人殯表》夫人之先出於周，以鄭爲氏因初侯，曾祖諱隨祖諱玠，厥考諱絳咸垂休。歸于房宗生九子，左右黍稷祠春秋。道順德嚴顯且裕，宜壽而富今何謬？永貞冬至前四日，寓殯墳此非其丘。（韓退之）《故弘農令柳府君墳前石表》少陵原柳氏之大墓，唐貞元十九年某月日，孤某奉其先府君洎夫人之喪祔于其位。由新墓而南若干步，曰高祖王父蘭州府君諱某字某之墓。又東若干步，曰曾祖王父邠州府君諱某之墓。西若干

步，曰祖某王父司議郎府君諱某之墓。咸異兆而相望。昭穆之有位序，壤樹之有豐殺，皆如律令。府君諱某，字某，由父任爲太廟齋郎，更許昌、陽武、伊闕、華原尉，王屋丞，汝陰令，爲弘農二年，推其誠心，裕于其人。年五十五，建中二年某月日卒于官，以其素廉，家之蓄不足以充凶事，遂殯于是邑。（柳子厚）《先侍御史府君神道表》嗚呼！先君之墓，仲父殿中君誌焉，孤宗元不敢稱道先德，然而無以昭于外者，用敢悉取仲父之所陳，而繁其辭，刻兹石表。先君諱鎮，字某。六代祖諱慶，後魏侍中平齊公。五代祖諱旦，周中書侍郎濟陰公。高祖諱楷，隋刺齊、房、蘭、廓四州。曾伯祖諱奭，字子燕，唐中書令。曾祖諱子夏，徐州長史。祖諱從裕，滄州清池令。皇考諱察躬，湖州德清令。世德廉孝，颺於河濟。士之稱家風者歸焉。嗚呼！宗元不謹先君之教，以陷大禍，幸而緩于死。既不克成先君之寵贈，又無以寧太夫人之飲食，天殛薦酷，名在刑書。不得手開玄堂以奉安祔，罪惡益大，世無所容。尚顧嗣續，不敢即死，支綴氣息，以嚴邦刑。大懼祭祀之無主，以忝盛德，敢用特牲昭告神道。號叫萬里，以畢其辭云。《臨海弋公阡表》公諱潤，字天澤，姓弋氏。系出臨海，占籍汝州之梁縣者，不知其幾昭穆矣。大父整生二子：長曰洪，次曰海。洪娶張氏，二子：曰祐，曰福。海娶酒氏。公，其所生子也。弋氏自先世不異財。公早孤，能自樹立如成人。事從兄祐，殊恭遜。祐嘗以事客内鄉者二十年。比還，公殖産倍於舊。祐歸，求分居。公謂祐言：「家所有，皆父兄所積，潤但謹守，僅無損耗耳。兄幸歸，請悉主之。潤得供指使足矣。」祐悔悟，曰：「吾弟忠敬如此，我乃爲讒口所間，慚恨無所及，尚欲言分異耶！」乃更相友愛。壬辰，河南破，公挈家避于西山。山柵破，公家亦被驅逐。一卒見公稠人中，請于主帥云：「此吾鄉善士，其縱遣之。」帥遣公舉家去。是夜所俘悉阬之，里社爲空，公家獨全。親舊嘆曰：「爲善之報，見之今日矣。」明年春，鄉郡遊騎徧滿，公自度不能受辱，乃自投水中，得年若干，實某年月日也。（元遺山）

墳記式

《韋夫人墳記》韋夫人終成都，殯萬年，遷柩渭南，祔而不合，大葬未利，以俟禮也。其族系如某人之誌，堋用元和十四

年月日，子某爲石刻而納諸壙。（柳子厚）

誄式

《衡州刺史東平吕君誄》維唐元和六年八月日，衡州刺史東平吕君卒。爰用十月二十四日，藁葬于江陵之野。嗚呼！君有智勇孝仁，惟其能可用康天下；惟其志可用經百世。不克而死，世亦無由知焉。君由道州以陟爲衡州，君之卒，二州之人哭者逾月。湖南人重社飲酒，是月上戊，不酒去樂，會哭于神所而歸。余居永州，在二州中間，其哀聲交於北南，舟船之下上，必呱呱然。蓋嘗聞于古而觀于今也。君所居官爲第三品，宜得謚于太常。余懼州吏之逸其辭也，私爲之誄，以志其行。其辭曰：麟死魯郊，其靈不施。濯濯夫子，故潔其儀。冠仁服義，干櫓《書》《詩》。忠貞繼佩，智勇承綦。跨騰商周，堯舜是師。道不勝禍，天固予欺！鬼神不怒，妖孽咸疑。何付之德，而奪其時。嗚呼哀哉！命姓惟吕，勤唐以力。輔寧萬邦，受胙爾國。惟師元聖，周以降德。世征五侯，伊祖之則。嗣濟厥武，前書是式。至於化光，爰耀其特。《春秋》之元，儒者咸惑。君達其道，（車）〔卓〕焉孔直。聖人有心，由我而得。敷施變化，動無不克。推埋惟公，舒文以翼，宣于事業，與古同極。道不苟用，資仕乃揚。進于禮司，奮藻含章，决科聯中，休問用張。署讐百氏，錯綜逾光。超都諫列，屢皂其囊。帝殊爾能，人服其智。戎悔厥禍，諸欵邊求侍。盛選邦良，難乎始使。君登御史，贊命承事，風動海壖，皇威以致。來總征賦，甲兹郎吏。制用經邦，時推重器。臣之復，《周官》匪易。漢課殘奏，鮮云能備。君自他曹，載出其技，筆削自任，羣儒草議。正郎司刑，邦憲爲貳。糾佞肅邪，諂諛具畏。遷理於道，民服沐嘉。思踈若昵，惕邇如遐。實閉其閣，而撫千家。載其愉樂，申以舞歌。賦無吏迫，威不刑加。浩然順風，從令無譁。蘇蠶外邑，我繭盈車。雜耕鄰邦，我黍之華。既字其畜，亦藝其麻。鼛鼓斯屏，人喜其多。始富中教，興良廢邪。考績既成，王用興嗟。陟于嶽濱，言進其律。號呼南竭，謳謡北溢。欺吏悍民，先聲如失。逋租匿役，歸誠自出。兼并既息，罷

羸乃逸。惟昔舉善，盜奔于鄰。今我興仁，化爲齊人。惟昔富人，或賑之粟。今我厚生，不竭而足。邦思其弼，人戴惟父。善胡召災，仁胡罹咎。俾民伊怙，而君不壽。矯矯貪凌，乃康乃茂。嗚呼哀哉！廩不餘食，藏無積帛。內厚族姻，外賙賓客。恒是懸罄，逮茲易簀。僮無凶服，葬非舊陌。嗚呼哀哉！君昔與余，講德討儒。時中之奧，希聖爲徒。志存致君，笑詠唐虞。揭茲日月，以耀羣愚。疑生所怪，怒起特殊。齒舌嗷嗷，雷動風驅。良辰不偶，卒與禍俱。直道莫試，嘉言罔敷。佐王之器，窮以郡符。秩在三品，宜謚王都。諸生羣吏，尚擁長圖。故友咨懷，累行陳謨。是旌是告，永永不渝，嗚呼哀哉！（柳子厚）《虞鳴鶴誄》維某年月日前進士虞九皐，字鳴鶴，終于長安親仁里。既克葬于高陽原，二三友生皆至于墓，哀其行之不昭于世，追列遺懿，求諸后土，申薦嘉名，實曰恭甫。乃作誄曰：吴虞之分，爰宅上陽。其後優游，在越爲鄉。延詡輔漢，恢定封疆。東徙之賢，時惟仲翔。曰預曰喜，在晉克彰。義篤斯文，有苾其方。秘書多能，垂耀于唐。洎于漢陽，世德以昌。毗贊尚父，休徽用揚。惟我先君，並時翱翔。洽主記室，蔚其輝光。實契伯仲，永永不忘。漢陽元子，實紹其美，傳襲儒風，彪炳文史。克恭以孝，惟禮是履，譽洽於鄉，論爲秀士。百郡之選，叢於京師。昧没騰籍，乘凌蔽欺。生之始至，則奮其儀。退默以謙，人悦而隨。名卿是挈，先進咸惟。方出羣類，振耀于時。禍丁舅氏，漂淪海沂，捧訃號呼，匍匐增悲。喪有幼主，禮或多違。孰徇于名，而不是思。投袂就道，乘艱若夷。竭誠喪具，申敬裳帷。萬里來復，祗祔于墓。遽不凌節，儉而有度。由其温恭，守以貞固。行道咨嗟，觀禮興慕。復從鄉賦，焕發其華。克不再舉，聞于邦家。倚閭千里，歡咏斯多，姻族盈門，載笑且歌。君之不淑，名立志沮。慶歸其鄉，身終逆旅。生死已間，壽觴方舉。賀書在途，委骨歸土，哀歡易地，弔慶交户。神胡不仁？降此大苦。嗚呼哀哉！惟昔夏首，羈貫相親。通家修好，講道爲鄰。既冠于阼，思致其身。升于司徒，及爾繼年。交歡二紀，莫間斯言。愉乎其和，確爾其堅。更爲砥礪，咸去韋絃。今則遽已，吾其缺然。嗚呼哀哉！誄行謀謚，惟古之道。生而無位，歿有其號。惟是友生，徘徊顧悼。爰用壹惠，幽明是告。温温其恭，惟德之經。先民有作，今也是旌。嗚呼恭甫，欽此嘉名。

行狀式

惟韓退之《董公行狀》如式開書，餘並疏始末于其下。文體之異，隨事詳酌焉。

《故金紫光禄大夫檢校尚書左僕射同中書門下平章事兼汴州刺史充宣武軍節度副大使知節度事管内度支營田汴宋亳潁等州觀察處置等使上柱國隴西郡開國公贈太傅董公行狀》

曾祖仁琬，皇任梁州博士。祖大禮，皇贈右散騎常侍。父伯良，皇贈尚書左僕射。公諱晉，字混成，河中虞鄉萬歲里人。階累升爲金紫光禄大夫，勳累升爲上柱國，爵累升爲隴西郡開國公。娶南陽張氏夫人，後娶京兆韋氏夫人，皆先公終。四子：全道、溪、全素、澥。全道、全素，皆上所賜名。全道爲秘書省著作郎，溪爲秘書省秘書郎，全素爲大理評事，澥爲太常寺太祝。皆善士，有學行。謹具歷官行事狀，伏請牒考功，并牒太常議所謚，牒史館請垂編録。謹狀。

貞元十五年五月十八日，故吏前汴宋亳潁等州觀察推官將仕郎試秘書省校書郎韓愈狀。

《唐故贈絳州刺史馬府君行狀》君諱某，字某。其先爲嬴姓。當周之衰，處晉爲趙氏。晉亡，而趙氏爲諸侯，其後益大，與齊楚韓魏燕爲六國，俱稱王。其别子趙奢，當趙時，破秦軍閼與，有功，號馬服君，子孫由是以馬爲氏。拜太僕少卿，疾病一年，貞元十八年七月二十五日終于家，凡年四十有五。其弟少府監暢，上印綬求追贈。贈絳州刺史，布帛百疋。夫人滎陽鄭氏，王屋縣令況之女，有賢行。侍君疾，逾年不下堂，食菜飲水藥物必自擇。將進，輒先嘗，方書《本草》恒置左右。子男二人：敖，前左衛倉曹參軍；敭，右清道率府胄曹參軍。女子二人，在室，雖皆幼，侍疾居喪如成人。愈既世通家，詳聞其世系事

業，今葬有期日，從少府請，掇其大者爲行狀，託立言之君子而圖其不朽焉。《故銀青光禄大夫右散騎常侍輕車都尉宜城縣開國伯柳公行狀》如韓退之式，但多開州縣鄉里姓名并年耳。　曾祖善才，皇荆王侍讀。　祖尚素，皇潤州曲阿縣令。　父慶休，皇渤海郡縣丞，贈蔡州刺史、工部尚書。　汝州梁縣梁城鄉思義里柳渾年七十四狀。　公字惟深，其先河東人。　夫其子恭父慈，善行也；拊循制理，能政也；直廉潔静，儉德也；拒疑獨斷，明識也；冒危以捍牧圉，大節也；犯顔以陳訏謨，至忠也，有一于此，尚宜旌褒；矧兹備體，焉可以已？　固當飾以榮號，章示後來，而故吏遺孤，淪寓遐壤，久稽彝典，罪在宗屬。　敢用評騭舊行，敷贊遺風。　若乃揚孔氏褒貶之文，舉周公懲勸之法，徵于誄謚，則有司存。　謹狀。《故秘書少監陳公行狀》五代祖某，陳宜都王。　曾祖某，皇會稽郡司馬。　祖某，皇晉陵郡司功參軍。　父某，皇右補闕翰林學士，贈秘書少監。　某州某縣某鄉某里陳京年若干狀。　公姓陳氏，自潁川來，隷京兆萬年冑貴里，諱京。　既冠，字曰慶復。　舉進士，爲太子正字、咸陽尉、太常博士、左補闕、尚書膳部考功員外郎、司封郎中、給事中、秘書少監。　自考功以來，凡四命爲集賢學士。　德宗登遐，公病痼，輿曳就位，備哀敬之節，由是滋甚，遂以所居官致仕。　貞元二十一年四月二十五日，終于安邑里。　夫其忠烈之褒也，相府之有誠也，太廟之東向也，昭陵之不更其故也，官守之不可奪也，立言之不可誣也，利之不苟就也，害之不苟去也。　其忠類朱雲，其孝類潁考叔，其廉類公儀休，而又文以文之，學以輔之，而天子以爲之知。　既得其道，又得其時，而不爲公卿者，病也。　故議者咸惜其始，而哀其終焉。　公之喪，凡五十四日，而夫人又殁，毁也。　夫人之父曰偕，司農卿。　祖曰某，贈太子太保。　某，故集賢吏也。　得公之遺事于其家，書而授公之友，以誌公之墓。　謹狀。　永貞元年八月五日，尚書禮部員外郎柳宗元狀。《韓昌黎先生行狀》李翶。　前式大抵相類，故止附見其目，當意推之。　後倣此。《吏部侍郎沈公行狀》杜牧之　《御史大夫清河公崔公行狀》《國子祭酒韓洄行狀》權載之　《宣州觀察使王凝行狀》司空表聖　《尚書户部侍郎蔡公行狀》

歐陽永叔《司封員外郎許公行狀》《歐陽文忠公行狀》吴充《司馬温公行狀》蘇子瞻

論行狀語録

《朱子語録》云：「韓文千變萬化，無心變。歐陽有心變。《杜祁公墓誌》一件未了，又説一件。韓《董晉行狀》尚稍長，權德輿作《宰相神道碑》只一板許。歐、蘇，便長了。」

名號稱呼類

大行。李善《文選註》：「《周書》曰：『謚者，行之跡。』」是以大行受大名，細行受細名。《風俗通》曰：「皇帝新崩，未有定謚，故總其名曰大行皇帝。」

《禮記》曰：「天子死曰崩，諸侯曰薨，大夫曰卒，士曰不禄，庶人曰死。」註：「異死名者，爲人褻其無知，若猶不同然也。自上顛壞曰崩。薨，顛壞之聲。卒，終也。不禄，不終其禄。死之言澌也，精神澌盡也。」

《禮記》曰：「天王崩，告喪曰：『天王登假。』措之廟，立之主，曰帝。」假，音遐。《莊子》：「其死登假，三年而形遯。」辨證：《楚辭·遠遊》云：「載營魄而登霞兮，掩浮雲而上征。」朱氏註曰：「霞與遐同，猶曰『適遠』云爾。」《曲禮》告喪之辭，乃又借以爲死之美稱。《莊子》作「登假」，蓋亦此例。但此篇註者遂解爲赤黄之氣，《釋莊音》又讀「假」爲「格」，而訓「至焉」。則其誤愈遠矣。

《禮記》曰：「壽考曰卒，短折曰不禄。」注：「禄謂有德行任爲大夫士而不爲者。老而死，從大夫之稱；少而

死，從士之稱。」

王父曰皇祖考，王母曰皇祖妣，父曰皇考，母曰皇妣，夫曰皇辟。生曰父，曰母，曰妻；死曰考，曰妣，曰嬪。

韓魏公《祭式》，元遺山記其大略，姑録之。古人書曾祖、皇祖、皇考，魏公易皇以「顯」字。顯曾祖、顯曾祖妣、顯祖、顯祖妣、顯考、顯妣。妻先亡，曰顯嬪。妻祭夫，曰顯辟。穆甫兄弟曰顯穆甫。

諸三品官以上職事官身故者，若係親賢勳舊，皆有司録奏，取旨贈官。官職未至而特旨追贈者，不拘此限。諸謚，職事以上三品、散官二品以上，從吏部勘當善惡，仍下所屬，追取行狀，關移禮部呈省聞奏。若有旨議謚，即下太常寺擬謚。訖申省議定，奏聞。如有司不以時降行，亦許本家陳請。其官職未至，而德行超異者，特旨議之。人亦准此。

時忌字樣類

《古金石例》云：「南京赤倉高太皇祖塋，作昭穆葬。小兒子死共葬一處，謂之學堂；小女共葬一處，謂之繡堂。別有乳母墳、師友墳。師友墳，以葬門客等。」

《古金石例》云：「不敢稱『皇』字與『隧』字。」

書碑額例

真字八分書，謂之題額；篆字，則云篆額。今略舉一二式，附于後，并撰書建立附。

《夫子廟堂記》

駕部郎中程浩撰。

朝議郎判尚書武部員外郎瑯琊顔真卿書()

朝散大夫檢校尚書都官郎中東海徐浩篆額。

唐天寶十一載歲次壬辰四月乙丑朔二十二日丙戌建。在記後。

《重修蜀先主廟碑》

儒林郎前鄭州防禦判官、提舉學校常平倉事武騎尉賜緋魚袋王庭筠撰書篆。

《柳州羅池廟碑》

尚書吏部侍郎賜紫金魚袋韓愈撰。

中書舍人史館修撰、賜紫金魚袋沈傳師書。

朝議郎桂管觀察大使試太常寺協律郎上柱國陳曾篆額。此與建立俱在碑後。

長慶二年正月十一日，桂管都防禦先鋒兵馬使朝散大夫試左衛長史孫季雄建立。

書碑陽例

蘇子瞻《韓文公廟碑》小字本後云：「軾再啓。」題于後。

書碑陰例

後周《尉遲迥碑》在相下刻云：「蔡有鄰書并陰。」又《寶刻叢編》云：「漢《劉熊碑》亦有碑陰。」

僧　碑

論僧碑宜書不宜書。柳子厚《大明和尚碑陰》：「凡葬大浮圖無竁穴，其用于碑不宜。然昔之公室，禮得用碑以葬。其後子孫因宜不去，遂銘德行，用圖久于世。及秦刻山石，號其功德，亦謂之碑，而其用遂行。然則雖浮圖亦宜也。凡葬大浮圖，其徒廣，則能爲碑。晉宋尚法，故爲碑者多法；梁尚禪，故碑多禪。法不周施，禪不大行，而律存焉，故近世碑多律。凡葬大浮圖，未嘗有比丘尼主碑事。今惟無染實來，涕泪以求，其志益堅，又能言其師他德尤備，故書之碑陰。」宋景文《筆記》論僧碑不宜書。

論碑文合書不合書

歐陽永叔《陳文惠公神道碑》公諱堯佐。前娶曰杞國夫人宋氏，後娶曰沂國夫人王氏。子男十人，長曰述古。秦

公三子：長曰堯叟，爲樞密使、同中書門下平章事。季曰堯咨，爲武信軍節度使。皆舉進士第一人及第。三子已貴，秦公尚無恙。每賓客至其家，公及伯季侍立左右，坐客蹴踖不安，求去。秦公笑曰：「此兒子輩耳。」故天下皆以秦公教子爲法，而以陳氏世家爲榮。公之孫四十人，曾孫二人。合伯季之後，若子，若孫，若曾孫，六十有八人。女若孫曾，五十有四人。而仕于朝者，多以材稱于時。嗚呼！可謂盛矣！其文如此，皆所宜書者。故備列之云。

書銘陰例

齊人曹元野云：「濟南李昌道作《李千户先塋碑》，其間不書李千户之妻某氏，只寫子幾人。其妻怒。元野添上，説知昌道公，言：『不可書。爲婦人未終，如何敢書婦人？』此是前輩所傳如此。」

《唐相國房公德銘之陰》房琯也。天子之三公，稱公；王者之後，稱公；諸侯之入爲王卿士，亦曰公；有土封其臣稱之曰公；尊其道而師之，稱曰公；楚之僭，凡爲縣者，皆曰公；古之人通謂年之長者曰公。唐之大臣，以姓配公最著者曰房公。房公相玄宗，有勞于蜀，人咸服其節。相肅宗，作訓于岐，人咸尊其道。惟正直慈愛，以成于德，用是進退，所居而事理辯，所去而人哀號。理哀人，哀人不勝其懷，爲文士趙郡李華銘公之德，亂故不克立。今刺史太原王涯，嘉公之道猶在乎人，人不忘公之道，爲之刻石。王公嘗以機密匡天子于禁中，遵公之道；刺丁我邦，承公之理。又能尊公之德，起遺文以昭前烈，則其入爲卿士三公也，孰曰不宜？吾懼其去我也遽，願書于銘之陰，用永表于邦之良政。（柳子厚）

金石例卷之六

韓文公銘誌括例

自宦業俊偉者叙起，而以世系、妻子居後。《朝散大夫贈司勳員外郎孔君墓誌銘》二十六卷

自急流勇退者叙起，次履歷家世，而以死葬居後。《正議大夫尚書左丞孔公墓誌銘》二十三卷

自事實叙起，次履歷、家世、子女，而以葬年月居後。《考功員外郎盧君墓銘》二十四卷

先叙姓字、三代，次履歷，而以妻子居後。《崔評事墓銘》三十四卷 《清邊郡王楊燕奇碑文》二十四卷 《河南少尹裴君墓誌銘》二十四卷 《國子助教薛君墓誌銘》二十四卷 《江西觀察使韋公墓誌銘》二十五卷 《國子司業竇公墓誌銘》三十三卷 《太原府參軍苗君墓誌銘》三十五卷 《清河郡公房公墓誌銘》二十七卷 《銀青光禄大夫贈工部尚書太原王公神道碑》二十七卷 《殿中侍御史李君墓誌銘》二十八卷 《朝散大夫商州刺史除名徙封州董府君墓誌》二十九卷 《秘書少監贈絳州刺史獨孤府君墓誌銘》二十九卷 《檢校尚書左僕射統軍劉君墓誌銘》二十九卷 《監察御史衛府君墓銘》三十卷

《河南令張君墓誌銘》三十卷　《鳳翔隴州節度使李君墓誌銘》三十卷　《江南觀察使中大夫洪州刺史中丞贈常侍太原王公神道碑銘》三十一卷　《司徒侍中中書令贈太尉許國韓公神道碑銘》三十三卷

先叙家世。《興元少尹房君墓誌銘》二十五卷　《集賢校理石君墓誌銘》二十五卷　《河南府王屋縣尉畢君墓誌銘》二十五卷　《中散大夫河南尹杜君墓誌銘》二十六卷　《銀青光禄大夫襄陽郡王平陽路公神道碑銘》二十六卷　《故相權公墓銘》三十卷　《柳子厚墓誌銘》三十二卷　《昭武校尉守左金吾衛將軍李公墓誌銘》三十二卷　《朝散大夫尚書庫部郎中鄭君墓誌銘》三十二卷　《朝散大夫越州刺史薛公墓誌銘》三十二卷　《中大夫陝府左司馬李君墓誌銘》三十四卷　《虢州司户韓府君墓誌銘》三十五卷　《韓滂墓誌銘》三十五卷

不書家世，而書履歷。《李元賓墓銘》二十四卷

不書家世、履歷，而言丹砂之害。《太學博士李君墓誌銘》三十四卷

先叙死年月起。《施先生墓銘》二十四卷　《登封縣尉盧殷墓誌銘》二十五卷

先叙死者葬地。《河東觀察鄭公神道碑文》二十六卷

先叙姓名、履歷，而以三代、妻子居後。《試大理評事王君墓誌銘》二十八卷　《江南觀察贈常侍太原王公墓誌銘》三十三卷　《幽州節度判官贈給事中張君徹墓誌銘》三十四卷

無履歷可叙者。《處士盧君墓誌銘》三十四卷　《韓滂墓誌》三十五卷　《考功員外郎盧君墓銘》二

十四卷

僅有初筮可書者。《李元賓墓銘》二十四卷 《登封縣尉盧殷墓誌銘》三十五卷 《河南王屋縣尉畢君墓誌銘》二十五卷 《虢州司户韓府君墓誌銘》二十五卷

叙文辭之盛者。《施先生墓銘》二十四卷 《貞曜先生孟郊墓誌》二十九卷 《南陽樊紹述宗師墓誌銘》三十四卷

自賜廟叙起。《烏氏廟碑銘》二十六卷 《魏博節度觀察使沂國田公先廟碑銘》二十六卷

自乞銘叙起。《河南少尹李公墓誌銘》二十五卷 《袁氏先廟碑》二十七卷 《貞曜先生孟郊墓誌》二十九卷 《庫部員外郎張府君墓誌銘》二十九卷 《中散大夫少府監胡良公墓神道碑》三十卷

有誌無銘。《登封縣尉盧殷墓誌銘》二十五卷 《襄陽盧丞墓誌銘》三十五卷 《河中府法曹張君墓碣銘》二十五卷 《殿中少監馬君墓誌》三十三卷 《貝州司法參軍李君墓誌銘》三十四卷 《太學博士李君墓誌》三十四卷

述其妻子之辭。朱子謂：「别是一體，此文之變。」《襄陽盧丞墓誌》二十五卷 《河中府法曹張君墓碣銘》二十五卷 《虞部員外郎張府君墓誌》二十九卷 《殿中少監馬君墓誌》三十三卷 《貝州司法參軍李君墓誌》三十四卷

法揚子雲造語。洪氏云。朱子謂：「用字奇古。」《曹成王碑》二十八卷

王臨川以爲銘之奇者。《試大理評事王君適墓誌》二十八卷 《故幽州節度判官贈給事中清河張君墓誌》三十四卷

樓迂齋所取者。《殿中少監馬君墓誌》三十三卷 《唐故河中府法曹張君墓誌》二十五卷

賜廟碑體。《烏氏廟碑銘》二十六卷 《魏博節度觀察使沂國田公先廟碑銘》二十六卷 《袁氏先廟碑》二十七卷

郡王碑體。《清邊郡王楊燕奇碑》二十四卷 《曹成王碑》二十八卷 《銀青光禄大夫襄陽郡王平陽路公碑》二十六卷

公相銘誌體。《檢校尚書左僕射統軍劉公墓誌銘》二十九卷 《故相權公墓銘》三十卷 《清河郡公房公墓碣銘》二十九卷 《司徒兼侍中中書令贈太尉許國韓公神道碑銘》三十二卷 《銀青光禄大夫贈工部尚書太原郡公王公神道碑》二十七卷

節度觀察刺史誌銘碣。《河東節度觀察使滎陽鄭公神道碑》二十六卷 《鳳翔隴州節度使李公墓誌銘》三十卷 《魏博節度觀察使沂國田公先廟碑銘》二十六卷 《江南西道觀察使贈左散騎常侍太原王公神道碑》三十一卷 又《誌銘》三十三卷 《朝散大夫商州刺史除名董府君墓誌》二十九卷 《秘書少監贈絳州刺史獨孤府君墓誌銘》二十九卷 《朝散大夫越州刺史薛公墓誌銘》三十二卷

御史卿監郎官墓誌。博士附。《殿中侍御史李君墓誌》二十八卷 《監察御史衛府君墓銘》三十卷

《正議大夫尚書左丞孔公戣墓誌》三十三卷 《國子司業竇公牟墓誌》三十三卷 《中散大夫少府監胡良公墓神道碑》三十卷 《殿中少監馬君墓誌》三十三卷 《考功員外盧君墓銘》三十四卷 《朝散大夫贈司勳員外郎孔君墓誌》二十六卷 《虞部員外郎張府君墓誌》二十九卷 《朝散大夫尚書庫部郎中鄭君墓誌》三十二卷 《太學博士李君干墓誌》三十四卷 《崔評事墓誌》二十四卷 《大理評事王君墓誌》二十八卷 《集賢院校理石君墓誌》三十五卷 《國子助教河東薛君墓誌》二十四卷

州縣官誌銘。《中散大夫陝府左司馬李公墓誌》三十四卷 《中散大夫河南尹杜君墓誌》二十六卷 《柳子厚墓誌》三十二卷 《河南少尹裴君墓誌》二十四卷 《河南少尹李公墓誌》三十五卷 《興元少尹房君墓誌》二十五卷 《幽州節度判官贈給事中清河張君徹墓誌》三十四卷 《太原府參軍苗君墓誌》二十五卷 《貝州司法參軍李君墓誌》三十四卷 《虢州司户韓府君墓誌》三十五卷 《貞曜先生墓誌》二十九卷 《河南令張君墓誌》三十卷 《襄陽盧丞墓誌》二十五卷

處士誌銘。《處士盧君墓誌》三十四卷

幼殤誌銘。《盧渾墓誌》三十五卷 《韓滂墓誌》三十五卷

金石例卷之七

韓文公銘誌括例

宗族姻黨稱呼例

〔書上代例〕

其十一世祖《殿中侍御史李君誌》　其上祖《朝散大夫越州刺史薛公誌》　七世祖《柳子厚誌》　六代祖《國子司業竇公誌》　五世祖《江西觀察韋公誌》　四世祖《朝散大夫越州刺史薛公誌》

〔書曾祖例〕

曾大父《崔評事誌》、《裴少尹誌》、《劉統軍》等誌　曾祖《少尹房公誌》、《尚書左丞孔公誌》　大王父《清河郡房公誌》

〔書曾伯、叔祖例〕

曾伯祖《柳子厚誌》

〔書祖例〕

大父《崔評事誌》、《裴少尹誌》、《劉統軍》等誌　祖《房少尹誌》、《孔左丞誌》　王父《清河郡公誌》

〔書父例〕

父《崔評事誌》、《裴少尹誌》、《劉統軍誌》　皇考《正議大夫孔左丞誌》　烈考《清邊郡王楊燕奇碑》

〔書母例〕

父娶河南獨孤氏女「生二子，君其季也。」《朝散大夫庫部鄭君誌》　公之父娶鄉邑劉氏女「生公，是爲齊國太夫人。」《司徒韓侍中碑》　父娶裴氏女《貞曜先生誌》　父娶陳留太守薛江童女《殿中侍御史李君誌》　母曰太原縣君《虞部員外張府君誌》　母夫人燉煌張氏《河南少尹李公誌》　公先妣渤海李氏《贈渤海郡太君觀察太原王公誌》

〔書伯叔例〕

世父伯父也。《四門博士周况妻韓氏誌》註：《儀禮・喪服篇》有「族曾祖父」者，曾祖之兄弟也，其子爲族祖父，其孫爲族父，其曾孫爲族兄弟。有「從祖祖父」者，祖父之兄弟也，其子爲從祖父，其孫爲從祖兄弟。有「世父、叔父」者，父之兄弟也，其子爲從父兄弟。今韓公於開封及虢州皆爲從父弟矣，於開封之女，則公當爲從祖父也。　叔父「告於叔父。」《襄陽郡王路公碑》

〔書伯叔母例〕

世母伯母也。

〔書兄弟姊妹例〕

母兄「君母兄戣，某官。」《孔員外誌》　「公之母兄太常博士。」《河南少尹杜君誌》　「母兄戢，某官。」《除名人董府君誌》

歸宗之妹「育幼弟與歸宗之妹。」《處士盧君誌》　族弟「因其族弟，以來請銘。」《襄陽郡王路公碑》。

〔書姊妹夫例〕

姊婿《銀青光禄王公誌》　妹婿「愈於處士，妹婿也。」《盧處士誌》

〔書妻例〕

妻彭城人《河中府法曹張公誌》　公之配「彭城劉氏夫人。」《少尹李公誌》　夫人《秘書少監獨孤府君誌》　公娶清河崔氏女《故相權公誌》　公娶其舅女《觀察太原王公誌》

〔書子男例〕

能子「是真能子矣。」《襄陽盧丞誌》　爲後子「仁本爲後子獨存。」《觀察鄭公誌》

〔書女婿例〕

長女婿　次女婿《觀察太原王公誌》

季女婿「其季女婿韓愈爲之誌。」《盧府君夫人苗氏誌》

〔書舅姑例〕

姑氏「母抱之置之姑氏以去。」《中大夫陝府司馬李公誌》

尊章「協於尊章。」《扶風郡夫人誌》

〔書外家例〕

外高王父　外王父「自外高王父至外王父。」《銀青光禄大夫王公誌》

舅氏「少依舅氏，讀書習騎射」。《司徒韓侍中誌》

夫人之兄「生公，是爲齊國太夫人。夫人之兄曰司徒。」同上

舅弟「葬子厚於萬年之墓者，舅弟盧遵。」

職名例

〔有出身必書例〕

大父含液舉進士第，官卒河南法曹。《參軍苗君誌》

父倚舉進士，天寶之亂，隱居而終。《崔評事誌》

皇考諱郇，以儒學進，官至侍御史。《河南令張君誌》

父宰臣，用進士卒官平陽冀氏令，贈潭州大都督。《中散大夫少府監胡公神道碑》

初干以進士爲鄂州從事。《太學博士李君干誌》

道古，進士，司門郎。刺利、隨、唐、睦，徵爲少宗正，兼御史中丞，以節度督黔中。朝京師，改命觀察鄂、岳、蘄、沔、安、黄。《曹成王碑》

公一兄三弟：常、羣、庠、鞏。常，進士，水部員外郎，朗、夔、江、撫四州刺史。羣，以處士徵，自吏部郎中拜御史中丞，出帥黔、容以卒。庠，三佐大府，自奉先令爲登州刺史。鞏，亦進士，以御史佐淄、青府，皆有材名。《國子司業竇公誌》

有子曰寘，明經及第，嗣其家業。《江西觀察韋公誌》

有子男七人：初、哲、貞、弘、泰、復、洄。初，進士及第。哲，文學俱善。其餘幼也。《觀察贈常侍太原王公誌》

〔内職必書例〕

公曾祖諱玄静，尚書膳部郎中，歷資、簡、涇、隰四州刺史。《興元少尹房公誌》

大父某，爲刑部侍郎，出刺徐、相州。《崔評事誌》

大父曠，御史中丞、京畿採訪使。《河南少尹裴君誌》

大父利貞，有名玄宗世，爲御史中丞，舉彈無所避。由是出爲陳留守，領河南道採訪處置使。《河南令張君誌》

〔書除授例〕

某年，拜越州刺史。注：或作元和十二年正月二十一日。方氏云：「前已云元和四年，此不當復出年號。他銘亦無書除授日月者。」《刺史薛公誌》

家世例

〔書三代例〕

曾大父知道，仕至大理司直。大父玄同，爲刑部侍郎，出刺徐、相州。父倚，舉進士。《崔評事誌》

曾大父元簡，大理正。大父曠，御史中丞、京畿採訪使。父虯，以有氣略、敢諫諍爲諫議大夫，引正大疑，有寵代宗朝，屢辭官，不肯拜。卒贈工部尚書。《河南少尹裴君誌》

公曾祖諱玄静，尚書膳部郎中，歷資、簡、涇、隰四州刺史，太尉之叔父也。祖諱肱，爲虢州司馬。父諱巒，都水使者。皆名，能守家法。《房少尹誌》

後七世至行褒，官至易州刺史，於君爲曾祖。易州生婺州金華令諱懷一，卒葬洛陽北山。金華生君之考諱平，爲太子家令，葬金華墓東，而尚書水部郎劉復爲之銘。《集賢院校理石君誌》

其大王父融、王父琯，仍父子爲宰相。融相天后，事遠不大傳；琯相玄宗、肅宗，處艱難中，與道進退，薨贈太尉，流聲於兹。父乘，仕至秘書少監，贈太子詹事。《清河郡公房公誌》

曾大父諱承慶，朔州刺史。大父巨敖，好讀《老子》、莊周書，爲太原晉陽令。再世宦北方，樂其土俗，遂著籍太原之陽曲，曰：「自我爲此邑人可也，何必彭城！」公訟，贈右散騎常侍。《劉統軍誌》

〔不書三代例〕

《登封縣尉盧殷誌》並不書三代。

《太學博士李君干誌》並不書三代。

〔歷書世系例〕

公諱邴，字某，雍王繪之後。王孫道明，唐初以屬封淮陽王，又追王其祖、父，曰雍王、長平王。淮陽生景融，景融親益疎，不王。生務該，務該生思一，思一生岌，比四世，官不過縣令、州佐，然益讀書爲行，爲士大夫家。岌爲蜀州晉原尉，生公，未晬以卒。《陝府左司馬李公誌》

〔書三代及其兄例〕

曾祖曰希莊，撫州刺史，贈大理卿。祖曰元暉，果州流溪縣丞，贈左散騎常侍。父曰播，尚書禮部侍郎。侍郎命君後兄據，據爲尚書水部郎中，贈給事中。《國子助教河東薛君誌》

〔書三代不名而及其女兄與甥〕以外戚故書。

莊憲皇太后之弟，今天子之舅、太師之子、太尉之孫、司徒之曾孫。《銀青光禄大夫太原王公神道碑》

〔不書曾祖而書六代祖及祖及父例〕

六代祖敬遠，嘗封西河公。大父同昌司馬。比四代，仍襲爵名。同昌諱胤，生皇考諱叔向，官至左拾遺、溧水令，贈工部尚書，於大曆初名，能爲詩文。《國子司業竇公誌》

〔不書曾祖而書祖書父例〕

祖曰旭，袁州宜春尉。父曰婼，豪州定遠丞。《施先生誌》

祖子輿，濮州濮陽令。父同，舒州望江令。《考功員外盧君誌》

大父知古，祁州司倉。烈考文誨，天寶中實爲平盧衙前兵馬使，位至特進檢校太子賓客，封弘農郡開國伯，世掌諸蕃互市，恩信著明，夷人慕之。《清邊郡王楊燕奇碑》

祖某，某官，贈某官。父某，某官，贈某官。《朝散大夫贈司勳員外郎孔君誌》

大父利貞，有名玄宗世，爲御史中丞，舉彈無所避。由是出爲陳留守，領河南道採訪處置使，數歲卒官。皇考諱郇，以儒學進，官至侍御史。《河南令張君誌》

大父諱秀，武后時，以文材徵爲麟臺正字。父宰臣，用進士卒官平陽冀氏令，贈潭州大都督。《中散大夫少府監胡良公神道碑》

〔不書曾祖、祖而書六世祖及父例〕

六世祖孝寬，仕周有功，以公開號於鄖。鄖公之子孫，世爲大官。惟公之父政，卒雒縣丞，贈虢州刺史。《江西觀察使韋公誌》

〔不書曾祖、祖而書七世祖及曾伯祖及父例〕

七世祖慶，爲拓跋魏侍中，封濟陰公。曾伯祖奭，爲唐宰相，與褚遂良、韓瑗俱得罪武后，死高宗朝。皇考諱鎮，以事母，棄太常博士，求爲縣令江南，其後以不能媚權貴失御史。權貴人死，

乃復拜侍御史，號爲剛直，所與游皆當世名人。《柳子厚誌》

〔不書曾祖、祖而止書其父例〕

公諱道古，字某，曹成王子。其先王明，以大宗了王曹，絶輒復封，五世而至成王。成王諱臯，有功建中、貞元間，以多才能、能行賞誅爲名。至今追數當時内外文武大臣，成王必在其間。《昭武校尉守左金吾衛將軍李公誌》

常州刺史、贈禮部侍郎憲公諱及之第二子。憲公躬孝踐行，篤實而辨於文，權餝指誨以進後生，名聲垂延，紹德惟克。《秘書少監贈絳州刺史獨孤府君誌》

處士諱於陵，其先范陽人。父貽，爲河南法曹參軍。《處士盧君誌》

〔不特書父而書大王父王父伯例〕

大王父玄暕，歷御史，屬三院，止尚書郎。生景肅，守三郡，終傅凉王。生政，襄、鄧等州防禦使、鄂州採訪使，贈吏部尚書。公，尚書之弟某子。《江南西道觀察使太原王公神道碑》

〔書上世并書其母例〕

其上祖懿，爲晉安西將軍，實始居河東。公之四世祖嗣汾陰公，諱德儒，爲隋襄城郡書佐以卒。襄城有子二人，皆貴，其後皆蕃以大，而其季尤盛，官至邠州刺史。邠州諱寶胤，有子九人，皆有名位，其最季諱縑，爲河南令以卒。河南有子四人，其長諱同，卒官湖州長史，贈刑部尚書。尚書娶吴

郡陸景融女，有子五人，皆有名蹟，其達者四人，公於倫次爲中子。《朝散大夫越州刺史薛公誌》

〔書二母例〕

初，司徒公娶河南元氏，封潁川郡夫人，贈許國夫人。許國薨，少府始孩，顧託以其侄，爲繼室，是爲陳國夫人。陳國無子，愛君與少府如己生。其薨也，君與少府喪之猶實生己，親負土封其墓。《贈絳州刺史馬府君行狀》

〔書三代并書其母例〕

曾祖匡時，晉州霍邑令。祖千尋，彭州九隴丞。父迪，鄂州唐年令，娶河南獨孤氏女，生二子，君其季也。《朝散大夫尚書庫部郎中鄭君誌》

其上世有曷者，當宇文時爲車騎大將軍、鄜城太守，卒葬河北，謚曰忠。公至孝權間五世矣。孝權大父諱孝先，太子通事舍人。父諱庭光，贈綏州刺史。綏州之卒，孝權蓋尚小。母曰太原縣君，卒，既葬，孝權守墓，樹松柏，三年而後歸。《虞部員外郎張府君誌》

〔書三代并書其母其舅例〕

曾祖弘泰，簡州刺史。祖乾秀，伊闕令。父爕，宣州長史，贈絳州刺史。母夫人，燉煌張氏。其舅參有大名。《河南少尹李公誌》

〔書父并其母舅不及上二代例〕

公之父曰海，爲人魁偉沉塞，以武勇游仕許、汴之間，寡言自可，不與人交，衆推以爲鉅人長者。官至游擊將軍，贈太師。娶鄉邑劉氏女，生公，是爲齊國太夫人。夫人之兄曰司徒玄佐，有功建中、貞元之間，爲宣武軍帥，有汴、宋、亳、潁四州之地，兵士十萬人。《許國公韓弘神道碑》

〔書十一世祖及父及母例〕不及曾祖、祖，至書葬方見。

其十一世祖沖，貴顯拓跋世。父惲，河南温縣尉，娶陳留太守薛江童女。《殿中侍御史李君誌》

〔書父及母及兄弟而不及上世例〕

父庭玢，娶裴氏女，而選爲崑山尉，生先生及一季鄷、郢而卒。《貞曜先生誌》

書婦女家世例

〔書三代例〕

夫人曾祖某，綏州刺史。祖某，潞州别駕。父某，晉州録事參軍。《息國夫人誌》

曾大父襲夔，贈禮部尚書。大父殆庶，贈太子太師。父如蘭，仕至太子司議郎、汝州司馬。《河南府法曹盧府君夫人苗氏誌》

〔書祖書父及其舅其夫例〕

夫人姓盧氏，范陽人。亳州城父丞序之孫，吉州刺史徹之女，嫁扶風馬氏，爲司徒侍中莊武

公之冢婦，少府監西平郡王、贈工部尚書之夫人。《扶風郡夫人誌》

〔書父及其夫其子例〕

楚國夫人姓翟氏，故檢校御史大夫、宋州刺史良佐之女，今司徒、兼中書令、許國公之妻，前鄜坊節度使、散騎常侍、兼御史大夫公武之母。《楚國夫人誌》

書兄弟例

〔書兄及弟例〕

公之昆弟五人：載、戡、戢、戩，公於次爲第二。《正議大夫尚書左丞孔公戣誌》

書妻例

〔書妻及曾祖、祖，不書妻之父例〕

公之配曰彭城劉氏夫人。夫人先卒，其葬以夫人袝。夫人曾祖曰子玄，祖曰餗，皆有大名。《河南少尹李公誌》

〔書妻及妻之祖、父，不書妻曾祖例〕

妻，彭城人，世有衣冠。祖好順，泗州刺史。父泳，卒蘄州別駕。《河中府法曹張君誌》

夫人，天水權氏，贈太子太保貞孝公臯之承孫，故相今太常德輿之女。胤慶配良，是似是宜。《秘書少監贈絳州刺史獨孤府君誌》

〔書妻及妻之父不及其曾祖、祖例〕

夫人，博陵崔氏，少府監頲之女。《河南少尹裴君誌》

夫人，常山郡君張氏，彭州刺史、贈禮部侍郎旣之女。生子男三人。《中散大夫河南尹杜君誌》

妻，范陽盧氏，鄭、滑節度使兼御史大夫羣之女，與君合德，親戚無退一言。《殿中侍御史李君誌》

〔書妻及妻之父及曾伯父例〕

夫人，博陵崔氏，朝邑令友之之女。其曾伯父玄暐有功中宗時。夫人高明，遇子婦有節法，進見侍側肅如也。《中大夫陝府左司馬李公誌》

〔書妻及妻叔祖不書其祖父例〕

娶彭城劉氏女，故相國晏之兄孫，生男二人。《集賢院校理石君誌》

〔不書妻祖、父例〕

妻，鄭氏也。《崔評事誌》

夫人，河南胡氏，號太原郡夫人。《工部尚書太原郡公神道碑》

君娶河東柳氏女。《河南令張君誌》

公娶其舅女，有子七人。《觀察使贈常侍太原王公誌》

娶滎陽鄭氏女，生男六人。《興〔原〕〔元〕少尹房公誌》

妻曰太原王氏，先先生卒。《施先生誌》

夫人李姓，隴西人。君在，配君子無違德；君殁，訓子女得母道甚。後君二十年，年六十六而終。《考功員外盧君誌》

〔因葬書妻例〕

其妻，清河張氏，以其年十二月丙寅葬君於洛陽平陰之原。《太原府參軍苗君誌》

〔因祔葬書妻例〕

夫人滎陽鄭氏祔。《銀青光禄大夫平陽路公碑》

奉先夫人天水趙氏祔。《中散大夫少府監胡公神道碑》

楚國夫人翟氏祔。《許國公韓弘神道碑》

〔書再娶例〕

夫人，隴西郡夫人李氏，清夷郡太守祐之孫，漁陽郡長史獻之女，柔嘉淑明，先公而殂，有男四人，女三人。後夫人，河南郡夫人雍氏，某官之孫，某官之女，有男一人，女二人。咸有至性純行。《清邊郡王楊燕奇碑》

〔書三娶例〕

公三娶。元配韋氏，諱修。修生子紘，紘爲進士學；女貢，嫁崔氏。夫人，隋雍州牧鄖公叔裕五世孫，父士佺，蓬山令。次配崔氏，諱蘗，生綽、紹、綰；女會，嫁鄭氏季毗。夫人父昭，嘗爲京兆尹。今夫人韋氏，無子。父光憲，光禄卿。其葬用古今禮，以元配韋氏夫人祔，而葬次配崔氏夫人於其域異墓。《昭武校尉守左金吾衛將軍李公誌》

〔書婦德例〕

胤慶配良，是似是宜。《秘書少監贈絳州刺史獨孤府君誌》

賢有法度。《鳳翔隴州節度使李公誌》

孝順祇修，羣女效其所爲。《幽州節度判官贈給事中清河張君誌》

與君合德，親戚無退一言。《殿中侍御史李君誌》

有賢行，侍君疾，逾年不下堂，食菜飲水藥物必自擇，將進，輒先嘗。方書《本草》，恒置左右。《贈絳州刺史馬府君行狀》

書子女例

〔書子女不名例〕

有男八人，女二人。《殿中少監馬君誌》

有子二人，女二人。《崔評事誌》

有子六人，女子一人。《銀青光禄大夫太原郡王公神道碑》

凡産四男五女。男生輒(等)即死。《國子助教河東薛君誌》

生男輒死，卒無子。女一人，學浮屠法，不嫁，爲比丘尼云。《登封縣尉盧殷誌》

〔子書名女不書名例〕

男三人：長曰初，協律；次曰彪；其幼曰還，適三歲。女子九人。《殿中侍御史李君誌》

男三人：暢、申、易；女三人，皆嫁爲士人妻。《考功員外盧君誌》

生男二人：八歲曰壬，四歲曰申；女子二人。《集賢院校理石君誌》

〔子女並書名例〕

有男十歲，曰義；女九歲，曰孟。《處士盧君誌》

〔書子女及婿例〕

生男六人：其長曰次卿，次卿有大才，不能俯仰順時，年四十餘，尚守京兆興平尉，然其友皆曰：「房氏有子也。」次曰次公、次膺、次回、次衡、次元，始學而未仕。女三人，皆嫁爲士人妻。《興元少尹房君誌》

〔書壻姓名例〕

生三子，一男二女。男三歲夭死；長女嫁亳州永城尉姚挺；其季始十歲。《大理評事王君誌》

生六子，四男二女。長曰全正，惠而早死；次曰居中，好學善爲詩，張籍稱之；次曰從直，曰居敬，尚小。長女嫁吴郡陸暢。《除名人董府君誌》

有四子：長曰温質，四門博士；遵孺、遵憲、温裕，皆明經。女子：長嫁中書舍人平陽路隋，其季者幼。《正議大夫尚書左丞孔公誌》

〔書子女及外孫例〕

七男三女。邠爲澄城主簿；其嫡激，鄜城令；放，芮城尉；漢，監察御史；滻、洸、潘，皆進士。及公之存，内外孫十有五人。《中大夫陝府左司馬李公誌》

〔書異母子女例〕

始娶范陽盧氏女，生仁本、仁約、仁載，皆有文行。二季舉進士，皆早死；仁本爲後子獨存。後娶趙郡李氏，生三女。二夫人凡三男五女。《河東節度鄭公神道碑》

初娶吏部侍郎京兆韋肇女，生二女一男。長女嫁京兆韋詞，次嫁蘭陵蕭儹。後娶河南少尹趙郡李則女，生一女二男。其餘男二人，女四人，皆幼。嗣子退思，韋氏生也。《朝散大夫尚書庫部郎中鄭君誌》

公有四子：長曰元孫，三原尉；次曰元質，彭之濛陽尉；曰元立，興平尉；曰元本，河南參軍。皆願敏好善。元立、元本，皆崔氏出。《鳳翔隴州節度使李公誌》

〔書子而無女例〕

子曰友直，明州鄮縣主簿；曰友諒，太廟齋郎。《施先生誌》

其子越，能輯父事無失，謹謹致孝。《清河郡公房公墓碣》

長子殿中丞繼祖，孝友以類。《扶風郡夫人誌》

既葬，其子監察御史璩纍然服喪來有請。《故相權公誌》

〔書子女年歲例〕

男三人：璟、質皆既冠；其季始六歲，曰充郎。《河南少尹裴君誌》

男子二人：長曰某，早死；次曰天官，始十歲，有至性，聞呼父官與聞弔客至，輒號泣以絶。

女子一人。《秘書少監贈絳州刺史獨孤府君誌》

〔書女出家例〕

女一人，學浮屠法，不嫁，爲比丘尼云。《登封縣尉盧殷誌》

女子三人：其長學浮屠法，爲比丘尼；其季二人未嫁。《河南府王屋縣尉畢君誌》

〔書子女生於死後例〕

男三人：執規、執矩、必復。其季，生君卒之三月。《太原府參軍苗君誌》

子厚有子男二人：長曰周六，始四歲；季曰周七，子厚卒，乃生。女子二人，皆幼。《柳子厚誌》

〔書過房子例〕

父曰播，尚書禮部侍郎。侍郎命君後兄據，自給事至君，後再絶。皆有名。遺言曰：「以公儀之子已已後我。」《國子助教河東薛君誌》

子男二人：長曰肅元，某官；次曰公武，某官。肅元早死。公之將薨，公武暴病先卒，公哀傷之，月餘遂薨。無子，以公武子、孫紹宗爲主後。《許國公韓弘神道碑》

〔書子文學材質例〕

戡，强以肅；成，敏以和。《息國夫人誌》

好善學文，能謹謹致孝，述父之志，曲而不黷。《國子司業竇公誌》

雖皆幼，侍疾居喪如成人。《贈絳州刺史馬君行狀》

〔書無子例〕

唐元和九年，歲在甲午八月己亥，貞曜先生孟氏卒，無子。《貞曜先生誌》

金石例卷之八

書死例

〔書死於官著年月日例〕

貞元十八年十月十一日，太學博士施先生士丐卒。其僚太原郭伉，買石誌其墓，昌黎韓愈爲之辭。《施先生誌》

疾病，改河南少尹，輿至官，若干日卒，實元和三年四月二十三日，享年五十。《河南少尹裴君誌》

元和七年二月一日，河南少尹李公卒，年五十八。《河南少尹李公誌》

年六十一，以元和六年二月二日卒於官。《河南府王屋縣尉畢君誌》

〔書死於官不書年月日例〕

年若干，而終在官，舉其職。《考功員外盧君誌》

年七十三，以其官終。《輿元少尹房公誌》

以疾卒官，年五十九。《清河郡公房公誌》

公在相位三年，其後以吏部尚書授節鎮山南，午六十以薨，贈尚書左僕射，謚文公。《故相權公誌》

〔書死於家著年月日例〕

使者未復命，以十五年正月五日，寢疾終於家，年五十有六矣。《崔評事誌》

十四年，年六十一，五月某日，終於家。《清邊郡王楊燕奇碑文》

明年，長慶四年正月己未，公年七十四，告薨於家，贈兵部尚書。《正議大夫尚書左丞孔公誌》

〔書死於中道外州著年月日例〕

元和四年秋，有事適東方；既還，八月壬辰，死於汴城西雙丘，年四十有七。《河中府法曹張君墓碣》

元和五年正月，將浴臨汝之湯泉，壬子，至其縣食，遂卒，年五十七。《朝散大夫孔君誌》

行及揚州，遇疾，居月餘，以長慶元年八月二十四日卒，春秋六十。《朝散大夫尚書庫部郎中鄭君誌》

〔書死於中道外州不書年月日例〕

年二十九，客死於京師。《李元賓誌》

張君諱季友，字孝權，年五十四，病卒東都。《虞部員外郎張府君誌》

至南海，未幾竟死，年五十三。《監察御史衛府君誌》

〔書病死例〕

元和四年，年四十七，二月十四日，暴疾卒。《國子助教河東薛君誌》

年四十有二，元和二年六月辛巳，暴病卒。《太原參軍苗君誌》

疽發背，六月乙酉卒，年五十二。《殿中侍御史李君誌》

年七十四，長慶二年二月丙寅，以疾卒。《國子司業竇公誌》

命且下，遂病以卒，年若干。《南陽樊紹述誌》

校理集賢御書，明年六月甲午，疾卒，年四十二。《集賢院校理石君誌》

在鎮三年，以疾乞歸。復拜司徒、中書令，病不能朝，以長慶二年十二月三日薨於永崇里第，年五十八。天子爲之罷朝三日，贈太尉。《許國公韓弘神道碑》

年若干，元和七年甲子日南至，以疾卒。《息國夫人誌》

〔書不病而死例〕

元和四年十一月二十二日，無疾暴薨，年六十。《中散大夫河南府尹杜君誌》

〔書死而不書死之地例〕

春秋五十八，薨於元和五年八月六日。《江西觀察韋公誌》

年三十七以卒。《殿中少監馬君誌》

子厚以元和十四年十一月八日卒，年四十七。《柳子厚誌》

〔書死而不書死之歲月例〕

年三十七以卒。《殿中少監馬君誌》

〔書生死年月日例〕

生元和四年，年三十七，二月十四日，疾暴卒。《國子助教河東薛君誌》

〔書死不書病例〕

貞元十九年四月四日，卒於東都敦化里，年六十有九。《河南府法曹盧府君夫人苗氏誌》

〔書死爲薨例〕

元和五年尚書薨，夫人哭泣成疾，後二年亦薨，年四十有六。《扶風郡夫人誌》

夫人以元和十四年十一月一日薨於鄜之公府，春秋若干。大夫委節去位，奉喪以居東都。詔起之，辭以羸毁不仕即命。又加喻勉。《楚國夫人翟氏誌》

書葬例

〔書勅葬例〕

在鎮三年，以疾乞歸；復拜司徒、中書令，病不能朝，以長慶二年十二月三日薨於永崇里第，年五十八。天子爲之罷朝三日，贈太尉，賜布粟。其葬物，有司官給之，京兆尹監護。《許國公韓弘誌》

詔所在給船轝傳歸其家，賜錢物以葬。長慶四年四月某日，其妻子以君之喪葬於某州某所。《幽州節度判官贈給事中張君誌》

〔書詔許還葬例〕

長慶元年，詔曰：「左降而死者，還其官，以葬。」遂以某年某月日葬於東都某縣。《昭武校尉守左金吾衛將軍李公誌》

明年，立皇太子，有赦令，許歸葬。其子居中始奉喪歸，元和八年十一月甲寅葬於河南縣萬安山下太師墓左。《除名人董府君誌》

〔書自他州返葬例〕

於歛之二十日，其妻與其子以君之喪，施葬於汝州；其二月某日，遂葬於某縣某鄉某原。《崔評事誌》

四月己酉，其兄右拾遺朗以喪東葬河南壽安之甘泉鄉家塋憲公墓側，將以五月壬申窆。《秘書少監贈絳州刺史獨孤府君誌》

明年，兄子塗與其弟庾、掞等護柩歸葬長安縣馬額原夫人北海唐氏之封。《虞部員外郎張府君誌》

元和十年十二月某日，歸葬河南某縣某鄉某村，祔先塋。《監察御史衛府君誌》

以十五年七月十日歸葬萬年先人墓側。《柳子厚誌》

〔書葬他州例〕

初，君樂虢之土田山水，求掾其州。去官，猶家之。既卒，因以其年九月某日葬州北十里崔長史墓西。《虢州司户韓府君誌》

三日而斂。既斂七日，權葬宜春郭南一里。嗚呼！其可惜也已。《韓滂誌》

〔書葬祖父墓域例〕

斂之三月某甲子葬河南伊闕鳴臯山下。自簡州而下皆葬鳴臯山下。《河南少尹李公誌》

其年十月戊申，葬河南洛陽縣，距其祖澠池令府君僑墓十里。《殿中侍御史李君誌》

十月庚申，樊子合凡贈賻，而葬之洛陽東其先人墓左，以餘財附其家而供祀。《貞曜先生誌》

即以其年十一月二十二日從葬於鄭州廣武原先人之墓次。《朝散大夫尚書庫部郎中鄭君羣誌》

其年八月某日葬河南偃師先公尚書之兆次。《國子司業竇公誌》

〔書夫祔妻墓例〕

某月二十六日，穿其妻墓而合葬之，在其縣某地。《太學博士李君干誌》

其年閏三月二十一日，弟試太子通事舍人公儀、京兆府司録公幹，以君之喪歸，以五月十五日葬於京兆府萬年縣少陵原，合祔王夫人塋。《國子助教薛君誌》

〔書妻祔夫墓例〕

嗣子通王屬良楨，以其年十月庚寅葬公於開封縣魯陵岡，隴西郡夫人李氏祔焉。《清邊郡王楊燕奇誌》

九年正月癸酉，祔於其夫之封。《扶風郡夫人誌》

明年八月十四日，葬京兆奉先。夫人天水趙氏祔焉。《中散大夫少府監胡良公碑》

〔書合葬例〕

年若干而終，在官舉其職。夫人姓李，隴西人。君在，配君子無違德；君殁，訓子女得母道甚。後君二十年，年六十六而終。君祖子輿，濮州濮陽令。父同，舒州望江令。夫人之祖延宗，鄆州司馬。父進成，鄜州洛交令。《考功員外盧君誌》

貞元十七年九月丁卯，隴西李翶合葬其皇祖考貝州司法參軍楚金、皇祖妣清河崔氏夫人於汴州開封縣某里。昌黎韓愈紀其世，著其德行，以識其葬。其世曰：由凉武昭王六世至司空，司空之後二世爲刺史清淵侯，由侯至於貝州凡五世。其德行曰：事其兄如事其父，其行不敢有出焉；其夫人事其姒如事其姑，其於家不敢有專焉。其葬曰：翶既遷貝州君之喪於貝州，殯於開封，遂遷夫人之喪於楚州，八月辛亥至於開封，壙於丁巳，墳於九月辛酉，窆於丁卯。《貝州司法參軍李君誌》

〔書各葬例〕

其年八月甲申，從葬河南河陰之廣武原。卜人曰：「今兹歲未可以祔。」從卜人言，不祔。《朝散大夫贈司勳員外郎孔君誌》

〔書因某人歸葬例〕

既斂之三日，友人博陵崔弘禮葬之於國東門之外七里，鄉曰慶義，原曰嵩原。友人韓愈書石以誌之。《李元賓誌》

〔書本月内葬例〕

卒三日，葬河南縣北十五里，愈率婦孫視窆封。《乳母誌》

以其月二十五日從葬偃師之土婁。《河南府王屋縣尉畢君誌》

〔書本年内葬例〕

墓在河南緱氏縣梁國之原，其年月日，元和二年二月十日云。《考功員外盧君誌》

其年七月某日，祔於法曹府君墓，在洛陽龍門山。《河南府法曹參軍盧府君夫人苗氏誌》

其妻清河張氏，以其年十二月丙寅葬君於洛陽平陰之原。《太原府參軍苗君誌》

〔書明年葬例〕

明年，葬京兆萬年少陵原。《銀青光禄大夫襄陽郡王平陽路公誌》

明年二月，葬河南偃師。《河中府法曹張公誌》

明年二月甲午，從葬懷州。《中散大夫河南尹杜君誌》

明年七月壬寅，從葬萬年縣少陵原。《江西觀察韋公誌》

〔特書某年葬例〕

長慶二年三月某日，葬夫人於洛陽北山。《楚國夫人崔氏誌》

以四年二月某日葬於河南某縣先塋之側。《江西觀察常侍太原王公誌》

〔不書年月日例〕

即葬於其地。《烏氏先廟碑》

〔不書葬地例〕

樊紹述既卒且葬。《南陽樊紹述誌》

〔書某月幾日不書甲子例〕

其二月某日，遂葬於某縣某鄉某原。《崔評事誌》

以五月十五日葬於京兆府萬年縣少陵原。《國子助教薛君誌》

遂以其月十四日合葬河南緱氏之高龍原。《興元少尹房公誌》

〔書某月甲子即不書幾日例〕

以其年十月庚寅，葬公於開封縣魯陵岡。《清邊郡王楊燕奇碑》

卜葬，得公卒之四月壬寅，遂以其日，葬東都芒山之陰杜翟村。《河南少尹裴君誌》

於其年九月乙酉，其弟渾以家有無，葬以車一乘於龍門山先人兆。《處士盧君誌》

其年十月戊申，葬河南洛陽縣。《殿中侍御史李君誌》

金石例卷之九

論古人文字有純疵

前輩作文，各有入門處：退之本孟子，永叔亦祖孟子，故其講論純正少疵。子厚、明允集中皆自言其所得處。明允多自《戰國策》中來，視子厚爲不純。子瞻亦宗其家學，氣燄赫奕，人多慕之，然少純正。要之自《六經》中出，則源深而流長。人但見正大温粹，不知其所養者有本也。此最當謹所習之。始者不謹，則末流可知。

論作文法度

立本論，前説備矣。本者既立，必學問充就，而後識見造詣，凡見之議論言語者，皆正大純粹。如冠冕佩玉入宗廟之中，人自起敬。學力既到，體製亦不可不知。如記、贊、銘、頌、序、跋，各有其體。不知其體，則喻人無容，雖有實行，識者幾何人哉？體製既熟，一篇之中，起頭結尾，

繳换曲折，轉折反覆，照應關鎖，綱目血脉，其妙不可以言盡。要須助自得於古人。

韓文公《上李侍郎書》云：「大之爲河海，高之爲山嶽，明之爲日月，幽之爲鬼神，纖之爲珠璣華實，變之爲雷霆風雨。」《答尉遲生書》云：「本深而末茂，形大而聲宏，行峻而言厲，心醇而氣和。昭晰者無疑，優游者有餘。」《上于頔相公書》云：「變化若雷霆，浩汗若河漢，正聲諧《韶》《濩》，勁氣沮金石。」凡皆形容文章之妙，公實道胸中之自得者。

《黄氏日抄》：「韓文公與馮宿論文，謂：『稱意者，人以爲怪；下筆令人慚，則人以爲好。古文真何用於今，以俟知者知耳。』公殆矯其説，以振起一世之庸庸者乎？然歷數百年至本朝歐陽公，方能得公之文於殘棄而發撝之，否者終於湮没。自歐陽公以來，雖曰家藏而人誦，殆不過野人議璧，隨和稱好。及自執筆爲文，鮮有不與之背。真知公之文者，又幾何人哉！愚嘗嘆息而爲之自誓，曰：人誰不講孔孟之學，至遇事，則往往而違其訓；人誰不讀韓歐之文，至執筆，則往往而非其體。人莫不飲食，鮮能知其味。不心誠求之，是真無益哉！」

《答劉正夫書》論爲文，譬之百物，「朝夕所見者，人皆不注視。及覩其異者，則衆觀之」。又謂：「用功深者，其收名也遠。」《答陳商書》喻以齊王好竽而鼓以瑟，「所謂工於瑟而不工於求齊。」合是兩書而觀之，庸庸者不足以自見，怪怪者非所以諧俗。公所告語，雖各隨其病，而藥之功深，一語則均所當務，而根本之論乎？

《答李翊書》：「生之書，辭甚高，而其問何下而恭也！能如是，誰不欲告生以其道。道德之歸也有日矣，况其外之文乎？抑愈所謂望孔子之門墻而不入於其宫者，焉足以知是且非也邪？雖然，不可不爲生言之。生所謂立言者是也，生所爲者與所期者，甚似而幾矣。抑不知生之志蘄勝於人而取於人耶？將蘄至於古之立言者邪？蘄勝於人而取於人，則固勝於人而可取於人矣；將蘄至於古之立言者，則無望其速成，無誘於勢利，養其根而竢其實，加其膏而希其光。根之茂者，其實遂；膏之沃者，其光曄。仁義之人，其言藹如也。抑又有難者，愈之所爲，不自知其至猶未也。雖然，學之二十餘年矣。始者，非三代兩漢之書不敢觀，非聖人之志不敢存。處若亡，行若遺，儼乎其若思，茫乎其若迷。當其取於心而注於手也，惟陳言之務去，戛戛乎其難哉！其觀於人，不知其非笑之爲非笑也。如是者亦有年，猶不改，然後識古書之正僞，與雖正而不至焉者，昭昭然白黑分矣，而務去之，乃徐有得也。當其取於心而注於手也，汩汩然來矣。其觀於人也，笑之則以爲喜，譽之則以爲憂，以其猶有人之説者存也。如是者亦有年，然後浩乎其沛然矣。吾又懼其雜也，迎而距之，平心而察之，其皆醇也，然後肆焉。雖然，不可以不養也。行之乎仁義之途，游之乎《詩》《書》之源，無迷其途，無絶其源，終吾身而已矣。氣，水也；言，浮物也。水大，而物之浮者大小畢浮。氣之與言，猶是也。氣盛，則言之短長與聲之高下者皆宜。雖如是，其敢自謂幾於成乎？雖幾於成，其用於人也奚取焉？雖然，待用於人者，其肖於器邪？用

與舍屬諸人，君子則不然。處心有道，行己有方，用則施諸人，舍則傳諸其徒，垂諸文而爲後世法。如是者，其亦足樂乎？其無足樂也？有志乎古者希矣！志乎古，必遺乎今，吾誠樂而悲之，亟稱其人，所以勸之，非敢褒其可褒，而貶其可貶也。問於愈者多矣，念生之言不志乎利，聊相爲言之。」韓退之

柳柳州《答韋中立書》：「始吾幼且少，爲文章，以辭爲工；及長，乃知文者以明道，是固不苟爲炳炳烺烺、務采色、夸聲音而以爲能也。凡我所陳，皆自謂近道，而不知道之果近乎遠乎？吾子好道而可吾文，或者其於道不遠矣。故吾每爲文章，未嘗敢以輕心掉之，懼其剽而不留也；未嘗敢以怠心易之，懼其弛而不嚴也；未嘗敢以昏氣出之，懼其昧没而雜也；未嘗敢以矜氣作之，懼其偃蹇而驕也。抑之欲其奥，揚之欲其明，疏之欲其通，廉之欲其節，激而發之欲其清，固而存之欲其重：此吾所以羽翼夫道也。本之《書》，以求其質；本之《詩》，以求其恒；本之《禮》，以求其宜；本之《春秋》，以求其斷；本之《易》，以求其動：此吾所以取道之原也。參之《穀梁氏》，以厲其氣；參之《孟》、《荀》，以暢其支；參之《莊》、《老》，以肆其端；參之《國語》，以博其趣；參之《離騷》，以致其幽；參之《太史》，以著其潔：此吾所以旁推交通而以爲之文也。凡若此者，果是耶非耶？有取乎？抑其無取乎？吾子幸觀焉擇焉，有餘以告焉。苟亟來以廣是道，子不有得焉，則我得矣。」朱文公曰：「韓、柳《答李翊》、《韋中立書》可見其用力處。」

《與友人論文書》：「古今號文章爲難，足下知其所以難乎？非謂比興之不足，恢拓之不遠，鑽礪之不工，頗僻之不除也。得之爲難，知之愈難耳。苟或得其高朗，探其深賾，雖有蕪敗，則爲日月之蝕也，大圭之瑕也，曷足傷其明，黜其寶哉！且自孔氏以來，兹道大闡，家修人勵，刓精竭慮者，幾千年矣。其間耗費簡札，役用心神者其可數乎？登文章之籙，波及後代，越不過數十人耳。其餘誰不欲争裂綺繡，互攀日月，高視於萬物之中，雄峙於百代之下乎？率皆縱臾而不克，躑躅而不進，力蹶勢窮，吞志而没。故曰得之爲難。嗟乎！道之顯晦，幸不幸繫焉；談之辯訥，升降繫焉；鑒之頗正，好惡繫焉；交之廣狹，屈伸繫焉。則彼卓然自得以奮其間者，合乎否乎，是未可知也。而又榮古虐今者，比肩疊跡，大底生則不遇、死而垂聲者衆焉。揚雄没而《法言》大興，馬遷生而《史記》未振，彼之二才且猶若是，況乎未甚聞著者哉！固有文不傳於後，祀聲遂絶於天下者矣。故曰知之愈難。而爲文之士亦多漁獵前作，戕賊文史，抉其意，抽其華，置齒牙間，遇事蠭起，金聲玉耀，誑聾瞽之人，徼一時之聲，雖終淪棄，而其奪朱亂雅，爲害已甚，是其所以難也。」柳子厚

蘇明允《上歐陽公書》：「孟子之文語約而意盡，不爲巉刻斬絶之言，而其鋒不可犯。韓子之文如長江大河，渾浩流轉，蚖鼉蛟龍，萬怪惶惑，而抑遏掩蔽不使自露，而人望見其淵然之光、蒼然之色，亦自畏避，不敢迫視。」

蘇子由曰：「太史公行天下，周覽名山大川，與燕趙間豪俊交遊，故其文疏宕頗有奇氣。」

「韓愈以《六經》之文爲諸儒倡，障隄末流，反刓以樸，剗僞以真，粹然一出於正。刊落陳言，横騖别驅，汪洋大肆，無牴牾聖人者。其《原道》《原性》《師説》數十篇，皆奥衍宏深，與孟軻、揚雄相表裏，而佐佑《六經》云。」本贊。

「柳子厚之文，雄深雅健似司馬子長，崔、蔡不足多也。」本傳。

蘇子瞻曰：「歐陽公云：『晉無文章，惟陶淵明《歸去來辭》。』余亦謂唐無文章，惟韓愈《送李愿歸盤谷序》。」

《歐陽公文集序》云：「歐陽子之學，推韓愈、孟子以達於孔氏，著禮樂仁義之實以合於大道。其言簡而明，信而通，引物連類，折之於至理，以服人心。故天下翕然師尊之。自歐陽子出，天下争自濯磨以通經，學古爲高，以救時行道爲賢，以犯顔納諫爲忠。至嘉祐末，號稱多士，歐陽子之功爲多。」蘇子瞻。

《邵氏後録》云：「東坡中制科，王荆公曰：『全類戰國文章。』故荆公修《英宗實録》，謂明允有戰國縱横之學。」

「東坡之文如長江大河，一瀉千里，至其渾浩流轉、曲折變化之妙，則無復可以名狀。蓋能文之士莫之能尚也。而尤長於指陳世事，述叙民生疾苦。方其年少氣鋭，尚欲汛掃宿弊，更張百

度，有賈太傅流涕漢庭之風。及既懲創王氏，一意忠厚，思與天下休息。其言切中民隱，發越懇到，使巖廊崇高之地，如親見閭閻哀痛之情，有不能不惻然感動者。真可垂訓萬世矣！嗚呼休哉！」《黄氏日抄》。

蘇子瞻曰：「凡人作文須是筆頭上挽得數百鈞起。」「凡作文如行雲流水，初無定質，但常行於所當行，常止於不可不止。文理自然，情態橫生。」

李漢老曰：「爲文之法，有筆力，有筆路。筆力到二十歲便定，後來長進，只就上面添得些子。筆路，則常拈弄，時轉開拓；不（拓）〔拈〕弄便荒廢。」

杜牧之曰：「文以意爲主，氣爲輔，以辭采爲兵衛。」

李文饒曰：「譬諸日月，雖終古常見，而光景常新。」

朱文公曰：「古人作文多摹倣前人，學之既久，自然純熟。今人於韓文，知其力去陳言之爲工，而不知其文從字順之爲貴。」

歐陽公曰：「爲文有三多：看多，做多，商量多。」鶴山曰：「辭根於氣，氣命於志，志立於學。」

西山先生問傅公景仁以作文之法，傅公曰：「長袖善舞，多財善賈。子歸取古人書，熟讀而精甄之，則蔚乎其春榮、薰乎其蘭馥有日矣。」

平齋洪公曰：「古今萃於胸中，造化運於筆下。多讀多做，兩盡爲勝。」

夏文莊曰：「美辭施於頌贊，明文布於牋奏。詔誥語重而體宏，歌詠言近而音遠。」

陸士衡曰：「謝朝華於已披，啓夕秀於未振。」「銘博約而温潤，箴頓挫而清壯，頌優游以彬蔚。」「要辭達而理舉，故無取乎冗長。」「立片言以居要，乃一篇之警策。雖衆辭之有條，必待兹而效績。」

野處洪公曰：「文章有淵源，有機杼，有關鍵，有本根。」「用其文如老農之用禾。旦而溉，中而芸，深耕而熟耰之。吾文唐矣，不兩漢若乎？漢矣，不三代若乎？欿然自視，未能叅於柳州、吏部之奥，則日引月辰，不至不止也。」

朱文公曰：「作文自有穩字，古之能文者，纔用便用著。」宋景文云：「人之屬文有穩當字，弟初思之，未至也。」

李德裕《文箴》曰：「文之爲物，自然靈氣，怳恍而來，不思而至。杼軸得之，澹而無味。琢刻藻繪，彌不足貴。如彼璞玉，磨礱成器，奢者爲之，錯以金翠。美質既彫，良寶斯棄。」

朱文公曰：「前輩文有氣骨，故其文壯；今人只是於枝葉上粉澤爾。」「後山携所作謁南豐，因留欵語。適作一文字，事多，因託後山爲之。成數百言。南豐曰：『大略也好，只是冗字多。』後山請改竄。南豐取筆抹數處，每抹處，連一兩行，凡削去一二百字。後山讀之，則其意尤全。因歎服，遂以爲法。」

《文心雕龍》曰：「風骨乏采，則鷙集翰林；采乏風骨，則雉竄文囿。若藻耀而高翔，固文章鳴鳳也。」「鎔冶經典之範，翔集子史之術，洞曉情變，曲昭文體。然後能莩甲新意，雕畫奇辭。」「才有天資，學謹始習。斲梓染絲，功在初化。器成綵定，難可翻移。」「情者，文之經；辭者，理之緯。」「才爲盟主，學爲輔佐。」「善爲文者，富於萬篇，貧於一字。一字非少，相避爲難也。」曾文昭曰：「文才出於天分，可省學問之半。」

汪彦章謂傅自得曰：「今世綴文之士雖多，往往昧於體製。獨吾子爲得之不懈，則古人可及也。」

論作文當取法經史造語

王景文曰：「文章根本皆在六經，非惟義理也，而機杼、物采、規模、制度，無不俱備者。張安國出《考古圖》，其品百二十有八，曰：是當爲記，於經乎何取？景文曰：宜用《顧命》。游廬山訖，事將哀所歷序之，曰：何以？景文曰：當用《禹貢》。」

「叙事法《禹貢》、《顧命》、《考工記》，其次《左傳》、《史記》、《西漢書》，各物當類編，字面考究。」「論事似賈誼、董仲舒、劉向。」

「句法求之《檀弓》，則音節響亮，言語絢麗。」

「銘、辭、贊、頌，不似《風》《雅》，則俚而無足〔傳〕。」

「詩當得《風》《雅》《頌》之旨趣，因事感發，性情之正。《騷》《選》以下，宜取其體製。唐律，當學他格式嚴整。至於淫艷，乃所當戒。余教人作文，先要令解其經，蓋以所説之書，使之演文。既是熟於義理，就其中抑揚以得作文之法。此是求速化之術。全章既能解釋，則作疑義，設疑以問之，以觀其見識。若能因所問得其旨意，則心地已開，見識已到。然後斷史以觀其處事。如此則作詩作文，無所不通矣。良工之子，必學爲箕；良冶之子，必學爲裘。無與於弓冶，教人者使之以歸其理。此當與智者道。學者能如是用工，他日悟其言之有味。不然，視之爲迂闊而近效，亦終不可得矣。」

學文凡例

凡金石文例，詳見前卷。曰制，曰誥，曰詔，曰表，曰露布，曰檄，曰箴，曰銘，曰記，曰贊，曰頌，曰序，曰跋，皆文章之流也。匪著其目，則學者無所於考，用列於後云。

制式

門下云云。具官某云云。於戲云云。可授某官主者施行。

擬制之始

唐虞至周，皆曰命。秦改命爲制。漢因之，下書有四，而制書次焉。其文曰「制詔三公」。顔師古謂爲制度之命。唐王言有七，其三曰制書，大除授用之。學士初入院，試制書、批答共三篇。白居易入翰林，以所試制加段祐兵部尚書領涇州。韓偓試《武臣受東川節度制》。此試制之始也。舍人不試，多自學士遷。制用四六，以便宣讀。宋朝知制誥，元豐改中書舍人。召試中書而後除。不試，號爲異禮。所以試者，觀其敏也。試制、詔三篇，宰相俟納卷，始上馬。翌日進呈，除目方下。

擬制之式

制頭四句，能包盡題意爲佳。如所擬有檢校少保，又有儀同三司，又換節，又帶軍職，又作帥，四句中能包括盡此數件是也。若鋪排不盡，則當擇題中體面重者説，其餘輕者，於散語中説，亦無害。輕者，如軍職三司是也。制起，須用四六聯，不可用七字。制頭四句，四六一聯。散語四句，或六句。不須用聯。具官名，須於職官分紀，尋替換字。如尚書爲中臺，吏部爲選部，禮部爲儀曹，似此類，須每件尋兩三般。蓋臨時有聲律虚實之不同也。郎曹以下，不必記。非從官而記者，止鄉監司業。制中散語，不可四句相似，如兩句用「之」字，則下兩句用「以」「而」字可也。不然，則上兩句「之」字

在第五字，下兩句「之」字在第四字，亦可。

西山先生曰：「制、誥，王言也，貴乎典雅温潤，用字不可深僻，造語不可尖新。制詞三處最要用工：一曰破題要包盡題目，而不羸露。首四句體貼。二曰叙新除處欲其精當，而忌語太繁推原所爲設官除授之意，用古事爲一聯尤好。如《莫侍郎步軍制》：「法黄帝之兵，允賴爲營之重；資漢人之技，莫如用步之强」，最妙。三曰戒辭『於戲』而下是也，用事欲其精切。」須要古事或古語爲聯，切於本題，有丁寧告戒之意。如傅景仁《少保侍讀》，用《説命》、《周官》。周子及《楊帥制》用「繫楫中流」。陳自明《宗室觀使制》用祕書仙圖。此等事，既親切而造語妥貼，是爲可法。野處洪公贊所業書曰：「昔丁文簡公未遇之日，手其所爲制誥一編，贊諸王公大人之門。人見者皆非之，丁獨毅然不顧曰：『異日當有知我者。』其後，直掖垣，登玉堂，以至政地，而昔日所爲文，始盡得施用。有志者，事之竟成如此！」

倪正父曰：「文章以體製爲先，精工次之。失其體製，雖浮聲切響，抽黄對白，極其精工，不可謂之文矣。凡文皆然，而王言尤不可以不知體製。龍溪益公號爲得體製，然其間猶有非君所以告臣，人或得以指其瑕者。」

朱文公曰：「范淳夫作《冀王制》云：『周尊公旦，地居四輔之先；漢重王蒼，位列三公之上。及我仁祖，加禮荆王，顧惟冲人，敢後叔父！』自然平正典重，彼工於四六者，却不能及。」

李公父欲應詞科，西山指竹夫人，戲曰：「試爲進封制可乎？」公父末聯云：「保抱携持，朕

不安丙夜之枕；輾轉反側，爾尚形四方之風。」西山稱賞。

王器之《京東淮東宣撫制戒詞》云：「沿於江而達泗，朕方恢禹之九州；率彼浦以省徐，爾尚勉周之三事。」

迂齋樓公曰：「經句對經句，如『在武丁時，作召公考』、『惟汝一德，於今三年』、『天維顯思，民亦勞止』、『有能奮庸，爰立作相』、『經營四方，欽御諸友』之類，固是天造地設。若『萬人留田』對『三事就緒』，雖以史句對經句，緣有氣勢，所以不覺。」

北海《督府訓詞》尤爲宏偉，有曰：「盡長江表裏之封，悉歸經畧；舉宿將王侯之貴，咸聽指揮。」

李漢老曰：「張樂全高簡純粹，王禹玉温潤典裁，元厚之精麗穩密，蘇東坡雄深秀偉：皆制詞之傑然者。」

誥式

勅：云云。具官某云云。可特授某官。二人以上同制，則於詞前先列除官人具銜姓名，可特授某官。於勅下便云：「某官某等。」末云：「可依前件。」侍從以上用聯詞，餘官云：「勅具官某云云爾」云云。

擬誥之始

誥，告也，其原起於《湯誥》。《周官・大祝》：「六辭，三曰誥。」《士師》：「五戒，二曰誥。」成王封康叔、唐叔，命以《康誥》、《唐誥》。漢元狩六年，立三子爲王，初作誥。唐《白居易集》翰林曰「翰林制誥」，中書曰「中書制誥」，蓋内外命書之别。宋朝西掖初除試誥，而命題亦曰制。

擬誥之式

東坡制詞有議論，荆公、南豐外制佳。王子發曰：「南豐本法意，原職守，而爲之訓勑，人人不同，咸有新趣，衍裕雅重，自成一家。」胡致堂曰：「辭貴簡嚴，體歸典重。」

周益公曰：「韓退之《崔羣户部侍郎制》初云：『地官之職，邦教是先。』末云：『選賢與能，於今惟重；擇才經賦，自古尤難。』凡命版曹，何嘗不主理財？惟退之先及邦教，而以『經賦』二字終之，深合經旨。」唐錢翊曰：「體正而有倫，詞約而居要，終始明白，所以爲誥。」

詔式

勑門下。或云「勑某等」。故兹詔示。獎諭、誡諭、撫諭，隨題改之。想宜知悉。

擬詔之始

《周官》：「御史掌贊書。」注云：「若今尚書作詔文。」秦改令爲詔。漢下書有四，三曰詔書，其文曰「告某官」。四曰誡勅。其文曰「有詔勅某官」。唐貞觀末，張昌齡召見，試《息兵詔》，此試詔之始也。其後學士試批答，宋朝西掖初除試詔。紹聖試格，止曰誡諭，如近體試諭風俗，或百官之類。紹興改爲詔。唐封敖作《慰邊將詔》曰：「傷居爾體，痛在朕躬。」《賜李德裕制》曰：「謀皆予同，言不他惑。」李德裕草《詔賜王元逵何弘敬》曰：「勿爲子孫之謀，欲存輔車之勢。」皆切中事情。宋朝錢若水草《賜趙保忠詔》曰：「不斬繼遷，存狡兔之三窟；潛疑光嗣，持首鼠之兩端。」汪彦章草《賜高麗詔》曰：「壞晉館以納車，庶無後悔；閉漢關而謝質，非用前規。」

擬詔之式

東萊先生曰：「詔書或用散文，或用四六，皆得。唯四六者，下語須渾，全不可如表，求新奇之對而失大體。但觀前人詔，自可見。」

「散文當以西漢詔爲根本，次則王岐公、荆公、曾子開詔，熟觀然後約以今時格式。不然，則似今時文策題矣。兩漢詔中語，如『吏獨安取此』、『皆秉德以陪朕』之類，當勾抹出，規倣之。」李漢老曰：「兩漢詔令，温厚雅馴，或人主自親其文。」周益公曰：「答皇子詔，用『卿』字，非是。前輩知體，則不然。其他或『汝』、或

『王』、或『公』，皆當有别。」

吴兹與唐叔義詔皆得體。

西山先生曰：「王言之體，當以《書》之誥、誓、命爲祖，而參以兩漢詔册。」朱文公曰：「三代詞誥誓命皆根源學問，敷陳義理。」

兩漢詔令，辭氣藹然，深厚爾雅，可爲代言之法。南豐曰：「漢詔令典正謹嚴，尚爲近古，唐常衮、楊炎、元稹之屬，號能爲訓詞，其文未有遠過人者。」朱文公曰：「國初文章皆嚴重老成，嘉祐以前文雖拙，而詞謹重，所以風俗淳厚。」

表式

〔賀〕

臣某言：或云「臣某等言」。恭覩守臣表云「恭聞」。某月日云云者祥瑞表云「伏覩太史局奏云云者」。守臣表云「伏覩都進奏院報云云者」。云云。臣某懽忭懽忭、頓首頓首，竊以云云，恭惟皇帝陛下云云，臣云云。臣無任瞻天望聖、激切屏營之至，謹奉表稱賀以聞。臣某懽忭懽忭、頓首頓首，謹言。

年　月　日具官臣姓某上表。

〔謝〕

臣某言：伏蒙聖恩云云者謝除授云「伏奉告命，授臣某官職者」。云云。臣某惶懼惶懼、頓首頓首，竊以云

云。此段或云「伏念臣云云，兹蓋恭遇」。皇帝陛下云云。臣云云。臣無任感天荷聖、激切屏營之至，謹奉表稱謝以聞。進謝恩詩云：「謹恪齋沐撰成謝恩詩，隨表上進以聞。」臣某惶懼惶懼、頓首頓首，謹言。

〔進書　進貢　陳請〕

臣某言：云云。臣某惶懼惶懼、頓首頓首。云云。進國史等云「恭以某宗皇帝」云云。餘用「竊以」云云。恭惟皇帝陛下云云。臣云云。臣無任瞻天望聖、激切屏營之至。陳請表云「臣某等無任祈天俟命」云云。所有某書若干卷册，謹隨表上進以聞。進詩云「恭和御製詩」之類。進貢云「某某物」云云。陳請表云：「謹奉表陳請以聞。」臣某惶懼惶懼、頓首頓首，謹言。代宰臣以下陳請表，如請御正殿之類，「中謝」後或云「竊以」云云，或云「恭惟皇帝陛下」云云。末云「伏望皇帝陛下」云云。

擬表之始

表，明也，標也，標著事序，使之明白。三王以前，謂之敷奏；秦改爲表；漢羣臣書四品，三曰表。不需頭上言「臣某言」，下言「誠惶誠恐、頓首頓首」。左方卜附曰「某官臣甲乙上」。陽嘉元年，左雄言：「孝廉先詣公府，文吏課牋奏。」又胡廣以孝廉試章奏。然則章奏試士，其始此歟？唐顯慶四年，進士試《關内父老迎駕表》。開元二十六年，西京試《擬孔融薦禰衡表》，則進士亦試表。

擬表之式

東萊先生曰：「表『中謝』後當説『竊以』，各隨題意。如《代樞密使謝賜玉帶表》云：『竊以裴度視師，服章武通天之賞；衛公戡難，拜文皇于闐之珍。』「視師」、「戡難」，俱見樞臣之意，非泛泛引用此。如《謝賜御書〈周易〉〈尚書〉表》云：『竊以法始四營，莫辨乎《易》；文兼五典，皆聚此《書》。』是也。或用事，或不用事，亦無定格。如《進實録寶訓表》，『中謝』後當説『恭以某宗皇帝』云云。頌德。不用「竊以」。羅疇老《代高麗修貢表》，全篇皆穩，其間一聯云：『地瀕日出，每輸傾藿之心；天闊露零，亦被蓼蕭之澤。』二事，人用之極熟；此聯稍變言語，遂爲佳句。大抵用事當如此，不然則泛濫雷同矣。其斷句云：『矢來肅慎，用昭遠慕之誠，弓掛扶桑，永荷誕敷之德。』亦好。」

「大抵表文以簡潔精緻爲先，用事不要深僻，造語不可尖新，鋪叙不要繁冗，此表之大綱也。」

誠齋楊公曰：「有用古人全語，而雅馴妥貼如己出者，介甫《賀册妃表》云：『《關雎》之求淑女，無險詖私謁之心；《鷄鳴》之思賢妃，有警戒相成之道。』」

「四六有作流麗語者，須典而不浮。汪彦章《賀神降萬歲山表》云：『怳若壺天，金成宮闕；浩如玉海，虹貫山川。』有作華潤語而重大者，最不多得。曾子固云：『鈎陳太微，星緯咸若；崑崙渤海，波濤不驚。』」

露布式

尚書兵部晉曰尚書五兵。隋唐方曰兵部。唐龍朔二年□中臺司戎，天寶十二載曰尚書武部，至德二載復舊。臣某言：臣聞云云。恭惟皇帝陛下云云。臣等云云。臣無任慶快激切屏營之至。唐露布云「不勝慶快之至」，或云「無任慶躍之至」。謹遣或云「謹差」。某官奉露布以聞。

擬露布之始

露布之名始於漢。按《光武紀》注：《漢制度》曰：「制詔三公，皆璽封，尚書令印重封，露布州郡。」《祭祀志》注引《東觀書》：「有司奏孝順，號露布。奏可。」又鮑昱詣尚書，封胡降檄，曰：「故事，通官文書，不著姓。又當司徒露布。」李雲「露布上書」，注謂：「不封也。」魏改元景初，詔曰：「司徒露布，咸使聞知。」蜀漢建興五年春伐魏，詔曰：「丞相某露布天下。」此皆非將帥獻捷所用。《通典》云：「後魏攻戰克捷，欲天下聞知，乃書帛建於漆竿上，名爲露布，自此始也。」彭城王勰曰：「露布者，布於四海，露之耳目。」王肅獲賊二三，皆爲露布。韓顯宗有「高曳長縑，虛張功捷」之譏。孝文稱傅修期下馬作露布。齊神武破芒山軍，爲露布。杜弼即書絹，不起草。唐制，下之通上，其制有六，三曰露布。兵部侍郎奉以奏聞，集羣官東朝堂，中書令宣布。隋開皇中撰《宣露布禮》。張昌齡爲崑丘道記室，《平龜

兹露布》，爲士所稱。于公異爲招討府掌書記，朱泚平，《露布》曰：「臣既肅清宮禁，祇奉寢園，鐘簴不移，廟貌如故。」德宗咨嘆焉。薛收爲露布，或馬上占辭。封常清於幕下潛作捷布。東晉未有露布。隆興初，以晉破苻堅命題，似有可疑。然《文章緣起》曰：「漢賈洪爲馬超伐曹操作。」而《魏志》注謂：「虞松從司馬宣王征遼東，及破賊，作露布。」《隋志》有「魏武帝《露布文》九卷」。《世説》云：「桓温北征，令袁宏倚馬前作露布，手不輟筆，俄成七紙。」則魏晉已有之，當考。《宋書》云：「楊文德建露板，馳告朝廷。」《文心雕龍》曰：「露布者，蓋露板不封，布諸視聽也。」宋朝王元之《擬李靖平突厥露布》，此擬題之始歟。

擬露布之式

東萊先生曰：「頭四句後，再用兩句散語，須便用兩事。如蠻夷，則用前代伐蠻夷之事；盜賊，則用前代伐僭亂之事。」

尚書兵部主帥名。臣某等言。臣聞說伐叛之意。恭惟尊號皇帝陛下頌德，更說四方向化，此賊獨拒命。某賊須極罵之，須說當時罪。臣某等說受成攻伐。某賊說當時拒賊次第。臣等說攻討次第，說擒賊得地。斯皆歸善之意。臣云云。末用一聯結。

西山先生曰：「露布貴奮發雄壯，少麤無害；不然，則與賀勝捷表無異矣。」

翟公巽作《擒賊露布》曰：「不以賊遺君父，已殄凶殘；凡克敵示子孫，毋忘勳伐。」

張燕公《平契丹露布》曰：「山川積雨，盡消胡騎之塵；草木長風，咸有王師之氣。」王元之《擬李靖露布》叙頡利求降，且復謀竄，曰：「穽中餓虎，暫爲掉尾之求；韝上饑鷹，終有背人之意。」

檄式

某年某月日，某官某告某處。或曰移某郡。蓋聞云云。末云：「檄到如章，書不盡意。」或云：「茲言不欺，其聽無惑！」或云：「茲言不爽，其聽無違！」「故爲檄委曲，檄到其善詳所處，如律令。」或云：「檄到宣告，咸使聞知。」司馬長卿《喻蜀檄》首云：「告巴蜀太守。」末云：「檄到，亟下縣道，使咸喻陛下意，無忽。」陳孔璋《爲袁紹檄豫州》首云：「左將軍領豫州刺史，郡國相守。」「蓋聞云云。司空曹操云云。幕府云云。廣宣恩信，班揚符賞，布告天下。云云。如律令。」《檄吳將校部曲文》首云：「年月朔日，守尚書令彧告江東諸將校部曲及孫權宗親中外。」「蓋聞云云。故令往募爵賞科條如左，檄到詳思至言，如詔律令。」鍾士季《檄蜀文》末云：「各其宣布，咸使聞知。」宋告司、兖二州。末云：「幸加三思，詳擇利害。」又尚書符征南府末云：「文書千里驛行。」

擬檄之始

檄，軍書也。祭公謀父所謂威責之令，文告之辭。東萊先生曰：「晉侯使呂相絶秦，檄書始

於此。」然春秋之世，鄭子家使執訊與書以告趙宣子，晉之邊吏責鄭王使，詹伯辭於晉，王子朝使告諸侯，皆未有檄之名。戰國時張儀爲檄告楚相，其名始見。魯仲連爲書約矢遺燕將。秦尉佗移檄。蒯通說范陽令曰：「傳檄而千里定。」韓信曰：「三秦可傳檄而定。」漢有羽檄，顔師古曰：「檄以木簡爲書，長尺二寸。有急加鳥羽示速也。」《急就篇注》：「檄以木爲之，長二尺。」《説文》亦云「二尺書」。李左車曰：「奉咫尺之書。」自相如之後，檄書見史策者不可勝紀。揚雄曰：「軍旅之際，飛書馳檄。」用枚皋謂其爲文敏速也。唐以前不用四六，周益公《擬漢河西大將軍諭隗囂》、倪正父《擬晉奮威將軍豫州刺史諭中原豪傑》皆用四六。然散文爲得體，如東萊《漢使喻莎車諸國》是也。《釋文》曰：「檄，激也。」《文心雕龍》曰：「檄，皦也。宣布於外，皦然明白。」

擬檄之式

劉勰《文心雕龍》曰：「祭公謀父稱『文告之辭』，即檄之本原，戰國始稱爲檄。凡檄之大體，或述此休明，或叙彼苛虐；指天時，審人事；算强弱，角權勢；標蓍龜於前代，垂鞶鑑於已然；譎詭以馳旨，煒曄以騰説。故植義颺辭，務在剛健。插羽以示迅，不可使辭緩；露板以宣衆，不可使義隱。必事昭而理辯，氣盛而辭斷。此其要也。」《册府元龜序》曰：「暴揚過惡，張皇威武，使忠義奮發而邪謀沮壞。諭去就之理，陳逆順之狀，俾之改圖易轍，轉禍爲福。誕告士民，使知不獲已而用兵，非無名而黷武。」

東萊先生曰：「檄書頭説『某官告某將士，蓋聞』説討叛招携之意。説一段云云。『惟爾某處將士』説爲賊拘脅而不能自歸，及畧説賊之罪。『幕府』説受命討賊甲兵之盛，叙當時形勢，賊將欲滅，須自歸意。『主上』説有過人大度之意，開其自新之路。末以『歸附則有厚賞，怙終則有顯戮，自擇禍福』結之。」末云：「凡所賞科，其如令甲。周益公《擬諭隗囂檄》云：「若吴芮效忠，世裂長沙之壤；田横亡命，身貽海島之羞。顧逆順之灼分，惟智愚之審擇。」西山先生曰：「檄、露布乃軍中文字。檄貴鋪陳利害，感動人心。」所業檄題欲出《唐大將軍河南招慰使傳州縣檄》，出題出《夏侯端傳》，乃高祖創業之初，非因兵興盗起，稍覺氣象佳；但所疑者一「慰」字耳。漢以前無檄，六朝以來，未有露布。編題之初，須要知此漢檄不須四六，如司馬相如《喻蜀檄》之類，漢無四六之文故也。晉檄亦用散文，如袁豹《伐蜀檄》之類。隋唐以來方用四六，如祖君彦、駱賓王檄，鄭畋移檄藩鎮。

柳子厚《伐黄賊牒》云：「徵側之勇冠一方，竟就伏波之戮；吕嘉之威行五嶺，終摧下瀨之師。嗟此陋微，自貽擒滅。」

李充曰：「檄不切厲，則敵心陵；言不誇壯，則軍容弱。」

箴式

序云云。箴辭用韻語。末云「敢告」云云。如揚雄《白官》、《九州箴》之類。箴、銘、贊、頌並逐句空字。

擬箴之始

箴者，諫誨之辭，若箴之療疾，故名箴。《盤庚》：「無伏小人之攸箴。」《庭燎》：「因以箴之。」召公曰：「師箴。」師曠曰：「工誦箴諫。」《文心雕龍》曰：「《夏》、《商》二箴，餘句頗存。」《夏箴》見於《周書·文傳篇》，《商箴》見於《呂氏春秋·名類篇》。又《謹聽篇》有《周箴》。周辛甲爲太史，命百官官箴王闕，虞人掌獵爲箴。漢揚雄擬其體，爲十二州二十五官箴，後之作者咸依倣焉。隋杜正藏舉秀才擬《匠人箴》，擬題肇於此。唐進士亦或試箴。顯慶四年試《貢士箴》，開元十四年《考功箴》，廣德二年《轅門箴》，建中三年《學官箴》。

周《虞人箴》：「芒芒禹迹，畫爲九州，經啓九道。民有寢廟，獸有茂草，各有攸處，德用不擾。在帝夷羿，冒於原獸，忘其國恤，而思其麀牡。武不可重，用不恢於夏家，獸人司原，敢告僕夫。」告僕夫，不敢斥尊。

擬箴之式

東萊先生曰：「凡作箴，須用『官箴王闕』之意，各以其官所掌而爲箴辭。如《司隸校尉箴》，當說司隸箴人君振紀綱，非謂使司隸振紀綱也。如《廷尉箴》，當說人君謹刑罰，非謂廷尉謹刑

罰也。」

箴尾須依《虞箴》「獸人司原，敢告僕夫」之類，止是隨題目改，如《上林清臺箴》則云：「史臣司天。」《宗正箴》則云：「宗臣司族。」《廷尉》云：「官臣司刑。」《司隸校尉》云：「官臣司直。」《太常》云：「禮臣司典。」其下句「敢告」，隨韻改之，大抵如「敢告贄御」、「敢告僕夫」之類是也。

西山先生曰：「箴、銘、贊、頌雖均韻語，然體各不同。箴乃規諷之文，貴乎有警戒切劘之意。《詩・庭燎》、《沔水》等篇，《左氏・虞人箴》，揚子雲《百官箴》，《古文苑》。張茂先《女史箴》，白居易《續虞人箴》，柳公綽《太醫箴》，王元之《端拱箴》，《文粹》中諸箴，時時反復熟誦，便知體式。」

箴者，下規上之辭，須有古人風諫之意，惟官名可以命題，所謂「百官箴王闕」，各因其職以諷諫，如出《周保章箴》，則當以敬天爲説，其他皆然。又有非官名而出箴者，若《宣室》、《上林清臺》之類。亦當引從規諷上立説。

東萊先生《考工令箴》：「監於太宗，罷露臺役，一言興邦，萬杵咸息；監於中宗，肅然齋居，器械技巧，圭黍莫誣。」就用漢事，可以爲式。

胡廣《百官箴叙》曰：「箴諫之興，所由尚矣。聖君求之於下，忠臣納之於上，故《虞書》曰：『予違汝弼，汝無面從退有後言。』墨子著書，稱《夏箴》之辭。」《文心雕龍》曰：「揚雄稽古，始範《虞箴》，卿尹州牧，二十五篇。及崔胡補綴，總稱《百官》。所謂追清風於前古，攀辛甲於後代。」

銘式

序云云。銘詩用韻語。諸墓銘式，已見前卷；此所紀宮室器用等，皆有銘文，例不可略也。如張孟陽《劍閣銘》，柳宗元《塗山銘》之類。

擬銘之始

銘始於黃帝，《漢藝文志》道家有《黃帝銘》六篇。應劭曰：「盤盂諸書，黃帝史孔甲所作銘也。」禹銘筍簴，湯銘於盤，銘者，名也，因其器名，書以爲戒也。武王聞丹書之言，爲銘十六。臧武仲曰：「夫銘，天子令德，諸侯言時計功，大夫稱伐。」《文心雕龍》曰：「夏鑄九鼎，周勒楛矢，令德之事也。呂望銘昆吾，仲山鏤庸器，計功之義也。魏顆景鍾，孔悝衛鼎，稱伐之類也。」蔡邕《銘論》曰：「德非此族，不在銘典。」《詩傳》曰：「作器能銘，可以爲大夫。」《考工記》：「嘉量有銘。」《文選序》曰：「銘則序事清潤。」陸倕《石闕》、《漏刻》二銘，皆有序。張載《劍閣銘》末云：「勒銘山阿，敢告梁、益。」則寓警戒之旨。隋杜正玄舉秀才，擬《燕然山劍閣銘》，杜正藏擬《弓銘》。唐崔渙還調吏部侍郎，嚴挺之施特榻，試《彝尊銘》，謂曰：「子清廟器，故以題相命。」建中三年，進士別頭試《欹器銘》，興元元年《朱干銘》，則以銘試士尚矣。

擬銘之式

《文心雕龍》曰：「箴貴確切，銘貴宏潤。事必覈以辨，文必簡而深。」朱文公曰：「武王諸銘有切題者，如《鑑銘》是也；亦有不可曉者。古人只是述戒懼之意，隨所在寫以自儆；今人爲銘，要就此物上説得親切，如湯《盤銘》之類。」

擬記之始

記者，記事之文也。西山先生曰：「《禹貢》、《武成》、《金縢》、《顧命》，記之屬似之。」《文選》止有奏記而無此體。《古文苑》載後漢樊毅《修西嶽廟記》，其末有銘，亦碑文之類。至唐始盛。獨孤及《風后八陣圖記》，後擬題做之。

擬記之式

凡作文字，先要知格律，次要立意，次要語贍。所謂格律，但熟考總類可也。所謂立意，如學記泛説尚文，是無意也；須就題立意，方爲親切。柳子厚《柳州學記》説「仲尼之道，與王化遠邇」，此兩句便見嶺外立學，不可移於中州學校也。所謂語贍，如韓退之《南海神廟文》「乾端坤

俔，軒豁呈露」一段，老蘇《兄涣字序説》「風水」一段是也。雖欲語贍而不可太長，謂事事言語。不可近俗，不可多用難字。熟看韓柳歐蘇，先見文字體式，然後徧考古人用意下句處。

又須作一册編體製轉换處，不拘古文與今文，大略編之。如《喜雨亭記》：「亭以雨名，志喜也。」柳《文宣王廟碑》「仲尼之道，與王化遠邇。」似此之類，此作記起頭體製也。歐公《真州發運園記》中間一節，此記中間鋪叙體製也。柳《萬石亭記》附零陵故事之類，此記末後體製也。

記序以簡重嚴整爲主，而忌堆疊窒塞；以清新華潤爲工，而忌浮靡纖麗。《文心雕龍》曰：「思贍者善敷，才覈者善删。善删者字去而意留，善敷者辭殊而義顯。字删而意缺則短，辭覈而言重則蕪。綜學在博，取事貴約。」

朱文公曰：「記文當考歐、曾遺法，科簡刮摩，使清明峻潔之中自有雍容俯仰之態。」又曰：「歐文敷腴温潤，南豐文峻潔，坡文雄健。」水心曰：「如歐公《吉州學》、《豐樂亭》，南豐《擬峴臺》、《道山亭》，荆公《信州興造》、《桂州修城記》。」

張文潛曰：「文人好奇者，或爲缺句斷章，使脉理不屬；又取古人訓詁希於見聞者，衣被而説合之，反覆咀嚼，卒亦無有。此最文之陋也。」石林曰：「今世文章，只是用换字減字法。」

張伯玉《吴郡六經閣記》云：「六經閣，諸子百家皆在焉；不書，尊經也。」

元祐中，新作御史臺，詔曾子開爲記，其略曰：「責人非難，責己爲難。云云。惟其不難於責己，則施於責人，能稱其任矣。苟異於是，得無餒於中哉！」世以爲名言。

贊式頌、説附後。

序云云。贊曰云云。

擬贊之始

贊者，贊美贊述之辭。《文選序》曰：「圖像則贊興。」《文章緣起》曰：「司馬相如作《荆軻贊》，班史以論爲贊，范曄更以韻語。」《隋志》曰：「後漢魯盧江有《名德先賢之贊》，蜀楊戲著《季漢輔臣贊》。漢明帝殿閣畫，陳思王爲贊。」夏侯湛《東方朔畫贊》序云云。「乃作頌焉，其辭曰」云云。袁宏《三國名臣序贊》序云云。「故復撰序所懷，以爲之贊」云云。先序後贊，與今體相類。唐建中二年進士，以箴、論、表、贊代詩賦，此試贊之始。《中興書目》云：顧雲《鳳策聯華》三卷，有《補十八學士寫真像贊》、《安西都護府重築碎葉城碑》，皆因舊事而作。

擬贊之式

西山先生曰：「贊頌皆韻語，體式類相似。贊者，贊美之辭；頌者，形容功德。然頌比於贊，尤貴贍麗宏肆。須鋪張揚厲，以典雅豐縟爲貴。昌黎《聖德詩》、徂徠《慶曆頌》，此正格也。其用事造語，

最忌塵俗。須讀熟《三百篇》，博觀司馬相如、揚雄諸賦，與夫《漢郊祀歌》、《文選》所載《二京》、《三都》、《七啓》、《七發》之類，及韓柳文韻語文字，則筆下自然豐腴矣。」

頌　式

序云云。頌曰云云。如韓愈《元和聖德詩》、柳宗元《平淮夷雅》之類。

擬頌之始

《詩》有六義，六曰頌。《莊子》曰：「黄帝張《咸池》之樂，有焱氏爲頌。」《文心雕龍》曰：「帝嚳之世，咸墨爲頌，以歌《九韶》。商、周及魯皆有頌，所以游揚德業，褒讚成功。」隋杜正玄舉秀才，擬《聖主得賢臣頌》，唐開元十一年進士試《黄龍頌》，十五年試《積翠宫甘露頌》，宋朝淳化三年，楊億於學士院試《舒州進甘露頌》，遂賜及第，則試頌尚矣。《宋書》曰：「鮑照爲《河清頌》，其序甚工。」頌詩有序，亦不可略也。有終篇同韻者，如《元和聖德詩》；有四句换韻者，如《平淮西碑》。箴、銘、贊倣此。

擬頌之式

《文心雕龍》曰：「擬《清廟》，範《駉》、《那》。崔瑗《文學》，蔡邕《樊渠》，並致美於序，而簡約

乎篇。」「取鎔經意，自鑄偉辭。」又曰：「賈誼、枚乘，兩句輒易；劉歆、桓譚，百句不遷：亦各有其志也。昔魏武論詩，嫌於積韵，而善於貿代。陸雲亦稱『四句轉韵，以四句爲佳』。」《金樓子》曰：「班固碩學，尚云贊頌相似。」

序式

末云。「故其贈行不以頌而以規。」「作送某序。」「公於是作歌詩以美之，命屬官咸作之，命某序之。於是登第而歸，將榮於其鄉也，能無説乎？」「慶復人之將蒙其休澤也，於是乎言。」「工乎詩者歌以係之。」「於其別申以問之。」「於其行，姑與之飲酒。」「於其行，姑以是贈之。」「故有以贈童子。」「書以爲荆潭唱和詩序。」「酒壺既傾，序以識別。」「於是相屬爲詩，以道其行云。」「於是咸賦詩以贈之。」「重生之還者，皆爲詩；某最故，故又爲序云。」「遂各爲歌詩六韻退，某爲之序云。」「皆相勉爲詩以推大之，而屬余爲序。」「俾余題其首。」（以上韓退之。）「遂述其制作之所詣，以繫於後。」「於其序也，載之其末云。」「某直而甚文，樂君之道，作詩以言。余猶某也，故於是乎序焉。」「故爲詩以重其去，而使余爲序。」「故詩而序云。」「其道美矣，故余繼之以辭。」「遂繫之而重以序。」「於其往也，故賞以酒肉而重之以辭。」「行哉！行哉！言止是而已。」「獻之酒，賦之詩而歌之，坐者從而和之，既和而序之。」「於是編其餞詩若干篇，紀於末簡，以貺行李，遂抗手而別。」「以吾子見私於僕而又重其去，故竊言而書之，而密授焉。」「於將行而問以言，敢以變君之志。」「余用是得不繫其説以告於他好事者。」「故爲之言。」「於其辭而去也，則書以畀之。故於其去，不可以不告也。」（柳子厚）

擬序之始

序者，序典籍之所以作也。《文選》始於《詩序》，而《書序》、《左傳序》次之。

擬序之式

東萊先生曰：「作記序若要起頭省力，且就題説起。」謂如《太宗金鑑書序》，則便説太宗皇帝，云云。説鑑治亂賢不肖之意。如《花萼相輝樓記》，則便説唐玄宗明皇帝，云云。説兄弟友悌之意。不可泛説功德，須便入題意。

書目有異同者，如南豐《戰國策目録序》末云：「此書有高誘注者二十一篇，或云三十二篇。《崇文總目》存者八篇，今存者十篇云。」

卷數有序於首者，如《唐開元禮序》云「明皇帝之十四年云云，爲《開元禮》一百五十卷」是也。有序於末者，如《唐大衍曆序》云「其書有《曆衍》七篇，《曆議》十篇，《略例》一篇云」是也。

夫序，由《詩》、《書》、《左傳》有序，故説者謂序典籍之所以作。大抵序以善序事理爲上，如後世贈送燕集等作，隨事以序其實，觀古人制作，其體式可概見矣。

諸跋

跋者，隨題以贊語於後者也。或前有序引。當掇其有關大體者，立論以表章之。須要明白簡嚴，不可墮人窠臼。古人跋語不多見，至宋始盛。觀歐、蘇、曾、王諸作，則可知矣。

郝伯常先生編類金石八例

世系　名字　始起
建功立事　年壽　薨卒
殯葬　銘辭

蒼崖先生十五例

入作造端　名字族姓　鄉貫
世次先德　文學藝能　仕進歷官
政迹功德　享年卒葬　生娶嫁女
總述行迹　作碑誌　銘辭

孤弱　　祠廟原始　　立廟祠祭

右先生《金石例》，皆取韓文，類緝以爲例。大略與徐秋山《括例》相去不遠。若再備録，似爲重複，故止記其目於此云。

金石例卷之十

史院纂修凡例凡二十七條

聖旨詔制

凡已經翰林院潤飾者，並全書。其有直言直語者，只先作隨所見聞，叙其事情條格。末却書云：「是日詔諭中外。」

元正朝賀

如御正殿，則書：「上御正殿，受諸王百官朝賀。」或改日，或免賀正日，必書其故。或在行，則書：「上駐蹕某所，扈從臣僚便賀於行宮。」

外國來賀

於賀下連書：「以次引見諸國使人，如常儀。」若止是一國，則曰：「某國遣其某官臣某來賀。」其有朝辭日分，隨日月書。

車駕飛放

書：「某日上畋於近郊。」至每日移駐蹕之地亦書。及還宫，則書：「上還宫。」

車駕行幸

某日車駕幸上都，每日駐蹕，隨事有可書者則書之，至上都則書。及還大都，則書：「車駕還大都。」駐蹕亦隨事見，至大都，則書：「上還宫。」若事蹟中不見，則不書。

嶽瀆降香

某日遣使持香祠五嶽、四瀆、后土，如衡山始入版圖，東海、南海始遣使，皆書「至嶽、瀆、海」。加封，則先書加五嶽、四瀆、四海封號，某神加某號，詳書之。畢却書：「分遣使臣奉制辭、香幣祠

於廟所。」如西海、北海附祭，亦合書於初年，後不復書；或專遣一使偏行則特書。

聖節朝賀

今書「聖誕節，某日受朝賀」，則同元日書。

諸王稱號

親王除有封爵者書其爵，諸王並稱親王。其有昭穆可考者，雖無封爵，直書某昭穆小名。

皇屬除拜

皇屬前有内職者，書「立某封某氏爲皇后」；自外選内者，書「納皇后某氏」。太子書「立某王爲皇太子」。公主出嫁，並稱「下嫁」。

内庭宴集

爲某王某國來朝設宴則書，餘則否。

大會諸王

緣故有所考則書。

神祇祭享

本朝無郊社，如灑馬乳之類，事迹中可見則書。社新立，則書「始建社稷於國西」。宗廟每歲一享，則書「享於太廟」。攝獻官，隨所見書。如燒飯等，亦隨所見書。僧道祈禳，隨事蹟擇其大者書之。

百官拜罷

左右丞相則書「拜」，平章則云「以某官平章政事」，左右丞則云「以某人爲某官」，參政則云「以某官參知政事」。罷則書「罷」。因功罪則各書其下。貶降、竄籍、誅殺皆書。

百官除目

三品以上則書。其間有因事得官，或特旨與官者，不當以品數論，當悉書之。

蒙古言語

有合書者，則云：「爲國朝語。」

誅殺罪人

前代殺當其罪者，書「某人伏誅」。其不當者，書「殺某人」。其大辟，則歲終書是歲斷死刑幾人，或有奏讞出入者，則附書其下。

錫賚犒勞

當書緣故。前代多是銀絹、錢帛，今多有細色緞子之類，隨事實書。又銀與鈔，例合以兩及貫計，不須計定數。其餘賜，當從其實。

甲子日分

前史並書甲子，不書日分。近所草定，兼日分，姑欲易見耳。今各精考甲子，悉删去日分。

天地災異

京師所見，則皆書；偏方或見有成災者，則皆書。餘則否。

奏除臣僚

内有奏而不允者，必書其故。無故者否。

奏對陳言

臣下言事有關於大體者，雖不准亦書。

陞加散官

初授散官，各官合與備書其後。隨職例陞者不書。或隨職降者，則書「不遷職」。止陞散官者，則書「加某官」。

征伐收撫

如平定諸國，初則書「命某人率師伐某」，其後次第悉書；至入國都，則書「某國平」，下併書已行事實。或有反叛，則書「何地某人反，命某人率師討之」，其後次第悉書；至賊破敗畢，則書「賊平」。上親征者亦然。

外國君長

外國不相屬時，則書「某國主某殂」，立則書「某國主某立」。自朝廷立之者，則書「某國王某卒」，「立某人爲某國王」。未封王者，書「世子」。

營造工作

宮殿皆書，寺觀亦書。器物關朝廷用度者則書，餘則否。

臣下奏事

凡中書省官同奏，則稱「中書省官奏」，臺院亦同。如一二人奏，則直指其人。或其他有司令

省中奏，則稱「中書省轉奏某人言某事」。或左右近人奏，亦直書某人奏某事。其後得旨可之，則稱「從之」。有一日奏數事，則類事於後，稱「並從之」；否則書「不允」。有旨，並載於下。啓皇太子，稱「令旨准」，否則稱「令旨不從」。

臣僚薨卒

宰相重臣書「薨」，餘俱書「卒」。

先文僖公所著《金石例》十卷，制度文辭，必稽諸古，所以模範後學者也。每見手澤，不忍釋去。與其私於一家，孰若公於天下、傳之子孫？孰若法之人人、使咸知先公之心去浮靡以還淳古？顧不躖與謹刻之梓，嘉與士大夫共之。至正五年春三月望，濟南潘詡敬書於卷末。

此書元刻於濟南文僖之子，刊定重刻於鄱陽王思明，校正三刻於龍宗武摹泰和楊寅弼抄本。此從鄱陽本録出，故有思明叙。

作義要訣

〔元〕倪士毅 撰

《作義要訣》一卷

元　倪士毅　撰

倪士毅，字仲弘，歙縣（今屬安徽）人。師從陳櫟（字壽翁，號定宇）。隱居祁門山，潛心講學，學者稱爲道川先生。有《重訂四書輯釋》等。

宋熙寧時更科舉之法，罷詩賦而改以經義論策試士。元時取士，經義亦爲必試科目。此書即爲舉業者應對此科而編撰。倪氏參酌曹涇（宏齋）等説，分列「論冒題」、「原題」、「講題」、「結題」四則，逐次指明寫作要領，以供初學者揣摩模擬，熟習程式，實明清時八股之濫觴。所論未及文章之根本，但某些見解，如措辭「長而轉换新意，不害其爲長；短而曲折意盡，不害其爲短」。又云：「務高則多涉乎僻，欲新則類入於怪。晦則讀之使人厭，淺則讀之使人輕。下字惡夫俗，而造作太過，則語澀；立意惡夫同，而搜索太甚，則理背」等，不爲無益，亦見時文與古文之法自有相通之處。其「總論」提醒初學者對其所論，應「即類推之，以心體之，自求其意於外，而得胸中之活法，乃有實工夫耳」。并非拘於程式，可謂導示有方。

有《四庫全書》本、《十萬卷樓叢書》本、《叢書集成》本。亦有附刻於元陳悦道《書義斷法》之後者。今據《十萬卷樓叢書》本録入。

（王宜瑗）

倪士毅作義要訣自序

按宋初因唐制，取士試詩賦。省題詩及八韻律賦。至神宗朝，王安石爲相，熙寧四年辛亥議更科舉法，罷詩賦，以經義論策試士，各專治《詩》、《書》、《易》、《周禮》、《禮記》一經，此經義之始也。宋之盛時，如張公才叔自靖義，正今日作經義者所當以爲標準。至宋季，則其篇甚長，有定格律。首有破題，破題之下有接題，接題第一接或二三句，或四句。卜反接，亦有正説而不反説者。有小講，小講後有引入題語，有小講上段，上段畢，有過段語，然後有下段。有繳結，以上謂之冒子。然後入官題，官題之下有原題，原題有起語，應語，結語，然後有正段，或又有反段，次有結繳。有大講，有上段，有過段，有下段。有餘意，亦曰從講。有原經，有結尾。篇篇按此次序，其文多拘於捉對，大抵冗長繁複可厭，宜今日又變更之。今之經義，不拘格律，然亦當分冒題、原題、講題、結題四段。愚往年見宏齋曹公《宋季書義説》，嘗取其可用於今日者摘録之。兹又見南窗謝氏、臨川章氏及諸家之説，遂重加編輯，條具於左，以便初學云。

作義要訣

元　倪士毅　撰

宏齋曹氏涇曰：「作文各自有體，或簡或詳，或雄健或穩妥，不可以一律論，蓋文氣隨人資禀，清濁厚薄，所賦不同，則文辭隨之。然未有無法度而可以言文者。法度者何？有開必有合，有喚必有應；首尾當照應，抑揚當相發；血脉宜串，精神宜壯。如人一身，自首至足，缺一不可，則是一篇之中，逐段逐節，逐句逐字，皆不可以不密也。」

又曰：「文字大槩以純者爲合格，健者爲有氣。合格者中程度，有氣者起人眼目。然今人作文，於二者皆易有病。蓋似純者無氣燄，則率略委靡，又不足以起人眼目；似健者多草野，則夾雜怪僻，又不可以合有司程度。如愚所見，當於規矩之中，用老蒼之體，庶幾合格則不爲有司所擯，出奇則又非低手可及。必識此意，乃可進步。」

又論立説大要曰：「主張題目，第一要識得道理透徹，第二要識得經文本旨分曉，第三要識得古今治亂安危之大體，然後一見題目，胸中便有稱量。然又須多看他人立意，及自知歷練，則胸中自然開廣。又不要雷同，須將文公《四書》子細玩味，及伊洛議論大槩皆要得知，則不但區處

性理題目有斷制，凡是題目皆識輕重，皆區處得理到。若所謂經旨者，亦試言其槩。唐虞題目，須要識得他氣象渾厚處；湯武征伐，須要見他不得已處；商盤周誥，須要見忠厚處。如大禹治水之行所，無事太甲之悔過，伊尹《一德》之告歸，盤庚遷亳之爲民，高宗之有志中興，《洛誥》之倚重周公，及周公切切告歸之意，《君奭》之挽留，與人《無逸》之本旨，及化商一切事體，皆大勢所重也，則就這上立意得切者最好。自此之外，亦難盡言。或題目散、頭緒多，我須與他提一箇大頭腦，如王會龍省試義提『道』字串是也。其題目云：「道積於厥躬，惟斅學半，念終始典於學，厥德修罔覺。監於先王成憲，其永無愆。惟說式克欽承，旁招俊乂。」王會龍義起語云：「人君道與心爲一，既欲參古人之善而無愧；大臣心與君爲一，尤欲取天下之善而無遺。蓋道無終窮，不在吾身，則在古人；不在古人，則在天下。君不自聖而益求乎古，臣不恃君之聖而益求乎賢。此所以能致其君之備道也歟！」或捉題字，做綱目，亦如王會龍之提『道』字是也。或用經句最切者，如周明之『百志惟熙』題，以『勿忘勿助』爲主是也。明之義，愚未之見。如林逢龍太學發解義，以有德必有言爲主，亦是也。其題目云：「德無常師，主善爲師；善無常主，協於克一。俾萬姓咸曰：『大哉王言！』」逢龍接題云：「有德者必有言，惟德之會於吾君者，既極其精微；則言之散於天下者，皆稱其廣大。有如德之所在，苟擇焉而不精，則言之所發，必語焉而不詳矣。何以爲大公至正之論，而息夫人之異論也哉？此伊尹之告太甲，蓋欲其以德之一爲言之大也。」餘皆不可以盡言。但要緊者，一題須要截得住，須提得緊要處重，其細碎處放輕不妨，有道理，合經旨，又不雷同，又教人一見便曉，如此便是主張。大槩以此立意，以此用工，自當有所見也。」

或曰：「行文關鍵多則響，常讀熟做熟，則行文自熟。凡做商周題用唐虞事則精神壯觀，做唐虞題用商周事則不甚好。大凡義不必長，亦不必短，在措辭如何耳。長而轉換新意，不害其爲長；短而曲折意盡，不害其爲短。務高則多涉乎僻，欲新則類入於怪。晦則讀之使人厭，淺則讀之使人輕。下字惡夫俗，而造作太過，則語澁；立意惡夫同，而搜索太甚，則理背。皆學者所當知也。又凡做君題國家題，反處不可太甚，只須輕輕説過。」

存庵胡氏初翁曰：「聞之前輩，凡做唐虞題目，不尚反，蓋彼時無此等不好氣象也。」

論冒題

或曰：「破題爲一篇綱領，至不可苟。句法以體面爲貴，包括欲其盡。題句多則融化，不見其不足；題字少則敷演，不見其有餘。命意渾涵而不失於迂，用字親切而不病於俗。斯得之矣。接題所以承接破題之意，一篇主意要盡見於二三句中，尤不可不用工也。」

或曰：「冒頭如人頭面，著不得十分多肉。肉多則嫌有肥氣，不雅觀也。」

原題

宏齋曹氏曰：「原題之體，其文當圓，其體當似論。前輩考校，多於題下看人筆端，須是見識

高，看文字多，方於此有議論。慷慨之體，中間最不要露圭角，又不要作成段對文，只要參差呼喚，圓轉可觀。大抵是喚起之後，便應一應，結一結，然後正一段，反一段，又總繳結，此爲正體。其反説者不必多，比正段宜減大半。又或有於正段後復作一段，或是引事，或是譬喻，如此議論，竟不必作反段亦可也。」

講題

愚按舊義，必有餘意及考經。亦曰原經。今日固不拘此，然遇可用處，亦宜用之，但不必拘泥耳。宏齋論「餘意」「原經」二條，摘録於後，變而通之，存乎其人。若用，亦只數句點綴足矣，不可失之太多也。

宏齋曹氏曰：「所謂餘意，乃是本題主意外尚有未盡之意，則於此發之。須是意新，又不背主意，仍於主意有情，乃可。這箇有數樣。本意所輕者，於此却微與提起；本題頭緒多者，此處與貫而一之；本意作兩併不相關者，此處與發明之；本意有自本至效者，此又翻轉來言之。若只是本題意，又來説作一片，全無些斡運，則徒勞耳。」又曰：「當初所以有原經者，須是説這箇題目其來歷次第如何，或是誰人做底事，他這事是如何，或是誰人説底話，他這話是如何，要推尋來因究竟，下梢結煞，方謂之原經也。第一要認他先後次序，倫理分曉，及提得箇血脉端正，然後擺

布做來。且如大槩稱頌事實之題，當旁引事實來證主意，分輕重呼喚，方引入本題，更自與他照應議論，然後結之。此格甚平正，初無難也。若是告戒題，須要認他先後次序，如《太甲》上中下三篇，及《一德》之書，《盤庚》上中下三篇，周家《大誥》東征、《召誥》營洛、《多士》遷商民，這箇先後之次截然，最要鋪擺仔細。又不但篇目次第，只一段中亦要分次第，不可截斷。如本題係是在前，則起頭宜作議論一喚，喚動即就題目說來，便就此解他正意，這回方邐迤運轉去，尋後面事使去，云『不特此爾』，後面又作如此說下，稍又是如何，却於本題後引來，擁從而結之，此一體也。如本題係是在後，則當起頭逐一原去，其初是如何，中間又如何，乃引入本題，却作一小片議論而結之，又一體也。引事不在多，只要精切，或得一句最切，只就此一句。發明全靠善於斡運耳。凡引事寧可真而少，不可多而雜，最要識此意。要知大概起頭多是引證，中間便當喚出出處，然後便當解意分曉結之。此又大概原經之法也。」

結題

宏齋曹氏曰：「結尾亦要識體格，不但用事證題而已。若本題係有大節目事體，則宜就此究竟到實結裹處結之，此爲議論到底，是一格也。本題用經句主張有來歷者，宜於結尾喚起出處，狀得分曉，此有根據、有首尾文字，是一格也。此外又有定格。說唐虞治體，宜以成王對之；說

盤庚遷亳事，宜以周家化商事證之；皇極之説，宜以聖門事證之。二《典》三《謨》亦然，湯、武征伐宜相照證，周、召告歸可互參考，三后化商皆要相串。最宜識此意，其他方可泛引事證耳。又或本題中實有議論未盡，而道理實有當發揮者，又當作一段議論，不必用事亦可也。引事之體，既引狀本題後，又須更唤一唤，以己意慷慨議論斷制主意，教他響朗，然後結之。此可以見人筆力，宜耐心加工也。」

總論

以上亦據所見略言之耳，其詳不可盡也。在乎即類推之，以心體之，自求其意於外，而得胸中之活法，乃有實工夫耳。要是下筆之時，説得首尾照應，串得針線細密，步步思量主意，句句挑得明緊，教他讀去順溜。又大概文字全在呼唤，有時數句全在數箇字挑剔得好，須是十倍精神。自此之外，又有一項法度，一篇之中，凡有改段接頭處，當教他轉得全不費力，而又有新體，此雖小節，亦看人手段。如陳懋欽省試「會其有極義」，自接題、小講及原題、講段、原經、結尾，一切轉頭處，並不用尋常套子如「嘗謂」、「今夫」之類，舊義多用「嘗謂」二字作原題起語，「今夫」二字作大講起語。蓋只教他人不見痕跡，而又自轉换。最妙者，江萬里「易義」之體，分明是於此處出奇，亦法之可法者也。然亦不甚緊要，因筆漫及之。

東坡文談録

〔元〕陳秀明　撰

《東坡文談録》一卷

元　陳秀明　撰

陳秀明（《四庫提要》作秀民），字庶子，四明（今浙江寧波）人。初官武岡城步巡檢，擢知常熟州。後爲張士誠參軍，歷浙江行中書省參知政事、翰林學士。除編《東坡文談録》外，尚有《東坡詩話録》三卷行世。

此書雜採諸家評論蘇軾文章之語，兼及遺聞逸事，大抵爲人所習見。亦有蘇軾自評其文之資料。隨意採輯，體例不純，且未能每條皆注出處。但作爲蘇文彙評專書，尚屬首創。所引書目，惟《燕石齋補》一書，世罕傳本。

本書有《學海類編》本、《叢書集成》本。今據《學海類編》本録入。

（王宜瑗）

東坡文談録

元　陳秀明　撰

「坡公作《温公神道碑》，叙事略，然其平生大致，不逾於是矣，這見得眼目高處。」道夫曰：「其作富公碑甚詳。」曰：「温公是他已爲行狀，若富公則異於是矣。」又曰：「富公在朝，不甚喜坡公。其子弟求此文，恐未必得，而坡鋭然許之。自今觀之，蓋坡公欲得此爲一題目，以發明己意耳。其首論富公使虜事，豈然哉！」道夫曰：「向見文字中有云，富公在青州活饑民，自以爲勝作中書令二十四考，而使虜之功，蓋不道也。坡公之文，非公意也。」曰：「須要知富公不喜，而坡公樂道而鋪張之意如何。」曰：「意者，富公嫌夫中國衰弱而夷狄盛强，其爲此舉，實爲下策。而坡公則欲救當時之弊，故首以爲言也。」先生良久乃曰：「富公之策，自(己甚)〔知其〕下，但當時無人承當，故不得已而爲之耳，非其志也。使其道得行，如所謂選擇監司等事，一一舉行，則内治既强，夷狄自服，有不待於此矣。今乃增幣通和，非正甚矣。坡公因紹聖、元豐間用得兵來狼狽，故假此説，以發明其議耳。」《朱子語録》

又云：「『盈虚者如代』，『代』字多誤作『彼』字；而『吾與子之所共食』，『食』字多誤作『樂』

字。嘗見東坡手寫本，皆作『代』字、『食』字。頃年蘇季真刻《東坡文集》，嘗見問『食』字之義，答之云：如食邑之食，猶言享也。按《書》言『食邑其中』、『食其邑』是這樣『食』字。今浙間陂塘之民謂之食利民户，亦此意也。」又云：「碑本《後赤壁賦》『夢二道士』，『二』字當作『一』字，疑筆誤也。」

論東坡之學曰：「當時游其門者，雖極力苦心，得學他文詞言語，濟得甚事！如見識論，自是遠不及。今《東坡經解》雖不甚純，然好處亦自多，其議論亦有長處，但他只從尾梢處學，所以只能如此。」

退之《與大顛書》，歐公云：「實退之語。」東坡却罵，以爲退之家奴隸亦不肯如此説，但是陋儒爲之，復假托歐公語以自蓋。然觀《集古録》，歐公自有一跋，説此書甚詳。東坡應是未見《集古録》耳，看得來只是錯字多。歐公是見他好處，其中一兩段不可曉底都略過了；東坡是只將他不好處來説。義剛

問：「坡文不可以道理並全篇看，但當看其大者？」曰：「東坡文説得透，南豐亦説得透，以人會相論底一齊指摘説盡了。歐公不盡説，含蓄無盡，意又好。」因謂：「張定夫言南豐秘閣諸序好。」曰：「那文字正是好。《峻靈王廟碑》無見識，《伏波廟碑》亦無意思。伏波當時蹤跡在廣西，不在彼中。記中全無發明。」揚曰：「不可以道理看他；然二碑筆健。」曰：「然。」又問：「《潛直

閣銘》好？」曰：「這般閒戲文字便好，雅正底文字便不好。如《韓文公廟碑》之類，初看甚好，讀子細點檢，疏漏甚多。」又曰：「東坡令其姪學渠兄弟早年應舉時文字。」揚

劉子玄辨《文選》所載李陵《與蘇武書》，非西漢文，蓋齊梁間文士擬作者也。予因以悟陵與武贈答五言，亦後人所擬。今讀《烈女傳》蔡琰二詩，其明白感概，頗類世所傳《木蘭詩》，東京無此格也。建安七子猶含養圭角，不盡發見，況伯喈未遇禍？今此詩云爲董卓所驅虜入胡，尤知其非真也。蓋擬作者疏略，而范曄尤荒疏，遂載之本傳，可以一笑也。

韓蘇兩公，爲文章用譬喻處，重複聯貫，至七八轉者。韓公《送石洪序》云：「論人高下，事後當成敗，若河決下流東注；若駟馬駕輕車就熟路，而王良造父爲之先後也；若燭照數計而龜卜也。」《盛山詩序》云：「儒者之於患難也，其拒而不受於懷也，若築河堤以障屋霤；其容而消之也，水之於海，冰之於夏日；其玩而忘之以文辭也，若奏金石以破蟋蟀之鳴、蟲飛之聲。」蘇公《百步洪詩》云：「長虹斗落生跳波，輕舟南下如投梭，水師絶叫梟雁起，亂石一線争蹉磨，有如走兔鷹隼落，駿馬下涇千丈坡，斷絃離柱箭脱手，飛電過隙珠翻荷」之類是也。

東坡先生作文，引用史傳，必詳述本末，有至白餘字者，蓋欲使讀者一覽而得之，不待復尋繹書策也。如《勤上人詩序》引翟公罷廷尉、賓客反覆事，《晁君成詩集序》引李郃漢中以星知二使者事，《上富丞相詩》引左史倚相美衛武公事，《答李琮書》引李固論發兵討交阯事，《與宋鄂州書》

引王濬活巴人生子事，《蓋公堂記》引曹參治齊事，《滕縣公堂記》引徐公事，《温公碑》引慕容紹宗、李勣事，《密州通判題名記》引羊叔子、鄒湛事，《荔枝嘆詩》引唐羌言荔枝事也。

東坡《祭張文定文》云：「軾於天下未嘗銘墓，獨銘五人，皆盛德故。」以文集考之，凡七篇。若富韓公、司馬温公、趙清獻公、范蜀公并張公，坡所自作；此外趙康靖、滕元發二誌，乃代張公者，故不列於五人之數。《眉州小集》有元祐中奏稿，云：「臣近准敕，差撰《故同知樞密院事趙公神道碑》并書者。臣平生本不爲人撰行狀埋銘墓碑，士大夫所共知。只因近日撰司馬光行狀，蓋爲光曾爲臣亡母程氏撰埋銘；又爲范鎮撰墓誌，蓋爲鎮與先臣某平生交契至深，不可不撰。及奉詔撰司馬光、富弼等墓碑，不可固辭。然終非本志，况臣老病廢學，文詞鄙陋，不稱人子所欲顯揚其親之意。伏望聖慈别擇能者，特許辭免。」觀此一奏，可印公心，而杭本《奏議》十五卷中不載。

歐陽公《醉翁亭記》、東坡公《酒經》皆以「也」字爲絶句。歐陽二十一「也」字，坡用十六「也」字；歐記人人能讀，至於《酒經》，知之者蓋無幾。東坡嘗云：「歐陽作此記，其詞玩易，蓋戲云耳，不自以爲奇特也。而妄庸者作歐語云：『平生爲此文最得意。』又云：『吾不能爲退之《畫記》，退之不能爲吾《醉翁亭記》。』此又大妄。」坡《酒經》，每一「也」字上必押韻，暗寓於賦，而讀之者，不覺其激昂淵妙，殊非世間筆墨所能形容。今盡載於此，以示後生輩。其詞云：「南方之氓，

以糯與秔（離）〔雜〕以卉藥而爲餅，嗅之香，嚼之辣，揣之枵然而輕，此餅之良者也。吾始取麵而起肥之，和之以薑液，蒸之使十裂，繩穿而風戾之，愈久而益悍，此麵之精者也。米五蚪以爲率，而五分之，爲三蚪者一，爲五升者四，三蚪者以釀，五升者以投，三投而止，尚有五升之羸也。始釀以四兩之餅，而每投以二兩之麪，皆澤以少水，〔取〕足以散解而匀停也。釀者必甕按而井泓之，三日而井溢，此吾酒之萌也。酒之始萌也，甚烈而微苦，蓋三投而後平也。凡餅烈而麪和，投者必屢嘗而增損之，以舌爲權衡也。既溢之，三日乃投，九日三投，通十有五日而後定也。既定乃注以蚪水，凡水必熟而冷者也。凡釀與投，必寒之而後下，此炎州之令也。既水五日乃篘，得二蚪有半，此吾酒之正也。先篘，半日，取所謂羸者爲粥，米一而水三之，揉以餅麪，凡四兩，二物并也。投之糟中，熟撋而再釀之五日，壓得蚪有半，此吾酒之少勁者也。勁正合爲四蚪，又五日而飲，則和而力，嚴而不猛也。篘絶不旋踵而粥投之，少留則糟枯中風而酒病也。釀（酒）久者，酒淳而豐，速者反是，故吾酒三十日而成也。」此文如太牢八珍，咀嚼不嫌於致力，則真味愈雋永，然未易爲俊快者言也。

東坡在翰林作《擒鬼章》，奉告永裕陵。祝文云：「大獮獲禽，必有指蹤之，自豐年多稟，孰知耘耔之勞？昔漢武命將出師，而呼韓來庭，效於甘露；憲宗厲精講武，而河湟恢復，見於大中。」其意蓋以神宗有平喻氏之志，至於元祐，乃克有成，故告陵歸功，謂武帝憲宗亦經營於初，而績效

在於二宣之世。其用事精切如此。今蘇氏眉山功德寺所刻二本，及季真給事在臨安所刻，并江州本麻沙書坊大全集，皆只是「耘耔」句下，便接「憬彼西戎，古稱右臂」，正是好處却芟去，豈不可惜？惟成都石本法帖真蹟獨得其全。坡集奏議中，《登州上殿三劄》皆非是。司馬季思知泉州，刻温公集，有《中丞日彈王安石章》，尤可笑。温公以治平四年解中丞還翰林，而此章乃熙寧三年者。二集皆出本家子孫，而爲妄人所悮，季真、季思不能察耳。坡内制有《温公安葬祭文》，云：「元豐之末，天步惟艱；社稷之衛，中外所屬。惟是一老，屏余一人。名高當世，行滿天下。措國於太山之安，下令於流水之源。歲月未周，紀綱略定。天若相之，人復奪之。殄瘁之哀，古今所共。知之者神考，用之者聖母。馴致其道，太平可期。長爲宗臣，以表後世。往奠其葬，庶知余懷。」而石本頗不同，其詞云：「元豐之末，天步惟艱，社稷之衛，存者有幾，惟是一老，屏余一人。措國於太山之安，下令於流水之原。歲未及期，綱紀略定。道之將行，非天而誰。天既予之，又復奪之。惟聖與賢，莫如天何！然其所立，天亦不能忘也。知之者神考，用之者聖母。馴致其道，終於太平。永爲宗臣，與國無極。於其葬也，告諸其柩。」今莫能考其所以異也。俱出《容齋隨筆》

王介甫一夕以「動静」二字問諸門生，諸生作答，皆數百言，公不然之。時東坡維舟秦淮，公曰：「俟明日蘇軾來問之。」既至，果詰問之，東坡應聲曰：「精出爲動，神守爲静，動静即精神也。」公擊節稱嘆。吴坰

世言太山府君海龍王之類，鄙俗不可入文字。東坡作《明州僧寺御書樓銘》，有「咨爾東南，山君海王，時節來朝，以謹其藏」。豈惟融化語奇，亦見百神受職，意甚高也。曾三異

李端叔評東坡文云：「長江秋霽，千里一道，滔滔滚滚，到海無盡。其如風雷雨雹之驟作，崩騰洶涌之掀擊，暫行忽止，出入先後。聳日時之壯觀，極天地之變化。」

米芾《與李端叔》云：「老夫嬾作文，但傳得東坡嶺外文，時一微吟，清風颯然，顧同味者難得耳。」

東坡《送人序》云：「士之不能自成，其於患在俗學。俗學之患，枉人之材，空人之耳，自誦其師傳造之語，從容之文，才數萬言，其爲士之業盡此矣。夫學以明理，文以述志，思以通其學，氣以達其文。古之人，道其聰明，廣其聞見，所以學也；正志完氣，所以言也。」

東坡曰：「意盡而言止者，天下之至言也；然而言止而意不盡，尤爲極致。如《禮記》、《左傳》可見。」

東坡在儋耳時，余三從兄諱延之，自江陰擔簦萬里，絶海往見，留一月。坡嘗誨以作文之法，曰：「儋州雖數百家之聚，州人之所須，取之市而足；然不可徒得也，必有一物以攝之。所謂一物者，錢是也。作文亦然。天下之事，散在經傳子史中，不可徒得，必得一物以攝之，然後爲己用。所謂一物者，意是也。不得錢，不可以取物；不得意，不可以用事，此作文之要也。」吾兄拜

領其言而書諸紳。嘗以親製龜冠爲獻，坡受之，贈以詩云：「南海神龜三千歲，兆叶朋從生慶喜。智能周物不周身，未免人鑽七十二。誰能用爾作小冠，岣嶁耳孫翃其製。今君此去寧復來，欲慰相思時整視。」今集中無此詩，余嘗見其親筆。後坡歸宜興，道由無錫洛社，嘗至孫仲益家。時仲益年在髫齓，坡曰：「孺子習何藝？」孫曰：「學屬對。」坡曰：「試對看。」徐云：「衡門稚子璠璵器。」孫應聲曰：「翰苑仙人錦繡腸。」撫其背曰：「真璠璵器也，異日不凡。」二事皆吾鄉人士所知，輒記於此。《韻語陽秋》

東萊先生注觀瀾文，謂《後赤壁賦》結尾，用韓文公《石鼎聯句》叙彌明意。文豹謂不然。蓋彌明真異人，文公真紀實也，與此不同。《金剛經》曰：「一切有爲法，如夢幻泡影。」東坡先生貫通内典，深悟此理，嘗賦《西江月》云：「休言萬事轉頭空，未轉頭時皆夢。」赤壁之游，樂則樂矣，轉眼之間，其樂安在？以是觀之，則吾與二客，鶴與道士，皆一夢也。俞文豹

子瞻諸文，皆有奇氣，至《赤壁賦》，彷彿屈原、宋玉之作。漢唐諸公，皆莫及也。蘇籀

東坡《明正》一篇送于伋失官東歸云：「子之失官，有爲子悲如子之自悲者乎？有如子之父兄妻子之爲子悲者乎？子之所以悲者，惑於得也；父兄妻子之所以悲者，惑於愛也。」按《戰國策》齊鄒忌謂妻：「吾孰與城北徐公美？」其妻曰：「君美甚，徐公何能及公也！」復問其妾與客，皆言「徐公不若君之美」。暮寢而思之曰：「吾妻之美吾者，私吾也；妾之美吾者，畏吾也；客之

美吾者，欲求於吾也。」東坡之斡旋，蓋取諸此。

東坡遺文，流傳海内。《〔中〕庸論》上中下篇，墓碑云：「公少年讀《莊子》，嘆息曰：『吾昔有見於中，口不能言。今見《莊子》，得吾心矣。』乃出《中庸論》，其言微妙，皆古人所未喻。」今《後集》不載此三論，誠爲闕典。《欒城遺言》

箴眼醫王彦若，在張文定公門下，坡公於文定坐上贈之詩，引喻證據博辨，詳切高深，後學讀之茫然，坡公敏於政事如此。先祖屢云。坡撰《富公碑》以□〔擬〕寇公，公稍不甚然之。作《德威堂銘》、《居士集叙》，公極賞慨其文，咨嗟不已。

東坡幼年見歐陽公《謝對衣金帶表》而誦之，老蘇曰：「汝可擬作一聯。」曰：「匪伊垂之，而帶有餘；非敢後也，而馬不進。」至爲潁川，因有此賜，用爲表謝云：「枯羸之質，匪伊垂之，而帶有餘；退斂之心，非敢後也，而馬不進。」後爲兵部尚書，又作《謝對衣帶表》，略曰：「物生有待，天地無窮。草木何知？冒慶雲之渥采；魚鰕至陋，借滄海之榮光。雖若可觀，終非其有。」四六至此，極造化妙旨矣。

東坡嶺外歸，《與人啓》云：「七年遠謫，不意自全；萬里生還，適有天幸。」所襯字皆漢人語也。又《黄門謝復官表》：「一毫以上，皆出於帝恩；累歲偷安，有慚於公議。」「秋毫以上，皆帝力

也。」用張敖語。

東坡《送安惇落第詩》云：「故書不厭百回讀，熟讀深思子自知。」余嘗以此語銘坐右而書諸紳也。東坡在海外，方盛稱柳柳州詩。後嘗有人得罪，過海，見黎子雲秀才說：海外絶無書，適渠家有柳文，東坡日久玩味。嗟乎！雖東坡觀書，亦須著意研窮，方見用心處耶？

元祐間，有旨修上清儲祥宫，成，命翰林學士蘇軾作碑紀其事。坡叙事既得體，且取道家所言與吾儒合者記之，大有補於治道。紹聖元符間，黨禁興，遂毁其碑，命翰林學士蔡京别爲之。京之文，類三舍舉子經義程文耳。正如唐時撲韓退之《平淮西碑》，命段文昌改作，後人有詩曰：「淮西功業冠吾唐，吏部文章日月光。千載斷碑人膾炙，不知世有段文昌。」余於《儲祥宫碑》亦云。後見韓無咎元吉云：「是江子吾詩。」

先生嘗謂劉景文與先子曰：「某平生無快意事，惟作文章，意之所到，則筆力曲折，無不盡意。自謂世間樂事，無逾此者。」

先生一日與魯直、文潛諸人會飯，既食滑䭔兒血羹，客有須薄茶者，因就取所報龍團，偏啜坐人。或曰：「使龍團能言，當必稱屈。」先生撫掌久之，曰：「是亦可爲一題。」因授筆戲作律賦一首，以「俾荐血羹龍團稱屈」爲韻。山谷擊節稱詠不能已。已無藏本，聞闗子開能誦，今亡矣，惜哉！

東坡《宸奎閣碑銘》：「巍巍聖仁，體合自然。神曜得道，非有師傳。」蓋出《入師經》：「吾今自然，神曜得道，非有師者也。」

又：「蜂蠆發於懷袖」，出《晉書》鄒湛對晉文帝曰：「猛虎在山，荷戈而出，凡人能之；蜂蠆發於懷袖，勇夫爲之驚駭，出於意外者也。」

《韓非子》：「國平則養儒俠，難至則用介士。所養非所用，所用非所養。」東坡《六國論》用此語。

王欽臣除太僕卿，東坡賀啓云：「萬事不理，問伯始而可知；三篋若亡，賴安世之猶在。」其後孔平仲《賀蘇子容頌吏部尚書》復云：「萬事不理，當問胡公；三篋若亡，請詢安世。」

先子於河東官家見東坡親墨《春宴致語》云：「春爲陽中，生物各遂其性；樂以天下，聖人豈私其身？」又云：「主上方麴蘗羣賢而惡旨酒，鼓吹六藝而放鄭聲。雖白雪陽春，難解天顔之一笑；而獻芹奉曝，各盡野人之寸心。」今集中盡無此。

東坡幼年作《却鼠刀銘》及作《缸硯賦》，曾祖稱之，命佳紙手寫，裝飾釘於所居壁上。《欒城遺言》

宋周公謹《癸辛雜識》謂「三蘇皆不取孔明」，非也。余按：東坡謂「《出師》二表與《伊訓》、《説命》相表裏」。潁濱《上皇帝書》云：「孔明用兵如神，而以糧道不繼，屢出無功。由是言之，苟無其財，雖聖賢不能以自致於跬步。」二公以伊、傅神聖爲比，許之亦至矣。老泉謂：「孔明棄荆州而就巴蜀，吾知其無能爲也。」止謂棄荆一事。然不考孔明草廬見先主之言，已云「荆州用武之

地」，棄而不取，乃先主之失。以此病孔明，不亦誤乎！

「子由之文，詞理精確，有不及吾；而體氣高妙，吾所不及。雖各欲以此自勉，而天資所短，終莫能脱。至於此文，則精確高妙殆兩得之，尤可爲貴也。」

邵成章云：「元祐中，太母下詔，東坡視草云：『苟有利於社稷，余何愛於髮膚！』」純夫云：「此太母聖語也，子瞻直書之。」

東坡嘗言：「文章之任，亦在名世之士相與主盟，則其道不墜。方今太平之盛，文士輩出，要使一時之文有所宗主。昔歐陽文忠常以是任付與某，故不敢不勉。異時文章盟主，責在諸君。亦如文忠之付授也。」

子瞻問歐陽公曰：「《五代史》可傳後也乎？」公曰：「修於此竊有善善惡惡之志。」蘇公曰：「韓通無傳，惡得爲善善惡惡？」公默然。通，周臣也。陳橋兵變，歸戴永昌，通擐甲誓師，出抗而死。《野客叢書》

子由代兄作《中書舍人啓》：「伏念某草茅下士，蓬蓽書生。」子瞻以筆塗「伏念某」，用「但卑末」三字。

張子曰：「造化之妙，則糟粕煨燼，無非教也，猶《莊子》云：『瓦礫粃糠，無非道也。』例是而言，東坡深於文者也，故嬉笑怒駡皆成文章也；張旭深於書者也，故歌舞戲鬬皆草書也。」

子由作《栖賢堂記》，讀之，便如在堂中，見水石陰森，草木膠葛。僕當爲書之刻石堂上，且欲與廬山結緣，他日入山，不爲生客也。

東坡在雪堂，一日讀杜牧之《阿房宮賦》，凡數徧，每讀徹一徧，即再三咨嗟歎息，至夜分猶不寐。有二老兵皆陝人，給事左右，坐久，甚苦之。一人長嘆，操西音曰：「知他有甚好處！夜久寒甚，不肯睡！」連作冤苦聲。其一曰：「也有兩句好。」西人皆作吼音。其人大怒曰：「你又理會得甚的！」對曰：「吾愛他道：『天下之人，不敢言而敢怒。』」叔黨卧而聞之，明日以告。東坡大笑曰：「這漢子也有鑑識。」

凡人作文字，不可太長，照管不到，寧可説不盡。歐蘇文皆説不曾盡。東坡雖宏闊，翻成大片滚將去，他裏面自有法。今人不見得他裏面藏得法，但只管學他一滚作將去。

洪文敏邁在禁林，當鎖院。一夕，草六制畢，捫腹步庭中。一老吏竊語云：「當時大蘇學士，亦不過如此。」文敏喜，問之：「汝及侍蘇學士乎？」曰：「惟大父嘗爲吏，吾童時從入，故見之。」文敏問：「蘇學士何如吾？」對曰：「蘇公速實不過公，但不檢書耳。」文敏大慚。

哲宗元祐初，除吕公著司空平章事，吕大防左僕射，范純仁右僕射。上御閣殿見學士蘇軾曰：「吕公著以病求去，不欲煩以事，故以三公留之。」是夕，鎖院苦寒，詔賜宮燭法酒。軾一夕草三制俱畢，且飲酒賦詩。次日以詩呈同院，人皆服其精敏。《聞見録》

東坡謂「范蠡去越，不復有爲」。而黄東發以爲蠡功成身退，徙齊徙楚，復皆顯名天下。才識卓卓出春秋戰國策士之上，向使不以致産自見，而退逸山林，豈不誠有道之士耶？雖然，春秋戰國近五百年，以功名始終者，蠡一人耳。張孟談既爲趙襄子滅智伯而去之，耕於負薪之丘，可與蠡五湖同風。《燕石齋補》

東坡《與王郎書》云：「少年爲學，每一書作數次讀。當如入海，百貨皆有，人不能兼收盡取，但得其所欲求者耳。故願學者每次作一意求之。如欲求古今興亡治亂、聖賢作用，且只作此意求之，勿生餘念。事迹文物之類，又别一次求。他皆放此。若學成，八面受敵，與涉獵者不可同日語。」朱子嘗取以示學者曰：「讀書當如是。」

《欒城遺言》：「讀書百徧，經義自見。」東坡《送安惇詩》云：「故書不厭百回讀，熟讀深思子自知。」《荀子》：「誦數以貫之，思索以通之。」朱子曰：「誦數，即今人讀書徧數也。古人讀書精勤如此。」又云：「看書如服藥，藥多力自行。」

張文潛云：東坡嘗言：「退之詩云：『長安衆富兒，盤饌羅羶葷。不解文字飲，惟能醉紅裙。』疑若清苦自飭者。至云『豔姬踏筵舞，清眸射劍戟』，則知此老個中興復不淺。」文潛戲答曰：「愛文字飲人，與俗子同科。」

文至於隋唐而靡極矣，韓柳振之，曰「斂華而實」也；至於五代而冗極矣，歐蘇振之，曰「化腐

而新」也。然歐蘇則有間焉，其流也，使人畏難而好易。夫子瞻之文爽而俊，然多用事實。文與可畫竹，是竹之左氏也。子瞻却類莊子。又有息齋李衎者亦以竹名。所謂東坡之竹，妙而不真；息齋之竹，真而不妙者是也。梅道人始究極其變，流傳既久，真贋雜錯。

東坡曰：「晉士多游虚而無實用，然其間亦有不然者。如孟嘉平生無一事，然桓温謂嘉：『人不可無勢，吾乃能駕御。』温平生輕殷浩，豈妄評人哉？若知孟嘉若遇，當作謝安；安不遇，不過如孟嘉也。」

東坡曰：「讀淵明《自祭文》，出妙語於纊息之餘，豈涉死生之流哉！」

東坡曰：「孔子不取微生高，孟子不取於陵仲子，惡其不情也。淵明欲仕則仕，不以求之爲嫌；欲隱則隱，不以去之爲高；飢則扣門而乞食，飽則雞黍以迎客；古今賢之，貴其真也。」

又曰：「余讀淵明《閒情賦》，所謂『《國風》好色而不淫』，正使不及《周南》，與屈宋所陳何異？蕭統不知而譏之，此乃小兒强作解事者耶。」

「《南越志》：『熙安間多颶風。颶風者，具四方之風也。嘗以五六月發，其未至時，雞犬爲之不鳴。』又《嶺表録》云：『秋夏間有暈如虹者，謂之颶母，必有飄風。』余曾爲賦云。」

歐陽公稱蘇氏父子曰：「自學者變格爲文，迨今三十年始得子瞻。不惟遲久而後獲，實恐此後未有能繼者耳。」《燕石齋補》

文原

〔明〕宋濂 撰

《文原》一卷

明　宋濂　撰

宋濂（一三一〇——一三八一），字景濂，號潛溪，又號玄真子。其先金華潛溪人，至濂，乃遷浦江（今屬浙江）。元時，師從吴萊、柳貫、黄溍，隱居著書。入明，詔修《元史》，命充總裁官。累官至翰林學士承旨、知制誥。爲明「開國文臣之首」（錢謙益《列朝詩集小傳》本傳）。有《宋學士全集》、《浦陽人物記》等。傳見《明史》卷一二八。

宋濂生當元、明易代之際，社會動蕩，文風凋弊，因力主「以道爲文」，以經世致用爲文章根本。此卷分上、下兩篇，前有小引，後加按語。上篇推闡文章本源，乃是「天地自然之文」，繼推及「有關民用及一切彌綸範圍之具，悉囿乎文」；然若「無以紀載之，則不能以行遠，始託諸詞翰以昭其文」，則於詞翰文采并不抹煞，但仍有「本末」、「體用」之原則區别。下卷論文章寫作，首重寫作者之「養氣」，「人能養氣，則情深而文明，氣盛而化神，當與天地同功也」。凡此前人均有論述，非其創見，然正適應明初文治教化之要求。其指摘文弊處却有己見，提出「四瑕」「八冥」「九蠹」諸端，力斥擬古板滯之病，對以後唐宋派有所啓示。

有《學海類編》本、《叢書集成》本。又有清鈔本（丁丙跋），藏南京圖書館。今據《學海類編》本録入。

（王宜瑗）

文原

明　宋濂　撰

余誨人以文，丈夫負七尺之軀，其所學者，獨文乎哉？ 雖然，余之所謂文者，乃堯、舜、文王、孔子之文，非流俗之文也，學之固宜。 浦江鄭楷、趙友同、義烏劉剛楷之弟柏，嘗從余學，已知以道爲文，因作《文原》二篇以貽之。

上篇

人文之顯，始於何時？ 實肇於庖犧之世。 庖犧仰觀俯察，畫奇偶以象陰陽，變而通之，生生不窮，遂成天地自然之文。 非惟至道含括無遺，而其制器尚象，亦非文不能成。 如垂衣裳而治，取諸乾坤，上棟下宇而取諸大壯，書契之造而取諸夬，舟楫牛馬之利而取諸渙、隨，杵臼棺槨之制而取諸小過、大過，重門擊柝以取諸豫，弧矢之用而取諸睽，何莫非燦然之文！ 自是推而存之，天理民彝之叙，禮樂刑政之施，師旅征伐之法，井牧州里之辨，華夷内外之別，復皆則而象之，故有關民用及一切彌綸範圍之具，悉囿乎文。 非文之别有其他也，然而事爲既著，無以紀載之，則

不能以行遠，始托諸詞翰以昭其文。略舉一二言之。禹敷土，隨山刊木，奠高山大川。既成功矣，然後筆之爲《禹貢》之文。周制聘覲、燕饗、饋食、昏喪諸禮，其升降揖讓之節既行之矣，然後筆之爲《儀禮》之文。孔子居鄉黨，容色言動之間，從容中道。門人弟子既皆見之矣，然後筆之爲《鄉黨》之文。其他格言大訓，亦奚不然，必有其實而後文隨之，初未嘗以徒言爲也。譬猶聆衆樂於洞庭之野，而後知其聲音之抑揚、綴兆之舒疾也；習大射於矍相之圃，而後見觀者如堵墻、序點之揚觶也。苟逾度而臆决之，終不近也。昔者游夏以文學名，謂觀其會通而酌其損益之宜而已，非專止乎詞翰之文也。嗚呼！吾之所謂文者，天生之，地載之，聖人宣之，本建則其末治，體著則其用章，斯所謂秉陰陽之大化，正三綱而齊六紀者也。亘宇宙之始終，類萬物而周八極者也。嗚呼！非知經天緯地之文者，烏足以語此！

下 篇

爲文必在養氣。氣與天地同，苟能充之，則可配三靈，管攝萬彙；不然，則一介之小夫爾。君子所以攻内不攻外，圖大不圖小也。力可以舉鼎，人之所難也，而烏獲能之，君子不貴之者，以其局乎小也。智可以搏虎，人之所難也，而馮婦能之，君子不貴之者，以其騖乎外也。氣得其養，無所不周，無所不極也。攬而爲文，無所不參也，無所不包也。九天之屬，其高不可窺；八柱之

列，其原不可測，吾文之量得之。規燬魄淵，運行不息，基地萬熒，躔次匆紊，吾文之焰得之。崑崙元圃之崇清，層城九重之嚴邃，吾文之峻得之。南桂北瀚，東瀛西溟，杳渺而無際，涵負而不竭，魚龍生焉，波濤興焉，吾文之深得之。雷霆鼓舞之，風雲翕張之，雨露潤澤之，鬼神恍惚，曾不窮其端倪，吾文之變化得之。上下之間，自色自形，羽而飛，足而奔，潛而泳，植而茂，若洪若纖，若高若卑，不可數計，吾文之隨物賦形得之。嗚呼！斯文也，聖人得之，則傳之萬世爲經；賢者得之，則放諸四海而準。輔相天地而不過，昭明日月而不忒，調燮四時而無愆，此豈非文之至者乎？大道湮微，文氣日削，騖乎外而不攻其内，局乎小而不圖其大，此無他，四瑕、八冥、九蠹有以累之也。何謂四瑕？雅鄭不分之謂荒，本末不比之謂斷，筋骸不束之謂緩，旨趣不超之謂凡，是四者，賊文之形也。何謂八冥？訐者將以賊夫誠，橢者將以蝕夫圜，庸者將以混夫奇，瘠者將以勝夫腴，麤者將以亂夫精，碎者將以害夫完，陋者將以革夫博，昧者將以損夫明，是八者，傷文之膏髓也。何謂九蠹？滑其真，散其神，糅其氣，徇其私，滅其知，麗其蔽，違其天，昧其幾，喪其實，是九者，死文之心也。有一於此，則心死，心死則文喪矣。春葩秋卉之争麗也，鳶號林而蛩吟砌也，水湧蹄涔而火炫螢尾也，衣被土偶而不能視聽也，蠛蠓死生於甕盎，不知四海之大、六合之廣也，斯皆不知養氣之故也。嗚呼！人能養氣，則情深而文明，氣盛而化神，當與天地同功也。與天地同功，而其智卒歸之一介小夫，不亦可悲也哉！

余既作《文原》上下篇，言雖大而非誇，惟智者然後能擇焉。去古遠矣，世之論文者有二：曰載道，曰紀事。紀事之文，當本之司馬遷、班固；而載道之文，舍六籍，吾將焉從？雖然，六籍者，本與根也；遷、固者，枝與葉也。此固近代唐子西之論，而余之所見，則有異於是也。六籍之外，當以孟子爲宗，韓子次之，歐陽子又次之，此固國之通衢，無榛荆之塞，無蛇虎之禍，可以直趨聖賢之大道。去此，則曲狹僻徑耳，犖确邪蹊耳，胡可行哉！余竊怪世之爲文者，不爲不多。騁新奇者，鉤摘隱伏，變更庸常，甚至不可句讀，且曰：「不佶曲聱牙，非古文也。」樂陳腐者，一假場屋委靡之文，紛糅龐雜，略不見端緒，且曰：「不淺易輕順，非古文也。」余皆不知其何説。大抵爲文者，欲其辭遠而道明耳。吾道既明，何問其餘哉？雖然，道未易明也，必能知言養氣，始爲得之。余復悲世之爲文者，不知其故，頗能操觚遣辭，毅然以文章家自居，所以益摧落而不自振也。合遷、孟、韓、歐之文爲一編，命二三子所學，日進於道，聊相與一言之。

文式

〔明〕曾鼎 撰

《文式》二卷

明　曾鼎　撰

曾鼎(一三二一—一三七八)，字元友，更字有實，泰和(今江西吉安)人。元末曾任濂溪書院山長。明洪武初，被聘任教社學。好學能詩，兼工八分書法及邵雍《易》學。傳見《明史》卷二九六。

據本書作者自序，他早年游學四方，從先輩處得《文場式要》一書，繼又得《古今文章精義》(李淦)，以爲深得「作文之法」。後又獲趙撝謙所編《學範》，該書共分《教範》、《讀範》、《點範》、《作範》、《書範》、《雜範》六門，其中《作範》亦論作詩文之法。曾鼎於是交互參訂，編成《文式》二卷。

此書上卷以採録《作範》爲主，前半論文，後半論詩，并引用陳繹曾《文説》(全文)、陳騤《文則》、嚴羽《滄浪詩話》、皎然《辨體一十九字》等論文説詩之語，頗有與今本文字相異者，可供校勘。不少材料較爲少見，如《詩則》、《詩家一指》等。其間時有趙撝謙(趙曰)、曾鼎本人(曾曰)之不少按語，亦見精當之處，如上卷末趙氏論情景交融之各種情況，甚爲細緻。下卷則録李淦《文

章精義》（全文）、呂祖謙《古文關鍵》導語、蘇伯衡《述文法》三種。《述文法》一書，今頗罕覯，賴此書猶存若干精彩片斷。

有明嘉靖八年高仲芳刻本，藏於廣東省社會科學院。今據日本内閣文庫所藏舊鈔本録入。國家圖書館藏有《文式》明刻殘本，已收入《續修四庫全書》第一七一三册，誤題作「陳繹曾撰」。今即以此書參校，所缺部分則以陳繹曾《文説》補校。

（王宜瑗）

文式序

文所以載道也。道之大者，極乎天地造化而無外；道之小者，入於事物細微而無間。凡道之所在，大小無不以文而載。故文非道則無其實，道非文則無以著，所謂微顯闡幽，泄天地之秘，發斯道之藴者，豈不在於文乎？是故文不可以無式，式不可以不精。式者何？猶規矩繩墨也；精者何？猶公輸之巧也。規矩既設，則不失方圓之則；繩墨既陳，則不失曲直之準。至於巧，則在乎人之學力何如爾。所謂「大匠誨人以規矩，不能使人巧」者此也。予未弱冠時，游邑庠，從先輩得《文場式要》一帙，其後予以《古今文章精義》嘗予自録之，然未知其爲何說。既冠，於舉子業之暇，時一讀之，則見其序次作文之法，井然有條，竊謂規矩繩墨之器欲爲方圓曲直者，必由是而入焉。暨官嶺表，得餘姚趙氏撝謙所編《學範》，内備載其說，遂取以相參訂，問有詳於予向所得者，《文章精義》則不及載，因合之爲《文式》二卷，期與好古君子共之。蓋《文章精義》乃五峰李性學所著，其言大有以發《文式》未發，誠猶公輸之巧，天下古今鮮有能過之者，然使不以規矩繩墨，則其巧將安施乎？此難以言傳，必也學之正、信之篤、資之深，而所存所見無不一於

道，則發之於文，自不越乎規矩繩墨之外矣。昔韓昌黎因學文知道，其文遂爲天下後世之所師法，後之君子，誠能用力於明道以爲文，則豈不可得而精乎？苟不求諸道而徒事於文，抑末也，規矩繩墨如之何？

廬陵曾鼎序

文式卷上

明 曾鼎 撰

陳氏曰：作文之法，一曰養氣，二曰抱題，三曰明體，四曰分間，五曰立意，六曰用事，七曰造語，八曰下字。

第一 養氣法

肅：朝廷之文宜肅，論聖賢道德之文宜肅。

壯：大山長河之文宜壯，論軍師豪傑之文宜壯。

清：山林幽邃之文宜清，論神仙隱逸風月之文宜清。

和：歡樂承平之文宜和，論通人達士之文宜和。

奇：山川峭絶鬼神之文宜奇，論俠客高士節義之文宜奇。

麗：都邑園池宮苑之文宜麗，論富貴美人之文宜麗。

古：游覽古跡之文宜古，論上古人事之文宜古。

遠：登（眺高）〔高眺〕遠之文宜遠，論大功業之文宜遠。

右養氣之法，宜澄心静慮，以此景此事此人此物默存於胸中，使之融化，與吾心爲一，則此氣油然自（在）〔生〕，當有樂處，文思自然流動充滿而不可遏矣。切不可强作氣，不能養而强作之，則昏而不可用。所出文之言，皆浮詞客氣，非文也。氣之變化無方，當以此例推之爲准。

第二　抱題法

開題：以題中合説事，逐一分析開寫，於篇中各間架内，次其先後所宜，逐一説盡，或以意化之，或以情申之，或以實事紀之，或以故事（影）〔彰〕之，或以景物叙之，一篇之内，變换雖多，句句切題。此初入門徑路爾。

合題：亦以題中合説事，逐一開寫，却將己意融會作一片，一口氣道盡，然忌直率，却於間架内要〔意〕思曲折，此高於開題者也。

括題：只取題中緊要一事作主意，餘事輕輕包括見之，此最捷徑。

影題：并不説正題事，或以他事，或立議論，或挨傍題目而不著跡，題中合説事皆影見之，此變態最多。

反題：題目或悖義理，則反意説之。

救題：題目或悖義理，而以强詞奪正理解救之。

引題：别發遠意，使人不知所從來，忽然引入題去，却又親切痛快，此要筆力，似影題而實異也，影題從題中來，此題自題外來。

蹙題：題繁蹙其文，使其甚簡而不漏脱題中一事。

衍題：題虚無可説，引衍其意，使其多，而無一字題外來。

超題：將題目熟涵詠之，使胸中融化消釋，盡將題目中粗語掃去，取精粹微妙之意作成文章，超出題外，而不離題，此作文之極功也。

第三　明體法

詩：五言古詩宜清婉而意有餘。

七言古詩宜峭絶而言不悉。

五言長篇宜富而贍。一作實。

七言長篇宜富而麗。

五言律詩宜清而遠，必拘音律。

七言律詩宜壯而健，時用拘律。

五言絶句宜言絶而意有餘。

七言絶句宜意絶而言不足。

歌：放情曰歌，一體如行書曰行，兼之曰歌行，宜通暢響亮，讀之使人興起。

行：宜快直詳盡。

吟：音如恐蛩曰吟，宜沉潛細詠，讀之使人思怨。

曲：委曲盡情曰曲，宜委曲諧音。

謡：通乎俚俗曰謡，宜隱蓄近俗。

引：載始末曰引，宜引而不發。

古樂府：宜喜怒哀樂各極其情，而範之以禮，或和或奇或古，隨題體之。

騷：宜精深痛切而極其情。

賦：宜敷衍富麗，事意詳盡而語〔不〕繁冗。

頌：宜典雅和粹。

樂詞：宜古雅諧韻。

贊：宜温潤典實。

箴：宜謹嚴切直。

銘：宜深長切實。

碑：宜雄渾典雅。

碣：宜質實典雅。

表：宜張大典實。

傳：宜質實，而隨所傳之人變化。

行狀：宜質實詳備。

記：記其所有事，其文較窄，〔宜〕簡實方正，〔而〕隨所記之事變化。

序：序其事，隨其大小而作，其文較寬，宜疏通圓美，而隨所叙之事變化。

論：宜圓折深遠。

說：宜平易明白。

辯：宜方折明白。

議：宜方折明白。

書：宜簡要明白。

奏：宜情理懇切，意思忠厚。

詔：宜典重温雅，謙冲惻怛之意藹然。　君宣臣下之文，宜古樸直率，毋用之乎也者字。

制誥：宜峻厲典重。

册文：宜富而雅。

第四　分間法

頭：起欲緊而重，大文五分腹，一分頭領；小文三分腹，一分頭領。

腹：中欲滿而曲折多，腰欲健而快。

尾：結欲輕而意足，〔如〕駿馬駐坡，三分頭，二分尾。

凡文如長篇古詩、騷詞、古詞、〔書〕〔古〕賦、碑碣之類，長者腹中間架或至二三十段，然其腰不過作三節而已。其間小段間架極要分明，不欲使人見間架之跡，蓋意分而語串，意串而語分也。

第五　立意法

景：凡天文地理物象皆景也。景以氣爲主。

意：凡議論思致曲折皆意也。意以理爲主。

事：凡實事故事皆事也。事生於景則真。

情：凡喜怒哀樂愛惡之真趣，皆情也。意出情則切。

凡文體雖衆，其意之所從來，必由於此四者而出。故立意之法，必依此四者而求之。各隨題之所宜，以一爲主，而統三者於中。凡文無景則枯，無意則粗，無事則虚，無情則誣，故立意之法，必兼四者。

戴帥初一作蘇子瞻。曰：「作文須三致意焉，一篇之中三致意，一段之中三致意，一句之中三致意，如此所作之文方可止也。」

濂溪周先生云：「文章尤〔有〕〔存〕理詞狀，第一本事，第二原情，第三據理，第四按例，第五斷決。本事者，認題也。原情者，明來意也。據理者，守正也。按例者，用事也。斷決者，結題也。五者備矣，詞〔章〕〔貴〕簡切而明白。」一作陳尚書云。

歐陽文忠公曰：「凡作文發意，第一番來者，陳言也，掃去不可用。第二番來者，正位語也，停之亦不可盡用。第三番來者，〔精〕〔情〕意也，方可用之。韓文公所謂『惟陳言之務去，戛戛乎其難哉！』其法如此。」〔此〕法須當養氣，若以粗心恣意，不知此説者，必成怪僻〔語〕爾。

第六　用事法

正用：正用者，故事與題事正同者也。

反用：反用者，故事與題事正相反也。

借用：借用者，故事與題事絶不類，以一端相近而借用之者也。

對用：經題用經事，子題用子事，史題用史事，漢題用漢事，三國題用三國事，韓柳題用韓柳事，佛老題用佛老事，此正法也。

暗用：用故事之語意，而不（題）〔顯〕其名跡，此善用事者也。

援用：子史百家題用經事，三國題用周漢事，此援前證後，亦一法也。

比用：莊子題用列子事，前漢題用後漢事，柳文題用韓文事，亦正用之變也。

倒用：經題用子、史，漢題用三國，此有大筆力者能之，非正法也。

泛用：於正題中乃用稗官、小説、俗諺，戲以異端鄙事爲證，非大筆力不可，變之又變也。

凡用事，但可用其事意，而以新意融化入吾文，三語以上不可全寫。

第七　造語法

正語：《尚書》：「帝曰：『咨，汝羲暨和，期，三百有六旬有六日，以閏月定四時成歲。』」《春秋》：「六鷁退飛過宋都，隕石于宋五。」皆正其事而順語之也。

拗語：《楚詞》：「吉日兮辰良」，不曰「吉日兮良辰」。《莊子》：「樂出虚，蒸成菌」，不曰「虚出樂」，倒一字，句法便健十倍。〔此作語之良法也〕。《學範》

反語：《論語》：「學而時習之，不亦説乎？」「愛之能勿勞乎？」「忠焉能勿誨乎？」《尚書》：「衆非元后何戴？」此皆反其意而道之，使之悠然致思焉。

累語：《尚書》「寬而栗」與《老子》「長短相形」等句，累語也。《孫武子》「利而誘之，亂而取之」一節，語雖累，而語意句句別無重，此其妙也。

聯語：《尚書》：「以親九族，九族既睦。」《大學》：「知止而有定，定而後能静。」《檀弓》：「人喜則斯陶，陶斯詠。」皆聯語也。

問答語：《論語》：「吾何執？執御乎？執射乎？」《孟子》：「王何必曰利？亦有仁義而已矣。」《詩》：「鷄既鳴矣，朝既盈矣；匪鷄則鳴，蒼蠅之聲。」《公羊》、《穀梁》尤極其法。

變語：《堯典》：「日中星鳥」，「宵中星虚」，《舜典》：「如西禮」，「正月上日」，「月正元日」，「正月朔旦」，是也。

歇後語：《論語》：「禮云，玉帛云乎哉？」「曾謂泰山不如林放乎？」此皆不説破正意，歇後所當語，（亦）〔而〕使人自思之。

省語：《舜典》：「至于南嶽，如岱初禮」，《儀禮》：「其他如加皮弁之儀」，皆省語也。

助語：《檀弓》：「南宫縚之妻之姑之喪」，一句累三「之」字。《詩大序》：「不知手之舞之足之蹈之」，一句累四「之」字。《莊子》尤多。《論語》：「學而時習之，不亦悦乎？」「學」「時」「習」

「悦」四字是實，「而」「之」「不」「亦」「乎」五字是助語。《孟子》：「然而無有乎爾，則亦無有乎爾」，四字是實，八字是助語。蓋當用則不嫌多也。

實語：《尚書》及《易》彖辭用助語極少，《春秋》、《儀禮》皆然，此實語也。凡碑碣傳記等文不可多用助語字，序論辯説等文須用助語字。

謙按：《尚書》、《易經》文，無「也」字，今欲效之，其可乎？

對語：《尚書》羲和仲叔四節，長對也。「威侮五行，怠棄三正」，正對也。「天聰明自我民聰明，天明畏自我民明威」，此對語不對意也。「衆非元后何戴？后非衆罔與守邦」，此對意不對語。「天叙有典」「天秩有禮」下間以「五禮五庸哉」「五服五章哉」，「佑賢輔德」下間以「邦乃其昌」，散文用對語，必以散語間之。

隱語：《論語》：「割鷄焉用牛刀」，「有美玉於斯，求善價而沽諸？」《孟子》：「城門之軌，兩馬之力歟？」皆隱語也。《小雅・鶴鳴》、古樂府《藁砧》，全篇隱語，《老》、《莊》尤多。

婉語：《論語》陽貨言：「日月逝矣，歲不我與！」孔子曰：「諾，吾將仕矣。」此語直而意婉也。《春秋》：「天王狩于河陽。」此語婉而意直也。凡造語皆當自然，如此則好，有意爲之，非也。

長句法：陳忠簡曰：「毋乃使人疑夫不以情居瘠者乎哉？」「孰有執親之喪而沐浴佩玉者乎？」「苟無禮義忠信誠慤之心以莅之。」「季孫行父、臧孫許、叔孫僑如、公孫嬰齊帥師會晉郤克、

衛孫良夫、曹公子首及齊侯戰于鞌。」

短句法：「華而皖」，「立孫」，「畏」，「厭」，「溺」，「螽」，「肇裡」。

第八　下字法

諧音：凡下字有順文之聲而下之者：音當揚，下響字；音當抑，則下歛字。

審意：凡下字有詳文之意而下之者：意當明，則下顯字；意當藏，則下隱字；意當尊，則下重字；意當卑，則下輕字。如此之類，變化無方。

襲古：凡下字於平穩處，宜用古人曾下好字面。須尋不經人道語用之，須的當新奇而不怪僻乃善。

凡下字須令讀之若出於自然。

已上並陳伯敷《文説》

第九　取〔論〕〔諭〕法

一曰直諭：或言猶，或言若，或言如，或言似，灼然可見。《孟子》曰：「猶緣木而求魚也。」《書》曰：「若朽索之馭六馬。」《論語》曰：「譬如北辰。」《莊子》曰：「凄然似秋。」

二曰隱諭：其文雖晦，義則可尋。《禮記》曰：「諸侯不下漁色。」謂國君内娶國中，象捕魚然，中國取之，是無所擇。《國語》曰：「雖蝎譖焉避之。」蝎，木蟲，譖從中起，如〔蝎〕食木，木不能避之。

三曰類諭：取其一類，以次喻之。賈誼《新書》曰：「天子如堂，羣臣如陛，衆庶如地。」堂、陛、地，一也。

四曰詰諭：雖爲諭文，似成詰難。《論語》：「虎兕出於柙，龜玉毁於櫝中，是誰之過歟？」

五曰對諭：先比後證，上下相符。《莊子》：「魚相忘於江湖，人相忘於道術。」《荀子》：「流丸止於甌臾，流言止於智者。」

六曰博諭：取諭不一。《書》曰：「若金，用汝作礪；若濟巨川，用汝〔作〕舟楫；若歲大旱，用汝〔作〕霖雨。」《荀子》：「猶以指測河也，猶以戈舂黍也，猶以錐飡壺也。」

七曰簡諭：其文雖略，而意甚明。《左傳》：「名，德之輿也。」《楊子》：「仁，宅也。」

八曰詳諭：須假多辭，然後義顯。《荀子》：「夫耀蟬者，務在其明乎火，振其木而已，火不明，雖振其木無益也；今人主有能明其德，則天下歸之，若蟬之歸明火也。」

九曰引諭：援引前言，以證其事。《左傳》「諺所謂『庇焉而縱尋斧焉』者也。」《禮記》曰：「蛾子時術之，其此之謂乎。」

十曰虚諭：既不指物，亦不指事。《論語》：「其言似不足者」。《老子》：「飂乎似無所止。」

以上陳忠簡公《文則》

謙按：作文之法甚多，因其甚難，是以甚多也，大略亦不過此。若夫學博心開之士，出乎自然者不求其法而自法，孔子曰：「辭達而已矣。」亦奚法？

第十　總論文

韓氏曰：讀文章且於《孟子》中取其長贍者二十餘章，韓文四五十篇，蘇文亦然，合成百篇，暇時須自出己意中所甚喜者寫入，若覺篇篇可喜，終滿百篇之數即止，不必〔多〕貪，若篇篇不見可喜，即不必强取，看終集後，再轉求之，雖百轉可也；寫成百篇後，讀書之暇，每日隨意多少反復之，或默看，或批點，隨喜處觀之。先要粗看過，却去分大段，又去分小節，節段既明，觀其首尾中間相發處，相變處，擎掉處，提掇處，轉折處，寬心細目徐觀之。意覺昏倦，《老子》云：「孰能濁以〔止〕？静之徐清。」要必有事焉而勿（正）〔止〕。如此久久自當有得，大概只要扯拽作性漸通行，毋將迎，毋凝滯，讀經以融貫義理，讀史以該洽事實，取胡氏讀史管見，隱然作一敵國，自立説，與之相辯難，久久義理事實入於經史，議論生於管見，作性扯拽漸開於韓孟蘇文之路，輻輳筆下，滔滔不能禁也。技癢欲寫，即宜痛禁之，慎勿拈紙筆便作文也。一拈紙筆，昏氣隨至，前功又廢也。如此久之，欲寫愈甚，禁之愈切，直至隨所見題，分明一片文字，首尾中間議論句法字樣具

成，了了自然成文於胸中，不費尋思，直拈筆便寫去，方可拈紙筆矣。不可乘此便且弄紙筆，仍須切禁，當愈嚴，其來愈多，作性之通不可遏矣，勉之！　此後却須從求先輩點化，芟繁就簡，掃博〔歸〕約易矣。

陳氏曰：讀集〔義〕理先觀體制，次分間架看發意，次觀造語義理，或經或史或子，隨題所宜，若有可取，能識破四者，便能作文矣。

程氏曰：作文以主意爲將軍，轉換開合如行軍之法，必由將軍號令。句則其裨將，字則其兵卒，事料則其器械，當使兵隨將轉，所以東坡答江陰葛延之萬里徒步至儋耳，求作文秘訣曰：意而已。作文之事料，散在經史子集，惟意足以攝之，正此之謂。

第十一　總論詩

六義：風、雅、頌、賦、比、興。《大序》

五法：曰體制，曰格力，曰氣象，曰興趣，曰音節。嚴氏

九品：曰高，曰古，曰深，曰遠，曰長，曰雄渾，曰飄逸，曰悲壯，曰淒然。嚴氏

七德：一識理，二高古，三典麗，四風流，五精神，六質幹，七體裁。皎然

詩貴三多：讀多、記多、講明多。

詩法五俗：一俗體，二俗意，三俗句，四俗字，五俗韻。《詩辯》

六關：篇法，句法，字法，氣象，家數，音節。范氏

用功有三：曰起結，曰句法，曰字眼。

大概有二：曰優游不迫，曰沉着痛快。

極致有一：曰入神。嚴氏

命意

作詩以命意爲主。古人云：「操調易，命意難。」信不誣矣。命意欲其高遠超詣，出人意表，與尋常迴絶，方可爲主。《詩則》

作詩先命意，如構宫室，必法度形似備於胸中，始施斤鉞，此以實論，取譬則風之於空，春之於世，暫有其跡，而無能得（知）〔之〕所爲者。是以造端超詣，變用易成，立意卑凡，直情愈遠。《一指》

篇法有以字論者，有以意論者，有以事論者，有以血脉論者。《一指》

第十二　五言長篇古詩

分段　過脉　回照　贊歎

凡作一篇，先分爲幾段幾節。每節句數多（指）〔少〕要略均齊。前段是叙子叙了，通篇之意皆含（律）〔其〕中。結段要照前段，如《選》詩分段甚均，並不參差，然亦却不甚如此太拘，然亦不太長，不太短也。

次要過句爲血脉。引過此段，過處用二句，結上，一生下，爲最緊，非老手未易能之。

回照：十步一回首，要照題目；五步一消息，要閑語。

贊歎：方不甚結蹙，長怕雜亂，一意爲一段。

已上四法，備見《北征》詩，舉一（偶）〔隅〕之道也。

五言短古篇法

詞簡意味長，言語不可分明説盡，含糊則有餘味。楊仲弘曰：五言短古，衆賢皆不知來處，乃只是《選》詩結尾四句，所以含蓄無限意，自然悠長。

樂府

每要粗多用俚語，而文彩之妙矣，如《焦仲卿妻》、《木蘭詞》、《羽林郎》、《霍家妹》、《（去）〔三〕婦詞》、《大垂手》、《小垂手》等篇皆絶唱。

第十三　律詩

破題：多對景興起，或比起，或引事起，就題起，要如狂風卷浪，勢欲滔天。

頷〔題〕〔聯〕：或寫景，或寫意，或書事，或用事引證。此聯要接破題，如驪龍之珠，抱而不脱。

頸〔題〕〔聯〕：或寫景，或寫意，或書事，或用事引證，與頷聯相應相比，如疾雷破山，觀者駭愕，或就生結句。

結句：或就題結，或推開一步，或繳前聯意，或用事，或放一句作散場，要如剡溪之棹，自去而回，詩盡而味有餘。曾氏曰：情中有景，景中有情，以事爲意，以意融事，情景迭出，事意貫通，近體之妙也。

絶句

首句起：《畫松》「畫松有似真松樹」。

次句起：《金陵即事》。

第三句起：前二句皆閑，至第三句方詠本題。

昔人詩樣：「步出城西門，悵望江南路。前门風雪中，故人從此去。」

第十四　七言長篇古風

分段　過段　突兀　(學)〔字〕貫　贊歎　再起　歸題　送尾

分段：如五言。

過段：亦如之，稍有異者。

突兀：萬仞之不用過句，陡頓便説他事，岑參專高此法。

(學)〔字〕貫：前後重三疊四，用兩三字貫，極精好，岑參所長。

贊歎：同五言，有從容意思。

再起：且如一篇三段，説了前事，再提起從頭説，反復有情，如《魏將軍歌》、《松子障歌》。

歸題：乃(本)〔篇〕末一二句，徹上起句，又謂之顧首，如《蜀道難》、《古離別》、《洗兵馬》。

送尾：則生一段餘意結末，或反用，或比諭用，如《墜馬歌》：「君不見，嵇康養生被殺戮。」又曰：「如何不飲令心哀。」

七言短古篇法

詞明意盡，與五言相反。

昔人詩樣：《休洗紅》：「洗紅紅色變，不惜故縫衣，記得初按茜。人命百年能幾何，後來新婦今爲婆。」《石人前》：「右橋邊，六角黄牛三頃田，帶經躬耕三十年。」

第十五

扇對：《存殁口號二首》。

閑對：首句閑，次句説本題，第三句又閑，第四句再説本題。應二句即摩笄山詩也。

順去：「松下問童子」，「問余何意棲碧山」，「湘中老人讀黄老」。

藏詠：井，方鏡。

四句(不)〔兩〕聯：「兩個黄鸝鳴翠柳」，「遲日江山麗」。

中分別意：前二句説本題，後二句説題外意。「願領龍驤十萬兵」。

借喻：借本題説他事，如詠婦人者，必借花爲詠；如詠花，必借婦人爲詠。

王氏曰：「絶句，截句也。後兩句對者，是截律詩前四句也。前兩句對者，是截律詩後四句也。如四句皆對者，是截去律詩前後四句也。如四句皆不對，是截取律詩前後四句也。雖正變不齊，而首尾佈置四句，自爲起承轉合。」

第十六　句法

起句：實叙，景境，問答，反題故事，順題故事，弔古，傷今，頌美，時序，客愁，感歎。

結句：勸戒，祝願，自感，自愛，問訊，寄憶，寄書，寄詩，相思，世道，兵戈，我亦，(憶)〔懷〕古，故事，歸歡，景象，激烈，何日歸，那可再，何由往，何午游。

問答：「問其穫者婦與姑」，「何日東歸花發時」。

當對：「白狐跳梁黄狐立」，「婦女行泣夫走藏」。

上三下四：「鳳凰樂奏鈞天曲，烏鵲橋邊織女河。」

上四下三：「金馬朝回門似水，碧鷄天遠路如絲。」

上應下呼：「素練抹林雲氣薄，明珠穿草露華新。」

上呼下應：「林花著雨胭脂濕，水荇牽風翠帶長。」

行雲流水：「春日鶯啼修竹裏，仙家犬吠白雲間。」

顛倒錯綜：「紅(豆)〔稻〕啄餘鸚鵡粒，碧梧棲老鳳凰枝。」

言到理順：「海岸夜深常見日，寒巖四月始知春。」

議論句：宋人用，古人無。

直出句：「鄭縣亭子澗之濱，一去三年竟不歸。」

兩句成一句：七言行雲流水。「屢將心上事，相與夢中言。」

上二下五：「不貪夜識金銀氣」，「遠客朝看麋鹿游」。

上五下二：「杖藜歎世者誰子」，「中天月色好誰看」。

上一下六成聯：「(摧拍)〔掖垣〕竹埤梧十尋」。

曾氏曰：「古人造語，意精語潔，字愈少，意愈多，意在言外，悠然而長，黯然而光，此非後人所能及。」

第十七　字法

摘用《史記》、《文選》、東西《漢書》、《爾雅》、《埤雅》、《廣雅》、《晉書》、新舊《唐書》、《六書(教)〔故〕考》。《事文類聚》字不可用多，宋事也。不可用偏方俚語之言。

字様集成聯對：白虎觀　金僕姑　高鼻胡人　眉語　從長

碧鷄坊　玉具檑　平頭奴子　目成　護短

右用字琢句之訣，先須作三字對、四字對起，然後裝排成句，最不可逐句思量，却成對偶，不成作手也。或二字對起亦可，至謹至謹。路頭差處在此，捕風捉影如何成詩？

《對床夜語》：「近體中虚活字極難，死字尤不易，蓋調雖是死，欲使之活，此所以爲難。老杜：『古墻猶竹色，虚閣自松聲』，及『江山有巴蜀，棟宇自齊梁』，人到于今稱之。又如『入天猶石色，穿井忽雲根』，『猶』『忽』二字，如浮雲着風，閃鑠無定，誰能跡其妙處。他如『江山且相見，戎馬未安居』，『地偏初衣裌，山擁更登危』，皆用力於一字。」

趙氏曰：詩者，真情實景，隨事命意，皆理勢之自然，若能熟讀古作，參其活句，勿參死句，自然造妙如此，亦何用力於一字之有？雖然，學者固不可不知也。

第十八　氣象

翰苑。輦轂。山林。出世。偈頌神仙。(仙)〔儒〕先。石屏宋賢。江湖。閭閻。末學。道聽途説，得一字面雜揉用之，不成家數，又在江湖、閭閻之下。

已上氣象，各隨人之資禀高下，而發之文學，以變化氣質，須(伏)〔仗〕師友，及所讀所習，以開導佐助，然後能脱去近俗，以造高明。已上並《一指》。

滄浪云：〔漢魏〕古詩，氣象混沌，難以句摘。晉以還有佳句，如淵明「採菊東籬下，悠然見南山」，謝靈運「池塘生春草」之句。謝所以不及陶者，康樂之詩精工，淵明之詩質而自然爾。又曰：唐人與宋人詩，未論工拙，直是氣象不同。

儲泳曰：性情褊隘者其詞躁，寬裕者其詞平，端靖者其詞雅，疏曠者其詞逸，雄偉者其詞壯，醞藉者其詞婉，涵養性情發於氣，形於言，此詩之本源也。

第十九　家數

以體制論：三百篇。選詩。時代不同，今人〔師〕〔例〕以五言古詩爲選，非也。柏梁體。玉臺體。古詩。近體。即律詩。

以時論：建安體。曹氏父子及鄴中〔七〕子。黄初體。與建安相接。正始體。嵇阮諸公。太康體。左思、潘岳、二張、二陸。元嘉體。顔、鮑、謝諸公。齊梁體。通兩朝言。盛唐體。開元、天寶諸公之詩。

以人論：蘇李體。曹劉體。陶體。謝體。沈宋體。陳拾遺體。少陵體。太白體。高達夫體。孟浩然體。韓昌黎體。韋柳體。孟郊體。王右丞體。李商隱體。

滄浪云：學詩者以識爲主，入門須正，立志須高，以漢魏晉盛唐爲師，不作開元、天寶以下人物。行〔者〕〔有〕未至，可加工力。路頭一差，愈騖愈遠，由入門之不正也。故曰學其上僅得其中，學其中斯爲下矣。先須熟讀《楚詞》，朝夕諷詠，以爲之本；及讀《古詩十九首》、樂府四篇、李陵、蘇武、漢魏五言，皆須熟讀，即以李杜二集枕籍觀之，然後博取盛唐諸名家詩，醞藉胸中，久之自然悟入。

黄至道曰：范德機得杜工部之骨，楊仲弘得杜工部之皮，虞伯生得杜工部之肉，揭曼碩非李非杜，自成一家。

趙氏曰：詩之體制，如南北朝、初晚唐、東坡、山谷、後山、荆公之類甚多，不可以家數論也。故但以大家數列于上，庶俾學詩者不習凡近也。

第二十　音節

滄浪云：下字貴響，造語貴圓。又曰：音韻忌散緩，亦忌迫促。

曾氏曰：造語妥帖，琢對稱停，不患無音節矣。又曰：詩貴有音節，氣象優游，則音節自足觀，《楚詞・九歌》可見。

趙氏曰：音節非但謂韻也，凡字有響亮是也。馬伯庸謂不可用啞韻，如五「支」二十四「鹹」，此或未然也。古人云：詩有全篇平聲字者，全篇仄字者，但詠之不覺其然，於是又知非謂用平仄字韻也。

第二十一　辨體一十九字

高：風韻切暢曰高。左太冲：「被褐出閶闔，高步追許由。振衣千仞崗，濯足萬里流。」

逸：體格閑放曰逸。「左挹浮丘袂，右拍洪崖肩。」

貞：放詞正直曰貞。「山峰高無極，涇渭揚濁清。」

忠：臨危不變曰忠。唐太宗：「疾風知勁草，板蕩識忠臣。」

節：持操不改曰節。鮑明遠：「馬〔步〕〔毛〕縮如蝟，角弓不可張。」「時危見臣節，世亂識忠良。捐軀報明主，身死爲國殤。」

志：立性不放曰志。左太冲：「習習籠中鳥，舉翮觸四隅。落落窮巷士，抱影守空廬。」

氣：風情耿介曰氣。吴均：「何當數千丈，爲君覆明月。」

情：緣景不盡曰情。班婕妤：「出入君懷袖，動摇微風發。常恐秋節至，凉飆奪炎熱。」

思：氣多含蓄曰思。蘇子卿：「黄鵠一遠别，千里顧徘徊。」

德：詞温而正曰德。謝靈運：「南州實炎德，桂樹陵寒山。」

誡：檢束防閑曰誡。古詩：「人生寄一世，奄忽若飆塵。何不策高足，先據要路津。」

閑：情性疏野曰閑。江文通：「桂棟留夏飆，蘭〔橑〕停冬霰。青林結冥濛，丹巘披葱蒨。」

達：心跡曠誕曰達。古詩：「服藥求神仙，多爲藥所誤。不如飲美酒，被服紈與素。」

悲：傷甚曰悲。王仲宣：「臨穴呼蒼天，涙下如綆縻。」

怨：詞理凄切曰怨。「枯桑知天風，海水知天寒。入門各自媚，誰肯相與言。」

意：立言曰意。古詩：「青青陵上柏，磊磊澗中石。人生天地間，忽如遠行客。」

力：體裁勁健曰力。沈約：「詠歌麟趾合，簫管鳳雛來。」

静：非如松風不動，林狖未鳴，乃謂意中之静。謝朓：「魚戲新荷動，鳥散餘花落。」

遠：非如渺渺望水，杳杳看山，乃謂意中之遠。王維《送晁監還日本》：「向國唯看日，歸帆但信風。鰲身映天黑，魚眼射波紅。」

趙氏曰：以此十九字，求詩之制作，無以加矣。要其歸不過情與景二字而已。情景兼者爲上，偏到者次之。情景兼者，如「露從今夜白，月是故鄉明」是也。情到者，如張蠙「長疑即見面，翻致久無書」是也。景到者，謝朓「日華川上動，風光草際浮」是也。又如「水流心不競，雲在意俱遲」，景中之情也；「卷簾惟白水，隱几亦青山」，情中之景也。「感時花濺淚，恨别鳥驚心」，情景相觸而莫分也。「白首多年病，秋天昨夜凉」，一句情，一句景也。若一聯景一聯情亦是，或四句皆景、六句皆景者，但欲以情結之，惟情可以全篇言，苟無法駐之，易入流俗。故曰：融情於景物之中，托思於風雲之表者難之。

文式卷下

古今文章精義

李性學　著

《易》、《詩》、《書》、《儀禮》、《春秋》、《論語》、《大學》、《中庸》、《孟子》，皆聖賢明道經世之書，雖非爲作文設，而千萬世之文從是出焉。

《國語》不如《左傳》，《左傳》不如《檀弓》，叙晉獻公、驪姬、申生一事，繁簡可見。

《孟子》之辯，計是非，不計利害，〔而利害〕未嘗不明；《戰國策》計利害，不計是非，而二者胥失之。

《莊子》文字善用虚，以其虚而虚天下之實；太史公文字善用實，以其實而實天下之虚。

《史記》帝紀、世家從二《雅》、十五《國風》來，八書從《禹貢》、《周官》來。

《莊子》者，《易》之變；《離騷》者，《詩》之變；《史記》者，《春秋》之變。

李斯《上秦始皇書論逐客》起句即見實事，最妙；中間論物産不出於秦而秦用之，獨人才不

出於秦而秦不用，反覆議論痛快，深得作文法，未易以人廢言也。《老子》、《孫武子》，一句一理，如串八寶珍瑰，間錯而不斷，文字極難學，蘇老泉數篇近之，《心術》、《春秋論》是也。

《韓非子》文極妙。賈誼《政事書》是論天下事有間架底；賈〔誼〕〔讓〕《河渠書》是論一事有間架底。

《孟子》就三綱五常内立議論，其與人辯，是不得已也；《莊子》就三綱五常外立議論，其與人辯，是得已而不已。義理有間矣，然文章皆不可及。二人同處齊、梁間，不知如何不相見，若相見，必煞有可觀。

韓文公文學《孟子》，不及《左傳》。有逼真處，如《董晉行狀》中間兩段辭命是也。

柳子厚學《國語》、《國語》全，子厚段碎，句法〔師〕〔却〕相似。《西漢書》。諸傳仿佛似之。

歐陽永叔文學韓退之。諸篇皆以退之爲祖，加以姿態，惟《五代史》過《順宗實録》遠甚，所謂青出於藍者也。

蘇子瞻文學《莊子》、入虚起似，《凌虚臺》、《清風閣》之類是也。《戰國策》、論利害處似之，《策略》、《策别》、〔《策斷》〕之類是也。《史記》、終篇惟作他人説，末後自只説一句，《表忠觀碑》之類是也。《楞嚴經》。《魚鱿冠頌》之類是也，子瞻文字到窮處，便濟以此一着，所以千萬人過他關不得。

曾子固文學劉向。平平説去，亹亹不斷，最淡而古。但劉向老，子固嫩；劉向簡，子固繁；劉向枯槁，子固光潤。

韓如海，柳如泉，歐如瀾，蘇如潮。

司馬子長一二百句作一句下，更點不斷。韓退之三五十句作一句下。蘇子瞻亦然。初不難〔學〕，但長句中轉得高一作意去，便是好文字；若一二百句、三五十句只說得一句事，則冗矣。《孟子》譏蚳鼃不諫，蚳鼃卒以諫顯；韓退之譏陽城不諫，陽城卒以諫顯；歐陽永叔譏范仲淹不諫，仲淹卒以諫顯。三事相類，然《孟子》數語而已，退之費多少糾說，永叔步驟退之而〔微〕不及：古今文章優劣，於此可見。

韓退之雖時有譏諷，然大體醇正，子厚發之以憤激，〔永叔發之以感慨〕，子瞻兼憤激、感慨而發之以諧謔。讀柳歐蘇之文，方知韓文不可及。

文章不難於巧而難於拙，不難於曲而難於直，不難於細而難於粗，不難於華而難（可）〔於〕質：可與智者道，難與俗人言也。

司馬子長之文拙於《春秋内外傳》而力量過之；葉正則之文巧於韓柳歐蘇而力量不及。

文字請客對主極難，子瞻《放鶴亭記》以酒對鶴，大意謂清閑者莫如鶴，然衛懿公好鶴而亡其國；亂德者莫如酒，然劉伶、阮籍之徒反以酒全其真而名後世，南面之樂，豈足以易隱居之樂哉？鶴是主，酒是客，請客對主，分外精神。又歸得放鶴亭隱居之意切；然須是前面備得「飲酒」二字，方入得來，亦是一格。是不然。劉伶、阮籍，君子之所羞稱，何乃謂全其真而名後世乎？

退之諸文，多有功於吾道，有補於世教。獨《衢州徐偃王廟碑》一篇害義，〔蓋〕穆天子在上，

偃王在下，敢受諸侯〔朝〕，是賊也，退之乃許之以仁，豈不謬哉。

永叔《醉翁亭記》結云：「太守謂誰？ 廬陵歐陽修也。」是學《詩・采蘋》篇「誰其尸之，有齊季女」二句。

傳體前叙事，後議論。 獨退之《圬者王承福傳》序事議論相間，頗有太史公《伯夷傳》之風。

《孟子・公孫丑下篇》首章起句，謂「天時不如地利，地利不如人和」，下面分三段，〔第一段〕說天時不如地利，第二段說地利不如人和，第三段却專說人和，而歸之「得道者多助」，一節高似一節，此是作文中大法度也。

退之《平淮西碑》是學《舜典》，《畫記》是學《顧命》。

子瞻《喜雨亭記》結云：「太空冥冥，不可得而名，〔吾〕以名吾亭。」是化無爲有。《凌虚臺記》結云：「蓋有足恃者，而不在乎臺之存亡也。」是化有爲無。

文字有反類尊題者，子瞻《秋陽賦》先說夏潦之可憂，却說秋陽之可喜，絶妙。 若出《文選》諸人手，則通篇說秋陽，斬無餘味矣。

班孟堅序霍光奏廢昌邑王，讀至一半，太后曰：「止，爲人臣子，當悖亂如是耶！」再讀畢。一時君臣堪畫。

盧仝《月蝕詩》膾炙人口，其實《詩・大東》後二章。

《詩·雲漢》有「耗斁下(出)土，寧丁我躬」之句，退之、永叔《禱雨文》遂各衍作一篇，其實皆自《雲漢》來，不逮遠矣。

《孟子》辨百里奚一段，辭理俱到，健讀數遍，令人神爽飛越。

子瞻萬言書，是步驟賈誼《治安策》，然虚文有餘，事實不足，去誼遠矣。

陸宣公文字不用事，而語句鏗鏘，法度嚴整，議論切當，事情一作理明白，得臣告君之體。

作世外文字，須換過境界。《莊子·寓言》之類，是空境界文字。靈均《九歌》之類，是鬼境界文字。宋玉《招魂》亦然。子瞻《大悲閣記》之類，是佛境界文字。《魚魫冠頌》亦自《楞嚴經》來。《芙蓉城》、《黄鶴樓》詩之類，是仙境界文字。惟退之則不然，一切以正大行之，未嘗造妖捏怪，此其所以不可及也。

《六經》是治世之文，《左傳》、《國語》是衰世之文，《書》之《文侯之命》一篇已有衰世氣象。《戰國策》是亂世之文。

唐人文字，多是(境)〔界〕定段落做，所以死。惟退之一篇做，可以活。柳子厚文字，便有界畫得斷者。

退之《張中丞傳後序》云：「以文章自名，此傳頗詳密，然尚恨有缺者，不爲許遠立傳，又不載雷萬春事首尾。」「雷萬春」三字，斷是「南霽雲」，但俗本誤耳。此序前半篇是説巡、遠，後半篇是説南霽雲，即

不及雷萬春事，三字誤無疑。

《堯典》命義和才數語耳，《七月》便詳似《堯典》，《月令》又詳似《七月》，而節病極多。然《堯典》分時，《月令》分月，其爲文也易；《七月》既顛倒月次，而以衣食爲脉絡，其爲文也難。此詩與周人之文不類。

《原道》、《送文暢師序》等作，辟佛老，尊孔孟，正是韓文與《六經》相表裡處，非止學其聲響而已。

《送文暢師序》退之辟浮屠。子厚佞浮屠，子厚不及退之。論史書，子厚不恤天刑人禍，退之深畏天刑人禍，退之不及子厚。

退之諸墓誌，一人一樣，篇篇不同。絶相體一作處而設施也。子厚墓誌，千篇一律。

退之誌樊宗師墓，謂其不蹈襲前人一言一語一作句，與「惟陳言之務去，戛戛乎其難哉」意適相似，所以深喜之。然「文從字順各〔識〕職」，則宗師之文不從字不順者多矣，亦微有不滿意。

退之誌樊紹述，其文似紹述；誌柳子厚，其文似子厚。春蠶作繭，見物即成性，極巧。其源出於司馬子長，爲《長卿傳》如其文，惟其過之故兼之也。

子瞻作《醉白堂記》，一段是説魏公之所有，樂天之所無；一段是説樂天之所有，魏公之所無；一段是説魏公、樂天之所同有，才説是爲公作《醉白堂記》。王介甫乃謂韓白優劣論，不亦

謬乎？

永叔《晝錦堂記》全用韓稚圭《晝錦堂詩》意。

西漢制度，散見諸傳中，此是班孟堅筆力。

子瞻《灎澦堆賦》辭到，《天慶觀乳泉賦》理到。

歐陽永叔《五代史贊》首必有「嗚呼」二字，固是世變可歎，亦是此老文字，遇感慨處便精神。

《禹貢》簡而盡。山水、土地、貢賦、草木、金革、物産，叙得皆盡，後序山脉一段，水脉一段，五服一段，更有條而不紊。

《周禮·職方氏》冗而疏。

《左傳》、《史記》、《西漢書》叙戰陣堪畫。

文字須有數行整齊處，須有數行不整齊處。　意對處，文却不必對；　意不必對處，文却著對處。

文有圓有方。　韓文多圓，柳文多方，《晉問》之類是也。　蘇文方者亦少，惟《上神宗萬言書》、《代張方平諫用兵書》數篇方圓者多。

退之《琴操》平淡而趣長；　子厚《鐃歌鼓吹曲》險怪而意到。

《資治通鑒》是續《左傳》，《綱目》是續《春秋》。

真景元集《文章正宗》，分作四體一作派：　辭命一也，議論一也，序事一也，詩賦一也，井然有

條。遷史《項籍傳》最好，立義帝以後，一日氣魄一日，殺義帝以後，一日衰颯一日，是一篇大綱領。主意至其開闔（一作筆力）馳驟處，真有喑嗚叱咤之風。

賦設問答最弱，（如西都主人責東都主人者之類。）至子瞻《後杞菊堂賦》起云：「吁嗟先生，誰使汝坐此堂上，稱太守。」便自風采百倍。

子瞻《表忠觀碑》終篇述趙清獻公奏，不增損　字，是學《西漢書》，但王介甫以爲《諸侯王年表》，則非也。

呂相《絶秦書》(罪)〔雖誣〕秦，然文字自佳。

《莊子・胠篋篇》辭理俱到。不讀《莊子・秋水篇》，見識終不宏闊。

佛是掃除事障，禪是掃除理障。熟讀《楞嚴經》自見。

《維摩經》亦有作文法。三十二菩薩各説不二法門，此未得不二法門者也；維摩詰默然不説不二法門，乃真得不二法門者也。柳子厚《晉問》微有此體。

歐陽永叔《豐樂亭記》之類，是畫出太平氣象。

褚少孫（《史記》稱褚先生是也。）學太史公，句句相似，只是成段不相似。柳子厚學《國語》，段段相似，只是成篇不相似。

學文切不可學人言語，《文中子》所以不及諸子，爲要學夫子言語故也。

《論語》氣平，《孟子》氣激，《莊子》氣樂，《楚辭》氣悲，《史記》氣勇，《西漢》氣怯。

文字順易而逆難，《六經》都順，《莊子》、《戰國策》逆，韓、柳、歐都順，柳《封建論》一篇逆。惟蘇明允〔逆〕，子瞻或順或逆，然不及明允處多。

文字有終篇不見主意而結句見主意者，賈誼《過秦論》「仁義不施而攻守之勢異」、韓退之《守戒》「在得人」之類是也。

韓退之辟佛，是説吾道有來歷，浮屠無來歷，不過辨邪正而已；歐陽永叔辟佛，仍謂（條）〔修〕其本以勝之，吾道既勝，浮屠自息，意高於退之百倍。

文字起句發意最好，李斯《上秦始皇逐客書》起句，至矣盡矣，不可加矣。張伯玉作《六經閣記》：「六經閣，諸子史集在焉，不書，尊經也。」亦是起句發意，但以下事筆力差乏。

唐子西文字極莊重縝密，雖幅尺稍狹，無長江大河一瀉千里之勢，然最利初學。

李邦直《勢原》只一勢字，《法原》只一法字，衍出數千言，所謂一莖草化作丈六金身者，惜文字斷續，然亦是一法。唐代宗時，有晉州男子郇謨者，上三十字書條陳利害，一字是一件（字）〔事〕。如「團」字是説團練使之類。謨自知之，它人不諭也。吾謂世之作文，務要崎嶇隱奥、辭不足以達意者，皆郇謨之徒也。

胡致堂文字，就事論理，理盡而辭止，而氣極不衰。雖不必調弄文法，然亦卓然不可及。

柳子厚文不如退之，退之詩不如子厚。

學《楚辭》者多，未若黄魯直最得其妙。魯直諸賦如《枯木道士賦》之類。文愈小者愈工。如《跛奚移文》之類。但作長篇，苦於氣短，又且句句要用事，此其所以不能長江大河也。

樂毅《答燕惠王書》、諸葛亮孔明《出師表》，不必言忠，而讀之者可想見其忠。李令伯《陳（請）〔情〕表》，不必言孝，而讀之者可想見其孝。杜子美詩之忠，黄山谷詩之孝，亦然。

杜子美《哀江頭》，妙在「渭水東流劍閣深，去住彼此無消息」，是時明皇在蜀，肅宗在秦，一去一住，兩無消息。有天下而不得養其父，此情如何邪？父子之際，人所難言，子美獨能（書）〔言〕之，此其所以不可及，非但「細柳新蒲」之感而已。

《詩》惟《生民》一篇，如廬山瀑布泉，一氣輸瀉直下，略無回顧，自「厥初生民」至「以迄于今」只是一意。

盧仝《月蝕詩》，韓退之删改耳，謂之效玉川子作，何耶？

文章有短而轉折多氣長者，韓退之《送董邵南序》、王介甫《讀孟嘗君傳》是也。有長而簡直氣短者，盧襄《西征記》是也。

韓退之《送孟東野序》，一「鳴」字發出許多議論，自《周禮》「梓人爲筍簴」來。

永叔《山中樂三章贈惠勤》，望其出佛而歸儒，持論甚正，從退之《送文暢序》來。

「石駘仲卒，無適子，有庶子(五)〔六〕人，卜所以爲後，卜者曰：『沐浴佩玉則兆。』五人皆沐浴佩玉，石祈子曰：『孰有執親之喪而沐浴佩玉者乎？』不沐浴佩玉，石祈子兆。衛人以龜爲有知也。」此段言沐浴佩玉者四，〔而〕讀之不覺其重複。

文字貴相題廣狹。晦庵先生文字，如長江大河，滔滔汩汩，動〔數〕千萬言而(無)不足。及作《六君子贊》，人各三十二字，盡得以描畫其平生，無欠無餘，所謂相題而施者也。

做文字須放胸襟，如〔太虛始得〕太虛何心哉！輕清之氣旋轉乎外，而山川之流峙，草木之榮華，禽獸昆蟲之飛躍游乎重濁渣滓之中，而莫覺其所以然之故。人放得此心，廓然與太虛相似，則一旦把筆爲文，凡世之治亂，人之善惡，事之是非，某字一作事合當如何書，某句當如何下，某段當前，某段當後，如妍醜之在鑒，低昂之在衡，決不致顛倒錯亂，雖進而至之聖經之文可也。今之作文，動輒先立主意，如經賦論策，不知私意偏見，不足以包盡天下之道理。及文意有所不通，則又勉强遷就，求以自申其說。若是者，皆時文之陋習也，不可不戒。

《選》詩惟陶淵明，唐文惟韓退之，皆自理趣中流出，故混然天成，無斧鑿痕；餘子止是字煉句鍛，鏤冰工巧而已。今人言詩動曰《選》，言文動曰唐，何泛然無別之甚！

西漢文字尚質，司馬子長變得如此文，終不失其爲質。唐文字尚文，韓退之變得如此質，終

不失其爲文。

晦庵先生治經明理，宗二程而密於二程，如《易本義》、《詩集傳》、《小學書》、《通鑒綱目》之類，皆青於藍而寒於水也。但尋常文字，多不及二程，二程一句撒開，做得晦庵千句萬句，晦庵千句萬句，只做得二程一句。雖世愈降，關天分亦不同。

晦庵先生詩，則《三百篇》後一人而已。

濂溪先生《太極圖説》、《通書》，明道先生《定性書》，伊川先生《易傳序》、《春秋傳序》，横渠先生《西銘》，是聖賢之文，與《四書》諸經相表裡〔處〕。司馬子長史官之文，間有紕繆處。韓退之是文人之文，間有弱處，然亦宇宙所不可無之文也。

晦庵先生詩，音節從陶、韋、柳中來，而理趣過之，所以卓然不可及。

經似山林中花，史是園圃中花，《左傳》以下。古文高者(是)〔似〕欄檻中花，韓退之之類。次者似盆盎中花，歐陽之類。下者〔似〕瓶中花無根。

蘇門文字，到底脱不得縱横氣習。程門文字，到底脱不得訓詁一作詁家風。

學文切不可學怪語，且先明白正大，務要十句百句，只如一句貫串一作穿意脉，説得通處儘管説將去，説得反復竭處自然住，所謂行乎其所當行，止乎其所當止，真作文大法也。

古人文字，規模間架，聲音節奏，皆可學；惟妙處不可學。譬如幻師塑土木偶，耳目口鼻，儼

然似人，而其中無精神魂魄意思，不能活潑潑底，豈人也哉？此須是讀書時，一心兩（耳）〔目〕，痛下功夫，務要得他好處，則一旦臨文，惟我操縱，惟我捭闔，一莖草可以化作丈六金身：此自得之學，難以筆舌傳也。

吕祖謙東萊《古文關鍵》

總論看文法

學文須熟看韓、柳、歐、蘇。見文字體式，然後遍考古人下句用意處。蘇文當用其意，若用其文，恐易厭人，蓋近世多讀故也。

第一看大概主張。第二看文勢規模。第三看綱目關鍵：如何是主意首尾相應；如何是一篇鋪叙次第；如何是抑揚開闔處。第四看警策句法：如何是一篇警策；如何是下句下字有力處；如何是融化屈折、剪截有力處；如何是實體貼題目處。

看韓文法

簡古：一本於經，亦學《孟子》。學韓簡古，不可不學他法度。徒簡古而乏法度，則樸而

不文。

看柳文法

關鍵：出於《國語》。當學他好處，當戒他雄辯，議論文字亦反復。

看歐文法

平淡：祖述韓子。議論文字最反復。學歐平淡，不可不學他淵源。徒平淡而無淵源，則委靡不振。

看蘇文法

波瀾：出於《戰國策》、《史記》。亦得關鍵法。當學他好處，當戒他不純處。

看諸家之文字法

曾文專學歐，比歐文露骨。

王文純潔當學，學王不成遂無氣焰。

子由文太拘執。

李文亦粗，太煩。

秦文知常而不知變。

張文知變而不知常。

晁文粗率。

自秦以下四恐當作三人皆學蘇者。

以上評韓、柳、歐、蘇等文字，説齋唐仲友亦嘗以此説誨人。

論作文法

文字一篇之中，須有數行整齊處。或緩或急，或顯或晦，緩急顯晦相間，使人不知其緩急顯晦。常使經緯相通，有一脉過接乎其間然後可。蓋以有形者綱目，無形者血脉。有用文字，議論文字是也。爲文之妙在叙事狀情，筆健而不粗，意深而不晦，句新而不怪，語新而不狂。常中有變，正中有奇。題常則意新，意常則語新。詞源浩渺而不失之冗。意思新轉處則不緩。結前生後，曲折斡旋，轉换有力，反復操縱。上下。離合。聚散。前後。遲速。左右。彼我。遠近。一二。次第。明白。齊整。緊切。的當。壯健。流轉。明整。豐潤。絢麗。緊密。精妙。端潔。

清新。簡肅。清快。雅健。立意。簡短。宏大。雄壯。清勁。華麗。端肅。縝密。典嚴。

論文字病

深。晦。怪。冗。弱。澀。虚。寬。直。疏。〔碎〕。〔緩〕。暗。率。塵俗。熟爛。放慢。輕易。排事。説不透。泛而不切。意未盡。

蘇伯衡《述文法》

凡遇題目，須先命意。大意既立，文須區處：如何起，如何承接，如何收拾，此之謂佈置。既定，抑揚以達其辭，反復以致其意，血脉之流通，首尾之照應，則善矣。

欲作文字，且未可下筆，先取古人文章，熟讀詳味，再三諷詠，使心有所感觸，思有所發動，方可運意。却又(看)〔着〕題目，與古人何篇相似，以爲體式，依仿而作間架、措辭。如此日久，自然馴熟。七擒七縱，皆可如意，不拘於準繩，而亦不越於規矩矣。

下筆之時，且須專心，宜思一篇大概已具於胸中，方可措辭，又當一鼓鑄成，方可觀也，若逐段逐句而爲之，則非所以爲文矣。

意思欲深長，議論欲的當，理致欲純粹，機軸欲停匀，條理欲明白，文采欲絢爛，節奏欲鏗鏘，

轉折欲和動，字面欲典雅，始終欲關鎖。

貴含蓄而忌淺露，貴平易而忌艱澀，貴妥貼而忌突兀，貴正大而忌小巧，貴豐贍而忌冗長，貴貫穿而忌斷續，貴委曲而忌直致。

大抵須是旨悟入處，胸中方有活活天資，識見既高，看古人的文多，自家作得（文）〔又〕多，則無難矣。

文章辨體序説

〔明〕吴訥　撰

《文章辨體序説》

明　吴訥　撰

吴訥（一三七二——一四五七），字敏德，又字克敏，號思庵，常熟（今屬江蘇）人。歷仕成祖永樂、仁宗洪熙、宣宗宣德、英宗正統四朝。官至南京左副都御史。剛介有爲，博極羣書。有《小學集解》等。傳見《明史》卷一五八。

《文章辨體》爲詩文選集，採録明初以前詩文，分體編輯，凡五十五卷。正集五十卷，所列文體凡五十（《四庫提要》作四十九體），大抵以宋真德秀《文章正宗》爲藍本；外集五卷，列文體凡九（《四庫提要》作五體），爲駢偶詞曲之類。書前有《凡例》八則，説明編選宗旨：「文章以體制爲先」，故以文體區分爲編纂原則，亦是分卷根據；「作文以關世教爲主」，則選文着重於内容之明道致用；又主文體「正變」之説，以古相尚，推崇古樸，但又録入「四六對偶及律詩、歌曲五卷，名曰外集」，雖不無軒輊之意，然能選入「詞」作，「以著文辭世變」，頗超拔當時一般選集之上，可謂卓識。《四庫全書總目提要》卷一九一斥其「收入詞曲，已爲泛濫」，實非公允。書前又有《諸儒總論作文法》，備舉古賢論文之語。次爲各體目録，均作序説，對五十九類文體之命名意義及其源

流、分類、作法等，詳予闡述。今人抽出序説及《凡例》、《諸儒總論作文法》等，別爲一書，命以《文章辨體序説》行世，成爲明代文體論之總結性專著。此後徐師曾《文體明辨》、賀復徵《文章辨體匯選》等均受吴氏之直接影響。

有明天順八年（一四六四）本、嘉靖三十四年（一五五五）本。人民文學出版社一九六二年于北山校點本，校勘精細。今據明嘉靖本録入，并吸取人民文學出版社本之校點成果。

（王宜瑗）

文章辨體序

天地以精英之氣賦於人，而人鍾是氣也，養之全，充之盛，至於彪炳閎肆而不可遏，往往因感而發，以宣造化之機，述人情物理之宜，達禮樂刑政之具，而文章興焉。

三代以下，名能文章者衆矣；其有補於世教可與天地同悠久者，代不數人，人不數篇，可不精擇而慎傳之歟！今傳於世，若梁昭明《文選》、《唐文粹》、《宋文鑑》，固已號爲掇其英、拔其粹矣。然《文粹》、《文鑑》，止録一代之作；《文選》雖兼備歷代而去取欠精，識者猶有憾焉。至宋西山真先生集爲《文章正宗》，其目凡四：曰辭命，曰議論，曰叙事，曰詩賦。天下之文，誠無出此四者，可謂備且精矣；然衆體互出，學者卒難考見，豈非精之中猶有未精者耶？

海虞吴先生有見於此，謂文辭宜以體制爲先。因録古今之文入正體者，始於古歌謡辭，終於祭文，釐爲五十卷；其有變體若四六、律詩、詞曲者，别爲《外集》五卷附其後：名曰《文章辨體》。辨體云者，每體自爲一類，每類各著序題，原制作之意而辨析精確，一本於先儒成説，使數千載文體之正變高下，一覽可以具見，是蓋有以備《正宗》之所未備而益加精焉者也。非先生學之博、識

之正、用心之勤且密，寧有是哉？　先生之孫淳爲監察御史，嘗携是編至京。今都憲萬安劉公顯孜，昔與淳同官，獲一見焉而愛好之不忘，至是奉命巡撫南畿，訪求於先生仲子銓、曾孫木得之，親爲校正訛謬，將刻諸梓，以廣其傳。於是邑人之尚義者，争捐貲爲助，而板刻遂成。刑部陸員外昶，於先生爲邑後進，樂聞其書得傳，屬予爲之序。

嗟夫！　文章，天下公器也。自昔志勤於集録者，孰不欲名當時而傳後世？　然有不幸或堙没焉者，殆未遇知而好之者公其傳於衆也。今先生是編，家藏之久，乃得都憲劉公篤好而表章之，豈非幸歟？　抑非獨先生之幸，實學者之幸也。繼自今，學者得而誦之，具見諸家之體而力追古作，於以黼黻皇猷、恢弘治理、使斯文超兩漢而追三代之盛，端自此始，豈不尤爲世道幸哉？然則先生是編，雖幸賴公以傳，而公之名，亦將與先生並傳於無窮也。

先生名訥，字敏德。學行淳正，可方古人，著書績文，老而不倦。官終副都御史。所著有《小學集解》、《性理補註》、《晦菴文鈔詩鈔》、《草廬文粹》、《祥刑要覽》，與此並行於世云。

天順八年秋九月既望，賜進士及第、嘉議大夫、吏部右侍郎、兼翰林院學士、知制誥、同知經筵事、國史總裁安成彭時序。

文章辨體凡例

明 吴訥 撰

一 文辭以體制爲先。古文類集今行世者，惟梁昭明《文選》六十卷、姚鉉《唐文粹》一百卷、東萊《宋文鑑》一百五十卷、西山前後《文章正宗》四十四卷、蘇伯修《元文類》七十卷爲備。然《文粹》、《文鑑》、《文類》惟載一代之作。《文選》編次無序，如第一卷古賦以《兩都》爲首，而《離騷》反置於後，甚至揚雄《美新》、《曹操九錫文》亦皆收載，不足爲法。獨《文章正宗》義例精密，其類目有四：曰辭命，曰議論，曰叙事，曰詩賦。古今文辭，固無出此四類之外者。然每類之中，衆體並出，欲識體而卒難尋考。故今所編，始於古歌謡辭，終於祭文，每類自爲一類，各以時世爲先後，共爲五十卷。仍宋先儒成説，足以鄙意，著爲序題，録於每類之首，庶幾少見制作之意云。

一 作文以關世教爲主。上虞劉氏有云：「《詩》三百篇，有美有刺，聖人固已垂戒於前矣；後人纂輯，當本《二南》、《雅》、《頌》爲則。」今依其言。凡文辭必擇辭理兼備、切於世用者取之；其有可爲法戒而辭未精，或辭甚工而理未瑩，然無害於世教者，間亦收入；至若悖理傷教、及涉淫放怪僻者，雖工弗録。

一　命辭固以明理爲本。然自濂、洛、關、閩諸子闡明理學之後，凡性命道德之言，雖孔門弟子所未聞者，後生學子皆得誦習；若不顧文辭題意，概以場屋經訓性理之説，施諸詩賦及贈送雜作之中，是豈謂之善學也哉？故西山真氏前後《文章正宗》，凡《太極圖説》及《易傳序》、《東西銘》、《擊壤詩》等作，皆不復録。今亦遵其意云。

一　古人文辭多有辭意重復，或方言難曉。晦翁《綱目》及迂齋、叠山古文，若賈生《政事書》之類，皆節取要語。今亦從之。

一　歷代制册詔誥，蓋皆王言。《文選》、《文章正宗》止書世代而已；至《文鑑》、《文類》始列代言名氏。今依前例，悉皆不書。若夫天朝詔誥，豈敢與臣庶文辭同録？今亦弗載。

一　洪武之初，作者輩出，區區孤陋，弗能博訪盡載。考之《文章正宗》，凡同時及年近諸大老之作，皆不敢録，以避去取之嫌。今循其例，以俟後之君子。

一　卷中文辭，凡古帝王所作，則稱謚號，餘則稱字稱號；若於表奏之下及不知其字者，則復稱名：非敢有所優劣也。

一　四六爲古文之變，律賦爲古賦之變，律詩雜體爲古詩之變，詞曲爲古樂府之變。西山《文章正宗》，凡變體文辭，皆不收録。東萊《文鑑》，則並載焉，今遵其意。復輯四六對偶及律詩、歌曲共五卷，名曰《外集》，附於五十卷之後，以備衆體，且以著文辭世變云。

諸儒總論作文法

《易》、《書》、《詩》、《春秋》、《儀禮》、《禮記》、《周禮》、《論語》、《大學》、《中庸》、《孟子》，皆聖賢明道經世之書，雖非爲作文設，而千萬代文章皆從是出。（《文章精義》）

文有二道：辭令褒貶，本乎著作者也；導揚諷誦，本乎比興者也。著作者流，蓋出於《書》之《謨》《訓》、《易》之《象》《繫》、《春秋》之筆削，其要在於高壯廣厚，辭正而理備，謂宜藏於簡册者也。比興者流，蓋出於虞夏之詠歌、商周之《風》《雅》，其要在於麗則清越，言暢而意美，謂宜流於謡誦者也。（柳子厚）

夫文章者，原出五經：詔誥策檄，生於《書》者也；序述論議，生於《易》者也；歌詠賦頌，生於《詩》者也；祭祀哀誄，生於《禮》者也；書奏箴銘，生於《春秋》者也。故凡朝廷憲章，軍旅誓誥，敷暢仁義，發明功德，牧民建國，皆不可無。（顔之推）

文章與時高下：三代之文，至戰國而病，涉秦、漢復起；漢之文，至三國而病，唐興復起。夫政龎而土裂，三光五岳之氣分，大音不全，故必混一而後大振。（劉夢得）

章表奏議，則準的乎典雅；贊頌歌詩，則羽儀乎清麗；符檄書移，則楷式於明斷；史論序記，則軌範於覈要；箴銘碑誄，則體制於宏深；連珠七辭，則從事於工艷。此修體而成勢，隨變

而立功者。復契會相參，節文互雜，辟五色之錦，各以本采爲地矣。（《文心雕龍》）

夫刺美風化，緩而不迫謂之「風」；采摭事物，摛華布體謂之「賦」；推明政治、正言得失謂之「雅」；形容盛德，揚厲休功謂之「頌」；幽憂憤悱，寓之比興謂之「騷」；感傷事物，托於文章謂之「辭」；程事較功，考實定名謂之「銘」；援古刺今，箴戒得失謂之「箴」；猗吁抑揚，永言謂之「歌」；非鼓非鐘，徒歌謂之「謡」；步驟馳騁，斐然成章謂之「行」；品秩先後，序而推之謂之「引」；聲音雜比，高下長短謂之「曲」；吁嗟慨歌，悲憂深思謂之「吟」；吟詠情性，合而言志謂之「詩」；蘇、李而上，高簡古淡謂之「古」；沈、宋而下，法律精切謂之「律」：此詩之衆體也。帝王之言，出法度以制文者謂之「制」；絲綸之語，若日月之垂照者謂之「詔」；道其常而作彝憲者謂之「典」；陳其謀而成嘉猷者謂之「謨」；順其理而廸之者謂之「訓」；屬其人而告之者謂之「誥」；即師衆而誓之者謂之「誓」；因官使而命之者謂之「命」；出於上者謂之「教」；行於下者謂之「令」；持而戒之者，「敕」也；言而諭之者，「宣」也；諮而揚之者，「贊」也；登而崇之者，「册」也；言其倫而析之者，「論」也；度其宜而揆之者，「議」也；别嫌疑而明之者，「辨」也；正是非而著之者，「説」也；「記」者，記其事也；「紀」者，紀其實也；「書」者，纘而述焉者也；「策」者，條而對焉者也；「傳」者，傳而信者也；「序」者，緒而陳者也；「碑」者，披列事功而載之金石也；「碣」者，揭其操行而立之墓隧也；「誄」者，累其素履而質諸鬼神也；「誌」者，識其名系而埋之壙

穴也；「檄」者，激發人心，而諭禍福也；「移」者，自近移遠，使之周知也；「表」者，布臣子之心，致君父之前也；「牋」者，修儲後之問，伸宫闈之儀也；「簡」者，質言之而略也；「啓」者，文言之而詳也；「狀」者，言之公上也；「牒」者，用之官府也；捷書不緘，插羽而傳之者，「露布」也；尺牘無封，指事而陳之者，「箚子」也；青黄黼黻，經緯以相承者，總謂「文」也。（《珊瑚鉤詩話》）

作文之體，初欲奔馳，久當撙節，使簡重嚴正，時或放肆以自舒，勿爲一體，則盡善矣。（歐陽公）

孫元忠樸嘗問歐陽公爲文之法，公云：「於吾姪豈有惜？只是要熟耳。變化之態，皆從熟處生也。」（同）

頃歲孫莘老識文忠公，乘間以文字問之。答云：「無他術，惟讀書多則爲之自工。世人之患，在懶讀書。又作文字少，每一篇出，即求過人，如此少有至者。疵病不必待人指擿，多作自能見之。」（同）

意盡而言止者，天下之至言也；然言止而意不止，尤爲極至，如《禮記》、《左氏傳》可見。（東坡）

凡文字，少小時須令氣象峥嶸，采色絢爛。漸老漸熟，乃造平淡。其實不是平淡，乃絢爛之極也。（同）

辭氣或不逮初造意時，此病只是讀書未精博耳。「長袖善舞，多錢善賈」，不虚語也。（山谷）

大凡爲文，須要有温和敦厚之氣，章疏告君文字，蓋尤不可無也。（楊龜山）

作文以理爲主，自六經以下，至於諸子百氏騷人辨士論述，大抵皆爲寓理之具也。故學文之道，急於明理。如爲文而不明理，求文之工，世未嘗有是也。若未明理，而欲以言語句讀爲奇，反復咀嚼，卒亦無有，此最文之陋也。（張文潛）

作文須是靠實，説得有條理，不可駕空織巧，大要七分實，只二三分文。如歐文好者，只是靠實而有條理，如《張承業宦者傳》自然好。東坡如《靈壁張氏園亭記》最好，亦是靠實。秦少游《龍井記》之類，全是架空説，全不起發人意思。（晦菴）

今人作文好用難字，如讀《漢書》，便去收拾三兩個字。曾南豐尚解使一二字，歐、蘇全不使一難字，而文字如此好。（同）

作文自有穩字，古之能文者，纔用便用著。（同）

文章以體製爲先，精工次之。失其體製，雖浮聲切響，抽黄對白，極其精工，不可謂之文矣。（倪正父）

爲文不關世教，雖工何益？（葉水心）

前輩作文，各有入門處。退之本《孟子》，永叔亦祖《孟子》，故其議論，純正少疵。子厚、明

允，皆自言其所得處，明允多自《戰國策》中來，視子厚爲不純。子瞻亦祖其家學，氣燄赫奕，人多慕之；然少純正。要之，自六經來，則源深而流長，人但見其正大温粹，不知其所養者有本也。此最當謹，所習之始若不謹，則末可知。本既立，必學問充就而後識見超詣，凡見之議論言語者，皆正大純粹，如冠冕佩玉，入宗廟之中，人自起敬。學力既到，體製亦不可不知，如記、贊、銘、頌、序、跋，各有其體。不知其體，則喻人無容儀，雖有實行，識者幾人哉？體製既熟，一篇之中，起頭結尾，繳换曲折，反覆難應，關鎖血脈，其妙不可以言盡，要須自得於古人。（《金石例》）

文章不使事最難，使事多亦最難。不使事，難於立意；使事多，難於遣辭。能立意者，未必能造語；能遺辭者，未必能免俗。大抵爲文者多，知難者少。（《捫蝨新語》）

篇中不可有冗章，章中不可有冗句，句中不可有冗字，亦不可有齟齬處。（《緯文瑣語》）

爲文當要轉常爲奇，回俗入雅，縱横出没，圓融無滯，乃可與言遠。（同）

作文須要血脈貫穿，造語用事妥帖。前世號能文者，無不知此。（同）

文字須要數行整齊處，數行不整齊處。意對處，文却不必對；文不對處，意著對。（《精義》）

學文切不可學怪句，且須明白正大，務要十句百句只作一句貫串意脈。説得通處儘管説去；説得反復竭處自住。所謂行乎其所當行，止乎其所不得不止也。（同）

文章不難於巧，而難於拙；不難於曲，而難於直；不難於細，而難於粗；不難於華，而難於

質。（同）

退之自言：作爲文章，上規姚、姒、《盤》、《誥》、《春秋》、《易》、《詩》、《左氏》、《莊》、《騷》、太史、子雲、相如，閎其中而肆其外。子厚自言：每爲文章，本之《詩》、《書》、《禮》、《春秋》、《易》，參之《穀梁》、《孟》、《荀》、《莊》、《老》、《國語》、《離騷》、太史公。此韓、柳爲文之旨要，學者宜思之。（容齋）

作議論文字，須考引事實無差忒，乃可傳信後世。東坡作《二疏贊》云：「孝宣中興，以法馭人。殺蓋、韓、楊，蓋三良臣。先生憐之，振袂脱屣。使知區區，不足驕士。」其立意超卓如此。然以其時考之，元康三年，二疏去位；後二年，蓋寬饒誅；又三年，韓延壽誅；又三年，楊惲誅。方二疏去時，三人無恙。（同）

凡學文，初要膽大，終要心小。由粗入細，由俗入雅，由繁入簡，由豪宕入純粹。（疊山）

聖人立言與庸衆人異：貶一人不必多言，只一字一句貶之，其辱不可當；褒一人不必多言，只一字一句褒之，其榮不可當。孔子褒管仲只四句：「一匡天下，民到于今受其賜。微管仲，吾其被髮左衽矣。」孟子，學孔子者也，褒百里奚只一句：「相秦而顯其君於天下，可傳於後世，不賢而能之乎？」韓文公，學孔孟者也，褒孟子初只兩句：「然賴其言，而今學者尚知宗孔氏、崇仁義、貴王賤霸而已。」終只兩句：「向無孟氏，則皆服左衽而言侏離矣。」與孔子褒管仲之語同。歐陽

公作《蘇老泉墓誌》云：「眉山在西南數千里外，公父子一日隱然名動京師，而蘇氏之文章遂擅天下。」亦得此法。（同）

東坡作史評，必有一段萬世不可磨滅之理，使吾身生其人之時，居其人之位，遇其人之事，當如何處置。凡議論好事，須要一段反説；凡議論一段不好事，須要一段好説。文勢亦圓活，義理亦精微，意味亦悠長。（同）

文以傳道，古聖人不得已而爲之，謂欲句之難道，義之難曉，必不然矣。《詩》三百篇，皆可以播管絃、荐宗廟。《書》者，二帝三王之世之文也，文之古無出於此，則曰：「惠廸吉，從逆凶。」又曰：「德日新，萬邦惟懷；志自滿，九族乃離。」在《禮·儒行》（夫子之文也）則曰：「衣冠中，動作謹。」在《易》則曰：「乾道成男，坤道成女。日月運行，一寒一暑。」夫豈句之難道，義之難曉耶？今爲文而舍六經，又何法哉？若第取《書》之「弔由靈」、《易》之「朋盍簪」者，法其語而謂之古，是豈所謂之古文哉？（《小畜文集》）

好作奇語，自是文章病，但當以理爲主。理得而辭順，文章自然出羣拔萃。（《困學紀聞》）

文章要有曲折，不可作直頭布袋；然曲折太多，則語意繁碎，整理不下，反不若直頭布袋之爲愈也。（元遺山）

文有以繁爲貴者，若《檀弓》石祈子「沐浴佩玉」、《莊子》之「大塊噫氣」用「者」字，韓子《送孟

東野序》用「嗚」字，《上宰相書》「至今稱周公之德」其下又有「不衰」二字，凡此類則以繁爲貴。又有以簡爲貴者，若《舜典》「至于（巾）〔南〕岳，如岱禮」，「西岳如初」，《史記》「事在某人傳」，凡此類則又以簡爲貴也。但繁而不厭其多，簡而不遺其意，乃爲善矣。（《文則》）

文有助辭，猶禮之有儐，樂之有相也。禮無儐則不行，樂無相則不諧，文無助則不順。《檀弓》曰：「勿之有悔焉耳矣。」《孟子》曰：「寡人盡心焉耳矣。」《檀弓》曰：「我弔也與哉？」《左氏傳》曰：「獨吾君也乎哉？」凡此一句而三字連助，不嫌其多也。《左氏傳》曰：「其有以知之矣。」又曰：「其無乃是也乎？」此二句六字成句，而四字爲助，亦不嫌其多也。《檀弓》曰：「南宫縚之妻之姑之喪。」《樂記》曰：「不知手之舞之、足之蹈之也。」凡此不嫌用「之」字爲多。《禮記》曰：「言則大矣、美矣、盛矣。」此不嫌用「矣」字爲多。《檀弓》曰：「美哉輪焉。」《論語》曰：「富哉言乎。」凡此四字成句，而助辭半之，不如是，文不健也。《左氏傳》曰：「美哉泱泱乎！大風也哉！表東海者，其太公乎。國未可量也。」此文每句終用助，讀之殊無齟齬艱辛之態。（同）

詩人用助辭，多用韻在其上。有用「也」辭，若「何其處也，必有與也」。有用「而」辭，若「俟我於著乎而，充耳以素乎而」。有用「矣」辭，若「陟彼砠矣，我馬瘏矣」。有用「忌」辭，若「抑磬控忌，抑縱送忌」。有用「兮」辭，若「其實七兮，迨其吉兮」。有用「之」辭，若「知子之順之，雜佩以問之」。有用「止」辭，如「既曰庸止，曷又從止」。有用「且」辭，若「椒聊且，遠條且」。又《禮記》散文

亦有韻協，如曰：「禮行於郊，而百神受職焉；禮行於社，而百貨可極焉；禮行於祖廟，而孝慈服焉；禮行於五祀，而正法則焉。」（同）

結文字須要精神，不要閑言語。韓文公《獲麟解》結云：「麟之所以爲麟者，以德不以形。若麟之出不待聖人，則其謂之不祥也亦宜。」《送浮屠文暢序》結：「余既重柳請，又嘉浮屠能喜文辭，於是乎書。」歐公《縱囚論》結：「是以堯、舜三王之治，必本於人情，不立異以爲高，不逆情以干譽。」皆此法也。（同）

詩者，始於舜、皐之賡歌。三代列國，風雅繼作，今之三百五篇是也。其句法自三字至八字，皆起於此。三字句若「鼓咽咽，醉言歸」之類；四字句若「關關雎鳩，在河之洲」之類；五字句若「誰謂雀無角，何以穿我屋」之類；七字句若「交交黄鳥止于棘」之類；八字句若《十月之交》曰：「我不敢效我友自逸」之類。漢魏以降，格致寖多。自唐迄于國朝，而體製大備矣。（同）

詩以意義爲主，文詞次之。或意深義高，雖文詞平易，自是奇作。世人見古人語句平易，倣傚之而不得其意義，便入鄙野可笑。（同）

「謝朝華之已披，啓夕秀於未振」，學詩者尤當領此。陳腐之語，固不必涉筆；然知求去陳腐而翻爲怪怪奇奇、不可致詰之語以欺人，不獨欺人，而且自欺，誠學者之大病也。（同）

古歌謠辭

按西山真氏輯《文章正宗》，凡古文辭之載于經、聖人所嘗删述者，皆不敢録。獨采書傳所載《康衢》、《擊壤》歌謠之類，列于古詩之前。且曰：「出於經者可信，傳記所載者，未必當時所作。」其好古傳疑之意至矣。今謹遵其意，而以《康衢》童謡爲首，終於荀卿《佹詩》，彙寘卷端，以俟考質云。

古賦

按賦者，古詩之流。《漢・藝文志》曰：「古者諸侯卿大夫交接鄰國，必稱《詩》以喻意。春秋之後，聘問歌詠不行於列國，而賢人失志之賦作矣。大儒荀卿及楚臣屈原，離讒憂國，皆作賦以風。其後宋玉、唐勒、枚乘、司馬相如，下及揚子雲，競爲侈麗閎衍之辭，而風諭之義没矣。」迨近世祝氏著《古賦辨體》，因本其言而斷之曰：「屈子《離騷》，即古賦也。古詩之義，若荀卿《成相》、《佹詩》是也。」然其所載，則以《離騷》爲首，而《成相》等弗録。倘論世次，屈在荀後；而《成相》、《佹詩》，亦非賦體。故今特附古歌謠後，而仍載《楚辭》于古賦之首。蓋欲學賦者必以是爲先也。宋景文公有云：「《離騷》爲詞賦祖，後人爲之，如至方不能加矩，至圓不能過規。」信哉！

楚

楚，國名。祝氏曰：「按屈原爲《騷》時，江、漢皆楚地。蓋自王化行乎南國，《漢廣》、《江有汜》諸詩已列於《二南》，十五《國風》之先。《風》、《雅》既變，而楚狂《鳳兮》、《滄浪》孺子之歌，莫不發乎情，止乎禮義，猶有詩人之六義。但稍變詩之本體，以「兮」字爲讀，遂爲楚聲之萌蘖也。原最後出，本《詩》之義以爲《騷》，但世號《楚辭》，不正名曰「賦」。然自漢以來，賦家體製大抵皆祖於是焉。」

又按晦菴先生曰：「凡其寓情草木、託意男女、以極遊觀之適者，變《風》之流也；叙事陳情、感今懷古、不忘君臣之義者，變《雅》之類也；其語祀神歌舞之盛，則幾乎《頌》矣。至其爲賦，則如《騷經》首章之云；比，則如香草惡物之類；興，則托物興詞，初不取義，如《九歌》沅芷澧蘭以興思公子而未敢言之屬也。但《詩》之興多而比賦少；《騷》則興少而比賦多。賦者要當辨此，而後辭義不失古詩之六義矣。」

兩　漢

祝氏曰：「揚子雲云：『詩人之賦麗以則，詞人之賦麗以淫。』夫騷人之賦與詩人之賦雖異，

然猶有古詩之義，辭雖麗而義可則。至詞人之賦，則辭極麗而過於淫蕩矣。蓋詩人之賦，以其吟詠情性也，騷人所賦，有古詩之義者，亦以其發於情也。其情不自知而形於辭，其辭不自知而合於理。情形於辭，故麗而可觀；辭合於理，故則而可法。如或失於情，尚辭而不尚意，則無興起之妙，而於則也何有？又或失於辭，尚理而不尚辭，則無詠歌之遺，而於麗也何有？二十五篇之《騷》，無非發於情者，故其辭也麗，其理也則，而有賦、比、興、風、雅、頌諸義。漢興，賦家專取《詩》中賦之一義以爲賦，又取《騷》中贍麗之辭以爲辭，若情若理，有不暇及。故其爲麗也，異乎《風》、《騷》之麗，而則之與淫遂判矣。古今言賦，自《騷》之外，咸以兩漢爲古，蓋非魏晉已還所及。心乎古賦者，誠當祖《騷》而宗漢，去其所以淫，而取其所以則，庶不失古賦之本義云。」

附録

屈宋之辭，家藏人誦。兩漢而下，祖襲者多。晦翁編類《楚辭後語》，一以時世爲之先後。至其體製，則若詩、若賦、若歌、若辭、若文、若操，與夫諸雜著之近乎楚者，悉皆間見迭書，而不復爲之分類也。迨元祝氏輯纂《古賦辨體》，其曰「後騷」者，雖文辭增損不同，然大意則亦本乎晦翁之舊也。是編之賦，既以屈、宋爲首，其兩漢以後，則遵祝氏，而以世代爲之卷次。若當時諸人雜作，有得古賦之體者，亦附各卷之後，庶幾讀者有以得夫旁通曲暢之

助云。

三國六朝

祝氏曰：「嘗觀古之詩人，其賦古也，則於古有懷；其賦今也，則於今有感。其賦事也，則於事有觸；其賦物也，則於物有況。情之所在，索之而愈深，窮之而愈妙，彼其於辭，直寄焉而已矣。後之辭人，刊陳落腐，惟恐一話未新；搜奇摘艷，惟恐一字未巧；抽黄對白，惟恐一聯未偶；回聲揣病，惟恐一韻未協。辭之所爲，罄矣而愈求，妍矣而愈飾，彼其於情，直外焉而已矣。」「蓋西漢之賦，其辭工於楚《騷》；東漢之賦，其辭又工於西漢；以至三國六朝之賦，一代工於一代。辭愈工則情愈短而味愈淺，味愈淺則體愈下。建安七子，獨王仲宣辭賦有古風。至晉陸士衡輩《文賦》等作，已用俳體。流至潘岳，首尾絶俳。迨沈休文等出，四聲八病起，而俳體又入於律矣。徐、庾繼出，又復隔句對聯，以爲駢四儷六；簇事對偶，以爲博物洽聞。有辭無情，義亡體失，此六朝之賦所以益遠於古。然其中有安仁《秋興》、明遠《舞鶴》等篇，雖曰其辭不過後代之辭，乃若其情，則猶得古詩之餘情矣。於此益歎古今人情如此其不相遠，古詩賦義，其終不泯也。」

唐

祝氏曰：「唐人之賦，大抵律多而古少。夫雕蟲道喪，頽波横流，風騷不古，聲律大盛。句中拘對偶以趨時好，字中揣聲病以避時忌，孰有學古！或就有爲古賦者，率以徐、庾爲宗，亦不過少異於律爾。甚而或以五七言之詩、四六句之聯以爲古賦者。中唐李太白天才英卓，所作古賦差强人意，但俳之蔓雖除，而律之根故在，雖下筆有光燄，時作奇語，然只是六朝賦爾。惟韓、柳諸古賦一以《騷》爲宗，而超出俳律之外，唐賦之古，莫古於此。至杜牧之《阿房宫賦》，古今膾炙，但太半是論體，不復可專目爲賦矣，毋亦惡俳律之過而特尚理以矯之乎。」吁！先正有云：「文章先體製而後文辭」，學賦者其致思焉。

宋

祝氏曰：「宋人作賦，其體有二：曰俳體，曰文體。后山謂歐公以文體爲四六。夫四六者，屬對之文也，可以文體爲之；至於賦，若以文體爲之，則是一片之文，押幾個韻爾，而於《風》之優游、比興之假托、《雅》、《頌》之形容，皆不兼之矣。」晦翁云：宋朝「文明之盛，前世莫及。自歐陽文忠公、南豐曾公與眉山蘇公相繼迭起，各以其文擅名一世，杰然自爲一代之文；獨於楚人之

賦，有未數數然者」。觀於此言，則宋賦可知矣。

元

元主中國百年，國初文學，不過循習金源之故步。迨至元混一，士習丕變，於是完顏之粗獷既除，而宋末萎苶之氣亦去矣。延祐設科，以古賦命題，律賦之體，繇是而變；然多浮靡華巧，抑揚歸美。至末年而格調益弱矣。今取黄氏等數篇，附於宋賦之後。其他詩文，間亦録附各卷云。

國朝

聖明統御，一洗胡元陋習，以復中國先王之治。當時輔翊興運、以文章名世者，率推承旨宋公濂爲首。迨若太史胡公翰，則又宋公之所畏服者也。今采二公所作，著之於編，以昭我國家文運之興，非若漢、唐、宋歷世之久而後盛也。若夫重熙累洽，作者非一，尚俟博采而備録云。

樂府

《易》曰：「先王作樂崇德，殷薦之上帝以配祖考。」成周盛時，大司樂以黄帝、堯、舜、夏、商六代之樂，報祀天地百神。若宗廟之祭，神既下降，則奏《九德》之歌、《九韶》之舞。蓋以六代之樂，

皆聖人之徒所制，故悉存之而不廢也。

迨秦焚滅典籍，禮樂崩壞。

漢興，高帝自製《三侯》之章，而《房中》之樂則令唐山夫人造爲歌辭。《史記》云：「高祖過沛詩《三侯》之章，令小兒歌之。高祖崩，令沛得以四時歌舞宗廟。孝惠、文、景，無所增更，於樂府習常肄舊而已。」至班固《漢書》則曰：「漢興，樂家有制氏，但能紀其鏗鏘，而不能言其義。高祖時，叔孫通制宗廟樂，迎神奏《嘉至》，入廟奏《永至》，乾豆上奏《登歌》，再終下奏《休成》，天子就酒東廂坐定，奏《永安》。」然徒有其名而亡其辭，所載不過武帝《郊祀》十九章而已。後儒遂以樂府之名起於武帝，殊不知孝惠二年已命夏侯寬爲樂府令，豈武帝始爲新聲不用舊辭也？

迨東漢明帝，遂分樂爲四品：一曰《大予樂》，郊廟上陵用之；二曰《雅頌樂》，辟雍享射用之；三曰《黄門鼓吹樂》，天子宴羣臣用之；四曰《短簫鐃歌樂》，軍中用之。其説雖載方册，而其制亦復不傳。

魏晉以降，世變日下，所作樂歌，率皆誇靡虚誕，無復先王之意。

下至陳隋，則淫哇鄙褻，舉無足觀矣。

自時厥後，惟唐宋享國最久，故其辭亦多純雅。

南渡後，夾漈鄭氏著《通志·樂略》，以爲古之達禮有三：一曰燕，二曰享，三曰祀。所謂吉、

凶、軍、賓、嘉，皆主此三者。仲尼所删之詩，凡燕、享、祀之時，用以歌之。漢樂府之作，以繼三代，因列《鐃歌》與《三侯》以下于篇，亦無其辭。

後太原郭茂倩輯《樂府》百卷，繇漢迄五代，蒐輯無遺。金華吴立夫謂其紛亂龐雜，厭人視聽，雖浮淫鄙俗，不敢芟夷，何哉？

近豫章左克明復編《古樂府》十卷，斷自陳隋而止，中間若後魏《楊白花》等淫鄙之辭，亦復收載，是亦未得盡善也。

今考五禮，以《郊廟歌辭》爲先，《愷樂》、《燕饗歌辭》次之。蓋以其切於世用，足爲制作家之助。至若古今《琴操》與夫《相和》等曲，亦附于後，以俟好古君子之所考訂焉。其或有題無辭，或辭雖存而爲莊人雅士之所厭聞者，兹亦不得録云。

郊廟歌辭(吉禮)

《樂記》曰：「王者功成作樂，治定制禮。」考之於古，禮樂之備，莫過於周。故《詩序》謂《昊天有成命》，則郊祀天地之樂歌也；《清廟》，則祀太廟之樂歌也；《我將》、《載芟》、《良耜》，則又明堂社稷之歌章焉。千載之下，音樂既亡，而其歌詩尚存者，以其辭焉爾。秦漢以降，代有制作，然唯漢、唐、宋爲盛者，蓋其混一既久，功德在人，雖其道不能比隆成周，然其致治制作之懿，終非

秦、魏、晉、隋、南北、五季之可比也。讀者其尚考焉。

愷樂歌辭（軍禮）

《周禮·大司樂》曰：「王師大獻，則令奏《愷樂》。」《大司馬》曰：「師有功，則《愷樂》獻于社。」鄭康成云：「兵樂曰愷，獻功之樂也。」是則軍禮之有《愷樂》，其來尚矣。

若夫《鼓吹》、《鐃歌》、《横吹》之名，則起于漢。崔豹《古今注》云：「漢樂有《黄門鼓吹》，天子所以宴羣臣。《短簫鐃歌》，乃《鼓吹》之一章，亦以賜有功。」是則《鐃歌》與《鼓吹》，得通名爲《鼓吹曲》，但所用異爾。漢有《朱鷺》等二十二曲，列於《鼓吹》，謂之《鐃歌》。又有《横吹曲》二十八解，然辭多不傳。

曹魏嘗改漢《鐃歌》爲十二曲，而辭率矯誕。厥後柳宗元進唐《鐃歌》。

洪武中宋濂擬宋《鼓吹》，雖如魏之曲數，而辭義殆過之矣。今特録附漢曲之後，以爲好古學者之助云。

横吹曲辭（嘉靖本無此篇，據清程崟《文章辨體式》增入）

按《樂府集》云：「《横吹》，其始亦謂之《鼓吹》，後分爲二：有簫笳者，謂之《鼓吹》，用之朝會

道路，亦以賜有功；有鼓角者爲《横吹》，用之軍中，馬上奏之。」《解題》曰：「漢《横吹曲》二十八解，李延年造。魏晉以來，唯傳十曲：一曰《黄鵠》，二曰《隴頭》，三曰《出關》，四曰《入關》，五曰《出塞》，六曰《入塞》，七曰《折楊柳》，八曰《黄覃子》，九曰《赤之揚》，十曰《望行人》。後有《關山月》、《洛陽道》、《長安(子)〔道〕》、《梅花落》、《紫騮馬》、《驄馬》、《雨雪》、《劉生》八曲，合十八曲。」

古辭多亡，後人取六朝唐人詩，以補觀覽，然皆近體，殊失古義，今皆不録。獨采古辭存者數篇並後人擬作者附之。蕭梁時，又有《横吹》等歌三十六曲，其辭多亡，止存《企喻》、《慕容垂》、《木蘭》等曲，辭義皆無取，今亦不載。

燕饗歌辭(賓禮、嘉禮)

《儀禮・燕禮》曰：「工歌《鹿鳴》、《四牡》、《皇皇者華》。」「笙入，奏《南陔》、《白華》、《華黍》。」「乃間歌《魚麗》、笙《由庚》；歌《南有嘉魚》、笙《崇丘》；歌《南山有臺》、笙《由儀》。遂歌《鄉樂》、《周南》(《關雎》、《葛覃》、《卷耳》)、《召南》(《鵲巢》、《采蘩》、《采蘋》)。」此則燕饗之有樂也。《王制》曰：「天子食舉以樂。」《大司樂》：「王大食皆奏鐘鼓。」此食舉之有樂也。

漢明帝定樂，二曰《雅頌》，三曰《黄門鼓吹》者，皆宴射及宴羣臣之所用也。又有《殿中》、《御飯》、《食舉》七曲，《太樂食舉》十三曲，然世皆不傳。唯晉荀勗所定歌章具存。

唐貞觀初，新定《十二和》之樂，其曰：天子食舉及飲酒奏《休和》，受朝奏《正和》，正、至禮會奏《昭和》，皇太子軒懸出入奏《承和》。而史亦亡其辭。

迨宋建隆中，始作朝會樂章，載之于史。

今録所存晉、宋之辭，以俟採擇云。

琴曲歌辭

《白虎通》曰：「琴者，禁止於邪、以正人心者也，故先王以是爲修身理性之具。其長三尺六寸，象歲之三百六十日也；廣六寸，法六合也；前廣後狹，尊卑象也；上圓下方，法天地也。」今觀五曲、九引、十二操，率皆後人所爲，若文王《居憂》、孔子《猗蘭》、《將歸》等操，怨懟躁激，害義尤甚，故皆不取。而獨載昌黎所擬諸作於後，先儒謂深得文王之心者是也。西山真氏又云：「琴之音以淳古澹泊爲上；今則厭古調之希微，誇新聲之奇變，雖琴亦鄭衛矣。」此又有志於琴者不可不知也。

相和歌辭

《宋書・樂志》曰：「《相和》，漢舊曲也，絲竹更相以和執節者之歌，魏明帝分爲二部。」晉荀

勗採舊辭，謂之《清商三調》歌詩。《唐·樂志》云：「《平調》、《清調》、《瑟調》，皆周《房中曲》之遺聲，漢世謂之三調。」又有《楚調》，漢《房中曲》也，與前三調總謂之《相和調》。張永《元嘉技録》又有《吟歎》四曲，亦列于《相和歌》云。

清商曲辭

《清商樂》一曰《清樂》。《清樂》者，九代之遺聲，其始即《相和三調》是也。並漢魏已來舊曲，其詞皆古調。晉馬南渡，其音亡散。宋武定關中，收其聲伎，南朝文物，斯爲最盛。後魏孝文、宣武，相繼南伐，得江左所傳舊曲及江南《吴歌》、荆楚《西聲》，總謂之《清商》，至於殿庭饗宴，則兼奏之。後隋平陳，文帝善其節奏，曰：「此華夏正聲也。」乃微更損益，以新定律吕，因於太常置清商署以管之，謂之《清樂》。隋室喪亂，日益淪缺。

唐貞觀中，用十部樂，《清樂》亦在焉。至武后長安已後，朝廷不重古曲，工伎廢弛，曲之存者僅有《子夜》、《上聲》、《歡聞》、《前溪》、《阿子》、《丁督護》、《讀曲》、《神弦》等曲，俱列於《吴聲》；而《西曲》則《石城樂》、《烏夜啼》、《烏棲曲》、《估客》、《莫愁》、《襄陽》、《江陵》、《共戲》、《壽陽》等曲，或舞曲，或倚歌，則雜出於荆、郢、樊、鄧之間，以其方俗，故謂之《西曲》。《古今樂録》曰：「《上聲》等辭，哀怨不及中和，梁武改之，無復雅句矣。」今特録其辭意稍雅者，以俟考訂云。

古詩

《詩・大序》曰：「詩者，志之所之也。」「詩有六義：曰風，曰雅，曰頌，曰賦，曰比，曰興。」《三百篇》尚矣。以漢魏言之，蘇、李、曹、劉，實爲之首。晉宋以下，世道日變，而詩道亦從而變矣。

晦菴先生嘗答鞏仲至有曰：「古今詩凡三變：自漢魏以上爲一等；自晉宋間顔謝以後下及唐初爲一等；自沈宋以後定著律詩下及今日又爲一等。然自唐初以前，爲詩者固有高下，而法猶未變；至律詩出，而後詩之與法，始皆大變，無復古人之風矣。嘗欲抄取經史韻語，下及《文選》漢魏古詞，以盡郭景純、陶淵明之作，自爲一編，而附《三百篇》、《楚辭》之後，以爲詩之根本準則。又於其下二等之中，擇其近於古者，各爲一編，以爲羽翼輿衛。其不合者，則悉去之，不使接於耳目，入於胸次。要使方寸之中，無一字世俗言語意思，則其爲詩，不期於高遠而自高遠矣。」

厥後西山真公編《文章正宗》，上虞劉氏輯《風雅翼》，悉本朱子之意，而去取詳略，則有不同。

是編所收，率以二家爲主，若近代之有合作者，亦取載焉。律詩雜體，具載《外集》。嗚呼！學詩之法，子朱子之言至矣盡矣，有志者勉焉。

四言

《國風》、《雅》、《頌》之詩，率以四言成章，若五七言之句，則間出而僅有也。《選》詩四言，漢有韋孟一篇；魏晉間作者雖衆，然惟陶靖節爲最，后村劉氏謂其《停雲》等作突過建安是也。宋、齊而降，作者日少；獨唐韓、柳《元和聖德詩》、《平淮夷雅》膾炙人口。先儒有云：「二詩體製不同，而皆詞嚴氣偉，非後人所及。」自時厥後，學詩者日以聲律爲尚，而四言益鮮矣。今取韋孟以下得十餘篇，以備一體。若三曹等作，見于古樂府者，不復再録。大抵四言之作，拘於模擬者，則有蹈襲《風》、《雅》辭意之譏；涉於理趣者，又有銘、贊文體之誚；惟能辭意融化而一出於性情六義之正者，爲得之矣。

五言

五言古詩，載于昭明《文選》者，唯漢魏爲盛。若蘇、李之天成，曹、劉之自得，固爲一時之冠。究其所自，則皆宗乎《國風》與楚人之辭者也。

至晉陸士衡兄弟、潘安仁、張茂先、左太冲、郭景純輩，前後繼出，然皆不出曹、劉之軌轍。獨陶靖節高風逸韻，直超建安而上之。

元嘉以後，三謝、顔、鮑又爲之冠。其餘則傷鏤刻，遂乏渾厚之氣。永明而下，抑又甚焉。沈休文既拘聲韻，江文通又過模擬，而詩之變極矣。唐初，承陳隋之弊；惟陳伯玉專師漢、魏以及淵明，復古之功，於是爲大。迨開元中，有杜子美之才贍學優，兼盡衆體；李太白之格調放逸，變化莫羈。繼此則有韋應物、柳子厚，發穠纖於簡古，寄至味於淡泊，有非衆人之所能及也。自足而後，律詩日盛，而古學日衰矣。

宋初，崇尚晚唐之習，歐陽永叔痛矯「西崑」陋體而變之。並時而起，若王介甫、蘇子美、梅聖俞、蘇子瞻、黄山谷之屬，非無可觀，然皆以議論爲主，而六義益晦矣。馴至南渡，遞相循襲，不離故武。獨考亭朱子以豪杰之材，上繼聖賢之學，文辭雖其餘事，然五言古體，實宗《風》、《雅》，而出入漢、魏、陶、韋之間。至其《齋居感興》之作，則盡發天人之藴，載韻語之中，以垂教萬世，又豈漢、晉詩人所能及哉？讀者深味而體驗之，則庶有以得之矣。

七　言

世傳七言起於漢武《柏梁臺》體。按《古文苑》云，元封三年，詔羣臣能七言詩者上臺侍坐，武帝賦首句曰：「日月星辰和四時」，梁王襄繼之曰：「驂駕駟馬從梁來（音黎）」。自襄而下，作者二十四人，至東方朔而止。每人一句，句皆有韻，通二十五句，共出一韻，蓋如後人聯句而無隻句與

不對偶也。

後梁昭明輯《文選》，載東漢張衡《四愁詩》四首，每首七句，前三句一韻，後四句一韻，此則後人换韻體也。

古樂府有七言古辭，曹子建輩擬作者多。馴至唐世，作者日盛。然有歌行，有古詩。歌行則放情長言，古詩則循守法度，故其句語格調亦不能同也。大抵七言古詩貴乎句語渾雄，格調蒼古，若或窮鏤刻以爲巧，務喝喊以爲豪，或流乎萎弱，或過乎纖麗，則失之矣。

歌行

昔人論歌辭，有有聲有辭者，若《郊廟》樂章及《鐃歌》等曲是也；有有辭無聲者，若後人之所述作，未必盡被於金石也。

夫自周衰，采詩之官廢，漢、魏之世，歌詠雜興。故本其命篇之義曰「篇」，因其立辭之意曰「辭」，體如行書曰「行」，述事本末曰「引」，悲如蛩螿曰「吟」，委曲盡情曰「曲」，放情長言曰「歌」，言通俚俗曰「謡」，感而發言曰「歎」，憤而不怒曰「怨」。雖其立名弗同，然皆六義之餘也。

唐世詩人，共推李杜。太白則多模擬古題；少陵則即事名篇，無復倚傍。厥後元微之以後

人沿襲古題，倡和重複，深以少陵爲是。故今是編凡擬古者，皆附樂府本題之内；若即事爲題，無所模擬者，則自漢魏以降迄于近代，取其辭義之弗過於淫傷者，録之于此云。

諭　告

按西山真氏云：「《周官·大祝》『作六辭以通上下親疏遠近』，曰『辭』、曰『命』、曰『誥』、曰『會』、曰『禱』、曰『誄』，皆王言也。大祝以下掌爲之辭，則所謂代言者也。以《書》考之，若《湯誥》、《甘誓》、《微子之命》之類是也。此皆聖人筆之爲經，不當與後世文辭同録。」今獨取《春秋》内外傳所載周天子諭告諸侯之辭及列國應對之語附焉。

又按東萊吕氏有曰：「文章從容委曲而意獨至，惟《左氏》所載當時君臣之言爲然。蓋繇聖人餘澤未遠，涵養自别，故其辭氣不迫如此，非後世專學語言者所可得而比焉。」

璽　書

按應劭曰：「璽，信也，古者尊卑共之。」《左傳》：「魯襄公在楚，季武子使公冶問璽書。」至秦漢，臣下始避其稱。漢初有三璽，天子用玉璽以封，故曰「璽書」。文帝元年，嘗賜南越尉佗璽書，佗愧感，頓首稱臣納貢。至今讀史者，未嘗不三復書辭以欽仰帝德於無窮也。

夫制、詔、璽書皆曰「王言」； 然書之文，尤覺陳義委曲，命辭懇到者，蓋書中能盡褒勸警飭之意也。 故今特取前代璽書，載於詔令之前，讀者其必有以得之矣。

批答

按《玉海》： 「唐學士初入院，試制、詔、批答共三篇。」蓋批答與詔異： 詔則宣達君上之意；批答則采臣下章疏之意而答之也。 東萊《文鑑》輯批答、詔勑各爲一類，可見矣。

唐史載太宗之答劉洎，謂「出自手筆」，今觀辭意，誠然。 至若宋昭陵之答富弼等，則皆詞臣之撰進者也。 讀者於是其尚考諸。

詔

按三代王言，見於《書》者有三： 曰「誥」、曰「誓」、曰「命」。 至秦改之曰「詔」，歷代因之。 然唯兩漢詔辭深厚爾雅，尚爲近古； 至偶儷之作興，而去古遠矣。

東萊吕氏云： 「近代詔書，或用散文，或用四六。 散文以深純温厚爲本； 四六須下語渾全，不可尚新奇華巧而失大體。」

是編今以漢詔居前，附以唐、宋諸詔，庸備二體。

西山有云：「王言之體，當以《書》之『誥』、『誓』、『命』爲祖，而參以兩漢詔册。」信哉！

册

按《漢書》，天子所下之書有四，一曰「策書」。注曰：「策者，編簡也。其制長二尺，短者半之。篆書。起維年月日，以命諸侯王公。若三公以罪免，亦賜策，則用一尺木而隸書之。」又按《唐·百官志》曰：「王言有七，一曰『册書』，立皇后皇太子、封諸王則用之。」《説文》云：「册者，符命也。諸侯進受於王。象其札一長一短，中有二編之形。」當作冊，古文作𥮞。蓋冊、策二字通用。至唐宋後不用竹簡，以金玉爲册，故專謂之册也。若其文辭體制，則相祖述云。

制、誥

按《周官·太祝》六辭，二曰「命」，三曰「誥」。考之於《書》，「命」者，以之命官，若《畢命》、《冏命》是也；「誥」則以之播誥四方，若《大誥》、《洛誥》是也。漢承秦制，有曰「策書」，以封拜諸侯王公；有曰「制書」，用載制度之文。若其命官，則各賜印綬而無命書也。迨乎唐世，王言之體曰「制」者，大賞罰、大除授用之；曰「發敕」者，授六品以下官用之，即所謂「告身」也。宋承唐制，其

曰「制」者，以拜三公三省等職，辭必四六，以便宣讀于庭；「誥」則或用散文，以其直告某官也。

西山云：「制、誥皆王言，貴乎典雅温潤，用字不可深僻，造語不可尖新，文武宗室，各得其宜，斯爲善矣。」

制　策

按《説文》：「策者，謀也。」凡録政化得失顯而問之，謂之「對策」。考之於史，實始漢之晁錯。錯遇文帝恭謙好問之主，不能明目張膽以答所問，惜哉。唯董仲舒學識醇正，又遇孝武初政清明，策之再三，故克罄竭所藴，帝因是罷黜百家，專崇孔氏，以表章六經，厥功茂焉。迨後，惟宋蘇氏之答仁宗制策，亦克輸忠陳義，婉切懇到，君子有所取焉。讀者詳之。

表

按韻書：「表，明也，標也，標著事緒使之明白以告乎上也。」三代以前，謂之「敷奏」，秦改曰「表」，漢因之。竊嘗考之，漢、晉皆尚散文，蓋用陳達情事，若孔明《前後出師》、李令伯《陳情》之類是也。唐、宋以後，多尚四六。其用則有慶賀、有辭免、有陳謝、有進書、有貢物，所用既殊，則其辭亦各異焉。

西山云：「表中眼目，全在破題。要見盡題意，又忌太露。貼題目處，須字字精確。且如進實録，不可移於日録。若汎濫不切，可以移用，便不爲工矣。大抵表文以簡潔精緻爲先，用事忌深僻，造語忌纖巧，鋪叙忌繁冗。」

是編所録，一以時代爲先後，讀者詳之，則體制亦有以得之矣。

附録

露布

按《通典》云：「元魏攻戰克捷，欲天下聞知，乃書帛建於漆竿上，名爲『露布』。」此其始也。

考諸《文章緣起》，則曰：「漢賈洪爲馬超伐曹操作露布。」及《世説》又載：「桓温北征，令袁宏倚馬撰露布。」是則魏、晉以前亦有之矣。

《文心雕龍》又云：「露布者，蓋露板不封，布諸視聽。」近世帥臣奏捷，蓋本於此。然今考之魏、晉之文，俱無傳本。唐宋雖有傳者，然其命辭，全用四六，蓋與當時表文無異。今故録附表後，以備一體。

西山先生嘗云：「露布貴奮發雄壯，少麄無害。」觀者詳焉。

論諫

古者諫無專官，自公卿大夫以至百工技藝，皆得進諫。隆古盛時，君臣同德，其都俞吁咈，見於語言問答之際者，考之《書》可見。西山真氏以爲聖賢大訓不當與後之文辭同録。今謹取其所載《春秋内外傳》諫争論説之言，著之於首；其兩漢以下諸臣進説，有可以爲法戒者，間亦采之，以附于後云。

奏疏

按唐、虞、禹、皋陳謨之後，至商伊尹、周姬公遂有《伊訓》、《無逸》等篇，此文辭告君之始也。漢高、惠時，未聞有以書陳事者。迨乎孝文，開廣言路，於是賈山獻《至言》，賈誼上《政事疏》。自時厥後，進言者日衆。或曰「上疏」，或曰「上書」，或曰「奏箚」，或曰「奏狀」。慮有宣泄，則囊封以進，謂曰「封事」，考之於史可見矣。昔人有云：「君臣相遇，雖一語而有餘；上下未孚，雖千萬言而奚補？爲臣子者，惟當罄其忠愛之誠而已爾。」信哉！

議

《周書》曰：「議事以制，政乃不迷。」眉山蘇氏釋之曰：「先王人法並任，而任人爲多，故臨事而議。」是則國之大事合衆議而定之者，尚矣。今采漢、唐、宋諸臣所上議狀，次於奏疏，以備一體。若儒先私議，其有關於政理者，間一取之，而附於中云。

彈文

按《漢書》注云：「羣臣上奏，若罪法按劾，公府送御史臺，卿校送謁者臺。」是則按劾之名，其來久矣。梁昭明輯《文選》，特立其目，名曰「彈事」。若《唐文粹》、《宋文鑑》，則載奏疏之中而已。迨後王尚書應麟有曰：「奏以明允誠篤爲本；若彈文，則必理有典憲，辭有風軌，使氣流墨中，聲動簡外，斯稱絶席之雄也。」是則奏疏、彈文，其辭氣亦各異焉。觀者其尚考諸。

檄

按《釋文》：「檄，軍書也。」春秋時，祭公謀父稱文告之辭，即檄之本始。至戰國張儀爲檄告楚相，其名始著。

劉勰云：「凡檄之大體，或述此休明，或叙彼苛虐，指天時，審人事，算强弱，角權勢。故植義颺辭，務在剛健。插羽以示迅，不可使辭緩；露板以宣衆，不可以義隱。」大抵唐以前不用四六，故辭直義顯，昔人謂檄以散文爲得體，豈不信乎？

書

按，昔臣僚敷奏、朋舊往復，皆總曰「書」。近世臣僚上言，名爲表奏；惟朋舊之間，則曰「書」而已。蓋論議知識，人豈能同？苟不具之於書，則安得盡其委曲之意哉？戰國、兩漢間，若樂生、若司馬子長、若劉歆諸書，敷陳明白、辨難懇到，誠可以爲修辭之助。至若唐之韓、柳，宋之程、朱、張、吕，凡其所與知舊、門人答問之言，率多本乎進修之實。讀者誠能孰復以反之於身，則其所得，又豈止乎文辭而已哉？

記

《金石例》云：「記者，紀事之文也。」

西山曰：「『記』以善叙事爲主。《禹貢》、《顧命》，乃記之祖。後人作記，未免雜以議論。」

后山亦曰：「退之作記，記其事耳；今之記，乃論也。」

竊嘗考之，「記」之名，始於《戴記・學記》等篇；「記」之文，《文選》弗載。後之作者，固以韓退之《畫記》、柳子厚遊山諸記爲體之正。然觀韓之《燕喜亭記》，亦微載議論於中。至柳之記新堂、鐵爐步，則議論之辭多矣。迨至歐、蘇而後，始專有以論議爲「記」者，宜乎后山諸老以是爲言也。

大抵記者，蓋所以備不忘。如記營建，當記月日之久近，工費之多少，主佐之姓名。叙事之後，略作議論以結之，此爲正體。至若范文正公之記嚴祠、歐陽文忠公之記晝錦堂、蘇東坡之記山房藏書、張文潛之記進學齋、晦翁之作《婺源書閣記》，雖專尚議論，然其言足以垂世而立教，弗害其爲體之變也。學者以是求之，則必有以得之矣。

序

《爾雅》云：「序，緒也。」序之體，始於《詩》之《大序》。首言六義，次言《風》、《雅》之變，又次言《二南》王化之自。其言次第有序，故謂之序也。

東萊云：「凡序文籍，當序作者之意；如贈送、燕集等作，又當隨事以序其實也。」大抵序事之文，以次第其語、善叙事理爲上。近世應用，惟贈送爲盛，當須取法昌黎韓子諸作，庶爲有得古人贈言之義，而無枉己徇人之失也。

論

按韻書：「論者，議也。」梁昭明《文選》所載，論有二體：一曰「史論」，乃史臣於傳末作論議，以斷其人之善惡，若司馬遷之論項籍、商鞅是也；二曰「論」，則學士大夫議論古今時世人物，或評經史之言，正其訛謬，如賈生之論秦過，江統之論徙戎，柳子厚之論守道、守官是也。唐、宋取士，用以出題。然求其辭精義粹，卓然名世者，亦惟韓、歐爲然。劉勰云：「聖哲彝訓曰『經』，述經叙理曰『論』。」故凡「陳政則與議説合契，釋經則與傳注參體，辨史則與贊評齊行，銓文則與序引共紀」。信夫！

説、解

按説者，釋也，述也，解釋義理而以己意述之也。「説」之名，起自吾夫子之《説卦》，厥後漢許慎著《説文》，蓋亦祖述其名而爲之辭也。

魏、晉、六朝文載《文選》，而無其體。獨陸機《文賦》備論作文之義，有曰：「説，煒燁而譎誑」，是豈知言者哉！至昌黎韓子，憫斯文日弊，作《師説》，抗顔爲學者師。迨柳子厚及宋室諸大老出，因各即事即理而爲之説，以曉當世，以開悟後學，繇是六朝陋習，一洗而無餘矣。

盧學士云：「『説』須自出己意，横説竪説，以抑揚詳贍爲上。」若夫「解」者，亦以講釋解剥爲義，其與説亦無大相遠焉。

辨

昔孟子答公孫丑問好辨曰：「予豈好辨哉？予不得已也！」中間歷叙古今治亂相尋之故，凡八節，所以深明聖人與己不能自已之意。終而又曰：「豈好辨哉？予不得已也！」蓋非獨理明義精，而字法、句法、章法，亦足爲作文楷式。迨唐韓昌黎作《諱辨》、柳子厚《辨桐葉封弟》，識者謂其文斆《孟子》，信矣。大抵辨須有不得已而辨之意，苟非有關世教、有益後學，雖工，亦奚以爲？

原

按韻書：「原者，本也；一説，推原也。義始《大易》『原始要終』之訓。」若文體謂之「原」者，先儒謂始於退之之「五原」，蓋推其本原之義以示人也。山谷嘗曰：「文章必謹布置。」每見學者，多告以《原道》命意曲折。石守道亦云：「吏部《原道》、《原人》等作，諸子以來未有也。」後之作者，蓋亦取法於是云。

戒

按韻書：「誡者，警勑之辭。」《文章緣起》曰：「漢杜篤作《女誡》。」辭已弗傳。昭明《文選》亦無其體。今特取先正誡子孫及警世之語可爲法戒者，録之於編，庶讀者得所警發焉。

題跋

按蒼崖《金石例》云：「跋者，隨題以贊語於後，前有序引，當掇其有關大體者以表章之，須明白簡嚴，不可墮人窠臼。」予嘗即其言考之，漢、晉諸集，題跋不載。至唐韓、柳，始有「讀某書及讀某文題其後」之名。迨宋歐、曾而後，始有跋語，然其辭意亦無大相遠也，故《文鑑》、《文類》總編之曰「題跋」而已。近世疎齋盧公又云：「跋，取古詩『狼跋其胡』之義，狼行則前躐其胡，故跋語不可太多，多則冗。尾語宜峭拔，使不可加。」若然，則「跋」比「題」與「書」，尤貴乎簡峭也。庸書以俟考訂云。

雜著

雜著者何？輯諸儒先所著之雜文也。文而謂之雜者何？或評議古今，或詳論政教，隨所

著立名，而無一定之體也。文之有體者，既各隨體裒集；其所録弗盡者，則總歸之雜著也。著雖雜，然必擇其理之弗雜者則録焉，蓋作文必以理爲之主也。若夫掛一漏萬，尚有俟於博雅君子。

箴

按許氏《説文》：「箴，誡也。」《商書·盤庚》曰：「無或敢伏小人之攸箴。」蓋箴者，規誡之辭，若鍼之療疾，故以爲名。古有《夏》、《商》二箴，見于《尚書大傳解》、《吕氏春秋》，而殘缺不全。獨周太史辛甲命百官官箴王闕，而虞氏掌獵，故爲《虞箴》，其辭備載《左傳》。後之作者，蓋本於此。東萊先生云：「凡作箴，須用『官箴王闕』之意。箴尾須依《虞箴》『獸臣司原，敢告僕夫』之類。」大抵箴、銘、贊、頌，雖或均用韻語而體不同。箴是規諷之文，須有警誡切劘之意。有志於文辭者，不可不之考也。

銘

按銘者，名也，名其器物以自警也。《漢·藝文志》稱道家有《黄帝銘》六篇，然亡其辭。獨《大學》所載成湯《盤銘》九字，發明日新之義甚切。迨周武王，則凡几席觴豆之屬，無不勒銘以致戒警。厥後又有稱述先人之德善勞烈爲銘者，如春秋時孔悝《鼎銘》是也。又有以山川、宫室、門

關爲銘者，若漢班孟堅之《燕然山》，則旌征伐之功；晉張孟陽之《劍閣》，則戒殊俗之僭叛，其取義又各不同也。《傳》曰：「作器能銘，可以爲大夫。」陸士衡云：「銘貴博約而温潤。」斯蓋得之矣。

頌

《詩大序》曰：「詩有六義，六曰『頌』。頌者，美盛德之形容，以告神明者也。」嘗考《莊子·天運篇》稱：「黄帝張《咸池》之樂，焱氏爲頌。」斯蓋寓言爾。故頌之名，實出於《詩》。若商之《那》、周之《清廟》諸什，皆以告神爲頌體之正。至如《魯頌》之《駉》、《駜》等篇，則當時用以祝頌僖公，爲頌之變。故先儒胡氏有曰：「後世文人獻頌，特效《魯頌》而已。」頌須鋪張揚厲，而以典雅豐縟爲貴。《文心雕龍》云：「敷寫似賦，而不入華侈之區；敬慎如銘，而異乎規諫之域。」諒哉！

贊

按贊者，贊美之辭。《文章緣起》曰：「漢司馬相如作《荆軻贊》。」世已不傳。厥後班孟堅《漢史》以論爲贊，至宋范曄更以韻語。唐建中中試進士，以箴、論、表、贊代詩賦，而無「頌」題。迨後復置博學宏詞科，則頌、贊二題皆出矣。西山云：「贊、頌體式相似，貴乎贍麗宏肆，而有雍容俯

仰頓挫起伏之態，乃爲佳作。」大抵贊有二體：若作散文，當祖班氏史評；若作韻語，當宗東方朔《畫象贊》。《金樓子》有云：「班固碩學，尚云贊、頌相似」，詎不信然！

七體

昭明輯《文選》，其文體有曰「七」者，蓋載枚乘《七發》，繼以曹子建《七啓》、張景陽《七命》而已。

《容齋隨筆》云：「枚生《七發》，創意造端，麗旨腴辭，固爲可喜。後之繼者，如傅毅《七激》、張衡《七辯》、崔駰《七依》、馬融《七廣》、曹植《七啓》、王粲《七釋》、張協《七命》、陸機《七徵》之類，規倣太切，了無新意。及唐柳子厚作《晉問》，雖用其體，而超然別立機杼，漢晉之間沿襲之弊一洗矣。」

竊嘗考對偶句語，六經所不廢。七體雖尚駢儷，然遺辭變化，與連珠全篇四六不同。自柳子後，作者鮮聞。迨元袁伯長之《七觀》，洪武宋、王二老之《志釋》、《文訓》，其富麗固無讓于前人，至其論議，又豈《七發》之可比焉。讀者宜有以得之。

問對

問對體者，載昔人一時問答之辭，或設客難以著其意者也。《文選》所録宋玉之於楚王，相如之於蜀父老，是所謂問對之辭。至若《答客難》、《解嘲》、《賓戲》等作，則皆設辭以自慰者焉。洪氏景盧云：「東方朔《答客難》，自是文中傑出；揚雄擬爲《解嘲》，尚有馳騁自得之妙；至於班固之《賓戲》、張衡之《應問》，則屋下架屋，章摹句寫，讀之令人可厭。迨韓退之《進學解》出，則所謂青出於藍而青於藍矣。」景盧所云，學者亦所當知。

傳

太史公創《史記》「列傳」，蓋以載一人之事，而爲體亦多不同。迨前後兩《漢書》、《三國》、《晉》、《唐》諸史，則第相祖襲而已。厥後世之學士大夫，或值忠孝才德之事，慮其湮没弗白；或事跡雖微而卓然可爲法戒者，因爲立傳，以垂于世，此小傳、家傳、外傳之例也。

西山云：「史遷作《孟、荀傳》，不正言二子，而旁及諸子。此體之變，可以爲法。」《步里客談》又云：「范史《黄憲傳》，蓋無事跡，直以語言模寫其形容體段，此爲最妙。」繇是觀之，傳之行迹，固繫其人；至於辭之善否，則又繫之于作者也。若退之《毛穎傳》，迂齋謂以文

滑稽，而又變體之變者乎。

行狀

按行狀者，門生故舊狀死者行業上于史官，或求銘誌於作者之辭也。《文章緣起》云始自「漢丞相倉曹傅胡幹作《楊原伯行狀》」，然徒有其名而亡其辭。蕭氏《文選》唯載任彦昇所作《齊竟陵王行狀》一篇，而辭多矯誕，識者病之。今采韓、柳所作，載爲楷式云。

謚法

《周禮》：「大史，喪事考焉，小喪賜謚。」疏云：「小喪，卿大夫也。卿大夫謚，君親制之，使大史往賜之。至遣之日，小史往爲讀之。」又按《禮記》曰：「幼名，冠字，五十以伯仲，死謚：周道也。」是則賜謚之制，實始於周焉。

《崇文總目》載《周公謚法》一卷，又有《春秋謚法》、《廣謚》等書，然皆漢、魏以來儒者取古人謚號增輯而爲之也。宋仁宗朝，眉山蘇洵嘗奉詔編定，乃取世傳《周公謚法》以下諸書，定爲三卷，總一百六十八謚。至孝宗淳熙中，夾漈鄭樵復本蘇氏書增損，定爲上中下三等，通二百一十

諡，爲書以進。

大抵諡者，所以表其實行，故必由君上所賜，善惡莫之能揜。然在學者，亦不可不知其說。故今特載《周公諡法》于編，蓋以諸家之説，皆祖于此。若夫鄭氏之論，亦多有可取者，今亦附録于後，讀者詳之。

諡議

按《諡法》云：「諡者，行之迹。大行受大名，細行受小名。」《白虎通》曰：「人行始終不能若一，故據其終始，明別善惡，所以勸人爲善而戒人爲惡也。」繇是觀之，則諡之所繫，豈不重歟？

漢、晉而下，凡公卿大夫賜諡，必下太常定議。博士乃詢察其善惡賢否，著爲諡議，以上于朝，若晉秦秀之議何曾、賈充，唐獨孤及之議苗俊卿，宋鄧忠臣之議歐陽永叔是也。當時雖或未能盡從其言，然千百載之下，讀其辭者，莫不油然興起其好惡之心。嗚呼！是其所繫豈不甚重乎哉？至若近世名儒隱士之没，門人朋舊有私諡易名之議，蓋亦不可不知云。

碑

按《儀禮·士婚禮》：「入門當碑揖。」又《禮記·祭義》云：「牲入麗于碑。」賈氏注云：「宮廟皆有碑，以識日影，以知早晚。」《説文》注又云：「古宗廟立碑繫牲，後人因於上紀功德。」是則宮室之碑，所以識日影；而宗廟則以繫牲也。

秦漢以來，始謂刻石曰「碑」，其蓋始於李斯嶧山之刻耳。蕭梁《文選》載郭有道等墓碑，而王簡栖《頭陀寺碑》亦厠其間。至《唐文粹》、《宋文鑑》，則凡祠廟等碑與神道墓碑，各爲一類。今故亦依其例云。

墓碑、墓碣、墓表、墓誌、墓記、埋銘

按《檀弓》曰：「季康子之母死，公肩假曰：『公室視豐碑。』」注云：「豐碑，以木爲之，形如石碑，樹於槨前後，穿中爲鹿盧，繞之繂，用以下棺。」

《事祖廣記》曰：「古者葬有豐碑以窆。秦、漢以來，死有功業，則刻于上，稍改用石。晉、宋間始稱神道碑，蓋地理家以東南爲神道，碑立其地而名云耳。」

墓碣，近世五品以下所用，文與碑同。

墓表，則有官無官皆可，其辭則叙學行德履。

墓誌，則直述世系、歲月、名字、爵里，用防陵谷遷改。

埋銘、墓記，則墓誌異名。

古今作者，惟昌黎最高。行文叙事，面目首尾，不再蹈襲。凡碑、碣表於外者，文則稍詳；誌、銘埋於壙者，文則嚴謹。其書法，則惟書其學行大節，小善寸長，則皆弗録。近世弗知者，至將墓誌亦刻墓前，斯失之矣。大抵碑銘所以論列德善功烈，雖銘之義稱美弗稱惡，以盡其孝子慈孫之心，然無其美而稱者謂之誣，有其美而弗稱者謂之蔽。誣與蔽，君子之所弗由也歟。

誄辭、哀辭

按《周禮・太祝》：「作六辭，以通上下親疏遠近。六曰『誄』。」魯哀公十六年四月，孔子卒，公誄之曰：「旻天不弔，不憖遺一老，俾屏予一人以在位，煢煢予在疚。嗚呼哀哉！尼父！」此即所謂誄辭也。鄭氏注云：「誄者，累也，累列生時行迹，讀之以作謚。此唯有辭而無謚，蓋唯累其美行示己傷悼之情爾。」是則後世有誄辭而無謚者，蓋本於此。

又按《文章緣起》載漢武帝《公孫弘誄》，然無其辭。唯《文選》録曹子建之誄王仲宣，潘安仁之誄楊仲武，蓋皆述其世系行業而寓哀傷之意。厥後韓退之之於歐陽詹、柳子厚之於吕温，則或曰「誄

辭」，或曰「哀辭」，而名不同。迨宋南豐、東坡諸老所作，則總謂之「哀辭」焉。大抵誄則多叙世業，故今率倣魏、晉，以四言爲句；哀辭則寓傷悼之情，而有長短句及楚體不同。作者不可不知。

祭文

古者祀享，史有册祝，載其所以祀之之意，考之經可見。若《文選》所載謝惠連之《祭古冢》、王僧達之《祭顔延年》，則亦不過叙其所祭及悼惜之情而已。迨後韓、柳、歐、蘇與夫宋世道學諸君子，或因水旱而禱于神，或因喪葬而祭親舊，真情實意，溢出言辭之表，誠學者所當取法者也。大抵禱神，以悔過遷善爲主；祭故舊，以道達情意爲尚。若夫諛辭巧語，虚文蔓説，固弗足以動神，而亦君子之所厭聽也。

連珠

按晉傅玄曰：「連珠興於漢章帝之世，班固、賈逵亦嘗受詔作之，蔡邕、張華又嘗廣焉。」考之《文選》，止載陸士衡五十首，而曰《演連珠》，言演舊義以廣之也。大抵連珠之文，穿貫事理，如珠在貫，其辭麗，其言約，不直指事情，必假物陳義以達其旨，有合古詩風興之義。其體則四六對偶而有韻。自士衡後，作者蓋鮮。

洪武初，宋、王二閣老有作，亦如士衡之數。今各録十餘篇，寘于《外集》之首，以爲嗜古君子之助，且以著四六之所始云。

判

按唐制，凡選人入選，其選之之法有四：一曰「身」，體貌豐偉；二曰「言」，言辭辨正；三曰「書」，楷法遒美；四曰「判」，文理優長。四事皆可取，則先德行，德均以才，才均以勞。得者爲留，不得者放。蓋凡進士登第及諸科出身，皆以此銓擇。若陸宣公既登進士，又以書判拔萃補渭南尉是也。宋代選人，試判三道。若二道全通，一道稍次而文翰俱優爲上；一道全通而二道稍次爲中；三道全次而文翰紕繆爲下。其上者加階超資；中者依資以叙；下者殿一選。如晦翁登第後，銓試入中等始授同安主簿是已。

元世不用其制。

國朝設科，第二場有判語，以律條爲題，其文亦用四六，而以簡當爲貴。今録以備一體云。

律　賦

律賦起於六朝，而盛於唐宋。凡取士以之命題，每篇限以八韻而成，要在音律諧協、對偶精

切爲工。迨元氏場屋，更用古賦，繇是學者棄而弗習。今録一二以備其體云。

律詩

律詩始於唐，而其盛亦莫過於唐。考之唐初，作者蓋鮮；中唐以後，若李太白、韋應物猶尚古多律少，至杜子美、王摩詰則古律相半；迨元和而降，則近體盛而古作微矣。大抵律詩拘於定體，固弗若古體之高遠；然對偶音律，亦文辭之不可廢者。故學之者當以子美爲宗，其命辭用事、聯對聲律，須取温厚和平不失六義之正者爲矜式。若换句拗體、粗豪險怪者，斯皆律體之變，非學者所先也。

楊仲弘云：「凡作唐律，起處要平直，承處要舂容，轉處要變化，結處要淵永，上下要相聯，首尾要相應。最忌俗意、俗字、俗語、俗韻。用功二十年，始有所得。」嗚呼，其可易而視之哉！

排律

楊伯謙云：「唐初五言排律雖多，然往往不純；至中唐始盛。若七言，則作者絶少矣。」大抵排律若句鍊字鍛、工巧易能；唯抒情陳意、全篇貫徹而不失倫次者爲難。故山谷嘗云：「老杜《贈韋左丞詩》，前輩録爲壓卷，蓋其布置最爲得體，如官府甲第，廳堂房室，各有定處，不相淆亂

也。」作者當以其言爲法。

絶句

楊伯謙云：「五言絶句，盛唐初變六朝《子夜》體；六言，則王摩詰始效顧、陸作；七言，唐初尚少，中唐漸盛。」

又按《詩法源流》云：「絶句者，截句也。後兩句對者，是截律詩前四句；前兩句對者，是截後四句；皆對者，是截中四句；皆不對者，是截前後各兩句。故唐人稱絶句爲律詩，觀李漢編《昌黎集》，凡絶句皆收入律詩内，是也。」

周伯弜又云：「絶句以第三句爲主，須以實事寓意，則轉换有力，涵蓄無盡。」由是觀之，絶句之法可見矣。

聯句詩

按聯句始著於《陶靖節集》，而盛於退之、東野。〔考〕其體，有人作四句，相合成篇，若《靖節集》中所載是也；又有人作一聯，若子美與李尚書之芳及其甥宇文彧聯句是也；復有先出一句，次者對之，就出一句，前人復對之，相繼成章，則昌黎、東野《城南》之作是也。其要在於對偶精

切，辭意均敵，若出一手，乃爲相稱。山谷嘗云：「退之與孟郊意氣相入，故能雜然成篇。後人少聯句者，蓋由筆力難相追爾。」

雜體詩

昔柳柳州讀退之《毛穎傳》，有曰：「『善戲謔兮，不爲虐兮』，學者終日討説習復，則罷憊而廢亂，故有息焉游焉之説。」「譬諸飲食，既「薦味之至者，而奇異苦鹹酸辛之物，雖蜇吻裂鼻、縮舌澀齒，而咸有篤好之者，獨文異乎？」」予於是知雜體之詩類是也；然其爲體，厥各不同。今總謂之雜者，以其終非詩體之正也。博雅之士，其亦有所不廢焉。

近代詞曲

按《歌曲源流》云：「自古音樂廢後，鄭、衛、夷、狄之聲雜然並出。至唐開元、天寶中，薰然成俗。于時才士始依樂工按拍之聲，被之以辭。其句之長短，各隨曲而度。於是古昔『聲依永』之理愈失矣。」

又按致堂胡先生曰：「近世歌曲，以曲盡人情而得名。故文章豪放之士，鮮不寓意於此，隨亦自掃其跡曰：『此謔浪游戲而已。』唐人爲之者衆，至柳耆卿乃掩衆製而盡其妙，篤好者以爲不

可復加。及眉山蘇氏出，一洗綺羅香澤之態，擺脱綢繆宛轉之度，使人登高望遠，舉首高歌，而逸懷浩氣，超乎塵垢之表矣。」

竊嘗因而思之：凡文辭之有韻者，皆可歌也。第時有升降，故言有雅俗，調有古今爾。昔在童稚時，獲侍先生長者，見其酒酣興發，多依腔填詞以歌之。歌畢，顧謂幼稚者曰：「此宋代慢詞也。當時大儒，皆所不廢。今間見《草堂詩餘》。自元世套數諸曲盛行，斯音日微矣。」迨余既長，奔播南北。鄉邑前輩，零落殆盡，所謂填詞慢調者，今無復聞矣。庸特輯唐、宋以下辭意近於古雅者，附諸《外集》之後。《竹枝》、《柳枝》，亦不棄焉。好古之士，於此亦可以觀世變之不一云。

震澤長語·文章

〔明〕王鏊 撰

《震澤長語·文章》一卷

明　王鏊　撰

王鏊(一四五〇—一五二四),字濟之,吴縣(今江蘇蘇州)人。成化進士。弘治初,遷侍講學士,充講官。正德元年,進户部尚書兼文淵閣大學士。時中官劉瑾擅權,大學士焦芳趨附,乃去官家居。博學有識鑒,尚經術,文章議論明暢。有《姑蘇志》、《震澤集》、《震澤長語》等。傳見《明史》卷一八一。

全篇二十五則,主要是點評前人之作。其文學觀點與當時盛行的「前七子」理論基本一致,推崇秦漢文章、盛唐詩歌,主張「爲文必師古」,但在一些具體問題上,則自有獨特見解。首先,前七子倡言「文必秦漢」,對秦漢以下的文章一筆抹煞,以爲「文靡於隋,韓力振之,然古文之法亡於韓」(何景明語)。王鏊則盛推韓愈之文,認爲「六經之外,昌黎公其不可及矣」。其次,在「師古」的大前提下,主張「善師古」,「使人讀之不知所師」,達到這種境界,其妙訣在於「師其意,不師其詞」,這一觀點與李夢陽的亦步亦趨的師古理論相左。

本文見於《震澤長語》卷下,有《寶顔堂秘笈》本、《震澤先生别集》本、《四庫全書》本、《借月山房彙鈔》本、《叢書集成》本。今據王季烈重刊《震澤先生别集》本録入。

(崔　銘)

文章

明 王鏊 撰

世謂六經無文法，不知萬古義理，萬古文字，皆從經出也。其高者遠者未敢遽論，即如《七月》一篇叙農桑稼圃，《内則》叙家人寢興烹飪之細，《禹貢》叙山水脉絡原委如在目前，後世有此文字乎？《論語》記夫子在鄉在朝使儐等容，宛然畫出一個聖人，非文能之乎？昌黎序如《書》，銘如《詩》，學《書》與《詩》也。其它文多從《孟子》，遂爲後世文章家冠。孰謂六經無文法乎？

六經之外，昌黎公其不可及矣，後世有作，其無以加矣。《原道》等篇固爲醇正，其《送浮屠文暢》一序，真與《孟子》同功，與「墨者夷之」篇當並觀，其它若《曹成王》、《南海神廟》、《徐偃王廟》等碑，奇怪百出，何此老之多變化也？嘗怪昌黎論文，於漢獨取司馬遷、相如、揚雄，而賈誼、董仲舒、劉向不之及。蓋昌黎爲文主於奇，馬遷之變怪，相如之閎放，揚雄之刻深，皆善出奇；董、賈、劉向之平正，非其好也，然《上宰相第一書》亦自劉向疏中變化來。

先秦文字無有不佳。余所尤愛者，樂毅《答燕惠王書》、李斯《上逐客書》、韓非子《説難》，可謂極文之變態也。其後漢文帝《賜匈奴南粤王書》亦似之，文帝其所謂有德者之言乎。

《太極圖》、《西銘》，未論義理，其文亦高出前古。

爲文必師古，使人讀之，不知所師，善師古者也。韓師孟，今讀韓文，不見其爲孟也；歐學韓，不覺其爲韓也。若拘拘規倣，如邯鄲之學步，里人之效顰，則陋矣。所謂師其意，不師其詞，此最爲文之妙訣。

聖賢未嘗有意爲文也，理極天下之精，文極天下之妙。後人殫一生之力以爲文，無一字到古人處，胸中所養未至耳。故爲文莫先養氣，莫要窮理。

韓子《進學解》准東方朔《客難》作也，柳子《晉問》准枚乘《七發》作也，然未嘗似之，若班固《賓戲》，曹子建《七啓》，吾無取焉耳。

《史記·貨殖傳》，議論未了忽出叙事，叙事未了又出議論，不倫不類，後世决不如此作文，奇亦甚矣。

吾讀《柳子厚集》，尤愛山水諸記，而在永州爲多。子厚之文，至永益工，其得山水之助耶？及讀《元次山集》，記道州諸山水，亦曲極其妙。子厚豐縟精絶，次山簡淡高古，二子之文，吾未知所先後也。唐文至韓柳始變，然次山在韓柳前，文已高古，絶無六朝一點氣習，其人品不可及歟？

《史記》不必人人立傳，《孟子傳》及三騶子，《荀卿傳》間及公孫龍、劇子、尸子、吁〔子〕之屬，

衛青、霍去病同傳，竇嬰、田蚡、灌夫三人爲一傳，其間叙事合而離，離而復合，文最奇，而始末備。《漢書》兩龔同傳，亦得此意。

《史記》不與張騫立傳，其始附《衛青》，而於《大宛傳》備載始末。蓋大宛諸國土俗，皆騫所歸爲武帝言者也。騫没後，諸使西域者亦具焉，事備具而有條理。若《漢書》則《大宛》、《張騫》各自爲傳矣。

《史記・董仲舒傳》不載《天人三策》，賈誼與屈原同傳，不載《治安》等疏，視《漢書》疏略矣。蓋《史記》宏放，《漢書》詳整，各有所長也。

《史記・張蒼傳》叙至遷御史大夫，忽入周昌，周昌後又入趙堯，趙堯抵罪，又入任敖，任敖後仍入張蒼，事核而文奇。四人皆相繼爲御史大夫者也。

太史公《伯夷》、《屈原傳》時出議論，其亦自發其感憤之意也。夫退之《何蕃傳》亦放此意。

太史公作傳，亦不必人人備著顛末，嚴安、徐樂一書足矣，《蔡澤傳》亦然。

班固《西漢書》典雅詳整，無愧馬遷，後世有作，莫能及矣。固其良史之才乎？然予觀《文選》所載固文多不稱，唯《兩都賦》最其加意，然亦無西京之體，何固之長於史而短於文乎？頗疑《漢書》多出於父彪，而固蒙其名，然無它左證。偶讀《西京雜記》，謂家有劉子駿《漢書》一百卷，無首尾題目，但以甲乙丙丁紀其卷數，其父傳之歆，欲撰《漢書》，未及而亡。試以此記考校，班固

所作殆是全取劉書，小異同耳。固所不取者二萬許言，録爲二卷，名曰《西京雜記》，以裨《漢書》之缺。乃知固書其多取諸歆乎？或謂《西京雜記》亦僞書。不知果何如也？晉傅玄之言曰：「孟堅《漢書》實命世奇作，及與陳宗、尹敏、杜撫、馬嚴撰《中興紀傳》，其文曾不足觀，豈拘於時乎？何不類之甚也。」

《越絶書》十五卷，相傳以爲子貢作，其未然乎？其缺文、訛字、斷簡幾不可讀，《計倪》、《請糴》、《寶劍》、《九術》、《軍氣》、《春申君》篇，亦已往往見於《史記》、《吴越春秋》等書，其《記地傳》乃出秦皇、漢武及更始、建武中事，烏在其爲子貢作乎？或子貢有作，後人附會合雜以成之乎？然古書之存於今者寡矣，其間亦有異聞焉，安可廢之。

世謂詩有别才，是固然矣。然亦須博學，亦須精思。唐人用一生心於五字，故能巧奪天工。今人學力未至，舉筆便欲題詩，如何得到古人佳處。

杜詩前人贊之多矣，予特喜其諸體悉備。言其大則有若「吴楚東南坼，乾坤日夜浮」，「日月籠中鳥，乾坤水上萍」，「地平江動蜀，天遠樹浮秦」，「五更鼓角聲悲壯，三峽星河影動摇」之類；言其小則有若「暗飛螢自照，水宿鳥相呼」，「仰蜂黏落絮，倒蟻上枯籬」，「修竹不受暑，輕燕受風斜」之類。而尤可喜者如「水流心不競，雲在意俱遲」，人與物偕，有「吾與點也」之趣；「片雲天共遠，永夜月同孤」，又若與物俱化。謂此翁不知道，殆未可也。

子美之作，有綺麗穠郁者，有平澹藴藉者，有高壯渾涵者，有感慨沈鬱者，有頓挫抑揚者。後世有作，不可及矣。若夫興寄物外，神解妙悟，絶去筆墨畦徑，所謂文不按古，匠心獨妙，吾於孟浩然、王摩詰有取焉；格調雖不甚高，而工於模寫人情物態、悲歡窮泰，吐出胸臆，如在目前，吾於樂天有取焉。微之效颦而不似，才有餘，韻不足也。

余讀《詩》至《緑衣》、《燕燕》、《碩人》、《黍離》等篇，有言外無窮之感。後世唯唐人詩尚或有此意，如「薛王沉醉壽王醒」，不涉譏刺，而譏刺之意溢於言外；「君向瀟湘我向秦」，不言悵别，而悵别之意溢於言外；「凝碧池邊奏管絃」，不言亡國，而亡國之痛溢於言外；「溪水悠悠春自來」，不言懷友，而懷友之意溢於言外；「潮打空城寂寞回」，不言興亡，而興亡之感溢於言外；得風人之旨矣。

摩詰以淳古淡泊之音寫山林閒適之趣，如輞川諸詩，真一片水墨不著色畫。及其鋪張國家之盛，如「九天閶闔開宫殿，萬國衣冠拜冕旒」，「雲裏帝城雙鳳闕，雨中春樹萬人家」，又何其偉麗也。

爲文好用事自鄒陽始，詩好用事自庾信始，其後流爲「西崑體」，又爲「江西派」，至宋末極矣。

唐人雖爲律詩，猶以韻勝，不以飣餖爲工。如崔灝《黄鶴樓》詩，「鸚鵡洲」對「漢陽樹」，李太白「白鷺洲」對「青天外」，杜子美「江漢思歸客」對「乾坤一腐儒」，氣格超然，不爲律所縛，固自有

餘味也。後世取青媲白，區區以對偶爲工，「鸚鵡洲」必對「鸕鷀堰」，「白鷺洲」必對「黄牛峽」，字雖切而意味索然矣。

「温柔敦厚」，詩之教也。故言之者無罪，聞之者足以戒。後世此意久泯。劉禹錫《看花》諸詩，屬意微矣，猶以是被黜；蔡確車蓋亭詩，亦未甚顯，遂搆大獄；東坡爲詩無非譏切時政，借曰意在愛君，亦從諷諫可也，乃直指其事而痛詆之，其間數詩或幾乎罵矣，以詩得罪，非獨李定諸人之罪也。

升庵集·論文

〔明〕楊慎　撰

《升庵集·論文》一卷

明 楊慎 撰

楊慎(一四八八——一五五九),字用修,號升庵,新都(今屬四川)人。明代著名文人,武宗正德六年(一五一一)進士第一,授翰林院修撰。世宗朝,因反對世宗追贈父母爲帝后而被謫官永昌(今雲南保山),後死於謫所。《明史》本傳載:「明世記誦之博,著作之富,推慎爲第一。」有《升庵集》。傳見《明史》卷一九二。

此文共分七十六條,大到文體流變,小至一字之差,均在論者視野之中。其論文不以繁簡、難易爲準,而以美惡爲度。其所謂美者有二:歸諸雅正,辭尚簡要。以《左傳》爲文弊之始,歐陽修、蘇軾、曾鞏、王安石等都入「繁冗」之列。而《春秋》則「如天開日明」。雖爲論説文字,却極凝煉雋永,宛有明人小品風韵。惜往往恃其强識,疏於檢核原書,致多有疏舛,且逞氣求勝,遇説有窒礙,即造古書以實之。此病前人早已指出。

此文收入萬曆十年張士佩所刊《升庵集》中(卷五十二)。今據以録入。

(羅立剛)

升庵集・論文

明　楊慎　撰
楊有仁　編輯
趙開美　校

論　文

論文或尚繁，或尚簡。予曰：繁，非也。簡，非也。不繁不簡，亦非也。或尚難，或尚易。予曰：難，非也。易，非也。不難不易，亦非也。繁有美惡，簡有美惡，難有美惡，易有美惡，惟求其美而已。故博者能繁，命之曰該贍，左氏、相如是也，而請客者頃刻能千言。精者能簡，命之曰要約，《公羊》、《穀梁》是也，而曳白者終日無一字。奇者工於難，命之曰複奥，莊周、禦寇是也，而郇模、劉煇亦詭而晦。辨者工於易，張儀、蘇秦是也，而張打油、胡釘鉸亦淺而露。論文者當辨其美惡，而不當以繁簡、難易也。

陸韓論文

陸機《文賦》云：「謝朝華於已披，啓夕秀於未振。」韓昌黎云：「惟陳言之務去，戛戛乎其難哉。」李文饒曰：「文章如日月，終古常見而光景常新。」此古人論文之要也。近世以道學自詭，而掩其寡陋曰：「吾不屑爲文。」其文不過抄節宋人語録，又號於人曰：「吾文，布帛菽粟也。」予常戲之曰：「菽粟則誠菽粟矣，但恐陳陳相因，紅腐而不可食耳。」一座大笑。

李華論文

李華曰：「文章本乎作者，而哀樂繫乎時。本乎作者，六經之志也。繫乎時者，樂文、武而哀幽、厲也。有德之文信，無德之文詐。皋陶之歌，史克之頌，信也。子朝之告，宰嚭之詞，詐也。夫子之文章，偃、商傳焉。偃、商没而伋、軻作焉，蓋六經之遺也。屈平、宋玉哀而傷，靡而不遠，六經之道遯矣。淪及後世，力足者不能知之，知之者力或不足，則文義浸以微矣。」慎謂華之論文簡而盡，韓退之與人論文諸書遠不及也，特難爲褊心狹見者道耳。

李耆卿評文

李耆卿評文曰：「韓如海，柳如泉，歐如瀾，蘇如潮。」余謂「柳如泉」未允，易「泉」以「江」可也。

蕭穎士論文

蕭穎士云：「六經之後，有屈原、宋玉，文甚雄壯而不能經。賈誼文辭最正，近於治體。枚乘、相如，亦瓌麗才士，然而不近風雅。揚雄用意頗深。班彪識理。張衡宏曠。曹植豐贍。王粲超逸。（稽）〔嵇〕康標舉。左思詩賦，有雅頌遺風；干寶著論，近王化根源。此後敻絶無聞焉。近日惟陳子昂文體最正。」蕭之所取如此，可以知其所養矣。

余知古論退之文

唐人余知古《與歐陽生論文書》云：「韓退之作《原道》，則崔豹《答牛亨書》；作《諱辯》，則張昭《論舊名》；作《毛穎傳》，則袁淑《太蘭王九錫》；作《送窮文》，則揚子雲《逐貧賦》。」

韓退之遺文

孫何稱韓退之《擬范蠡與大夫種書》「意出千古，理振群疑」。今集中無此文。白樂天稱皇甫湜《涉江文》，而湜集亦無此文。皮日休稱孟浩然「微雲淡河漢，疏雨滴梧桐。」而孟集無此一首。乃知古人詩文之佳者遺逸多矣。

柳文蘇文

郭象《莊子注》曰：「工人無爲於刻木，而有爲於運矩；主上無爲於親事，而有爲於用臣。」柳子厚演之爲《梓人傳》一篇，凡數百言。毛萇《詩傳》云：「漣，風行水成文也。」蘇老泉演之爲《蘇文甫字説》一篇，亦數百言。得奪胎换骨之三昧矣。

唐宰相多能文

唐開元宰相奏請狀，及鄭畋《鳳池稿》，多用四六，皆宰相自草。五代亦然。至范質始除其煩辭。故萊公謂楊文公曰：「予不能爲唐時宰相。」蓋嫺於辭也。

稱贊文章之妙

王半山評歐文云：「積於中者，浩如江河之渟滀；發於外者，爛如日星之光輝。其清音幽韻，凄如飄風急雨之驟至。其雄詞閎辯，快如輕車駿馬之奔馳。」又稱老泉之文云：「其光芒燦爛，若引星辰而上也；其逸駃奔放，若決江河而下也。」葉水心稱李巽巖之文曰：「風霆怒而江河流，六驥調而八音和。春暉秋明而海澄岳静也，曾點之瑟方希，化人之酒欲清。」

古人文法有祖

古人文法皆有祖。韓非《内儲説》曰：「門人求水而夷射誅，濟陽自矯而二人罪，鄭袖言鼻惡而新人劓，費無忌教郤宛而令尹誅，陳需殺張壽而犀首走，燒芻廥而中山罪。」班固《漢書》曰：「子翬謀桓而魯隱危，欒書搆郤而晉厲弑，豎牛奔走叔孫卒，郈伯毁季昭公逐，費忌納女楚建走，宰嚭譖胥夫差喪，李園進妹春申斃，上官譖屈懷干執，趙高敗斯二世縊，伊戾坎盟宋痤死，江充造蠱太子殺，息夫作姦東平誅。」宋景文《唐書》效之，爲《姦臣贊》曰：「三宰嘯凶牝奪辰，林甫將蕃黄屋奔，鬼質敗謀興元蹙，崔柳倒持李宗覆。」東坡《贈宋壽昌詩》用此法，又奇矣。

古今文字繁簡

程去華云：「精一執中，無俟皇極之煩言；欽恤兩字，何至吕刑之騰口。」蓋古今世變不同，而文之繁簡因之。孔子曰：「夏道未瀆辭。」推而言之，則殷周之辭已瀆矣。韓退之云：「周公而下其説長。」

《法言》論屈原、相如

《文選注》引《法言》曰：「或問屈原、相如之賦孰愈？曰：原也，過以浮。如也，過以虚。過浮者蹈雲天，過虚者蕖無根。然原上援稽古，下引鳥獸，其著意於虚。長卿亮不可及。」今《法言》無此條。

古詩文宜改定字

顔延年《赭白馬賦》「戒出豖之敗駕，惕飛鳥之跱衡」，「出」字不如「突」字。杜子美詩「大家東征逐子回」，「逐」字不如「將」字。白居易詩「千呼萬唤始出來」，「始」字不如「才」字。詩文有作者未工，而後人改定者勝，如此類多有之。使作者復生，亦必心服也。

訓詁之文貴顯

《楚辭》「吉日兮辰良」，王逸注：「日謂甲乙，辰謂寅卯。」逸之意本謂日爲甲乙之屬，辰爲寅卯之屬，而各省二字。後之讀者不曉，便謂甲乙爲吉日，寅卯爲良辰。雖朱子注《楚辭》亦誤用俗見也。高誘注《吕氏春秋》云：「日從甲至癸也，辰從子至亥也。」此則明白無疵。大凡訓詁之文貴顯如此。

古人多譬況

秦漢以前書籍之文，言多譬況，當求於意外。如《尚書》云：「説築傅巖之野。」築之爲言居也，後世猶有「卜築」之稱。求其説而不得，遂謂「傅説起於板築」，雖孟子亦誤矣。「伊尹負鼎以干湯」，謂尹有鼎鼐之才也，猶《書》曰「讶衡」云耳，横議者遂謂伊尹爲庖人。若然，則衡，秤也，尹曰「讶衡」，其亦舞秤權之市魁乎？子貢多學而識，故孔子曰：「賜不受命，而貨殖焉。」莊子便謂子貢乘大馬，中紺表素之衣。太史公立《貨殖傳》便首誣子貢。如此，則子貢一猗頓耳。聖門四科，子貢善言語，太史公信戰國游士之説，載子貢一出，存魯亂齊，破吴强晉而霸越。其文震耀，其辭辯利，人皆信之。雖朱文公亦惑之，獨蘇子由作《古史考》而知其妄。考《左傳》，齊之伐魯，

本于悼公之怒季姬，而非田常。吴之伐齊，本怒悼公之反覆，而非子貢，其事始白。若如太史公之言，則子貢一蘇秦耳。《毛詩》曰：「漢有游女，不可求思。」韓嬰曲爲之説曰：「孔子南行，至楚之阿谷，見女子有佩瑱而浣者，使子貢挑之不得。」如韓嬰之言，則孔子乃一馬融，而子貢不如盧植遠矣。又《論語》：「爲命，裨諶草創之。」《左氏》遂謂「裨諶謀于野則獲」，蓋因「草」之一字誣之也。「孔父正色而立朝」，《左氏》遂謂「孔父之妻美而艷」，蓋因「色」之一字誣之也。例此以往，則《國語》謂「驪姬蝎譖申生」，必將如吉甫之掇蜂。《禮》所云「諸侯漁色于下」，即小説家謂西施因網得之類矣乎？姑發此以諗知者。

文有傍犯

徐陵賦：「陪遊馺娑，騁纖腰於結風；長樂鴛鴦，奏新聲於度曲。」又云：「厭長樂之疏鐘，勞中營之緩箭。」雖兩「長樂」，爲意不同，此類爲傍犯。又劉禹錫律詩前聯云「雪裏高山頭早白」，後聯云「于公必有高門慶」，自注：「高山，本『高高門使』之高也。」亦傍犯之例。

古文引用

凡傳中引古典，必曰「書云」、「詩云」者，正也。《左傳》中最多。又有變例，如子産答子皮

云：「子於鄭國，棟也。棟拆〔拆〕〔折〕榱崩，僑將壓焉。」此乃引《周易》「棟橈凶」之義，而不明言《易》。魯穆叔論伯有不敬曰：「濟澤之阿，行潦之蘋藻，寘諸宗室，季蘭尸之，敬也。」此乃引「有齊季女」全詩之義，而不明言《詩》，蓋一法也。又引《書・太誓》所謂「商兆民離，周十人同者，衆也。」據《太誓》原文云：「受有億兆夷人，離心離德。予有亂臣十人，同心同德。」省二十字作八字，而語益矯健，此蓋省字又一法也。郤至聘楚，辭享云：「百官承事，朝而不夕，此公侯所以干城其民也。故《詩》曰：『赳赳武夫，公侯干城。』及其亂也，諸侯貪冒，侵欲不已，争尋常以盡其民。略其武夫，以爲己腹心。故《詩》曰：『赳赳武夫，公侯腹心。』」此先言《詩》意，而後引《詩》辭，又一法也。宋陳文簡曰：「古文取《詩》云『《詩》』、取《書》云『《書》』，蓋常體也。或以《康誥》爲『先王之令』，見《國語》。《周書》爲『西方之書』。見《國語》。以『咸有一德』爲『尹吉』。《禮記》。以《大禹謨》爲『道經』。《荀子》。不曰《仲虺之誥》而曰《仲虺之志》。《左氏》。不曰《五子之歌》而曰『《夏訓》有之』，《左氏》。直言『鄭詩』、『曹詩』。《國語》。上稱『《汋》曰』『《武》曰』。《左氏》，或稱『芮良夫』。《左氏》。或稱『周文公』。《國語》。指《那》頌卒章爲『亂辭』。《國語》。摘《小宛》首章爲篇目。《國語》。數章之末章既謂之『卒章』，一章之末句亦謂之『卒章』。並《左氏傳》。凡此似亦略施雕琢，少變雷同，作者考焉，毋誚無補。」陳氏之言，予論有契焉，故並載之。

古書不可妄改

古書不可妄改，聊舉二端：如曹子建《名都篇》「膾鯉臇胎蝦，寒鱉炙熊膰」，此舊本也。五臣妄改作「炰鱉」，蓋「炰鱉」、「膾鯉」，《毛詩》舊句。淺識者孰不以爲「寒」字誤，而從「炰」字耶？不思「寒」與「炰」字形相遠，音呼又别，何得誤至於此？《文選》李善注云：今之時餉謂之寒，蓋韓國饌用此法。《鹽鐵論》『羊淹雞寒』，《崔駰傳》亦有『雞寒』，曹植文『寒鴿蒸麑』，劉熙《釋名》「韓雞」爲正。古字『寒』與『韓』通也。王維《老將行》「耻令越甲鳴吾君」，此舊本也。近刊本爲不知者改作「吴軍」，蓋「越甲」、「（吾君）〔吴軍〕」似是連對。不思前韻已有「詔書五道出將軍」。五言古詩有用重韻，未聞七言有重韻也。維豈謬至此耶？按劉向《説苑》：「越甲至齊雍門。狄請死之，曰：『昔者，王田於囿，左轂鳴。軍左請死之，曰：吾見其鳴吾君也。今越甲至，其鳴君豈左轂之下哉？』」正其事也。見其事與字之所出，始知改者之妄。

古文倒語

古文語多倒。《漢書》：中行説曰：「必我也，爲漢患者。」若今人則云：「爲漢患者，必我也。」《管子》曰：「子邪，言伐莒者？」若今人則云：「言伐莒者，子邪？」

古文用之字

《莊子》「厲之人夜半生其子」，又以「驪姬」作「驪之姬」。地名「南沛」作「南之沛」。《吕覽》「楚丹姬」作「丹之姬」。《家語》「江津」作「江之津」。《樂府》「桂樹」作「桂之樹」，文法皆異。

古文之奥

孔子出，使子路賫雨具。有頃，果雨。子路問其故，孔子曰：「《詩》不云乎：『月離于畢，俾滂沱矣。』昨莫月正離畢也。」他日月離畢，孔子出。子路請賫雨具，孔子不聽，果無雨。子路問其故，孔子曰：「昔日月離其陰，故雨。昨莫月離其陽，故不雨。」《史記・仲尼弟子傳》有子事載此文，而删「月離陽」、「離陰」末節，蓋有深意。作傳之旨，本以見有子不如孔子處，故不説盡，而文益藴藉。如《莊子》九淵而止説其三。又「夔憐蚿，蚿憐風，風憐目，目憐心」，止解夔、蚿、風三句，而憐目、憐心之義缺焉，蓋悟者自能知之。若説盡，則無味。知此者知古文之奥矣。

文字之衰

蘇子瞻云：「文字之衰，未有如今日者也。其原出於王氏。王氏之文，未必不善也，而患在

於好使人同己。自孔子不能使人同。顔淵之仁，子路之勇，不能以相移，而王氏欲以其學同天下。地之美者，同于生物，而不同於所生。惟荒瘠斥鹵之地，彌望皆黄茅白葦，此則王氏之同也。」然是時學者不敢異王氏者，畏其勢也。南渡以後，人人攻之矣。今之學者，黄茅白葦甚矣。予嘗言：宋世儒者失之專，今世學者失之陋。失之專者，一騁意見，掃滅前賢。失之陋者，惟從宋人，不知有漢唐前説也。宋人曰「是」，今人亦曰「是」，宋人曰「非」，今人亦曰「非」。高者談性命，祖宋人之語録。卑者習舉業，抄宋人之策論。其間學爲古文歌詩，雖知效韓文、杜詩，而未始真知韓文、杜詩也，不過見宋人嘗稱此二人而已。文之古者，《左氏》、《國語》，宋人以爲衰世之文，今之科舉以爲禁約。詩之高者，漢魏、六朝，而宋人謂詩至《選》爲一厄，而學詩者但知李、杜而已。高棅，不知詩者，及謂由漢魏而入盛唐，是由周孔而入顔孟也，如此皆宋人之説誤之也。吁，異哉！

舉業之陋

本朝以經學取人，士子自一經之外，罕所通貫。近日稍知務博以譁名苟進，而不究本原，徒事末節。《五經》諸子，則割取其碎語而誦之，謂之蠡測；歷代諸史，則抄節其碎事而綴之，謂之策套。其割取抄節之人，已不通經涉史，而章句血脉皆失其真。有以漢人爲唐人，唐事爲宋事

者，有以一人(折)〔拆〕爲二人，二事合爲一事者。余曾見考官程文引制氏論樂，而以制氏爲致仕，又士子墨卷引《漢書・律曆志》「先其算命」作「先算其命」。近日書坊刻布其書，士子珍之，以爲秘寶，轉相差訛，殆同無目人説詞話。噫！士習至此，卑下極矣。

目學之弊

一傳未終，恍已迷其姓氏；片文屢過，幾不辨其偏傍。李昭玘。

日而月之

《唐文粹》「日而月之，星而辰之」，本《莊子》「尸而祝之，社而稷之」語，然日月星辰語，若出今人之口，其不見笑也幾希。

梓澤

《滕王閣序》「蘭亭已矣，梓澤丘墟」。梓澤，石季倫别墅也。又《山亭序》云：「茂林修竹，王右軍山陰之蘭亭；流水長堤，石季倫河陽之梓澤。」

玉樹

左思《三都賦序》譏揚雄賦甘泉不當，言「玉樹青葱」誤矣。揚雄言「玉樹」者，武帝所作，集衆寶爲之以娱神，非謂自然生之，猶下句言「馬犀金人」也。

諸家地理

地志諸家，予獨愛常璩《華陽國志》，次之則盛弘之《荆州記》。《荆州記》載鹿門事云：「龐德公居漢之陰，司馬德操定州之陽，望衡對宇，歡情自接，泛舟褰裳。率爾體暢。」記沮水幽勝云：「稠木傍生，凌空交合，危嶁傾岳，恒有落勢。風泉傳響於青林之下，巖猿流聲於白雲之上。遊者常苦目不周玩，情不給賞。」若此二段，讀之使人神遊八極，信奇筆也。記三峽水急云：「朝發白帝，暮宿江陵，凡一千二百餘里，雖飛雲迅鳥，不能過也。」李太白詩：「朝辭白帝彩雲間，千里江陵一日還。」杜子美云：「朝發白帝暮江陵。」皆用盛弘之語也。然二公詩語亦自有優劣，試與詩流辨之。

辮華

張平子《西京賦》「上辮華以交紛，下刻陗其若削」，「辮華」，辮駁華麗也。辮，古「斑」字，又音「葩」，或寫作「斑」。梁元帝《纂文》云：「辮華，文麗也。」

眳藐流眄

《西京賦》：「眳藐流眄，一顧傾城。」注：「眳，眉睫之間。藐，好視容也。」今按：《詩》云：「猗嗟名兮。」《玉篇》引之。「名」作「顯」，眉目之間也，字從「冥」。言美人眉目流眄，使人冥迷，所謂一顧傾城也。眳、顯字，異音同義。

《防露》之曲

《文賦》：「寤防露與桑間，又雖悲而不雅。」注引東方朔《七諫》，謂「楚客放而防露作」。此説謬矣。若指楚客，即爲屈原。屈原忠諫放逐，其辭何得云不雅？「防露」與「桑間」爲對，則爲淫曲可知。謝莊《月賦》：「徘徊房露，惆悵陽阿。」注：「房露，古曲名。」「房」與「防」古字通，以「防露」對「陽阿」，又可證其非雅曲也。《拾翠集》引王彪之《竹賦》云：「上承霄而防露，下漏月而

來風。庇清彈于幕下，影嬥歌於帷中。」蓋楚人男女相悦之曲，有《防露》，有《雞鳴》，如今之《竹枝》。《東坡志林》亦云：「然則《竹枝》之來，亦古矣。《詩》云：『野有蔓草，零露漙兮；有美一人，清揚婉兮；邂逅相遇，適我願兮。』」以此推之，「防露」之意可知。

柳子《六逆論》

柳子厚駁《春秋左傳》「六逆」之説曰：「賤妨貴，少陵長，遠間親，新間舊，小加大，淫破義：六者，亂之本也。夫少陵長，小加大，淫破義，誠爲亂矣。然其所謂賤妨貴，遠間親，新間舊，雖爲治之本可也，何必曰亂？夫所謂賤妨貴者，蓋斥言擇嗣之道，子以母貴者也。若貴而愚，賤而聖且賢，以是而妨之，其爲治本大矣，而可捨之以從斯言乎？夫所謂遠間親，新間舊者，蓋言任人之道也。使親而舊者愚，遠而新者聖且賢，以是而間之，其爲治本大矣，而可捨之以從斯言乎？」柳子此言是矣，然未究其事與時矣。蓋衛將立州吁，而州吁乃賤嬖之子。賤妨貴之一言，專指州吁，此事之不同也。若遠間親，新間舊，則周之用人尚親親，先宗盟而後異姓。魯之大聖如孔子，亞聖如顔回，固不得先三桓，此時之不同也。石碏之言未失也。嗚呼！「世冑躡高位，英俊沈下僚。地勢使之然，由來非一朝。」爲此詩者，其知道乎？此周公所以思成湯之立賢無方，而「畎畝」、「版築」、「魚鹽」之事，孟子特稱之，以爲千古之希遇也。然則光武之禮子陵，昭烈之顧孔明，

謂非三代明良之盛事乎？

楊文安公《戒諭諸將銘》

「金人敗好，率先興戎。朝廷應兵，誠非得已。惟諸大將，皆吾爪牙，忠憤慨然，誰不思奮？上爲社稷，下爲生靈。聲援相聞，如手足之捍頭目；緩急相救，如子弟之衛父兄。追廉藺之遺風，思寇賈之高誼。叶成犄角之勢，用濟同舟之安。」諸將讀之，無不感奮。當時謂可與陸宣公《奉天》一詔同。朱子取二句入《孟子註》，則此文膾炙當代久矣。楊公名椿，省元，眉山人。

李巽巖撰《趙待制開墓銘》

「蜀蕞爾國，偏處西南。初幸自保，社魚柏蠶。驟通秦塞，開明始貪。膠擾肇兹，事難盡談。秦函取蜀，篋胠囊探。蘞既野蔓，葛仍谷覃。山玉靡在，淵珠莫涵。昔萬億秭，今儲石儋。上豈云富，下滋不堪。役困則傷，告病如譚。兵端孰弭，寇鋒誰戡。蟻聚蜂屯，猶虓虎闞。公起圖之，寧忍一慚。榷茗酒鹽，兼用此三。織楮寓幣，重輕相參。吏姦游賊，交鬬並讒。止蓄蠅營，射沙蜮含。苟可救時，荼苦薺甘。退省其私，不嬴一簪。公曰我法，要祇能暫。彼兵與民，互爲矢函。長此安窮，亂是用餤。解而更張，五盍手攬。天不慭遺，斷鞅脱驂。使民至今，未弛負擔。豈無

若威，逞願釋憾。公葬久矣，幽（公）〔宫〕沈沈。我作銘詩，神明所鑑。刻諸北山，維石巖巖。美其必傳，澤詎卒斬。後此千載，勿毁勿撼。」

辭尚簡要

《書》曰「辭尚體要」，子曰「辭達而已矣」，《荀子》曰「亂世之徵，文章匿采」，揚子所云「説鈴書肆」，正謂其無體要也。吾觀在昔，文弊於宋，奏疏至萬餘言，同列書生尚厭觀之，人主一日萬幾，豈能閲之終乎？其爲當時行狀、墓銘，如將相諸碑，皆數萬字。朱子作《張魏公浚行狀》，四萬字猶以爲少。流傳至今，蓋無人能覽一過者，繁冗故也。元人修《宋史》，亦不能删節。如反賊李全一傳，凡二卷，六萬餘字，雖覽之數過，亦不知其首尾何説，起没何地。宿學尚迷，焉能曉童稚乎？予語古今文章，宋之歐、蘇、曾、王，皆有此病，視韓柳遠不及矣。韓柳視班馬又不及。班馬比三《傳》又不及。三《傳》比《春秋》又不及。予讀《左氏》書趙朔、趙同、趙括事，茫然如墮矇瞶。既書字，又書名，又書官，似謎語誑兒童者。讀《春秋》之經，則如天開日明矣。然則古今文章，《春秋》無以加矣。《公》、《穀》之明白，其亞也。《左氏》浮誇繁冗，乃聖門之荆棘，而後人實以爲珍寶，文弊之始也。愛，忘其醜，可乎？我太祖高皇帝科舉，詔令舉子經義無過三百字，不得浮詞異説，百八十餘年遵之。近時舉子之文，冗贅至千有餘言者，不根程、朱，妄自穿鑿。破題謂之

「馬籠頭」，處處可用也，又謂「舞單鎗」，鬼一跳而上也。起語百餘言，謂之「壽星頭」，長而虚空也。其中例用「存乎」、「存乎」，「謂之」、「謂之」，「此之謂」、「此之謂」，「有見乎」、「無見乎」，名曰「救命索」。不論與題合否，篇篇相襲。師以此授徒，上以此取士，不知何所抵止也，可以爲世道長太息矣。

邵公批語

先太師戊戌試卷出舉子蹊逕之外，考官邵公曄批云：「奇寓於純粹之中，巧藏於和易之内。」當時以爲名言，後觀《龍川集》，乃知爲陳同甫作論法也。先輩讀書博且精，不似後生之束書不觀，游談無根也。因書之家乘。

歐陽公《非非堂記》

歐陽公《非非堂記》云：「是是近乎諂，非非近乎訕。與其諂也，寧訕。」此非君子之言也。孔子曰：「惡居下流而訕上者。」子貢曰：「惡訐以爲直者。」如歐之言，是以聖賢所惡者自居也，而可乎？《語》曰：「吾之於人也，誰毁誰譽，如有所譽者，其有所試矣。」是譽可過，而毁不可過也。大舜隱惡而揚善。《春秋傳》曰：「君子之善善也長，惡惡也短。惡惡止其身，善善及其子孫。」孔

子見人一善，忘其百非。此近厚之道也。如歐之言，則訕訐之風盛，而不肖之志得矣。試取韓文公《原毁》一篇觀之，其立心之公私高下何如哉？此説一倡，則萋菲貝錦，簧鼓陷穽，何所不至？其不流於小人之歸也幾希。

《平復燕雲表》

王將明作《賀平復燕雲表》，以「昆夷維其喙矣」對「燕人悦則取之」。鄭達夫亦用上句，而下以「周公方且膺之」爲對。語王曰：「相公屬對甚切。」舉己對曰：「此是當家者。」

《吴潛宅揆麻制》

「予方重宵旰之憂，汝不以晝錦爲樂。入趨延英之召，亟奉天章之咨。惟事務之孔殷，顧弊源之滋甚。邪不可以干正，而君子小人之（戒）〔界〕限未明；戎不可以亂華，而内夏外夷之名分未肅。士氣抑鬱而弗振，民力殫洛而莫紓。在庭狃於意見之偏，在邊玩於守備之弛。當饋以歎，濟川其誰。遺大投艱，孰念敉寧之計；任重道遠，實惟弘毅之賢。於乎！《詩》有《天保》、《采薇》，當厲修政攘夷狄之志；道在《中庸》、《大學》，尚明治國平天下之經。惟至誠足以動感神明；惟大公足以信服中外。緊我耆俊，毋煩訓詞。」

二　盧

韓文公誌盧殷墓，言殷於書無不讀，止用爲詩資。平生爲詩，可誦者千餘篇，至今一篇不傳，非托於韓文，則名姓亦湮矣。又會昌中進士盧獻卿作《愍征賦》，司空圖爲之注釋，且序之曰：「氣淩鄴下，體變江南。間生冠五百年，在握照十二乘。」又言其「才情旖旎，雅調清越，寓詞哀怨，變態無窮」。稱之可謂極至矣，而此賦亦不傳。二公非妄許人者，文章之傳不傳，有幸不幸。如胡曾《詠史》詩，惡劣之尤，而天下誦之，豈非幸耶？

張謂贊劉裕

唐文人張謂評劉裕云：「劉裕近希曹馬，遠棄桓公。禍徒及於兩朝，福未盈於三載。八葉傳其世嗣，六君不以壽終。天之報施，其明驗乎？」此文簡嚴，可以誅姦雄於既死矣，當表出之。

半山文妙

王半山之文，愈短愈妙。如《書刺客傳後》云：「曹（沫）〔沬〕將而亡人之城，又劫天下盟主，管仲因勿倍以市信一時可也。予獨怪智伯國士豫讓，豈顧不用其策耶？讓，誠國士也，（魯）

〔曾〕不能逆策三晉，救智伯之亡，一死區區，尚足校哉？ 其亦不欺其意者也。聶政售於嚴仲子，荆軻豢於燕太子丹，此兩人者，污隱困約之時，自貴其身，不妄願知，亦曰有待焉。 彼挾道德以待世者，何如哉？」味此文何讓《史記》乎？ 與讀《孟嘗君傳》同關紐矣。

蔣之翰稱《離騷》

蔣之翰稱《離騷經》：「若驚瀾奮湍，鬱閉而不得流；若長鯨蒼虬，偃蹇而不得伸。 若渾金璞玉，泥沙掩匿而不得用；若明星皓月，雲漢蒙蔽而不得出。」

集《文選》文士姓名

梁昭明太子統，聚文士劉孝威、庾肩吾、徐防、江伯操、孔敬通、惠子悦、徐陵、王囿、孔爍、鮑至十人，謂之「高齋十學士」，集《文選》。 今襄陽有文選樓，池州有文選臺，未知何地爲的，但十人姓名人多不知，故特著之。

白渠歌

「田於何所？ 池陽谷口。 鄭國在前，白渠在後。 舉鍤成雲，决渠爲雨。 水流竈下，魚跳入

釜。涇水一石，其泥數斗。且溉且糞，長我禾黍。衣食京師，百萬餘口。」此《漢紀》所載，比《漢書》多「水流」、「魚跳」二句。

韓子連珠論

《北史・李先傳》：「魏帝召先讀韓子連珠二十二篇。」韓子，韓非子。韓非書中有連語，先列其目，而後著其解，謂之連珠。據此則連珠之體兆于韓非。任昉《文章緣起》謂連珠始於揚雄，非也。

雪讚書紈扇

羊孚作《雪讚》曰：「資清以化，乘氣以靡。遇象能鮮，即潔成輝。」桓胤遂以書扇。余嘗有《夏日詩》云：「紈扇書羊孚雪，玉笛吹李白梅。」

巧心妍耳

陸機《文賦》：「雖濬發於巧心，終受欰於拙目。」袁象云：「有異巧心，終愧妍耳。」自謙之辭也。

傅一廖二

吾蜀解元王孝忠鄉試《賀平西蜀表》中有云：「川四巴三，收彈丸黑子之地；傅一廖二，成大統函夏之天。」傅一廖二，乃太祖御製《平西蜀頌》中謂傅友德之功第一，廖永忠之功第二也。人咸服其博洽。

登三乘六

凉謝愛《獻晉帝表》「登三緯地，乘六御天」，宋人「德奉三無，功安九有」，句法祖之。

楊炯稱王勃

楊炯序王勃文集云：「薛令(言)〔公〕朝右文宗，託末契而推一變。盧照鄰人間才傑，覽清規而輟九知。」所謂九知者，蓋用《漢書》「九變復貫，知言之選」之語也，其僻如此。

榮露蕭雲

《宋書・符瑞志》：「榮露騰軒，蕭雲掩閣。」《緯書》云：「榮光冪河，休氣四塞，天地訢合，乃

降甘露，是謂榮露。」《尚書・大傳》：「蕭索輪囷，是謂卿雲。」温子昇詩：「桐華引仙露，槐彩麗卿煙。」皆用此事。文人好奇如此。《齊書》：「卿煙玉露，旦夕揚藻。」

雪窖冰天

「歎馬角之不生，魂消雪窖；攀龍髯而莫逮，泪雨冰天。」洪皓《祭徽宗文》。

草薰

佛經云：「奇草芳花，能逆風聞薰。」江淹《別賦》「閨中風暖，陌上草薰」，正用佛經語。《六一詞》云：「草薰風暖摇征轡」，又用江淹語。今《草堂詞》改「薰」作「芳」，蓋未見《文選》者也。《弘明集》：「地芝候月，天華逆風。」

舜梧堯柳

宋文帝《受命頌》：「南通舜梧，北平堯柳。」其句極工且新。

望杏瞻蒲

徐陵《(候)〔侯〕安都碑》文：「望杏敦耕，瞻蒲勸穡。室歌千耦，家喜萬鍾。」「春鶊始轉，必具籠筐；秋蟀載吟，必鳴機杼。」前四句勸耕，後四句勸織。孟昶《勸農文》全用之。

崔雍

崔雍《弔蕭至忠文》曰：「上蔡之犬堪嗟，人生到此；華亭之鶴虚唳，天命如何。」

鈲瓠

謝靈運《山居賦》：「銅陵之奥，卓氏充鈲瓠之端；金谷之華，石子致音徽之觀。」注引揚雄《方言》：「梁益之間，裁木爲器曰鈲，裂帛爲衣曰瓠。」

綈袍紈扇

宋人四六云：「綈袍贈范叔，猶有故人之情；紈扇遺買臣，終致上客之引。」朱買臣爲會稽太守，懷綬匿跡，人未知也。所交錢勃見其暴露，乃勞之曰：「得無罷乎？」遺以紈扇。買臣至郡，

引爲上客。

青案緑瓷

古詩「青玉案」，即盤也。今以案爲卓，非。孟光舉「案」，即盤也。若今之卓子，豈可舉乎？緑瓷，酒器。見鄒陽《酒賦》。

紫莖屏風

《楚辭》「紫莖屏風文緑波」，注以屏風爲草名，又曰：「屏風謂葉障風。」今按後説最是。「屏」音「丙」，「屏風」正與「緑波」爲對，最見工緻。宋吴感詩：「繡被夜歌青翰櫂，緑波春漾紫莖風。」

白間

《西都賦》「招白間下雙鵠，揄文竿出比目」二句爲對。白間，猶黄間也，弓弩之屬。《御覽》引《風俗通》：「白間，古弓名。」《文選》以「間」爲「鷴」，非也。

明駝使

《木蘭辭》：「願借明駝千里足，送兒還故鄉。」今本或改「明」作「鳴」，非也。駝卧，腹不帖地，屈足漏明，則走千里，故曰「明駝」。唐制，驛置有明駝使，非邊塞軍機，不得擅發。楊妃私發明駝使賜安禄山荔枝，見小説。

《諸皋記序》

段少卿《諸皋記序》云：「聖人定璇璣之式，《周禮》立巫祝之官。考乎十煇之祥，正乎九黎之亂。當有道之日，鬼不傷人；在觀德之時，神無乏主。若列子言竈下之駒掇，莊叟説户下之雷霆。楚莊爭隨兕而禍移，齊桓睹委蛇而病愈。」

千眠

陸機《文賦》「清麗千眠」，注：「光色盛貌。」一作谸綿，望山谷青谸谸也，見《説文》。轉作「芊綿」，韋莊詩：「可憐芳草更芊綿。」

步有新船

韓文「步有新船」，不知者改「步」爲「涉」，謬矣。南方謂水際爲步，音、義與「浦」通。韓退之《孔戣墓志》：「蕃舶至步，有下碇之税。」柳子厚《鐵罏步志》：「江之滸，凡舟可縻而上下曰步。」《青箱雜記》：「嶺南謂村市爲墟，水津爲步，罾步即漁人施罾處也。」張勃《吴録》地名有「黿步」、「魚步」。揚州有「瓜步」。羅含《湘中記》有「靈妃步」，《金陵圖志》有「邀笛步」，王徽之邀桓伊吹笛處。《樹萱録》載唐臺城故妓詩云：「那堪回首處，江步野棠飛。」東坡詩：「蕭然三家步，横此萬斛舟。」

伏湛奏

後漢伏湛奏引《書》「股肱良哉，庶事康哉」，及《詩》「濟濟多士，文王以寧」。不直引其文，而曰：「唐虞以股肱康，文王以多士寧。」是故《詩》稱『濟濟』，《書》曰『良哉』」。湛之言亦有《左氏》、《國語》之遺法乎？晉以後不復有此工緻矣。

古《蜡祝》、《丁零威歌》遺句

《禮記》蜡祝辭云：「土反其宅，水歸其壑。昆蟲無作，草木歸其澤。」而蔡邕《獨斷》又有「豐年若土，歲取千百」。增此二句，義始足。《丁零威歌》：「城郭是，人民非。何不學仙冢纍纍！」而《修文御覽》所引云：「何不學仙去，空伴冢纍纍！」增此三字，文義始明。書所以貴乎博考也。

古人僞作外夷文字

余嘗疑《穆天子傳》西王母歌詞出於後人粉飾。且《山海經》載：「西王母，虎首，鳥爪。」形既殊異，音亦不同，何其歌詞悉似《國風》乎？又觀《後漢書》朱輔《上白狼王唐菆歌》三篇，音韵與漢無異，愈可疑也。唐新羅王獻詩，其句法與中唐人若合契。宋大中祥符間，注輦國入貢上表，表辭極偶麗，中有云「輒傾就日之誠，仰露朝天之款。臣賤如芻狗，微類醯鷄。虚荷燭幽，曾無執贄」。究其文筆，與當時翰苑何差？言語不通之國，未必能集《老》、《莊》之玄言，習徐、庾之麗句也。當時天書尚可人爲，况外夷之貢？志在互市罔利，諭以導之，無不可者。書之史册，不待智者能勘破矣。

唐明皇詔

唐明皇詔曰：「進士以聲韻爲學，多昧古今；明經以帖誦爲功，罕窮旨趣。」斯二言盡唐人取士之病。進士不通古今，如許渾謂宋祖劉裕有三千歌舞，至於張打油、胡釘鉸極矣。明經有謂堯舜爲一人，班固與班孟堅爲兩人者，豈止「罕窮旨趣」而已！

《縱囚論》

六一公論唐太宗縱囚，其説卓矣，然予考縱囚自歸之事，不始於太宗。後漢之鍾離意，南宋之傅翽，後魏之張華原，隋之王伽皆然，史書之以爲美。太宗，好名者，蓋慕而效之耳。

古文八字四韻

《老子》「知足不辱，知止不殆」，「足」與「辱」叶韻，「止」與「殆」叶韻。蓋古音「殆」作「以」也。《韓非子》「名正物定，名倚物徙」，亦以「正」叶「定」，「倚」叶「徙」也。《淮南子》蘇秦「步曰何故，趨曰何馳」亦是。韻語古文多用，八字之内而四韻者，僅見此三條耳。

誰昔

《詩》云：「知而不已，誰昔然矣。」《爾雅》釋之曰：「誰昔，昔也。」猶言疇昔也，疇亦誰也。然則「誰昔」也，「疇昔」也，「伊昔」也，一也。「誰昔」字文人罕用，惟司馬温公《長公主制詞》云：「帝妹中行，《周易》贊其元吉；王姬下嫁，《召南》美其肅雍。命服亞正后之尊，主禮用上公之貴。寵光之盛，誰昔而然。」此制詞之工緻，前媲二宋，後揜三洪矣，豈不善爲四六者耶？

周司寇匜銘

《博古圖》載《周司寇匜銘》，五句二十字，其辭曰：「作司寇匜，用造用歸。維之百寮，考之四方，求之祜福。」其文極古雅，當表出之。

湖陰曲題誤

「王敦屯於湖，帝至於湖，陰察營壘而去。」此《晉紀》本文。於湖，今之歷陽也。「帝至於湖」爲一句，「陰察營壘」爲一句。温庭筠作「湖陰曲」，誤以「陰」字屬上句，非也。張(來)〔耒〕作《於湖曲》以正之。

文脉

〔明〕王文禄 撰

《文脉》三卷

明 王文禄 撰

王文禄，字世廉，浙江海鹽人。據其自撰《蟄存坯户記》，王文禄生於弘治十六年（一五〇三）。嘉靖十年（一五三一）舉人。博學好名，以天下文章、節義自任。《檇李詩繫》稱他「年八十餘，吟誦不止」。有《廉矩》等。

《文脉》共三卷。卷一曰《文脉總論》，論文章之始起與傳承，認爲古來文章一脉相承。肯定陸王心學，「心不亡，則脉不亡；脉不亡，則文脉不亡」。承認六朝之文作爲文的合理因素，亦反對粗率爲文。卷二曰《文脉雜論》，論歷代文章之代表作家和代表作品，評論歷代文選的得失，而於《昭明文選》，則無異言。卷三曰《文脉新論》，重點評論自宋濂至黄省曾的明代文學，以爲明文四變：國初洪武間一格，永樂至成化與弘治初一格，弘治末至正德一格，嘉靖年間一格。基本反映了明代文學的發展歷史。王氏論文崇尚簡古質樸的審美趣味，其曰：「古之文也簡而質，明心也，誠也；今之文也繁而虚，昧心也，僞也。」故其爲《文脉》者乃有志追溯自上古至嘉靖間的文章正統，尋找一條復古的新路。

《百陵學山》及《學海類編》皆收有此書。《叢書集成初編》根據《百陵學山》本影印。今即據以録入。

（聂巧平）

文脉卷一

明 王文禄 撰

文脉總論

一元清明之氣，畀於心，以時洩宣，名之曰文。文之脉藴于冲穆之密，行於法象之昭，根心之靈，宰氣之機，先天無始，後天無終。譬山水焉，發源于崑崙也；譬星宿焉，稟耀于日也；譬榮衛焉，包絡於心也。是謂之脉，未嘗絶也。粤開闢而文顯，羲農黄嚳，肇造文原，唐虞都俞，賡歌亮采，文之一大聚也。是謂文脉之泰。文王拘羑演《易・象》，武王伐商告《武成》，箕子釋縲矢《範疇》，姬公返東詠《豳雅》，又文之一大聚也。周末孔子生，侯甸轍環，杏壇鐸振，雲從多士，雨化譽髦。修六經，著《魯論》，祖帝謨，立師極，又文之一大聚也。孟子繼出，崇純王之正，斥雜霸之偏，紹三聖之微，闡七篇之述，又文之一大聚也。由是涣漫無紀，「九流」、「七略」之學興焉。陽翟巨賈，亦知文貴，致客衍《吕覽》之纂，文之一聚于私室也。荆楚小邦，且展文規，屈宋創騷些之摛，文之一聚於夷方也。荀卿執信不精，訓油畔徒，李斯勸秦坑焚，文之大厄也，是謂文脉之

否。壁藏塚瘞，腹記口傳，豈能盡焚哉！炎漢除挾書之律，增寫書之官，遣求書之輶，廣獻書之路。石渠天禄，虎觀蘭臺，群萃英儒，表章聖學。别有菟園之藪，淮南之儲。亦文之一大聚也。莽、卓喪亂，典籍淪消，曹氏父子延鄴下七才，倡爲黄初體，亦文之一聚也。六朝浮豔，江左綺風，逸于竹林，放于麈柄，竟陵之招納，昭明之選編，亦文之一聚也。王仲淹龍門聿啓，函丈彌盈，希聖續經，匡君陳策，又文之一聚也。唐興，太宗右文，房、杜作輔，貞觀、開元，蔚然炳乎。韓退之友子厚，授籍、湜，湜授之萊無擇，無擇授之孫樵，又文之一聚也。五季革命，五星纏奎，文運重光焉。周、程、張、朱以窮理，歐、蘇、曾、王以達詞，金溪、横浦以尊性，涑水、金華以攻史，冀方以探數彰，永康以諳兵勝，又文之一大聚也。胡元易世，宋學猶存，容城之高標，魯齋之弘任，草廬之該博，鐵崖之藻思，亦文之一聚也。惟我大明，鼓舞神睿，赫濯聲靈。劉郁離、宋潛溪、王華川、劉簡迪，御閣門、侍内苑，同遊賡和，又文之一大聚也。接一元之文脉，指人心之文原，美矣！至矣！近若河津、白沙、一峯，有志而未遂，空同、大復、昌穀，有言而未深，陽明、甘泉，聚矣而未久，不若魯、鄒、河、汾、濂、洛、關、閩之聚也。夫文之聚不一也，隨時變焉，心一也。是故聖學息而變縱横，縱横變爲經術，經術變爲名節，名節變爲清談，清談變爲詩賦，詩賦變爲學究明經，又變爲道學。故曰人心圓巧，審變争名，若繪粧萬模，質本完素，豈曰某文道，某文非道？夫脉以貫道，道原于心。迨心溺而氣漓，孔子傷之矣，惡鄉愿，賤鄙夫，進狂狷也。夫狂狷，澄清明之氣，

能延文脉者也。鄉愿習威容而滅質，鄙夫躭利欲而違忠，濁清明之氣，斬文脉者也。噫，文初生也，猶人初生也。初則氣化，無生有也；既乃形化，有生有也。夫有生有也，偶見不生曰絶矣，曷知人也？使偶見文之散與焚也，曰文脉絶，可乎？觀心不亡，則脉不亡；脉不亡，則文脉不亡。再混沌而開闢，此脉不亡，此心不亡也。

夫文也者，否泰循環，生命世才，爲宰爲輔，握酌文衡。又生爲閏餘，爲導引，護留文譜。是故六經文原也，子、史、集文支也。是以析理丕六經，騁奇淆諸子，紀事括諸史，摛辞贍諸集。《昭明文選》，文統也，恢張經、子、史也。選文不法《文選》，豈文乎？五季歷元，文運極否，我明出而夷攘夏整，泰交否休，儲積渟涵，篤生多士，是宜我明之文越宋駕唐，超秦軼漢，作配三代矣。皇陵碑文體用六朝，氣雄兩漢。文華也實見，六朝後不足法也。夫六朝之文，風骨雖怯，組織甚勞，研覃心精，累積歲月，非若後代率意疾書，頃刻盈幅，皆俚語也。夫惟俚語爲文也，見文奇者，譏曰艱深綺靡之文；見文俗者，誇曰明體適用之文，無怪文日卑也。是以論文者稱兩漢焉，不特近古，取士善也，射策、獻賦，宜文之古也。唐詩賦失也淺，流爲輕薄之文；宋經義失也滯，流爲粗畧之文。元加古賦，雖多博雅之士，奈尚夷疑夏，不能盡取大用之遺。待我明用也若唐宋取士，争效合式，幼習壯成，先入主之也，匹漢得乎？今變復古，必選歷代之文定其格。夫《文選》尚矣，莫及焉。選諸史之文不可也，簡短不華之文删去可也。劉氏《廣文選》選子史之文，不可也；

《續文選》未選，可也。遺隋文不可也，補隋文可也。《唐文粹》遺甚多也，《宋文鑑》取甚濫也，《元文類》識甚陋也，《皇明文衡》編甚泛也。《文鑑》不及紹興後之文，《文類》不及至正後之文，《文衡》多元遺儒之文，亦程氏未定之選也。況文運必積百年後興，今其時也。一倣《文選》之例增選之，自六經後，始曰《戰國先秦文選》，曰《三國文選》，曰《六朝文選》，曰《唐文選》，五代附之，曰《宋文選》，曰《元文選》，遼金附之，我朝曰《皇明文選》。噫，人文之成，須在位聖人欲請于朝，聚文學之士成之，草莽細臣無由上達，如選矣，一代成歷代之美，文運之光乎？

周公元聖也，《易・象》、《書・誥》、《詩・豳風》《雅》《頌》、《周禮》何文也？孔子大聖也，《魯論》、《家語》、《孝經》、《易十翼》何文也？道德文章之大成也。故孟子曰：「君子之志于道也，不成章不達。」漢唐諸儒文，或有成章者，宋若周子《易通》、《太極説》，張子《西銘》、《正蒙》，邵子《皇極經世》，可希經也。自外文非漢唐，道非周孔，安望成章哉！

文顯于目也，氣爲主；詩詠于口也，聲爲主。文必體勢之壯嚴，詩必音調之流轉。是故文以載道，詩以陶性情，道在中矣。

文之高勝者，必命世才，自出新機，不蹈陳轍，用發吾胸中之藴槩，以文人小之可乎？是以不達性命之故，則文無源而不透；不諳經濟之畧，則文無實而不揚。謂之命世，驅一世而命之也，故曰作者。

爲文須有文心始可與言文，蓋識見高明，不染利欲。若莊周、屈平及李太白，超然塵外，百代無繼之。匪文難，文心難也。心或夾雜，本失矣，詞華曷生哉？且爲文如蠶口抽絲作繭，一聞響則口停，而絲腸斷矣。使亂乃心，文焉得妙？

楊慈湖曰：「韓昌黎陳言務去，杜少陵語必驚人，皆巧言也。」孔子曰：「巧言鮮仁。」予因今人尚文，引之入道，約其精神，以全仁也。釋氏且戒綺語，况儒哉？或曰：孔子四科，列文學何也？曰：子游、子夏傳經明道，非虚文也。曰：釋典《廣弘明集》何綺也？曰：末流也，文勝極矣。醫書中有《天地國脉圖》曰：「氣趨東南，文章太盛，是亦天地一病。」曰：何醫也？曰：科試行鄉舉里選之法，自六經以後選歷代之文類成一書，餘不焚久轉消矣，是謂一道德而同風俗也。

杜子美曰：「文章有神。」陳繹曾《文筌小譜》第一曰：「澄神。夫神者，性之靈穎，無微不透，無古無今。惟澄神則神清不雜。」又曰：「錬氣。氣者，神氣也。惟錬氣則氣充不撓。」劉勰《文心雕龍》贊曰：「百齡影徂，千載心在。」文章心精也，神氣鍾焉，欲不垂世，得乎？

學稱孟、荀，文稱韓、柳。韓法孟，柳類荀。孟、韓氣昌而理顯，荀、柳氣澀而理晦。是以孟、韓屬陽，故盛行；荀柳屬陰，則否然。荀見偏也，支詞無實，謂辨士則可；孟承孔脉于戰國縱横間，聖學也，曷可並荀稱！

楚騷《禮魂》曰：「春蘭兮秋菊，長無絶於終古。」比也。夫魂，性之神也，不生死存亡，指二時薦品歌之，喻往來化機不息。《遠遊》曰：「毋滑而魂兮，彼將自然；一氣孔神兮，于中夜存；虚以待之兮，無爲之先。」賦也。原生夷方，學何所授？灼見性真，聖之潔也。豈沉湘傷生哉？特憤世托言遐遁耳。楊子雲《反騷》庶知之，稱《騷經》宜矣。

司馬子長《史記》雖纂述成之，雄逸跌宕，類其爲人，是以文由性生也。《孔子論贊》曰「高山仰止」，知所宗也。《晏子論贊》曰願爲「執鞭」，知所好也。是以文高由識高也。《律書》曰「子者，茲也。丑者，紐也」之類，則訓詁而失之鑿矣。

爲文若織雲花龍鳳之錦，經緯縱横而起伏無定，又若河流入中國，或隱或見，若絶若續而源深長。今人恐句不屬，字字挨粘，無文膽，終成時論格。惟司馬子長才高疏爽，得文之妙。

或曰：後世無《孟子》七篇，何也？曰：孰養浩然之氣也？故曰：「文以氣爲主。」有塞天地之氣，而後有垂世之文。

或曰：文盛世必衰。曰：非也。世衰而後文盛也。蓋人才不效用于上而遺棄于下，則精神不敷于實行，而光彩徒耀于空言，惜夫！

今誦孔子之言無幾也。想當時無可與言，故欲無言也。言必同心始盡發也，門人問對亦淺矣，曷能盡發胸中之藴？後之學孔子者，代孔子言所未言哉，是以文章貴新奇、忌勦述。

先天後天，理一而已，學者須悟。先天渾然，太虚無極也，後天始製文字而名色繁。自後各就所見立義，故孔子曰：「仁者見之謂之仁，知者見之謂之知。」且赤一色也，曰紅、曰緋、曰絳、曰赬、曰丹、曰朱，何别乎？今乃因名認色，求合之，庶似也，心中無形，曷能指執？曰性、曰情、曰意、曰思、曰念、曰慮，又何别乎？羅整庵作《困知記》，拘泥之若北溪《字義》，然貶斥象山、慈湖、無垢爲禪學，昧先天之見也。夫禪毁容緇服，絶牛育，迹與華異。唐宋大儒貶斥之，亦動氣好勝，未能無我。陸、楊、張，三大儒也，用心求孔顔正脉，何必同室相攻哉？

自一向宗朱子而斥陸子，陽明起而扶陸子。一向宗韓歐而斥六朝，五嶽出而尚六朝。扶陸子，則若楊慈湖、張無垢、王著作、李樂庵，凡用心于静功者皆顯矣。尚六朝，則若王、楊、盧、駱、沈、宋、張道濟、李太白，凡用心于華詞者皆顯矣。《易》曰：「無平不陂，無往不復。」此氣運之一機也。

倉頡制字，洩太極之秘。六書象形居多，如生字從草木頭，草木之生，中尖，太極也；旁二葉，人字，二儀也；重二人，仁字，四象也。果核曰仁，生生不息，原藴太極。羅泌《路史》發揮與予見同，語多奇，惜無刻板。

文脉卷二

文脉雜論

漢鄭康成已開訓詁之文之端，其句也實而健。唐韓昌黎已開課試之文之端，其篇也達而昌。歷宋及元，則訓詁、課試之文弱而索。是故文之妙者漢得九人焉：賈誼、司馬相如、子長、揚雄、枚乘、班固、崔駰、蔡邕、張衡是也；三國、六朝得八人焉：曹植、禰衡、張協、陸機、劉峻、江淹、庾信、劉勰是也；唐得七人焉：駱賓王、王勃、陳子昂、李太白、柳宗元、李華、孫樵是也；宋得六人焉：李覯、司馬光、蘇洵、蘇軾、陳無己、陳亮是也；元得三人焉：楊維禎、陳樵、吴萊是也。唐文不待昌黎變之，元結已變之，其失也峭而急。宋文不待歐陽變之，李覯已變之，其得也厚而弘。司馬光《叙玄》、陳無己《正統論》，漢格也。汪若海《麟書》，奇文哉！

李空同曰：「漢無騷。」予曰：司馬相如《長門》、揚子雲《反騷》、賈誼《鵩鳥》、班昭《自悼》，豈曰無騷？曰：「唐無賦。」予曰：李太白《大獵》、《明堂》，楊炯《渾天儀》，李庾《兩都》，杜甫《三

大禮》，李華《含元殿》，柳宗元《閔生》，盧肇《海潮》，孫樵《出蜀》，豈曰無賦？曰：「宋無詩。」予曰：梅聖俞、王介甫、陳後山、朱晦庵、謝皐羽，擇而誦之，豈曰無詩？空同詩賦可觀，文亦句短而氣局，太質而少華，知復古矣，體裁則否，無大題，且見未透。

類書若杜佑《通典》、鄭樵《通志畧》、馬端臨《文獻通考》、王應麟《玉海》，甚便考索。但《通典》止天寶，《通志》不及宋，《通考》至宋末，《玉海》繁瑣爾。樵譏班固博雅不足，且自爲史，絶司馬遷《史記》之續，見高矣。眼學耳學，言甚新。貶後儒著作，法《魯論》空言爲書，不悟孔子修《易》、《書》、《詩》、《禮》、《樂》、《春秋》，存歷代之制。樵泥度數名物，昧性命之微也，太博而未約云。端臨譏之，見《通考》中，後無續編，惜也。若《北堂書抄》、《藝文類聚》、《初學記》，失之碎，《太平御覽》、《太平廣記》、《册府元龜》，失之雜。吕東萊《十七史詳節》分《三國志》魏前人入漢，宜矣；《吕布傳》分亂之，非也；又入宋儒議論，削《藝文志目録》，尤非也。孰增定之若一全史爲佳也？

《昭明文選》，唐初最尚也。曰：「《文選》濫，秀才半。」至宋廢之，文日卑矣。姚鉉《唐文粹》欲倣之，不能匹也。賦多遺，柳《柳賦》，唐之冠也，又遺韓《平淮西碑》、柳《乞巧文》、皇甫湜《諭業篇》，遺固多矣。《宋文鑑》，吕東萊選，致語、批判甚陋也，烏可取也？表與律詩未精也，不及江鈿《文海》，遺固多矣，紹興後未及選。《元文類》，蘇伯修選，劉因《渡江賦》、《學辨》，王惲《至元神

武頌》、《蠹魚文》，王柏《通鑑托始論》，遺固多矣，至正後不及選。孰能重選定之，以成三代之美也？噫，古之文盛也，上倡之。若武帝知相如之賦，成帝知揚雄之賦，今儒生亦不能讀，在下者曷能文哉？且選文必須後代選之，若《昭明文選》乃得前代之全，然兵燹之亂，恐不能存也。莫若每人各一卷，以待續增。若某朝若干人，庶爲得宜。

《皇明文衡》，程篁墩作序與目録，未成，逝矣。後人按目録成之，亦多缺文。篁墩博學，《文衡》尚事實，便考索，多收碑誌，序可徵矣。不悟經史子集體各不同。事實勝者，史也。選文，選集耳。棄華而取質，豈選文之法乎？宋潛溪《擬晉武平吴頌》、《薛收上秦王平夏鄭頌》、《宋鐃歌鼓吹曲》、《太乙玄徵記》、《詰皓華文》、《咨目童文》、《玉壺軒記》、《蔗庵述夢文》、《調息解》、《録獻人申鮮生詞》、《隋室興亡論》、《讀宋徽宗本紀一集》，遺多矣，餘可知也。必須重選方有光于我明。予隨見選録之，賦百二，詩三百，文五百矣，但不能多見新集爲歉也。

《文翰類選》，淮王命左掌史李伯璵編，亂雜無紀，不若各代是爲選也。《古文辨體》，海虞吴訥編，雖便初學，亦恐大拘，選欠精也。

《皇明文寶》，姑蘇楊循吉選，首御製之文，君臣同列，一不可也；文以爵叙，内閣、九卿、部屬、省郡，不及布衣，若縉紳一覽，二不可也；御製文七卷爲存實之録，諸臣之文皆任己意改之，謂之筆削，三不可也。黄五嶽謂予曰：「何、李賦獨高，貶其不知賦，止取記、序數篇，亦何見也？」

莊、列、韓非、孫武外，《淮南子》文氣雖雄，辞多因襲。若見獨而辨奇，語新而意透，王充《論衡》乎。有妙思焉，宜蔡邕私之，學進也，拆以正理則否。

杜子美曰：「草《玄》吾豈敢，賦或似相如。」蘇子瞻病《玄》曰：「以艱深之辞，文淺近之意。」朱子曰：「《玄》乃諸賦粗變音節耳，惟王充、李覯、司馬光有取于《玄》。」予謂子雲漢儒集大成者，遠過荀卿。子美知言哉！議之淺也。

班固《典引》倣相如《封禪》、子雲《美新》，融活而華，但氣稍怯，冒下數句曰：「歸功元首，將受漢劉。」又曰：「先命玄聖，使綴學立制。」蓋提起頌漢德爲主，得作文輕重法。况孔子生衰周不遇，後暴秦坑焚，至高祖過魯始祀以太牢，孝武表章之。若天爲漢而生，漢迎天能用，實諸儒所未發。予悟曰：隋生王仲淹以啓唐，宋生周、程、張、朱以啓我明。天道遠，故豫定云。夫《封禪》體促，《美新》體方，《典引》體圓。班彪《王命論》欠華，傅幹《王命叙》襲彪，體細弱矣。傅遐《皇初頌》、邯鄲淳《魏受命述》，工而氣短；曹植《魏德論》，德何有也？失之簡。隋李德林《天命論》倣彪幾植，唐陳子昂《大周受命頌》，佞哉，又子雲下也。惟柳子厚《貞符》貶斥祥瑞，一歸于德，佳哉，奇也，詞則疏矣。宋羅願《帝統》、我明解縉《帝典》，法古未盡也。晉、元二代豈乏作者？或有作，失之不及見邪？予嘗著《華夏澄清撰》，蓋頌我明功高萬古，與庖羲匹、若天地重，渾闢然宜祚，匹天地無疆。起結曰：「帝宰謂此理爲渾闢主，即我明盡性立極也。」詞雖未工，三年乃成，

劇思也。

魏晉以來詩多矣，獨稱陶詩。陶辭過淡，不及曹、劉之雄，謝、江之麗，然多寓懷之作，故誦者慨然有塵外之思。唐以詩取士，詩盛矣，獨稱杜詩。杜調太重，不及陳、李之逸，王、駱之華，然多述懷之作，故誦者惻然有由中之感。二子見道，率性言之，誠能動物也。

李翺《復性》三書勝韓子《原性》、《原道》，歐陽六一取《幽懷賦》而棄《復性》。夫《復性》訓修道之謂教，即自明而誠謂之教，與陽明修道説同。又曰：「通乎晝夜之道，而知朝聞道夕死可矣。」與予序楊慈湖《覺語》同。諸儒訓《中庸》弗及也。《幽懷賦》格卑而詞嫩，豈賦乎？六一見陋矣。

或曰柳子厚之文憤激，或曰蘇明允之文縱橫。或曰文忌綺麗，或曰文忌誹刺，或曰文貴渾厚。自渾厚之説興，則《春秋》筆削恐傷渾厚矣。是以孔子惡鄉愿，不意文中亦被鄉愿亂之。王子于中曰：「氣，一也。今世何事不被鄉愿之害！」

韓昌黎有志古學，但性坦率，不究心精邃，非柳匹也。當時能忘勢且延攬英才，籍、湜輩尊稱之，文名遂盛。于唐後歐陽六一好而尊之配孟，以己配韓。蘇氏父子在歐門下，極推尊歐，不得不推尊韓，是韓又盛于宋。我明宋潛溪《原文》：「六經外當讀《孟子》與韓、歐文。」夫惟皆知宗韓則不復知先秦兩漢文，故何大復曰：「文靡于隋，韓力振之，古文之法亡于韓；詩溺于陶，謝力

振之，古詩之法亡于謝。」旨哉言乎！

韓昌黎本奇才，得節奏疾徐、參伍錯綜、廻旋照顧、八面受敵之妙。故曰爲文必使透入紙背，如是則文厚而圓矣。

歐陽六一典文衡，變文體，自作原弱，欲變入于弱也。先儒亦曰：「過豐腴而乏清勁，不及孫明復、石徂徠之簡健。」予曰：歐陽肉多而骨少，孫、石肉少而骨多，曾子固木篤而欠玲瓏，王介甫骨骼而無丰采，皆不及蘇子瞻之俊逸也。

元文稱虞集、楊載、范梈、揭奚斯、馬祖常、歐陽玄、黄溍卿、柳貫、元好問、袁桷、姚燧，固各有可觀。《馬石田集》文有漢氣，詩有唐音，惜無大題也。陳樵《鹿皮子集》抱超卓之見，而文賦甚奇。天台李孝光可也，未見全集。盱江鄒矩、涂幾，幾集曰《涂子類稿》，詩文亦奇，志士也，元末大亂不顯，矩爲集序亦佳，矩集未見，惜也。夫人生丁世亂，客死兵死，集燬于烽燹者多矣，若柳道傳之弱，揭曼碩之嫩，虞道園《學古集》多而失之枯也。

或曰：文章有大家、有名家。予曰：大未嘗無名，有名未嘗不大。豈以卷帙浩繁爲大家，篇章簡約爲名家？是曹子建反不及沈休文矣。抑以妍媸備具爲大家，精美獨高爲名家？是陳子昂反不及白居易矣。論文不必巧分名家、大家，當以雅俗雄弱別之可也。

近世官高、科第高即稱文高，若布衣雖高文弗稱也。左氏素臣，《春秋傳》何高也？宋潜溪

景濂在前元布衣耳，後危素薦之亦不仕，《潛溪集》至正丙申梓行。余廷心官高、科第高者也，當兵亂時柬劉彦昺曰：「《景濂宋先生集》寄惠爲幸。」蓋不以布衣輕潛溪，亦不以官與科第自恃，好學之篤，卒成忠節之名也。蓋前元取士中場用古賦，以故多博雅之士。今舉業盛行，視古學爲棄物矣，此世道之一變也。

秦漢至今作者多矣，不奇則同，同則腐，不惟不愛，且生厭斁，理因之蕪。是以古作各不同，若屈、宋、馬、楊漸華而雄，班、蔡降稍怯矣，更變爲粗。六朝工之組織，韓昌黎覺其意不達也，反而平且質，承之者疏以漓。五季弱甚矣，歐、蘇、曾、王條暢豪邁，而曲折紆徐終亦宋格。我明宋、劉、王、方、楊、李爲翰苑，應制敷陳則又類怯。羅圭峯、李空同、康對山、崔后渠法兩漢、先秦云，自是知宗《昭明文選》也。

臧哀伯諫郜鼎，周單襄公叔時，莊辛説楚襄，春秋、戰國文華矣。宋玉《答問》、李斯《諫逐客書》、枚乘《七發》、傅毅《連珠》、賈誼《過秦論》、孔稚圭《北山移文》，後遞相效法，精彩炳蔚也。夫文也者，文也；華者也，霞天花苑，錦章也。彼不文，爲文自附于古作者，豈文乎？

秦、漢、三國、六朝，作文不苟鑄偉詞，不實見擇而存之，一人不過數篇，心精完而文多傳，惟《沈隱侯集》百餘卷，今亦鮮傳。後若《長慶集》、《懷麓堂稿》，過多矣。是故文集貴精不貴多，何、李集精選之可也。

文脉卷三

文脉新論

御製文集《三教論》曰：「天下無二道，聖人無兩心。」大哉聖見！超出宇宙之外。是故獨稟全智，功高萬古云。宜文運之重光而真才之旅生也。

國初洪武間一格也。宋文憲《潛溪集》四十卷，至正初壯年擬古之作，漢魏六朝體俱備，入我朝老矣，筆力漸衰，詞格過熟。劉文成《覆瓿集》詩賦豪逸，《郁離子》奇思哉！《送窮文》過昌黎也。王忠文《華川集》學蘇欠俊，《文訓》效七體，甚佳。子紳《繼志集》亦可。方侯城《遜志齋集》綽有東坡之才，健逸過王，博不及宋。

胡仲申翰與宋潛溪濂同學于吳淵穎，同脩《元史》，濂授學士，子璲中書，孫慎序班，何顯也！翰就金華教，以故不顯。後璲、慎戮，濂流茂州，至夔卒，何危也！《胡仲子集》《衡運》、《皇初》、《井牧》、《慎習》諸論，學際天人，惜不究用，冥鴻哉。元亂後田可井，舉士可法周、漢，劉、宋典文

衡、參幃幄，不言何也？

劉迪簡夏《尚賓集》文氣遒勁，究心經術，上書言：「漢儒多分章句，破碎《五經》，如建屋而障隔之；宋儒詳衍義説，傅會《五經》，如製衣而補綴之。」甚當也。不雨，上書言：「思治過亟，心火炎亢，致旱，静以水濟之。」抱經世大志，奈早逝也。學有淵源，嘗私淑吴草廬之門。蘇平仲伯衡，潁濱之裔。空同子《瞽説》二十八首甚佳。朱伯賢右《白雲集》題多擬古。是時浙東文獻何盛哉！不能悉數，姑舉槩耳。

永樂至成化間與弘治初一格也。楊東里學歐陽六一，更弱矣。劉保齋、李古穰大類東里，李西涯稍加潤澤。詩尚唐調，自西涯始，間或有類元音。程篁墩考索甚詳，筆力較西涯尤健，但無風騷趣。邵二泉一變蒼老，學史效左氏，《容春堂集》氣格多宗昌黎。王震澤句峻潔，篇勢狹，乏丰容。《謫解》、《短解》、《河源考》、《皤母傳》法古長語，紀博有識。丘瓊山《大學衍義補》論斷經濟之畧也。或曰司成均時科貢士有才學者分題纂成，非盡出瓊山手。羅一峰有東坡之才，扶植綱常。《疏羅浮庵記》甚佳，但未入古格。《大忠祠》、《文丞相祠》、《陶桓公祠》三記一格，效昌黎廟碑。後講學，不復攻矣。吴匏庵鋭志宗蘇，細弱且少光焰。林見素欲奇未奇。何燕泉、何椒丘傳註聿研。蔡虚齋、張東白性理攸尚。桑思玄好古不法古，特賦有楚聲，嘗曰：「翰林有羅玘，吴下有祝允明。」知言哉！玘《圭峯續集》甚古，惜應酬作也。弘治後文宗秦漢，自圭峯始。《允明

集》五十餘卷，黄五嶽曰：「《大游賦》可匹相如。」陳白沙詩有天趣，門人李承箕《大厓集·陳樂芸傳》飄逸有奇氣，盧正夫《格荷亭辨論》獨見哉。王端毅恕《石渠意見》，見高矣。

弘治末至正德一格也，李、何倡之。《李空同集》刻多矣，予問黄五嶽，曰：「空同自定，不復增損。」予曰：删之過韓、柳矣，有秦漢風，詩魏晉唐兼有之，奇才也。蔣南泠曰「剽擬」，田豫陽曰「空疏」，吕涇野曰「止于文詞，而未究其極」。予曰：《空同子》八篇氣勁語精，二疏忠藎非志古名賢弗能，曷輕議哉！何大復詩較空同可吟，《明月篇》尤也。《九詠》、《七述》、《宣歸賦》、《師問》、《琴諭》、《與空同書》，不讓古作，但氣薄，是以不壽。若假數年，加沉雄，過空同矣。

《徐迪功集》：《反反騷》、《崇化論》、《談藝録》、《重與空同書》，楚些、漢魏作也，詩句玉潤且鏗然扣哀玉音。《石熊峯集》文法漢，詩法魏。弘德間大臣文傑也。《王渼陂集》文學漢而粗，詩學杜而放。張太微詩調俊亮，但才不充。《孫太初漫稿》立題多山林逸趣，句亦清新，年不永，未入古調。鄭少谷文氣促澀，詩思太苦，蒼老而崛奇，學杜也。邊華泉法古而疏，少雋永。孟有涯又枯淡矣。王浚川《辨五行》識高也，慎言雅述，發未發多矣。文亦歐格，賦乏風騷，《明月篇》、《與郭价夫論詩書》，可匹魏晉(晉)云。

陽明王公如蘇，而圓秀或歉。甘泉湛公如歐，而壯沉或逾。究心理學，曷律詞林。陽明《弔屈原賦》、《瘞旅文》、《徐昌穀墓志》、《辭爵疏》，天機沛達，莫及也。詩唐調，寫景絶塵，見透而思

清，飄然仙氣。甘泉《安南賦》效孟堅《兩都賦》，《西征詩序》效昌黎《淮西碑》，《格物通》效《衍義補》，《四書測》、《五經正傳》，大儒哉。《楊子折衷》貶慈湖、寓譏陽明，過矣。《志陽明墓》推許之，定論也。魏莊渠《六書精蘊》用心甚勤，贊不發制字本旨，借明經世之略，非也。《倉頡》去今遠甚，大小篆秦漢猶有傳，未可全非李斯。《精蘊》多言象形，物器形象，古今不同。六書且缺其五，所見有限，恐未精乎？馮洞陽《元始剩語》析三教之微也。

崔后渠洹詞簡而嚴，活且遒勁，促捷不可以句，失也躁，左氏之變乎？無垢曰「禪語亂經」，象山曰「禪語亂德」，慈湖曰「師心自作」，白沙曰「掇異學之緒」，陽明曰「殆霸儒者流」，沂陽王生曰：「宣聖没後不能無偏，五公志在聖學，究心道原，後學學其是可也，曷貶哉？」薛西原簡后渠曰：「不用心于内，志于文，故本原亡而實見少。」后渠服曰：「誠然！」洹詞格言甚多，尚節氣，取人嚴刻。貶革除齊黄方諸臣曰：「死國之忠不足贖亡君之罪。」貶三楊諸公曰：「宣德、正統間君子有爲，時乃日與僚嬉燕，晉書唐律，是攻是炫。循至己巳北狩，庚午易儲，丁丑倖功。」見獨而新，成一家言也。

羅整庵《困知記》文句老蒼，用心勤勷，但拘《字義》，貶象山、慈湖甚矣。夫陸、楊二公尊德性者，務本也。蓋人心汩利欲，滯見聞，非静養曷見性真？是以陽明倡良知、人心、一惺，有志者共明之可也。今乃比孟子闢告子，各立門户，以起争端，非明道，實晦道也，高明監云。

《康對山集》氣骨疏爽，有西漢風，張太乙曰：「編選未精也。」《吕涇野集》亦學西漢，稍緩而怯，全刻太冗矣。序《劉氏族譜》曰：「伊川程正叔作家譜，官止説書，賴與門人講學故，傳今不磨。若紫巖先生弱冠及第，累官學士，至太宰，將北轉入相，且道大行。」夫涇野，狀元也，號知道者，何重劉輕程？劉不知何如人，未聞行道也。集中多慕人爵之詞。空同子曰：「《魯論》但曰『不義而富貴於我如浮雲』，漢以下儒者只言富貴如浮雲，過矣。」此亦慕人爵之意。由後觀前，何者非浮雲？二公尚慕，宜不慕者鮮也。陝西解元邵昇與康對山同罹詿誤革籍，予會其弟昶，得觀《漁防歌》四闋，清新可吟。五泉韓邦靖詩亦俊，惜皆早逝。

楊升庵詩，六朝、初唐之匹也。其言「解經不特識義理，亦當識文體」，深中後儒解經之失。著述甚富，勝仕矣。薛西原詩，儼然晉魏、初唐，人病其弱，蓋不知如玉之温潤。《元夕篇》尤妙也。熊士選倬詩法杜，常評事倫詩法李。志古而天奪之，悲哉！

林平厓《與張崑崙書》、《古樂府》、《靈招》、《少谷碑》，文不下空同，餘不可句。後攻數學，文退矣。《張崑崙集》，同年友方十洲刻，不稱其名云。《亶爰集》，江暉撰，文過奇，自名「亶爰」，出《山海經》，病時格卑嫩，欲變之，晦澀而未熟。

《陸文裕外集》該博，備考索，類《説海》，《内集》詩文未工。《周八厓集》取《鄭少谷集序》、《存芒文》。《周顒侗集》刻削而簡促。劉梅國《崇正堂集》《廣文選序》可也。凡集未入古格及聞名未

見集，茲不論。集雖梓，生存新新未已，不敢論。

嘉靖年間一格也。運值鼎革維新，文明全盛。周、秦、漢、魏、六朝、初唐、盛唐諸體咸備，燦然郁乎，復哉興起，林如也。

桂見山奏疏，純王之學；霍渭厓奏疏，經濟之才。二公早逝，天何不憖遺也。見山令丹徒、永康，惠政至今頌之。渭厓貶陸象山，性學未明也。張羅山奏疏桓發之氣，久于科第，練達已深，際遇奇矣，年亦不永。席元山遒爽峻嚴，類震澤，宗陸象山，有《嗚冤録》。廖洞野華而莞，知天文，有《玄素子集》，但類策體，且多同耳。

高叔嗣《蘇門集》詩學杜，文學漢，空同後進，有志好古，惜壽不永。集序陳約之作，得漢格，少年督學，卒河南，有《后岡集》。弟仲嗣不下蘇門，曾爲嘉郡二守。予見《壽屠漸山太夫人文》，漢格也。《屠漸山集》逼真兩《漢書》，温雅可愛。予同年友王柘湖集詩企盛唐，大復之續也。《王雅宜集》詩亦俊亮，間有初唐調，《迎春賦》效王勃，才清欠雄，負重名，妙翰也，朱子价稱其有叔度之風。《袁永之集》知體裁矣，《七稱》、《七擇》、《懲胡二論》，佳哉！詩賦皆大題，世緯經濟才也。《蔡林屋集》瘦削而未熟。

湖廣曠宗舜才高好古，知天文，慕玄學，有出塵趣，弱冠解元，早卒。長沙劉章長才博學，氣甚豪俠，落乙榜，授儒官，一夕卒。洵陽李聯芳妙年高第，性敏嗜書，終日劬學。對人曰：「不登

甲榜第一人，可耻也。」盡讀天下古今書補之。卒于京。錢塘錢玄石椿、張太華淶，予同年友也，數寄予詩，效六朝、初唐，上進有期，惜早卒也。嗚呼！美才而未成章，豈特一張光世哉？光世有《伎陵集》，空同有傳。前數子無聞焉，惜也。噫，天下有才無命而不聞者，亦多矣。

《黄氏集》，五嶽黄勉之省曾撰。「章題光偉，部次森莊，寶藏洞開，化機丕洩，十千爲編，總百卷。文集大成，實鮮厥儷，雄哉！」予友曷復靚云。

海邑自二陸、二顧振起三吴，吴人多文，原出子游，代罔乏也，繼者不源源乎？沂陽王生文禄曰：古之文也簡而質，明心也，誠也；今之文也繁而虚，昧心也，僞也。明心也，學至而言，言必據己；昧心也，好勝而言，言必欺人，匪心得也。試觀之草木，華而後實，實結而後華零。文譬華，道譬實，使未華而望實，未實而去華，盭也。羲畫孔述非文哉？無文則道曷見也？是以因文見道，道成而文自忘。今未見道而先舍文，文非文，道非道。故曰：考實則無道，抽華則無文。

開國肇基，祚之極永不過七八百年，猶且求師以聽其謀畫。今欲究天人之秘，發爲經世之文而垂不朽之名，弗求師以問學之，可乎？是以矜高而耻師者罕能成大器。故曰：三王、四代惟其師。

一代人文之精神命脉原于創業君心，是故倡始之效尤之，人文日降也。惟我明洗滌夷風，若重開闢，宜人文之特盛云。

宋潛溪曰：「濂嘗受學吴立夫，問作文之法，謂有篇聯，脉絡貫通；有段聯，奇耦迭生；有句聯，長短合節；有字聯，賓主對待。又問作賦之法，謂有音法，倡和闔闢；有韻法，清濁諧協；有辭法，呼吸相應；有章法，布置謹嚴。總不越生、承、還三者而已。然字有不齊，體亦不一，須隨類附之，不使玉瓚與瓦缶並陳，斯得矣。又在三者外，非精擇不能也。嘗謂作文如用兵，兵法有正、有奇。正是法度，要部伍分明，奇是不爲法度所縛，千變萬化，坐、作、進、退、擊、刺，一時俱起，及欲止，什自歸什，伍自歸伍，元不曾亂。」王生曰：「此殆相傳作文真訣乎？用表出，殿《文脉》云。」

歸震川先生論文章體則

〔明〕歸有光 撰

《歸震川先生論文章體則》一卷

明　歸有光　撰

歸有光（一五〇六—一五七一），字熙甫，號項脊生，人稱震川先生。昆山（今屬江蘇）人。九歲屬文，六十及第，釋褐知長興縣，後爲南京大僕寺丞，卒於官，享年六十五。有《震川文集》四十卷。傳見《明史》卷二八七。

是書乃撰者七世孫歸朝煦（梅圃）從《文章指南》中輯録而成，校正後附刊於《震川大全集》末。據詹仰庇《文章指南原序》，歸有光曾將「古文一帙」供其過録，後詹氏復交友人黄鳴歧，黄氏校而刻之，名曰《文章指南》。該書宗旨乃在講習與指導古文寫作，而以前人名作爲範例，故先有導言，後示範文，所謂「要總於前，而大綱以舉；類分於後，而細目以張。記其則，則六十六條；記其文，則百十八篇」（《原序》）。此書後毁而復輯。至清乾隆末年，歸朝煦從《文章指南》中輯出六十六條導語，且「依家藏本釐而正之，附刻於全集之後」（邵齊熊《跋》）。輯本立目六十二，而將原「通用義理則第一、通用養氣則第二、通用才識則第三、關世教則第四、占地步則第五」並爲一目，統隸「通用則」下。

是書雖備舉業之用，然要言不繁，逐層展開，明晰而深入，精當而易懂。首十二則着眼於文

章的整體性，强調「以理爲主」、「必在養氣」、「才識俱備」、「關世教」、「占地步」、「立論正大」、「用意奇巧」、「遺文平淡」，等等。其次九則重在修辭，拈出「譬喻」、「引證」、「化用」等常用的手法。又次十四則轉而論説章法結構，如「前後相應」、「總提分應」、「文勢層叠」、「結上生下」、「轉换靈活」等。再次十三則示範句法與字法，諸如「叠上轉下」、「攔截上文」、「設爲問答」、「含意不露」、「字少意多」、「相題用字」、「下字影伏」，等等。末十八則專講文章結尾的多種樣式和基本要求，如「繳應前語」、「結意有餘」、「竿頭進步」、「結末括應」、「結末推廣」、「結末垂戒」等。

該書無單行本，僅存於嘉慶元年（一七九六）玉鑰堂刻本《震川大全集》之末，藏於北京國家圖書館。湖北省博物館則藏有清賭棋山莊鈔本，有謝章鋌校並跋，亦稱從「乾隆間續刻」之《歸震川全集》本録存。今據國家圖書館嘉慶本録入。

又，《文章指南》一書，《四庫全書總目提要》卷一九二認爲乃「鄉塾教授之本，殊不類有光之所爲」，疑非歸氏所作，然無確證；詹仰庇《文章指南原序》記歸氏出示此書時僅云：「余之幸至今日者，賴有此耳。」實可作多種理解；畢沅《文則叙》始則謂「相傳出歸有光熙甫氏」，用語謹慎，繼則又認定爲歸氏所作；其他邵齊熊、吴應達、許佐、謝章鋌等均主歸氏作。今亦將詹仰庇《文章指南原序》、吴應達《文章指南跋》、許佐《重輯文章指南跋》以及畢沅《文則叙》、謝章鋌賭棋山莊鈔本《跋》作爲附録一併收入。

（楊慶存）

歸震川先生論文章體則

明　歸有光　撰
歸朝煦　校刊

通用則

文章以理爲主，理得而辭順，文章自然出群拔萃。如程伊川《周易傳序》、王陽明《博約説》，此皆義理之文卓見乎聖道之微者。

爲文必在養氣，氣充於中而文溢於外，蓋有不期然而然者。如諸葛孔明《前出師表》、胡澹庵《上高宗封事》，皆沛然腑肺中流出，不期文而自文，謂非正氣之所發乎？孔明《後出師表》亦可參看。

文章非識不足以厚其本，非才不足以利其用，才識俱備，文字自爾高人。如司馬子長《太史公自序》所以發《史記》之大意，而其辯駁之才、淹貫之識，盡見於此矣。

文章不足關世教，雖工無益也。如李太伯《袁州學記》議論臣子之分，懇惻切至，讀者輒

起忠孝之心，謂非文之關世教者乎？　王陽明《象祠記》頗有感發人處，可以參看。

古人作文，專占地步，如人要在高處立，要在平處坐，要在闊處行。如韓退之《與于襄陽書》隱以君子之道自許，蘇明允《上田樞密書》直以天之與我自任，此皆占地步處。餘可類推。

已上二條亦作文之要旨也。

立論正大則

凡學者作文，須要議論正大，有臺閣氣象方佳。如方遜志《釋統》，舉秦、晉、隋而并黜之，議論何等正大。場中有此等文字，主司自當刮目。

用意奇巧則

文章用意庸庸，易起人厭，須出人意表，方爲高手。如李斯《諫逐客書》借人揚己，以小喻大，另是一種巧思。能打破此等關竅，下筆自驚世駭俗矣。歐陽永叔《朋黨論》亦可參看。

遣文平淡則

文章意全勝者，辭愈樸而文愈高；意不勝者，辭愈華而文愈鄙。如曾子固《戰國策目録序》無一奇語，無一怪字，讀之如太羹玄酒，不覺至味存焉，真大手筆之文也。宋潛溪《六經論》亦可參看。

造語蒼勁則

學文之初，先學煉句，雖不貴於佶屈聱牙，使人不可句讀，亦要脱去稚筆方好。如編内所録左氏及秦漢唐宋名家之文，雖各有所取，味其辭法，皆勁健者。後生能隨篇逐句，以求其妙，作文自無弱句矣。揚子雲《解嘲》、孔德彰《北山移文》，此二篇不惟句語老練，而議論亦高古，故特表出之。《答賓難》、《解嘲》、《答賓戲》三篇，漢文之祖，余獨取《解嘲》者，以意祖曼倩，文過孟堅，有合前後而一之意。

叙事典贍則

學者作文，最難叙事。古今稱善叙事者，惟左氏、司馬氏而已。如叙鄭莊公叔段本末，此左氏筆力之最高者。蘇子瞻《表忠觀碑》，王荆公謂其可與司馬氏馳騁上下。學者能熟此二篇，叙

事自有體矣。

辭氣委婉則

秦漢以下，去聖人漸遠，故其辭氣往往有迫切之病。惟左氏所載諸國往來之辭與君臣相告謀之語，辭不迫切而意有獨至。今録吕相絶秦論，兼取其文也。樂毅《報燕王書》，味其辭氣，亦庶幾者，故並録之。

神思飄逸則

論古今人物風流，惟兩晉爲盛，故發之文章，神思自然飄逸。如陶淵明《歸去來辭》，於舉業雖不甚切，觀其詞義，瀟灑夷曠，無一點風塵俗態，兩晉文章，此其傑然者，蘇子瞻二《赤壁賦》之趣，自此文脱出。

譬喻則

詩有比興。比者，以彼物比此物也；興者，以彼物引起此物也。體雖有二，而取喻之意則同。孟子文法，多本於此，故後世文章皆例用之。或不説出正意，專以彼物發揮者，如韓退之《雜説》

上下篇是也；或專以彼物發揮而末含一句正意者，如韓退之《應科目時與人書》是也；或專以彼物發揮而末繳數句正意者，如柳子厚《捕蛇者説》是也；或以彼物、正意相半發揮者，如韓退之《後十九日復上宰相書》、柳子厚《種樹郭槖駞傳》《梓人傳》、蘇子瞻《稼説》是也；或以彼物輕輕發揮而歸重正意者，如韓退之《送温處士赴河陽軍序》是也；或首尾發揮正意而中間以彼物形容者，如蘇明允《明論》是也；此以上屬比體。或以彼物輕説引起正意發揮者，如蘇子瞻《李氏山房藏書記》是也，韓退之《進學解》中以匠氏醫師引起宰相意，亦是此法，可以參看。此以上屬興體。

引證則

凡議論或引證經傳，或引證古人，此文章常格，須要用得精當。如左氏所載鄭子産與范宣子論重幣書，論令德令名而引詩以證之，蘇明允《諫論》上論諫法有五，歷引古人以證之，此皆可法者也。餘可類推。

將無作有則

凡議論，援引固以精當爲貴，然亦有牽引來説者，謂之將無作有，此善行文處，如韓退之《重答張籍書》云：「夫子之言曰：『吾與回言，終日不違如愚』，則其與衆人辨也有矣。」此正得將無

作有之法。陳止齋作論，全是學此。退之《送孟東野序》云：「夔弗能以文鳴，又自假於韶以鳴。」此二句亦可與此參看。

化用經傳則

凡文字引用經傳，易失之陳腐，惟歐陽永叔《送工陶序》全用易象點化疏通，而議論亦好，文章似此方成文章。韓退之《諍臣論》引孟子説話，全憑自家添字減字，變化出來便不陳腐，亦可與此參看。

引事論事則

古人事迹大率相類，但有得失之異耳，故議古之得，須援失者以證之；議古之失，須援得者以證之。如獨孤及《季札論》是援泰伯讓國之得以證季札讓國之失，姑取之以爲此則之例。

抑揚則

人非聖人，孰能無過？苟非至惡，未必無一長可取。故論人者，雖不可恕人之惡，亦不可没人之善。抑而須揚，揚而須抑，方爲公論。然抑揚之法，用處卻有不同。有先抑而後揚者，如韓

退之《諍臣論》是也，蘇子瞻《范增論》、《荀卿論》亦可與此參看；有先揚而後抑者，如司馬子長論項羽是也；有抑揚並用者，如韓退之《圬者王承福傳》末議論一段是也；有揚中之抑者，如韓退之《送文暢浮屠序》止取其文詞是也；有抑中之揚者，如韓退之《與孟簡尚書書》論孟子之功，意與而辭不與是也。

尚論成敗則

凡論古人之功罪，須要思量使我生此時、居此位、處此事，當如何處置，必有一長策方可。若祇能責人，亦非高手。如蘇明允《管仲論》、蘇子瞻《賈誼論》皆得此法；子瞻《范增論》、《晁錯論》可與此參看。

一正一反則

凡議論好事，須要一段反說；凡議論不好事，須要一段正說；文勢亦圓活，義理亦精微，意味亦悠長；此文家之大家數也。特取蘇子瞻《始皇論》以見則。

正反翻應則

文章有正説一段議論，復换數字反説一段，與上相對，讀者但見其精神，不覺其重叠，此文法之巧處。如韓退之《後二十九日復上宰相書》是也。韓退之《原毁》、王元之《待漏院記》可以參看。

前後相應則

凡文章，前立數柱議論，後宜補應，或意思未盡，至再三亦可，衹要轉得好。如此非惟見文字有情，而章法亦覺齊整。近時論體類用此法，如魯共公《酒味色論》、宋潛溪《六經論》可以爲式。宋潛溪《七儒解》、王陽明《尊經閣記》二篇，於論體尤切，宗臣《考卷論》多本於此。

總提分應則

文章有總提大意在前，中間逐段分應者，章法尤覺齊整。如柳子厚《箕子廟碑陰》、王子充《四子論》是也。

總提總收則

賈誼《先醒》篇，前總大意，中三段分應，末又多一總收，較之上則更勝。文體至是可謂妙而又妙者矣。

逐事逐陳則

諸葛孔明《後出師表》通篇條陳時務，雖是奏書之體，然布置嚴正。學者熟之，非惟長於論策，而他日必優於奏疏矣。

文勢層叠則

李遐叔《政事堂記》、臧哀伯《諫魯桓納宋郜鼎》、夏文莊《廣農頌》，此三篇文勢，如峰巒層出，如波濤叠涌，讀之快心暢意，不覺其煩，此正舉業者所當法也。

句法長短錯綜則

韓公作文，專以新奇爲喜，故於句法層叠處，必變化數樣，字有多少，句有長短，讀之尤覺有

起伏、有頓挫、有波瀾。如《上張僕射書》是也。韓退之《原道》、《後二十九日復上宰相書》亦可與此參看。

一級高一級則

文字自下説上，如登九層之臺，漸陟其頂，是謂一級高一級也。如錢公輔《義田記》似之。

一步進一步則

文字由淺入深，如行萬里之途，漸到至處，是謂一步進一步也。如王子充《文訓》似之。此則與上則不同，讀其文自見。

文勢如貫珠則

結上生下，意脉相聯，是謂貫珠勢也。如柳子厚《晉文公守原議》似之。韓退之《原道》、蘇明允《春秋論》亦可參看。

文勢如走珠則

轉換圓活，略無滯礙，是謂走珠勢也。如柳子厚《送薛存義序》似之。韓退之《獲麟解》亦可與此參看。

文勢如擊蛇則

救首救尾，段段有力，是謂擊蛇勢也。如韓退之《師説》似之。

文勢如破竹則

句法連下，一句緊一句，是謂破竹勢也。如蘇子瞻《潮州韓文公廟碑》，首段連下五個「失」字，似之。韓退之《送文暢浮屠序》，篇末連下五個「也」字，亦可與此參看。

先虛後實則

謝疊山云：「文章先立冒頭，然後入事。」又是一格。如蘇子瞻《伊尹論》是也。蘇子瞻《晁錯論》亦可參看。

先疑後決則

文章於下手處最嫌直突，須先以疑詞說起，然後以正意決之，方見文勢曲折之妙。如蘇子瞻《三槐堂銘》，始以天之可必、不可必並說，末漸說入「可必」上。這樣文法卻自孟子中來。韓退之《送文暢浮屠序》亦可與此參看。

下句載上句則

凡文章上句重、下句輕，或爲上句壓倒，須要上下相稱。如歐陽永叔《晝錦堂記》云「仕宦而致將相，富貴而歸故鄉」，下即承以「此人情之所榮，而今昔之所同也」；蘇子瞻《六一居士集序》云「夫言有大而非誇」，下即承以「達者信之，衆人疑焉」；非這樣語句亦載不起。此妙處，惟老手知之。

綴上生下則

文章前面各意分說，後又總掃過下立論，是謂綴上生下也。論體例用此法，如范希文《岳陽樓記》、蘇子瞻《醉白堂記》可以爲式。

叠上轉下則

上文有一句説話，下即頂上申説一句，如過文相似，是謂叠上轉下也。陳止齋作論喜用此法。如蘇明允《心術論》、蘇子瞻《荀卿論》可以爲法。王子充《樗隱記》亦可參看。

攔截上文式

凡句法直下來，如良馬下峻嶺，如輕舟下長湍，若無一句攔截，便不成文章。如韓退之《原道》「堯以是傳之舜」云云，截以「軻之死，不得其傳焉」，此兩句絶妙，可以爲法。韓退之《上張僕射書》「執事之好士也如此」云云，截以「則死於執事無悔也」亦可參看。

設爲難解則

凡作辯論文字，須設爲問難而以己意分解，如此非惟説理明透，而文字亦覺精神。如歐陽永叔《春秋論》、王陽明《元年春正月論》是也。柳子厚《與韓愈論史書》皆是據韓愈一偏之見而歷以正理折之，亦是辯論體，故附於此。韓退之《諍臣論》、蘇明允《春秋論》亦可參看。

含意不露則

有一等辨論文字，全不直説破，盡是設疑，佯爲兩可之辭，待智者自擇，此别是一樣文字。如韓退之《諱辨》是也。

設爲問答則

又有一等文字，不直發揮，乃學孟子文法，隨問而隨答者，亦是一格。如韓退之《對禹問》、王陽明《龍場生問答》是也。

辨史則

凡作辨史文字，前面雖抱正理，難得他無躲避處，末當放寬一步，不可十分執結。蓋以作史者，當時必有所據。如柳子厚《桐葉封弟辨》，可以爲式。

文短氣長則

文章簡短，難得氣長，惟王荆公《讀孟嘗君傳》、韓退之《送董邵南序》有許多轉折，讀之不覺

氣短，真妙手也。文章真長而簡直氣短者，盧襄《西征記》是也，是篇每不見録於大家，故不載。

字少意多則

司馬君實《諫院題名記》僅百餘字，而諫意已悉，文之簡而切者也，録之以洗時習之陋。韓退之《獲麟解》亦可參看。

字煩不厭則

文章下字重叠，未有不起人厭者，惟韓退之《送孟東野序》凡六百二十餘字，「鳴」字四十，似失之煩，然句法變化二十九樣，愈讀愈可喜，畢竟不覺，誰謂文章之妙不在轉换之間乎？大抵此篇文字，自《周禮·梓人》「爲筍簴」來。馮用之《機論》用三十餘「機」字，讀之亦不覺，但非文之粹者，故不載。

雙關則

雙關文法，諸家惟韓文喜用。韓文惟《與陳給事書》極用得巧，可以爲作論之式。陳止齋雙關文法多本於此。退之《諍臣論》「若蠱之上九」云云、《師説》「句讀之不知」云云，亦可參看。

兩柱遞文則

王陽明《玩易窩記》，篇内發明易理，而以觀象玩辭、觀變玩占立柱，下即雙承竹節推去，是謂兩柱遞文。這樣文法，於策論承題甚切，録之以式後學。

下字影狀則

凡文字托事立論，其用字用意，須要與事親切，如韓退之《送王含秀才序》以「醉鄉記」三字生一篇議論，首尾下字影狀，細味之，方見其巧。

相題用字則

近見舉業文字，每因題之所宜，借用字樣，雖非正式，亦是巧思所在。如賈誼《論積貯》末用「廩廩」字，正是此法。熟此自能相題而施。

題外生意則

題意平常，若搨此，發揮文字却無味矣。須於題外另生議論，以相題之不及方佳。如宋潛溪

《閲江樓記》謂「斯樓之建，所以寓致治之思，非徒閲夫長江而已」。這様論，非淺見薄識所能到。

駁難本題則

凡題目意見偏枯，即當駁難歸正。如王子充《樗隱記》，當時寓意者，謂樗之不材，可以全其天年，此本莊周有激之言，非通論也。是作據理駁難，可以爲作論之式。

回護題意則

凡議論聖人不是處，須以正理回護。蓋聖人心本正大，其間不足者，遭於遇耳。如吕伯恭《武王論》謂「伐紂出於不得已，非爲己也，爲天下也」。如此立論，則聖人之心事白矣。蘇子瞻《周公論》亦可參看。

駕空立意則

蘇明允《春秋論》揣摩以天子之權與魯之意，作一段議論，《高祖論》揣摩不去吕氏之意，作一段議論，當時夫子與高祖之意，未必如此，皆是駕空自出新意，文法最高，熟之必長於論。

死中求活則

凡文字議論已到至處，更出一段議論，不溺於題意之尋常，是謂死中求活，此文法之最妙者。如蘇子瞻《范增論》方羽殺卿子冠軍一説、《晁錯論》「當此之時」一段是也。熟此二篇文字，自有佳思矣。

立意實説則

作文須尋大頭腦，立得意定，然后遣辭發揮，方是氣象渾成。如韓退之《代張籍與李浙東書》以「盲」字貫説、蘇子瞻《留侯論》以「忍」字貫説是也。柳子厚《駁復仇議》以「旌」「誅」二字作骨子，可以參看。餘可類推。

繳應前語則

凡文字有緊關語句，前面雖已清出，又於後面繳説，與前相應，是亦文法所在，但用處不同。有於冒頭用者，如蘇明允《任相論》、《御將論》是也；有於腹講用者，如蘇子《續楚語》、《論王者不治夷狄論》是也；有於首尾用者，如蘇子瞻《周公論》是也。餘難悉録，顧用之何如。

叠用繳語則

歐陽永叔《泰誓論》凡七段，首六段六意，六繳語相同。此樣文法，於論體極切。陳止齋《山西諸將孰優論》却是學此。

結意有餘則

人於結末處多忽略，謂文之用工不在於尾，殊不知一篇命脉歸束在此，須要言有盡而意無窮，如《清廟》三嘆而有餘音，方爲妙手。如歐陽永叔《縱囚論》可以爲式，韓退之《原道》亦可參看。

竿頭進步則

文章於結末處，最嫌軟弱，又須要百尺竿頭更進一步，如畫工書畫，愈出愈奇，方爲妙手。如韓退之《獲麟解》可以爲式。

結末括應則

凡文章前面散散鋪叙，後宜結括大意，與前相應，方見收拾處。如柳子厚《答韋中立論師道

書》、歐陽永叔《上范司諫書》，末皆繳應前意，可以爲式。

結末推原則

篇内但據事議論，而於結末復究其由，謂之推原文法。如賈誼《過秦論》究秦之所以亡、班孟堅《異姓諸侯王表》究漢之所以興是也。

結末推廣則

題意止此，而於結末復因類以及其餘，謂之推廣文法。如蘇子瞻《刑賞忠厚之至論》謂《春秋》因褒貶以制賞罰，亦忠厚之至也。

結末垂戒則

凡作罵題文字，須於結末垂規戒意，方有餘味。此雖小節，亦不可略。如杜牧之《阿房宫賦》、蘇明允《六國論》，皆得此法。好題結意反此。

結句有力則

韓退之《送石洪處士序》、歐陽永叔《朋黨論》，此二篇文字，結束雖一二句，而實有萬鈞之力，

乃文法之絶妙者也。

結束斷制則

王陽明《送毛憲副歸桐江書院序》末用斷制文法繳前三段意，亦是一格。故附於篇末。

體者，體也；則者，法也。體有定而則無定，《書》曰「詞尚體要」、《禮》曰「言而世爲天下則」，有體則必有則，體立而則因之，猶大匠之必以規矩也。然規矩者，物也；用規矩者，人也。用規矩而不用於規矩，倕之所以爲良工也。震川先生《文章體則》一編，歷舉古人著作，以爲指南，蓋治古文者，必入乎規矩之中，斯能出乎規矩之外。可傳者，體則；其所不傳者，亦即此體則也。神而明之，存乎其人而已。且古人之文，不一體、不一則也，織者日以進，耕者日以却，事雖相反，成功一也。執有定之體，赴無定之則，體一而則不一，則以無定之則，應有定之體；體不一而則仍一，則體則相參，變化從心，奇正因勢，詎能出此範圍乎哉！外間所行抄本，指所載篇目爲先生選定，又雜以他人之説，是直三家村學究所僞亂，非原本也。梅圃依家藏本釐而正之，附刻於全集之後，於以祛惑指迷，功亦偉矣。

嘉慶元年丙辰秋分日松阿邵齊熊跋

附　録

詹仰庇《文章指南原序》

文一而已矣，後世科舉之學興，始歧而二焉。學者遂謂古文之妨於時文也，不知其名雖異，其理則同。欲業時文者，舍古文將安法哉。雖然，尤貴得其要也。粤自蕭統裒集以來，羣本雜出，非病於汗牛充棟，則病於魚目混珠，甚無補於舉業。迨吕、謝二公迭作，乃合羣本而淘汰之。代不數人，人不數篇，或名曰《關鍵》，或名曰《軌範》，可謂得其要矣。獨惜秦漢之未備也。至若會編一書，自春秋而迄唐宋文之傑然者無不具録，亦云要矣，又惜國朝之未備焉。近雖有《續軌範》之刻，不過拾遺而已，猶非本然之善也。是以學者每以己見手録成篇，甚至讀之成誦，惑於道傍之言，既輒取之，又輒去之，是何異於晬盤示兒，投彼取此，安望其有真得哉！余竊病焉。乙丑春，震川歸先生登進士第，余辱坿驥尾。諸年家唯先生愛余篤至，每日相與追論舉業利病，先生深謂讀古文有益，余意其必有善本。少之，果出古文一帙示余，曰：「余之幸至今日者，賴有此

耳。」余閲有得，輒歎獲覩之晚。於是録之，以爲繼武者之的也。後余授南海縣尹，道經維揚，適嗚岐黄契友在焉。余晉謁之，款寓月餘。嗚岐舊嘗共業南雍，至是具告以所聞，兼以是帙示之，庶余之迷於既往者，冀其知所用心也。嗚岐志欲嘉惠天下，命余芟其魯魚亥豕之訛，題曰《文章指南》，蓋欲同志之士，循途守轍，以達聖賢之域。豈徒曰騁殊軌者必攀逸駕，欲其步歸先生之後塵而已哉。若夫要總於前，而大綱以舉；類分於後，而細目以張。記其則，則六十六條；記其文，則百十八篇。是雖作文之法未必盡於斯也，然染指亦可知鼎味矣。况操縱闔闢，出入變化，自有真機，又豈言之所能盡，則之所能拘耶？是爲序。時嘉靖乙丑一陽日吉賜進士知南海縣事思亭詹仰庇書。

吴應達《文章指南跋》

震川先生教人多讀古文，即時文亦當採先輩中之近於古者讀之。《文章指南》共編五集，凡則六十六條，計文百十八篇，誠教人法古之津梁也。所惜原版燬失，刊本杳不可得，余僅獲其論次條目，彙鈔成帙，而評騭圈點缺如，深懼日久並此而就湮也，乃附刊於《塾課集益》中。論次條目燦然具存，俾有志之士猶可循軌以求，體先生之意，倣《指南》之論，類而推之，本此也可，即不盡本此也亦可。躍如之象，能者從之爾。古歙吴應達穎泉氏述。

許佐《重輯文章指南跋》

歸震川先生《文章指南》選本，計分五集，六十六則，共文百十八篇。乾隆中，吾鄉吴子穎泉僅獲其論次條目，附刻之《塾課集益》。時已不見全文，歸氏原本蓋久湮矣。佐嚮學之年，即有志於蒐輯，未成而寇警作。洎雰霁浄掃，則並《塾課集益》而亦亡之。頻年浪游南北，所至名都大邑，徧訪不獲。方君湘箕、厚齋昆季僑居鄂渚，力爲展轉根尋，積年鈔撮而目録始備。方謂可以按籍以求矣，孰知其文又多有諸選本所不載者。幸得鄭君湛侯同在幕府，相與竭繙索之力。維時孫琴西先生秉臬皖中，曹倉富有，而公子仲容孝廉好學深思，益助蒐討，乃得告厥成功。于是寶君見橋、桂君履真慫恿亟付手民，且爲籌資以集事，俾此書復顯於世。是諸君皆歸氏功人，不可以不記也。若夫是編有裨後學志於古者，類能辨之。所惜先生評騭圈點不可得見，或冀海内藏書之家，弆有原本出而續梓，以彌缺陷，是則佐所延頸跂踵者已。光緒二年歲次丙子閏五月古歙許佐識於皖江節署幕府。

（以上三文録自光緒本《文章指南》）

畢沅《文則叙》

近世藏書家有鈔本《文章體則》一編，相傳出歸有光熙甫氏。從子季瑜將授之梓，而請叙於予。夫《文則》云者，以其法言也。昔者韓子之言曰「師古」，柳子之言曰「求道」，蘇氏之言曰「養氣」，文果徒以其法乎哉？然而無法不可以爲文。《學記》曰：「良冶之子，必學爲裘。良弓之子，必學爲箕。」《法言》曰：「斷水爲棊，梡革爲鞠。」亦皆有法焉。物之必有則也，曲藝且然，而况於文乎？余觀自漢迄六朝數百年之文，《兩都》、《三京》，祖《上林》也。《美新》、《典引》，祖《封禪》也。陸機《辯亡》、干寶《晉紀總論》，祖《過秦》也。至於枚乘《七發》、方朔《客難》，沿其體者殆數十家，若此者後之人或病其摹擬，而古人爲之不少變，以爲苟用我法而弊焉，孰若學古之有獲也。自昌黎韓子出，始盡變前人之面目，然其文法則本之太史公也。有宋六家之文，其義法又本之昌黎也，信矣文之不可無則也，熙甫氏其知之矣！熙甫氏之爲文也，近祖歐、曾，而探源於太史公之書，近世能知而好之者衆矣，獨是編流傳未廣，是以徒知熙甫之文，而未知熙甫之所以爲文也。然則學熙甫爲文者，其必自《文則》始。論者或以古人之文，行乎其所不得不行，止乎其所不得不止，若風水相值，而文自生焉。熙甫乃强命之曰「某則」、「某則」，不已鑿乎？不知古人之爲文，譬猶梓人之作室。作室者不先定其規模，則門堂倒置，堦序易位矣。爲文者不先明其體

則，則首尾横決，意理隔閡矣。故謂古人無一定之則可也，謂古人本無則，而熙甫强命之不可也。且熙甫亦徒以是爲學者式爾。《孟子》曰：「梓匠輪輿，能與人規矩，不能使人巧。」學者誠究心於此，因之師古聖賢以求道之源，而充以養氣之功，必將有神明變化，行乎不得不行，止乎不得不止者，此則余所望於季瑜，而并以望天下後世之讀是編者也。是爲叙。癸丑歲乾隆五十有八年五月日，弇山畢沅。

謝章鋌《跋》

壬辰（光緒十八年）夏月陳盛來世講以《歸震川全集》見示，國初刻本《文集》三十卷，《别集》十卷，末復有《文則》一卷，爲乾隆間續刻，畢秋帆爲之序，其集則錢受之原序尚存，集中亦頗有校語。盛來云：此書借自外家劉氏，或大令之所有也。《文則》頗有近陋處，於舉業未易擺脱。歸震川於此道經爲巨子，故録存之以備談藝參考云。九月重陽枚如病中書於維半室。

予所見《歸集》俱無《文則》。又記。

（以上兩文録自賭棋山莊鈔本）

四友齋叢説·論文

〔明〕何良俊 撰

《四友齋叢説·論文》一卷

明 何良俊 撰

何良俊（一五〇六？——一五七三），字元朗，號柘湖居士，松江華亭（今上海松江）人。與弟良傅并負俊才，時人以二陸方之。篤學勤奮，「二十年不下樓」（《明史》本傳），博洽多聞。嘉靖中以歲貢生入國學，特授翰林院孔目。有《何氏語林》、《何翰林集》。傳見《明史》卷二八七。

《四友齋叢説》三十八卷，作者自序云：「四友齋者，何子宴息處也。」「四友云者，莊子、維摩詰、白太傅與何子而四也。」此書爲筆記雜著，卷二十三乃論文專卷，今録入。（從此書有關内容析出而成專書者甚多，如《四友齋書論》、《四友齋畫論》，見於《美術叢書》；《四友齋曲説》見於《新曲苑》等）此卷論文之作共四十九條，於所見所聞，隨筆記録，不加詮次。既論析古人文章，自春秋以迄唐宋，中對漢時秦嘉妻徐淑之文，特予表彰，對黄庭堅文評析多達四條、引用其言論四條，似有偏嗜；亦於當朝文家多所評騭，如謂「今人作文，動輒便言《史》、《漢》，夫《史》、《漢》何可以易言哉！」指明七子「文必秦漢」之説爲徒託空言，於本朝人持論頗嚴。既大量輯採前賢論文之精言雋語，如李華、蕭穎士、蘇軾等，亦迻録本朝散文作品，如全文鈔載沈周（石田）《化鬚疏》

文，贊爲「用事妥切，鑄詞深古」，「今世後進」「動輒即談《史》、《漢》，然豈能有此一字耶？」鋒芒所向仍爲七子末流。

此書初刻於隆慶三年（一五六九），爲三十卷本；重刻於萬曆七年（一五七九），爲三十八卷本，即中華書局一九五九年排印本。今據萬曆本録入。

（王宜瑗）

四友齋叢説

明　何良俊　撰

論　文

孔子曰："言之不文，其行不遠。"（陳思王）〔魏文帝〕曰："富貴有時而盡，榮樂止乎其身，二者必至之常期，唯文章爲不朽。"文章之於人，豈細故哉！夫子又曰："質勝文則野，文勝質則史，文質彬彬，然後君子。"今之爲文者，其質離矣。夫去質而徒事於文，其即太史公所謂務華絶根者耶。善乎皇甫百泉之言曰："寄興非遠而聱悦其辭，持論不洪而枝葉其説，以此言詩與文，失之千里矣。"其今世學文者之鍼砭耶。余偶有所見，隨筆記之，知不足以盡文之變也，得一卷。

古今之論文者，有魏文帝《典論》、陸機《文賦》、摯虞《文章流别論》、任昉《文章緣起》、劉勰《文心雕龍》、柳子厚《與崔立之論文書》，近代則有徐昌穀《談藝録》諸篇，作文之法，蓋無不備矣。苟有志於文章者，能於此求之，欲使體備質文，辭兼麗則，則去古人不遠矣。

春秋以後，文章之妙，至莊周、屈原，可謂無以加矣。蓋莊之汪洋自恣，屈之纏綿悽婉；莊是

《道德》之别傳，屈乃《風》、《雅》之流亞，然各極其全。若屈原之《騷》，同時如宋玉、景差，漢之賈誼、司馬相如，猶能彷彿其一二。莊之《南華經》，後人遂不能道其一字矣。至如莊子所謂嗜欲深者天機淺，屈子所謂一氣孔神於中夜存，又能窺測理性，蓋庶幾聞道者。蓋古人自有卓然之見，開口便是立言，不若後人但做文字。

世變江河，蓋不但文章以時而降，至於人品語言，以今較古，奚啻天壤！且如《李斯傳》中載趙高與李斯辨難諸語，即典籍中亦豈多見。夫以始皇之雄傑蓋世，李斯佐之以削平六國，去封建而郡縣天下，欲愚黔首以絶天下之口，故焚棄典籍，一切以吏爲師，巡游觀采，幾遍天下，一時莫敢與之異議，雖皆霸者之事，本無足采，然不可不謂之奇矣。趙高以一宦豎，而言辭辨難與斯角勝，斯亦似爲之少屈。今載在《李斯傳》中，不知與《史記》增多少光采。後世非但史才不及古人，即欲以此等語言載之史傳中，亦何可復得耶！

李斯從始皇巡遊，其諸山刻石，殊簡質典雅，如三句一韻，皆自立體裁，不事蹈襲。蓋自《雅》、《頌》之後，便有周宣王《石鼓文》。石鼓之後，便有李斯諸山刻石。

《莊子》云：「文滅質，博溺心。」此談文之最也。唯文不滅質，博不溺心，斯可以言作家矣，然世豈有是人哉？

古人文字自好，非後人所及。如《吴越春秋》伍員諫伐齊云：「譬猶盤石之田，無立其苗。」甚

爲古雅，勝《左傳》語。

信乎文章因世代高下，如徐淑一婦人耳，其答夫秦嘉書曰：「雖失高素皓然之業，亦是仲尼執鞭之操也。」其辭有諷有刺，微婉而深切。又云：「今適樂土，優遊京邑，觀王都之壯麗，察天下之珍妙，得無目玩意移，往而不能出耶？」又報嘉書云：「素琴之作，當須君歸；明鏡之鑒，當待君還。未奉光儀，則寶釵不列也；未侍帷帳，則芳香不發也。」可謂怨而不傷。知漢世有此等婦人，使今世文士，亦何能及此耶？

楊升菴云：「漢人文章，遠非後代可及。如小説類華嶠《明妃傳》云：『豐容靚飾，光明漢宮。顧影徘徊，聳動左右。』伶玄《飛燕外傳》云：『以輔屬體，無所不靡。』郭子橫《麗娟傳》云：『玉膚柔軟，吹氣勝蘭，不欲衣纓拂之，恐體痕也。』此等皆唐人所不能道，無論後代。」

古人文章皆有意見，不如後人專事蹈襲模彷。余於古人文章中，如沐並終制。袁粲《妙德先生傳》、徐勉《與子書》、王僧虔《戒子書》、蘇滄浪《與京師親舊書》諸篇，集文者既不當入選，然有意見非漫然而作者，余皆編入《語林》註中，讀者當細求之。裴子野《雕蟲論》，力言晉宋以降作文之弊，其略曰：「悱惻芳芬，靡曼容與。蔡應等之俳優，楊雄悔爲童子。」「深心主卉木，遠致極風雲。其興乖，其志弱。荀卿有言：『亂代之徵，文章匿采。』斯豈近之乎。」

摯虞《文章流別論》曰：「假象過大，則與類相遠；遺詞過壯，則與事相違。辨言過理，則與

義相失；靡麗過美，則與情相悖。」可謂切中今時作文之弊矣。

李華曰：「文章本乎作者，而哀樂繫乎時。本乎作者，六經之志也；繫乎時者，樂文武而哀幽厲也。有德之文信，無德之文詐。皋陶之歌，史克之頌，信也；子朝之告，宰嚭之詞，詐也。夫子之文章，偃、商得焉。偃、商没，而伋、軻作，蓋六經之遺也。屈平、宋玉哀而傷，靡而不遠，《六經》之道遯矣。淪及後世，力足者不能知之，知之者力或不足，則文義浸以微矣。」楊升菴謂華之論文簡而盡，韓退之與人論文諸書遠不及也。

蕭穎士曰：「六經之後有屈原、宋玉，文甚雄壯而不能經。賈誼文辭最正，近於治體。枚乘、相如亦瓌麗才士，然而不近《風》、《雅》。楊雄用意頗深，班彪識理，張衡宏曠，曹植豐贍，王粲超逸，嵇康標舉，左思詩賦有《雅》、《頌》遺風，干寶著論近王化根源，此後敻然無聞焉。近日惟陳子昂文體最正。」

楊升菴曰：「漢興文章有數等，蒯通、隨何、陸賈、酈生遊説之文宗《戰國策》，賈山、賈誼政事之文宗管、晏、申、韓，司馬相如、東方朔譎諫之文宗《楚詞》，董仲舒、匡衡、劉向、楊雄説理之文宗經傳，李尋、京房術數之文宗讖緯，司馬遷紀事之文宗《春秋》。嗚呼盛矣！」

楊升菴曰：「孔子云：『辭達而已矣。』恐人之溺於修詞而忘躬行也。今世淺陋者往往借此以爲説。如《易傳》、《春秋》，孔子之特筆，其言玩之若近，尋之益遠，陳之若肆，研之益深，天下之

至文也，豈止達而已哉！　譬之老子云：『美言不信』，而五千言豈不美耶？　其言『美言不信』者，正恐人專美言而不信也。　佛氏自言不立文字，以綺語爲罪障，如《心經》六如偈之類，後世談空寂者，無復有能過之矣。　予嘗謂漢以上其文盛，三教之文皆盛；　唐宋以下其文衰，三教之文皆衰。宋人語録去荀、孟何如？　猶《悟真篇》比于《參同契》，《傳燈録》比于《般若經》也。」

楊升菴云：「蘇東坡不喜韓退之《畫記》，謂之甲乙帳簿。　此老千古卓識，不隨人觀場者也。」

自漢以後，諸人不復立言著書，但爲文章。　然必如枚叔《七發》、相如《封禪文》、東方朔《答客難》、楊雄《解嘲》《劇秦美新》、班固《典引》《答賓戲》、曹子建《七啓》諸篇，閎深偉麗，方可謂之文章。　至於後世碑傳序記，乃史家之流別耳。」

唐人如李百藥《封建論》、崔融《武后哀册文》、柳子厚《貞符》、韓昌黎《進學解》，猶是文章之遺。　此後不復見矣。

唐人之文實，宋人之文虚；　唐人之文厚，宋人之文薄。

唐人如任華之詩，樊宗師、楊夔、劉蜕之文，縱做得甚妙，亦只是野狐壞道。

蘇東坡才氣浩瀚，固百代文人之雄。　然黄山谷之文，藴藉有趣味，時出魏晉人語，便可與坡老並駕。　而其所論讀書作文，又諸公所未到，余時出其妙語以示知者。

山谷之文，時有高勝語。　如《韓幹御馬圖跋尾》云：「蓋雖天厩四十萬疋，亦難得全材。　今天

下以孤蹄棄驥，可勝歎哉！」只二十五字耳，然中有許多感慨，而勁潔可愛。

山谷文，如《趙安國字序》、《楊槩字序》二篇，似知道者，豈尋常求工於文詞者可得窺其藩籬哉！其他如《訓郭氏三子名字序》，又《王定國文集序》與《小山集序》、《宋完字序》、《忠州復古記》，皆奇作也。

山谷之文，只是藴藉有理趣，但小文章甚佳，若較之蘇長公《司馬文正公行狀》及《司馬公神道碑》、《富鄭公神道碑》、《醉白堂記》諸作，規模宏大，法度嚴整，山谷遂瞠乎其後矣。

歐陽公《燕喜亭記》，中間何等感慨，何等轉换，何等頓挫！當迥在宋時諸公之上，便可與韓昌黎並駕。歐陽公晚年，竄定平生所爲文，用思甚苦。夫人止之曰：「何自苦如此！當畏先生嗔耶？」公笑曰：「不畏先生嗔，却畏後生笑。」此亦名言。

曾南豐文，嚴正質直，刊去枝葉，獨存簡古。故宋人之文，當稱歐、蘇，又曰歐、曾。

東坡云：「作文如行雲流水，初無定質，但常行於所當行，常止於不可不止，文理自然，姿態横生。孔子曰：『言之不文，其行不遠。』又曰：『辭達而已矣。』夫言止於達意，則疑若不文，是大不然。求物之妙，如係風捉影，能使是物了然於心者，蓋千萬人而不一遇也，況能使了然於口與手乎。是之謂辭達。詞至於能達，則文不可勝用矣。」

山谷云：「章子厚嘗爲余言：『《楚詞》蓋有所祖述。』余初不謂然。子厚遂言曰：『《九歌》蓋

取諸《國風》，《九章》蓋取諸二《雅》，《離騷經》蓋取諸《頌》。』余聞斯言也，歸考之，信然。顧嘗歎息斯人妙解文章之味，其於翰墨之林，千載一人也；但顓以世故廢學耳，惜哉！」

山谷云：「東坡文章妙天下，其短處在好駡。」嘗見衡山，亦言近來陸貞山最會做文字，但開口便要駡人，亦是一病。

山谷云：「作文自造語最難。老杜作詩，韓退之作文章，無一字無來處，蓋後人讀書少，故謂韓杜自作此語耳。古之能爲文章者，真能陶冶萬物，雖取古人之陳言入於翰墨，如靈丹一粒，點鐵成金也。文章最爲儒者末事，然索學之，又不可不知其曲折，幸熟思之。至於推之使高，如泰山之崇，如垂天之雲；作之使雄，壯如滄江八月之濤，崛如海運吞舟之魚，又不可守繩墨令儉陋也。」

黄山谷云：「觀杜子美到夔州後詩，韓退之自潮州還朝後文章，皆不煩繩削而自合矣。」

蘇子瞻云：「李太白、韓退之、白樂天詩文，皆爲庸俗所亂，可爲太息。」

南宋之詩，猶有可取。文至南宋，則尖新淺露，無一足觀者矣。

今人作文，動輒便言《史》、《漢》，夫《史》、《漢》何可以易言哉！昔人謂韓昌黎力變唐之文，而其文猶夫唐也；歐陽公力變宋之文，而其文猶夫宋也，豈至我明而便能直追《史》《漢》耶？蓋我朝相沿宋元之習，國初之文，不無失於卑淺，故康、李二公出，極力欲振起之。二公天才既高，

加發以西北雄俊之氣，當時文體爲之一變。然不過爲我朝文人之雄耳，且無論韓昌黎，只如歐陽公《豐樂亭記》，中間何等感慨，何等轉换，何等含蓄，何等頓挫！今二公集中，要如此一篇尚不可得，何論《史》、《漢》哉！

朱凌溪嘗言：「康對山謂《范增論》後數句忙殺東坡。蓋以峻快斬截爲着忙也，此亦有見，但不免溺於一偏。緣康之文，全學《史記》之紆徐委曲，重複典厚，而不知峻快斬絶，亦《史記》之所不廢，如《韓信傳》「任天下武勇」以下、「載我以其車」一節。可見東坡於此等得之。康見之熟，遂以爲忙，不知《史記》爲文，如右軍作字，歐師其勁，顔師其肥，虞師其匀圓，各成一體，皆可取法。不可以己好典重紆徐，而遂輕峻快斬絶也。」凌溪此言，可謂善求古人之文矣。

南人喜讀書，西北諸公則但憑其迅往之氣，使足雄蓋一時。惟崔後渠一生劬書，最號該博，然爲文宗元次山，不免有晦澀之病。

吕沃洲有意事功，且有文章。自言初進道時，即討巡邊差，蓋欲觀西北形勢，又欲訪關中諸公也。既遍歷口外，後到武功，首訪康對山。一日近暮，命有司治盤榼，携往對山家，與之夜坐，因與談文。對山極稱錢鶴灘《陸賈新語序》，絶歎服以爲不能加。

徐昌穀之文，不本於六朝，似彷佛建安七子之作，出典雅於藻蒨之中，若美女滌去鉛華而豐腴艷冶，天然一國色也。苟以西北諸公比之，彼直一傖父耳。

今言中載世宗皇帝《加太祖成祖徽號册文》，淺陋之極，似村學堂中小學生初學作表者之語。一時當制，不知何人，其陋如此。嘗觀潘勗作《曹公九錫文》，幾乎與訓誥同風矣。唐時，各朝徽號册文亦皆古雅，若常、楊當制，尤爲典重。所謂以文章華國，莫大於此。既處清華之地，獨不思少効古人分毫，以無負朝廷委任之重耶？

誥勑起於六朝，然其來甚遠，肇自舜命九官與命羲仲、和仲之詞。後《君奭》、《君牙》、《蔡仲之命》，皆其遺制也。此是皇帝語，即所謂口代天言者，古人謂之訓詞。唐時獨稱常、楊、元、白，今觀其誥勑中皆有訓飭戒勵之言，猶有訓誥之風。至宋陶穀已有依樣畫葫蘆之譏矣，後王介甫、蘇子瞻最爲得體。余觀今世之誥勑，其即所謂一箇八寸三帽子，張公帶了李公帶者耶。

六朝之文，以圓轉流便爲美。苟過於晦澀，失其本色矣。

弘治、正德以前之文，楊東里規模永叔，李西涯酷類子瞻，各自成家，皆可領袖一時，要之均爲不可廢者。

李空同集中，如《家譜大傳》、《黄尚書傳》、《康長公墓碑》、《河上草堂記》、《徐迪功集序》諸篇，極爲雄健，一代之文，罕見其比。

康對山之文，天下慕向之，如鳳毛麟角，後刻集一出，殊不愜人意。前見槐野先生嘗語及之，槐野云：「對山之文甚有奇者，編次之人將好者盡皆删去，不知何故。即余所見而集中不載者，

亦無下數十篇。余歸華州，當爲尋訪續刻以傳。」後槐野歸，不久即有地震之禍，對山之奇文遂湮没不傳。可歎可歎！

槐野先生之文與詩，皆宗尚空同，其才亦足相敵，但持論太高而氣亦過勁，人或以此議之。若《孫忠烈傳》與《白洛原墓碑》諸篇，便可度越康、李，與古人争騖矣。

近時如偃師高蘇門、關中喬三石，其文皆宗康、李，然能更造平典，雖曰「大輅始於椎輪，層冰由於積水」，亦由其稟氣和粹，正得其平耳。

沈石田不但畫掩其詩，其文亦有絶佳者。余嘗見其有《化鬚疏》一篇，用事妥切，鑄詞深古，且字字皆有來處，即古人集中亦不可多得，何況近代。今世後進，好輕詆前輩，動輒即談《史》、《漢》，然豈能有此一字耶？今録於左方。

《化鬚疏》有序

兹因趙鳴玉髡然無鬚，姚存道爲之告助於周宗道者，於其于思之間分取十鬛，補諸不足，請沈啓南作疏以勸之。疏曰：

伏以天閹之有刺，地角之不毛。鬚需同音，今其可索；有無以義，古所相通。非妄意以干，迺因人而舉。康樂著舍施之迹，崔諶傳插種之方，惟小子十莖之敢分，豈先生一毛之不拔，推有餘以補也。宗道廣及物之仁，乞諸隣而與之；存道有成人之美，使離離緣坡而飾

我，當榾榾擊地以拜君。把鏡生歡，頓覺風標之異；臨流照影，便看相貌之全。未容輕拂於染羹，豈敢易撚於覓句。感矣荷矣，珍之重之。敬疏。

東橋甚重祝支山文，其所作《觀雲賦》，蓋手書以贈東橋者。東橋每遇文士在坐，即出之展翫，甚相誇詡。然文實不佳，余最不喜之。蓋祝支山之文，其天才非不過人，但既鮮識見，又無古法，終未盡善。其爲黄美之作《烟花洞天賦》，傾動一時，大率皆此類也。今刻集已行於世，然文價頓減，終實不可掩也。

東橋又稱唐六如《廣志賦》，即口誦其賦序數十許語，言賦甚長，不能舉其辭。序托意既高，而遺詞亦甚古，當是一佳作。今吴中刻六如小集，其詩文清麗，獨此賦下註一闕字，想其文遂不傳矣。

衡山之文，法度森嚴，言詞典則，乃近代名作也。觀諸公之以文名家者，其製作非不華美，譬之以文木爲櫝，雕刻精工，施以采翠，非不可愛；然中實無珠，世但喜其櫝耳。

荆川稗編・文章雜論

〔明〕唐順之 撰

《荆川稗編·文章雜論》二卷

明 唐順之 撰

唐順之(一五〇七—一五六〇),字應德,號荆川,武進(今屬江蘇)人。嘉靖八年(一五二九)進士第一。屢破倭寇,擢右僉都御史,巡撫鳳陽。學問淵博,無所不窺。其古文汪洋紆折,爲「唐宋派」重要作家。有《荆川集》等。傳見《明史》卷二〇五。

《文章雜論》二卷共五十九條,全爲採擷古人有關文章的論説而成,轉録中或有錯訛顛倒之處,選材重在文章之體、態、氣、韵,貴求法則,强調點鐵成金之妙。至於章法結構,則講求「布置開闔,首尾該貫,曲折關鍵」。不難窺知其所謂「文章」一詞,重在文采。當明清八股大盛之際,其於場屋舉業者有所裨益,且可見唐氏論文之大要。

此兩卷見於《荆川稗編》卷七十六、七十七。《荆川稗編》乃其門人左烝先爲之考校付梓,後又由茅一相復加訂正,有萬曆九年(一五八一)茅一相麗藻堂刊本。今據以録入。

(羅立剛)

文章雜論上

明　唐順之　撰

韓昌黎《上于襄陽書》云：「文章言語，變化若雷霆，浩瀚若江漢，正聲諧韶濩，勁氣沮金石。豐而不餘一言，約而不失一詞。」

柳子厚曰：「文有二道：辭令褒貶，本乎著作者也；導揚諷諭，本乎比興者也。著作者流，蓋出於《書》之《謨》、《訓》，《易》之《象》、《繫》。《春秋》之筆削，其要在於高壯廣厚，辭正而理備，謂宜藏於簡册者也。比興者流，蓋出於虞、夏之詠歌，商、周之風雅。其要在於麗則清越，言暢而意美，謂宜流於謡誦者也。」

顔之推曰：「夫文章者，原出《五經》。詔、誥、策、檄，生於《書》者也；序、述、論、議，生於《易》者也；歌、詠、賦、頌，生於《詩》者也；祭祀、哀誄，生於《禮》者也；書、奏、箴、銘，生於《春秋》者也。故凡朝廷憲章、軍旅誓誥、敷暢仁義、發明功德、牧民建國，皆不可無。」《文章辯體》

歐陽公《答徐秘校書》云：「所寄近著尤佳，論議正宜如此。然著撰苟多，他日更自精擇，少去其繁，則峻潔矣。然不必勉强，勉强簡節之，則不流暢。須待自然。」又云：「作文之體，初欲奔

馳，久當撙節，使簡重嚴正，或時肆放以自舒，勿爲一體，則盡善矣。」《盧陵文集》

孫元忠朴嘗問歐陽公爲文之法。公云：「於吾姪豈有惜？只是要熟耳，變化姿態皆從熟處生也。」

東坡云：「頃歲孫莘老識文忠公，乘間以文字問之。云：『無他術，唯勤讀書而多爲之自工。世人患作文字少，又懶讀書。每一篇出，即求過人。如此，少有至者。疵病不必待人指摘，多作自能見之。』此公以其嘗試者告人，故尤有味。」

東坡《與姪帖》云：「文字亦苦無難處，止有一事與汝說：凡文字，少小時須令氣象峥嶸，采色絢爛。漸老漸熟，乃造平淡。其實不是平淡，乃絢爛之極也。汝只見爹伯而今平淡，一向只學此樣。何不取舊日應舉時文字看？高下抑揚，如虎虵捉不住，當且學此。書字亦然，善思吾言。」

吕居仁曰：「東坡云『意盡而言止』者，天下之至言也。然言止而意不止，尤爲極至。如《禮記》、《左氏傳》可見。」《文斷》

黄山谷《與王觀復書》云：「所送新詩皆興寄高遠，但語生硬，不諧律吕，或詞氣不逮初造意時，此病亦只是讀書未精博耳。『長袖善舞，多錢善賈』，不虛語也。南陽劉勰嘗論文章之難，云：『意飜空而易奇，文徵實而難工。』此語亦是沈、謝輩爲儒林宗主時，好作奇語，故後生立論如此。好作奇語，自是文章一病，但當以理爲主，理得而辭順，文章自然出羣拔萃。觀杜子美到夔

州後詩，韓退之自潮州還朝後文章，時不煩繩削而自合矣。往年嘗請問東坡先生作文章之法，東坡云：『但熟讀《禮記・檀弓》，當得之。』既而取《檀弓》二篇讀數百過，然後知後世作文章不及古人之病，如觀日月也。文章蓋自建安以來好作奇語，故其氣象衰薾，其病至今猶在。唯陳伯玉、韓退之、李習之，近世歐陽永叔、王介甫、蘇子瞻、秦少游乃無此病耳。」又云：「所寄《釋權》一篇，詞筆縱横，極見日新之效。更須治經，深其淵源，乃可到古人耳。《青瑣祭文》，語意甚工，但用字時有未安處。自作語最難，老杜作詩、退之作文，無一字無來處。蓋後人讀書少，故謂韓、杜自作此語耳。古之能爲文章者，真能陶冶萬物，雖取古人之陳言，入於翰墨，如靈丹一粒，點鐵成金也。文章最爲儒者末事，然須索學之，又不可不知其曲折，幸熟思之。至於推之使高如泰山之崇崛，如垂天之雲；作之使雄壯如滄江八月之濤，海運吞舟之魚，又不可守繩墨令儉陋也。」謂王立之云：「若云欲作楚詞，追配古人。直須熟讀《楚詞》，觀古人用意曲折處講學之，然後下筆。譬如巧女，文繡妙一世，若欲作錦，必得錦機，乃能成錦爾。」並《南昌文集》

曾南豐辟陳無己、邢和叔爲英宗皇帝實録檢討官。初呈藁，無己便蒙許可。至邢乃遭横筆，又微聲數稱「亂道」。邢尚氣，跽以請曰：「願善誘。」南豐笑曰：「措辭自有律令，一不當，即是亂道。請公讀，試爲公檃括。」邢疾讀至百餘字。南豐曰：「少止！」涉筆書數句。邢復讀，南豐應口以書，略不經意。既畢，授歸就編。凡閲數十過，終不能有所增損，始大服。自爾識關鍵，以文

章軒輊諸公間。

陳後山云：「永叔謂爲文有三多：看多，做多，商量多也。余以古文爲三等：周爲上，七國次之，漢爲下。周之文雅。七國之文壯偉，其失騁。漢之文華贍，其失緩。東漢而下無取焉。」「莊、荀皆文士而有學者，其《説劒》、《成相》諸篇，與屈騷何異？揚子雲之文好奇，而卒不能奇也，故思苦而詞艱。善爲文者，因事以出奇，江河之行，順下而已，至其觸山赴谷，風搏物激，然後盡天下之變。子雲唯好奇，故不能奇也。」「寧拙毋巧，寧朴毋華，寧粗毋弱，寧僻毋俗，詩文皆然。」並《後山集》

李方叔云：「凡文章之不可無者有四：一曰體，二曰志，三曰氣，四曰韻。述之以事，本之以道，考其理之所在，辨其義之所宜。卑高巨細，包括并載而無所遺；左右上下，各在有職，而不亂者，體也。體立於此，折衷其是非，去取其可否，不徇於流俗，不謬於聖人，抑揚損益以稱其事，彌縫貫穿以足其言行。吾學問之力，從吾制作之用者，志也。充其體於立意之始，從其志於造語之際。生之於心，應之於言。心在和平，則温厚典雅。心在安敬，則矜莊威重。大焉可使如雷霆之奮，鼓舞萬物；小焉可使如絡脉之行，出入無間者，氣也。如金石之有聲，而玉之聲清越；如草木之有華，而蘭華之臭芬薌。如鷄鶩之間而有鶴，清而不羣；犬羊之間而有麟，仁而不猛。如登培塿之丘，以觀崇山峻嶺之秀色；涉潢汙之澤，以觀寒溪澄潭之清流。如朱絃之有遺音，大羹之

有遺味者，韻也。文章之無體，譬之無耳目口鼻，不能成人。文章之無志，譬之雖有耳目口鼻，而不知視聽臭味所能。若土木偶人，形質皆具而無所用之。文章之無氣，譬之雖知視聽臭味，而血氣不充於内，手足不衛於外，若奄奄病人，支離顛頓，生意消削。文章之無韻，譬之壯夫，其軀幹枵然，骨强氣盛，而神色昏瞢，言動凡濁，則庸俗鄙人而已。有體、有志、有氣、有韻，夫是之謂成全。四者成全然於其間，各因天姿、才品以見其情狀。故其言迂疏矯厲，不切事情，此山林之文也。其人不必居藪澤，其間不必論巖谷也，其氣與韻則然也。其言鄙俚猥近，不離塵垢，此市井之文也。其人不必坐廛肆，其間不必論財利也，其氣與韻則然也。其言豐容安豫，不儉不陋，此朝廷卿士之文也。其人不必列官寺，其間不必論職業也，其氣與韻則然也。其言寬仁忠厚，有任重容天下之風，此廟堂公輔之文也。其人不必位台鼎，其間不必論相業也，其氣與韻則然也。正直之人，其文敬以則；邪諛之人，其言夸以浮；功名之人，其言激以毅；苟且之人，其言懦以愚；捭闔縱横之人，其言辯以私；刻核忮忍之人，其言深以盡。則士欲以文章顯名後世者，不可不謹其所言之文，不可不謹乎所養之德也。如此，《史記》其意深遠，則其言愈緩；其事繁碎，則其言愈簡。此《詩》、《春秋》之義也。」並李本集

晁以道言：「近見東坡説：『凡人作文字，須是筆頭上挽得數萬斤起，可以言文字也。』余曰：豈非興來筆力千鈞重乎？」王歸叟《詩文發源》

李格非善論文章。嘗曰：「諸葛孔明《出師表》、劉伶《酒德頌》、陶淵明《歸去來詞》、李令伯《乞養親表》，皆沛然自肺肝中流出，殊不見斧鑿痕。是數君子在後漢之末，兩晉之間，初未嘗欲以文章名世，而其詞意超邁如此。是知文章以氣爲主，氣以誠爲主。」《冷齋夜話》

老坡作文，工於命意，必超然獨立於衆人之上。如《趙清獻碑》，世間稱治郡者曰寬，立朝者曰直，蓋已大矣，則進於二者又有説焉，故曰：「其於治郡，不專於寬，時出猛政，嚴而不殘。其在（朝廷）〔言責〕，不專於直，爲國愛人，掩其疵疾。」如吾家蜀公堅卧不起，人知其高而不稱其用。則爲碑銘曰：「世皆謂公，貴身賤名。孰知其功，聖人之清。」然後知其有功於世也。又曰：「君實之用，出而時施，如彼水火，寧除渴飢。公雖不用，亦相其行，如彼山川，出雲相望。」然後知其相爲表裏，廢一不可也。此皆非世人所能到者，平日得意處多如此。其原蓋出於《莊子》，故其論劉伶、莊子、阮千里、閻立本，皆於世人意外別出眼目。其平日取捨文章，亦多以此爲法。《潛溪詩眼》

吕居仁云：「老蘇嘗自言：升裏轉，斗裏量。因聞此遂悟文章妙處。文章紆餘委曲，説盡事理，惟歐陽公爲得之。至曾子固加之，字字有法度，無遺恨矣。文章有本末、首尾，元無一言亂説。觀少游五十策可見。」

吕居仁云：「文章須要説盡事情。如《韓非》諸書，大略可見。至於一唱三歎有餘音者，則非有所養不能也。如《論語》、《禮記》，文字簡淡不厭，似非《左氏》所可及也。《列子》氣平文緩，亦

非《莊子》步驟所能到也。東坡晚年叙事文多法柳子厚，而豪邁之氣，非柳所能及也。」

班固叙事詳密，有次第，專學《左氏》。如叙霍光、上官相失之由，正學《左氏》記秦穆、晉惠相失處也。

《孫子》十三篇，論戰守次第與山川險易、長短、小大之狀，皆曲盡其妙。摧高發隱，使物無遁情，此尤文章妙處。

讀《莊子》令人意寬思大敢作，讀《左傳》便使人入法度不敢容易，此二書不可偏廢也。近世讀東坡、魯直詩亦類此。

韓退之《答李翺書》，老蘇《上歐公書》，最見爲文養氣妙處。西漢自王褒以下，文字專事詞藻，不復簡古。而《谷永》等書，雜引經傳，無復己見，而古學遠矣。此學者所宜戒。

作文必要悟入處，悟入必自工夫中來，非僥倖可得之也。如老蘇之於文，魯直之於詩，蓋盡此理矣。並《吕氏蒙訓》

文章雜論下

凡爲文章，須是文字外別有一物主之，方爲高勝。韓愈之文濟以經術，杜甫之詩本於忠義，太白妙處有輕天下之氣，此衆人所不及也。蒲氏《漫齋語録》

東坡在儋耳時，葛延之自江陰擔簦萬里絶海往見。留一月，東坡嘗誨以作文之法，曰：「儋州雖百家之聚，州人所須，取之市而足。然不可徒得也，必有一物以攝之，然後爲己用。所謂一物者，錢是也。作文亦然，天下之事，散在經、子、史中，不可徒使，必得一物以攝之，然後爲己用。所謂一物者，意是也。不得錢不可以取物，不得意不可以用事，此是作文之要也。」延之拜其言而書諸紳。《韻語陽秋》

吕祖謙云：「文字一意貴生段數多。」

文字若緩，須多看雜文。雜文須看他節奏緊處，若意思雜、轉處多，則自然不緩。善轉者如短兵相接，蓋謂不兩行又轉也。講題若轉多，恐碎了文字。須轉雖多，只是一意方可。若使攬得碎，則不成文字。若鋪叙處，間架令新不陳，多警策句，則亦不緩。

文字有三等：上焉藏鋒不露，讀之自有滋味。中焉步驟馳騁，飛沙走石。下焉用意庸常，專事造語。

鼓氣以勢壯爲美，勢不可以不息，不息則流宕而忘返，亦猶絲竹繁奏，必有希聲窈眇，聽之者悦聞，如川流迅激，必有洄洑逶迤，觀之者不厭。並《麗澤文説》

楊龜山云：「大凡爲文，須要有温和敦厚之氣。章、疏告君文字，蓋尤不可無也。」《辯體》

朱晦菴云：「作文須是靠實説得有條理，不可架空纖巧。大要七分實，只二三分文。如歐文，好者只是靠實而有條理，如《張承業宦者傳》自然好。東坡如《靈璧張氏園亭記》最好，亦是靠實。秦少游《龍井記》之類，全是架空説，全不起發人意思。」又云：「今人作文，好用難字。如讀《漢書》，便去收拾三兩箇字。曾南豐尚解使一二字。歐、蘇全不使一難字，而文字如此好。作文自有穩字，古之能文者纔用便用着。」

倪正父云：「文章以體製爲先，精工次之。失其體製，雖浮聲切響，抽黄對白，極其精工，不可謂之文矣。」

葉正則云：「爲文不關世教，雖工何益？」

《金石例》云：「前輩作文各有入門處。退之本《孟子》，永叔亦祖《孟子》，故其議論純正少疵。子厚、明允皆自言其所得處，明允多自《戰國策》中來，視子厚爲不純。子瞻亦祖其家學，氣

焰赫奕，人多慕之，然少純正。要之自六經來則源深而流長，人但見其正大温粹，不知其所養者有本也。此最當謹，所習之始若不謹，則末可知。本既立，必學問充就，而後識見、造詣凡見之議論言語者，皆正大純粹，如冠冕佩玉入宗廟之中，人自起敬。學力既到，體製亦不可不知。如記、贊、銘、頌、序、跋，各有其體。不知其體，則喻人無容儀，雖有實行，識者幾人哉？體製既熟，一篇之中，起頭結尾，繳換曲折，反覆難應，關鎖血脉，其妙不可以言盡，要須自得於古人。」

《捫蝨新話》云：「文章不使事最難，使事多亦最難。不使事難於立意，使事多難於遺辭。能立意者未必能造語，能遺辭者未必能免俗。大抵爲文者多，知難者少。《螢雪叢説》曰：『嘗見陳同甫亮在太學議論作文之法：經句不全兩，史句不全三。不用古人句，只用古人意。若用古人語，不用古人句，能造古人所不到處。至於使事而不爲事使，或似使事而不使事，或似不使事而使事，皆是使他事來影帶出題之意，非直使本事也。若夫布置開闔，首尾該貫，曲折關鍵，意思常新，若方若圓，若長若短，斷自有成摹，不可隨他規矩尺寸走也。苟自得作文三昧，又非常法所能盡也。』」

《緯文瑣語》云：「篇中不可有冗章，章中不可有冗句，句中不可有冗字，亦不可有齟齬處。爲文當要轉常爲奇，回俗入雅，縱横出没，圓融無滯，乃可與言遠。」

《文章精義》云：「作文須要血脉貫穿，造語用事妥帖，前世號能文者，無不知此。文字須要

數行整齊處，數行不整齊處，意對處文却不必對，文不對處意著對。學文切不可學怪句，且須明白正大。務要十句、百句只作一句，貫串意脉。説得通處儘管説去，説得反覆竭處自住。所謂『行乎其所當行，止乎其所不得不止』也。文章不難於巧，而難於拙。不難於曲，而難於直。不難於細，而難於粗。不難於華，而難於質。」

《容齋隨筆》云：「退之自言作爲文章，上規姚姒、《盤》、《誥》、《春秋》、《易》、《詩》、《左氏》、《莊》、《騷》、太史、子雲、相如，閎其中而肆於外。子厚自言每爲文章，本之《詩》、《書》、《禮》、《春秋》、《易》，參之《穀梁》、《孟》、《荀》、《莊》、《老》、《國語》、《離騷》、《太史公》，此韓柳爲文之旨要，學者宜思之。作議論文字，須考引事實無差忒，乃可傳信後世。東坡作《二疏贊》云：『孝宣中興，以法馭人。殺蓋、韓、楊，蓋三良臣。先生憐之，振袂脱屣，使知區區，不足驕士。』其立意超卓如此，然以其時考之，元康三年，二疏去位。後二年蓋寛饒誅。又三年，韓延壽誅。又三年，楊惲誅。方二疏去時，三人無恙。」

謝疊山云：「凡學文，初要膽大，終要心小。由粗入細，由俗入雅，由繁入簡，由豪宕入純粹。聖人立言，與庸衆人異。貶一人不必多言，只一字一句貶之，其辱不可當。褒一人不必多言，只一字一句褒之，其榮不可當。孔子褒管仲只四句：『一匡天下，民到於今受其賜。微管仲，吾其被髮左衽矣。』孟子，學孔子者也。褒百里奚只三句：『相秦而顯其君於天下，可傳於後世，不賢

而能之乎？』韓文公，學孔孟者也。褒孟子初只兩句：『然賴其言，而今學者尚知宗孔氏、崇仁義、貴王賤霸而已。』終只兩句：『向無孟氏，則皆服左衽而言侏離矣。』與孔子褒管仲之語同。歐陽公作《蘇老泉墓誌》云：『眉山在西南數千里外，公父子一日隱然名動京師，而蘇之文章遂擅天下。』亦得此法。東坡作史評，必有一段萬世不可磨滅之理：使吾身生其人之時，居其人之位，遇其人之事，當如何處置。妙法從老泉傳來。凡議論好事，須要一段歹說。凡議論一段不好事，須要一段好說。文勢亦圓活，義理亦精微，意味亦悠長。」

（黄）〔王〕小畜云：「文以傳道，古聖人不得已而爲之。謂欲句之難通，義之難曉，必不然矣。《詩》三百篇皆可以播管絃，薦宗廟。《書》者，二帝三王之世之文也。文之古，無出於此。則曰：『惠迪吉，從逆凶。』又曰：『德日新，萬邦惟懷。志自滿，九族乃離。』在《禮》，儒行夫子之文也，則曰：『衣冠中，動作慎。』在《易》則曰：『乾道成男，坤道成女。日月運行，一寒一暑。』夫豈句之難通，義之難曉耶？今爲文而舍六經，又何法哉？若第取《書》之『弔由靈』、《易》之『朋盍簪』者，法其語而謂之古，是豈謂之古文哉？」

元遺山云：「文章要有曲折，不可作直頭布袋。然曲折太多，則語意繁碎，整理不下，反不若直頭布袋之爲愈也。」

《文則》云：「文有以繁爲貴者，若《檀弓》石祁子『沐浴佩玉』，《莊子》之『大塊噫氣』用『者』

字，韓子《送孟東野序》用『鳴』字，《上宰相書》『至今稱周公之德』，其下又有『不衰』二字。凡此類則以繁爲貴。又有以簡爲貴者，若《舜典》『至于中岳，如岱禮。』『西岳，如初。』《史記》『事在某人傳。』凡此類，則又以簡爲貴也。但繁而不厭其多，簡而不遺其意，乃爲善矣。文有助辭，猶禮之有儐，樂之有相也。禮無儐則不行，樂無相則不諧，文無助則不順。《檀弓》曰：『勿之有悔焉耳矣。』《孟子》曰：『寡人盡心焉耳矣。』《檀弓》曰：『我弔也與哉。』《左氏傳》曰：『獨吾君也乎哉？』凡此一句而三字連助，不嫌其多也。《左氏傳》曰：『其有以知之矣。』又曰：『其無乃是也乎？』此二句六字成句，而四字爲助，亦不嫌其多也。《檀弓》曰：『南宫縚之妻之姑之喪。』《樂記》曰：『不知手之舞之，足之蹈之也。』凡此不嫌用『之』字爲多。《禮記》曰：『言則大矣、美矣、盛矣。』此不嫌用『矣』字爲多。《檀弓》曰：『美哉輪焉。』《論語》曰：『富哉言乎。』凡此四字成句，而助辭半之，不如是，文不健也。《左氏傳》曰：『美哉！泱泱乎，大風也哉。表東海者，其太公乎？國未可量也。』此又每句終用助，讀之殊無齟齬艱辛之態。詩人用助辭多用韻，在其上有用『也』辭：若『何其處也，必有與也。』有用『而』辭：若『俟我於著乎而，充耳以素乎而。』有用『矣』辭：若『陟彼砠矣，我馬瘏矣。』有用『忌』辭：若『抑磬控忌，抑縱送忌。』有用『兮』辭：若『其實七兮，迨其吉兮。』有用『之』辭：若『知子之順之，雜佩以問之』。有用『止』辭，如『既曰庸止，曷又從止？』有用『且』辭，若『椒聊且，遠條且。』又《禮記》散文亦有韻協，如曰『禮行於郊，而百神受職

焉；禮行於社，而百貨可極焉。禮行於祖廟，而孝慈服焉；禮行於五祀，而正法則焉。」」《麗澤文説》云：「結文字須要精神，不要閑言語。韓文公《獲麟解》結云：『麟之所以爲麟者，以德不以形，若麟之出不待聖人，則其謂之不祥也，亦宜。』《送浮屠文暢序》結：『余既重柳請，又嘉浮屠能喜文辭，於是乎書。』歐公《縱囚論》結：『是以堯舜三王之治，必本於人情。不立異以爲高，不逆情以干譽。』皆此法也。」已上皆《辨體》

小説載：盧携貌陋，嘗以文章謁韋宙。韋氏子弟多肆輕侮。宙語之曰：「盧雖人物不揚，然觀其文章有首尾，異日必貴。」後竟如其言。本朝夏英公亦嘗以文章謁盛文肅公。文肅曰：「子文章有舘閣氣，異日必顯。」後亦如其言。然余嘗究之，文章雖皆出於心術，而實有兩等：有山林草野之文，有朝廷臺閣之文。山林草野之文，則其氣枯槁憔悴，乃道不得行，著書立言者之所尚也。朝廷臺閣之文，則其氣温潤豐縟，乃得行其道，代言華國者之所尚也。故本朝楊大年、宋宣獻、宋莒公、胡武平所撰制詔，皆婉美淳厚，過於前世燕、許、常、楊遠甚，而其爲人，亦各類其文章。王安國嘗語余曰：「文章格調，須是官樣。」豈安國言官樣，亦謂有舘閣氣耶？又今世樂藝，亦有兩般格調：若教坊格調，則婉媚風流。外道格調，則粗野嘲哳。至於村歌、社舞，則又甚焉。兹亦與文章相類。《宋朝類苑》

徐節孝云：「某少讀《貨殖傳》，見所謂『人棄我取，人取我與』，遂悟爲學法。蓋學能知人所

不能知，爲文能用人所不能用，斯爲善矣。」文字須渾成而不斷續，滔滔如江河，斯爲極妙。若退之近之矣，然未及孟子之一二。人當先養其氣，氣全則精神全，其爲文則剛而敏，治事則有果斷，所謂先立其大者也。故凡人之文，必如其氣。班固之文，可謂新美，然體格和順，無太史公之嚴。近世孫明復、石徂徠公之文，雖不若歐陽之豐富新美，然自嚴毅可畏。《辯體》

王臨川云：「某常患近世之文辭弗顧於理，理弗顧於事。以襞積故實爲有學，以雕繪語句爲精新。譬之擷奇花之英，積而玩之，雖光華新采鮮縟可愛，求其根柢濟用則蔑如也。」《本集》

曾南豐《與王介甫書》云：「歐公更欲足下少開廓其文，勿用造語及模擬前人。歐云：孟韓文雖高，不必似之也，取其自然耳。」本集

蘇子由嘗云：「作文要使心如旋床，大事大圓成，小事小圓轉，每句如珠圓。」又云：「讀《上林賦》如觀君子佩玉冠冕，折旋揖讓。吐音皆中規矩，終日儀觀，無不可觀。」又云：「莊周《養生》一篇，誦之如神龍行空，爪指鱗翼所及，皆合規矩，可謂奇矣。」

宋樓昉迂齋云：「古人用字。古人名、字，明用不如暗用。前代故事，實說不如虛說。五行家之言，以爲明合不如暗合，拱實不如拱虛。知此說，可以悟作文之法。」

《潘子岳詩話》云：「韓文擬體：《祭竹林神》文，其體疑出於《書》。《祈大湖神》文，其體疑出於《國語》。《弔武侍御》文，其體疑出於《離騷》。其哀歐陽詹、獨孤申叔之文，疑合於《莊子・內

篇》、賈誼《鵩賦》之體。柳文擬體：《天對》則祖屈平之《天問》，其《乞巧》之文，則擬揚雄之《逐貧》，《先友記》則法《家語・七十二子解》。」

柳文如峻峰絶壑，壁立千仞，間見層出森然於蒼烟杳靄之外，望之者不能躋，躋之者不能踰。

東坡初爲趙清獻公作《表忠觀碑》。或持以示王荆公，公讀之沉吟，曰：「此何語耶？」時有客在傍，遽詆訾之。公不答，讀再三，又携之而起，且行且讀，忽歎曰：「此三王世家也。」客大慚。又云：荆公以東坡《表忠觀碑》寘坐隅。葉致遠、楊德逢在坐。公曰：「斯作絶似西漢。」坐客嘆譽不已，公曰：「西漢誰人可擬？」德逢曰：「王褒蓋易之也。」公曰：「不可草草。」德逢復曰：「司馬相如、揚雄之流乎？」公曰：「相如、子雲未見其叙事典贍若此也。直須與子長馳騁上下。」坐客悚然曰：「畢竟似子長何語？」公徐曰：「楚漢以來諸侯王年表也。」

東坡中制科。王荆公問吕申公曰：「見蘇軾制策否？」申公稱之。荆公曰：「全類戰國文章，若安石爲考官，必黜之。」故荆公後脩《英宗實録》，謂蘇明允有戰國縱横之學。

《邵氏後録》云：「歐文和氣多英氣少，蘇文和氣少英氣多。」

《欒城遺言》云：「子瞻之文奇，吾文但穩耳。」

王文公居鍾山，有客自黄州來。公曰：「東坡近日有何作？」對曰：「東坡宿於臨皋亭。醉，夢中而起，作《寶相藏記》千餘言，纔點定一兩字而已。」有墨本適留舟中，公遣健步往取而至。時

月出東方，林影在地，公展讀於風簷，喜見鬚眉。曰：「子瞻，人中龍也，然有一字未穩。」客請：「願聞之。」公曰：「『日勝日負，』不若『日勝日貧』耳。」東坡聞之，撫掌大笑，以公爲知言。

東坡詩文，落筆輒爲人傳誦。每一篇到，歐公爲終日喜，前後類如此。一日，與子棐論文，因及東坡。公歎曰：「汝記吾言：三十年後，世上人更不道着我也。」崇寧間，海外詩盛行，後生不復有言歐公者。

歐陽公每爲文，既成必自竄易，至有不留本初一字者。其爲文章，則書而傳之屋壁，出入觀省之。至於尺牘單簡，亦必立藁，其精審如此。每一篇出，士大夫皆傳寫諷誦，唯覩其渾然天成，莫究斧鑿之迹也。

東坡嘗云：「魯直雜文專法《蘭亭》。」

唐宋八大家文鈔評文

〔明〕茅坤　撰

《唐宋八大家文鈔評文》一卷

明 茅坤 撰

茅坤(一五一二—一六〇一),字順甫,號鹿門,歸安(今浙江湖州)人。嘉靖進士,累官廣西兵備僉事。善古文,與王慎中、唐順之、歸有光等並稱「唐宋派」。有《茅鹿門集》等。傳見《明史》卷二八七。

《唐宋八大家文鈔》共一百六十四卷,所録皆韓柳歐曾王及三蘇所爲古文,各家前有引説,辨其源流,評其優劣。較其大要,以序、記、書等獨許韓愈,碑誌則稱歐陽修爲最,三蘇之文,盛贊其策論過人。能擷八大家之精華,繁簡適中,所評雖非深刻入木之言,却亦能開啓聰明,於明代舉業大盛,推重文理結構之際,倡文氣貫通之説,對初學者有指點門徑之用。

此書明代初版於杭州,萬曆七年(一五七九)其孫茅著重新刊訂時,又收入茅坤所批《五代史》於歐陽修文鈔後。今所見即茅著所重訂者(吴玉繩曾參與重訂)。今即據此刻本删去選文,整理而成。另有《四庫全書》本。

(羅立剛)

唐宋八大家文鈔總叙

明　茅坤　批評

茅著　重訂

孔子之系《易》曰：「其旨遠，其辭文。」斯固所以教天下後世爲文者之至也。然而及門之士，顔淵、子貢以下，並齊魯間之秀傑也。或云身通六藝者七十餘人，文學之科並不得與，而所屬者僅子游、子夏兩人焉。何哉？蓋天生賢哲，各有獨稟，譬則泉之温，火之寒，石之結緑，金之指南。人於其間，以獨稟之氣而又必爲之専一以致其至。伶倫之於音，裨竈之於占，養由基之於射，造父之於御，扁鵲之於醫，僚之於丸，秋之於奕。彼皆以天縱之智，加之以専一之學，而獨得其解。斯固以之擅當時而名後世，而非他所得而相雄者。孔子没而游、夏輩各以其學授之諸侯之國，已而散逸不傳，而秦人燔經坑學士，而六藝之旨幾輟矣。漢興，招亡經，求學士，而晁錯、賈誼、董仲舒、司馬遷、劉向、揚雄、班固輩始及稍稍出，而西京之文號爲爾雅。崔、蔡以下，非不矯然龍驤也，然六藝之旨漸流失。魏、晉、宋、齊、梁、陳、隋、唐之間，文日以靡，氣日以弱。强弩之末，且不及魯縞矣，而况於穿札乎？昌黎韓愈首出而振之，柳柳州又從而和之，於是始知非六經

不以讀，非先秦兩漢之書不以觀，其所著書、論、叙、記、碑、銘、頌、辯諸什，故多所獨開門户。然大較並尋六藝之遺，略相上下而羽翼之者。貞元以後，唐且中墜。沿及五代，兵戈之際，天下寥寥矣。宋興百年，文運天啓，于是歐陽公修從隋州故家覆瓿中偶得韓愈書，手讀而好之，而天下之士始知通經博古爲高，而一時文人學士彬彬然附離而起。蘇氏父子兄弟及曾鞏、王安石之徒，其間材旨小大、音響緩亟雖屬不同，而要之於孔子所删六藝之遺，則共爲家習而户眇之者。由今觀之，譬則世之走騕褭騏驥於千里之(門)〔間〕，而中及二百里三百里而〔註〕輟者有之矣，謂途之薊而轅之粤則非也。世之操觚者往往謂文章與時相高下，而唐以後且薄不足爲。噫！抑不知文特以道相盛衰，時非所論也。其間工不工則又系乎斯人者之禀，與其專一之致否何如耳。如所云，則必太羹玄酒之尚，茅茨土簋之陳。而三代而下明堂玉帶，云罍犧樽之設，皆駢枝也已。孔子之所謂「其旨遠」，即不詭於道也。「其辭文」，即道之燦然若象緯者之曲而布也。斯固庖犧以來人文不易之統也，而豈世之云乎哉。我明弘治、正德間，李夢陽崛起北地，豪隽輻輳，已振詩聲，復揭文軌，而曰吾《左》吾《史》與《漢》矣。已而又曰吾黄初、建安矣。以予觀之，特所謂詞林之雄耳，其於古六藝之遺，豈不湛淫滌濫，而互相剽裂已乎？予于是手掇韓公愈，柳公宗元，歐陽公修，蘇公洵、軾、轍，曾公鞏，王公安石之文，而稍爲批評之，以爲操觚者之券，題曰《八大家文鈔》，家各有引，條疏於左。嗟乎，之八君子者，不敢遽謂盡得古六藝之旨，而予所批評，亦不敢自

以得八君子者之深。要之大義所揭，指次點綴，或於道不相盭已，謹書之以質世之知我者。時萬曆己卯仲春歸安鹿門茅坤撰。

［註］自「三百里而」以下至「題曰《八大家文鈔》」大段文字，明萬曆本缺，今據《四庫全書》本補入。萬曆本此處却混入下列一段文字：「提右控者明法之巧而中矩也，有若履八家之井田而識其肥磽，審其耕耨者，明稟質之各正而致至之力深也。蓋此八君子之文，原如日月經天，江河行地，自先生揭而出之，匯而合之，又如集軒裳藻冕於一堂，能日與之相接，覩此大人境界，自手足斂而心志攝，雅必不敢作吴語，實必不敢數他珍，張氣自覺其麤，竊理自覺其誕，凡貌真贋古與一切吐爛火兢涓流爲纖繁浮蕩之想者，俱自覺其可醜。迨步趨久之，不期變而自變，行業政事之義類，醖釀於胸中，發而爲言，皆有體要，而可以砭於用。所謂經術以經世者，此也。余諸生時，讀是書忘厭倦，幸老而售，愈喜與八君子相周旋，若時受其噓拂，聞其謦欬而并可以忘老者。噫！使八君子喪其本統而逐於時之變，其文亦止售於當……。」

唐宋八大家文鈔論例

世之論韓文者，其首稱碑誌，予獨以韓公碑誌多奇崛險譎，不得《史》、《漢》序事法，故於風神處或少遒逸，予間亦鐫記其旁。至於歐陽公碑誌之文，可謂獨得史遷之髓矣。王荆公則又別出一調，當細繹之。序、記、書，則韓公崛起門户矣。而論、策以下，當屬之蘇氏父子兄弟。四六文字，予初不欲録，然歐陽公之婉麗，蘇子瞻之悲慨，王荆公之深刺，於君臣上下之間，似有感動處，故録而存之。

予覽子厚之文，其議論處多鑱畫；其紀山水處，多幽邃夷曠；至於墓誌碑碣，其爲御史及禮部員外時所作，多沿六朝之遺，予不録，録其貶永州司馬以後稍屬雋永者凡若干首，以見其風概云。然不如昌黎多矣。

宋諸賢叙事，當以歐陽公爲最。何者？以其調自史遷出，一切結構裁剪有法，而中多感慨俊逸處，予故往往心醉。曾之大旨近劉向，然逸調少矣。王之結構裁剪極多鑱洗苦心處，往往矜而嚴，潔而則。然較之曾，特屬伯仲，須讓歐一格。至於蘇氏兄弟，大略（死）〔兩〕公者，文才疏爽

豪蕩處多，而結構裁剪四字非其所長。諸神道碑多者八九千言，少者亦不下四五千言，所當詳略斂散處，殊不得史體，何者？鶴頸不得不長，鳧頸不得不短。兩公於策論，千年以來絶調矣，故於此或殺一格，亦天限之也。

予覽歐蘇二家「論」不同：歐次情事甚曲，故其論多確而不嫌於複。蘇氏兄弟，則本《戰國策》縱横以來之旨而爲文，故其論直而鬯，而多疏逸遒宕之勢。歐則譬引江河之水而穿林麓灌畝澮。若蘇氏兄弟，則譬之引江河之水而一瀉千里，湍者縈，逝者注，杳不知其所止者已。語曰：「同工而異曲。」學者須自得之。

蘇明允《易》、《詩》、《書》、《禮》、《樂》論，未免雜之以曲見，特其文遒勁。子瞻《大悲閣》等記及《贊羅漢》等文，似狃於佛氏之言，然亦以其見解超朗，其間又有文旨不遠，稍近舉子業者，故並録之。

曾南豐之文，大較本經術，祖劉向，其湛深之思，嚴密之法，自足以與古作者相雄長。而其光焰或不外爍也，故於當時稍爲蘇氏兄弟所掩，獨朱晦菴亟稱之。歷數百年，而近年王道思始知讀而酷好之，如渴者之飲金莖露也。

予嘗有文評曰：屈宋以來，渾渾噩噩。如長川大谷，探之不窮，攬之不竭，藴藉百家，包括萬代者，司馬子長之文也。閎深典雅，西京之中，獨冠儒宗者，劉向之文也。斟酌經緯，上摹子長，

下採劉向父子，勒成一家之言者，班固也。吞吐騁頓若千里之駒，而走赤電，鞭疾風，常者山立，怪者霆擊，韓愈之文也。巉巖巑岏，若游峻壑削壁而谷風凄雨四至者，柳宗元之文也。遒麗逸宕若携美人宴游東山，而風流文物照耀江左者，歐陽子之文也。行乎其所當行，止乎其所不得不止，浩浩洋洋赴千里之河而注之海者，蘇長公也。嗚呼！七君子者，可謂聖於文矣，其餘若賈、董、相如、揚雄諸君子，可謂才問炳然西京矣，而非其至者。曾鞏、王安石、蘇洵、轍，至矣。鞏尤爲折衷於大道而不失其正，然其才或疲薾而不能副焉，吾聊次之如左，俟知音者賞之。

八大家而下，予於本朝獨愛王文成公論學諸書，及記學、《記尊經閣》等文，程朱所欲爲而不能者。江西辭爵及撫田州等疏，唐陸宣公、宋李忠定公所不逮也。即如《浰頭》、《桶岡》軍功等疏，條次兵情，如指諸掌，况其設伏出奇，後先本末，多合兵法，人特以其稍屬矜功，而往往口訾之耳。嗟乎！公固百世殊絶人物，區區文章之工與否，所不暇論。予特附揭於此，以見我本朝一代之人豪，而後世之品文者，當自有定議云。

《八大家文鈔》凡例

凡予所録八大家之文若干什，大都高篇，然中亦不無工而未至者，特以不詭於道，稍合作者之旨，以故輒存而不遺。

凡録八大家並本全集，或别集、續集及見他書者，頗屬搜括不遺，獨歐文所見《五代史》及《唐書》者，間撮録其小論與引之首者而已，别自有《五代史》、《唐書》鈔，故不及。蘇子由《古史》，亦僅録小論。

凡二篇本末大旨，則挈而鐫之本題之下，間或於篇中抹出，或▌，或▯，其間起案或結案及文之一切緊關處，亦並以抹，或▌，或▯，或」，或旁鐫數字。

凡之佳處，首圓圈，次則尖圈，又次則旁點，間有敝處，則亦旁抹，或鐫數字，譬之合抱之木而寸朽，明月之珠而累絫，不害其爲寶也。

凡録批評，特據予所見而已，古之吕東萊、（隻）〔樓〕迂齋、謝枋得而下，多不録，以其行於世已久，而學士大夫無不知之者，獨近年唐荆川、王遵巖二公所傳，世未必知之，故唐以〇王以ㄅ各

標於上，以見兩公之用心讀書處，於予所見合與否，亦不暇論。

凡八家所爲論文之旨，姪桂輩嘗録而出之舊矣，予覽之，因令附刻於首，凡例之後，別爲一卷。讀是鈔者，一輾卷間，其於八先生門户，大都亦可以瞭而覩矣。

予嘗謂：　八君子者，不獨其文藝之工，其各各行事節概，多有可觀，亦學者所不可不知者。予故節録其本傳，附之各集之首。

右爲舊刻凡例，尚有論文九則，即附於後，如著寶玉於土中，殿精騎於塵後，覩者每惜之。今審原例，有別爲一卷之，因敢分章另刻，既可見先生選八大家之意，亦可開後人讀八大家之眼。又新刻多有不同處，故并附新例數款，使覽是書者，知此刻不獨爲八大家之定本，亦爲鹿門先生之功臣云爾。

舊刻已經訂補，不失鹿門先生初旨，然尚有題存文缺者，今皆增入，不敢妄加評點。

訂補續本，仍襲舊板，未免苟簡補苴，間有頭上安頭，尾後接尾者，今悉依次改正。

訛脱處，悉對善本、全集證改。　如蘇文忠集《論京東盜賊狀》則雜以《辨試舘職策问劄子》二頁，文定公集，竟有失去數行者，荆公誌銘則有誤入他銘者，如此甚多，今皆釐正。

諸家表啓、子由古論，舊刻因省工板，遂致連牽。　今準集中舊式，仍各分篇，庶爲一例。

原刻標批，唐以〇王以[illegible]，今恐易混，直出唐荆川、王遵巖二先生字號，使讀者一覽可知，不煩

再審。

先生序歐文有云：「世欲覽歐陽子之全者，必合予他所批注《唐書》、《五代史》讀之，斯得之矣。」因并附入，以備歐陽一家，非駢枝也。

《文鈔》跋

先大父鹿門公病今世之爲文僞且剿也，特標八大家之文以楷模之。夫文貴傳，傳貴久。文不本於性情不傳，不規於理道亦不傳，縱傳，暫也，亦不久。今之談文者，動謂鏡中花、水底月，一洗粘滯態，便臻靈妙界。而駕詭鑿空，偷取一世，何異于画西子之面，美而不可悦者耶？八大家豈有意於傳乎？而傳矣。總之本于性情，規于理道，各造其致，不相襲也，不相掩也。先大父具獨往之神，秉筆刪削，夫固鍊神宅虛以入其微，攻古鈎玄以含其潤，遺得喪忘歲月以窮其變。文質彬彬，其《文鈔》乎？虎林本行世既久，不無模糊，而著也經歲紛馳，備嘗無妄，幹蠱無才，終訟非志，雖讀父書，希紹祖業，用是與舅氏吴毓醇重加考較，精于殺青，總期八君子之性情與先大父之性情，俱久傳於弗替，若其詳，則首具總評，節備細条，夫已炳如日星，余小子何敢贅一辭。

歲在辛未仲秋之望茅著闇叔甫跋于虎丘之卧石軒

韓文公文鈔引

魏晉以後，宋齊梁陳迄於隋唐之際，孔子六藝之遺不絶如帶矣。昌黎韓退之崛起德、憲之間，泝孟軻、荀卿、賈誼、晁錯、董仲舒、司馬遷、劉向、揚雄及班掾父子之旨而揣摩之。於是時，譬者半，毁者半。獨柳宗元、李翺、皇甫湜、孟郊二三輩相與游從，深知而篤好之耳，何則？於舉世聾聵中而欲獨以黄鐘大吕鏗鍧其間，甚矣其難也。又三百年而歐陽公修、蘇公軾輩相繼出，始表章之，而天下之文復趨於古。嗟乎！隋唐之文，其患在靡而弱，而退之之出而振之，固已難矣。迺若近代之文，其患在剿而贋，有志者苟欲出而振之，而其爲力也不尤戛戛乎其難矣哉。要之必本乎道，而按古六藝者之遺，斯之謂古作者之旨云爾。予故於漢西京而下，八代之衰不及一人也。首揭昌黎韓文公愈，録其表狀九首，書、啓、狀四十六首，序三十三首，記傳十二首，原、論、議十首，辯、解、説、頌、雜著二十二首，碑及墓誌、碣、銘五十二首，哀詞、祭文、行狀八首，釐爲十六卷。昌黎之奇，於碑誌尤爲巉削，予竊疑其於太史遷之旨，或屬一間，以其盛氣掐抉，幅尺峻而韻折少也。書、記、序、辯、解及他雜著，公所獨倡門户，譬則達摩西來，獨開禪宗矣。歸安鹿門茅

坤題。

表　狀

《進撰平淮西碑文表》

不獨碑文冠當世，而表亦壯。

《論佛骨表》

韓公以天子迎佛，特以祈壽護國爲心，故其議論亦只以福田上立説，無一字論佛宗旨。

《潮州刺史謝上表》

昌黎遭患憂讒，情哀詞迫。

《論捕賊行賞表》

識達事體，文亦典刑。

《復讐狀》

以經術斷律，當與子厚文參看。

《論今年權停舉選狀》

議論博大而氣亦昌。

《論淮西事宜狀》

始予慕昌黎爲文詞，或特疑其馬遷、劉向以下一文士而已。及讀所論淮西事宜，竝鑿鑿中名實，可當施行。其經略措置，與宋之韓、范、富、歐，亦略相當。特韓、范諸君幸而遇則聲施，昌黎未幾即爲讒構所坐，不遇則摧，悲乎！豈非士之幸不幸由命哉？

《黄家賊事宜狀》

處分亦確。

《論變鹽法事宜狀》

昌黎經濟之文如此。

書

《上張僕射書》

申情之文，故宜於圓暢反復。

古之人有言曰：「道屈於不知己者，而伸於知己。」昌黎根氣自如此。

《上張僕射第二書》

婉而宕。其詞旨與司馬相如《諫獵書》相參。

《上兵部李侍郎書》

中多自悲，并以自譽。

《鄧州北寄上襄陽于相公書》

似譽而昌。

《上宰相書》

引經術似劉向，所乏者西漢風韻。

《後十九日復上書》

所見似悲蹙，而文則宕逸可誦。

《後廿九日復上書》

議論正大勝前篇。當看虛字斡旋處。

《上考功崔虞部書》

昌黎公遇而不遇，其書如此。

《與孟尚書書》

翻覆變幻。昌黎書當以此爲第一。

古來書自司馬子長《答任少卿》後，獨韓昌黎爲工，而此書尤昌黎佳處。

《與鳳翔刑部尚書書》

與《于襄陽書》同意。

《應科目時與人書》

空中樓閣，其自擬處奇，而其文亦奇。

《與陳給事書》

洗刷工而調句佳，甚有益於初進者。

《與于襄陽書》

前半瑰瑋游泳，後半婉變凄切。

《與祠部陸員外書》

唐時主司取士，於試文外又擇行誼，采聞望，故昌黎之爲書如此。

《爲人求薦書》

善喻却是昌黎本色。

《代張籍與李浙東書》

獨以目盲一節感慨悲憤。

《與陳生書》

韓公本色。

《與孟東野書》

兩情凄切。

《與李翺書》

翻覆辨論，總不放倒自家地位。

《與崔群書》

大較昌黎與崔羣相知深，故篇中情悃與諸篇不同。

《與衛中行書》

公之卓然自立處固在。

《與少室李拾遺書》

曲。

《與鄂州柳中丞書》

氣味古雅入西漢，不假雕斲。

《再與鄂州柳中丞書》

論兵機宜，更勝前篇。

《與李祕論小功不稅書》

明辯。

《與馮宿論文書》

中有論文章之旨，亦近名言。

《答劉正夫書》

韓文公教人作文，大意要自樹立，不尋常，不取悦於今世。所謂能自樹立，不因尋常等，即公本來面目。

《答李翊書》

要窺作家爲文，必如此立根基。今人乃欲以句字求之，何哉？

唐荆川曰：「此文當看抑揚轉換處，『累累然如貫珠』，其此文之謂乎？」篇中云「仁義之人其言藹如也」，即此中間，又隔許多歲月階級，只因昌黎特因文以見道者，故猶影響，非心中工夫實景所道故也。

《答殷侍御書》

《答張籍書》

籍所遺昌黎書甚當，而昌黎答籍，特氣不相下耳。

書啓狀

《重答張籍書》

韓公之不汲汲著書，固其力之未至，抑其時之不暇耳，而云云者乃從而爲之辭。然其文特工甚。

《答劉秀才論史書》

唐荆川曰：「本是三節文字，而活動不羈。」

懼作史之禍，非也。孔子善善惡惡二百四十二年之間，何以至今皎然與天地竝？昌黎不及作，從而爲之辭。

《答崔立之書》

公三試吏部不售，斯立遺公書，故答之云云。蓋崔斯立屬公相知之深者，故吐露如此。

《答元侍御書》

婉媚感慨。

《答陳商書》

譬喻直與《戰國策》同調。

《答侯繼書》

淡宕自奇。

《答李秀才書》

因與李秀才無舊，獨於元賓詩中得其人，故遂始終托元賓以寫兩與之情。

《答馮宿書》

於喜聞過中却有自家一段直己而守的意在。

《答竇秀才書》

《答呂醫山人書》

奇氣。

《答胡生書》

情本悃愊而有深思處堪把玩。

《答尉遲生書》

《答楊子書》

納交之始如此，此其所以既合而不爲睽也。

《爲河南令上留守鄭相公啓》

情直而辭婉。

《賀徐州張僕射白兔狀》

類終軍《白麟奇木對》。

《與汝州盧郎中論薦侯喜狀》

文婉曲感慨，盧郎中當爲刺心推轂矣。

序

《送楊支使序》

楊憑爲御史中丞，奏辟儀之爲觀察支使。文有興致。

《送鄭尚書序》

予獨按昌黎序事絶不類史遷，亦不學史遷，自勒一家矣。

《送許郢州序》

按《唐書》，于公多刻。退之文多托之以諷。

唐荆川曰：「此文作二段，後總較。」

《贈崔復州序》

此與《送許郢州序》同意，而規諷于公處最含蓄。

《送幽州李端公序》

命意高，結體奇，轉掣從天降。

《送殷員外序》

學班掾之文，其嚴緊如程不識、李光弼之治兵。

《送楊少尹序》

以二疏美少尹，而專於虚景簸弄，故出没變化不可捉摸。

唐荆川曰：「前後照應，而錯綜變化不可言。此等文字，蘇、曾、王集内無之。」

《送湖南李正字序》

以交游離合之情爲文，又一種風調。

《送水陸運使韓侍御歸所治序》

覽此文與歐陽公《食貨志》相參看，始得肯綮。

《贈張童子序》

張本與昌黎同舉進士，而其贈文特呼之爲童子，其以唐有童子科乎？言莊而嚴，其序事處錯雜而煞有條貫。

唐荆川曰：「只是科舉常事，而叙得何等頓挫。」

《送牛堪序》

此必牛堪不謝舉主，故昌黎爲文云云。

唐荆川曰：「此篇文字意格異常。」

《送竇從事序》

奇崛。

《送石處士序》

以議論行叙事，當是韓之變調，然予獨不甚喜此文。

《送温處士赴河陽軍序》

以烏公得士爲文，而温生之賢自見。

《送陸歙州詩序》

《送鄭十爲校理序》

古人古直樸渾之文有如是者，今人類不爲也。

《送孟東野序》

一「鳴」字成文，乃獨倡機軸，命世筆力也。前此惟《漢書》叙蕭何追韓信用數十「亡」字。

此篇將牽合入天成，乃是筆力神巧，與《毛穎傳》同而雄邁過之。

唐荆川曰：「此篇文字錯綜立論，乃爾奇則，筆力固不可到也。」

《送董邵南序》

文僅百餘字，而感慨古今，若與燕趙豪儁之士相爲叱吒嗚咽其間，一涕一笑，其味不窮。昌黎序文，當屬第一首。

《送王秀才序》

轉掉如弄蛇，如興雲。總不遇之感，借酒上簸弄。

《送王秀才序》

通篇以孟子作主，是退之立自己門户，故其文有雄視一世氣。

唐荆川曰：「此是立主意之文，而緊要全在『好舉孟子之所道者』一句。」

《送齊皞下第序》

大匘己嫉時之論，而入齊生才數語。只看他操縱如意處。

《送何堅序》

文旨甚漫，於中咀嚼之，亦有一段韻折。

唐荆川曰：「此篇在短文中尚爲奇作。」

《送區册序》

昌黎謫官時調，信凄惋慨慷。

《送李愿歸盤谷序》

通篇全舉李愿説話，自説只數語，此又别是 格。而其造語形容處，則又鑄六代之長技矣。

《送寥道士序》

文體如貫珠，只此一篇，開永叔門户。

《送張道士序》

贈意在詩，序言其故耳，此文一體。

《送陳秀才彤序》

有藴藉沈着，大意以彤之爲人，不待考其文而可見也。

《送浮屠文暢師序》

高在命意，故迥出諸家，而闔闢頓挫不失尺寸。

唐荆川曰：「開闔圓轉，真如走盤之珠，此天地間有數文字。通篇一直説下，而前後照應在其中。」

《送高閑上人序》

其用意本《莊子》，而其行文造語叙實處，亦大類《莊子》。

《上巳日燕太學聽彈琴詩序》

風雅。

《荆潭唱和詩序》

雋永。

唐荆川曰：「此篇文與《盛山詩序》本叙事，只略用數句議論引起。」

《韋侍講盛山十二詩序》

前半是經，下半是緯，而氣亦跌宕。

《石鼎聯句詩序》

文極頓挫，後之法家多有痕迹，惟公不然。

紀事纂言如太史公。

朱子謂此文韓子自況，詩亦含譏訕輕侮之意。

記　傳

《新修滕王閣記》

通篇不及滕王閣中情事，而止以生平感慨作波瀾，婉而宕。

《藍田縣丞廳壁記》

憤當世之丞不得盡其職，故借壁記以點綴之，而詞氣多淡宕奇詭。

唐荆川曰：「此但説斯立不得盡職，更不説起記壁之意，亦變體也。」

《燕喜亭記》

淋漓指畫之態，是得記文正體，而結局處特高。　歐公文大略有得於此。

《河南府同官記》

烟波感慨甚曲折。

《畫記》

妙處在物數龐雜，而詮次特悉，於其記可以知其畫之絶世也。

《徐泗濠三州節度掌書記廳石記》

雅致。

《科斗書後記》

典實。

《汴州東西水門記并序》

語莊。

《鄆州谿堂詩記》

韓公本色如此。

《太學生何蕃傳》

此篇總在兩不遇上相感慨。

《圬者王承福傳》

以議論行叙事，然非韓文之佳者。

《毛穎傳》

設虚景摹寫，工極古今，其連翩跌宕刻畫司馬子長。

王遵岩曰：「通篇將無作有，所謂以文滑稽者。贊論尤高古，直逼馬遷。」

原論議

《原道》

闢佛老是退之一生命脉，故此文是退之集中命根。其文源遠流洪，最難鑒定，兼之其筆下變化詭譎，足以眩人，若一下打破，分明如時論中一冒一承，六腹一尾。

退之一生闢佛老在此篇，然到底是説得老子而已，一字不入佛氏域。蓋退之元不知佛氏之學，故《佛骨表》亦祇以福田上立説。

《原性》

性之旨，孟氏没而周程始能言之。昌黎原不見得，特按三家之言而剖析之如此，然於天命之原，已隔一二層矣。

《原毁》

此篇八大比，秦漢來故無此調，昌黎公創之。然感慨古今之間，因而摹寫人情，曲鬯骨裏，文之至者。

《原人》

昌黎不明性命之原，故《原人》篇殊無見解，姑録而存之。

《原鬼》

昌黎《原鬼》，亦揣摩影響之言。《易》曰：「精氣爲物，游魂爲變。」是故知鬼神之情狀。

《省試顔子不貳過論》

韓公未必知顔子之學，特以其省試之文也，存之。

《爭臣論》

截然四問四答，而首尾關鍵如一線。

《省試學生代齋郎議》

此文非韓之傑者，特以公所應試文也，録而存之。

《改葬服議》

昌黎文本經術處。

愚竊以緦以三月，服之常也，而改葬之緦不必三月也。何當云改葬而除？覆墓後則不必更服矣。

《禘祫議》

韓公平生爲文奇奇怪怪，獨於議典禮處文詞甚醇雅。此議與《改葬服議》竝可稱名儒之文，當與漢劉歆、韋玄成等議相參。

辨 解 説 頌 雜 著

《諱辨》

古今以來，如此文不可多得。

此文反覆奇險，令人眩掉，實自顯快。前分律、經、典三段，後尾抱前辨難，只因三段中時有

游兵點綴，便足迷人。

《進學解》

此韓公正正之旗，堂堂之陣也。其主意專在宰相，蓋大才小用，不能無憾，而以怨懟無聊之辭托之人，自咎自責之辭托之己，最得體。

《獲麟解》

文凡四轉，而結思圓轉，如游龍，如轆轤，愈變化而愈勁厲，此奇兵也。

唐荆川曰：「以『祥』、『不祥』二字作眼目。」

《擇言解》

其思深，其調逸。

《師説》

昌黎當時抗師道以號召後輩，故爲此以倡赤幟云。

《雜説》

《雜説》四首，竝變幻奇詭不可端倪。

《子産不毁鄉校頌》

子産之識遠，故不毁鄉校。退之之思深，故爲頌。

《伯夷頌》

昔人稱太史公傳《酷吏》、《刺客》等文，各肖其人。今以此文頌伯夷亦爾。然不如史遷本傳。

唐荆川曰：「昌黎此文，分明自《孟子》中脱出來，人都不覺。」

《張中丞傳後叙》

通篇句、字、氣皆太史公髓，非昌黎本色。今書畫家亦有效人而得其解者，此正見其無不可處。

《讀〈荀子〉》

昌黎病荀不醇，而末引孔子一轉，却安頓自家方好。

《讀〈儀禮〉》

《讀〈墨子〉》

混儒墨而無辨，此昌黎汩其文辭而忘其本也。

《送窮文》

《釋言》

篇中憂讒，始則述傳與者之言，再則托己之自爲解，三則不能無憂，四則又自爲解，五則又入李翰林之竝相，末復自爲解。

《猫相乳》

以事之小者而議論，關係大體。

《守戒》

通篇極論正意，只收一句作結，是一體，却自《過秦論》來。其文平直通顯反近蘇氏，亦非公本色。

《對禹問》

通篇以客形主，相爲發明。

《通解》

《行難》

假行難以鳴己志，文極奇詭。

碑

《處州孔子廟碑》

序孔子祀典之尊崇處入骨。孔子廟碑，漢以來當屬昌黎第一。

《南海神廟碑》

以祀事作案摹寫，神采燁然。

《黄陵廟碑》

此文用《爾雅》、《説文》體，別是一調。

《衢州徐偃王廟碑》

以客形主而立論奇高，造語怪偉，當是昌黎大文字。

按：偃王事不見傳記，昌黎特採世所傳小説撰次本末，而其議論歸本處，當以徐之公族子弟祠偃王於其土爲是。

《曹成王碑》

文有精爽，但句字生割，不免昌黎本色。

昌黎每自喜陳言之去，故《曹成王碑》當亦屬公得意之文。而愚見則以務去陳言却行穿鑿生割，亦昌黎病處，特其識正而語確，故學者不能訾。

《清邊郡王楊燕奇碑》

條次戰功極悉，然不及太史公遒逸。

《唐銀青光禄大夫守左散騎常侍致仕上柱國襄陽郡王平陽路公神道碑》

《平淮西碑》

通篇次第戰功，摹仿《史》、《漢》，而其辭旨特自出機軸，其最好處在得臣下頌美天子之體。

碑銘

《烏氏廟碑銘》

序烏氏世系及戰功處，錯綜而核。

《袁氏先廟碑》

序袁氏世系千餘年若一線，中多荆棘，句字不可讀，系之以韻，似追《雅》、《頌》。

《魏博節度觀察使沂國公先廟碑銘》

按田弘正本傳，世多臣順大節。昌黎公特隱括其以六州還朝廷一事，而頌美之詞，特詳銘中，甚得體。

《柳州羅池廟碑》

予覽昌黎碑柳州，不書柳州德政之可載，載其死而爲神一節，似狎而少莊。

《唐故相權國公墓碑》

直叙中多句字生蹇處。銘可誦。

唐荆川曰：「平叙多用虚説。」

《滎陽鄭公神道碑》

《太原王公神道碑銘》

《贈太尉許國公神道碑銘》

此篇大略類傳，而中多險棘句。

《唐故中散大夫少府監胡良公墓神道碑》

通篇述書。

墓誌銘

《尚書左僕射右龍武軍統軍劉公墓誌銘》

劉昌裔爲人多倜儻澹宕，而公之文亦稱。

《鳳翔隴州節度使李公墓誌銘》

直叙持大體。

《太原王公墓誌銘》

明法。

《唐故昭武校尉守左金吾衛將軍李公墓誌銘》

直叙，然中有諷刺與稱美處，不爽尺寸。

《唐故朝散大夫商州刺史除名徙封州董府君墓誌銘》

整潔。

《唐故朝散大夫越州刺史薛公墓誌銘》

典實。

《唐故江西觀察使韋公墓誌銘》

碎而密。

《唐故監察御史衛府君墓誌銘》

誌中無他述，獨指採藥煮黄金一事。文旨自澹宕雋永。

《尚書左丞孔公墓誌銘》

語多跌宕。

《集賢院校理石君墓誌銘》

簡而法。

《尚書庫部郎中鄭君墓誌銘》

雋才逸興。

《河南少尹裴君墓誌銘》

篇中特序世系及拜官爵、卒年月日與葬處，篇末次行事並虚景。

《給事中清河張君墓誌銘》

有生色。

《考功員外盧君墓銘》

篇中並虚景，總只是以李栖筠辟從事爲案。

《司法參軍李君墓誌銘》

公與李翱厚相知，而次其祖墓簡徑如此。

《孔司勳墓誌銘》

司勳，贈官也，而志首稱「昭義節度盧從史有賢佐」者，以戡終始從史幕中也。通篇只叙一事。

按：附誌前夫人所以不及祔葬舅姑兆次之故，而不詳與司勳合葬處，不可曉。

《李元賓墓銘》

志特謹書官爵及死葬月日，而行誼則藴藉銘中。

唐荆川曰：「此亦變體。李觀本文士，而又爲韓公之友，不知發之何以如此其略也。」

《試大理評事王君墓誌銘》

澹宕多奇。

墓誌碣銘

《殿中少監馬君墓誌銘》

以生平故舊志墓，最悲凉可涕。

唐荆川曰：「此歐文《黄夢升》、《張應之》諸作之祖。」

《殿中侍御史李君墓誌銘》

直叙。

《太學博士李君墓誌銘》

公誌李君而獨撮其服泌藥一事，以爲世戒，亦變調也。

《國子助教河東薛君墓誌銘》

譬而諷。

《國子司業竇公墓誌銘》

中多虚語點綴精神。

《襄陽盧丞墓誌銘》

變調。

荆川曰：「一篇俱是求文者自言，更不言一事。」

《河南令張君墓誌銘》

多鏤刻之音。

《登封縣尉盧殷墓誌銘》

序詩一事相感欷，簡而韻折。

《唐故河南府王屋縣尉畢君墓誌銘》

奇。

《柳子厚墓誌銘》

昌黎稱許子厚處，尺寸斤兩不放一步。

《施先生墓銘》

誌獨詳説經及官太學本末，銘亦韻折。

《南陽樊紹述墓誌銘》

昌黎文多奇崛，然亦多生割處。

《貞曜先生墓誌銘》

一篇交誼之情。

按：孟東野是昌黎生平極厚交，而其志銘處亦不妄許一字。

《女挐壙銘》

女挐無它行，獨因隨昌黎赴貶所病死，而昌黎摹寫其情，悲惋可涕。

《唐河中府法曹張君墓碣銘》

本其妻夫人泣哀之言爲誌，歐公誌多摹此法。

《清河郡公房公墓碣銘》

直叙。須看他句法字法淘洗鼓鑄處。

《瘞硯銘》

瘞硯一段光景頗奇氣。

哀辭　祭文　行狀

《獨孤申叔哀辭》

悲痛特甚，詩之可以怨者也。

《歐陽生哀辭》

小序極工，多淒愴嗚咽之旨，而哀辭特爾雅。

《祭田横墓文》

借田横發自己一生悲感之意。

《祭鰐魚文》

詞嚴義正，看之便足動鬼神。

《祭柳子厚文》

昌黎誌子厚墓，相知之誼，似不如祭文。

《祭河南張員外文》

公之奇崛戰鬬鬼神處，令人神眩。

《祭十二郎文》

通篇情意刺骨，無限淒切。 祭文中千年絶調。

《贈太傅董公行狀》

點次情事如畫，而語亦壯。

唐荆川曰：「此文叙事全是學《左氏》，然董公文頓挫，權公文調匀，各一體。」

柳柳州文鈔引

昌黎韓退之崛起八代之衰，又得柳柳州相爲羽翼，故此唱彼和，譬之噴嘯山谷，一呼一應，可謂盛已。昌黎之文，得諸古六藝及孟軻、揚雄者爲多，而柳州則間出乎《國語》及《左氏春秋》諸家矣。其深醇渾雄或不如昌黎，而其勁悍泬寥，抑亦千年以來曠音也。予故讀《許京兆》、《蕭翰林》諸書，似與司馬子長《答任少卿書》相上下，欲爲掩卷累欷者久之。再覽《鈷鉧潭》諸記，杳然神游沅湘之上，若將凌虚御風也已，奇矣哉！予録書啓三十三首，序傳十七首，記二十八首，論、議、辨十四首，説、贊、雜著十八首，碑銘、墓碣及誄、表、狀、祭文二十首，釐爲十二卷。按：柳州《平淮雅》與《鐃歌》及五七言詩什，於諸家中尤擅所長。予校而録之者，特文也，故不及。歸安鹿門茅坤題。

書

予覽子厚書，由貶謫永州、柳州以後，大較竝從司馬遷《答任少卿》及楊惲《報孫會宗書》中

來，故其爲書多悲愴嗚咽之旨，而其辭氣環詭跌宕，譬之聽胡笳聞塞曲，令人斷腸者也。至其中所論文章處，必本之乎道，當與昌黎竝驅，故録其可誦者二十九首。

《與李翰林建書》

《寄許京兆孟容書》

子厚最失意時最得意書，可與太史公《與任安書》相參，而氣似嗚咽蕭颯矣。予覽蘇子瞻安置海外時詩文及復故人書，殊自曠達。蓋由子瞻晚年深悟禪宗，故獨超脱，較子厚相隔數倍。

《與楊京兆憑書》

文不如前書，而中所自爲嗚咽涕洟略相似，故併録之。

《與蕭翰林俛書》

一悲一笑，令人破涕。

《與顧十郎書》

其書似非對座主之言，然亦愰朗。

《與裴塤書》

亦自悲楚。

《與太學諸生喜詣闕留陽城司業書》

意氣淋漓。

《與崔饒州論石鐘乳書》

全學李斯《逐客書》

唐荆川曰：「博喻，文非不古，然亦絶有蹊逕。」

《與李睦州服氣書》

文最工，然篇末椎牛一段似漫溷。子厚每每文到縱横時，便露此態。

《答周君巢書》

此子厚不好仙家者之言，然大倨，且君子以其術延年却病，未必無(何)〔可〕取者。

《與楊誨之疏解車義第二書》

首尾二千言如一線，然强合乎道者。

《與韓愈論史官書》

子厚之文多雄辨，而此篇尤其中卓礫峭直處，但太露氣岸，不如昌黎渾涵。文如貫珠。

唐荆川曰：「提其原書，辨處有顯有晦，錯綜成文。」

《與韓愈致〈段太尉逸事〉書》

文自鏗鏘鼓舞。

《與劉禹錫論〈周易·九六説〉書》

確。

《答元饒州論〈春秋〉書》

辨。

《與友人論文書》

《答韋中立論師道書》

子厚諸書中佳處，亦其生平所爲文大指處。

子厚(原)中所論文章之旨，未敢必其盡能如所云，要之亦本於鑱心研神者，而後之爲文者特路剽富者之金，而以誇於天下曰：「吾且猗頓矣！」何其不自量之甚也。予故奮袂曰：「有志於文，須本之六藝以求聖人之道，其庶焉耳。」

《答吴秀才謝示新文書》

短牘亦自瀏宕。

《復杜温夫書》

書旨似倨而語亦多光燄。

《答貢士廖有方論文書》

中多自矜，亦自悲愴。

《答韋珩示韓愈相推以文墨事書》

歐陽公書似柳子厚此書者爲多。

《答貢士沈起書》

風神盎然，特篇末猶似未了語。

《報袁君陳秀才避師名書》

蒼蔚可誦。

《答嚴厚輿論師道書》

書　啓

《上李夷簡相公書》

子厚困阨之久，故其書呼號哀籲若此，録而存之，以見其始末云。

《答元饒州論政理書》

纖悉。

《與吕恭書》

中亦有佳處。荆川云學《左氏外傳》。

《賀進士王參元失火書》

深識之言，逼古之文。

《上西川武元衡相公謝撫問啓》

子厚諸啓，非爲四六而已，中多奇峭沉鬱之旨。予不能盡録，録凡四首。

《賀趙江陵宗儒辟符載啓》

《上襄陽李僕射愬獻唐雅詩啓》

佳什。

《上權德輿補闕温卷啓》

《上大理崔大卿應制舉啓》

序

《柳宗直〈西漢文類〉序》

覽子厚之所以序西漢，而文章之旨亦可概見矣。

《楊評事文集後序》

覽此序亦可見古之欲兼詩與文而竝盛者，亦世所難，而况吾曹乎？

予嘗謂子厚詩過昌黎，而文特讓一格矣。大略千鈞之弩，難以再發也。

《濮陽吴君文集序》

文自有法度。

《愚溪詩序》

子厚集中最佳處。

古來無此調，陡然創爲之，指次如畫。

《陪永州崔使君遊讌南池序》

文瀟灑跌宕，惜也篇末猶多抑鬱之思云。

《送薛存義之任序》

昔人多録此文，然其義亦淺。

《送徐從事北遊序》

宕。

《送李渭赴京師序》

文似悲颯。

《送琛上人南遊序》

不如昌黎所贈師暢者之旨，而見亦解。

《送元十八山人南遊序》

逸調。

《送僧浩初序》

亦澹宕。

《序飲》

《序棋》

此序與《序飲》並澹宕可讀。

唐荆川曰：「推究物理，精巧之文。」

《種樹郭槖駝傳》

守官者當深體此文。

《梓人傳》

序次摹寫，井井入構。

唐荆川曰：「此文體方，不如《圬者傳》圓轉，然亦文之佳者。」

《宋清傳》

亦風刺之言。

《童區寄傳》

事亦奇。

記

《館驛使壁記》

中條貫龐褋，而文所點次處若掌。

《嶺南節度使饗軍堂記》

嶺南節度使所領者重鎮，所建饗軍堂之制亦弘敞，而文亦稱。

《興州江運記》

點次陸水利害處如掌。

《全義縣復北門記》

此文亦自奇。

唐荆川曰：「小題自作議論。」

《永州新堂記》

《零陵郡復乳穴記》

叙事奇而束處更奇。

《零陵三亭記》

擀籠勝概，却又别出一見解。

《道州毁鼻亭神記》

文甚明法，讀王陽明記《象廟》，又爽然自失矣。

《潭州東池戴氏堂記》

子厚本色。

唐荆川曰：「周匝、曲折、渾成，此柳文之佳者。」

《桂州訾家洲亭記》

地之勝固奇峭，文亦稱之。

《邕州馬退山茅亭記》

興致摹寫足稱山水。

予按：子厚所謫永州、柳州，大較五嶺以南多名山、削壁、清泉、怪石，而子厚適以文章之雋傑客兹土者久之。愚竊謂公與山川兩相遭，非子厚之困且久，不能以搜巖穴之奇；非巖穴之怪且幽，亦無以發子厚之文。予間過粤中，恣情山水間，始信子厚非予欺，而且恨永、柳以外其他勝概猶多，與永、柳相頡頏，且有過之者，而卒無傳焉。抑可見天地内不特遺才而不得試，當併有名山絶壑而不得自炫其奇於騷人墨客之文者，可勝道哉。

《游黄溪記》

《始得西山宴游記》

公之探奇，所向若神助。

《鈷鉧潭記》

奇。

《鈷鉧潭西小丘記》

公之好奇，如貪夫之籠百貨，而其文亦變幻百出。

《至小丘西小石潭記》

《袁家渴記》

景奇興亦奇。

《石渠記》

清洌。

《石澗記》

點綴如明珠翠羽。

《小石城山記》

借石之瑰瑋以吐胸中之氣。

《柳州東亭記》

《永州萬石亭記》

崔公既搜奇抉勝，而子厚之文亦如此。

《柳州山水近治可遊者記》

全是叙事，不着一句議論感慨，却澹宕風雅。

《永州龍興寺東丘記》

「曠奥」二字爲案，亦奇。

《永州龍興寺息壤記》

壤雖小而點次亦奇。

《永州法華寺新作西亭記》

曠遠。

《永州龍興寺修浄土院記》

以佛旨爲案。

《永州鐵爐步誌》

誌步特數言，托諷言外者無限深情。

轉處妙。

論議辨

《封建論》

一篇强詞悍氣，中間段絡却精爽，議論却明確，千古絶作。

《四維論》

建議處自是精研。

《守道論》

的確。

《六逆論》

所言亦是特其淺者耳。

《晉文公問守原議》

精悍嚴謹。

《駁復讎議》

此議即韓公不可行於今，半邊而精悍嚴緊，柳文之佳者。

唐荆川曰：「此等文字極嚴，無一字懶散。」

又曰：「理精而文(王)〔正〕，《左氏》、《國語》之亞也。」

《桐葉封弟辯》

此等文並嚴謹，移易一字不得。

《〈論語〉辨二篇》

唐荆川曰：「此篇與《守原議》、《封建論》二篇，所謂大篇短章各極其妙。」

此等辯析，千年以來罕見者。

《辯〈列子〉》

孔子没而百家之言各出其見，以相揣摩，而柳子厚爲之辯析，並有指歸，可觀覽。

《辯〈文子〉》

《辯〈鬼谷子〉》

《辯〈晏子春秋〉》

《辯〈亢倉子〉》

《辯〈鶡冠子〉》

説　贊　雜著

《天説》

類莊生之旨。

《觀〈八駿圖〉説》

俊逸。

《捕蛇者説》

本孔子「苛政猛於虎」者之言而建此文。

《鶻説》

柳子疾世之獲其利而復擠之死者，故有是文，亦可以刺世矣。

《説車贈楊誨之》

子厚之文，多峻峭鑱巖，而骨理特深。

《伊尹五就桀贊》

尹之五就桀處，尹知之而吾不能言之，然而子厚揣摩，亦綽有入思緻處。

《讀韓愈所著〈毛穎傳〉後題》

子厚深服昌黎，故其題如此，亦其讓能之一端也。

《晉問》

即漢、魏以來七之遺也。然所見不遠，姑存之以見子厚詞賦之麗云。

雜著

予覽子厚所托物賦文甚多，大較由遷謫僻徼，日月且久，簿書之暇，情思所嚮，輒鑄文以自娱云。其旨雖不遠，而其調亦近於風騷矣。予故録而存之。

《乞巧文》

其文與昌黎之《送窮》相上下，而所占地位下一格。

《斬曲几文》

《經》曰：曲而等。聖人未嘗絶曲也。子厚性獨剛直，故以此得世謗，嫉而斬之，情見乎文。

《宥蝮蛇文并序》

柳子不殺蝮蛇，胸次亦大。

《憎王孫文并序》

亦足風刺。

《弔屈原文》

文不如賈誼所弔屈原者之賦，而詞亦矘朗。

《三戒並序》

《臨江之麋》

《黔之驢》

《永某氏之鼠》

《謗譽》

較之昌黎《原毁》，文當退一格，然亦多雋辭。

《對賀者》

解嘲釋謔諸文之遺。

《愚溪對》

柳子自嘲并以自矜。

《設漁者對智伯》

諷貪得而招敵者，而文亦極力摹寫。

碑

予覽子厚之文，其議論處多鑱畫，其記山水處多幽邃夷曠。至於墓誌碑碣，其爲御史及禮部員外時所作，多沿六朝之遺，予不録；録其貶永州司馬以後，稍屬雋永者凡若干首，以見其風概云。然不如昌黎多矣。

《柳州文宣王新修廟碑》

《箕子碑》

總只是謝枋得所摘數言爲妙解。

《武岡銘並序》

諸銘中此篇似優。

《覃季子墓銘》

跌宕。

《唐故中散大夫檢校國子祭酒兼安南都護御史中丞充安南本管經略招討處置等使上柱國武城縣開國男食邑三百户張公墓誌銘並序》

唐荆川曰：「備一格，六朝體。」

《故襄陽丞趙君墓誌》

事奇文亦奇，古來絶調。

《柳州司馬孟公墓誌銘》

氣岸鑱畫，句亦淘洗。

《永州刺史崔君權厝誌》

風神似可掬。

《故連州員外司馬凌君權厝誌》

凌與子厚同以附和王伾、叔文輩坐貶。

《大府李卿外婦馬淑誌》

馬淑，倡也。按銘法，此不當銘者，而柳子銘之，過矣，然文特佳。

《箏郭師墓誌》

宕。

墓版 碣 誄 表 狀 祭文

《故叔父殿中侍御史府君墓版》

叙事處整則，叙情處悲弔。

《（平）〔國〕子司業陽城遺愛碣》

情文經緯。

《亡友故秘書省校書郎獨孤君墓碣》

別調。

子厚之誌文所取者甚少，蓋以子厚爲御史及禮部員外時，所作大都未免爲唐以來四六綺麗之遺，而謫永州司馬以後，則文近於西漢矣。故其所爲遊山記與士大夫書并他雜著，皆與韓昌黎相頡頏者也。姪輩讀書，當深思而識之。

《故御史周君碣》

調不入《史》、《漢》，而氣韻亦勁。

《衡州刺史東平呂君〔誄〕》

魏晉以下，誄竝藻麗，子厚自爲機杼，亦有可觀。

《唐故給事中皇太子侍讀陸文通先生墓表》

《段太尉逸事狀》

鑱刻情事。

《祭呂衡州温文》

《又祭崔簡神柩歸上都文》

讀之輒涕洟已。

歐陽文忠公文鈔引

西京以來，獨稱太史公遷，以其馳驟跌宕，悲慨嗚咽，而風神所注，往往於點綴指次獨得妙解。譬之覽仙姬於瀟湘洞庭之上，可望而不可近者。累數百年而得韓昌黎，然彼固别開門户也。又三百年而得歐陽子。予覽其所序次當世將相、學士、大夫墓誌碑表與《五代史》所爲梁、唐二《紀》，及他名臣雜傳，蓋與太史公略相上下者。然歐陽子所與友人論文書，絶不之及，何也？又如奏疏、劄子，當其善爲開陳，分别利害，一切感悟主上，於漢可方晁錯、賈誼，於唐可方魏徵、陸贄。宋仁廟嘗諭庭臣曰：「歐陽修何處得來？」殆亦由此。序、記、書、論雖多得之昌黎，而其姿態横生，别爲韻折，令人讀之，一唱三嘆，餘音不絶。予所以獨愛其文，妄謂世之文人學士得太史公之逸者，獨歐陽子一人而已，而世之人或予信，或不予信。又或訾其間不免俗調處。嗟乎！抑誠有之。太史公之傳《仲尼弟子》與《循吏》處，抑豈能與《刺客》同工哉？觀之日月，猶有抱珥，可知之矣。予讀《唐書》、《五代史》别有抄。今録其文集行世者，首上皇帝書、疏六首，次劄子并狀五十三首，次表、啓二十二首，次書二十五首，次論三十五首，次序三十一首，傳二首，次記二

十五首，次神道碑銘、墓誌銘四十七首，次墓表、祭文、行狀二十三首，次頌賦、他雜著一十首，釐爲三十三卷。噫！姪桂嘗以予酷愛歐陽公叙事當不讓太史公遷，且前曰：「歐陽公撰《五代史》，當時將相特並齷齪不足數，况兵戈之後，禮崩樂壞，故其文章所表見止此，假令同太史公抽石室之書，傳次春秋戰國及先秦楚漢之際，豈特是而已哉？譬之一人焉，入天子圖書琬琰之藏，而陳周彝、漢鼎、犧樽、雲罍以相博古。一人焉特入富人者之室，所可指次者陶埴菽食而已。」予唯唯。嗟乎！世之欲覽歐陽子之全，必合予他所批注《唐書》、《五代史》而讀之，斯得之矣。歸安鹿門茅坤題。

上書

《通進司上皇帝書》

覽此書反覆利害，洞悉事機。歐陽公少時已具宰相之略如此，不可不知。

《準詔言事上書》

歐公經略已具見其概矣。

書疏　劄子

《論臺諫官言事未蒙聽允書》

劾去陳執中。好疑自用起眼目，以下六七層，委曲打出，如川雲，如嶺月，其出不窮。

《論包拯除三司使上書》

包拯不能不汗顔心服。

《論選皇子疏》

忠悃。

《水災疏》

言人所不敢言，亦人所不能見。如此奏疏，漢唐所少。

《論美人張氏恩寵宜加裁損劄子》

他人所不敢言，亦所不能言。

《論議濮安懿王典禮劄子》

宋人並以歐公建議爲非，然其據經論辨處，亦自精密。

予按：濮議所請，稱親置園立廟，濮王之子若孫世守其祀，本出於天下萬世之公，而非有悖

於典禮者。特當時臺諫吕誨、范鎮等過激，故爲紛紛耳。至於本朝興獻帝事，大略與此相同，蓋亦天理人情之不容已者。張、桂首議時，予方以髫年侍先輩間，先輩每語及，輒爲怒而裂眦。及讀《大禮或問》，爽然自失矣。然吕、范諸公始以議禮被譴，已而復起。張、桂用事後，而議禮諸臣錮且没齒矣。予特爲之累欷太息云。

《論葬荆王後贈燕王一行事劄子》

本朝唯三原王公可及。

《論葬荆王劄子》

總只是恤財用上爲本。

劄子

《論乞主張范仲淹富弼等行事劄子》

歐陽公此時亦必聞范、富所條之事，恐仁宗一時不肯遽行，又怕羣小内攻，故先爲頂門一針，語所謂拿雲手是也。

《論賈昌朝除樞密使劄子》

猫之捕鼠須咬頸，公之彈劾昌朝，却本所薦引之路攻之，仁廟焉得不動心。

《論台諫官唐介等宜早牽復劄子》

歐公至言。

《薦王安石吕公著劄子》

王荆公學行屬望固似不難，而吕申公則歐公所仇而屢斥之者，今舉其子，可見公之公平正大矣。

《薦司馬光劄子》

司馬公之不伐，歐公之推賢，可謂兩得之矣。

《乞獎用孫沔劄子》

老成典刑之見。

《止絶吕夷簡暗入文字劄子》

此即古人斜封之戒文，凡五轉。

《論狄青劄子》

言人之所難言，見人之所不見，只緣宋承五代之後，歐公故不得不爲過慮。然亦回護狄公，狄公亦所甘心。

《論水洛城事宜乞保全劉滬等劄子》

何等熟慮，何等忠悃。

《論罷鄭戩四路都部署劄子》

擘畫中將領機宜。

《論張子奭恩賞太頻劄子》

慨切。

《論江淮官吏劄子》

《乞補館職劄子》

是大體要處。

按：宋制，館閣取士以三路：進士高科，一路也；大臣薦舉，一路也；歲月疇勞，一路也。而其外又有制科召試，以待非常之士。而今獨有高第與庶吉士兩項而已，餘則並不可得。

《論乞令百官議事劄子》

開誠布公之見，漢唐以來所少者。世宗庚戌年，虜犯京邑，來通馬市，亦下百官羣議，亦同此。惜也，次日又將出頭建議者並坐禍譴。

《論諫院宜知外事劄(了)〔子〕》

忠悃之識。

《乞添上殿班劄子》

《論任人之體不可疑劄子》

的確。

《論軍中選將劄子》

軍卒中選將，亦是一策。

《論逐路取人劄子》

剖析處最痛快可誦。

《言青苗錢第一劄子》

蘇氏兄弟所論次青苗不便處最詳悉，而歐公此疏尤似有分剖。

《請耕禁地劄子》

經國至計，與蘇子由所上《乞禁邊臣争界劄子》互看。

《論契丹求御容劄子》

老成練達之言。

《論澧州瑞木乞不宣示外廷劄子》

亦是持大體處。

《論河北守備事宜劄子》

先事制勝之言。

《論麟州事宜劄子》

的確之見。

《論湖南蠻賊可招不可殺劄子》

予嘗按粤右，大略南夷醜亂，只須一勦殺元凶之後，便行招撫。故予曰莫善於鵰勦，亦莫不善於大征，歐公意亦同此。

《論乞放還蕃官胡繼諤劄子》

深透人情、國體之言。

《論乞與元昊約不攻唃厮囉劄子》

虜族不和，則中國自尊。

《論與西賊大斤茶劄子》

《言西邊事宜第二劄子》

覽歐公前所上兵事，當時君臣合擊節，而指揮者顧猶逡巡若此，宋之政體特弱。

《論西賊占延州侵地劄子》

予按當時朝廷狃於用兵之困，故亟亟乘元昊之僞爲臣欵以要和。而歐公之在諫垣，獨以不欲急聽其和爲説。如《論乞詔陝西將官》，一也；《論元昊來人請不賜御筵》，二也；《論元昊來人不可令朝臣管伴》，三也；《論元昊不可聽其稱吾祖》，四也；《論乞廷議通和元昊事狀》，五也；《論西賊議和利害狀》，六也；《論乞不遣張子奭使元昊》，七也；《論乞與元昊約不攻唃廝囉》，八也；《論西賊議和請以五問詰大臣》，九也；《論與西賊茶不當用大斤》，十也；《論西賊占延地界》，十一也。歐公豈不知西賊通和，稍寬朝廷西顧之憂？而獨拳拳以不與通和爲計者，蓋深見夫國體失之太弱，北既狃於契丹，而南復狃於西夏，不務選將練兵以伸立國之威，而惟務厚幣重賄以爲苟安之計，則天下之勢愈不可支。此其所以數絮絮於請和之間，而其執言往往以緣此一事得絶和議爲名。至於嘗請五路出師以伐爲守之説，歐公之言可謂忠謀遠覽之至者也。惜也，當時天子與執政皆不之聽，甚且韓、范輩亦以在兵間久矣，故亦如倦鳥之垂翅而思解機務以歸已。而西夏敗亡之後，宋卒爲金遼所困，其亦以此也夫？

狀

《論杜衍范仲淹等罷政事狀》

《論禁止無名子傷毁近臣狀》

亦是大體所係。

《論茶法奏狀》

詳確。

《論史館日曆狀》

今國家亦合採而酌行之。

《議學狀》

議論有深識，當與朱子《議貢舉》等文參看。

《乞與尹構一官狀》

正議，即古人録孫叔敖之裔而負薪行歌者。

《舉丁寶臣狀》

丁元珍之爲智高所敗一節，歐公所最憐，故其論捄如此。觀王荆公誌銘，尤可涕。

《再論許懷德狀》

宋人於國家體統處多失之因循寬弛，故歐公往往發憤，勸主上振肅紀綱，以維持之。蘇氏父子亦如此。

《論修河第一狀》

此等奏疏，利害最深切，文字最圓暢。西漢而下不多見者。

《論修河第二狀》

指言利害明切。

《論修河第三狀》

較前二狀更勝，亦與前二狀相發明。

《再論水災狀》

因水災議及用賢，亦探本之論。

《論乞廷議元昊通和事狀》

歐公於西事獨持不和之議，此狀借人言以感悟主上，最婉而剴。

《論西賊議和請以五問詰大臣狀》

要之以五事。

《論西賊議和利害狀》

當時揣上下必聽其稱臣處和矣，歐公特欲持重此事，以籠西夏。

《言西邊事宜第一狀》

此等兵疏，當與趙充國《度羌虜十二事》相上下。

《論契丹侵地界狀》

忠謀深識之言。

《論劉三嘏事狀》

通達之識，而其文當與漢谷永《諫不受伊莫演之降》，及揚雄《諫不受單于朝書》參看。

表　啓

歐陽公之文，多遒逸可誦，而於表、啓間，則往往以憂讒畏譏之餘，發爲嗚咽涕洟之詞，怨而不誹，悲而不傷，尤覺有感動處。

《謝知制誥表》

《滁州謝上表》

歐公憂讒之言。

《揚州謝上表》

《謝宣召入翰林表》

句句字字，嗚咽累欷。

《再辭侍讀學士表》

《進新修〈唐書〉表》

《辭樞密副使表》

《賀平貝州狀》

《乞罷政事第三表》

《亳州乞致仕第二表》

寫情輸悃之言。

《蔡州乞致仕第二表》

《蔡州乞致仕第三表》

《謝明堂覃恩轉官表》

《謝復龍圖閣直學士表》

《南京留守謝上表》

情曲。

《亳州謝上表》

《謝賜〈漢書〉表》

渾雄典則。

《謝擅止散青苗錢放罪表》

大略此公之才多婉麗，故於四六往往摹寫情神，點綴色澤。至於遭讒罹患處，更多嗚咽累欷之思。較之韓、柳、曾、蘇諸公，皆所不逮者也。吾僅録其若干什以見其概耳，而他所遺逸者尚多也。

《謝襄州燕龍圖肅惠詩啓》

詞雖四六之體，而藴思轉調如峽之流泉，如岫之吐雲，絶無刀尺，絶無斷續。

《謝石秀才啓》

《謝校勘啓》

《謝進士及第啓》

句句校勘，絶佳之作。

書

《上范司諫書》

勝韓公《争臣論》。

《與高司諫書》

歐公惡惡太過處。使在今日，恐不免國武子之禍也。

《論河北財産上時相書》

材略甚大，惜所云别紙不得見耳。

《投時相書》

歐公以文爲贄投時相，與韓昌黎同。而其自謙之中，實以自譽，殊不放倒自己地步。

《上杜中丞書》

議論明切，歸之正直，而後先中彀率。

《與刁景純學士書》

叙情。

《與蔡君謨求書〈集古録序〉書》

風韻佳。

《與陳員外書》

歐公之不欲自抗教人以禮也如此。

《與黄校書論文章書》

文雖短而所措言革弊一節，非有深識不及此。今之策士當熟思之。

《與謝景山書》

有佳致。

《與曾鞏論氏族書》

明辨。

《與郭秀才書》

以贄與文稱秀才，而以禮與賦詩次己之所以答處，議論甚曲而采。

唐荆川曰：「通篇情叙，此小文字之極工者也。」

《與石推官第一書》

引譬後進，亦規訓後進。

《與石推官第二書》

辨博。

《與張棐秀才第一書》

所見不甚深，而自托攘臂以游處，婉而逸。

《與張秀才第二書》

折衷之於道處，纔是歐公實地位。

《與荆南樂秀才書》

樂秀才所問，問舉子業之文，而歐陽公不屑論之。又恐誤樂秀才所以問舉業之意，故挈出「順時」兩字告之。

《答陝西安撫使范龍圖辭辟命書》

歐公本不欲爲范公幕府書記，故云「與之同其退可也，與之同其進不可也」，此是歐公自立處。

《答祖擇之書》

中多名言，吾覽之當刺心縮頸。

《答李大臨學士書》

佳致。

《答徐無黨第一書》

與公《春秋論》參看。

《答宋咸書》

自是名儒之言。

《答吴充秀才書》

論爲文本乎學道，道勝者文不難而至，最是確論。

《代人上王樞密求先集序書》

其機軸自昌黎《送孟東野》來，而思尤婉而正。

唐荆川曰：「架空累層之文。」

《代楊推官洎上吕相公求見書》

書似援上，而義不失己，存之。

論

《正統論上》

《正統論下》

統者，猶絲之有緒也。王者一四海，其子孫之衰，苟一日廟祀不絶，則其統固在也。周之衰也，所當列國者千百之什一耳，而仲尼作《春秋》猶書曰「春，王正月」者，周之統未嘗絶也。東漢之亡也，魏得其六，吴得其三，而蜀得其一耳。朱文公作《綱目》，必帝蜀而寇魏者，以漢正統未絶也。觀此則歐陽之以秦不當爲閏，以五代梁不得獨爲僞，固是；而其以東晉爲非統而直欲黜之者，恐亦未當也。於是歐陽公求其説而不得，從而爲之辭曰「正統有時而絶」。愚特以爲統之在

天下，未嘗絶也。愚當暇日作《正統圖》，特爲辯，以折千古不决之疑可也。

按《正統論》凡七，公晚年删爲三，今所録者，蓋晚年所定也。

《爲君難論上》

用人之難。

凡歐陽公之論最痛切，然其行文不如三蘇婣娜紆徐，須參互之，爲入神解。

《爲君難論下》

聽言之難。

以上二篇並引傳記原文以爲議論，而於中略點綴數言，自是一體。

若史遷之傳伯夷，却又通篇以議論爲叙事，正與此互相發明。

《本論上》

歐公異日相略亦概見於此矣。當與王荆公《萬言書》參看。

《本論中》

議論正大，知見得大頭腦處。

佛之所以能入爲中國之赤幟者，固由王道之衰，而歐陽公所謂修其本以勝之是也。然達磨以下，彼固有一片直見本性之超卓處，故能驅天下聰明穎悟之士而宗其教。歐陽公於佛氏之旨，

猶多模糊，而所謂修其本以勝之，恐非區區禮文之習而行之之所能勝也。聖人在上，而斯道大明乎天下，天下之士家喻而户曉於聖人之教，然後佛之見解自息耳。不然，鮮不蹈程子之所謂淫聲美色也，其何能以遠之乎？

《本論下》

歐公《本論》，較之韓子《原道》，差勝一層。

《原弊論》

中多切當時情弊，亦今當事者所宜知。

《〈春秋〉論上》

辯。

《〈春秋〉論中》

發首篇所未盡，更明透。

《〈春秋〉論下》

又發次篇所未盡，更洗發辨析。

《〈春秋〉或問》

識好。

《〈秦誓〉論》

反覆剖析。

《朋黨論》在諫院進

破千古人君之疑。

《縱囚論》

曲盡人情。

史論

歐陽公於叙事處往往得太史遷髓，而其所爲《新唐書》及《五代史》短論，亦並有太史公風度。予故撮録，凡二十一首。

《唐書・兵志論》

唐兵三變處如掌。

《唐書・禮樂志論》

古禮之亡久矣，歐陽公於此亦無限悲慨。

《唐書・食貨志論》

論悉，文亦跌宕。

《唐書·藝文志論》

序事中帶感慨悲弔，以發議論，其機軸本史遷來。

《唐書·五行志論》

千古五行災異之説，最爲辯悉可誦。

《五代史·梁太祖論》

議論得大體，而文殊圓轉澹宕。

《五代史·唐明宗論》

中多名言，可爲世戒。

《五代史·晉（出帝紀）〔家人傳〕論》

痛切。

《五代史·周世宗論》

直叙。

《五代史·職方考論》

數十年之間易世者五，其所當州郡分割畫次如掌，太史公所欲爲而不能者。

《五代史·司天考論》

漢以來説災異者多，並不如歐陽公之言爲正。

《五代史·前蜀王建世家論》

讀韓公《獲麟解》與此論，世之言祥瑞者，捫心退矣。

《五代史·周臣傳論》

名言。

《五代史·唐六臣傳論一》

朋黨之禍，至唐而極。論朋黨之文，至歐陽子而極。

《五代史·唐六臣傳論二》

文甚圓，而所見世情特透。

《五代史·馮道傳論》

借婦人女子以感慨當世儒生，有三歎遺音。

《五代史·王進傳論》

進以疾足善走秉旄節，五代名器之濫極矣。歐公故憤惋而悲酸。

《五代史·一行傳論》

此一段議論，《史》、《漢》以來所不到者。

《五代史・宦者傳論》

通篇如傾水銀於地，而百孔千竅無所不入。其機圓而其情鬯。

《五代史・伶官傳論》

莊宗雄心處，與歐陽公之文可上下千古。

序

《帝王世次圖序》

《史記》帝王世系，特按《世本》，故其訛如此。

《外制集序》

公本知制誥時所遭逢處，感慨序次，有憂深言遠之思。

《内制集序》

有老成人之言在。

《薛簡肅公文集序》

大約本韓昌黎詩序中來。

《蘇氏文集序》

予讀此文，往往欲流涕。專以悲憫子美爲世所擯死上立論。

《廖氏文集序》

識見韻折，總屬匠心。

《江鄰幾文集序》

江鄰幾文今不傳，當非其文之至者。而歐公序之，只道其故舊，凋落之意，隱然可見。

《仲氏文集序》

言近而旨遠。

《梅聖俞詩集序》

絶佳。

《謝氏詩序》

爲女氏序，從兄之詩、母之墓銘來，得體。

《釋惟儼文集序》

此篇看他以客形主處，亦自遠識及多轉調。

《釋祕演詩集序》

多慷慨嗚咽之旨，覽之如聞擊筑者，蓋祕演與曼卿游，而歐陽公於曼卿識祕演，雖愛祕演，又狎之。以此篇中命意最曠而逸，得司馬子長之神髓矣。

《章望之字序》

典實。

《張應之字序》

思入細。

《鄭荀改名序》

亦自中法度。

《送王陶序》

説經之文。

《送徐無黨南歸序》

歐陽公極好爲文，晚年見得如此。吾輩生平好著文章以自娱，當爲深省。

《送楊寘序》

此文當肩視昌黎而直上之。

《送秘書丞宋君歸太學序》

以宋秘書起宰相家世胄，而以難易立論，似有深淺。

《送梅聖俞歸河陽序》

有逸趣。

《送廖倚歸衡山序》

類昌黎。

《送曾鞏秀才序》

既重曾鞏文，不放口許曾鞏，正是名公送秀才文字法家。

《送田畫秀才寧親萬州序》

風韻跌宕。

序　傳

《傳易圖序》

歐公以《繫》與《文言》非孔子之文正坐此。

《〈詩譜補亡〉後序》

公於《詩譜補亡》非獨見公之潛心六藝之學，又可并見公之不没鄭氏之善如此。

《删正〈黄庭經〉序》

字學所係甚小，歐陽公立意恰好出脱自家門面。

《〈韻總〉序》

《〈孫子〉後序》

序聖俞注《孫子》，故其議如此。

《續思穎詩序》

前輩風韻自在。

《禮部唱和詩序》

雖文之小者，亦好興致。

《〈集古録〉目序》

歐公之好言如此。近覽王廷尉古書畫題跋，亦煞有歐公風致，然亦以有力而彊，故能如此耳。

《桑懌傳》

此本摹擬史遷。惜也，懌之行事僅捕盗耳。假令傳《史記》所載名賢，豈止此耶？

《六一居士傳》

文旨曠達，歐陽公所自解脱在此。

記

《仁宗御飛白記》

文不用意處却有一片渾雄沖澹精神。

《御書閣記》

叙事類太史。

《相州晝錦堂記》

冶女之文，令人悦眼，而最得體處，在安頓魏國公上。

以史遷之烟波，行宋人之格調。

晝錦題本一俗見，而歐陽公却於中尋出第一層議論發明，古之文章家地步如此。

荆川曰：「前一段依題説起，後乃歸之於正，此反題格也。」

《有美堂記》

胸次清曠，洗絶古今。

荆川云：「如累九層之臺，一層高一層，真是奇絶。」

《峴山亭記》

風流感慨，正是峴山亭文字，與孟浩然《峴山詩》並絶古今。

荆川云：「此篇與《東園記》同體，皆引故事，略用自語點化。」

《李秀才東園亭記》

先本之以風土之瘠，繼之以登遊之舊，以感園之廢興。

荆川曰：「此文直説下去，入題處不用收拾。爲人作一園記，直從郡國説起，是何等布置。」

《泗州先春亭記》

記先春亭，却本堤，次之以賓客之館，而後及亭。以周單子之言論爲案，所謂以經飾吏治。

歐陽公之文亦然。

唐荆川曰：「此作雖亭記，而記堤爲詳，重其大者也。作亭既不詳，故不解『先春』之意。」

《真州東園記》

有畫意。

《海陵許氏南園記》

爲南園記而特本其世孝一節立論，此其文章　地位可法處。

《叢翠亭記》

《菱溪石記》

事雖不甚緊要，却自風致翛然。

唐荆川曰：「行文委曲幽妙，零零碎碎作文，歐陽公獨長。」

《浮槎山水記》

風韻翛然。

《游儵亭記》

奇文。

《伐樹記》

借莊周之言，而參之以客對，發其感慨。

《吉州學記》

典刑之文。

《襄州穀城縣夫子廟記》

慨古禮之亡處多韻折。

唐荆川曰：「此文前段辨釋奠釋菜爲祭之略，及其所以立廟之故；後段言古禮之不行爲可惜，而狄君能復古禮爲可稱也。」

《豐樂亭記》

太守之文。

《醉翁亭記》

文中之畫。

昔人讀此文謂如遊幽泉邃石，入一層纔見一層，路不窮，興亦不窮。讀已，令人神骨翛然長往矣。此是文章中洞天也。

《畫舫齋記》

興逸。

《峽州至喜亭記》

極力摹寫蜀之險之不測，以形出人情喜幸之至，此文字布置斡旋之法。

《夷陵縣至喜堂記》

以敘事行議論。

荆川曰：「前段言風不美而太守能變其俗，後段言仕宦得善地。前後不用照應，是一格。」

《偃虹堤記》

摹寫甚析。

《王彦章畫像記》

以叙事行議論，其感慨處多情。

唐荆川曰：「此文凡五段，一段是總叙其略，二段是言其能全節，三段是辨其事，四段是言其善出奇策，五段是寺中畫像之事。而通篇以忠節善戰分作兩項，然不見痕迹。」

《樊侯廟災記》

議歸於正，分明是誚讓樊將軍之旨。

唐荆川曰：「文不過三百字，而十餘轉摺，愈出愈奇，文之最妙者也。」

《明因大師塔記》

記明因塔，以因無他戒行及有禪慧，故特本其所言以感慨今古云。

碑銘

《忠武軍節度使同中書門下平章事武恭王公神道碑銘》

記王武恭公本末甚悉。

《太尉文正王公神道碑銘》

詔撰元勳之文當如此，盛世君臣之際如掌。

《鎮安軍節度使同中書門下平章事贈太師中書令程公神道碑銘》

《太子太師致仕贈司空兼侍中文惠陳公神道碑銘》
《觀文殿大學士行兵部尚書西京留守贈司空兼侍中晏公神道碑銘》
《資政殿學士户部侍郎文正范公神道碑銘》

明法。

歐陽公碑文正公僅千四百言，而公之生平已盡。蘇長公狀司馬温公幾萬言而上，似猶有餘旨。蓋歐得史遷之髓，故於叙事處裁節有法，自不繁而體已完。蘇則所長在策論縱横，于史家學或短，此兩公互有短長，不可不知。

《贈刑部尚書余襄公神道碑銘》
《尚書度支郎中天章閣待制王公神道碑銘》
《尚書户部郎中贈右諫議大夫曾公神道碑銘》

中多嗚咽，故轉語亟處多，而情事凄然。

《金部郎中贈兵部侍郎閻公神道碑銘並序》

墓誌銘

《太子太師致仕杜祁公墓誌銘》

法度嚴整。

唐荆川曰：「此文之密，豈班孟堅下哉？」

《鎮安軍節度使同中書門下平章事贈中書令謚文簡程公墓誌銘》

叙事直而多大體。

唐荆川曰：「此與神道碑二文相比，其書不書互見。」

《尚書户部侍郎參知政事贈右僕射文安王公墓誌銘》

唐荆川曰：「純雅之文。」

《資政殿大學士尚書左丞贈吏部尚書正肅吴公墓誌銘》

《贈太子太傅胡公墓誌銘》

中多本經術之旨。

《端明殿學士蔡公墓誌銘》

直叙。

《集賢殿學士劉公墓誌銘》

劉仲原以才而不盡其用，而公之文多累欷。

唐荆川曰：「首尾分應有力，自班、馬中來。」

《資政殿學士尚書户部侍郎簡肅薛公墓誌銘》

《翰林侍讀學士給事中梅公墓誌銘》

直叙逼太史公。

《翰林侍讀學士右諫議大夫楊公墓誌銘》

奇而錯落。

《翰林侍讀學士右諫議大夫贈工部侍郎張公墓誌銘》

通篇以晦爲案。

《尚書刑部郎中充天章閣待制兼侍讀贈右諫議大大孫公墓誌銘》

《諫議大夫楊公墓誌銘》

本世系以次累欷悲慨之旨。

《兵部員外郎天章閣待制杜公墓誌銘》

崛。

杜公以兵略顯，故誌中獨詳，而少所歷它官皆略矣。

《尚書工部郎中歐陽公墓誌銘》

誌族父如此。

《尚書職方郎中分司南京歐陽公墓誌銘》

中多摹史遷處。

《尚書比部員外郎陳君墓誌銘》

誌錯落可誦。

《尚書工部郎中充天章閣待制許公墓誌銘》

序事亦悒。

《尚書都官員外郎歐陽公墓誌銘》

公銘叔父墓固如此。

《尚書主客郎中劉君墓誌銘》

整。

《大理寺丞狄君墓誌銘》

逸調。

《太常博士尹君墓誌銘》

《湖州長史蘇君墓誌銘》

悲咽。

《徂徠石先生墓誌銘》

唐荆川曰：「此文極其變化。」

《故霸州文安縣主簿蘇君墓誌銘》

《蔡君山墓誌銘》

情詞嗚咽。

《梅聖俞墓誌銘》

通篇以詩爲案。

唐荆川曰：「一準《貞曜誌》。」

《江鄰幾墓誌銘》

誌多悲感故人之思。

《黄夢升墓誌銘》

叙生平交游感慨爲誌。

《張子野墓誌銘》

總寫交游之情，而自任及樂善宛然言外。

《薛質夫墓誌銘》

可爲無後者之慰。

《尹師魯墓誌銘》

歐最得意友，亦歐公最着意之文。

《孫明復先生墓誌銘》

敘事甚錯綜可誦。

唐荆川曰：「一生人事或捉在前，或綴在後，銘詞擬《樊宗師銘》。」

《南陽縣君謝氏墓誌銘》

法度恰好。

唐荆川曰：「敘女德簡，敘書詞纖悉。」

《長壽縣太君李氏墓誌銘》

敘事略而藴思數有法。

《渤海縣太君高氏墓碣》

中多摹韓公處。

《北海郡君王氏墓誌銘》

通篇以衆所稱許爲誌，一變調。

唐荆川曰：「此銘與前作皆是善生發處，此是作女人文字之法也。」

墓表

《石曼卿墓表》

以悲慨帶叙事，歐陽公知得曼卿，如印在心，故描畫得會哭會笑。

《尚書屯田員外郎李君墓表》

串情如匹練。

《内殿崇班薛君墓表》

此篇公以先爲誌，故不欲復爲表，於以婉其文如此。

《連處士墓表》

表處士，並從里人之感欷處着色，自是一法。長厚之行，長厚之言。

《尚書屯田員外郎張君墓表》

通篇交情上相累欷。

《永春縣令歐君墓表》

以三人同里同志行特不同遇處相感慨。

《河南府司録張君墓表》

通篇交情相感欷，更比諸篇有生色。文章中之《國風》也。

《太常博士周君墓表》

變調。以孝行一節立其總概，相爲感慨始終。

《右班殿直贈右羽林軍將軍唐君墓表》

撰次封君墓表，此爲最調。

《胡先生墓表》

胡安定生平所著見者，師道一節，故通篇摹寫盡在此。

《瀧岡阡表》

幼孤而欲表父之德也，於其母之言，故爲得體。

《集賢校理丁君墓表》

獨解知端州一事甚可誦。

丁元珍失守端州一節，生平瑕指處。歐陽公曲意摹畫以覆之。

《祭謝希深文》

韻語中長短錯綜，而寫情可涕。

《祭吴尚書文》

交似疏而感獨深，「也」字爲韻，貫到篇末。

《祭資政范公文》

范公與公同治同難，故痛獨深。

《祭尹師魯文》

《祭蘇子美文》

《祭梅聖俞文》

悲愴刺骨。

《祭石曼卿文》

凄清逸調。

《祭丁學士文》

悲痛慷慨。

《祭程相公文》

韻味自佳。

《尚書户部侍郎贈兵部尚書蔡公行狀》

蔡公寬重正直處，摹寫有生色。

《司封員外郎許公行狀》

叙事中矩矱。

頌 賦 雜著

《會聖宫頌》

借頌以感諷天子臨享，此公持大體處。

《跋唐〈華陽頌〉》

公所誚玄宗及所論佛老惑人處，本旨俱極痛快可誦。

《秋聲賦》

蕭瑟可誦，雖不及漢之雅，而詞緻清亮。

《憎蒼蠅賦》

極力摹寫已屬透矣，但有俗韻。

《怪竹辯》

只看他空中設相，相外歸空。

《雜説三並序》

中多近道之言。

《論尹師魯墓誌》

録此以見歐公爲文，其用意如此，世之覽者不之知，其好訾之如彼。然而公之没且五百年矣，其知公而猶未盡，其所欲訾公者猶時時見之，予不能無慨云。

《記舊本韓文後》

《讀李翺文》

其結胎全在感當時事上，歸重於憤世。

《書梅聖俞藁後》

知音之言。

歐陽公史鈔引

或問余於歐陽公復有《史鈔》，何也？歐陽公他文多本韓昌黎，而其序次國家之大及謀臣戰將得失處，余竊謂獨得太史公之遺。其爲《唐書》，則天子詔史官與宋庠輩共爲分局視草，故僅得其志論十餘首。而《五代史》則出於公之所自勒者，故梁、唐帝紀及諸名臣戰功處，往往點次如畫，風神燁然。惜也，五代兵戈之世，文字崩缺，公於其時特本野史與勢家鉅室家乘所傳者而爲之耳。假令如太史公所本《左傳》、《國語》、《戰國策》、《楚漢春秋》，又如班掾所得劉向《東觀漢書》及《西京雜記》等書爲之本，揚搉古今，詮次當（此處以下萬曆本、《四庫》本均缺，現據皖省聚文堂重校刊本補全）世，豈遽出其下哉？余録若干首，稍爲品次而別傳之，以質世之有識者。

本紀

《梁太祖》

唐之衰也，天子不能誅宦官。而崔徹等爲之外倚彊藩，彊藩入，宦官誅，而唐亦以亡。歐陽

公次梁紀，其所摹寫殆盡，而與李克用兩争處尤工。予故録之，以見公之史才也。

《唐莊宗紀》

通篇克用與全忠兩相構釁處及莊宗所繼其父行事慷慨大略，歐公一一點綴生色竝如畫。

《唐明宗紀》

家人傳

《總論》

《唐劉后傳》

劉皇后起自側微，擅寵黷貨，因而濁亂宫中，軍十分崩，以至君上身弑國亡。摹寫種種生色，不讓太史公《吕后紀》及《外戚》諸傳。

《唐繼岌傳》

莊宗嬖於色，立劉后。劉后險側，爲中官左右所詿誤，而强其子繼岌以賊殺大將郭崇韜於蜀。嗟乎！使崇韜尚在，明宗未必反，即反而明宗據天下，崇韜猶可以全蜀擁從岌，社稷之存亡猶可半也。歐公摹寫明悒，殊爲嗚咽，可爲後世人主寵倖後宫，濁亂朝政者之戒。

按：《傳》本末，崇韜初未嘗有留蜀之志，特以其身爲大將而蜀中兵士多附之，且都統繼岌在

上，而崇韜不能以成功己居其下，所以外爲蜀人所擁附，而流言於路，内爲宦官及從岌部曲所忌，而因以行讒於朝。卒之莊宗亦惑，而劉后矯詔令其子繼岌誅之，國遂以亡，悲夫。

《唐從璟傳》

《唐秦王從榮傳》

予覽歐陽公點次從榮篡弒明宗處，固多風神，然較之太史公所序平、勃誅諸吕，及班固所序霍光廢昌邑王處，猶隔一層。《史》、《漢》尚指顧從容，所以情事如覩，而歐公不免譸張，須細細玩索，當自得之。

《漢湘陰公贇傳》

梁臣傳

《五代臣傳總論》

歐陽公作《五代臣傳》，吾於梁首録敬翔，次之以葛從周、康懷英、劉鄩、牛存節、楊師厚、王景仁。於唐首郭崇韜，而次之以安重誨、周德威、符存審、史建瑭、王建及、元行欽、烏震、張延朗、李嚴、劉延朗、康義誠、豆盧革、任圜、張憲等傳，此皆關係國家所以存亡得失之大者。晉漢以下諸臣，皆碌碌庸人耳，獨晉桑維翰、景延廣、周王朴三人稍有可觀，予故録之。

《敬翔傳》

覽歐公序次本末，昭宗當時未必有除全忠之心，而中外流傳不無如是，所以全忠非惟不敢赴召，並敬翔亦麾之使去，所以上下積猜，釀成篡弑之亂，悲夫。

《葛從周傳》

葛從周事梁爲大將，百戰不失，可謂兵之善者已。

《康懷英傳》

《劉鄩傳》

中所次兵略可睹。

《牛存節傳》

《楊師厚傳》

楊師厚本梁一驍將，而歐公傳之得其神，故録而出之。

《王景仁傳》

唐臣傳

《郭崇韜傳》

二傳摹倣史遷而得其髓矣。

《安重誨傳》

安重誨剛愎躁急，卒以取禍，歐公摹寫，一一有神。

《周德威傳》

德威善戰將，而歐公善序事，可謂兩絶。

晉之輜重，見梁兵之敗而入也，而即望見梁朱旗而走，遂及於敗。此事與韓信之拔趙幟立漢赤幟同，故曰兵貴嚴重，始不可敗。

《符存審傳》

《史建瑭傳》

建瑭分五百騎爲五隊，散入五縣，於以各獲梁之芻牧人者什殺其九，而各縱其一以歸，而亂梁之軍，於以拔梁之營，而追擊之。吾不意五代時有戰將若此，而歐陽公所當叙事處，亦不下太史公之叙《李廣傳》也，可愛可愛。

《王建及傳》

篇中叙用兵處可喜。

《元行欽傳》

看行欽與莊宗君臣兩相慷慨，兩相悲歌處，生色可睹。

《烏震傳》

《張延朗傳》

《李嚴傳》

《劉延朗傳》

劉延朗等五人擁廢帝爲亂，已而遂及與廢帝俱亡，中所托張濛事神一節，尤爲昏駃。歐公序次其事明爽，可爲鑒戒。予故録而出之。

《康義誠傳》

唐晉周臣傳

《豆盧革傳》

中多可觀處。

《任圜傳》

《張憲傳》

《晉臣桑維翰傳》

出帝既牽於左右熒惑之言，不能從維翰毋絶盟於契丹者之議矣。及契丹遺書召見維翰，不過欲維翰以初議完故約耳，於是時而能傾心維翰，未必不可轉危爲安也。顧令張彦澤圖之，其事頗與袁紹令殺田豐事相類，悲夫！

然晉之藉契丹以篡唐，維翰之力爲多，亦傳所謂以悖入者，以悖出也。晉之亟亡而維翰之及於難，亦天道然爾。

《晉臣景延廣傳》

《周臣王朴傳》

《死節傳》

予覽歐陽公所次《死節傳》，王彦章、裴約及劉仁贍尤爲嗚咽，或欲泣下。蓋三人者天之間氣所生，非五代兵戈晦冥之際所能没者。而歐陽公點綴情事，當爲千古絶調，即如《史記》、《漢書》，恐多不逮。

《死事傳》

歐陽公所次《死節傳》三人外，復録死事者十五人。以十五人者不足以配三人之烈，然不忍遺之也，故别之曰「死事」。然如張源德、姚洪、張敬達三人，其所凛然不爲不義屈，歐公所自爲點綴，亦多奇氣，予故并録之。歐公小序，深取王清、史彦超，然不如源德等三人尤爲慘咽。

不能立傳者五人，馬彦超附《朱守殷傳》，宋令詢、李遐、張彦卿、鄭昭業見於本紀而已。吴巒兵猶可戰而不戰，魯奇食盡力窮而死，故取舍異。思同東走，將自歸於天子。與元欽走異，故予其死。本紀責其不誅光遠，而諷其殺己以降賊，故不書死而書如其志。而傳録其死者，終嘉其不降也。然雖不屈而諷人降賊，故不得爲死節。

《一行傳》

歐陽公於《五代史》作《一行傳》，語所謂「風雨晦冥，鷄鳴不已」也。而其言文，其旨遠，予故録而出之。

《唐六臣傳》

《義兒傳》

《伶官傳》

此等文章，千年絶調。

伶人始則怨崇韜之沮抑之也，而讒之，劉后使其子繼岌賊殺之於蜀。再則仇友謙之不與賂也，而併殺友謙。三則因而人情汹汹，中外訛言，遂激軍士成趙在禮之亂。四則郭從謙又以莊宗嘗誡之，並激軍士助嗣源之變，而莊宗被弑，一一如畫。

《宦者傳》

歐陽撰《五代史》，於《宦者傳》獨卓礫千古，爲後之戒。

雜傳

《王鎔傳》

王鎔始末極亂，而歐公錯綜序次如一線，較之諸傳爲第一。

《羅紹威傳》

雖不如前篇，而點次魏州牙軍本末如畫。

或問牙軍之爲州帥禍者五世矣，譬之附頸之瘤，不去則病日盛，去之則身與俱斃，如何而可？予答之曰：覽藝祖平定中原之後，杯酒釋兵權，而與石守信、王審琦等終無間言，此可見英雄之芟亂靖難，固當揣人情、權事機而又必開誠布公，斯能轉移其間，故曰「齒脱而兒不知」。紹威之請兵於梁世，所謂醫者食鳥喙與附子之術也，可不戒哉。

《王處直傳》

王處直於梁晉之間首尾衡決。

《劉守光傳》

《劉守光傳》多生色。

晉之爲恩於燕者三：擊破匡儔，立爲留後，一也；殺監軍燕留得等而敗晉王於安塞，罪且不赦矣，復因其滄州之困而晉且攻潞以牽梁，因卒以解，二也；已而仁恭因而守光之驕也，晉且册立爲尚書令史矣，而復械晉使者，三也。

《李茂貞傳》

唐之所以因而及亡，由茂貞爲之祟什且六七，歐公序次如畫。

《温韜傳》

温韜之發諸陵，萬世所共憤咽而流涕者也。

《朱宣傳》

内朱瑾行事甚倔强，狙獍可鄙，而歐公語次風神可掬。

《趙犨傳》

《康延孝傳》

唐延孝自梁歸唐，期以八日滅梁。又及定蜀，莊宗不能用之，而卒以猜忌叛。孝雖誅死，而唐之不足以一天下，可概見矣。

《房知温傳》

中魏州叛兵一節，係唐及梁之禍根，因録之。

《王晏球傳》

晏球多兵略，而歐公點次有生色。

《郭延魯傳》

通篇俱虚語點綴，無一實事。

按：延魯父子俱以循良爲政，誠五代時所難得者。歐公既知之而特勒入雜傳，殊不可曉。

《張希崇傳》

此傳亦整潔可誦。

《皇甫遇傳》

皇甫遇絶吭而死，更屬可憐，恐與敬翔不同。

《高行周傳》

高行周起亡囚中，前後本末事情點綴多玲瓏。

《皇甫暉傳》

皇甫暉本驍悍反覆，而歐公點次，殊覺風神獨邕，令人覽其傳則怒目裂眦起矣。

《王進傳》

《范延光傳》

范延光爲人多方略，所歷生平亦多反覆。歐陽公點次如畫，而二千餘言如一句。

《安重榮傳》

序次縱横節奏一一中彀。

《李守貞傳》

《馮道傳》

覽道傳，到底是一鄉愿中之最深而滑者。

《李琪傳》

通篇點綴琪之無廉耻處，頗似《馮道傳》。

《劉岳傳》

《和凝傳》

《和凝傳》不足觀，特其好文本末，頗與今之上大夫以文相侈者類。予故録之以自警云。

《張允傳》

《馬重績傳》

《司天考論》

《職方考論》

太史公諸王「表」、「序」爲絶佳，而歐公《職方論》似勝，須千百隻眼始得之。

世家

《楊行密世家》

傳行密始末如畫，不減《史》、《漢》。

《李煜世家》

煜本末不足觀，而歐公序次其驕侈削弱處可涕。

《王衍世家》

《錢鏐世家》

吴越世序，錢王初起處，有生色。及錢王略地立國處，不足觀覽。豈吴越王無他大略耶？抑亦史官亡之耶？予吴人也，録之見其創迹云。

《劉旻世家》

劉旻傳多風神。

《四夷附録》

歐公次契丹本末如畫，録而識之，較之《史記·匈奴傳》特相伯仲。

王文公文鈔引

王荆公湛深之識，幽渺之思，大較並本之古六藝之旨，而於其中別自爲調，鑱刻萬物，鼓鑄羣情，以成一家之言者也。其尤最者，《上仁宗皇帝書》與神宗《本朝百年無事》諸劄子，可謂王佐之才。此所以於仁廟之鎮静博大，猶未能入，而至於熙寧、元豐之間，劫主上而固魚水之交，譬則武丁之於傅説，孔明之於昭烈，不是過已。惜也！公之學問，本之好古者多，而其措注，當時亦狃於泥古爲患，况以矯拂之行而兼之以獨見，以執拗之資而恣之以私臆。所以吕、章、邢、蔡以下紛紛附會，熒惑天子，流毒四海。新法既壞，并其文學知而好之者半，而厭而訾之者亦半矣。以予觀之，荆公之雄不如韓，逸不如歐，飄宕疏爽不如蘇氏父子兄弟，而匠心所注，意在言外，神在象先，如入幽林邃谷而杳然洞天，恐亦古來所罕者。予每讀其碑誌、墓銘，及他書所指次世之名臣、碩卿、賢人、志士，一言之予，一字之奪，並從神解中點綴風刺，翩翩乎凌風之翮矣，於《史》、《漢》外別爲三昧也。予首録其《上仁宗皇帝書》一首，次及劄子、疏、狀七首，表、啓三十六首，與友人書三十五首，序十二首，記二十二首，論、原、説、解、雜著二十五首，碑狀、墓誌、銘表及祭文七十

三首，釐爲一十六卷。歸安鹿門茅坤題。

上書

《上仁宗皇帝言事書》

荆公以王佐之學與王佐之才自任，故其一生措注已盡於此書中，所以結知主上亦全在此書中。然其學本經術，故所言非漢唐以來宰相所能見，而其偏拗自用，大較與商鞅所欲變法處相近，故其功業亦遂大壞，而反不如近世浮沉者之得。學者須具千古隻眼看之。

此書幾萬餘言而其絲牽繩聯，如提百萬之兵，而鈎考部曲無一不貫。

劄子　疏　狀

《本朝百年無事劄子》

此篇極精神骨髓。荆公所以直入神宗之膂，全在説仁廟處，可謂搏虎屠龍手。

自「本朝」以下，節節議得的確，而荆公所欲爲朝廷節節立法措注處亦自可見。神廟所以以伊、傅、周、召任之，信之。而惜也，荆公之志雖劙畫，而學問淵源則得之講習考覈者多，而非出於疏通博大之養也，況其强愎自用得之天授，而偏見所向，遂至於並其同心同志稍稍隔絶。及其位

高而勢危，寵專而氣鋭，所以材佞之士，得投間以入，而平生所自喜者，反爲左右所鬩，而國家亦多故矣，惜哉！

《上五事劄子》

荆公建變法之議。存之。

《論館職劄子》

若今之經筵官，當亦準此博訪考言，以爲儲養公卿之選。

《相度牧馬所舉薛向劄子》

區畫處甚悉。

《進戒疏》

於亮陰初以聲色二字爲遠佞人之本，便是荆公得力的學問。

《上時政疏》

荆公劫主上之知處，往往入人主肘腋。細看自覺與他人不同。

《辭集賢校理狀》

荆公於清要之選，每每固辭至於八九。予僅録此首與《辭同修起居注之二》，以見公之難進之概云。

表　啓

荆公結知神宗，於表箋所上多鑱畫感動處。予故於集内多録，凡三十五首。

《除參知政事謝表》

《除平章事監修國史謝表》

《觀文殿學士知江寧府謝上表》

文有典刑。

《除平章事昭文館大學士謝表》

荆公奮勵可掬。

《辭免使相判江寧府表》

得君之寵多危懼。

《朱炎傳聖旨令視府事謝表》

《差弟安上傳旨令授敕命不須辭免謝表》

《賀南郊禮畢肆赦表》

《賀正表》

《賜生日禮物謝表》

《甘師顔傳宣撫問并賜藥謝表》

《李舜舉賜詔書藥物謝表》

中多感動之意。

《中使撫問謝表》

《中使宣醫謝表》

《請皇帝御正殿復常膳表一》

《請皇帝御正殿復常膳表二》

《乞罷政事表一》

《乞罷政事表二》

《乞出表一》

《乞出表二》

此必因病而乞者。

《乞退表一》

《乞退表二》

《乞退表三》

此首别加慷慨奮勵矣。

《乞宫觀表一》

《乞宫觀表二》

《乞宫觀表三》

《(子)〔手〕詔令視事謝表》

中多感悟主上之言。

《詔以所居園屋爲僧寺及賜寺額謝表》

公之捨廬爲寺，亦其鈎奇釣詭處。

《依所乞私田充蔣山太平興國寺常住謝表》

《百僚賀復熙河路表》

覽子瞻所代張方平諫用兵書，則多涕洟。覽荆公賀表，又多矜奮。

《除雱正言待制謝表》

《進〈字説〉表》

非表之四六常體，而説字處特雋。

《除知制誥謝表》

《除翰林學士謝表》

內多散，非表常格，而中懷感動主上之言。

《賀韓魏公啓》

典刑之言。

《上杭州范資政啓》

書

荆公之書，多深思遠識，要之於古之道，而其行文處往往遒以婉、鑱以刻，譬之入幽谷邃壑，令人神解而興不窮，中有歐、蘇輩所不及處。

《上相府書》

時荆公托爲擇便地以養母，其書之情旨深厚婉曲。

《上執政書》

《上曾參政書》

公不知時何官，其所欲辭京師千里之縣，却欲擇南州以便禄養。

與昌黎辰入夜歸書參，而其所占地步殊自遠大。

《上杜學士書》

語意遒勁。

《上杜學士言開河書》

行文婉而曲，論利害處簡而悉。

《上郎侍郎書》

一通問書，自不可及。

《上田正言書》

直而不阿，義形於辭。

唐荆川曰：「歐公《上范司諫書》婉而切，荆公《與田正言書》直而勁。」

《上田正言第二書》

《上運使孫司諫書》

以一縣吏而能直民之利害於運使如此。

《淩屯田書代人作》

類昌黎書。

《上人書》

唐荆川曰：「半山文字，其長在遒緊。」

《與參政王禹玉書》

以公受主上之深知，猶慄慄戰懼若此。

《與馬運判書》

論理財是荆公本色。

《與王子醇書》

此荆公指揮王韶措處西羌處。

《上邵學士書》

《與王深甫書》

分段辨，却自有一種沉著之識。

《與王逢原書》

論出處亦有根據。

《與趙卨書》

中多持重處，亦合兵機。

《與祖擇之書》

荆公每以爲文之旨如此，故其所見遠。

《請杜醇先生入縣學書》

公令鄞其尊師如此。

《請杜醇先生入縣學書二》

二書文詞並入雅調。

《答曾公立書》

荆公所自見如此。

《答司馬諫議書》

荆公之愎而自用，所以自誤。

《答孫元規大資書》

遒宕。

《答曾子固書》

不放倒地步。

《答李資深書》

其器識自深遠。

《答王深甫書》

所見亦是所爲，辨處亦委婉。

《答李秀才書》

言雖短而所思遠。

《答韶州張殿丞書》

中多名言。

《答徐絳書》

荆公每以古人得道之至者相磨切如此。

《答段縫書》

婉曲多波瀾。

《答楊忱書》

初交而其言遒切如此，可誦。

《答張幾書》

亦有深思。

《答錢公輔學士書》

《答陳梠書》

言老莊處亦已見其大端。

序

《〈周禮義〉序》

荆公所自喜，在讀《周禮》，而其相業所卒自誤處，亦在《周禮》。

《〈書義〉序》

按二序皆公應詔爲之者，其辭簡而其法度自典則。

《〈詩義〉序》

自是作家之文。

《熙寧〈字説〉序》

所見遠而語亦莊。

《老杜詩後集序》

深沉之思，簡勁之言。

《靈谷詩序》

覽之如游峭壁邃谷。

《石仲卿字序》

簡潔可誦。

《送李著作之官高郵序》

遒勁。

《送陳興之序》

亦婉。

《送陳升之序》

《送胡叔才序》

情婉而正。

《送孫正之序》

兩相箴規、兩相知己之情可掬。

記

《虔州學記》

荆公文往往好爲深遠之思，遒婉之調，然亦思或入於渺，而調或入於詭，須細詳得之。

《繁昌縣學記》

論學處亦嚴確。

《慈溪縣學記》

予覽學記，曾王二公爲最，非深於學不能記其學如此。

《度支副使廳壁題名記》

何等識見，何等筆力。

《撫州通判廳見山閣記》

托通判與客相對之言，而又托之書，以爲一篇文案。

《桂州新城記》

荆公學本經術，故其記文多以經術爲案。

唐荆川曰：「但爲築城作記，而歸之根本上説，此是大議論。」

《信州興造記》

思周匝而亦巉畫。

《餘姚縣海塘記》

以謝景初所自言爲領袖。

《通州海門興利記》

荆公之文，本經術處多。

《揚州新園亭記》

簡而有法，周而能解。

《芝閣記》

荆公本色之佳處。

《君子齋記》

宋文之格不入西漢處正在此，而宋人之所自以爲得亦在此。

《石門亭記》

題雖小而議論却大。

《鄞縣經遊記》

縣令如此，知非俗吏已。

《游褒禪山記》

逸興滿眼而餘音不絕。

《撫州祥符觀三清殿記》

緊嚴。

《揚州龍興講院記》

占地步。

《真州長蘆寺經藏記》

識遠。

《大中祥符觀新修九曜閣記》

《撫州招僊觀記》

小小結構，自有遠山景態。

《廬山文殊像現瑞記》

亦奇。

荆公之文，其長在簡古，而多深沉之思，《讀孟嘗君傳》與此等記尤可見。

《漣水軍淳化院經藏記》

有斡旋處。

論

《周公論》

論確而辨，亦盡圓轉。

《伯夷論》

行文好，所論伯夷處，猶未是千年隻眼。

《三聖人論》

三聖人者，各持其所見以自盡名天下，而非以矯也。而其行文自可觀。

《季子論》

確。

《子貢論》

辨博。

《莊周論上》

正當。

《莊周論下》

補前篇不足處。

《九卦論》

世之處困者什之八九，其能參於九卦而不失者，千之一，萬之一。吾所以録而存之。

《禮論》

借荀卿之説而辨之，而行文亦儘圓轉。

《禮樂論》

中多名言，行文處類荀卿。

論 原 説 解 雜類

《諫官論》

恐不如歐陽公書及司馬温公諫院記。

《材論》

語曰：「天下信未嘗無士。」即此意。

《原過》

文不逾三百字而轉折變化不窮。

《原教》

大類韓文。

《性説》

或曰：荆公《性説》，專闢韓子。

《進説》

《復讎解》

當與韓柳議參看。

《同學一首别子固》

文嚴而格古。

《書李文公集後》

看王公文字，須識得他筆力天縱處。

《讀〈江南録〉》

行文宛曲，其所議鉉厚誣潘佑處，可謂刺骨之論。

《讀〈孔子世家〉》

荆公短文字轉折有絶似太史公處。

《讀〈孟嘗君傳〉》

《讀〈刺客傳〉》

《讀〈柳宗元傳〉》

《書〈洪範傳〉後》

看荆公自立地位處。

碑狀

歐陽公最長於墓誌、表，以其序事處往往多太史公逸調，唐以來學士大夫所不及者。而王荆公獨自出機軸，多巉畫曲折之言，其尤長者，往往於序事中一面點綴著色，雋永遠出，令人覽之如走駿馬於千山萬壑之中，而層巒叠嶂應接不（假）〔暇〕，序事中之劍戟也。

《翰林侍讀學士知許州軍州事梅公神道碑》

通篇以銘序始終，亦變調也。

《司農卿分司南京陳公神道碑》

法度如兵伍。

《虞部郎中贈衛尉卿李公神道碑》

中多節奏。

《廣西轉運使孫君墓碑》

按次點綴。

《伍子胥廟碑》

隻眼之論，足破千古之疑。

《兵部知制誥謝公行狀》

勝歐公誌銘。

今人每先狀而後誌，謝希深之誌，歐公爲之久矣，而王公以補其狀如此。

《彰武軍節度使侍中曹穆公行狀》

瑋多兵略，公序亦有生色。

《魯國公贈太尉中書令王公行狀》

當與歐公墓碑參看，而歐爲勝。

《給事中孔公墓誌銘》

荆公第一首誌銘。須看他頓挫紆徐，往往叙事中伏議論，風神蕭颯處。

此篇於叙事中一一點綴，而風韻涣發，若順江流而看兩岸之山，古人所謂應接不暇。

《太子太傅田公墓誌銘》

此等誌，韓歐所不及。

《大理丞楊君墓誌銘》

佳致蔚然。

《秘閣校理丁君墓誌銘》

感慨凄惋中文多諷。

唐荆川曰：「中論避寇端州事，比歐公爲簡。」

《廣西轉運使蘇君墓誌銘》

感慨中有法度。

唐荆川曰：「此等誌文，獨荆公有之。」

《比部陳君墓誌銘》

悽惋多大旨。

《朝奉郎守國子博士知常州李公墓誌銘》

特歸重於常州，以虚語感慨。

《太常博士曾公墓誌銘》

曾易占歷宦坎坷，而荆公點次有生色。

《内翰沈公墓誌銘》

雅。

《户部郎中贈諫議大夫曾公墓誌銘》

點次嚴整。

《秘書丞謝師宰墓誌銘》

法。

《兵部員外郎馬君墓誌銘》

機圓。

《(上)〔主〕客郎中知興元王公墓誌銘》

於没既久而不能詳其治行，文自可概見。

《虞部郎中晁君墓誌銘》

《屯田員外郎邵君墓誌銘》

簡勁。

《度支郎中葛公墓誌銘》

以「也」字爲一篇線索，雖段絡明皙，而文格卑弱矣。此體雖别爲之，終屬卑陋，非西京以前文格。

《尚書祠部郎中集賢殿修撰蕭君墓誌銘》

單提一事。

《左班殿直楊君墓誌銘》

通篇以好武一事相欷歔感慨。

《右領軍衛將軍致仕王君墓誌銘》

奇。

《内殿崇班錢君墓碣》

雋。

《荆湖北路轉運判官尚書屯田郎中劉君墓誌銘並序》

直序。

《尚書屯田員外郎仲君墓誌銘》

看他韻折處。

《京東提點刑獄陸君墓誌銘》

誌止詳世系大略，並於銘中點綴生平。

《節度推官陳君墓誌銘》

入宋調。然亦有一段風致。

《泰州海陵縣主簿許君墓誌銘》

許君多奇氣，而荆公之誌亦如之。

《葛興祖墓誌銘》

本興祖所仕不得志處點次。多情。

《臨川吴子善墓誌銘》

輾轉嗚咽。

《胡君墓誌銘》

荆公峭岸每如此。

《王深父墓誌銘》

通篇以虚景相感慨，而多沈鬱之思。

《王逢原墓誌銘》

通篇無事蹟，獨以虚景相感慨。

《金溪吴君墓誌銘》

嗚咽。

《馬漢臣墓誌銘》

簡而深。

《吴處士墓誌銘》

序處士生平，故皆虚語。

《孔處士墓誌銘》

通篇虚景，却叙得有法。

《建安章君墓誌銘》

序跌宕之行，故文亦跌宕。

《尚書都官員外郎侍御史王公墓碣銘》

王侍御多大體，而荆公所次亦特本大體而條書之。

《贈尚書刑部侍郎王公墓誌銘》

篇中多倒句倒字相點次，荆公好奇處。

《贈光禄少卿趙君墓誌銘》

此篇如秋水可掬。

《王平甫墓誌》

荆公誌弟平甫墓，絶不露兄云云。蓋兩不相能，而深忌之故耳。

《亡兄王常甫墓誌銘》

荆公以兄常甫才而不遇，故特於文章虚景相感慨，令人讀之而有餘悲。

《王補之墓誌銘》

序事簡而不詳世系，然譬之兵家者，少敗衆已。

《臨川王君墓誌銘》

曾、王誌墓，數以議論行叙事之文，而王爲甚。多鑱思刻(書)〔畫〕處，然非《史》、《漢》法矣。

《曾公夫人萬年太君黄氏墓誌銘》

通篇虚景，語如貫珠，如連環。

《僊居縣太君魏氏墓誌銘》

以虚景感慨起案，而誌特略，又一調也。

《高陽郡君齊氏墓誌銘》

次婦行有法。

《建陽陳夫人墓誌銘》

誌不過二百言，而文多韻折可悲。

《永嘉縣君陳氏墓誌銘》

次婦之賢，始則於其夫之言，夫亡則於其兄之子之言爲案，有法。

《鄭公夫人李氏墓誌銘》

篇中多韻折，多倒句。

《僊源縣太君夏侯氏墓碣》

序世系外，特以虚議揭之於碣，亦變調。

墓表　祭文

《太常博士鄭君墓表》

荆公卒無一言許可其間，極有分寸處。

《寶文閣待制常公墓表》

通篇無一實事，特點綴虚景百數十言，當屬一别調。

《建昌王君墓表》

通篇亦無一實事，俱虚語相點綴。荆公所自爲本色在此，荆公所自爲可喜處亦在此。

《貴池主簿沈君墓表》

荆公表女兄弟之舅，而所次文章、政事，無一言點綴，並本其子之言，其子又似無指實，特空言爲案。古名家之於傳記碑碣所載，其不苟如此。

《處士征君墓表》

表征君并及其杜與徐，變調也。

《鄱陽李夫人墓表》

用蜻蜓點水法。

《祭范潁州文仲淹》

荆公爲人多氣岸，不妄交。所交者皆天下名賢，故於其殁而祭也，其文多奇崛之氣，悲愴之思，令人讀之不能以不掩卷而涕洟，凡得十首。

范公爲一代殊絶人物，而荆公祭文亦極力摹寫涕洟嗚咽，可爲兩絶矣。

《祭周幾道文》

文多淘洗，字字琳琅。

《祭曾博士易占文》

悲戚。

《祭李省副文壽朋》

有逸調，有雋思。

《祭高師雄主簿文》

奇崛之文。

《祭丁元珍學士文》

情之痛而吐辭之激昂。

《祭歐陽文忠公文》

歐陽公祭文，當以此爲第一。

《祭張安國檢正文》

《祭東向原道文》

中多奇氣。

《祭王回深甫文》

交深而言戚，可裂肺肝。

曾文定公文鈔引

曾子固之才焰，雖不如韓退之、柳子厚、歐陽永叔及蘇氏父子兄弟，然其議論必本於六經，而其鼓鑄翦裁必折衷之於古作者之旨。朱晦庵嘗稱其文似劉向，向之文於西京最爲爾雅，此所謂可與知者言，難與俗人道也。近年晋江王道思，毘陵唐應德始亟稱之。然學士間猶疑信者半，而至於膾炙者罕矣。予録其疏、劄、狀六首，書十五首，序三十一首，記傳二十八首，論、議、雜著、哀詞七首。嗟乎！曾之序、記爲最，而誌銘稍不及。然於文苑中當如漢所稱古之三老、祭酒是已，學者不可不知。歸安鹿門茅坤題。

疏　劄　狀

《熙寧轉對疏》

「勸學」二字，公之所見正，所志亦大，而惜也才不足以副之，故不得見用於時。姑録而存之，以見公之概。

王遵岩曰：「董仲舒、劉向、揚雄之文，不過如此。若論結構法，則漢猶有所未備。而其氣厚質醇，曾遠不迨董、劉矣。惟揚雄才艱而又不能大變於當時之體，比曾爲不及耳。」

《移滄州過闕上殿疏》

曾公此劄，欲附古作者雅頌之旨，陳上功德，宣之金石，而其結束歸於勸戒。

王遵岩曰：「體意雖出於《封禪》、《美新》諸家，與韓、柳《進唐雅序》等門户中來，然原本經訓，別出機軸，不爲諛悦淺制，而忠藎進戒之義昭然，與先朝周《雅》比盛矣，真作者之法也。」

《議經費劄子》

名言。

《請減五路城堡劄子》

似亦名言，惜也篇末措注亦欠發明。

《明州擬辭高麗送遺狀》

極爲通達國體之言。

《請令州縣特舉士劄子》

子固按古者三代及漢興令郡國各舉賢良者以聞，甚屬古意。世之君相未必舉行，而不可不聞此議，予故録之。

入時事以後，措注須本古之所以得，與今之所以失參錯論列，使朝廷開明，然後得按行之。而子固於此，往往亦似才識不稱其志云。

書

《上范資政書》

按：此書曾公既自幸爲范文正公所知，竊欲出其門，又恐文正公或賤其人，故爲紆徐曲折之言，以自通于其門，而行文不免蒼莽沈晦，如揚帆者之入大海，而茫乎其無畔已。若韓昌黎所投執政書，其言多悲慨，歐公所投執政書，其言多婉曲，蘇氏父子投執政書，其言多曠達而激昂，較之子固，醒人眼目，特倍精爽。

《上歐陽學士第二書》

子固感歐公之知，又欲歐公併覽睹其所自期待處，蘊思綴語，種種斟酌。

《上蔡學士書》

從歐陽公與兩司諫書中脱化來。

《上歐蔡書》

委婉周匝可誦，公文之佳者。

唐荆川云：「叙論紆徐有味。」

《福州上執政書》

子固以宦游閩徼，不得養母，本《風》、《雅》以爲陳情之案，而其反覆詠歎，藹然盛世之音。此子固之文所以上擬劉向，而非近代所及也。

唐荆川曰：「南豐之文，純出於道古，故雖作書亦然。蓋其體裁如此也。」

《謝杜相公書》

感慨深湛，雍容典則，有道者之文也，豈淺儇者所及？

《上杜相公書》

以書爲質，其説宰相之體處亦自典刑。

《與杜相公書》

此子固所不可及處，在不失己上。

《與孫司封書》

憫孔宗旦先儂智高之反而言，而猥與不爲禦賊者同戮而無聞，其爲書反覆千餘言，句句字字嗚咽涕洟，可與傳記相表裏。

《與撫州知州書》

子固有一段自別於衆人處之意，而又有所難言，故其文迂蹇不甚精爽，非其佳者。

《與王介甫第二書》

介甫本剛愎自用之人，此書特爲忠告甚篤。蓋亦人所難及者，但其砭劑多而諷諫少，恐亦不相入。

《寄歐陽舍人書》

此書紆徐百折，而感慨嗚咽之氣，博大幽深之識溢於言外，較之蘇長公所謝張公爲其父墓銘書特勝。

《答范資政書》

頌而不諂，伉而不驕。

《答王深甫論揚雄書》

此書所議甚舛，姑録而質之有識者。以仕莽擬箕子之囚奴，抑已過矣，况《美新》乎？以子固而猶爲附和其説，甚矣！君子之權衡天下出處，必至聖人而後折衷也。愚獨謂揚雄當不逮楚兩龔。

《答孫都官書》

書旨多蒼然之色，幽然之思。

序

《〈戰國策〉目録序》

大旨與《新序》相近，有根本，有法度。

王遵岩曰：「此序與《〈新序〉序》相類，而此篇爲英爽軼宕。」

《〈南齊書〉目録序》

論史家得失處如掌。

《〈梁書〉目録序》

以「内」字論佛之旨頗非是。蓋佛原非以吾儒之外而彼自識其内也，彼只見自家本來原無一物，故欲了當本性耳。欲見本性，故將一切聲色臭味香法多爲丢去耳，而非以狥内故也。

唐荆川曰：「通篇俱説聖人之内，而所以攻佛者不過數句。」

王遵岩曰：「《原道》文字雄健傑特，亘古無倫矣。然説佛之失處不能如是，其稱吾道大旨亦不能如是精也。」

《〈陳書〉目録序》

文屬典刑，不爲風波而自可賞俯。

《太祖皇帝總序》

曾子獨見。其論宋太祖與漢高兩相折衷處如截鐵。

唐荆川曰：「此等大文字當看其布置處，南豐有《滄州上殿劄子》，皆與此意同，並可與歐公《仁宗御集序》參之。」

《〈新序〉目録序》

見極正大，文有典刑。

王遵岩曰：「南豐文字於原本經訓處，多用董仲舒、劉向也。」

《〈列女傳〉目録序》

子固諸序並各自爲一段大議論，非諸家所及，而此篇尤深入，近程朱之旨矣。

王遵岩曰：「宋人叙古人集及古人所著書，往往有此家數，然多以考訂次第爲一篇之文而已，不能如先生，更有一段大議論以成其篇也。如後叙鮑溶、李太白集，亦不免用其體。蓋小集自不足以發大議論，又適當然耳。」

《〈説苑〉目録序》

《徐幹〈中論〉目録序》

此篇精神融液處不如《新序》、《戰國策》諸篇。

子固於建安七子之中獨取徐幹，得之。而序文亦屬典刑。

《〈禮閣新儀〉目録序》

按：曾子固所論經術及典禮之大處，往往非韓、柳、歐所及見者。

王遵岩曰：「此類文皆一一有法，無一字苟。觀文者不可忽此。」

唐荆川曰：「此文一意翻作兩段説。」

《李白詩集後序》

不論着李白詩，而獨詳白生平蹤跡，此其變調也。然其結胎在卧廬山永王璘迫致之上。蓋如此李白夜郎之流、潯陽之獄可釋然無愧矣。

《范貫之奏議集序》

須覽公所序奏議之忠直而能本朝廷所以容忠直處，才是法家。

王遵岩曰：「沉着頓挫，光采自露。且序人奏議，發明直氣切諫，而能形容聖朝之氣象，治世之精華，真大家數手段。如蘇公序田錫奏議，亦有此意，然其文詞過於俊爽，而氣輕味促。」

《强幾聖文集序》

范希文與歐陽永叔爲深相知，坐希文貶。及希文經略西夏時，辟永叔爲掌書記而永叔不從，其書曰：「吾當與公同其退，不當同其進也。」何等卓礫。幾聖之文，今不可見，然平生所自見者，

並屬魏公幕府，則子固之所不滿而風刺之者，已見其概矣。此其文之典刑處，而王道思所批鎸云云非是。

王遵岩曰：「此序雖不立意發論，而頗有逸氣。蓋少出於經而入於史氏之體，故亦有縱步。若王氏兄弟之序，則繩趨窘武，蹜蹜乎如有循矣。信乎周道如砥，非君子莫之能履也。」

《王子直文集序》

意見好。

《王深父文集序》

深父之文，不可得而見。予按王荆公所爲墓銘與其相答書，大略賢者也。

《王平甫文集序》

以詩文相感慨。

唐荆川曰：「文一滚説，不立間架。」

《齊州雜詩序》

雖小言自中律。

《先大夫集後序》

子固闡揚先世所不得志處有大體，而文章措注處極渾雄。韓、歐與蘇亦當俯首者。

王遵岩曰：「先生之文，如此篇之委曲感慨而氣不迫晦者，亦不多有。」

《相國寺維摩院聽琴序》

參之歐陽公所贈楊寘《琴説序》，不如遠甚，而其學問之旨，亦似有得者，録之。

《〈類要〉序》

其書之所纂本微淺，而公序之亦難爲措注，故其旨不遠。

《送傅向老令瑞安序》

僅百餘言而構思措辭種種入彀，中有簡而文，淡而不厭者。

《送丁琰序》

篇中所見遠，而其行文轉調處，似不免樸遬紆蹇之病，故不英爽。子固本色自在，子固所爲本色不足處亦在。

唐荆川曰：「南豐之文，大抵入事以後與前半議論照應不甚謹嚴。」

《送周屯田序》

議論似屬典刑，而文章烟波馳驟不足。讀昌黎所《送楊少尹致仕序》，天壤矣。

《送趙宏序》

余嘗按南越，南越州郡吏特得威名者，撫而制之無難者，無已，則雕其酋足矣。今之請兵大

征者皆非也。

《送江任序》

古來未有此調，出子固所自爲機軸。

唐荆川曰：「此文作兩段：一段言用於異鄉之難爲治，一段言用於其土之易爲治。」

《館閣送錢純老知婺州詩序》

文之典刑雍容雅頌。

王遵岩曰：「治朝盛世，文儒遭逢出入得意之氣象，藹然篇中。觀者不但可以想見其人，而又可以知其時也。」

《贈黎安二生序》

子固作文之旨，與其所自任處並已概見，可謂文之中尺度者也。

唐荆川曰：「議論謹密。」

《送蔡元振序》

才踐少宕，特其所見亦有可取。

唐荆川曰：「此文入題以後，照應獨爲謹密，異于南豐諸文。」

《叙盗》

前半篇按圖次盗情本末如畫，後半篇則又歸重於不忍刑之之意。此子固之文所以動合典刑也，而子固之讞獄詳悉處，亦可具見矣。

《序越州鑑湖圖》

通篇點次鑑湖，如天官家之次三垣五星二十八緯，以及飛流疾伏，無不擘畫如掌，而又恐後之勢家或請爲田而廢也，於是又詳爲辨覈參駁。曾公之文固雄，而其經世之略亦概見矣。

《送李材叔知柳州序》

立意似淺，然亦本人情而爲之者，録之以爲厭遊南粤者之勸。

記

《筠州學記》

不如《宜黄記》所見之深，而其行文亦屬作者之旨。

《宜黄縣學記》

子固記學，所論學之制，與其所以成就人材處，非深於經術者不能。韓、歐、三蘇所不及處。

《瀛州興造記》

刀尺不踰。

《繁昌縣興造記》

亦有幅尺。

《洪州新建縣廳壁記》

覽此文，則知爲縣者所甚難。

《齊州二堂記》

辨証的確，得太守體。

《廣德湖記》

本末纖悉，得記事法，纔是有用文字，不如《鑑湖圖序》更妙。

《襄州宜城縣長渠記》

千年鄢水本末如掌，而通篇措注一一有法。

王遵岩曰：「《二堂》及此記皆絶佳。」

《徐孺子祠堂記》

推漢之以亡爲存，歸功於孺子輩，論有本末。

唐荆川曰：「此篇三段，第一段叙黨錮諸賢及孺子事，第二段比論二事，第三段叙作亭。」

《閬州張侯廟記》

覽前大半篇，曾公似薄張侯有不必祀之意。其所按經典以相折衷處，雖有本領，而予之意竊以張侯方其與關壽亭佐昭烈百戰以立帝業於蜀，祭法所謂「以勞定國則祀之」者也，恐須按此言爲正。姑録而存之，以見子固自是一家言處。

《撫州顔魯公祠堂記》

魯公之臨大節而不可奪處，凡四五，而曾公之文，亦足以畫一而點綴之，令人讀之而泫然涕洟不能自已。

唐荆川曰：「此文三段，第一段叙，第二段議論，第三段叙立祠之事，叙事、議論處皆以捍賊忤奸分作兩項，而混成一片，絶無痕跡，此是可法處。」

又曰：「歐陽公於王彦章之忠則略之，而獨言其善出奇。曾子固於顔魯公之捍賊則略之，而獨言忤奸而不悔，此是文之微顯闡幽處。」

《尹公亭記》

藴思鑄辭，動中經緯。

《墨池記》

看他小小題，而結構卻遠而正。

《飲歸亭記》

渾雄中并見典刑。

《廣德軍重修鼓角樓記》

幅尺自好。

《歸老橋記》

文有古者詩人風刺之義。録之。

《越州趙公救菑記》

趙公之救菑，絲理髮櫛，無一遺漏。而曾公之記其事，亦絲理髮櫛，而無一不入於機杼，及其髻總。救菑者熟讀此文，則於地方之流亡如掌股間矣。

記傳

《清心亭記》

此記與《醒心亭記》，所謂説理之文。子固於諸家尤擅所長。

唐荆川曰：「程朱以前，此等議論亦少。」

《醒心亭記》

未盡子固之長，然亦有典刑處。

《擬峴臺記》

此記大略本柳宗元《訾家洲》，歐陽公《醉翁亭》等記來。

王遵岩曰：「繁絃急管，促節會音，喧動嘈雜，若不知其宫商之所存，而度數齊自皦如，使聽者激竦，加以懽悦，此文之謂也。」

《道山亭記》

曾子固本色。

《學舍記》

王遵岩曰：「此亦是先生獨出一體，在韓、歐未有。然大意亦自《醉翁亭》、《真州東園》二篇體中變出，又自不同也。」

《南軒記》

子固所自爲學，具見篇中矣。

王遵岩曰：「《學舍》、《南軒》二記，與《筠州》、《宜黄》兩學記，皆謂之大文字矣。」

《鵝湖院佛殿記》

公爲記佛殿，而却本佛殿之所以獨得，劫民與國之財以自侈，亦是不肯放倒自家面目處。

《僊都觀三門記》

曾公凡爲佛老氏輩題文，必爲自家門第。

《分寧縣雲峰院記》

於雲峰院無涉，而意甚奇。

《菜園院佛殿記》

此篇無它結構，只是不爲佛殿所困窘，便是高處。

《洪渥傳》

有深思，有法度。

論議雜著

《唐論》

文格似弱，而其議則正當。

《講官議》

嚴緊而峻，必因當時伊川争坐講，故有此議。

王遵岩曰：「此文根據經訓以爲掊擊之地，而措詞嚴健，復存委曲，是絶好文字。」

《公族議》

亦合經典。

《爲人後議》

引據最嚴密。蓋以濮園之後，故有此議。

《救災議》

子固大議，其剖析利害處最分明。

《書魏鄭公傳》

借魏鄭公以諷世之焚藁者之非，而議論甚圓暢可誦。

《蘇明允哀詞》

叙明允生平亦儘有生色可觀。

蘇文公文鈔引

蘇文公崛起蜀徼，其學本申、韓，而其行文雜出於荀卿、孟軻及《戰國策》諸家，不敢遽謂得古六藝者之遺，然其鑱畫之議，幽悄之思，博大之識，奇崛之氣，非近代儒生所及。要之韓、歐而下與諸名家相爲表裏，及其二子繼響，嘉祐之文，西漢同風矣。予讀之，録其書狀十四首，論三十七首，記四首，説二首，引二首，序一首，釐爲十卷。歸安鹿門茅坤題。

上書　狀

《上仁宗皇帝書》

此書反覆數千言，如抽藕中之絲，段段有情緒，可愛。而中間指陳時政處，又往往深中宋嘉祐間事宜，老泉一生文章政事略見於此矣。

按：此書十條，内如革任子、擇使、罷赦令爲最確。而嚴考課之法，舉武健之士，其議雖未審，亦當時所急。至所言重縣令之體，假兩制之權，與高第者不當按名叙用，似無大關係。首條

欲州縣幕職上，舉主必按其廉能，其議未暢。而末謂宦官一節，恐非宋朝時事之亟者，然於今日則可謂血脉腸胃間之疾也已。

《修禮書狀》

情事明，亦合經典。

書

《上文丞相書》

論取士貴廣。

今國家患冗吏之壅，而亦削進士之數，甚非計。蓋亦用老蘇之説，而精之於終也。

《上富丞相書》

老泉欲富公和處其下，以就其功名，似疑富公於並相寮貳間有不相能者。

《上韓樞密書》

老泉厭當時兵政之過弱，故勸韓魏公以誅戮，而其行文似西漢，疏宕雄辨可觀。

荆川曰：「前一段論兵驕之弊，後一段處驕兵之策，當是有用文字。」

《上田樞密書》

此文骨子原自《于襄陽書》中來，而氣特雄。

荆川曰：「此書本欲求知，却説士當自重，便不放倒架子，而文字峻絶豪邁不羈。」

《上韓昭文論山陵書》

論葬禮甚透，當與劉向《昌陵疏》參看。

唐荆川曰：「一事反覆議論。」

《上王長安書》

運險峭之思以爲鑱畫之文，故其鋒鍔不可嚮邇。

唐荆川曰：「議論奇高。」

《上余青州書》

論出處，氣多奇崛處。

《上歐陽内翰書》

此書凡三段，一段歷叙諸君子之離合，見己慕望之切；二段稱歐陽公之文，見己知公之深；三段自叙平生經歷，欲歐陽公之知之也。而情事婉曲周折，何等意氣，何等風神。

《再上歐陽内翰書》

文有起伏頓挫，而其自任處亦卓然。

《三上歐陽内翰書》

風旨翛然。

《上張侍郎第二書》

告知己者之言，情詞可涕。

《上韓舍人書》

老蘇强項如此，正與前篇詞旨不同。

論

《〈易〉論》

文有烟波，而以《禮》爲明，以《易》爲幽，謂聖人所以用其機權以持天下之心，過矣。

《〈禮〉論》

老蘇以禮爲强世之術，即荀子性惡之遺。　文甚縱横，而議論頗僻矣。

《〈樂〉論》

論樂之旨非是，而文特婀娜百折，無限烟波。

蘇氏父子兄弟於經術甚疏，故論六經處大都渺茫不根。　特其行文縱横，往往空中布景，絶處

逢生，令人有凌雲御風之態。

《詩論》

說《詩》處愈支，而文旨澎漾可觀。

《〈書〉論》

此篇識見好，而行文法度亦勝。

《〈春秋〉論》

此文自謝枋得氏録之以爲名筆，而世之學者遂相傳以爲千年絶論。予竊謂老蘇於論六經處，竝以强詞軋正理，故往往支離旁斥，特其行文婀娜百折，似屬烟波耳。

荆川曰：「只是一事問答纏聯到底。」

愚謂孔子非思周公而與魯以天子之權。蓋當是時，諸侯之國竝各有史。孔子，魯大夫也，故得以遍觀魯之史，因其編年紀事之文，而繫之以賞罰功罪之權，以補王政之缺，垂教萬世耳。使孔子而晉大夫，謂晉之《乘》可也。

《史論序》

老泉《史論》三篇，頗得史家之髓，故竝存之，二篇當合看。

《史論上》

經史竝言，是對客論主。

《史論中》

分段議論體，古人讀史刻畫如此。

《史論下》

評騭諸家，如酷吏斷獄。

《諫上》賢君不時有，忠臣不時得，故作諫論。

進諫。千古絶調。荆川謂此等文字摹荀卿，良是。

《諫下》

勸諫。行文亦自痛快。

《明論》

此是老泉本色學問。宋迂齋謂其意脉自《戰國策》來，良是。

蘇子之明，明之小者也，伯者之所操切也。聖人之明，則以無心而虛，虛故能照，照則能普萬物而不蔽。釋氏之所謂「寂生照」，《莊子》之所謂「泰宇定而天光發」，皆此意也。

《辨奸論》

荆川嘗論《韓非子・八姦》篇，謂是一面照妖鏡，余於老泉此論亦云。

張文定公撰《老蘇先生墓表》云：「嘉祐初，王安石名始盛，黨友傾一時。其《命相制》曰：『生民已來，數人而已。』造作語言，至以爲幾於聖人。歐陽修亦善之，勸先生與之游，而安石亦願交於先生。先生曰：『吾知其人矣，是不近人情者，鮮不爲天下患。』安石之母死，士大夫皆弔。先生獨不往，作《辨姦》一篇，其文曰（文略）。」

《礜妃論》

辨。

《管仲論》

通篇只罪管仲不能臨没薦賢，起起伏伏，光景不窮。

《審勢論》

宋以忠厚立國，似失之弱，而蘇氏父子往往注議於此，以矯當世。看他回護轉换，救首救尾之妙。

王遵岩曰：「老泉此論於宋煞是對病之藥，惜乎當時之不能用也。」

《審敵論》

揣料匈奴脅制中國之狀，極盡事理，非當時熟睹而經算者，安能道此。

《權　書》

《權書序》

按：老泉此書，皆孫、吴之餘智也。余不欲删其文，故並存之。然學者於此，參之以《孫武》十三篇，則於兵事思過半矣。

《心術》

此文中多名言，但一段段自爲文節。蓋按古兵法與傳記而雜出之者，非通篇起伏開闔之文也。

《法制》

與前篇並孫武之餘智，老泉之兵略，亦可概見矣。

《彊弱》

通篇將古人行事立言而經緯成文。

大略祖孫武子三駟中議論。三駟者，射千金之法，非大將謀國之全也。

《攻守》

按：古傳記。論奇道、伏道處，古今名言也。

《用間》

論三敗處刺骨。

《孫武》

通篇按武成敗之事而責之，而文多煙波生色處。

《子貢》

子貢之亂齊滅吴存魯，出於戰國傾危之習，決非子貢事，而老泉此論，却足以補子貢之所不及。

蘇氏父子之學，出於戰國縱横者多，故此策大略亦竊陳軫、蘇秦之餘，而爲計甚工。

《六國》

一篇議論由《戰國策》縱人之説來，却能與《戰國策》相伯仲。

當與子由《六國論》並看。

《高帝》

雖非當漢成敗確論，而行文却自縱横可愛。

愚謂高帝死而吕后獨任陳平，未必不由不斬噲一着，且噲不死，其助禄、産之叛亦未必。觀其譙羽鴻門，與排闥而諫，噲亦似有氣岸，而能守此正者，豈可以屠狗之雄而遽逆其詐哉？ 蘇氏

父子兄弟往往以事後成敗，摭拾人得失類如此。

《項籍》

蘇氏父子往往按事後成敗立説，而非其至，然其文特雄，近《戰國策》。

《衡　論》

《衡論序》

按：此老泉經世之文也，其議論多雜以申、韓。余第謂其與舉子業較近，故並録之。

《遠慮》

文如怒馬奔逸絶塵，而不可羈制，大略老蘇之文有此一段奇邁奮迅之氣，故讀之往往令人心掉。

《御將》

老蘇論御才將以智，而引漢高待韓、彭一着，似痛切矣。獨不思宋祖御諸將更有處分，「智」之一字，决非至理。

《任相》

任相以禮。

《重遠》

並切今世情事，録之以備舉子家經濟之一。

《養才》

養奇傑之才而特挈出古者議能一節，以感悟當世，直是刺骨。

《廣士》

韓子不幸而出於胥商之族一段議論，如此略同。

《申法》

古今分欵。荆川謂體如《鹽鐵》中「古今之異」一段，良是。

《議法》

贖金、減罪兩端，深中宋時優柔之過之弊，而重贖一議，則古今來有識名言。

《兵制》

老泉欲以職分、籍没之田，作養兵之費，不知當時通天下皆有是田否？ 其數亦可得幾何？

若今之時，則此計又難行矣。

蘇明允蓋憤當時兵養於官，或承五代銀槍之後，多（驁）〔桀〕驁不可制，欲括當時職分、籍没二田，以倣古者井田出兵一乘以附寓兵於農之意。 而今天下既無職分、籍没之田，不可爲訓也。

《田制》

限田之制，良爲復古之一端，而惜乎其難行也。

王遵岩曰：「此等皆是有用文字，深透世故。賈、鼂之亞也。」

記說引叙

《彭州圓覺禪院記》

翻案格。議論有一段風致。

《張益州畫像記》

詞氣嚴重，極有法度，益州常稱老蘇似司馬子長，此記自子長之後，殆不多得。

唐荆川曰：「此文二段，二項叙事，二項議論。」

《木假山記》

即木假山看出許多幸不幸來，有感慨，有態度。凡六轉入山，末又一轉，有百尺竿頭之意。

《蘇氏族譜亭記》

此是老蘇借譜亭諷里人并訓族子處。

《名二子說》

字僅百而無限宛轉，無限情思。

按：此老泉所以逆探兩公之終身也。卒也，長公再以斥廢，僅而能免，而少公終得以遺老自解脱，（攸攸）〔悠悠〕卒歲，亦奇矣。

《仲兄文甫説》

風水之形，人皆見之。老泉便描出許多變態來，令人目眩。

《送石昌言爲北使引》

文有生色，直當與韓昌黎《送殷員外》等序相伯仲。

《族譜引》

議論簡嚴，情事曲折，其氣格大略從《公》、《穀》來。

《族譜後録》

敘事文字，法度恰好。大略本史遷自敘中來。

蘇文忠公文鈔引

予少謂蘇子瞻之於文，李白之於詩，韓信之於兵，天各縱之以神僊軼世之才，而非世之問學所及者。及詳覽其所上神宗皇帝及代張方平、滕甫諫兵事等書，又如論徐州、京東、盜賊事宜，并西羌、鬼章等劄子，要之於漢賈誼、唐陸贄，不知其爲何如者。朱晦庵嘗病其文不脱縱橫氣習，蓋特其少時沾沾自喜，或不免耳。入哲宗朝，召爲兩制，及謫海南以後，殆古之曠達游方之外者已。然其以忠獲罪，卒不能安於朝廷之上，豈其才之罪哉？予録其制策二首，上書七首，劄子十三首，狀十二首，表啓二十六首，與執政及友人書二十二首，論七十首，策二十五首，序傳十首，記二十六首，碑六首，銘、贊、頌十五首，説、賦、祭文、雜著十五首，釐爲二十八卷。歸安鹿門茅坤題。

制策

《御試制科策一道》

制科策亦隨問條答，在長公亦未盡所欲言，而中間持議，大較多通達國體，非經生所及。

《擬進士對御試策一道并引狀》

借擬士對，以諷諫當時之政，而擘畫處更勝前首。

東坡病當時狃於青苗條例諸法及横山用兵等事，故特擬策以發其直言敢諫之氣，不知當時曾及聞神廟否。然據愚見，此作亦不過條其事而言之耳，未有一段精光意見開悟人君，令其實落做手處，其不逮賈誼《治安策》多矣。

上書

《上神宗皇帝書》

公感神宗之允所議貢舉及停止買燈二事，以故敢爲危言，痛陳時政，然所以結知主上者在此，而所以深執政之嫉怨者亦在此。大略摹倣陸宣公奏議來。

予按：蘇氏父子兄弟所上皇帝書不同。老蘇當仁廟時，朝廷方尚安静，罔德澤，故其書大較勸主上務攬威權，責名實。長公、次公當神廟時，朝廷方變法令，亟富(疆)〔彊〕，故其書大較勸主上務省紛更，持寬大。然而次公之言猶紆徐曲巽，而長公之言，似覺骨鯁痛切矣。然三人中長公更勝，其指陳利害似賈誼，明切事情似陸贄。汝輩讀古人文章，須於此細細權衡，方得下手處。

《再上皇帝書》

再上書不出前書所言，特於前所未盡者，更曲鬯之耳。

《上皇帝書》

學本經術，而養生之訣無出此矣。

《徐州上皇帝書》

此等文字，識見、筆力並入西漢。

《代張方平諫用兵書》

予嘗謂自古論用兵，惟漢淮南王安《諫伐閩越書》爲最，而此書法度似又勝之。此等文章與天地並傳者。

《代滕甫論西夏書》

老臣典刑之言。

與《代張方平諫用兵書》同，而此篇行文處不如《張方平書》。然引曹操之不追袁紹，而遺公孫康斬尚一節，卻切秉常情事。兵略甚奇。

《代滕甫辯謗乞郡書》

悲切。

予觀子瞻一生所横被讒構處，往往痛心矣。故所代滕甫辯謗處，亦種種刺骨，嗚咽涕洟。

劄子

《議學校貢舉劄子》

長公總只是欲於今所行之法，得所行之實，不必别變。而論自明確。

《論邊將隱匿敗亡憲司體量不實劄子》

借進讀寶訓陳西戎失事不以實聞，忠直多矣。

《論高麗買書利害劄子》

深憂遠識之言。

《因擒鬼章論西羌夏人事宜劄子》

此疏處分，與歐陽公之議西事，並關朝廷之大者，可謂經國手。

《乞詔邊吏無進取及論鬼章事宜劄子》

此乃文忠公搏虎手處，惜乎世不能用。

《乞約鬼章討阿里骨劄子》

與前二劄併看。

《論魏王在殯乞罷秋宴劄子》

議合經制。

《乞免五穀力勝税錢劄子》

《奏内中車子争道亂行劄子》

得肅朝廷之體，與東方朔所劾奏董偃同。

《乞校正陸贄奏議進御劄子》

長公所最得意識見，亦最得意條奏。

《上圓丘合祭六議劄子》

辨晰。

蘇氏諸劄中，此劄爲最，歷覽宋時廷議，亦無有能及之者，當與西漢韋玄成、劉歆等廟議相伯仲。

《乞郡劄子》

覽此而不爲嗚咽流涕者，非人情也。

《辯試館職策問劄子 一》

以下二劄，蘇子瞻忠義明辯，雖九死而不懼，亦子瞻供狀。

《辯試館職策問劄子二》

狀

《朝辭赴定州論事狀》

老成典刑之言。

《轉對條上三事狀》

並關經國之大者。

《薦宗室令時狀》

今國家待宗室得如子瞻議，甚善。

《奏馬澈不當屏出學狀》

近代往往有國子生及謁選人上書陳言，輒與隔絶，甚且法坐爲民等項區處，殊非古之明目達聰之意。唐宋太學諸生數得論列朝政得失。本朝正統時，如祭酒李勉逮獄，監生猶得爲論捄。

《論河北京東盗賊狀》

關係國家大利害文字。

《代李琮論京東盗賊狀》

與徐州所上書意同。

《諫買浙燈狀》

長公當時特借買燈一事，以探神宗之心，已而亦深相知，特爲荆公所擠耳。

《奏浙西災傷第一狀》

古之救災須吃緊，先事而慮如此。

《論積欠六事并乞檢會應詔四事一處行下狀》

民困吏弊，指畫如掌。今之郡縣不可不榜之堂而旦夕誦之。

《乞開杭州西湖狀》

公之兩守錢塘，其功業於今猶有存者，而其當時所畫一利害，每每指悉如此。

《乞相度開石門河狀》

此一事，予未嘗躬爲相度，覽睹當時所遺利害，而其言自有次，若指掌。

《杭州召還乞郡狀》

長公一生坎壈備於此狀，不可不知。

表啓

啓表之類，惟歐陽公情多婉曲，王荆公思多鑱刻，故工者爲多，而蘇氏父子兄弟，則往往禁思者少，故予僅録數首以見其概云。

《謝除龍圖閣學士表》

《謝宣召入院表》

不如歐文忠公。

《杭州謝放罪表》

長公往往以疏直得罪，故其言多危多懼。

《謝復官提舉玉局觀表》

一驚一喜。

《謝賜衣襖表》

《到昌化軍謝表》

《謝賜對衣金帶馬表》

《謝賜對衣金帶馬表二》

《謝除兵部尚書賜對衣金帶馬表》
《謝兼侍讀表》
《謝賜對衣金帶馬表》
《謝賜對衣金帶馬表二》
《杭州謝上表》
《謝南省主文與歐陽内翰啓》

蘇長公中榜後，士論喧嚷一番，故其謝啓如此。

《謝應中制科啓》

此論宋時進士科及制科之兼舉爲得其法。

《謝賈朝奉啓》

此必賈公過臨老蘇墓，而長公陳謝者。

《賀歐陽少師致仕啓》

内多名言。

《賀韓丞相再入啓》
《謝館職啓》

《謝王内翰啓》

《賀韓丞相啓》

《定州到任謝本路監司啓》

情曲可掬。

《答陳提刑啓》

此以下竄南海時所作。

《答彭賀州啓》

此必新命放歸時所作。

《答王承議啓》

以編管而逢故知，情誼婉然。

《答王幼安宣德啓》

亦自澹宕。

《登州謝兩府啓》

書

《上富丞相書》

頌而不諂，援而不卑。

《上曾丞相書》

子瞻上執政書，其所自持處嶄然。

唐荆川曰：「此文與説富相公文同意，皆欲以無意中之。」

《上劉侍讀書》

「氣」之一字，爲一篇命門。

《上韓太尉書》

《上王兵部書》

奇氣。

《上梅直講書》

文瀟洒而入思少喫緊。

《黄州上文潞公書》

嗚咽，然亦情悃洒然。

《與章子厚書》

公之捍患解亂之識如此。

《應制舉上兩制書》

論政。「用法」、「好名」二項亦切宋事。

《上韓魏公論場務書》

公是時爲鳳翔推官，輒能首陳郡中民瘼如此。

《上文侍中論榷鹽書》

宋朝不榷河北鹽，不可曉。子瞻宦山東，故所云如此。

河北、京東，宋不榷鹽者，必有説。愚竊意契丹既獲燕雲十六州，而河北之民特相唇齒，一榷鹽則榷剽之民恐必無聊而入契丹，故特疏此法網，以爲容奸之地云耳，不知是否。

《上蔡省主論放欠書》

必蔡確爲省主。

《答畢仲舉書》

放達。

《答張文潛書》

予與荆川嘗力稱子由之文自不易得，而子瞻亦云如此。

《謝張太保撰先人墓碣書》

《答黄魯直書》

蘇黄兩相知處可掬。

《答秦太虚書》

此等書並長公隨手淋灕者，却自瀟灑脱俗可愛。

《與李方叔書》

詞旨瀟灑可誦。

《答謝舉廉書》

此書所論文，然却是蘇長公文章本色。

《答劉沔書》

情致脱落蕭颯。

《答李端叔書》

看此等書，長公摅几隨手寫出者，却自疏宕而深眇。

《答史諷書》

史諷所爲《易説》，必非深於道，故長公拒之如此。

論

《正統論上》

正統之説，予嘗略言之。子瞻所掔名實、輕重爲議，亦非是。然而文特辨矣。

《正統論中》

《正統論下》

《秦論一》

議確。

《秦論二》

《大臣論上》

當與歐陽公《朋黨論》參看。

《大臣論下》

與前是一篇。

《思治論》

首尾二千五百言如一串唸佛珠，其深入人情處如川雲嶺月。

《武王論》

通篇將無作有，轉輾不窮，大略從戰國辯口中來。

此是東坡議論文中滑稽也。

子瞻之論武王，雖非天下萬世之公，而其援孔子之所與，以見其所欲罪。援《書》之所及，以見其所不及，又以《春秋》所書趙盾者以案武王，亦成一家縱横之言。獨其所稱荀文若一節，似迂且僻矣。文若佐操，只是挾天子以令諸侯，何得稱王者之事？操之篡漢，固其始事本謀，何得直遲之以謀九錫？

《平王論》

此文類韓《諱辯》，非蘇氏本色。分明是宋南渡一斷案。

予覽此文，以「遷」之一字爲案，以無畏而遷者五，以有畏而不果遷者二，以畏而遷者六，共十三國，以錯證存亡處如一線矣。

《始皇論一》

前罪秦始皇誤用趙高，人所共知者。後罪秦始皇積威，故足以制太子之死而不請，人所不

知者。

予覽《志林》十三首，按《年譜》，子瞻由南海徙所作。公於時經歷世途已久，故上下古今處所見尤別，而此篇亦古今痛快卓犖之議。

《始皇論二》

賈誼過秦，在於失攻守之勢，子瞻過秦，在於破壞先王之法。

《漢高帝論》

議論正，勝老泉。

以高帝之英雄，而羣臣不能争其如意之欲立；以武帝之奇氣，而廷臣不能明其太子之被讒，威爽之過也。

老泉論高帝，與其能用平、勃；子瞻論高帝，病其易太子而不能保趙王如意，皆非所以論帝王王天下之大端也。高帝起布衣，以五年而定天下，可謂雄矣。特其大封同姓而病於疏，誅戮功臣而病於猜，寵嬖後宫而病於無制。當其在位之時，反者吹蝟毛而起，而身没未幾，漢業幾殆而陵夷。至於文景，天下猶鞅掌而不安，由其不能講求先王經制之法故也。

《魏武帝論》

行文似從《戰國策》來，寖淫之以自家本色，故多嫋娜綽約處。

古之起自匹夫行伍而取天下者，蓋必其身有定天下之略，而非沾沾以割據四方爲謀者。漢、唐、宋是也。魏武帝雖稱奸雄，其始也，輒以傾漢室而代之爲謀，故其劫天子誅强國，並創心割據。而二袁、吕布，非其敵者，爲其所屏耳。宗之雄如備，藩之傑起如權，其能爲之下乎？使魏武力獎王室，以身下備與權，則漢之桓靈之業未必不復振，而魏武且爲元勳也。其去三分天下僅三世而亡，相去豈特尺寸哉？

《魯隱公論一》

子瞻得《經》所載攝主明與季康子一節，故其論獨刺骨。

唐荆川曰：「先作定論，後説原由。」

《魯隱公論二》

奇文。

《宋襄公論》

千古隻眼之論，自正當。

《伊尹論》

讀此而後可以身自信於天下，而成不韙之功，而行文斷續不羈。

荆川批「斷續」兩字是文家血脉三昧處，非荆川不能道。

《周公論》

辯。

《管仲論一》

子瞻悲亞夫以下八人不得其死，故痛而發論。

《管仲論二》

蘇公以繁而曲爲守，以簡而直爲决勝，未盡兵之情。

《范文子論》

論用兵之勝而敗之處，反覆痛快。長公蓋亦鑒於當時熙河之役，故云。

《范蠡論》

文如酷吏，雖蠡亦何辭！

《伍子胥論》

《孫武論一》

行文好，而未中孫武之病。

《孫武論二》

此篇是借題説自家議論。

論孫武而發武之兵書之所不及，蓋亦鑒宋之御將之無法，而其士卒狃於弱而不能戰之故也。

《樂毅論》

霸者之論，自是刺骨。

樂毅去趙後，累數十年，其子與孫功名不滅，而漢高帝之興，猶向往之。大略毅之風度亦似可傾動天下者，故其餘風不衰。

《商君論》

多名言。

《戰國任俠論》

或謂唐末之龐勛，五代之樊若水，皆客游類。

《范增論》

增之罪案，一一刺骨。

《留侯論》

此文只是一意反覆，滚滚議論，然子瞻胸中見解，亦本黄老來也。

王遵岩曰：「此文若斷若聯，變幻不羈，曲盡文家操縱之妙。」

《賈誼論》

細觀此文，子瞻高於賈生一格。

唐荆川曰：「不能深交絳、灌，不知默默自待，本是兩柱子，而文字渾融不見蹤跡。」

王遵岩曰：「謂賈生不能用漢文，直是説得賈生倒，而文字飜覆變幻，無限煙波。」

《鼂錯論》

於錯之不自將而爲居守處，尋一破綻作議論却好。

錯之誤，誤在以舊有怨於盎，而欲借吴之反以誅之，此所謂自發殺機也，鬼瞰其室矣。何者？以錯之學本刑名故也。

《霍光論》

光總只是一箇凝重，故幹了大事。

《諸葛亮論》

行文好，而以間疏丕、植爲謀，終似畫餅。

蘇長公所罪孔明之取劉璋，與其不能行間丕、植一節，愚未敢信。但其將略一節，愚竊謂其可以守國而非所以取天下者。大略先主之顧草廬，數言之間，已了一生功案矣。何則？孔明節制之謀勝而揮攉之氣寡。即其生平用兵之失有三：當關羽之鎮夏口也，何以不虞吴人之議其後？而羽之既没，先主流涕出師，所謂憤兵矣，甚且連營七百餘里，已犯兵家大忌，何以默無一

言，從中止之？至於頻年出軍祁山，而於魏延所請提勁卒五千，間道襲破關中，出與孔明相合，此亦屠龍搏虎手也，孔明又何以紆徐不用？嗚呼！以禪之孱弱，原無能恢復大漢者，即如孔明所云「鞠躬盡瘁，死而後已」，其志雖勤，而其略豈足以定天下者哉？

《孔子論》

孔子之所以聖，不盡於用魯，而子瞻於孔子之用魯，已見得分明。

《子思論》

雖非知思、孟之學者，而其文自圓。

唐荆川曰：「借客形主，轉丸於千仞之上。」

《孟軻論》

此作似未盡長公平生。

蘇氏父子於聖學及老氏之學並未能達，故其議論多渺茫，然而行文處特圓矣。

唐荆川曰：「此篇縱恣不羈。」

《荀卿論》

以其所傳，攻其所蔽，荀卿當深服。

王遵岩曰：「以異説高論四字立案，煞是荀卿頂門一針。而謂李斯焚書，破壞先王之法，皆

出於荀卿，此尤是長公深文手段。」

《韓非論》

韓非於老氏若不相及，而太史遷獨以爲申、韓並原於道德之意，東坡亦識得此意。

《揚雄論》

性道自宋儒濂洛以後，纔説得分明，而蘇家論性道處，不免癡人説夢矣。然通篇因主論客，因客見主，自是文家一法門。

唐荆川曰：「題是揚雄，而事辨韓愈，亦一體也。」

《韓愈論》

前後數段各自爲説，而綱目整然。

唐荆川曰：「此文截然四段，而綱整目亂。細觀此文體，乃絶是模擬《原道》爲之。坡翁之滑稽若此。予竊以愈之闢佛老也，特其門户之間，而東坡所論亦猶不得乎其門而爲之言。」

《〈書〉論》

挈出一事作議論，三四層跌入，極有法度。

長公有感於商君變法之驟，故於商周之書所以告戒其民處，反覆爲論。要之王道以得民爲本，故《易》曰：「先甲三日，後甲三日。」又曰：「己日乃孚。」而《魯論》亦曰：「君子信而後勞其

民」，先王之使民原如此。此篇紆徐曲折，然亦稍開衰宋之門户矣。

《〈禮〉論》

文特紆徐曲折可誦，然言禮而於器之異宜，何關於禮之大者？

《〈春秋〉論》

文甚嫋娜而見似未透。

《〈中庸〉論上》

此等文，非子瞻之佳者，以其是蘇家説理文字，故録而存之。

《〈中庸〉論中》

《〈中庸〉論下》

唐荆川曰：「數段貫穿作一篇。」

《續歐陽子朋黨論》

長公此論，真可以補歐陽子之不足。元祐、紹聖之間，豈其説不用耶？

通篇轉摺處皆如游龍。

《續楚語論》

辨而正。

唐荆川曰：「此文逐段關鎖，似《諱辨》體。」

試論

《「刑賞忠厚之至」》

東坡試論文字，悠揚宛宕，於今場屋中極利者也。

唐荆川曰：「此文一意飜作數段。」

《「重巽以申命」》

《「孔子從先進」》

時論中妙手，其體格與今無相遠。

《「春秋定天下之邪正」》

以禮字爲案。

《「儒者可與守成」》

論歸於正而文更翩飜。

《「物不可以苟合」》

時論之冠。

中間君臣等四比填(八)〔入〕格眼，本屬時論，却能按經傳事情，化腐爲新。舉子輩得此法，可以横四海矣。

《「形勢不如德」》

當時應試論合如此。

《「劉愷丁鴻孰賢」》

行文勝小蘇。

《「禮以養人爲本」》

論正。

《「王者不治夷狄」》

奔逸絶塵，是時論中一射鵰手也。舉子業到此，便是脱凡胎矣。

論　解

《「鄭伯克段於鄢」隱元年》

曲而鬯。

《「用郊」成十七年》

《「會於澶淵宋災故」襄三十年》

《「黑肱以濫來奔」》

《「小雅周之衰」襄二十九年》

議論的確而文亦雅。

《「大夫無遂事」莊十九年　又僖三十年》

論甚確。

《「定何以無正月」定元年》

明辯。

《「猶三望」》

文旨疏鬯而韻度磬折。

《「觀過斯知仁」》

論亦是，終不出蘇氏法門。

《「君使臣以禮」》

論亦正大。

策

《策略一》

此則先以人主自斷，爲策略之始，下四篇指其事而條之。

《策略二》

設行人屬國之官。

專按越之范蠡，吴之伍員上立見。

爲今日計，只消於兵部中另立一協部尚書或侍郎，專掌北虜之事，用邊將，理兵餉，繕虜墻，並探牒虜情，儲養邊材，皆其所掌。歲一春則巡邊，夏四五月間則歸復于朝，與兵、户二部相爲筦權，計之善者也。

《策略三》

任法不如任人，而篇終專取諸葛之治蜀，王猛之治秦。蓋爲英廟之初，當熙寧時，似以水濟水矣。覽東坡所自爲《辨策問劄子》得之。

唐荆川曰：「《無沮善》篇嚴密，此篇疏暢，各自爲體。」

只因當時韓魏、富鄭、杜祁諸公紛紛外逐，而不能久於其朝，故有此議。

《策略四》

破庸俗之論。

有奇氣。

唐荆川曰：「此篇前後各自爲段落起伏，與《决壅蔽》篇同。」

《策略五》

行文如行雲，如江流，曲盡文家游衍之妙。

唐荆川曰：「此文論時弊處皆借古爲諭，亦一體也。」

《專任使》

論省府久任，不獨文邕，切中經濟。

《厲法禁》

議論近申、韓，而文自中律。

唐荆川曰：「爵減、首免、勿推，與前罰金分明四件事，叙得甚變化。」

《抑僥倖》

與《潁濱《臣事八》意同。

唐荆川曰：「今若做此意，雖不能無敝，亦可得一二實才。」

《決壅蔽》

省事、勵精二者，亦切中今日之情。

唐荆川曰：「前半言壅蔽之當決，後言所以決之之道。」

《無責難》

輕舉主連坐之法，而重監司郡縣之長，以督察所屬之吏。

宋之舉主之法，五品以上皆得推天下文章治行之士，而今則特屬撫按以舉劾所屬，而京朝官不與也。而撫按之舉，即子瞻職司之説矣。愚見今之撫按，其有所舉屬吏而以贓污敗者，決當并坐，其或於舉辭之中，略露其材識可取，而其中之所守猶當俟其久而後定，則差可以薄其罰。而藩臬守巡之長與郡太守，雖不得如撫按詳行舉劾，亦當各書其所甚賢甚不肖者以歲上其計於吏部都察院，朝覲之年，則按其所舉刺之中否，以定黜陟。

《無沮善》

專爲吏胥以下之才，其情弊與今亦相參，而文甚錯綜。

《敦教化》

看他行文紆徐婉轉，將言不言處。

東坡勸敦教化，而以罷西河之兵與寶元以來增賦爲案，其言雖近長老，而其實則疏略矣。

《省費用》

子瞻論節財處甚工，而所舉郊之賞與夫宫觀使及都水監數者，蓋冗員之一耳，子瞻必有忌諱而未盡之説。

《蓄材用》

欲募天下之將材而歸之於治兵。治兵固一説，然其本尤在君相之一心與一氣。

《練軍實》

欲爲擇兵而募，而又限以年。

精悍之識，博達之才。

此等文，須看承上聯下字眼。

《勸親睦》

三代之遺言深見，而文亦爽。

《均户口》

文甚疏鬯，其欲使天下之宦遊者徙之荆、襄、唐、鄧、許、洛、陳、蔡之間，其説難行。

《較賦役》

與今江南賦役之患不同，今江以北户止開石數，而不及田之畝數，正如此。

《去姦民》

論利害處刺骨。

《倡勇敢》

「氣」之一字，極中兵情，而通篇行文如虬龍之駕風雲而撼山谷，而杳不可測。

唐荆川曰：「此篇體方而意圓。」

《定軍制》

經國之言。

戍禁兵不如募土兵，今歲戍延綏之兵，以衛薊遼，無策之甚者也。

《教戰守》

宋之嘉祐間，海内狃於晏安，而耻言兵，故子瞻特發此論。

《策斷上》

順叙。

《策斷中》

此文論大小情事刺骨。

《策斷下》

蘇氏父子之論敵情，一一深中。

荆川曰：「此文極其變化，横發而不可羈制。」

序　傳

《范文正公文集序》

此作本以率意而書者，而於中識度自遠。

《六一居士集序》

蘇長公乃歐文忠公極得意門生，此序却亦不負歐公。

唐荆川曰：「體大而思精，議論如走盤之珠，文之絶佳者也。」

《田表聖奏議序》

不爲巉刻之言，而文自達。

《鳧繹先生詩集序》

非公著意文，却亦澹宕而有深思云。

《樂全先生文集序》

公與張方平最相知，故序其文亦相知之深中種種當理。

《王定國詩集序》

蘇長公文，不着意結構者多。

《錢塘勤上人詩集序》

勤上人之詩，必不足傳，而長公却於歐公之交上作一烟波議論。

《送水丘秀才序》

所思遠而文亦遒俊。

《方山子傳》

奇，頗跌宕，似司馬子長。

此篇《三蘇文粹》不載。余特愛其煙波生色處，往往能令人涕洟，故録入之。

《陳公弼傳》

子瞻嘗自謂平生不爲行狀墓碑，大較叙事文，其所短也。此傳亦摹《史》、《漢》而得其什之二三者。

記

《仁宗皇帝飛白御書記》

澹宕不收之音。

唐荆川曰：「小題從大處起議論。」

《南安軍學記》

此等文軸，多澹宕不可爲法，考《年譜》，乃安置儋州時所作。

唐荆川曰：「蘇文本尚〔地〕〔馳〕騁，而此作尤涣散不肯受約束，然惟長公可耳。歐、曾集内無此也。」

《醉白堂記》

魏公勳名本勝樂天，故文不譬而思特遠。

《墨妙亭記》

却有一種風雅。

《墨君堂記》

東坡滑稽之文，篇終却少歸之於正。

《靈壁張氏園亭記》

無他超遠卓礫之識，而風神亦自典刑。

《王君寶繪堂記》

有一種達人風旨，然地位不如荆公多矣。

唐荆川曰：「《墨寶堂》與此二篇，皆小題從大處起議論，有箴規之意焉。」

《李君藏書房記》

題本小而文旨特放而遠之，纔不鮮腆。

《張君墨寶堂記》

唐荆川曰：「此文前後各自爲議論，暗相照映甚密。」

《放鶴亭記》

疏曠爽然，特少沉深之思。

《文與可畫篔簹谷偃竹記》

中多詼諧之言，而論畫竹入解。

《石氏畫苑記》

中多以文爲戲，然亦自是佳品。

《蓋公堂記》

以醫爲喻起，盡議論却將正意一證。

《莊子祠堂記》

長公好讀《莊子》而得其髓，故能設爲奇瑰之論如此。

《李太白碑陰記》

古來豪傷所被橫口之污衊者多，長公此　番洗刷絶是。

《眉州遠景樓記》

遷客思故鄉，風致婉然。

唐荆川曰：「此文造意亦奇，更不在作樓與遠景上説。」

《喜雨亭記》

公之文好爲滑稽。

《凌虚亭記》

蘇公往往有此一段曠達處，却於陳太守少回護。

《超然臺記》

子瞻本色，與《凌虚臺記》並本之莊生。

唐荆川曰：「前發超然之意，後段叙事。　解意兼叙事格。」

《遊桓山記》

曠達。

《石鐘山記》

風旨亦自《水經》來，然亦多奇峭之興。

《大悲閣記》

禪旨彼所謂「信手拈來，頭頭是道」矣。

唐荆川曰：「此翁素精於佛家之言。」

蘇長公於禪宗本屬妙悟，而其爲記、銘、頌、偈，種種出世人。予故録而存之。

《安國寺大悲閣記》

無論學禪學聖賢，均從篤行上立脚。

《四菩薩閣記》

長公愛道子畫爲障，而對惟簡語甚達。

《衆妙堂記》

公非由南海後，亦不能爲此文。

《清風閣記》

奇曠。

碑

《宸奎閣碑》

看議論持大體處。

《上清儲祥宫碑》

應制之文，非公之至者，而其所見與議，亦自有典刑。

通篇以私錢爲案，以爲民祈福爲幟，此等應制文，不得不如此。

《廣州資福寺羅漢閣碑》

長公作禪林悟景，千年以來絶調。

《潮州韓文公廟碑》

予覽此文不是昌黎本色，前後議論多漫然，然蘇長公生平氣格獨存，故録之。

《表忠觀碑》

通篇以疏爲序事之文，絶是史遷風旨。

《司馬温公神道碑》

間按：蘇氏兄弟議論文章，自西漢以來，當爲天仙，獨於叙事處不得太史公法門。余故於兩

公所爲諸神道碑、行狀等文不多録。

此碑記乃公應制者，較公所爲《司馬公狀》似不能盡所欲言，然行文特略矣。

神宗之知長公亦深，而不及用。觀長公於二聖之撤金蓮燭送歸翰院時所云，則得之矣。此長公所以於此獨感慨嗚咽，而盡所云也。

唐荆川曰：「長江一瀉萬里，而波瀾曲折自有姸姿，真文人之豪也。」

銘　贊　頌

《三槐堂銘》

中多名言。

《德威堂銘》

前引皆博大，所謂爲潞公而作者。

《九成臺銘》

銘之變體。

《擇勝亭銘》

即古之幔亭，而文多曠達矣。

《漢鼎銘》

其憂深，其思遠。

《徐州蓮華漏銘》

借漏以發明道術，吾所以謂蘇長公仙於文者也。

按：（婁）〔樓〕迂齋曰：「坡翁最長於物理上推到義理精微處，妙於形容，而引歸吏身上尤佳。」

《夢齋銘》

妙詮。

《文與可飛白贊》

文有神解。

《延州來季子贊》

子瞻按季子救陳在哀公十年，故以爲其救陳也，去吴之亡僅十三年爾。季子知吴之亡，何以不諫？予獨謂闔廬既已殺王僚而自立，逃而去，終身焉不入吴之市，蓋季子已絶人世也久矣。《左傳》所稱季子云云，妄也。大較《左傳》多浮誇，焉知其非以訛傳訛也？子瞻求其説而不得，謂季子且不死，則又過矣。

《王元之畫像贊》

感慨激烈過多。

《王仲儀真贊》

先於小序中點次，故贊文特爽。

《韓幹畫馬贊》

游神言外，點綴淋漓。

《三馬圖贊》

贊名馬，而其意全在本朝廷却名馬上。

《磨衲贊並序》

箇中人語，往往令人解頤。

《十八大阿羅漢頌》

此等文字，韓、歐所不欲爲； 此等見解，韓、歐所不能及。 由蘇長公少悟禪宗，及過南海後，遍歷劫幻，以此心性超朗，乃至於此，可謂絶世之文矣。

説　賦　祭文　雜著

《稼説　送張説》

歸本於學，有見。

《剛説》

公晚年歷世故多，故爲言如此。

《前赤壁賦》

予嘗謂東坡文章，仙也。讀此二賦，令人有遺世之想。

《後赤壁賦》

蕭瑟。

《祭歐陽文忠公文》

歐陽文忠公知子瞻最深，而子瞻爲此文以祭之，涕入九原矣。

《祭魏國韓令公文》

韓公祭文，當時第一。

《問養生》

近有道者之言。

《日喻》

公之以文點化人，如佛家參禪妙解。

《明正　送于伋失官東歸》

《太息　送秦少章》

奇偉之氣不可遏。

《藥誦》

多曠達之旨，從徙南海得之。

《傳神》

得此解併可入文章矣。

《六一居士傳後》

本莊生齊物我見解，而篇末類滑稽可愛。

《書黄子思詩集後》

公之詩，不入詩家品題，而其論詩處興味自遠。

《書東皋子傳後》

曠達之旨。

蘇文定公文鈔引

蘇文定公之文，其鑱削之思，或不如父；雄傑之氣，或不如兄，然而冲和澹泊，遒逸疏宕，大者萬言，小者千餘言，譬之片帆截海，澄波不揚，而洲島之棼錯，雲霞之蔽虧，日星之閃爍，魚龍之出没，並席之掌上，而綽約不窮者已，西漢以來别調也。其《君術》、《臣事》、《民政》等篇，尤爲卓犖。予讀之，録其《上皇帝書》及劄子、狀十九首，與他執政書十首，諸論及歷代古史名論八十二首，策二十五首，序、引、傳七首，記十二首，説、贊、辭、賦、祭文、雜著十一首，釐爲二十卷。歸安鹿門茅坤題。

上書

《上神宗皇帝書》

凡讀先秦、《史》、《漢》，往往言簡而意盡，固古人所不可及處。及讀子由之文，往往如遊絲之從天而下，嫋娜曲折，氤氳蕩漾，令人讀之情暢神解而猶不止，亦非今人所及處。

此書專言理財，中多名言，但冗吏一節未見的確。

上書　劄子

《自齊州回論時事書》

忠悃之言，類兩漢書疏。

《陳州爲張安道論時事書》

通篇指神宗悔心處，感諷開悟，得《易》之「納約自牖」之意，而始末處有針線法度。

代老臣建言，一一典刑。

《論用臺諫劄子》

若近年臺諫，雖稱吏部都察院會同考選，恐不免宋人並由執政指揮之弊。

《論衙前及諸役人不便劄子》

蘇氏兄弟所見俱如此。

《論冬温無冰劄子》

此等劄子，自兩漢書疏以下不可及。　十分任怨，忠義鐍然。

《乞分别邪正劄子》

文定分別之中，猶以調停爲説，此所以元祐之政失之弱，而蔡、邢之黨復起矣。

《再論分別邪正劄子》

再上劄，更覺議論詳悉。

愚竊謂《易》之「内君子而外小人」，内者，進之之詞也；外者，退之之詞也。恐未必如子由所云，内即以之任於朝，外即以之布於州郡也。宋時上下並有調停之説，故子由亦不敢不附此爲言。子由與章、蔡相讐者，猶爲此言，然則彼之私相黨者，安得不横爲煽亂動摇之術乎？

《三論分別邪正劄子》

此一劄又專在反己一著，似又得體。

《再論熙河邊事劄子》

論當時邊事極痛快，特以甫招撫後遽議易將，似難從。

《三論渠陽邊事劄子》

古今來以蠻夷攻蠻夷爲最，以附近土兵攻蠻夷次之，若調他中國强兵，則非計矣。

《論開孫村河劄子》

利害明悉。

《再論回河劄子》

子由所論回河，已而一一皆驗。

狀

《論臺諫封事留中不行狀》

即前輩請罷斜封墨勅之見。

《制置三司條例司論事狀》

通達治體之言。

《論西事狀》

此狀情事本末及制勝處，元祐第一奏疏。

《論蘭州等地狀》

宋事與今國家事不同，難以遽斷。大較文定公亦只因主幼，而當時兵將未得其御夷之便，故爲此棄之之説，恐非至計也。

《再論蘭州等地狀》

老成持重，典刑之言。

《乞招河北保甲充役以消盜賊狀》

子瞻嘗請於徐州籍勇悍之夫督捕盜賊，即此意。

書　啓

《上樞密韓太尉書》

胸次博大。

《上兩制諸公書》

覽其文如廣陵之濤，砰磕洶悍而不可制，然其骨理少切。譬之揮斤成風，特屬耀眼。

《上劉長安書》

氣岸自别，劉長安恐不得不斂衽自謝。

《上昭文富丞相書》

子由所托諷富公處，全在任人與篇末「萬全之過」四字。

《上曾參政書》

《答黄庭堅書》

雅致。

《賀文太師致仕啓》

文有典刑，且多風致。

《賀歐陽少師致仕啓》

《除中書舍人謝執政書》

論

《夏論》

文甚佳。至於虞之所以宗堯，夏之宗鯀，亦古今典禮一大疑處。

《商論》

此文如天馬行空，而識見亦深到。

子由謂商之治尚嚴，故其享國不及周之八百。予竊疑《商書》曰：「代虐以寬。」則商之政未必一於猛也。按《禮記》雖有商人「先刑罰而後爵禄」之言，要之多雜於漢儒附會之言，而未必聖人之至者，且周自平王以後，一變而爲春秋，再變而爲戰國，而周天子特懸一名於上者五百餘年。蓋其列國各擅土地甲兵而不能相一。而其所不敢屠周者，斯則文武禮教之遺澤在焉耳。商之六百，未嘗不以天子臨諸侯也，故商之曆雖不及周，而其實過之。然以齊魯譬之，其迹若近而其情不可考矣。

《周論》

獨見之論。

愚竊謂「忠質文」三字，以之名三代之治則可，以之論三代之相捄，而又謂若循環然，則不可。當其風氣之日開，而聖人以漸爲之經緯其間，至周而文始大備，及周之衰而苟有王者起，亦不過循文、武、成、康之遺爾，豈得又推文而之忠與質乎哉？不然，湯何以纘禹舊服？而武王之克商也，亦特曰：「政由舊。」故愚獨謂夏未嘗尚忠，商未嘗尚質，周亦未嘗尚文，此皆後世之所以仰觀三王之典禮，與其風俗之可見者，而强名之爾。孔子曰：「周監於二代，鬱鬱乎文哉！」頌美之也。假令如後世儒相捄之説，孔子於此必深言之矣，何以獨遺此一段大議？

《六國論》

識見大而行文亦妙。

唐荊川曰：「此文甚得天下之勢。」

《秦論一》

此篇過秦失所以取天下。

《秦論二》

此篇正言。秦之所以取天下，當以此不以彼。兩篇合一篇。

《始皇論》

蘇氏兄弟論罷侯置守處，並祖柳宗元之論而附益之。而子由此論却亦跌宕，可以補柳子之不足。

《三國論》

論三國而獨挈劉備，亦堪輿家取窩之説。

《晉論》

晉之士患在不習事，故無以經略當世。子由議之未當，而行文自佳。

晉之亡，患在大封同姓而假之以兵，不戢則逆節生，而中朝無以爲居重馭輕之勢。内以清虚相高，外以胡虜衡亂，而天下之權無所歸矣，故遂以不振而偏安江左，以至於移祚，悲夫！

《七代論》

獨挈宋武失著處，亦千年隻眼。

議宋武入秦一著，可謂確論。所惜者宋武志在於九錫，而不在於一天下。大略曹操之不能力獎王室，而卒貽曹丕以稱帝業，病亦在此。

《隋論》

論秦、隋處亦似，而其言以術留天下爲名則卑矣。漸開晚宋門户。

《唐論》

此等文古今有數。荆川云：「深究利害，是大文字。」

愚竊謂今之兵滿天下，並不得籍之行伍以折衝御侮，而北自遼陽迄臨洮，延袤五千餘里，僅得戍守之兵以乘障游徼於其塞耳。然無唐之節度府帶甲十萬之勢以爲外重，故胡人得以蹂躪我疆場，殺略我人民，其於南粤一帶亦然。至於京師，所籍兵十餘萬，僅足以供天子之工匠與中官勢人者之侵漁而已。又無唐之内設府兵五百以爲居重馭輕之威，是所謂内外無以爲重者也。故四夷數侵，歲以爲常，而中州卒有一夫跳梁，往往衡越不能遽熄，豈非兵政無以制中外之亂與？

《五代論》

有近利者，必有遠憂，豈獨帝王之取天下？

雖然，古帝王之起自匹夫，而定天下也易，及其身爲天子，能立綱陳紀，深謀曲慮而垂萬世之業也難。

《周公論一》

其論周公處成王雖未當，而其行文往往如空中游絲起伏，婣娜而不可羈。

《周公論二》

讀《周禮》者不可不知。

《老子論上》

與下共爲一篇，只看子由行文如神龍乘雲於天之上，風雨上下不可捉摸，不可測識，不可窮詰。學者如能静坐牕几間，將此心默提出來，與此二篇文字打作一片，忽焉而飛於九天之上，忽焉而逐於九淵之下，且令自我胸中亦頓覺變幻飄蕩而不可羈制，則文思之懸，一日千里矣。當其思起氣溢，如急風驟雨，噴山谷，撼丘陵。及其語竭氣盡，如雨散雲收，山青樹緑，塵無一點，嗟乎！此則學者當自得之也。

《老子論下》

《歷代論》

子由之文，其奇峭處不如父，其雄偉處不如兄，而其疏宕嫋娜處，亦自有一片烟波，似非諸家所及。予嘗同荆川論之，荆川絶愛其文，然而間讀《君術》、《臣事》、《民政》及古史等書，誠絶作也。《歷代論》四十三首，蓋子由於罷官潁上時，其年已老，其氣已衰，無復嚮所爲飄飖馳驟，若雲之出岫者、馬之下坂者之態。然而閲世既久，於古今得失處參驗已熟，雖無心於爲文，而其折衷於道處，往往中肯綮，切事情，語所謂老人之言是已。予不能盡録，録其見解所獨得者二十八篇。

《三宗論》

《漢高帝論》

此亦子由獨見其微處。

或問：「章邯假令不過河北，高帝能入秦乎？」子由以邯提兵擊盜，則當時老將健卒已虛關中，似亦有見。然覽觀《秦紀》本末，蒙氏兄弟誅，而將陷矣；阿房之宫，驪山之葬，而百姓怨矣；諸公子及李斯坐法死，而骨肉大臣不附矣。至於趙高之夷，子嬰之立，上下岌岌矣。高帝之入秦，譬之以石投卵也，又何疑哉？

《漢文帝論》

此等見解，子由晚年還穎上，歷世故多，故能爲論如此。

《漢景帝論》

此亦子由出見得景帝本末處。

《漢武帝論》

典刑之言。

《漢昭帝論》

觀欒城此等文字，其識見甚近裏，當勝於曾鞏。

昭帝之享國日淺，不知其禍由近女室否？假如伊尹相湯以及其子，而太丁、外丙、仲壬並不三四年死，豈皆女室興而皆伊尹之罪歟？特目爲大臣，有托孤寄國之責者，不可不知此議。

《漢光武論》

東漢之亡以宦官，而沖、質以後由女后稱制，故其積禍養亂以至於此。子由以之咎光武不任大臣所致，似亦太過，然其論亦正，姑録而識之。

《晉武帝論》

論利害處却審。

漢高帝懲秦孤立，而大封同姓，以瓜分於外，然其權則統於上，故其禍亂之發，得藉之以收盤石之功。晉武帝懲魏之後，而衆建八王，然其權則散於下，故其禍亂之發，擁腫鞅掌，卒之互相蹂籍，而特以稔魚爛之釁。

《晉宣帝論》

前以曹孟德形容司馬仲達，後以霍光、孔明爲案。

兩漢之衰，王莽啓其端，董卓幸其禍，曹操踵其謀，而司馬以後遂至於世相擅以狐媚托孤定亂之間，至唐太宗而始絶。甚矣，小人之流禍也，要之五代又踵之矣。

予謂「爲義不終」四字，非所以論曹操也。蓋文王之戴殷也，終其身未嘗有一毛利天下之心。而操特擁漢以劫天下之諸侯耳，雖荀文若之死，君子謂其以身文奸也。

《宋武帝》

《宋文帝》

《梁武帝》

蘇氏兄弟晚年並以釋典之旨自解脱，故其言如此。然而所本《易》之形而上，以爲釋老之原，則又對癡人説夢矣。

《唐高祖論》

《唐太宗論》

罪太宗以「不知道」三字，確論。

唐荆川曰：「篇中整段抄故事，而斷語全少，蓋論之一體也。」

《玄宗憲宗論》

的確明切。

《五伯論》

五伯優劣，亦見於此矣。兵戒亦云「無爲戎首」，故《易》曰：聖人不得已而毒天下也。

《隗囂論》

論亦有據。

《符堅論》

有深識，而行文處非蘇氏本(木)〔旨〕。

《知罃趙武論》

即五伯之議論。

《鄧禹論》

或曰：「兵聞拙速，未睹巧之久矣。」禹與赤眉相持，久而不決，故遺之馮異代將而功成。

《賈詡論》

子瞻以魏重於取蜀，子由則以不取蜀爲操之老於兵。

《羊祜論》

子由謂祜之滅吴，不如范文子之釋楚以爲外懼。愚竊謂范文子處春秋列國之間，可爲深慮也。晉與吴爲兩大之國，非此亡彼，則彼必圖此。吴主皓方以妖童淫虐其國，晉不以此時下之，是所謂圈虎而遺之患也。及吴滅之後，祜已先晉武帝而死矣。君子欲以其身没二十餘年之後，而議功爲罪，不亦過乎。予獨愛其言足爲後世人主持盈者之戒，故録而識之。

《王衍論》

其罪王衍甚確，而其論東晉以來迄于唐似猶影響。

唐荆川曰：「有識見，論處亦透。」

《王導論》

《狄仁傑論》

文不著意，而篇中「以緩得之」四字，誠名言也。

《姚崇論》

崇雖稱名相，而其順適玄宗之欲，以開末年驕侈之漸，幾致亡國，崇所不能辭。

《牛李論》

僧孺外托鎮静而於持危濟變處，非其所能。德裕内持果敢，而藏器待時處，亦其所闇，要之均不知大臣之道者。

《陸贄論》

贄之事德宗本末甚詳。

《郭崇韜論》

所言亦有見。

古史論

子由作《古史》以補《史記》之遺，始伏羲、神農，下至秦始皇，凡若干卷。予覽其傳末所論次

得失，其言多確，其文旨與太史公互相跌宕。可誦者撮録二十五首。

《齊》

《魯》

其思深，其議亦確。

《陳》

探本之論，以是知儀、秦之術無捄於危亡，而反促之也。

《蔡叔》

在周公囚蔡叔上説。

《衛》

《晉》

《楚》

《燕》

文本三折，悉中規矩。

燕僻北徼，故其與中國相傾危者後耳，非以蘇秦入而後被兵也。

《越（趙）》

言東南利害之勢處雖未當，而行文有法度變换處，並古人入彀處。

《晏平仲》

管、晏兩評處是，而姚、宋一證更佳。

《屈原》

文跌宕，其所責屈原以柳下季者，似也。予竊謂使原如札之逃，而終身焉不入於吴之市亦可。

《孟嘗君》

評四君處亦與太史公相跌宕。

《平原君》

《魏公子》

《春申君》

《蘇秦》

所議是而文亦跌宕。

《王翦》

翦提兵六十萬以擊楚，非盡合戰之兵也。楚方二千里，中多關塞要害，非多兵則無以分其戍守，乖其所之。兩壘相陣，自古鮮有二十三十萬以上而能有功者。

《刺客》

議論甚正。

《虞卿》

《魯仲連》

《穰侯》

與後論並看，子由所不滿范、蔡處如掌。

《范睢蔡澤》

《白起》

議起處是。

《李斯》

斯、恬並亦無辭。

《蒙恬》

論

《新論上》

此三篇原是一意，其所言爲國之地，即子瞻所謂國先定其規模之説，而中篇指言吏媮、兵冗、財絀三者，亦皆子瞻所建議處，特其行文於舉子業中爲利轍，故録而存之。

《新論中》

《新論下》

《燕趙論》

行文佳，所議未當。

子由此論殆亦未嘗深知燕趙之俗耳。予嘗宦游燕趙，燕趙之士，多忠信感慨，自古其地多節俠死義者，亦以此特存。夫上之以《詩》、《書》、《禮》、《樂》相爲摩切者何如耳。子由罪燕趙，當唐中葉時，擁叛將者八十餘年，抑不知罪在將，非在吏民也。河澗、魏博之間，多明經獨行，而即如田野閭里間，雖有斗雞走馬，蹻踘弓矢之習，而有賢守令以爲之長，且勝齊魯矣，而况吴楚乎？

《蜀論》

蘇氏父子，蜀人也，故論蜀多詳。

《西戎論》

宋之西戎，夏也。今則不同。

《北狄論》

鼓中國之氣。

《西南夷論》

此篇議亦未的確，但論班超一著甚是。

子由之論西戎、北狄，大略並按宋情事本末而爲之者。北虜以騎射爲業，逐水草食肉酪，而西羌則各塹山谷，分部落，而南夷則戀巢穴，世田土，故其勇悍聚散不同，而所以制御之者亦不同。西戎、南蠻撫勦兼施，可以懷柔。而北虜則惟戰守二策耳。

《史官助賞罰》

舉業文字之佳者。

《王者不治夷狄》

此子由同兄應試之文，不及子瞻，而自是成一家正大議論。

《劉愷丁鴻孰賢》

不如子瞻，而法度却正當。

策

《君術策一》

《君術》五篇，亦是一篇，大略欲人君知所以御天下之術，而行文甚紆徐百折，當熟看波瀾處。

子由借高帝駕御英雄一節作議論，行文雖善，而不切當世情事。

《君術策二》

分兩扇總叙。

子由欲感悟主上，察臣下之情，以收其御臣下之術。然通篇論古處透，而影今處不切，此其所以不及歐陽子也。

《君術策三》

蘇氏父子往往勸主上先刑罰，本出申、韓之餘，似非人臣告君之正，特對宋仁宗似屬對病之藥。

唐荆川曰：「仁宗寬仁之過，故當時有識之論每如此，老泉《上富公書》亦如此。」

《君術策四》

熙寧、元豐時，其患在於急功利，故於御臣下不得其道，而子由習聞父兄所當仁廟時，患其用仁過而法不行，故以厲法禁之意繼之，而通篇又以君臣相猜處爲感慨議論。

唐荆川曰：「古今説兩遍。」

《君術策五》

通篇行文如怒馬奔濤，於千里之間馳驟澎湃而不可羈制者。

唐荆川曰：「因風俗之所趨而決之，子由此文，真如長江大河。」

《臣事策一》

重臣。

古人嘗云「文至韓昌黎，詩至杜子美，古今能事畢矣」。予獨以爲人臣建言感悟君上，如子由重臣一議，則千古絶調也。

《臣事策二》

明罰。

通篇多曲折而透，荆川謂此篇全在虚語處著精神，良是。

唐荆川曰：「略援古事，專論時弊立柱子。」

此一篇議論，專以宋真、仁來，往往言官指摘執政，輒以使相除之，出鎮外郡，或反增其秩，而其言官又不免遷謫嶺表，此皆宋之優禮大臣之過，而殊不當於天下之公議，故有此論。

《臣事策三》

作士氣。

通篇如流風掣雲。舉子業中神解也。

空引。

此與坡公《蓄材用》篇皆言武舉之不可廢，而其文故爲紆徐百折，譬之走江漢之水數千里，而到海則一壑耳。

《臣事策四》

委兵權。

本前篇重武臣中抽出將之專兵來，並宋時對病之藥，而文曲而鬯。

此論宋鑒五代將權之重，而其弊貽於弱而不振。而今國家邊徼之將特如一有司之按資敘遷，而不復有財賦之恣，其出入甲兵之擅，其刑殺節鉞所向，稍有出格，則言官且議其後，而朝廷之削罰且及之矣。况郡縣藩臬得以抗，撫臣得以制，而御史又從而繩其後。愚故曰古今來之將權之太輕，莫有甚於今日也。

《臣事策五》

養兵。

此則於將兵中又拈出一護軍者，以調攝恩威之用，而文章疾徐頓挫，可以呼盪胸臆。

宋中葉，益州兵驕，而京軍尤甚，故子由論得情事曲鬯。而今國家西北養兵，患在財賦不充，無以豢嫖姚之士而死於戰，東南養兵，患在號令不肅，無以習向背之實而抗其賊。

《臣事策六》

厲羣臣。

此篇議論，大略與世之論考課資格者相參。

《臣事策七》

督監司。

以當時御史爲能盡法以督州郡之吏，而監司以上不免優游養望以待兩制，而不能盡如爲御史者抗法以褆職。大略今亦近之。

今日之弊，愚尤怪夫爲監司者往往頤指氣使於御史，以苟且其奔走之令，而不能如國家。故設監司與御史互相督察，以平其政，而拊循其民，此所以一御史習練而長厚，而一道之吏民皆帖席矣。一御史好爲擊搏，而一道之吏民皆騷驛而殘破矣。愚故曰：今能察各道監司之中以博大持政，而與御史相持以平其反者，歲擢一二人以爲卿寺，此亦足以按兩漢重二千石之權之意，而爲御史者不至於怙權作威也。

《臣事策八》

破例。大體與《抑僥倖》篇同。

子由此文有大將揮兵之勢，縱横闔闢，無不如意，第一等科場文字。

通篇總只是感嘆宋天子失權利，而不能必天下之士爲之感奮而效死。議論滚滚不窮，譬如蜀江之出峽而一瀉千里，激之爲湍，流之爲川。冒城郭，溢州郡，而不知其所止也。

《臣事策九》

近任。

古者之仕不出百里之國，而今國家小吏往往萬里驅馳，甚不是體，可與曾子固《送江任序》同看。

《臣事策十》

近來儒官與雜流俱以本土之人注選，苟州縣、郡佐貳（以其）亦皆如之，則善矣。

禄胥吏。

行文如風行水上。

《民政策一》

三老。

讀此等文章，如看李龍眠白描，愈入細愈入玄，不忍釋手。

《民政策二》

「競」之一字爲號則不可。特曰「三老、嗇夫」，閭里之耳目，其爲教易行耳。

舉孝廉。行文紆徐而㘕。

《民政策三》

去佛老。

本歐陽子《本論》來，以生死二端作波瀾。

唐荆川曰：「此等文體，在論與奏議之間。」

《民政策四》

詳兵民之分，而罷省屯戍之卒。

唐荆川曰：「首尾俱是戍兵，中間咤出土兵一段，甚是跌宕。若使他人爲之，則必説了罷戍一段，後言土兵之可用，則便成格眼套子矣。」

《民政策五》

平糴屯田。

今策士亦當舉其説以獻於天子。

述古似時策體。

《民政策六》

役游民。

今既有丁錢，而復欲收游民之庸調，恐亦難行。獨其叙事細密，而文一一如畫。

唐荆川曰：「此篇之妙，全在説國病與農病二者，夾雜渾融。」

《民政策七》

公田、貸民。

看他運勢如指掌，煉句如抽絲。

此文獨兩比區處處斡全精神耳，而公田、貸民二者，俱不可行。蓋收公田而奪民之業，天下未有不亂。而貸民者，即荆公所引《周禮》以服國息之説也。

《民政策八》

欲覽天下都邑沃饒之地，於以擇使興利，甚爲有見。而行文如輕風細浪，柔婉可愛。

汝蔡江漢之間，蓋秦以來百戰之國，世用鋒鏑，大略當世之承平者，什特二三。而吏於其土者，或不得其人，與久其任而重其權，是以田野不闢，而多曠土遺利。蘇氏父子往往注心於此。

《民政策九》

制二虜。

絶世之才，故其爲文雄偉。

唐荆川曰：「諸篇用故事，化腐爲新，全在交互形容，交互形容，全在提綱一兩語有力。此篇

與坡公《定軍制》可見大略。」

《民政策十》

其議罷戍兵一節，頗中今日邊塞之弊，而所欲募邊郡之兵以備調征，恐非實濟，特其文甚佳。今之山東、河南、北直隸，亦歲用民兵，恐非計。而其最無策者，近年歲提延、綏之兵而戍薊州。

序引傳

《古今家誡序》

引老氏語，多「儉故能廣」四字。

《古史序》

其思深，故其旨遠。

唐荆川曰：「前一段叙《古史》所載之意，後一段叙作《古史》之由。」

《元祐會計録序》

此子由經國之文，須細尋繹之。

《民賦序》

此等文並子由經濟處，直寫胸臆而非以爲文，文之至者也。

唐荆川曰：「平正通達，不求爲奇而勢如長江大河，是小蘇所長也。」

《收支叙》

《子瞻和陶淵明詩集引》

文不著意，而神理自鑄。

《巢谷傳》

叙谷豪舉處有生色可愛。

記

《王氏清虚堂記》

淺，然却澹宕。

唐荆川曰：「此文亦有箴規，言其所以爲清虚者，不足爲清虚也。議論亦本《莊子》。」

《南康直節堂記》

文亦淺，然自是風人之旨。

《武昌九曲亭記》

情興心思俱入佳處。

《遺老齋記》

有老人之旨。

《東軒記》

其恬曠之趣，不如文忠公之《超然臺記》，而亦自悽愴可誦。

《待月軒記》

文不著意，而援隱者之言論身與性，似入解。

《洛陽李氏園池詩記》

文不著思而自風雅。

《黄州快哉亭記》

入宋調，而其風旨自佳。

《齊州閔子廟記》

按閔子所以不仕季氏爲一篇柱子。其言亦有見。

《上高縣學記》

雅。

《京西北路轉運使題名記》

雅。

《杭州龍井院訥齋記》

近禪旨。

説 贊 辭賦 祭文 雜著

《〈易〉説三》

以下三者，非公文之至者，存之特以見古人窮經之學。

《〈詩〉説》

《〈春秋〉説》

《管幼安畫贊》

子由涉世難後，故其文如此。

《御風辭》

多曠達之旨。

《黄樓賦》

子瞻云：「子由作《黄樓賦》，乃稍自振厲，若欲以警發憒憒者。」

《祭歐陽少師文》

子由《祭歐陽》文不如子瞻，然亦師生故人之情泠然可掬。

《代三省祭司馬丞相文》

文有典刑。

《書〈白樂天集〉後》

予觀蘇氏兄弟於斥廢後，並托禪宗一脉以自解脱，此類可見。

此篇雖非子由刻意爲文，而以罷歸潁上之後，時已得禪門宗旨，故録而出之。

《書〈金剛經〉後》

録此二篇，稍見子由禪學一派。

《書〈楞嚴經〉後》

蘇氏兄弟並從世途風波中已而稍得禪旨，爲之皈依，故能言之如此。

文體明辨序説

〔明〕徐師曾 撰

《文體明辨序說》

明 徐師曾 撰

徐師曾（一五一七？——一五八〇？），字伯魯，號魯庵，吴江（今屬江蘇）人。嘉靖三十二年（一五五三）進士，選庶吉士，歷吏科給事中。世宗殺戮諫臣，嚴嵩當權，遂乞告歸，杜門著述。享年六十四歲。有《禮記集註》、《今文周易演義》等。

《文體明辨》共八十四卷，凡正集六十一卷，文章綱領一卷，目録六卷，附録十四卷，附録目録二卷。據徐氏萬曆元年（一五七三）自序，其書「大抵以同郡常熟吴文恪公訥所纂《文章辨體》爲主而損益之」，既秉承吴訥論文「以體制爲先」的宗旨及其編選凡例，强調「文章之有體裁，猶宫室之有制度，器皿之有法式」，不能「率意爲之」；又認爲「自秦、漢而下，文愈盛；文愈盛，故類愈增；類愈增，故體愈衆；體愈衆，故辯當愈嚴」，因對吴書之「品類多闕，取舍失衷」予以調整。吴書共分五十九類，此書擴之爲一百三十六類，或新增，或細分，如「論」細分爲「論」、「説」、「原」；「論」又再分爲「理論」、「政論」、「經論」、「史論」、「文論」、「諷論」、「寓論」、「設論」等八品，確有「其取類也肆，其辯析也精」（趙夢麟序）之優長。然亦不免失之瑣細。徐氏的辯體意識也更爲自覺，

他明確提出，其書「唯假文以辯體，非立體而選文」，選文乃爲便於辯體，不同於一般的文章選集。徐氏對吴訥之正變説，亦有因有革。雖亦同有尚古復古的正統觀念，但在具體處理時却較尊重實際。如對近體詩（律詩），吴書貶入外集，此書進入正編，并説明此乃文體流變之客觀事實。綜觀此書，卷帙浩繁，條分縷析，多有發明，是明代繼《文章辨體》之後另一部文體論總結性專著。今人抽出序説及《文章綱領》等，别爲一書，命以《文體明辨序説》行世。

有明萬曆八年（一五八〇）吴江董氏壽檜堂刊本，萬曆十九年（一五九一）吴江刊本，八書堂刊本，日本寬文三年京都刊本。人民文學出版社一九六二年羅根澤校點本，校勘精細。今據明萬曆本録入，并吸取人民文學出版社本之校點成果。

（王宜瑗）

文體明辨序

上古之世，樸茂未漓，結繩而治，無所謂文也。自書契易，人文著，「三墳」「五典」昭雲漢而炳日星，先王所以經世垂則化成天下者，其道尚已。秦棄詩書，至漢惠五禩，始除「挾書律」，遺書往往出孔壁間。於時天下文學材智之士，雅嚮儒術，浸登博洽。及後世醇駁紛紜，不能粹然壹稟於正。國朝洗籀風，尚經術，「郁郁乎文」，稱大備矣。然文盛而體不及格者往往有之。

不佞髫齡時，仍其家學，即從鄉先進論文。已迺厭苦淫靡，妄意漁獵古今，綜及聖經賢傳、諸子百家之言，極人文之致者，不可勝數。竊不自量，求辯其理，而幼困鉛槧，今困簿書，未遑也。

迨移令吴江，邑有聞人徐伯魯先生，當世廟時，讀書中秘，拜夕郎，早歲懸車，杜門著述。因同郡吴文恪公訥所纂《文章辨體》，廣爲《文體明辨》，分爲八十四卷，自叙簡端，既文而覈。其取類也肆，其辯析也精。凡文之爲制誥、爲疏劄、爲書文表贊之類，詩之爲樂府、爲古風、爲近體之類，與夫雜體附録，總命曰「文」。昭藝林之矩矱，標制作之堂奥，千古人文，一覽具見，先生之擘掇誠勤，而用心良苦矣。

然終先生之身，成勞未獻，今始得覩其全書。於是喟然嘆曰：渢渢乎是編也！其埴之有方圓乎，木之有鉤繩乎！善治陶者而非方圓則何以中規矩？善治木者而非鉤繩則何以中曲直？爲文者亦若是而已矣。奈何輓近爲文者，不泰縵也夸，則孿卷也剬；不馮閎也肆，則弔詭也僻；不淖約也懧，則劌割也哆。甚者勦厥涔蹏，辯解連環，捷過炙轂，自眩以動矇瞽之色，識者直敝帚棄之。此不假道于體，而徒潰潰焉以自放，譬如陶人之廢方圓，而匠氏之棄鉤繩也，是何足以言文哉？

説者又以文之爲用也，縱發橫決，游矯騰踔，方其騁思而極巧也，固馳馭無方而神運莫測，何以體爲哉？雖然，《易》不云乎「擬議以成其變化」無？變化者用也，所以爲之擬議者體也，體植則用神，體之時義大矣哉，而胡可以弗辯也？故世之薦紳學士，啓函而識體，因體而會心，加以吸英咀華，漱芳簸秕，游乎骨理之内，超乎形骸之外，内足于意，外足于象，意象衡當，發以天倪，當必如蜩若掇、鐻有神、斤成風、庖合舞者矣。惡得遽以糟粕少之哉？

是梓成，而談議者藉以樹不朽，經世者藉以潤皇猷，即不佞不敏，庶幾亦得以緣飭其治，固視兹編爲嚆矢矣。是爲序。

萬曆辛卯三月上巳賜進士第文林郎知吴江縣事廣平趙夢麟譔

刻文體明辨序

吴江魯庵先生讀中秘書，出列諫垣，言事剴切，當肅皇帝旨，悉見採納，直聲在先朝籍甚。性不嗜仕，無何，退耕其邑之郭外，築一室，充左右圖書，潛心大業，力希不朽。屢詔起用，竟不就。藐台鼎若棄，甘窮若飴，彼其意有所屬，固不以此易彼也。

先生多著述行於世，《文體明辨》一書，則準吴文恪公《文章辨體》加益而手編之，上採黄、虞，下及近代，文各標其體，體各歸其類，條分縷析，凡若干卷云。疏、奏、章、劄，以宣朝廷；教、令、詞、册，以達宗廟；論、説、詩、賦、序、記、箴、銘、雜著，以昭熾慝而詔後世。洋洋乎，纚纚乎，詎非文章家之極觀而不朽之盛事哉！嘗謂陶者尚型，冶者尚範，方者尚矩，圓者尚規；文章之有體也，此陶冶之型範，而方圓之規矩也。是故敷奏以婉切勝，叙事以約暢勝，紀載以該核勝，美刺以微中勝，體所從來，非一日矣。弔詭之士，妄意高刻；驚博之士，私擬牽合。代降風漓，莫可窮詰。雖力追古哲，號稱雅馴，而終不免浸淫也。體既溺矣，烏用文之？是編出，而堂寢殊構，宫商異調，判若蒼白，剖若玄黄，回狂瀾于既倒，指斗極于方中，先生惠來學，豈淺鮮乎？

雖然，文有體，亦有用。體欲其辨，師心而匠意，則逸轡之御也；用欲其神，拘攣而執泥，則膠柱之瑟也。《易》曰「擬議以成其變化」，得其變化，將神而明之，會而通之，體不詭用，用不離體，作者之意在我，而先生是編爲不孤矣。不然，而徒曰某體某體，摹倣雖工，情神未得，是父老之擬新豐，而優孟之效叔敖也，奚裨哉！奚裨哉！

是編爲先生藏本，余舅氏鹿門茅公雅慕之，以活字傳學士大夫間，一時争購，至令楮貴。前令仁宇徐公擊節而嘆曰：「是吾邑先賢手澤也，盍梓乎？」請于直指知吾邢公，捐贖佐工，工甫半而以赴召行。廣武趙公來令，首先教化，亟謀畢梓，會直指雍野李公行部下檄，遂告竣焉。

先生伯子詢，仲子論，能讀父書，丐一言於余，余敢以不文辭？用叙其本末如此。

萬曆辛卯夏月吉旦賜進士出身陝西道監察御史吴興後學顧爾行頓首拜書

文體明辨序

《文體明辨》六十一卷，《綱領》一卷，《目録》六卷，《附録》十四卷，《目録》二卷：通八十四卷。撰述始嘉靖三十三年甲寅春，迄隆慶四年庚午秋，凡十有七年而後成其書。大抵以同郡常熟吴文恪公訥所纂《文章辨體》爲主而損益之。《辨體》爲類五十，今《明辨》百有一；《辨體·外集》爲類五，今《明辨·附録》二十有六；進「律賦」、「律詩」於《正編》，賦以類從，詩以近正也。輯既成，繕寫貯藏，以俟正於君子。乃原撰述之故而序之曰：

夫文章之有體裁，猶宫室之有制度，器皿之有法式也。爲堂必敞，爲室必奥，爲臺必四方而高，爲樓必陜而修曲（陜與狹通，見《爾雅》），爲筥必圜，爲篚必方，爲簠必外方而内圜，爲簋必外圜而内方，夫固各有當也。苟舍制度法式而率意爲之，其不見笑於識者鮮矣，況文章乎？

夫文章之體，起於《詩》、《書》。《詩》三百十一篇，其經緯各三（《風》、《雅》、《頌》爲經，賦、比、興爲緯）；《書》體六，今存者三。（此蔡氏、真氏據《周官·太祝》「六辭」而言。六辭：祠、命、誥、會、禱、誄也。祠當作辭。存者三：誥、誓、命也。誓，即會也。商有訓，周無之，然《無逸》等篇，實訓體也。）厥後顔氏（名之推）推論，凡文各本《五

經》，良有見也。

或謂文本無體，亦無正變古今之異，而援周、孔以爲證。殊不知《無逸》、《周官》，訓也，不可混於誥；《多士》、《多方》，誥也，不可同於訓。此文之體也。其文或平正而易解，或佶屈而難讀。平正者經史官之潤色，佶屈者記矢口之本文，乃文之辭，非文之體也。《十翼》皆孔子手筆，《序卦》雖云夾雜，要亦聖人之精藴存焉，此釋經之體，非屬文之體也。其答齊景公問政止於二語，答魯哀則七百五十餘言，此隨宜應對之辭，而門人記之，非若後世文人秉筆締思而作者也。至如以叙事爲議論者，乃議論之變；以議論爲叙事者，乃叙事之變。謂無正變不可也。又如詔、誥、表、牋諸類，古以散文，深純温厚，今以儷語，穠鮮穩順，謂無古今不可也。蓋自秦、漢而下，文愈盛；文愈盛，故類愈增；類愈增，故體愈衆；體愈衆，故辯當愈嚴。此吴公《辨體》所爲作也。

曾成童時即好古文，及叨館選，以文字爲職業，私心甚喜，然未有進也。幸承師授，指示真詮，謂文章必先體裁而後可論工拙；苟失其體，吾何以觀？亟稱前書，尊爲準則。曾退而玩索焉。久之，而知屬體之要領在是也。第其書品類多闕，取舍失衷，或合兩類而爲一，或混正變而未分，於愚意未有當也。竊不自量，方更編摩，而以庸劣絀居瑣垣；然退食之餘，志不沮喪，蓋忘其非吾職也。已而謝病家居，積累成衷，更以今名，聊畢前志。雖於先王述作之意，不無異同，然明義理、抒性情、達意欲、應世用，上贊文治，中翼經傳，下綜藝林，要其大旨固無戾也。初擬上

進，故註中先儒並稱姓名，後雖莫遂，不及修改，覽者勿以罪予則幸矣。

是編所録，唯假文以辯體，非立體而選文，故所取容有未盡者。亦有題異體同而文不工者，復有別爲一格，如六朝、唐初文，陸宣公奏議，今並弗録。博雅君子，當自求之。

至於附録，則閭巷家人之事、俳優方外之語，本吾儒所不道；然知而不作，乃有辭於世，若乃內不能辨，而外爲大言以欺人，則儒者之耻也，故亦録而附焉。

萬曆改元歲在癸酉三月朔旦吴江徐師曾序

文章綱領

明　徐師曾　撰

總論

宋倪思曰：「文章以體製爲先，精工次之。失其體製，雖浮聲切響，抽黄對白，極其精工，不可謂之文矣。」

大明陳洪謨曰：「文莫先於辯體，體正而後意以經之，氣以貫之，辭以飾之。體者，文之幹也；意者，文之帥也；氣者，文之翼也；辭者，文之華也。體弗慎則文龐；意弗立則文舛；氣弗昌則文萎；辭弗修則文蕪。四者，文之病也。是故四病去，而文斯工矣。」

北齊顔之推曰：「文章者，原出《五經》。詔命策檄，生於《書》者也；序述論議，生於《易》者也；歌詠賦頌，生於《詩》者也；祭祀哀誄，生於《禮》者也；書奏箴銘，生於《春秋》者也。」

梁劉勰曰：「六經象天地，效鬼神，參物序，制人紀，洞性靈之奥區，極文章之骨髓者也。論、説、辭、序，則《易》統其首；詔、策、章、奏，則《書》發其源；賦、頌、歌、贊，則《詩》立其本；銘、誄、箴、祝，則《禮》總其端；紀、傳、銘、檄，則《春秋》（此指《左傳》）爲根。百家騰躍，終入環内。故文能宗經，有六善焉：情深而不詭，一也；風清而不雜，二也；事信而不誕，三也；義直而不回，四

也；體約而不蕪，五也；文麗而不淫，六也。」

唐柳宗元曰：「文之用，辭令褒貶、導揚諷諭而已。辭令褒貶，本乎著述者也；導揚諷諭，本乎比興者也。著述者流，蓋出於《書》之《謨》《訓》、《易》之《象》《系》、《春秋》之筆削，其要在於高壯廣厚，詞正而理備，謂宜藏於簡册也。比興者流，蓋出於虞、夏之詠歌，殷、周之《風》、《雅》，其要在於麗則清越，言暢而意美，謂宜流於謡誦也。雖其言鄙野，亦足以備用。然而闕其文采，則不足以竦動時聽，夸示後學，立言而朽，君子不由也。故作者抱其根源，而必由是假道焉。」

宋周敦頤曰：「文辭，藝也；道德，實也。篤其實而藝者書之，美則愛，愛則傳焉。故曰：『言之無文，行之不遠。』」

宋葉適曰：「爲文不關世教，雖工何益？」

後魏祖瑩曰：「文章須自出機杼，成一家風骨，何能共死人同生活也？」

宋吕本中曰：「須令有所悟入，則自然度越諸子。悟入之理，正在工夫勤惰間爾。如張長史（名旭）見公孫大娘舞劍，頓悟筆法。如張者，專意此事，未嘗少忘胸中，故能遇事有得，遂造神妙。使他人觀舞劍，有何干涉？非獨作文學書爲然也。」

北齊顔之推曰：「凡爲文章，猶人乘騏驥，雖有逸氣，當以銜勒制之，勿使流亂軌躅、放意填坑岸也。」

宋吕本中曰：「東坡云：『意盡而言止者，天下之至言也。』然言止而意不盡，尤爲極至。」

宋范曄曰：「情志所托，故當以意爲主，以文傳意。以意爲主，則其旨必見；以文傳意，則其辭不流。然後抽其芬芳，振其金石。」

梁劉勰曰：「意授於思，言授於意，密則無際，疏則千里。或理在方寸，而求之域表；或議在咫尺，而思隔山河。」

晉摯虞曰：「假象過大，則與類相遠；造辭過壯，則與事相違；辯言過理，則與義相失；靡麗過美，則與情相悖。」

大明王世貞曰：「首尾開闔，繁簡奇正，各極其度，篇法也；抑揚頓挫，長短節奏，各極其致，句法也；點掇關鍵，金石綺綵，各極其造，字法也。篇有百尺之錦，句有千鈞之弩，字有百鍊之金。」

宋吕本中曰：「或勵精潛思，不便下筆；或遇事因感，時時舉揚，工夫一也。古之作者，正如是爾。唯不可鑿空强作，出於牽强，如小兒就學，俯就課程爾。」

大明皇甫汸曰：「語稱潘緯十年吟《古鏡》，蘇涓一夕賦《瀟湘》，才有遲速，而文之優劣固不係焉。拙若枚皐，何取於速？工如長卿，奚病於遲？」

大明王世貞曰：「才有工而速者，如淮南王、禰正平、陳思王、王子安、李太白之流是也。然

《鸚鵡》一揮，《子虛》百日；『煮豆』七步，《三都》十年，不妨兼美。」

北齊顏之推曰：「學爲文章，先謀親友，得其評論者，然後出手。慎勿師心自任，取笑旁人也。」

宋呂本中曰：「近世歐陽公作文，先貼於壁，時加竄定，有終篇不留一字者。」

大明顧元慶曰：「歐陽文忠公晚年，嘗日竄定平生所爲文，用思甚苦，其夫人（胥氏）止之曰：『何自苦如此？當畏先生嗔邪？』公笑曰：『不畏先生嗔，却怕後生笑。』」

宋歐陽修曰：「疵病不必待人指擿，多作自能見之。」

大明皇甫汸曰：「昔人歎今之藝者，即醫而靳其病，惟恐彼之善察，藥之我攻。子建好人譏彈，應時改定，此其所以難及也。」

魏文帝曰：「文章經國之大業，不朽之盛事。年壽有時而盡，榮樂止於其身，二者必至之常期，未若文章之無窮。」

大明李時勉曰：「夫文章之見重於世，以其人也；苟非其人，雖美而傳，反以爲病矣。」

北齊顏之推曰：「文章之體，標舉興會，發引性靈，使人矜伐，故忽於持操，果於進取。今世文士，此患彌切。一字愜當，一句清巧，便神厲九霄，志凌千載，自吟自賞，不覺更有旁人。加以砂礫所傷，慘於矛戟；諷刺之禍，速乎風塵。深宜防慮，以保元吉。」

論　詩

大明徐禎卿曰：「詩貴先合度而後工拙。」（合《風》、《雅》、《頌》者謂之合度。）

周卜商曰：「《詩》有六義：一曰風，二曰賦，三曰比，四曰興，五曰雅，六曰頌。」（宋朱熹曰：「《風》、《雅》、《頌》者，聲樂部分之名也；賦、比、興，則所以製作《風》、《雅》、《頌》之體也。」）

梁鍾嶸曰：「（興、比、賦）三義，酌而用之，幹之以風力，潤之以丹彩，使味之者無極，聞之者動心，是詩之至也。若專用比興，則患在意深，意深則詞躓；若但用賦體，則患在意浮，意浮則文散。」

大明徐禎卿曰：「昔桓譚學賦於揚雄，雄令讀千首賦，蓋所以廣其資，亦得以參其變也。詩賦麤精，譬之絺綌，而不深探研之力、宏識誦之功，何能益也？故古詩『三百』，可以博其源；遺篇『十九』，可以約其趣；樂府雄高，可以厲其氣；《離騷》深永，可以裨其思。然後法經而植旨，繩古以崇辭，雖或未能臻其奥，吾亦罕見其失也。」

宋吕本中曰：「學詩須以『三百篇』、《楚辭》及漢、魏間人詩爲主，方見古人妙處，自無齊、梁間綺靡氣味也。」

宋嚴羽曰：「學詩先須熟讀《楚辭》，朝夕諷詠，以爲之本；及讀《古詩十九首》、樂府四篇、李

陵、蘇武、漢魏五言，皆須熟讀；即以李、杜二集，枕藉觀之，如今人之治經；然後博取盛唐名家，醞釀胸中，久之自然悟入。雖學之不至，亦不失正路。」

大明楊慎曰：「近有士人熟讀杜詩，余聞之曰：『此人詩必不佳，所記是棋勢殘著，元無金鵬變起手局也。』」因記宋章子厚（名惇）日臨《蘭亭》一本，東坡曰：「章七終不高，從門入者非寶也。」此可與知者道。

大明徐禎卿曰：「《鹿鳴》、《頍（缺婢反）弁》之宴好，《黍離》、《有蓷》（吐雷反）之哀傷，《氓蚩》、《晨風》之悔嘆，《蟋蟀》、《山樞》之感概，《柏舟》、《終風》之憤懣，《杕杜》、《葛藟》之憫恤，《葛屨》、《祈父》（音甫）之譏訕，《黄鳥》、《二子》之痛悼，《小弁》、《何人斯》之怨誹，《小宛》、《雞鳴》之戒惕，《大東》、《何草不黄》之困疵，《巷伯》、《鶉奔》之惡惡，《綢繆》、《車舝》之歡慶，《木瓜》、《采葛》之情念，《雄雉》、《伯兮》之思懷，《北山》、《陟岵》之行役，《伐檀》、《七月》之勤敏，《棠棣》、《蓼莪》之大義，皆曲盡情思，婉孌氣詞，哲匠縱横，畢由斯閾。」

宋嚴羽曰：「作詩須辯盡諸家體製，然後不爲旁門所惑。今人作詩差入門户者，正以體製莫辯也。世之技藝猶各有家數，市縑帛者必分道地然後知優劣，况文章乎？」

又曰：「學詩者以識爲主，入門須正，立志須高，以漢、魏、晉、盛唐爲師，不作開元、天寶以下人物。若自退屈，即有下劣詩魔入其肺腑之間，由立志之不高也。行有未至，可加工力；路頭一

差，愈騖愈遠，由入門之不正也。」

又曰：「禪家者流，乘有小大，宗有南北，道有邪正。學者須從最上乘，具正法眼，悟第一義。若小乘禪，聲聞、辟支果，皆非正也。論詩如論禪，漢、魏、晉與盛唐之詩，則第一義也。大曆（唐代宗年號）以還之詩，則小乘禪也，已落第二義矣。晚唐之詩，則聲聞、辟支果也。學漢、魏、盛唐詩者，臨濟下也；學大曆以還之詩者，曹洞下也。大抵禪道惟在妙悟，詩道亦在妙悟。惟悟乃爲當行，乃爲本色。然悟有淺深，有分限，有透徹之悟，有但得一知半解之悟。漢、魏尚矣，不假悟也。謝靈運至盛唐諸公，透徹之悟也。他雖有悟者，皆非第一義也。」

又曰：「盛唐詩人，唯在興趣，羚羊挂角，無跡可求。故其妙處透徹玲瓏，不可湊泊。如空中之音，相中之色，水中之月，鏡中之象。言有盡而意無窮。近代乃以文字爲詩，以才學爲詩，以議論爲詩，甚者以駡詈爲詩，失之遠矣。」

大明朱承爵曰：「作詩之妙，全在意境融徹，出音聲之外，乃得真味。」

唐劉禹錫曰：「聖人感人心而天下和平。感人心者，莫先乎情，莫始乎言，莫切乎聲，莫深乎文。故詩貴和平，令人易曉，温柔敦厚，詩之本教也。」

宋楊時曰：「學者不知《風》、《雅》之意，不可以作詩。詩尚譎諫，唯言之者無罪，聞之者足以戒，乃爲有補；若諫而涉於毁謗，聞者怒之，何補之有？」

宋嚴羽曰：「夫詩有別才，非關書也；詩有別趣，非關理也。然非多讀書，多窮理，則不能極其至。」

唐劉禹錫曰：「片言可以明百意，坐馳可以役萬景，工於詩者能之；《風》、《雅》體變而興同，古今調殊而理一，達於詩者能之。」

唐殷璠曰：「夫文有神來、氣來、情來，有雅體、野體、鄙體、俗體。編記者能審鑒諸體，委詳所來，方可定其優劣，論其取舍。」

梁沈約曰：「天機啓則六情自調，六情滯則音韻頓舛。」

大明何景明曰：「意象應曰合，意象乖曰離。」

大明徐禎卿曰：「因情以發氣，因氣以成聲，因聲而繪詞，因詞而定韻。此詩之源也。然情實眑渺，必因思以窮其奧；氣有麤弱，必因力以奪其偏；詞難妥貼，必因才以致其極；才易飄揚，必因質以禦其侈。此詩之流也。若夫妙騁心機，隨方合節，或約旨以植義，或宏文以叙心；或緩發如朱絃，或急張如躍括；或始迅以中留，或既優而後促；或慷慨以任壯，或悲悽而引泣；或因拙以得工，或發奇而似易。此輪扁之超悟，不可得而詳也。」

大明李東陽曰：「詩必有具眼，亦必有具耳。眼主格，耳主聲。」

大明王世貞曰：「大抵詩以專詣爲境，以饒美爲材。師匠宜高，捃拾宜博。」

又曰：「才生思，思生調，調生格。思即才之用，調即思之境，格即調之界。」

又曰：「詩旨有極含蓄者、隱惻者、緊切者，法有極婉曲者、清暢者、峻潔者、奇詭者、玄妙者。騷、賦、古選、樂府、歌行，千變萬化，不能出其境界。」

唐李德裕曰：「古人辭高者，蓋以言妙而工，適情不取於音韻；意盡而止，成篇不拘於隻耦。故篇無足曲，詞寡累句。」

宋梅堯臣曰：「思之工者，寫難狀之景如在目前，含不盡之意見於言外。」

唐皮日休曰：「百煉成字，千煉成句。」

大明皇甫汸曰：「評詩者，須玩理於趣中，逆志於言外。若謂『諫草非獻君之物，鳴鐘豈夜半之時』，則是明月不獨照乎巴川，而周民誠無遺種於《雲漢》矣。」

唐元稹曰：「詩無恣態，則陷流俗。欲得思深語近、韻律調新、屬對無差而風情自遠，然而病未能也。」

宋嚴羽曰：「詩法有五：曰體製，曰格力，曰氣象，曰興趣，曰音節。其品有九：曰高，曰古，曰深，曰遠，曰長，曰雄渾，曰飄逸，曰悲壯，曰悽惋。其用工有三：曰起結，曰句法，曰字眼。其大槩有二：曰優游不迫，曰沈著痛快。其極致有一：曰入神。詩而入神，至矣，盡矣，蔑以加矣！」

梁劉勰曰：「詩人善於形容：言峻則『嵩高極天』，論狹則『河不容舠』；說多則『子孫千億』，稱少則『民靡孑遺』。辭雖已甚，其意無害也。」

大明王世貞曰：「許渾之賦宋祖《凌敵》，以爲有『三千歌舞』；李頎之咏《鄭櫻桃》，以爲『宫中美人』。作詩者，不可不精史學。」

宋潘大臨曰：「作長詩須有次第本末，方成文字。譬如做客，見主人須先入大門，見主人升階、就坐、説話，乃退。今人作文字，都無本末次第，緣不知此理也。」

宋唐庚曰：「凡作詩，平居須收拾詩材以備用。《詩疏》不可不閲，詩材最多，其載諺語如『絡緯鳴，懶婦驚』之類，尤宜入詩用。」

宋嚴羽曰：「學詩有三節：其初不識好惡，連篇累牘，肆筆而成；既識羞愧，始生畏縮，成之極難；及其透徹，則七縱八横，信手拈來，頭頭是道矣。」

大明皇甫汸曰：「作詩須量力度才，就其近似者而模放之，久則成家矣。若性質恬曠而務求華艷，才情綺麗而强擬沈鬱，始雖效顰，終失故步，所謂『行歧路者不至，懷二心者無成』也。」

宋吕本中曰：「初學作詩，寧失之野，不可失之靡麗。失之野，不害氣格；失之靡麗，不可復整頓。」

宋唐庚曰：「詩在與人商論，深求其疵而去之。等閒一字，放過則不可。殆近法家，故謂之

詩律。」

大明皇甫汸曰：「語欲妥貼，故字必推敲。蓋一字之瑕，足以爲玷，片語之纇，并棄其餘。此劉生（名勰）所謂『改章難於造篇，易字艱於代句』者也。」

宋唐庚曰：「作詩自有穩當字，第思之未到爾。皎然以詩名於唐，有僧袖詩謁之，然指其《御溝》詩云：『「此波涵聖澤」，「波」字未穩，當改。』僧怫然作色而去。僧亦能詩者也，然度其去必復來，乃取筆作『中』字掌中，握之以待。僧果復來，云欲更爲『中』如何，然展手示之，遂定交。要當如此乃是。」

大明皇甫汸曰：「今人贈送，首原世家，中述歛歷，末致覬望，義同《頌》規，旨畔《風》、《雅》，寖失作者之意，此詩之極弊也。」

又曰：「自詩讖之説興，作者遂多避忌：『沈逆驚喪』，不堪贈遠；『短促凋衰』，詎宜稱壽？『卑降免失』，忌獻於達官；『落下遺出』，惡聞於始進。推此類也，能無病於言乎？」

大明楊愼曰：「宋人以杜子美能以韻語紀時事，謂之『詩史』。鄙哉，宋人之見不足以論詩也！夫六經各有體，《易》以道陰陽，《書》以道政事，《詩》以道性情，《春秋》以道名分。後世之所謂史者，左記言，右記事，古之《尚書》、《春秋》也。若詩者，其體其旨與《易》、《書》、《春秋》判然矣。『三百篇』皆約情合性，而歸之道德也，然未嘗有『道德』字也，未嘗有道德性情句也。《二南》

者，修身齊家其旨也，然其言琴瑟、鐘鼓、荇菜、芣苢、夭桃、穠李、雀角、鼠牙，何嘗有『修身齊家』字邪？皆意在言外，使人自悟。至於《變風》、《變雅》，尤其含蓄，言之者無罪，聞之者足以戒。如刺淫亂，則曰『雝雝鳴鴈，旭日始旦』，不必曰『慎莫近前丞相嗔』也；憫流民，則曰『鴻鴈于飛，哀鳴嗷嗷』，不必曰『千家今有百家存』也；傷暴斂，則曰『維南有箕，載翕其舌』，不必曰『哀哀寡婦誅求盡』也；叙饑荒，則曰『牂羊墳首，三星在罶』，不必曰『但有牙齒存，可堪皮骨乾』也。杜詩之含蓄蘊藉者，蓋亦多矣，宋人不能學之。至於直陳時事，類於訐訕，乃其下乘末脚，而宋人拾以爲己寶，又撰出『詩史』二字以悞後人。如詩可兼史，則《尚書》、《春秋》可以併省。又如今俗《卦氣歌》、《納甲歌》，兼陰陽而道之，謂之『詩易』，可乎？」

大明王鏊曰：「余讀《詩》至《緑衣》、《燕燕》、《碩人》、《黍離》等篇，有言外無窮之感。後世唯唐人詩，或有此意，如『薛王沈醉壽王醒』，不涉譏刺，而譏刺之意溢於言外；『君向瀟湘我向秦』，不言悵别，而悵别之意溢於言外；『凝碧池邊(一作頭)奏管絃』，不言亡國，而亡國之痛溢於言外；『溪水悠悠春自來』，不言懷友，而懷友之意溢於言外；『潮打空城寂寞回』，不言興亡，而興亡之感溢於言外：得風人之旨矣。」

漢司馬相如曰：「合纂組以成文，列錦繡而爲質，一經一緯，一宫一商，此賦之迹也。賦家之心，包括宇宙，總覽人物，斯乃得之於内，不可得而傳。」

大明王世貞曰：「作賦之法，已盡長卿數語。大抵須包蓄千古之材，牢籠宇宙之態。其變幻之極，如滄溟開晦；絢爛之至，如霞錦照灼。然後徐而約之，使指有所在。若汗漫縱横，無首無尾，了不知結束之妙；又或瑰偉宏富，而神氣不流動，如大海乍涸，萬寶雜厠：皆是瑕璧，有損連城。然此易耳，唯寒儉率易，十室之邑，借理自文，乃爲窘也。賦家不患無意，患在無蓄；不患無蓄，患在無以運之。」

又曰：「歌行有三難：起調，一也；轉節，二也；收結，三也。唯收爲尤難。如作平調舒徐緜麗者，結須爲雅詞，勿使不足，令有一唱三歎意。奔騰洶湧驅突而來者，須一截便住，勿留有餘。中作奇語峻奪人魄者，須令上下脉相顧，一起一伏，一頓一挫，有力無迹，方成篇法。此是祕密，大藏印可之妙。」

大明謝榛曰：「近體，誦之行雲流水，聽之金聲玉振，觀之明霞散綺，講之獨繭抽絲。詩有造物，一句不工，則一篇不純，是造物不完也。全篇工緻而不流動，則神氣索然，亦造物不完也。」

大明王鏊曰：「唐人雖爲律詩，猶以韻勝，不以飣餖爲工。如崔顥《黄鶴樓》詩『鸚鵡洲』對『漢陽樹』，李太白『白鷺洲』對『青天外』，杜子美『江漢思歸客』對『乾坤一腐儒』，氣格超然，不爲律所縛，固自有餘味也。後世取青媲白，區區以對偶爲工，『鸚鵡洲』必對『鸕鷀堰』，『白鷺洲』必對『黄牛峽』，字雖切而意味索然矣。」

大明楊慎曰：「韓文公《贈張曙》詩云『久欽江總文才妙，自嘆虞翻骨相屯』，以忠直自比，而以姦佞待人，豈聖賢謙己恕人之意哉？考曙之爲人，亦無姦佞似江總者。若曰以文才論，何不以鮑照、何遜爲比，而必曰江總乎？此乃韓公平生之病處，而宋人多學之，謂之佔地步。心術先壞矣，何地步之有？」

論文

宋真德秀曰：「文章以明義理、切世用爲主。」

大明唐順之曰：「文章家繩墨布置，奇正轉摺，自有專門師法，至於中間一段精神、命脈、骨髓，則非洗滌心源、獨立物表者，不足以與此。兩漢而下，文不如古者，豈其所謂繩墨、轉摺之精之不盡如哉？秦、漢以前，儒家者有儒家本色，至如老莊家有老莊家本色，縱橫家有縱橫家本色，名家、墨家、陰陽家皆有本色。雖其爲術也駁，而莫不各有一段千古不可磨滅之見。是以老家必不肯勦儒家之說，縱橫必不肯借墨家之談，各自其本色而鳴之爲言。其所言者，其本色也。是以精光注焉，而其言遂不泯於世。唐、宋而下，文人莫不語性命，談治道，滿紙炫然，一切自託於儒家，然非其涵養畜聚之素，非真有一段千古不可磨滅之見，而影響勦說，蓋頭竊尾，如貧人借富人之衣，莊農作大賈之飾，極力裝做，醜態盡露。是以精光枵焉，而其言遂不久湮廢。然則秦

漢而上，雖老、墨、名、法、雜家之説而猶傳，今諸子之書是也；唐宋而下，雖其一切語性命、談治道之説，而亦絶不傳，歐陽永叔所見唐四庫書目百不存一焉者是也。後之文人，欲以立言爲不朽計者，可以知所用心矣。」

北齊顔之推曰：「文章當以理致爲心胸，氣調爲筋骨，事義爲皮膚，華麗爲冠冕。」

宋田錫曰：「文以意爲主，主明則氣勝，氣勝則鏘洋精彩從之而生。」

唐柳宗元曰：「吾每爲文章，未嘗敢以輕心掉之，懼其剽而不留也；未嘗敢以怠心易之，懼其弛而不嚴也；未嘗敢以昏氣出之，懼其昧没而雜也；未嘗敢以矜氣作之，懼其偃蹇而驕也。抑之欲其奥，揚之欲其明，疏之欲其通，廉之欲其節，激而發之欲其清，固而存之欲其重，此吾所以羽翼夫道也。本之《書》以求其質，本之《詩》以求其恒，本之《禮》以求其宜，本之《春秋》以求其斷，本之《易》以求其動，此吾所以取道之原也。參之《穀梁氏》以厲其氣，參之《孟》、《荀》以暢其支，參之《莊》、《老》以肆其端，參之《國語》以博其趣，參之《離騷》以致其幽，參之太史公以著其潔，此吾所以旁推交通而以之爲文也。」

宋蘇軾曰：「吾文如萬斛之珠，取之不竭，唯行於其所當行，止於所不得不止耳。」

大明袁袠曰：「立言之道有六難：學難乎淵該，事難乎綜覈，詞難乎雅健，氣難乎充和，識難乎通融，志難乎沈濬。兼是六能而假以歲月，立言之道庶矣。」

梁沈約曰：「文章當從三易：易見事，一也；易識字，二也；易讀誦，三也。」

宋歐陽修曰：「作文無他術，唯讀書多則爲之自工。」

又曰：「爲文之法，唯在熟耳。變化之態，皆從熟處生也。」

宋朱熹曰：「文字奇而穩方好，不奇而穩，只是闒靸。」

宋歐陽修曰：「作文之體，初欲奔馳，久當撙節，使簡重嚴正，時或放肆以自舒，勿爲一體，則盡善矣。」

宋謝枋得曰：「凡學文，初要膽大，終要心小，由麤入細，由俗入雅，由繁入簡，由豪宕入純粹。」

宋蘇軾曰：「凡文字，少小時須令氣象崢嶸，采色絢爛；漸老漸熟，乃造平淡。其實非平淡，乃絢爛之極也。」

大明唐順之曰：「漢以前之文未嘗無法，而未嘗有法，法寓於無法之中，故其爲法也密而不可窺。唐與近代之文不能無法，而能毫釐不失乎法，以有法爲法，故其爲法也嚴而不可犯。密則疑於無所謂法，嚴則疑於有法而可窺。然而文之必有法，出乎自然而不可易者，則不容異也。」

宋姜夔曰：「雕刻傷氣，敷演傷骨。若鄙而不精，不雕刻之過也；拙而無委曲，不敷演之過也。」

又曰：「人所易言，我寡言之；人所難言，我易言之。」

大明王鏊曰：「爲文必師古，使人讀之不知所師，善師古者也。韓師孟，今讀韓文不見其爲孟也；歐陽學韓，不覺其爲韓也。若拘拘規倣，如邯鄲之學步，里人之效顰，則陋矣。所謂『師其意，不師其辭』，此最爲文之妙訣。」

大明丘濬曰：「世之作文者，類喜煅煉以爲奇，不究孔子『詞達』之旨。事剽竊以爲工，不識周子『文以載道』之説。雖有言，無補於世。無補於世，徒工奚益？」

元李〔塗〕〔淦〕曰：「文字須有數行整齊處，須有數行不整齊處。意對處，文却不必對；意不必對處，文却著對。」

宋謝枋得曰：「凡議論，好事須要一段歹説，不好事須要一段好説。如此則文勢亦圓活，義理亦精微，意味亦悠長。」

又曰：「凡作史評，須設以吾身生其人之時，居其人之位，遇其人之事，當如何處置，必有一段萬世不可磨滅之理。」

宋吕本中曰：「陸士衡《文賦》云：『立片言以居要，乃一篇之警策。』此要論也。文章無警策，則不足以傳世。」

宋張載曰：「發明道理，唯命字難。」

宋楊時曰：「爲人要有温柔敦厚之氣，對人主語言及章疏文字，尤不可無。」

宋吕本中曰：「《檀弓》與《左氏》紀太子申生事詳略不同。讀《左氏》，然後知《檀弓》之高遠也。」

又曰：「《檀弓》云『南宫縚之妻之姑之喪』，三『之』不能去其一；『進使者而問故夫子之所以問使者，使者之所以答夫子』，一『進』字足矣。『豐不餘一言，約不失一辭』，諒哉！」

宋洪邁曰：「作議論文字，須考引事實，不使差忒，乃可傳信。如東坡作《二疏贊》云：『孝宣中興，以法馭人。殺蓋、韓、楊，蓋三良臣。先生憐之，振袂脱屣，使知區區，不足驕士。』其立意超卓如此。然以其時考之，元康二年，二疏去位；後二年，蓋寬饒誅；又三年，韓延壽誅；又三年，楊惲誅。方二疏去時，三人固無恙也，是尚足傳信乎？」

大明薛應旂曰：「吾聞之其行敦者，其文實以切；其政平者，其文簡以明；其行與政矯而譎者，其文誇詖而支離。」

大明王世貞曰：「文至於隋、唐而靡極矣，韓、柳振之，曰斂華而實也；至於五代而冗極矣，歐、蘇振之，曰化腐而新也。然歐、蘇則有間焉，其流也使人畏難而好易。」

又曰：「楊、劉之文靡而俗，元之之文旨而弱，永叔之文雅而則，明允之文渾而勁，子瞻之文爽而俊，子固之文腴而滿，介甫之文峭而潔，子由之文暢而平。」

論詩餘

大明朱承爵曰：「詩詞雖同一機杼，而詞家意象亦或與詩略有不同，句欲敏，字欲捷，長篇須曲折三致意而氣自流貫，乃得。」

大明王世貞曰：「詞者，樂府之變也。一語之豔，令人魂絶；一字之工，令人色飛，乃爲貴耳。至於慷慨磊落，縱横豪爽，抑亦其次。不作可耳，作則寧爲大雅罪人，勿儒冠而胡服也。」

宋真德秀批點法

點

句讀小點　·

語絶爲句，句心爲讀。

菁華旁點　、

謂其言之藻麗者、字之新奇者。

字眼圈點　○

謂以一二字爲綱領，如劉更生《封事》中之「和」字是也。

抹——————— 主意

撇—— 要語

轉換

截 — 節段 如賈生「可爲流涕者」」之類。

大明唐順之批點法

長圈 ○○○○○○○○ 精華

短圈 ○○ 字眼

長點 、、、、、、、 精華

短點 、、 字眼

長虛抹 ▯ 擻

短虛抹 ▯ 故事

抹————處置

撇——轉調

截—分段

古歌謡辭

按歌謡者，朝野詠歌之辭也。《廣雅》云：「聲比於琴瑟曰歌。」《爾雅》云：「徒歌謂之謡。」《韓詩章句》云：「有章曲謂之歌，無章曲謂之謡。」則歌與謡之辨，其來尚矣。然考上古之世，如《卿雲》、《采薇》，並爲徒歌，不皆稱謡；《擊壤》、《扣角》，亦皆可歌，不盡比於琴瑟，則歌、謡通稱之明驗也。

孔子删詩，雜取周時民俗歌謡之辭，以爲十五《國風》，則是古之有詩，皆起於此，故又通謂之詩。至若《國風》以前，歌謡之屬，見諸傳記，不一而足，雖未必當時所作，然亦有可採者。及考其别，則有歌，有謡，有謳，有誦（不歌曰誦），有詩，有辭，不特歌、謡二者而已。

故今各採一二，以著詩之本始，而以歌、謡二字括之。至如夏諺、齊語，皆有音韻，亦詩之流也，雖古集不列，而近時談詩者往往取之，故亦附焉。若夫樂府歌辭、雜體歌行，則各見本類，此不混列。

四言古詩

按《詩・大序》云：「詩者，志之所之也。在心爲志，發言爲詩。」即《書》所謂「詩言志」者也。

詩含六義，故發乎情，止乎禮義也。

古詩三百五篇（《詩》本三百十一篇，除《南陔》、《白華》、《華黍》、《由庚》、《崇丘》、《由儀》六篇無詞，故爲三百五篇），大率以四言成篇。其他三言如「麟之趾」（《周南·麟之趾》篇）、「江有汜」（《召南·江有汜》篇）之類，五言如「維以不永懷」（《周南·卷耳》篇）、「誰謂雀無角」（《召南·行露》篇）之類，六言如「我姑酌彼金罍」（《周南·卷耳》篇）、「政事一埤益我」（《邶風·北門》篇）之類，七言如「送我乎淇之上矣」（《鄘風·桑中》篇）、「還予授子之粲兮」（《鄭風·緇衣》篇）之類，八言如「胡瞻爾庭有縣貆（音暄）兮」（《魏風·伐檀》篇）、「我不敢傚我友自逸」（《小雅·十月之交》篇）之類，九言如「四之日其蚤獻羔祭韭」（《豳風·七月》篇）、「泂（音迥）酌彼行潦挹彼注茲」（《大雅·泂酌》篇）之類，則皆間見雜出，不以成章，況成篇乎？是詩以四言爲主也。然分章複句，易字互文，以致反覆嗟歎詠歌之趣者居多。

迨漢韋孟始製長篇，而古詩之體稍變矣。故今采漢、魏以來四言諸詩，分爲正、變二體而列之，使學者有考焉。至論其正體，則梁劉勰所謂「以雅潤爲本」者是也。

其三言詩，梁任昉以爲晉散騎常侍夏侯湛作，然考漢樂府《練時日》、《天馬》等歌，皆三言，則非始於湛明矣。今見本類，故茲不列，特著其説於此。

楚辭

按《楚辭》者，《詩》之變也。《詩》無楚風，然江、漢之間皆爲楚地，自文王化行南國，《漢廣》、《江有汜》諸詩列於《二南》，乃居十五《國風》之先，是《詩》雖無楚風，而實爲《風》首也。《風》、《雅》既亡，乃有楚狂《鳳兮》、孺子《滄浪》之歌，發乎情，止乎禮義，與詩人六義（風、賦、比、興、雅、頌）不甚相遠。但其辭稍變詩之本體，而以「兮」字爲讀（音豆），則夫楚聲固已萌蘖於此矣。屈平後出，本《詩》義以爲《騷》，蓋兼六義而「賦」之義居多。厥後宋玉繼作，並號《楚辭》。自是辭賦之家，悉祖此體。故宋宋祁有云：「《離騷》爲辭賦之祖，後人爲之，如至方不能加矩，至圓不能過規。」信哉，斯言也！故今列屈、宋諸辭于篇，而自漢至宋凡倣作者附焉，俾後之詮賦者知所祖述云。

其他曰賦，曰操，曰文，則各見本類，此不槩列。

賦

按《詩》有六義，其二曰「賦」。所謂「賦者，敷陳其事而直言之」也。古者諸侯卿大夫交接鄰國，揖讓之時，必稱《詩》以喻意，以別賢不肖而觀盛衰。如《春秋傳》

所載晉公子重耳之秦，秦穆公享之，賦《六月》；魯文公如晉，晉襄公饗公，賦《菁菁者莪》；鄭穆公與魯文公宴于棐（棐林，鄭地），子家（鄭大夫公子歸生）賦《鴻鴈》；魯穆叔（叔孫豹）如晉，見中行獻子（晉大夫荀偃），賦《圻父》之類。皆以吟詠性情，各從義類。故情形於辭，則麗而可觀；辭合於理，則則而可法。使讀之者有興起之妙趣，有詠歌之遺音[一]。揚雄所謂「詩人之賦麗以則」者是已。此賦之本義也。

春秋之後，聘問詠歌不行於列國，學《詩》之士逸在布衣，而賢士失志之賦作矣，即前所列《楚辭》是也。揚雄所謂「詞人之賦麗以淫」者，正指此也。然至今而觀，《楚辭》亦發乎情，而用以爲諷，實兼六義而時出之，辭雖太麗，而義尚可則，故朱子不敢直以詞人之賦目之，而雄之言如此，則已過矣。

趙人荀況，遊宦於楚，考其時在屈原之前。所作五賦，工巧深刻，純用隱語，若今人之揣謎，於《詩》六義，不啻天壤，君子蓋無取焉。

兩漢而下，作者繼起，獨賈生（名誼）以命世之才，俯就《騷》律，非一時諸人所及。他如相如（姓司馬）長於叙事，而或昧於情；揚雄長於說理，而或略於辭。至於班固，辭理俱失。若是者何？凡以不發乎情耳。然《上林》、《甘泉》，極其鋪張，而終歸於諷諫，而風之義未泯；《兩都》等賦，極其眩曜，終折以法度，而雅、頌之義未泯；《長門》、《自悼》等賦，緣情發義，托物興詞，咸有和平從

容之意，而比興之義未泯。故雖詞人之賦，而君子猶有取焉，以其爲古賦之流也。

三國、兩晉以及六朝，再變而爲俳，唐人又再變而爲律，宋人又再變而爲文。夫俳賦尚辭而失於情，故讀之者無興起之妙趣，不可以言則矣。文賦尚理而失於辭，故讀之者無詠歌之遺音，不可以言麗矣。至於律賦，其變愈下，始於沈約「四聲八病」之拘，中於徐（名陵）庾（名信）「隔句作對」之陋，終於隋、唐、宋「取士限韻」之制，但以音律諧協對偶精切爲工，而情與辭皆置弗論。嗚呼，極矣！數代之習，乃令元人洗之，豈不痛哉。

故今分爲四體：一曰古賦，二曰俳賦，三曰文賦，四曰律賦。各取數首，以列于篇。將使文士學其如古者，戒其不如古者，而後古賦可復見於今也。

然則學古者奈何？曰：「發乎情止乎禮義」。其賦古也，則於古有懷；其賦今也，則於今有感。其賦事也，則於事有觸；其賦物也，則於物有況。以樂而賦，則讀者躍然而喜；以怨而賦，則讀者愀然以吁；以怒而賦，則令人欲按劍而起；以哀而賦，則令人欲掩袂而泣。動盪乎天機，感發乎人心，而兼出於六義，然後得賦之正體，合賦之本義。苟爲不然，則雖能脱乎俳律，而不知其又入於文矣，學者宜細求之。

樂府

按樂府者，樂官肄習之樂章也。

蓋自鈞天九奏、葛天八闋，樂之來尚矣。《咸池》以降，代有作者，故六代之樂，周人兼用之。時世雖更，而玄音不廢，迺知周公制禮之功，於是爲大也。

秦有《壽人》之樂、《五行》之舞，大率準周制而爲之。

漢興，樂家有制氏，世世在太樂官，雖曰但能紀其鏗鎗鼓舞，而不能言其義，然古樂猶有存焉。高祖時，叔孫通因秦樂人制宗廟樂。其後過沛，自制《風起》之詩，令僮兒歌之，是爲《三侯》之章。而《房中樂》，則命唐山夫人造辭，傳至於今。孝惠時，以夏侯寬爲樂府令。迄于文、景，習常肄舊，無所增改。至武帝立樂府，乃以李延年爲協律都尉，多舉司馬相如等數十人，造爲詩賦，略論律呂，以合八音之調，可謂盛矣。然延年以曼聲協律，司馬以騷體製歌。《桂華》雜曲，麗而不經；《赤鴈》羣篇，靡而非典。時有河間獻王（名德）奏雅樂而不用，惜哉！哀帝惡其聲而罷之，良有以也。

東漢明帝分樂爲四品：一曰《大予樂》，郊廟上陵用之。二曰《雅頌樂》，辟雍饗射用之。三

曰《黄門鼓吹樂》，天子宴羣臣用之。四曰《短簫鐃歌樂》，軍中用之。其説雖具，而制亦不傳。

魏氏所作，音靡節平，雖三調之正聲，實《韶》、《夏》之鄭曲。逮及晉世，則有傅玄、張華之徒，曉暢音律，故其所作，多有可觀。然荀勖改杜夔之調，聲節哀急，見譏阮咸，不足多也。梁、陳及隋，新聲日繁，唐宋以來，制作甚富。然較諸古辭，則相去遠矣。

今采漢以下諸辭，分爲九品而列之：一曰祭祀，二曰王禮，三曰鼓吹，四曰樂舞，五曰琴曲，六曰相和，七曰清商，八曰雜曲，其題不襲古而聲調近似者，亦取附焉，名曰新曲，使作者有考焉。

嗚呼！樂歌之難甚矣！工於辭者，調未必協；諳於律者，辭未必嘉。善乎劉勰之論曰：「詩爲樂心，聲爲樂體。樂體在聲，瞽師務調其器；樂心在詩，君子宜正其文。」安得律辭兼得者而使之作樂哉？

又按樂府命題，名稱不一。蓋自琴曲之外，其放情長言，雜而無方者曰「歌」；步驟馳騁，疏而不滯者曰「行」；兼之曰「歌行」。述事本末，先後有序，以抽其臆者曰「引」；高下長短，委曲盡情，以道其微者曰「曲」；吁嗟慨謌，悲憂深思，以呻其鬱者曰「吟」；因其立辭之意曰「辭」；本其命篇之意曰「篇」；發歌曰「唱」（魏曹操有《氣出唱》，今不録）；條理曰「調」（梁江從簡有《採荷調》，今不録）；憤而不怒曰「怨」；感而發言曰「嘆」（晉石崇有《楚妃歎》，今不録）。又有以「詩」名者（古有《嬌女詩》，晉楊方有

《合歡詩》（今並不錄），以「弄」名者，以「章」名者（漢廟樂有《三侯之章》，是《楚辭》類），以「度」名者（古有《採桑度》、《青陽度》，今並不録），以「愁」名者（梁簡文帝有《獨處愁》，今不録）。此編雖不悉載，然觀所録，亦可觸類而長之矣。

又按唐庚有云：「古樂府命題，皆有主意；後人用以爲題，直當代其人而措辭。」旨哉斯言，學者所當深念也。

五言古詩

按宋嚴羽云：「《風》、《雅》、《頌》既亡，一變而爲《離騷》，再變而爲西漢五言，三變而爲歌行雜體，四變而爲沈（名佺期）宋（名之問）律詩。」

然論者以謂五言之源，生於《南風》，衍於《五子之歌》，流於「三百五篇」，而廣於《離騷》，特其體未備耳。逮漢蘇（名武）李（名陵），始以成篇。嗣是汪洋於漢、魏，汗漫於晉、宋，至於陳、隋，而古調絶矣。唐初，承前代之弊，幸有陳子昂起而振之，遏貞觀（太宗年號）之微波，決開元（玄宗年號）之正派，號稱中興。於時李（名白）、杜（名甫）、王（名維）、孟（名浩然）之徒，相繼有作。元和（憲宗年號）以下，遺響復息。故今採漢、魏以來古詩，以類列之，斷自韋應物、韓愈而止，使學者三復而有得焉，則其爲詩不求高古，而自高古矣。至論其體，則劉勰所云「五言流調，清麗居宗」者是也。

他如《扶風歌》、《五君詠》、《夏日歎》等篇，雖云五言，實爲雜體，故茲從略。

七言古詩

按本朝徐禎卿云：「七言沿起，咸曰《柏梁》。然寧戚叩牛，已肇《南山》之篇矣。」其爲則也，聲長字縱，易以成文，故藴氣琱辭，與五言略異。漢魏諸作，既多樂府；唐代名家，又多歌行，故此類所録無幾。然樂府歌行貴抑揚頓挫，古詩則優柔和平，循守法度，其體自不同也。學者熟復而涵泳之，庶乎其有得矣。

雜言古詩

按古詩自四、五、七言之外，又有雜言，大略與樂府歌行相似而其名不同，故别列爲一類，以繼七言古詩之後，庶學者知所辨焉。

近體歌行

按歌行有有聲有詞者，樂府所載諸歌是也；有有詞無聲者，後人所作諸歌是也。其名多與樂府同，而曰詠，曰謡，曰哀，曰别，則樂府所未有。蓋即事命篇，既不沿襲古題，而聲調亦復相

遠，乃詩之三變也。故今不入樂府，而以近體歌行括之，使學者知其源之有自而流之有别云。

近體律詩

按律詩者，梁、陳以下聲律對偶之詩也。

蓋自《邶風》有「覯閔既多，受侮不少」之句，其屬對已工；《堯典》有「聲依永，律和聲」之語，其爲律已甚。

梁、陳諸家，漸多儷句，雖名古詩，實墮律體。唐興，沈(佺期)、宋(之問)之流，研練精切，穩順聲勢，號爲律詩，其後寖盛。雖不及古詩之高遠，然對偶音律，亦文章之不可缺者。故今採梁、陳以下訖于晚唐諸家律詩之工者，而以五、七言列之，中間又以類從，使學者取法焉。

其詩一二名「起聯」，又名「發句」，三四名「頷聯」，五六名「頸聯」，七八名「尾聯」，又名「落句」。間有變體，各附注之。其三韻則五言中之别體也，故列于五言之後。

嘗試論之。梁陳至隋是爲律祖，至唐而有四等，由高祖武德初至玄宗開元初爲初唐，由開元至代宗大曆初爲盛唐，由大曆至憲宗元和末爲中唐，自文宗開成初至五季爲晚唐。然盛唐詩亦有一二濫觴晚唐者，晚唐詩亦有一二可入盛唐者，要當論其大概耳。宋詩尚理，主於議論，而病於意興，於「三百篇」之義爲甚遠。故今所録，斷自唐止，不使氣格凡下者雜焉。

至論其體，則一篇之中，抒情寫景，或因情以寓景，或因景以見情。大抵以格調爲主，意興經之，詞句緯之。以渾厚爲上，雅淡次之，穠艷又次之。若論其難易，則對句易工，結句難工，發句尤難工，七言視五言爲難，五言不可加、七言不可減爲尤難。學者知此而各充其才，則盛唐可復見於今矣。

排律詩

按排律原於顔（延之）、謝（瞻）諸人，梁陳以還，儷句尤切，唐興始專此體，而有排律之名。今自南宋訖于中唐，擇其詩之工者，而以五、七言列之，亦以類從。大抵排律之體，不以鍛鍊爲工，而以布置有序、首尾通貫爲尚，學者詳之。

絶句詩

按絶句詩原於樂府，五言如《白頭吟》、《出塞曲》（《樂府》並不録）、《桃葉歌》（見《樂府》類）、《歡聞歌》（《樂府》不録）、《長干曲》（見《樂府》類）、《團扇郎》（《樂府》不録）等篇，七言則如《挾瑟歌》、《烏棲曲》、《怨詩行》等篇（《樂府》并不録）。（不）〔下〕及六代，述作漸繁。唐初，穩順聲勢，定爲絶句。絶之爲言截也，即律詩而截之也。故凡後兩句對者，是截前四句；前兩句對者，是截後四句；全篇皆對

者，是截中四句；皆不對者，是截尾四句。故唐人絶句皆稱律詩，觀李漢編《昌黎集》，絶句皆入律詩，蓋可見矣。大抵絶句詩以第三句爲主，須以實事寓意，則轉換有力，旨趣深長，雖以杜少陵之聖於詩，而於此尚有遺憾，則此體豈可易而爲之哉？

今採晉宋以下訖于晚唐諸家詩，而以五、七言列之，仍各以類相從，使學者有所取法焉。

六言詩

按六言詩昉於漢司農谷永，魏晉間曹（植）、陸（機雲兄弟）間出，其後作者漸多，然不過詩人賦詠之餘耳。今自梁陳以下訖于中唐，略採數首，以備一體，而以律詩、三韻、絶句分別之，仍別其類云。

和韻詩

按和韻詩有三體：一曰依韻，謂同在一韻中而不必用其字也。二曰次韻，謂和其原韻而先後次第皆因之也。三曰用韻，謂用其韻而先後不必次也，如唐韓愈《昌黎集》有《陸渾山火和皇甫湜用其韻》是已。（湜詩今不傳，故並此詩不録。）

古人賡和，答其來意而已，初不爲韻所縛。如高適贈杜甫云：「草《玄》今已畢，此外更何

言？」甫和之則云：「草《玄》吾豈敢？賦或似相如。」又如韋迢《早發湘潭寄杜甫》云：「相憶無南鴈，何時有報章？」甫和云：「雖無南過鴈，看取北來魚。」又如高適《人日寄杜甫》云：「龍鍾遠屬二千石（時適爲蜀州刺史），愧爾東西南北人。」（甫嘗有詩云：「甫也東西南北人。」）甫和云：「東西南北更堪論，白首扁舟病獨存。」又如杜甫《和裴迪逢梅相憶見寄》云：「幸不折來傷歲暮，若爲看去亂鄉愁。」迪詩今不傳，意其中必有「欲折來」及「不得同看」之語，故採其意而答之，不聞其和韻也。又如杜甫、王維、岑參《和賈至早朝大明宫》詩，各自成篇，甫第云「詩成珠玉在揮毫」，參云「《陽春》一曲和皆難」，并其意不用，況於韻乎？中唐以還，元（稹）、白（居易）、皮（日休）、陸（龜蒙）更相唱和，由是此體始盛，然皆不及他作，嚴羽所謂「和韻最害人詩」者，此也。今略採次韻詩二篇，以備一體，且著其説，使學者勿效尤云。

此外又有因韻而增爲之者，如唐柳宗元《河東集》有《同劉二十八院長（禹錫）述舊言懷感時書事奉寄澧州張員外使君（署）五十二韻》之作，因其韻增至八十是也。（今不録）

又有拾其餘韻，凡爲所用者置不取，如《河東集》載《酬韶州裴曹長使君（名未詳）寄道州吕八大使（温）因以見示二十韻》，《自序》云：「韶州幸以詩見及，往復奇麗，邈不可慕，用韻尤爲高絶，余因拾其餘韻酬焉，凡爲韶州所用者置不取，其聲律言數如之。」是也。（今亦不録）

此皆由依韻而推廣之，故附著於此。

聯句詩

按聯句詩起自《柏梁》，人各一句，集以成篇。其後宋孝武《華林曲水》、梁武帝《清暑殿》、唐中宗《内殿》諸詩（今並不録），皆與漢同。唯魏《懸瓠方丈竹堂讌饗》（今不録），則人各二句，稍變前體。自茲以還，體遂不一。有人各四句者，如《陶靖節集》所載是也；有人各一聯者，如杜甫與李之芳及其甥宇文或所作是也；有先出一句，次者對之，就出一句，前人復對之者，如《韓昌黎集》所載《城南詩》（今不録）是也。然必其人意氣相投，筆力相稱，然後能爲之，否則狗尾續貂，難乎免於後世之議矣。今取數首，以類列之，故不叙其世次云。

集句詩

按集句詩者，雜集古句以成詩也。自晉以來有之，至宋王安石尤長於此。蓋必博學强識，融會貫通，如出一手，然後爲工。若牽合傅會，意不相貫，則不足以語此矣。今採數首列于篇。

命

按朱子云：「命猶令也。」字書：「大曰命，小曰令。」此命、令之别也。上古王言同稱爲命：

或以命官，如《書・説命》、《冏命》是也；或以封爵，如《書・微子之命》、《蔡仲之命》也；或以飭職，如《書・畢命》是也；或以錫賚，如《書・文侯之命》是也；或傳遺詔，如《書・顧命》是也。秦并天下，改名曰「制」。漢、唐而下，則以「策」、「書」封爵，「制」、「誥」命官，而「命」之名亡矣。然周文之見于《左傳》者猶存，故首録之以備一體。

諭告

按字書云：「諭，曉也。告，命也。以上敕下之詞。」商、周之書，未有此體。至《春秋》内外傳，始載周天子諭告諸侯及列國往來相告之詞，然皆使人傳言，不假書翰，故今不録，而僅採漢人之作以爲式。蓋此書所主，唯在文章，則口諭之詞，自不當録，學者宜別求之。

詔

按劉勰云：「古者王言，若軒轅、唐、虞同稱爲『命』。至三代始兼『誥』、『誓』而稱之，今見於《書》者是也。秦并天下，改『命』曰『制』、『令』曰『詔』，於是詔興焉。漢初，定命四品，其三曰詔，後世因之。」

夫詔者，昭也，告也。古之詔詞，皆用散文，故能深厚爾雅，感動乎人。六朝而下，文尚偶儷，

而詔亦用之，然非獨用於詔也。後代漸復古文，而專以四六施諸詔、誥、制、勑、表、箋、簡、啓等類，則失之矣。然亦有用散文者，不可謂古法盡廢也。

今取漢以下諸作，分爲古、俗二體而列之，使代言者有考云。

敕（敕牓附）

按字書云：「敕，戒敕也，亦作勑。」劉熙云：「敕，飭也，使之警飭不敢廢慢也。」劉勰云：「戒敕爲文，實詔之切者，周穆王命（鄧）〔郊〕父受勑憲，此其事也。」

漢制，天子命令有四，其四曰戒書，即戒敕也。唐制，王言有七，其四曰發勑，五曰勑旨，六曰論事勑書，七曰勑牒，則唐之用勑廣矣。宋亦有敕，或用之於獎諭，豈敕之初意哉？其詞有散文，有四六，故今分古、俗二體而列之。宋制戒勵百官，曉諭軍民，別有敕牓，故以附焉。

今制，諸臣差遣，多予勑行事，詳載職守，申以勉詞，而褒獎責讓亦用之，詞皆散文。又六品已下官贈封，亦稱勑命，始兼四六，亦可以見古文興復之漸云。

璽　書

按蔡邕曰：「璽者，印也，信也，古者尊卑共之。《左傳》『魯襄公在楚，季武子使公冶問璽書，

追而與之』，此諸侯大夫印稱璽者也。又衛宏云：『秦以前，民皆以金玉爲印』，然則天子之印以玉獨稱璽，羣臣莫敢用，自秦始也。」漢初有三璽，天子之書，用璽以封，故曰「璽書」，又曰「賜書」。唐以後獨稱曰「書」，亦璽書之類也。其爲用，或以告諭，或以答報，或以獎勞，或以責讓，而其體則以委曲懇到、能盡褒勸警飭之意爲工。今取漢以下諸作列之，以爲式云。

今制，朝廷與諸王亦用書，疑即璽書也。

制

按顔師古云：「天子之言，一曰制書，謂爲制度之命也。」蔡邕云：「其文曰制，誥三公，赦令、贖令之屬是也。刺史太守相劾奏，申下土，遷書，文亦如之。其徵爲九卿，若遷京師近官，則言官具言姓名；其免若得罪，無姓。」此漢之制也。

唐世，大賞罰、赦宥、慮囚及大除授，則用制書；其褒嘉贊勞，别有慰勞制書；餘皆用勑。中書省掌之。宋承唐制，用以拜三公、三省（門下、中書、尚書）等官，而罷免大臣亦用之。其詞宣讀于庭，皆用儷語，故有「敷告在庭」、「敷告有位」、「敷告萬邦」、「誕揚休命」、「誕揚贊册」、「誕揚丕號」等語。其餘庶職，則但用誥而已。是知以制命官，蓋唐、宋之制也。

今採二代制詞以爲式，而古今文體之變，則作者所深悼云。

誥

按字書云：「誥者，告也，告上曰告，發下曰誥。」古者上下有誥，故下以告上，《仲虺之誥》是也；上以告下，《大誥》、《洛誥》之類是也。考於《書》可見矣。

《周禮》士師「以五戒先後刑罰，其二曰誥，用之於會同」，以諭衆也。秦廢古法，止稱制詔。漢武帝元狩六年，始復作之，然亦不以命官。唐世王言亦不稱誥。至宋，始以命庶官，而追贈大臣、貶謫有罪，贈封其祖父妻室，凡不宣于庭者，皆用之。故所作尤多。然考歐、蘇、曾、王諸集，通謂之制，故稱内制、外制，而誥實雜於其中，不復識别。蓋當時王言之司，謂之兩制，是制之一名，統諸詔命七者而言。若細分之，則制與誥亦自有别，故《文鑑》分類甚明，不相混雜，足以辯二體之異。今做其例而列之。唯唐無誥名，故仍稱制。其詞有散文、有儷語，則分爲古、俗二體云。

今制，命官不用制誥，至三載考績，則用誥以褒美。五品以上官而贈封其親、及賜大臣勳階贈謚皆用之，六品以下則用勑命。其詞皆兼二體，亦監前代而損益之也。

册

按《説文》云：「册，符命也。」字本作「策」。蔡邕云：「策者，簡也。」漢制命令，其一曰策書，

長二尺，短者半之。其次：一長一短，兩編，下附篆書，以命諸侯王三公，亦以誄謚。而三公以罪免，則一木兩行隸書而賜之，其長一尺。當是之時，唯用木簡，故其字作「策」。至於唐人，逮下之制有六，其三曰册，字始作「册」，蓋以金玉爲之，《説文》所謂「諸侯進受於王，象其札一長一短，中有二編之形」者，是也。

又按古者册書施之臣下而已，後世則郊祀、祭享、稱尊、加謚、寓哀之屬，亦皆用之，故其文漸繁。今彙而辯之，其目凡十有一。一曰祝册，郊祀祭享用之。二曰玉册，上尊號用之。三曰立册，立帝、立后、立太子用之。四曰封册，封諸侯用之。五曰哀册，遷梓宫及太子諸王大臣薨逝用之。六曰贈册，贈號、贈官用之。七曰謚册，上謚、賜謚用之。八曰贈謚册，贈官並賜謚用之。九曰祭册，賜大臣祭用之。十曰賜册，報賜臣下用之。十一曰免册，罷免大臣用之。

今制，郊祀、立后、立儲、封王、封妃，亦皆用册，而玉、金、銀、銅之制，各有等差，蓋自古迄今，王言之所不可闕者也。今録古作以垂式云。

批答

按吴訥云：批答者，天子「采臣下章疏之意而答之也」。古者君臣都俞吁咈，皆口陳面命之詞，後世乃有書疏而答之者，遂用制詞，若漢人答報璽書是已。至唐始有「批答」之名，以謂天子

手批而答之也。其後學士入院，試制詔批答共三篇，則求代言之人，而詞華漸繁矣。蓋自唐太宗答劉洎之後，未有不假手於詞臣者。

今取諸集所載批答，擇其工者列之，而散文、四六，仍分爲古、俗二體云。

御　札

按字書：「札，小簡也。」天子之札稱御札，尊之也。古無此體，至宋而後有之。其文出於詞臣之手，而體亦不同。大抵多用儷語，蓋勑之變體也。今採數首列於篇。

赦　文（德音文附）

按字書云：「赦者，舍也。」肆赦之語，始見《虞書》，而《周禮》司刺掌三赦之法，《吕刑》有疑赦之制，則或以其情之可矜，或以其事之可疑，或以其人在三赦三宥八議之列，是以赦之；非不問其情之淺深，罪之輕重，而概赦之也。後世乃有大赦之法，於是爲文以告四方，而赦文興焉。又謂之「德音」，蓋以赦爲天子布德之音也。然考之唐時，戒勵風俗，亦稱德音，則德音之與赦文，自是兩事，不當强而合之也。今各仍其稱，以附赦文之後，而著其説如此，俟博聞者辯焉。

鐵券文

按字書云：「券，約也，契也。」劉熙云：「綣也，相約束繾綣以爲限也。」史稱漢高帝定天下，大封功臣，剖符作誓，丹書鐵券，金匱石室，藏之宗廟。其誓詞曰：「使黄河如帶，泰山若礪，國以永存，爰及苗裔。」後世因此遂有鐵券文焉。其文諸集不載，獨陸贄有之。然以安反側之心，非錫券之本指也。今姑録之，以備一體。

諭祭文

按諭祭文者，天子遣使下祭之詞也。或施諸宗室妃嬪，以明親親；或施諸勳臣大臣，以明賢賢而示君臣始終之義。自古及今皆用之，蓋王言之一體也，故今採而録之。若其他臣庶相祭之文，則别爲一類云。

國書

按國書者，鄰國相遺之書也。春秋列國各有詞命，以通彼此之情，而其文務協典禮，從容委曲，高卑適宜，乃爲盡善。觀鄭人詞命，迭更四手，國賴以存，良有以也。漢、唐而下，國統雖一，

而夷狄内通，故其往來亦用之，乃有國之所不可廢者也。但《左傳》所載列國應對之詞，皆出口傳，例不得録。獨吕相《絶秦》，豐贍閎闊，似非口語能悉，意必當時筆而授之，故録其詞，并後代諸作列焉。

誓

按誓者，誓衆之詞也。蔡沈云：「戒也。」軍旅曰誓，古有誓師之詞，如《書》稱禹征有苗誓于師，以及《甘誓》、《湯誓》、《泰誓》、《牧誓》、《費誓》是也。又有誓告羣臣之詞，如《書・秦誓》是也。後世無《秦誓》之類，而誓師之詞亦不多見，豈非放失之故歟？今存一首，聊備其體云爾。又約信亦稱誓，則别附於盟焉。

令

按劉良云：「令，即命也。」七國之時並稱曰令；秦法：皇后、太子稱令；至漢王有《赦天下令》，淮南王有《謝羣公令》，則諸侯王皆得稱令矣。意其文與制詔無大異，特避天子而别其名耳。然考《文選》有梁任昉《宣德皇后令》一首，而其詞華靡，不可法式。其餘諸集亦不多見。今取載于史者，采而録之。

教

按劉勰云：「教者，效也，言出而民效也。」李周翰云：「教，示於人也。」秦法，王侯稱教，而漢時大臣亦得用之，若京兆尹王尊出教告屬縣是也。故陳繹曾以爲大臣告衆之詞。今考諸集亦不多見，聊取數首列于篇。

上書

按字書云：「書者，舒也，舒布其言而陳之簡牘也。」古人敷奏諫説（音税）之辭，見於《尚書》、《春秋》内外傳者詳矣。然皆矢口陳言，不立篇目，故《伊訓》、《無逸》等篇，隨意命名，莫協於一；然亦出自史臣之手，劉勰所謂「言筆未分」，此其時也。降及七國，未變古式，言事於王，皆稱上書。秦、漢而下，雖代有更革，而古制猶存，故往往見於諸集之中。蕭統《文選》欲其別於臣下之書也，故自爲一類，而以「上書」稱之。今從其例，歷採前代諸臣上告天子之書以爲式，而列國之臣上其君者亦以類次雜於其中。其他章表奏疏之屬，則別以類列云。

章

按劉勰云：「章者，明也。」古人言事，皆稱上書。漢定禮儀，乃有四品，其一曰章，用以謝恩。及考後漢，論諫慶賀，間亦稱章，豈其流之寖廣歟？自唐而後，此制遂亡。今録四首，聊存古體云爾。

表（笏記附）

按字書：「表者，標也，明也，標著事緒使之明白以告乎上也。」古者獻言於君，皆稱上書。漢定禮儀，乃有四品，其三曰表，然但用以陳請而已。後世因之，其用寖廣。於是有論諫、有請勸（勸進）、有陳乞（待罪同）、有進（進書，如唐蕭穎士《爲陳正卿進續尚書》、宋竇儀《進刑統》之類是也。今皆不録）獻（獻物）、有推薦、有慶賀、有慰安、有辭（辭官）解（解官，如晉殷仲文《解尚書表》是也，今不録）、有陳謝（謝官、謝上、謝賜）、有訟理、有彈劾（漢諸葛亮有《廢李平表》，今不録），所施既殊，故其詞亦異。

至論其體，則漢、晉多用散文，唐、宋多用四六。而唐、宋之體又自不同：唐人聲律，時有出入，而不失乎雄渾之風；宋人聲律，極其精切，而有得乎明暢之旨，蓋各有所長也。然有唐、宋人而爲古體者，有宋人而爲唐體者，此又不可不辨也。今取漢以下名家諸作，分爲三體而列之：一

曰古體，二曰唐體，三曰宋體，使學者有考云。

宋人又有笏記，書詞於笏，以便宣奏，蓋當時面表之詞也，故取以附焉。然表文書於牘，則其詞稍繁；笏記宣於廷，則其詞務簡。此又二體之別也。

牋

按劉勰云：「牋者，表也，識表其情也。」字亦作「箋」。古者君臣同書，至東漢始用牋記，公府奏記，郡將奏牋。若班固之説東平，黄香之奏江夏，所謂郡將奏牋者也。是時太子、諸王、大臣皆得稱牋，後世專以上皇后、太子。於是天子稱表，皇后、太子稱牋，而其他不得用矣。其詞有散文，有儷語，分爲古、俗二體而列之。

今制，奏事太子、諸王稱「啓」，而慶賀則皇后、太子仍並稱「牋」云。

奏疏

按奏疏者，羣臣論諫之總名也。奏御之文，其名不一，故以「奏疏」括之也。七國以前，皆稱上書。秦初，改書曰奏。漢定禮儀，則有四品：一曰章，以謝恩；二曰奏，以按劾；三曰表，以陳請；四曰議，以執異。然當時奏章，或上灾異，則非專以謝恩。至於奏事亦稱上疏，則非專以按

劾也。又按劾之奏，别稱彈事，尤可以徵彈劾爲奏之一端也。又置八儀，密奏陰陽，皂囊封板，以防宣泄，謂之封事。而朝臣補外，天子使人受所欲言，及有事下議者，並以書對。則漢之制，豈特四品而已哉？然自秦有天下以及漢孝惠，未聞有以書言事者。至孝文開廣言路，於是賈山言治亂之道，名曰《至言》，則四品之名，亦非叔孫通之所定，明矣。魏晉以下，啓獨盛行。唐用表狀，亦稱書疏。宋人則監前制而損益之，故有劄子、有狀、有書、有表、有封事，而劄子之用居多，蓋本唐人牓子、録子之制而更其名，乃一代之新式也。

上書章表，已列前編；其他篇目，更有八品，今取而總列之：一曰奏。奏者，進也。二曰疏。疏者，布也。漢時諸王官屬於其君，亦得稱疏，故以附焉。三曰對。四曰啓。啓者，開也。五曰狀。狀者，陳也。狀有二體，散文、儷語是也。六曰劄子。劄者，刺也。七曰封事。八曰彈事。各以類從，而以《至言》冠于篇，以其無可附也。至於疏、對、啓、狀、劄五者，又皆以「奏」字冠之，以别於臣下私相對答往來之稱。讀者亦庶乎有所考矣。

及論其文，則皆以明允篤誠爲本，辨析疏通爲要，酌古御今，治繁總要，此其大體也。奏啓入規而忌侈文，彈事明憲而戒善罵。世人所作，多失折衷，此又學者所當知也。

今制，論政事者曰題，陳私情者曰奏，皆謂之本。以及讓官謝恩之類，並用散文，間爲儷語，亦同奏格。至於慶賀，雖倣表詞，而首尾亦與奏同。唯史館進書，全用表式。然則當今進呈之

目，唯本與表二者而已。革百王之雜稱，減中世之儷語，此我朝之所以度越前代者也。

盟（誓附）

按《禮記》：「涖物曰盟。」劉勰云：「盟者，明也，祝告於神明者也。」亦稱曰誓，謂約信之詞也。三代盛時，初無詛盟，雖有要誓，結言則退而已。周衰，人鮮忠信，於是刑牲歃血，要質鬼神，而盟繁興。然俄而渝敗者多矣。以其爲文之一體也，故列之而以誓附焉。

夫盟誓之文，「必序危機，獎忠孝，共存亡，戮心力，祈幽靈以取鑒，指九天以爲正，感激以立誠，切至以敷詞，此其所同也」。「然義存則克終，道廢則渝始」，亦存乎人焉耳。嗚呼！勰爲斯言，其知盟誓之要者乎。

符

按字書云：「符，信也。」古無此體，晉以後始有之。唐世，凡上迨下，其制有六，其六曰符。尚書省下於州，州下於縣，縣下於鄉，皆用之，蓋亦沿晉制也。然唐文不少概見，姑採晉及南朝諸篇列之，亦以備一體云。

檄

按《釋文》云：「檄，軍書也。」《説文》云：「以木簡爲書，長尺二寸，用以號召。若有急則插雞羽而遺之，故謂之羽檄，言如飛之急也。」古者用兵，誓師而已。至周乃有文告之辭，而檄之名則始見於戰國。《史記》載張儀爲檄以告楚相曰：「始吾從若飲，我不盜而璧，若笞我；若善守汝國，我顧且盜而城」，是也。後人做之，代有著作，而其詞有散文，有儷語。儷語始於唐人，蓋唐人之文皆然，不專爲檄也。

若論其大體，則劉勰所稱：「植義颺辭，務在剛健。」「或述此休明，或叙彼苛虐。指天時，審人事，算强弱，角權勢。標著龜於前驗，懸盤銘於已然。」「插羽以示迅，不可使辭緩；露板以宣衆，不可使義隱。此其要也。」可謂盡之矣。今取數首，以爲法式。

其他，報答諭告，亦並稱檄，故取以附焉。又州邦徵吏，亦稱爲檄，蓋取明舉之義，而其詞不存，無從採録，姑附其説于此。

露布

按露布者，軍中奏捷之辭也。書辭于帛，建諸漆竿之上。劉勰所謂「露板不封，布諸視聽」

者，此其義也。任昉云：「漢賈弘爲馬超伐曹操作露布。」而《世説》亦謂：「桓温北征，令袁宏倚馬撰露布。」則露布之作始於魏晉，而杜佑以爲自元魏始，誤矣。又按劉勰《檄移篇》云：檄「或稱露布」。豈露布之初，告伐告捷，與檄通用，而後始專以奏捷歟？然二文世既不傳，而後人所作，皆用儷語，與表文無異，不知其體本然乎？抑源流之不同也？今不可考。姑採數首列于篇。

公移

按公移者，諸司相移之詞也，其名不一，故以「公移」括之。唐世，凡下達上，其制有六，其二曰狀，百官於其長亦爲之。其五曰辭，庶人言爲辭。其六曰牒，有品已上公文皆稱牒。諸司自相質問，其義有三：一曰關，謂關通其事也；二曰刺，謂刺舉之也；三曰移，謂移其事於他司也。

宋制，宰執帶三省樞密院事出使者，移六部用劄；六部移宰執帶三省樞密院事出使者，及從官任使副移六部，用申狀；六部相移用公牒。今皆不能悉存，姑取其著者列之。

今制，上逮下者曰照會，曰劄付，曰案驗，曰帖，曰故牒；下達上者曰咨呈，曰案呈，曰呈，曰牒呈，曰申；諸司相移者曰咨，曰牒，曰關；上下通用者曰揭帖。大略因前代之制而損益之耳。

判

按字書云：「判，斷也。」古者折獄，以五聲聽訟，致之於刑而已。秦人以吏爲師，專尚刑法。漢承其後，雖儒吏並進，然斷獄必貴引經，尚有近於先王議制及《春秋》誅意之微旨。其後乃有判詞。唐制，選士判居其一，則其用彌重矣。故今所傳如稱某某有姓名者，則斷獄之詞也；稱甲乙無姓名者，則選士之詞也。要之執法據理，參以人情，雖曰彌文，而去古意不遠矣。獨其文堆垛故事，不切於蔽罪，拈弄辭華，不歸於律格，爲可惜耳。唯宋儒王回之作，脱去四六，純用古文，庶乎能起二代之衰，而後人不能用，愚不知其何説也。今世理官斷獄，例有參詞，而設科取士，亦試以判，其體皆用四六，則其習由來久矣。

今取唐宋名作稍近質者，分而列之：一曰科罪，二曰評允，三曰辯雪，四曰番異，五曰判罷，六曰判留，七曰駁正，八曰駁審，九曰末減，十曰案寢，十一曰案候，十二曰褒嘉。凡若此類，多便理官，而不切於應舉之士。蓋選士以律條爲題，止於科罪，故其餘無用。然猶必列之者，欲使學者知制判之初意也。

書記

按劉勰云：「書記之用廣矣。」考其雜名，古今多品，是故有書，有奏記，有啓，有簡，有狀，有疏，有牋，有劄，而書記則其總稱也。夫書者，舒也，舒布其言而陳之簡牘也。記者，志也，謂進己志也。啓，開也，開陳其意也；一云跪也，跪而陳之也。簡者，略也，言陳其大略也，或曰手簡，或曰小簡，或曰尺牘，皆簡略之稱也。狀之爲言陳也，疏之爲言布也。以上六者，秦漢以來，皆用於親知往來問答之間；而書、啓、狀、疏，亦以進御。獨兩漢無啓，則以避景帝諱而置之也。又古者郡將奏牋，故黄香奏牋於江夏。厥後專用於皇后、太子、諸王，其下遂不敢稱。而劄獨行於宋，盛於元，有叠副提頭畫一之制，煩猥可鄙，然以吕祖謙之賢而亦爲之，則其習非一日矣。故牋者，今人所不得用；而劄者，吾儒所鄙而不屑也。

今取六者列之，而辯其體以告學者：一曰書，書有辭命、議論二體。二曰奏記。二者並用散文。三曰啓，啓有古體，有俗體。四曰簡，簡用散文。五曰狀，狀用儷語。六曰疏，疏用散文。然狀與疏諸集不多見，見者僅有此體，故姑著之，要未可爲定體也。世俗施於尊者，多用儷語以爲恭，則啓與狀疏，大抵皆俗體也。蓋嘗總而論之，書記之體，本在盡言，故宜條暢以宣意，優柔以懌情，乃心聲之獻酬也。若夫尊卑有序，親疏得宜，是又存乎節文之間，作者詳之。

約

按字書云：「約，束也。」言語要結，戒令檢束皆是也。古無此體，漢王褒始作《僮約》，而後世未聞有繼者，豈以其文無所施用而略之歟？愚謂後人如鄉約之類，亦當倣此爲之，庶幾不失古意，故特列之以爲一體。

策問

按古者選士，詢事考言而已，未有問之以策者也。漢文中年，始策賢良，其後有司亦以策試士，蓋欲觀其博古之學，通今之才，與夫剸劇解紛之識也。然對策存乎士子，而策問發於上人，尤必通達古今，善爲疑難者，而後能之。不然，其不反爲士子所笑者幾希矣。故今取古人策問之工者數首，分爲二類而列之，一曰制策，二曰試策，使當視草爲主司者有所矜式，而因以得實才云。

策

按《説文》云：「策者，謀也。」《漢書音義》曰：「作簡策難問，例置案上，在試者意投射，取而答之，謂之射策。若録政化得失，顯而問之，謂之對策。」劉勰云：「射策者，探事而獻説也，以甲

科入仕。對策者，應詔而陳政也，以第一登庸。皆選賢之要術也。」夫策士之制，始於漢文，晁錯所對，蔚爲舉首。自是而後，天子往往臨軒策士，而有司亦以策舉人，其制迄今用之。又學士大夫，有私自議政而上進者（如宋蘇洵《幾策》，蘇軾《策略》、《策別》、《策斷》，蘇轍、秦觀《進策》之類）。三者均謂之策，而體各不同，故今彙而辯之。一曰制策，天子稱制以問而對者是也。二曰試策，有司以策試士而對者是也。三曰進策，著策而上進者是也。各取數首以列于篇。又宋曾鞏有《本朝政要策》，蓋當時進士帖括之類，故今不録。

夫策之體，練治爲上，工文次之。然人才不同，「或練治而寡文，或工文而疏治」，故入選者，劉勰稱爲「通才」。嗚呼！可謂難也已矣。

論

按字書云：「論者，議也。」劉勰云：「論者，倫也。」「彌綸羣言而研一理者也。」「論之立名，始於《論語》，若《六韜》二論，乃後人之追題耳。」「其爲體，則辯正然否，窮有數、追無形，迹堅求通，鉤深取極，乃百慮之筌蹄，萬事之權衡也。」「至其條流，實有四品：陳政，則與議説合契；釋經，則與傳註參體；辯史，則與贊評齊行；銓文，則與序引共紀。」此論之大體也。

按勰之説如此。而蕭統《文選》則分爲三：設論居首，史論次之，論又次之。較諸勰説，差爲

未盡。唯設論，則緦所未及，而乃取《答客難》、《答賓戲》、《解嘲》三首以實之。夫文有答有解，已各自爲一體，統不明言其體，而槩謂之論，豈不誤哉？

然詳緦之説，似亦有未盡者。愚謂析理，亦與議説合契；諷（諷人）、寓（寓己意），則與箴解同科；設辭，則與問對一致。必此八者，庶幾盡之。故今兼二子之説，廣未盡之例，列爲八品：一曰理論，二曰政論，三曰經論，四曰史論（有評議、述贊二體），五曰文論，六曰諷論，七曰寓論，八曰設論，而各録文于其下，使學者有所取法焉。其題或曰某論，或曰論某，則各隨作者命之，無異義也。

説

按字書：「説，解也，述也。解釋義理而以己意述之也。」説之名起於《説卦》，漢許慎作《説文》，亦祖其名以命篇。而魏、晉以來，作者絶少，獨《曹植集》中有二首，而《文選》不載，故其體闕焉。要之，傅於經義，而更出己見，縱横抑揚，以詳贍爲上而已，與論無大異也。今取名家數篇，以備一體。

此外又有名説、字説，其名雖同，而所施則異，故别爲一類，不復附於此云。

原

按字書云：「原者，本也。謂推論其本原也。」自唐韓愈作「五原」，而後人因之，雖非古體，然其遡原於本始，致用於當今，則誠有不可少者。至其曲折抑揚，亦與論説相爲表裏，無甚異也。其題或曰原某，或曰某原，亦無他義。今取數首列于篇。

議

按劉勰云：「議者，宜也。周爰諮謀，以審事宜也。《周書》曰：『議事以制，政乃不迷』，此之謂也。昔管仲稱軒轅有明臺之議，則議之來遠矣。至漢，始立駁議。駁者，雜也，雜議不純，故曰駁也。」蓋古者國有大事，必集羣臣而廷議之，交口往復，務盡其情，若罷鹽鐵、擊匈奴之類是也。厥後下公卿議，乃始撰詞，書之簡牘以進，而學士偶有所見，又復私議於家，或商今，或訂古，由是議寖盛焉。然其大要在於據經析理，審時度勢，「文以辯潔爲能，不以繁縟爲巧；事以明覈爲美，不以深隱爲奇」，乃爲深達議體者爾。

是編以文章爲主，故面議之詞不録，而僅録操筆爲議者，分爲奏議、私議二體，以垂式焉。若夫溯流而窮源，則學者自當求諸史書而熟玩之也。此外又有謚議，則別爲一類云。

辯

按字書云：「辯，判别也。」其字從「言」，或從「刂」，蓋執其言行之是非真僞而以大義斷之也。近世魏校謂從「刀」，而古文不載，未敢從也。漢以前，初無作者，故《文選》莫載，而劉勰不著其説，至唐韓、柳乃始作焉。然其原實出於孟、莊。蓋非本乎至當不易之理，而以反復曲折之詞發之，未有能工者也。故今取名家諸作，以式學者。其題或曰某辯，或曰辯某（《河東集》載《辯鶡冠子》是也，今不録），則隨作者命之，實非有異義也。

解

按字書云：「解者，釋也。因人有疑而解釋之也。」揚雄始作《解嘲》，世遂倣之。其文以辯釋疑惑、解剥紛難爲主，與論、説、議、辯，蓋相通焉。其題曰解某，曰某解，則惟其人命之而已。雄文雖諧謔迴環，見譏正士，而其詞頗工，且以其爲此體之祖也，故亦取焉。此外又有字解，則别附名字説類，此不混列。

釋

按字書云：「釋，解也。」文既有解，又復有釋，則釋者，解之別名也。蓋自蔡邕作《釋誨》，而郤正《釋譏》，皇甫謐《釋勸》，束晳《玄居釋》，相繼有作，然其詞旨不過遞相祖述而已。至唐韓愈作《釋言》，別出新意，乃能追配邕文，而免於蹈襲之陋。即此二篇，亦可以備一體矣，故特録而列之。

問對

按問對者，文人假設之詞也。其名既殊，其實復異。故名實皆問者，屈平《天問》、江淹《邃古篇》之類是也（今並不録）。名問而實對者，柳宗元《晉問》之類是也。其他曰難，曰諭（宋劉敞有《諭客》，今不録），曰答，曰應（宋柳開有《應責》，今不録），又有不同，皆問對之類也。古者君臣朋友口相問對，其詞詳見於《左傳》、《史》、《漢》諸書。後人倣之，乃設詞以見志，於是有問對之文，而反覆縱横，真可以舒憤鬱而通意慮，蓋文之不可闕者也。故採數首列之。若其詞雖有問對，而名入別體者，則各從其類，不復列於此云。

序（序略附）

按《爾雅》云：「序，緒也。」字亦作「叙」，言其善叙事理、次第有序若絲之緒也。又謂之大序，則對小序而言也。其爲體有二：一曰議論，二曰叙事。宋真氏嘗分列于《正宗》之編，故今倣其例而辯之。其序事又有正、變二體（系以詩者爲變體）。其題曰某序，曰序某；字或作序，或作叙。惟作者隨意而命之，無異義也。至唐柳氏又有序略之名，則其題稍變，而其文益簡矣。今取以附焉。若他類之文有序者，各見本類。又有名序、字序，則别附於名字説條，使得以類相從，兹不復列。

小序

按小序者，序其篇章之所由作，對大序而名之也。漢班固云：「孔子纂《書》凡百篇而爲之序，言其作意，此小序之所由始也。」然今《書序》具存，决非孔子所作，蓋由後人妄探作者之意而爲之，故多穿鑿附會，依阿簡略，甚或與經相戾，而鮮有發明。獨司馬遷以下諸儒，著書自爲之序，然後己意瞭然而無誤耳。故今略取《詩序》與遷以下數首列于篇。

引

按唐以前，文章未有名「引」者；漢班固雖作《典引》，然實爲符命之文，如雜著命題，各用己意耳，非以引爲文之一體也。唐以後始有此體，（如柳宗元有《霹靂琴贊引》，今見贊類；劉禹錫有《送元暠南遊詩引》之類，今不録。）大略知序而稍爲短簡，蓋序之濫觴也。今録二首，以備其體。若其名引之義，難妄臆説，俟博聞者詳焉。

題跋（題、跋、書、讀）

按題跋者，簡編之後語也。凡經傳子史詩文圖書（字也）之類，前有序引，後有後序，可謂盡矣。其後覽者，或因人之請求，或因感而有得，則復撰詞以綴於末簡，而總謂之題跋。至綜其實，則有四焉：一曰題，二曰跋，三曰書某，四曰讀某。夫題者，締也，審締其義也。跋者，本也，因文而見本也。書者，書其語。讀者，因於讀也。題、讀始於唐；跋、書起於宋。曰題跋者，舉類以該之也。其詞考古證今，釋疑訂謬，褒善貶惡，立法垂戒，各有所爲，而專以簡勁爲主，故與序引不同。學者熟玩所列之數篇，亦庶乎得之矣。

又有題辭，所以題號其書之本末指義文辭之表也。若漢趙岐作《孟子題辭》，其文稍煩；而

宋朱子倣之作《小學題辭》，更爲韻語。今皆不録，姑著其體於此。然題跋書于後，而題辭冠于前，此又其辯也。

文

按編内所載，均謂之文，而此類獨以「文」名者，蓋文中之一體也。其格有散文，有韻語；或倣《楚辭》，或爲四六；或以盟神，或以諷人：其體不同，其用亦異。今並採而列之，以俟學者詳焉。

雜著

按雜著者，詞人所著之雜文也。以其隨事命名，不落體格，故謂之雜著。然稱名雖雜，而其本乎義理，發乎性情，則自有致一之道焉。劉勰所云：「並歸體要之詞，各入討論之域。」正謂此也。今取數首列於篇。

七

按七者，文章之一體也。詞雖八首，而問對凡七，故謂之「七」，則七者，問對之別名，而《楚詞・

七諫》之流也。蓋自枚乘初撰《七發》，而傅毅《七激》、張衡《七辯》、崔駰《七依》、崔瑗《七蘇》、馬融《七廣》、曹植《七啓》、王粲《七釋》、張協《七命》、陸機《七徵》、桓麟《七說》、左思《七諷》，相繼有作。然考《文選》所載，唯《七發》、《七啓》、《七命》三篇，餘皆略而弗録。由今觀之，三篇辭旨閎麗，誠宜見採；其餘遞相摹擬，了無新意，是以讀未終篇，而欠伸作焉，略之可也。至唐柳宗元《晉問》，體裁雖同，辭意迴別，殆所謂不泥其迹者歟！顧其名既謂之「問」，則不得並列于此篇。故今僅採《文選》所載三首，以爲一體，而著其辯如此，庶使作者知所變化而不爲讀者所厭云。

書

按編内既以人臣進御之書爲「上書」、往來之書爲「書」，而此類復稱「書」者，則別以議論筆之而爲書也。然作者甚少，故諸集不載。唯唐李翱有《復性》、《平賦》等書，而《平賦書》法制精詳，議論正大，有天下者誠能推其說而行之，致治不難矣。故特採之以爲一體。

連珠

按連珠者，假物陳義以通諷諭之詞也。連之爲言貫也，貫穿情理，如珠之在貫也。蓋自揚雄綜述碎文，肇爲連珠，而班固、賈逵、傅毅之流，受詔繼作，傅玄乃云興於漢章之世，誤矣。然其云

「辭麗言約，合於古詩諷興之義」，則不易之論也。其體展轉，或二，或三，皆駢偶而有韻，故工於此者，必使「義明而詞浄，事圓而音澤，磊磊自轉，乃可稱珠」。否則「欲穿明珠，多貫魚目」，惡能免於劉勰之誚邪？今採數家，以式學者。

義

按字書云：「義者，理也。」本其理而疏之，亦謂之義，若《禮記》所載《冠義》、《祭義》、《射義》諸篇是已。後人依倣，遂有是作。而唐以前諸集，不少概見。至《宋文鑑》乃有之，而其體有二：一則如古《冠義》之類，一則如今明經之詞（名曰經義），今皆録而辯之。夫自唐取士有明經一科，而宋興因之，不過試以墨書帖義，徒取記誦而已。神宗時，王安石撰《周禮》、《詩》、《書》三經義頒行試士，舊法始變。彼其欲以己説一天下士，固無是理；然其所製「義」式，至今倣之，蓋不得以人廢法也。厥後安石之義，廢格不用；而《文鑑》所載，尚有張庭堅《經義》二篇，豈其遺式歟？方今駢儷之詞，日新月盛，與庭堅之式不合，毋乃異於當時立法之初意乎？噫！此丘文莊公（名濬）所以致嘆於科舉之弊也。

説書

按説書者，儒臣進講之詞也。人主好學，則觀覽經史，而儒臣因説其義以進之，謂之説書。然諸集不載，唯《蘇文忠公集》有《邇英進讀》數條，而《文鑑》取以爲説書，題與篇首有問對字，蓋被顧問而答之之詞。今讀其詞，大抵皆文士之作，而於經史大義，無甚發明，不知當時説書之體，果然乎否也？及觀《王十朋集》，似稍不同，然亦不能敷陳大義。故今仍《文鑑》録之，聊備一體云耳。

今制，經筵進講，亦有講章，首列訓詁，次陳大義，而以規諷終焉。欲其易曉，故篇首多用俗語，與此類所載者敻異，以爲有益學者，宜别求之。

箴

按《説文》云：「箴者，戒也。」蓋醫者以箴石刺病，故有所諷刺而救其失者謂之「箴」，喻箴石也。古有《夏》、《商》二箴，見于《尚書大傳解》及《吕氏春秋》，然餘句雖存，而全文已缺。獨周太史辛甲命百官箴王闕，而《虞人》一篇，備載于《左傳》，於是揚雄倣而爲之。其後作者相繼，而亦用以自箴。故其品有二：一曰官箴，二曰私箴。大抵皆用韻語，而反覆古今興衰理亂之變，以垂

警戒，使讀者惕然有不自寧之心，乃稱作者。此劉勰所以有「確切」之云也。

規

按字書云：「規者，爲圓之器也。」《書》曰：「官師相規。」言規其闕失，使不敢越，若木之就規也。今人以箴規並稱，而文章顧分爲二體者何也？孔穎達曰：「《書》言官師者，謂衆官也；相者，平等之辭。平等有闕，已尚相規；見上有過，諫之必矣。」據此，則箴者，箴上之闕；而規者，臣下之互相規諫者也。其用以自箴者，乃箴之濫觴耳。然規之爲名，雖見於《書》；而規之爲文，則漢以前絶無作者。至唐元結始作《五規》，豈其緣《書》之名而創爲此體歟？今摘其一二列于篇，以備一體云。

戒

按字書云：「戒者，警敕之辭，字本作誡。」文既有箴，而又有戒，則戒者，箴之別名歟？《淮南子》載《堯戒》曰：「戰戰慄慄，日謹一日，人莫躓於山，而躓於垤（叶徒吉反）。」至漢杜篤遂作《女戒》，而後世因之，惜其文弗傳，意必未若《堯戒》之簡也。今采唐、宋諸作列于篇。其詞或用散文，或用韻語，故分爲二體云。

銘

按鄭康成曰：「銘者，名也。」劉勰云：「觀器而正名也。」故曰：「作器能銘，可以爲大夫矣。」考諸夏商鼎、彝、尊、卣、盤、匜之屬，莫不有銘，而文多殘缺，獨《湯盤》見于《大學》，而《大戴禮》備載武王諸銘，使後人有所取法。是以其後作者寖繁，凡山川、宫室、門、井之類皆有銘詞，蓋不但施之器物而已。然要其體不過有二：一曰警戒，二曰祝頌，故今辯而列之。陸機曰：「銘貴博文而温潤。」斯言得之矣。

此外又有碑銘、墓碑銘、墓誌銘，則各爲類，不並列于此云。

頌

按《詩》有六義，其六曰頌。頌者，容也，美盛德之形容，以其成功告于神明者也。若商之《那》、周之《清廟》諸什，皆以告神，乃頌之正體也。至於《魯頌·駉》、《閟》等篇，則用以頌僖公，而頌之體變矣。後世所作，皆變體也。其詞或用散文，或用韻語，今亦辯而列之。又有哀頌，則任昉所稱「漢張紘初作《陶侯哀頌》」者是已。今其文雖未及見，而竊意大體與哀辭略同，姑識以俟博聞者。

劉勰云：「頌之爲體，典雅清鑠，揄揚汪洋。敷寫似賦，而不入華侈之區；敬慎如銘，而異乎規戒之域。」詳味斯言，可以得作頌之法矣。

贊

按字書云：「贊，稱美也。字本作讚。」昔漢司馬相如初贊荆軻，其詞雖亡，而後人祖之，著作甚衆。唐時至用以試士，則其爲世所尚久矣。其體有三：一曰雜贊，意專褒美，若諸集所載人物、文章、書畫諸贊是也。二曰哀贊，哀人之没而述德以贊之者是也。三曰史贊，詞兼褒貶，若《史記索隱》、《東漢》、《晉書》諸《贊》是也。

劉勰有言：「贊之爲體，促而不曠，結言於四字之句，盤桓乎數韻之辭，其頌家之細條乎。」可謂得之矣。至其謂「班固之贊，與此同流」，則余未敢以爲然也。蓋嘗取而玩之，其述贊也，名雖爲贊，而實則評論之文（今入論類）；其叙傳也，詞雖似贊，而實則小序之語（今入小序類）。安得概謂之贊而無辯乎？今皆不列于此篇。

評

按字書云：「評，品論也，史家褒貶之詞。」蓋古者史官各有論著，以訂一時君臣言行之是非。

然隨意命名，莫協於一，故司馬遷《史記》稱「太史公曰」，而班固《西漢書》則謂之「贊」，范曄《東漢書》又謂之「論」，其實皆評也。而評之名則始見於《三國志》。後世緣此，作者漸多，則不必身在史局，手秉史筆，而後爲之矣。故二評載諸《文粹》，而評史見於《蘇文忠公集》中，蓋文章之一體也。今以陳壽史評爲主，而其他作者亦並列焉。分爲史評、雜評二品云。

碑文

按劉勰云：「碑者，埤也。上古帝皇，始號封禪，樹石埤岳，故曰碑。周穆紀跡于弇山之石，秦始刻銘于嶧山之巔，此碑之所從始也。」然考《士昏禮》：「入門當碑揖。」註云：「宮室有碑，以識日影、知早晚也。」《祭義》云：「牲入麗于碑。」註云：「古宗廟立碑繫牲。」是知宮廟皆有碑，以爲識影、繫牲之用，後人因於其上紀功德，則碑之所從來遠矣，而依倣刻銘，則自周、秦始耳。

後漢以來，作者漸盛，故有山川之碑，有城池之碑，有宮室之碑，有橋道之碑，有壇井之碑，有神廟之碑，有家廟之碑，有古跡之碑，有風土之碑，有災祥之碑，有功德之碑，有墓道之碑，有寺觀之碑，有託物之碑，皆因庸器（彝鼎之類）漸闕而後爲之，所謂「以石代金，同乎不朽」者也。

故碑實銘器，銘實碑文，其序則傳，其文則銘，此碑之體也。又碑之體主於叙事，其後漸以議論雜之，則非矣。故今取諸大家之文，而以三品列之：其主於叙事者曰正體，主於議論者曰變

體，叙事而參之以議論者，曰變而不失其正。至於託物寓意之文，則又以别體列焉。或有未備，學者亦可以例推矣。其墓碑自爲一類，此不復列。

碑陰文

凡碑面曰陽，背曰陰。碑陰文者，爲文而刻之碑背面也，亦謂之記。古無此體，至唐始有之。或他人爲碑文而題其後，或自爲碑文而發其未盡之意，皆是也。今取三首列于篇。

記

按《金石例》云：「記者，紀事之文也。」《禹貢》、《顧命》，乃記之祖；而記之名，則昉於《戴記》、《學記》諸篇。厥後揚雄作《蜀記》，而《文選》不列其類，劉勰不著其説，則知漢、魏以前，作者尚少。其盛自唐始也。其文以叙事爲主，後人不知其體，顧以議論雜之。故陳師道云：「韓退之作記，記其事耳；今之記乃論也。」蓋亦有感於此矣。然觀《燕喜亭記》已涉議論，而歐、蘇以下，議論寖多，則記體之變，豈一朝一夕之故哉？故今採録諸記，而以三品别之，如碑陰之例，欲使學者得有所考而去取焉，庶乎不失其本意矣。

又有託物以寓意者（如王績《醉鄉記》是也），有首之以序而以韻語爲記者（如韓愈《汴州東西水門記》是也），

有篇末系以詩歌者（如范仲淹《桐盧嚴先生祠堂記》之類是也），皆爲别體。今並列于三品之末，仍分三體，庶得以盡其變云。至其題或曰某記，或曰記某（《昌黎集》載有《記宜城驛》是也，今不録），則惟作者之所命焉。

此外又有墓磚記、墳記、塔記，則皆附于墓誌之條，兹不復列。

志

按字書云：「志者，記也，字亦作誌。」其名起於《漢書》十志，而後人因之，大抵記事之作也。諸集不多見，姑採一首録之。他如墓誌，别爲一類，此不概列云。

紀事

按記事者，記志之别名，而野史之流也。古者史官掌記時事，而耳目所不逮者，往往遺焉。於是文人學士，遇有見聞，隨手紀録，或以備史官之採擇，或以裨史籍之遺亡，名雖不同，其爲紀事一也，故以紀事楶之。今取數篇，以備一體。嗚呼！史失而求諸野，其不以此也哉。

題名

按題名者，紀識登覽尋訪之歲月與其同遊之人也，其叙事欲簡而贍，其秉筆欲健而嚴，獨《昌

黎集》有之，亦文之一體也。昔人嘗集華嶽題名，自唐開元（玄宗年號）至後唐清泰（廢帝年號），録爲十卷，中更二百一年，題名者五百四十二人，可謂富矣。歐陽公《集古録》有此書，而韓愈所題亦在其中，故朱子採之以入其集，而謂「筆削之嚴，非公不可」，則此文其可易而爲之哉？獨惜余之寡陋而不獲見也。當今名山勝境，非無佳題，而世人往往忽之，其殆未知此歟？故今取韓公所題七首列于篇，以備一體，庶學者知所觀法，不敢以爲易而忽之也。

字説（字説、字序、字解、字辭、祝辭、名説、名序、女子名字説）

按《儀禮》，士冠三加三醮而申之以字辭，後人因之，遂有字説、字序、字解等作，皆字辭之濫觴也。雖其文去古甚遠，而丁寧訓誡之義無大異焉。若夫字辭、祝辭，則倣古辭而爲之者也。然近世多尚字説，故今以説爲主，而其他亦並列焉。至於名説、名序，則援此意而推廣之。而女子笄，亦得稱字，故宋人有女子名辭，其實亦字説也。今雖不行，然於禮有據，故亦取之，以備一體云。

行狀

按劉勰云：「狀者，貌也，體貌本原，取其事實。先賢表謚，並有行狀，狀之大者也。」漢丞相

倉曹傅胡幹始作《楊元伯行狀》，後世因之。蓋具死者世系、名字、爵里、行治、壽年之詳，或牒考功太常使議謚，或牒史館請編録，或上作者乞墓誌碑表之類皆用之。而其文多出於門生故吏親舊之手，以謂非此輩不能知也。其逸事狀，則但録其逸者，其所已載不必詳焉，乃狀之變體也。

述

按字書云：「述，譔也，纂譔其人之言行以俟考也。」其文與狀同，不曰狀，而曰述，亦别名也。此體見諸集者不多，姑録一首以爲式云。

墓誌銘

按誌者，記也；銘者，名也。古之人有德善功烈可名於世，殁則後人爲之鑄器以銘，而俾傳於無窮，若《蔡中郎（名邕）集》所載《朱公叔（名穆）鼎銘》是已。至漢，杜子夏始勒文埋墓側，遂有墓誌，後人因之。蓋於葬時述其人世系、名字、爵里、行治、壽年、卒葬年月，與其子孫之大略，勒石加蓋，埋於壙前三尺之地，以爲異時陵谷變遷之防，而謂之誌銘。其用意深遠，而於古意無害也。迨夫末流，乃有假手文士，以謂可以信今傳後，而潤飾太過者，亦往往有之，則其文雖同，而意斯異矣。然使正人秉筆，必不肯徇人以情也。

至論其題，則有曰墓誌銘，有誌有銘者是也；曰墓誌銘并序，有誌有銘而又先有序者是也。然云誌銘而或有誌無銘，或有銘無誌者，則别體也。曰墓誌，則有誌而無銘；曰墓銘，則有銘而無誌。然亦有單云誌而却有銘，單云銘而却有誌者，有題云誌而却是銘，題云銘而却是誌者，皆别體也。其未葬而權厝者，曰權厝誌，曰誌某；殯後葬而再誌者，曰續誌，曰後誌（《河東柳先生集》載《故連州員外司馬凌君墓後誌》是也，今不録）；殁於他所而歸葬者，曰歸祔誌（《河東集》載《先夫人河東縣太君歸祔誌》是也，今不録）；葬於他所而後遷者，曰遷祔誌（《河東集》載《叔妣陸夫人遷祔誌》是也，今不録）。刻於蓋者，曰蓋石文；刻於磚者，曰墓磚記，曰墓磚銘（《河東集》載《下殤女子》、《小姪女子墓磚記》，一本作《墓磚銘》是也，今不録）；書於木版者，曰墳版文（《唐文粹》載舒元輿撰《陶母墳版文並序》是也，今不録），曰墓版文。又有曰葬誌（《河東集》載《馬室女雷五葬誌》是也，今不録），曰誌文（無誌有銘者，則《江文通集》所載《宋故尚書左丞孫緬等墓誌文》是也；有誌有銘者，則《河東集》載《故尚書户部侍郎王君先太夫人河間劉氏誌文》是也，今不録），曰墳記（《河東集》載《韋夫人墳記》是也，今不録），曰壙誌，曰壙銘，曰槨銘，曰埋銘（《朱文公集》載《女已埋銘》是也，今不録）。其在釋氏，則有曰塔銘，曰塔記（《唐文粹》載劉禹錫撰《牛頭山第一祖融大師新塔記》是也，今不録）。凡二十題，或有誌無誌，或有銘無銘，皆誌銘之别題也。

其爲文則有正、變二體，正體唯叙事實，變體則因叙事而加議論焉。又有純用「也」字爲節段者，有虚作誌文而銘内始叙事者，亦變體也。若夫銘之爲體，則有三言、四言、七言、雜言、散文；

有中用「兮」字者，有末用「兮」字者，有末用「也」字者。其用韻，有一句用韻者，有兩句用韻者，有三句用韻者，有前用韻而末無韻者，有前無韻而末用韻者，有篇中既用韻而章内又各自用韻者，有隔句用韻者，有韻在語辭上者，有一字隔句重用自爲韻者，有全不用韻者；其更韻，有兩句一更者，有四句一更者，有數句一更者，有全篇不更者。皆雜出於各篇之中，難以例列。故今録文致辯，但從題類，仍分正、變，稍以職官、處士、婦人爲次，而銘體與韻則略序之，庶學者有考云。

墓碑文

按古者葬有豐碑，以木爲之，樹於槨之前後，穿其中爲鹿盧而貫綍以窆者也。《檀弓》所載「公室視豐碑」，是已。漢以來始刻死者功業於其上，稍改用石，則劉勰所謂「自廟而徂墳」者也。晉宋間始稱神道碑，蓋堪輿家以東南爲神道，碑立其地，因名焉。唐碑制，龜趺螭首，五品以上官用之。而近世高廣各有等差，則制之密也。蓋葬者既爲誌以藏諸幽，又爲碑碣表以揭於外，皆孝子慈孫不忍蔽先德之心也。

其爲體有文，有銘，又或有序。而其銘或謂之辭，或謂之系，或謂之頌，要之皆銘也。文與誌大略相似，而稍加詳焉，故亦有正、變二體。其或曰碑，或曰碑文，或曰墓碑（《昌黎集》載《唐故相權公墓碑》是也，今不録），或曰神道碑，或曰神道碑文，或曰墓神道碑（《昌黎集》載《唐故中散大夫少府監胡良公墓神道

碑》是也，今不録），或曰神道碑銘（《昌黎集》載《司徒兼侍中中書令贈太尉許國公神道碑銘》之類是也，今不録），或曰神道碑銘并序，或曰碑頌（《蔡中郎集》載《太尉橋公碑頌》是也，今不録），皆别題也。

至於釋老之葬，亦得立碑以僭擬乎品官，豈歷代相沿崇尚異教而莫之禁歟？故或直曰碑，或曰碑銘，或曰塔碑銘并序，或曰碑銘并序（《唐文粹》載蔣防作《連州静福山廖先生碑銘并序》之類是也，今不録），亦别題也。

若夫銘之爲體與其用韻，則諸集所載雖不能如誌銘之備，而大略亦相通焉，此不復著。

墓碣文

按潘尼作《潘黄門碣》，則碣之作自晉始也。唐碣制，方趺圓首，五品以下官用之，而近世復有高廣之等，則其制益密矣。古者碑之與碣，本相通用，後世乃以官階之故，而别其名，其實無大異也。其爲文與碑相類，而有銘無銘，惟人所爲，故其題有曰碣銘，有曰碣，有曰碣頌并序（《唐文粹》載陳子昂作《昭夷子趙氏碣頌并序》是也，今不録），皆碣體也。至於專言碣而却有銘，或兼言銘而却無銘，則亦猶誌銘之不可爲典要也。其文有正、變二體，其銘與韻亦與誌同，説見墓碑條下。

墓表（墓表、阡表、殯表、靈表）

按墓表自東漢始，安帝元初元年立《謁者景君墓表》，厥後因之。其文體與碑碣同，有官無官皆可用，非若碑碣之有等級限制也。以其樹於神道，故又稱神道〔表〕。其爲文有正有變，録而辯之。又取阡表、殯表、靈表，以附於篇，則遡流而窮源也。蓋阡，墓道也；殯者，未葬之稱；靈者，始死之稱。自靈而殯，自殯而墓，自墓而阡也。近世用墓表，故以墓表括之。

謚議

按《禮記》曰：「先王謚以尊名，節以壹惠。」（節取其大者，以專其善。）故行出於己，而名生於人，使夫善者勸而惡者懼也。天子崩，則臣下制謚於南郊，明受之於天也；諸侯薨，則太子赴告於天子，明受之於君也。蓋子不得議父，臣不得議君，故受之於天於君。若卿大夫，則有司議而謚之。故周制太史掌小喪賜謚，小史掌卿大夫之喪賜謚。秦廢謚法，漢乃復之，然僅施於君侯，而公卿大夫皆不得與，蓋亦略矣。唐制，太常博士掌王公以下擬謚。宋制，擬謚定於太常，覆於考功，集議於尚書省，其法漸密。故歷代以來，有帝后謚議，臣僚美惡謚議，傳於今。而其體有四：一曰謚議，二曰改議，三曰駁議，四曰答駁議（亦曰重議）。觀其往復論辯，豈得已哉？不過欲歸於是非

之公而已。

今制，雖設太常博士，然不掌謚議。大臣没，其家請謚，則禮部覆奏，或與或否，唯上所命。與則内閣擬四字以請而欽定之，皆得美名；其餘則否，初無惡謚以示懲戒，而謚議遂廢不作矣。今取古文類列于篇，以備一體，亦以示存羊之意云耳。

至於名臣處士，法不得謚，則門生故吏相與共議而加私謚焉。其事起於東漢，而文不多見，獨《蔡邕集》有之。唐宋至今相沿不絶，雖非國典，亦可見古法之不盡廢於今也，故今編爲五，曰私議云。

傳

按字書云：「傳者，傳（平聲）也，紀載事迹以傳於後世也。」自漢司馬遷作《史記》，創爲「列傳」以紀一人之始終，而後世史家卒莫能易。嗣是山林里巷，或有隱德而弗彰，或有細人而可法，則皆爲之作傳，以傳其事，寓其意，而馳騁文墨者，間以滑（音骨）稽之術雜焉，皆傳體也。故今辯而列之，其品有四：一曰史傳（有正、變二體），二曰家傳，三曰托傳，四曰假傳，使作者有考焉。

哀辭

按哀辭者，哀死之文也，故或稱文。夫哀之爲言依也，悲依於心，故曰哀；以辭遣哀，故謂之

哀辭也。昔漢班固初作《梁氏哀辭》，後人因之，代有撰著。或以有才而傷其不用，或以有德而痛其不壽。幼未成德，則譽止於察惠；弱不勝務，則悼加乎膚色。此哀辭之大略也。其文皆用韻語，而四言、騷體，惟意所之，則與誄體異矣。吴訥乃並而列之，殆不審之故歟？今取古辭，目爲一類，庶作者有所考云。

誄

按，誄者，累也，累列其德行而稱之也。《周禮》太祝作六辭，其六曰誄，即此文也。今考其時，賤不誄貴，幼不誄長，故天子崩則稱天以誄之，卿大夫卒則君誄之。魯哀公誄孔子曰：「旻天不弔，不憖遺一老，俾屏予一人以在位，煢煢予在疚！嗚呼哀哉！尼父！」古誄之可見者止此，然亦略矣。竊意周官讀誄以定謚，則其辭必詳；仲尼有誄而無謚，故其辭獨略。豈制誄之初意然歟？抑或有變也？

又按劉勰云：「柳妻誄惠子，辭哀而韻長。」則今私誄之所由起也。蓋古之誄本爲定謚，而今之誄惟以寓哀，則不必問其謚之有無，而皆可爲之。至於貴賤長幼之節，亦不復論矣。其體先述世系行業，而末寓哀傷之意，所謂「傳體而頌文，榮始而哀終」者也。今採數首列于篇。

祭　文

按祭文者，祭奠親友之辭也。古之祭祀，止於告饗而已。中世以還，兼讚言行，以寓哀傷之意，蓋祝文之變也。其辭有散文，有韻語，有儷語。而韻語之中，又有散文、四言、六言、雜言、騷體、儷體之不同。今各以類列之。劉勰云：「祭奠之楷，宜恭且哀；若夫辭華而靡實，情鬱而不宣，皆非工於此者也。」作者宜詳審之。宋人又有祭馬之文，是亦一體，故取以附焉。

弔　文

按弔文者，弔死之辭也。劉勰云：「弔者，至也。《詩》曰『神之弔矣』，言神至也。」賓之慰主，以至到爲言，故謂之弔。古者弔生曰「唁」，弔死曰「弔」，亦此意也。或驕貴而殞身，或狷忿而乖道，或有志而無時，或美才而兼累，後人追而慰之，並名爲弔。若賈誼之《弔屈原》，則弔之祖也。然不稱文，故不得列之此篇。而後人又稱爲賦，則其失愈遠矣。其有稱祭文者，則並列之，以其實爲弔也。其文濫觴於唐、宋，故有《弔戰場》、《弔鎛鐘》之作，今亦附焉。

大抵弔文之體，髣髴《楚騷》，而切要惻愴，似稍不同，否則華過韻緩，化而爲賦，其能逃乎奪倫之譏哉？作者熟讀乎所列之文，庶乎有以得之矣。

祝　文

按祝文者，饗神之詞也，劉勰所謂「祝史陳信，資乎文辭」者是也。昔伊祁始蠟以祭八神，其辭云：「土反其宅（叶遠各反），水歸其壑，昆蟲毋作，草木歸其澤（叶達各反）。」此祝文之祖也。厥後虞舜祠田，商湯告帝，《周禮》設太祝之職，掌六祝之辭。春秋已降，史辭寖繁，則祝文之來尚矣。考其大旨，實有六焉：一曰告，二曰脩（脩，常祀也），三曰祈（求也），四曰報（謝也），五曰辟（讀曰弭，讓也，見《郊特牲》），六曰謁（見也），用以饗天地山川社稷宗廟五祀羣神，而總謂之祝文。其詞有散文，有韻語，今並採而列之。

嘏（音假）辭

按嘏者，祝爲尸致福於主人之辭，《記》所謂「嘏以慈告」者是也，辭見《儀禮》。其他文集不載，唯《蔡中郎集》有之，今並録以備一體。

雜句詩

按近體詩自五、七言律、排律、絶句之外，復有三句、五句、促句三體。以其非正體也，故列之

附録云。後皆倣此。

三句詩

五句詩

促句詩

此體詩每三句一换韻，或平或仄皆可，然有兩疊者，有三疊者，今各録之，以備一體。

雜言詩

按古今詩自四、五、六、七、雜言之外，復有五、七言相間者，有三、五、七言各兩句者，有一、三、五、七、九言各兩句者，有一字至七字、九字、十字者，比之雜言，又略不同，故别列之於此篇。

雜體詩

按詩有雜體，一曰拗體，二曰蜂腰體，三曰斷絃體，四曰隔句體，五曰偷春體，六曰首尾吟體，七曰盤中體，八曰迴文體，九曰仄起體，十曰疊字體，十一曰句用字體，十二曰藁砧體，十三曰兩頭纖纖體，十四曰三婦艷體，十五曰五雜俎體，十六曰五仄體，十七曰四聲體，十八曰雙聲疊韻體，十九曰問答體，皆詩之變體也，故並列於此篇。

拗體

按律詩平順穩帖者，每句皆以第二字爲主，如首句第二字用平聲，則二句三句當用仄聲，四句五句當用平聲，六句七句當用仄聲，八句當用平聲。用仄反是。若一失粘，皆爲拗體。其詩有入此體而已見律詩、絶句類者，即注其下，今復採其所未録者列之。又有句不拗而字拗者，亦附著焉。

蜂腰體

凡頷聯不對，却以十字叙一事，而意與首二句相貫，至頸聯方對者，謂之蜂腰體，言已斷而復續也。

斷絃體

謂語似斷絃而意存也。

隔句體

謂起聯與頷聯相對也。絶句亦有之。

偷春體

凡起聯相對，而次聯不對者，謂之偷春體，言如梅花偷春色而先開也。

首尾吟體

首尾吟者，一句而首尾皆用之也。此體他集不載，唯宋邵雍有之，蓋昉於雍也。雍詩甚富，其中類多格言，但於古人寄興高遠，托諷悠深之義，絶不相似，故皆不録。姑採元人詩以備一體，庶學者有考焉。

盤中體

作詩寫之盤中，屈曲而成文也。

迴文體

按迴文詩始於苻秦竇滔妻蘇氏，反覆成章，而陸龜蒙則曰：「悠悠遠道獨煢煢，由是反覆興焉。」及考《詩苑》云：「迴文、反覆，舊本二體。止兩韻者謂之迴文，舉一字皆成讀者謂之反覆。」則蘇氏詩正反覆體也。後人所作，直可謂之迴文耳。以今合而爲一，故並列之。

仄起體

謂每句起字皆仄聲也。

疊字體

按古詩「青青河畔草」凡十句，而前六句皆用疊字。「迢迢牽牛星」亦十句，而首四句尾二句皆用疊字。然未有以疊字成篇者，後人倣之，始有此體。今録一首以備考云。

句用字體

藁砧體

兩頭纖纖體

三婦艷體

五雜俎體

五仄體

謂句中五字皆用仄聲也。宋晏殊守汝陰，梅堯臣往見之，將行，殊置酒潁河上，因言：「古人章句中全用平聲，製字穩帖，如『枯桑知天風』是也，恨未見仄字詩耳。」堯臣既引舟，遂作五仄詩寄之。今録于篇，以備一體。

四聲體

雙聲疊韻體

按《南史·謝莊傳》：「王玄謨問莊曰：『何爲雙聲？何爲疊韻？』莊答曰：『互護爲雙聲，磝碻爲疊韻。』」蓋字有四聲，必按五音：東方喉聲爲木音，南方齒聲爲火音，中央牙聲爲土音，西方舌聲爲金音，北方唇聲爲水音。雙聲者，同音而不同韻也，「互」、「護」同爲唇音，而不同韻，故謂之雙聲，若彷彿、熠燿、騏驥、慷慨、咿喔、霢霂之類皆是也。疊韻者，同音而又同韻也，「磝」、「碻」同爲牙音，而又同韻，故謂之疊韻，若侏儒、童蒙、崆峒、巃嵸、螳螂、滴瀝之類皆是也。此二

體詩，古集不多載；唯皮、陸有之。又有上句雙聲、下句疊韻者，如李羣玉詩云「方穿詰曲崎嶇路，又聽鉤輈格磔聲」是也。

問答體

雜韻詩

按詩家用韻凡數端：一曰葫蘆韻，先二後四者是也。二曰轆轤韻，雙出雙入、每隔二句用韻者是也。三曰進退韻，一進一退，隔一句用韻者是也。四曰顛倒韻，四句同用兩字爲韻，略如反覆詩者是也。五曰平仄兩韻，句中平仄字各協韻者是也。然葫蘆、轆轤二體無所考，故僅取三體録之。

進退韻體（亦名隔句韻體）

顛倒韻體

平仄兩韻體

雜數詩

按詩有以數爲題者，如四時、四氣、四色、五噫、六憶、六甲、六府、八音、十索、十離、十二屬、

百年，是也。有以數爲詩者，如數詩數名自一至十是也。今取而並列之。

雜名詩

按詩有用建除名者，有用星宿名者，有用道里名者，有用州郡縣名者，有用斜冗名者，有用姓名者，有用將軍名者，有用古人名者，有用宮殿屋名者，有用船車名者，有用藥草樹名者，有用鳥獸名者，有用卦兆相名者，古集所載，僅見數端。然推而廣之，將不止此。故録之爲此篇。

離合詩（口字詠、藏頭詩附）

按離合詩有四體：其一，離一字偏旁爲兩句，而四句湊合爲一字，如「魯國孔融文舉」、「思楊容姬難堪」、「何敬容」、「閑居有樂」、「悲客他方」是也。其二，亦離一字偏旁爲兩句，而六句湊合爲一字，如「別」字詩是也。其三，離一字偏旁於一句之首尾，而首尾相續爲一字，如《松間斟》、《飲巖泉》、《砌思步》是也。其四，不離偏旁，但以一物二字離於一句之首尾，而首尾相續爲一物，如縣名、药名離合是也。

他如口字詠，則字字皆藏口字也。藏頭詩則每句頭字皆藏於每句尾字也。雖非離合，意亦近之，故取以附焉。

此外又有歇後詩，如《拙字詩》云「當初只爲將勤補，到底翻爲弄巧成」，《酒字詞》云「斷送一生唯有，破除萬事無過」之類，滑稽之極，一至於此，良可歎也。故今不録，姑附其説於此云。

詼諧詩

按《詩·衛風·淇奥（於六反）篇》云：「善戲謔兮，不爲虐兮。」此謂言語之間耳。後人因此演而爲詩，故有俳諧體、風人體、諸言體、諸語體、諸意體、字謎體、禽言體。雖含諷諭，實則詼諧，蓋皆以文滑稽爾，不足取也。然以其有此體，故亦採而列之。

俳諧體

謂詼語也。

風人體

唐陸龜蒙曰：「《詩》云：『維南有箕，不可以簸揚；維北有斗，不可以挹酒漿。』蓋風俗之言，近乎戲矣。後人倣之，遂有『圍棊燒敗襖，看子故依然』之句。由是此體興焉。」蓋古有採詩之官，命之曰風人，故名其體云爾。

諸言體

自宋玉有《大言》、《小言賦》，後人遂約而爲詩。諸語、諸意，皆由此起。

諸語體
諸意體
字謎體
禽言體

詩餘

按詩餘者，古樂府之流別，而後世歌曲之濫觴也。蓋自樂府散亡，聲律乖闕，唐李白氏始作《清平調》、《憶秦娥》、《菩薩蠻》諸詞，時因效之。厥後行衛尉少卿趙崇祚輯爲《花間集》，凡五百闋，此近代倚聲填詞之祖也。宋初創製漸多，至周待制(邦彦)領大晟府樂，比切聲調，十二律各有篇目。柳屯田(永)增至二百餘調。一時文士，復相擬作，富至六十餘種，可謂極盛，然去樂府遠矣。故陸游云：「詩至晚唐五季，氣格卑陋，千人一律；而長短句獨精巧高麗，後世莫及，此事之不可曉者。」蓋傷之也。然觀秦少游(觀)之詞，傳播人間，雖遠方女子，亦知膾炙，至有好而至死者，則其感人，因可想見，殆不可謂俗體而廢之也。第作者既多，中間不無昧於音節，如蘇長公(軾)者，人猶以「鐵綽板唱『大江東去』」譏之，他復何言哉？由是詩餘復不行，而金、元人始爲套數。曲有南北二體，九宮三調，其去樂府，抑又遠矣。近時何良俊以謂詩亡而後有樂府，樂府闕

而後有詩餘，詩餘廢而後有歌曲，真知言哉！要之，樂府、詩餘，同被管絃，特樂府以皦逕揚厲爲工，詩餘以婉麗流暢爲美，此其不同耳。

然詩餘謂之填詞，則調有定格，字有定數，韻有定聲。至於句之長短，雖可損益，然亦不當率意而爲之。譬諸醫家加減古方，不過因其方而稍更之，一或太過，則本方之意失矣。此《太和正音》及今《圖譜》之所爲也。然《正音》定擬四聲，失之拘泥；《圖譜》圈別黑白，又易謬誤。故今採諸調，直以平仄作譜，列之於前，而録詞其後。若句有長短，復以各體別之，其可平、可仄、亦通三句。但所録僅三百二十餘調，似爲未盡，然以備考，則庶幾矣。

至論其詞，則有婉約者，有豪放者。婉約者欲其辭情醖藉，豪放者欲其氣象恢弘，蓋雖各因其質，而詞貴感人，要當以婉約爲正。否則雖極精工，終乖本色，非有識之所取也。學者詳之。

玉牒文

按玉牒文者，封禪告天之文也。古者天子郊人社地，望于山川而已，未聞有封禪之説也。管仲對齊桓謬謂受命封禪者七十二家，而世傳禹《玉牒辭》曰：「祝融司方發其英，沐日浴月百寶生。」蓋後人附會之文耳。世儒不察，尊信其説。至秦始皇遂舉行之，於是封泰山，禪梁父。而漢武帝時，司馬相如病且死，猶草遺書勸帝封禪，帝令諸儒具儀，數年不就，厥後兒（倪同）寬贊成之。

自是唐、宋之君，皆相效尤，故有玉牒傳于今。然其事不經，明主所不爲也。今姑録其文以備一體，而並著其説，俾致君者有考云。其他册神之文，雖名「玉册」，實玉牒之類也，故取以附焉。

符　命

按符命者，稱述帝王受命之符也。夫帝王之興，固有天命，而所謂天命者，實不在乎祥瑞圖讖之間。故大雹、大虹、白狼、白魚之屬，不見於經，而見於史，史其可盡信邪？後世不察其僞，一聞怪誕，遂以爲符，而封禪以答之，亦惑之甚矣。自其説昉於管仲，其事行於始皇，其文肇於相如，而千載之惑，膠固而不可破。於是揚雄《美新》、班固《典引》、邯鄲淳《受命述》，相繼有作，而《文選》遂立「符命」一類以列之。夫《美新》之文，遺穢萬世，淳亦次之，固不足道；而馬、班所作，君子亦無取焉。唯柳氏《貞符》以仁立説，頗協於理，然蘇長公（軾）猶以爲非，則如斯文不作可也。今以其爲一體，故聊採三首，列諸此篇，而並著其説，庶俾馳騁文藝者知所懲戒，不蹈劉勰「勞深勣寡」之誚云。

表　本

按表本者，宋時天子告祭先帝先后之詞也。古者郊禘宗廟陵寢之祭，僅用册文祝文，至宋始

加表文，呼爲「表本」，雖曰事死如事生，而禮則瀆矣。今以其爲一體也，故亦録焉。

口宣

按口宣者，君諭臣之詞也。古者天子有命于其臣，則使使者傳言，若《春秋》内外傳所載諭告之詞是已，未有撰爲儷語、使人宣於其第者也。宋人始爲之，則待下之禮愈隆，而詞臣之撰著愈繁矣，蓋諭告之變體也。今採數首，以備一體云。

宣答

按宣答者，羣臣奉表慶賀而禮官宣制以答之也。先期詞臣撰詞以授禮官，禮官習之，至日宣示，以見君臣同慶之意。蓋雖繁文，而義則美矣。今制亦用之，而詞皆兩句，尤爲古雅。又著之儀注，無臨時改撰肄習之勞，豈不度越前代哉？今姑録宋人之作，以備一體。

致辭

按致辭者，表之餘也。其原起於越臣祝其主，而後世因之。凡朝廷有大慶賀，臣下各撰表文，書之簡牘以進，而明廷之宣揚，宫壼之贊頌，又不可缺，故節略表語而爲之辭。觀《宋文鑑》以

此雜表中，蓋可知已。今之祝贊，即其制也，故採之以備一體。

祝辭

按祝辭者，頌禱之詞也。諸集不載，而世所傳，獨有浄髮、靧（音悔，洗也）面祝詞。苟推其類，則凡喜慶皆可爲之，不特施之二事而已。故録而著之。

貼子詞

按貼子詞者，宫中黏貼之詞也。古無此體，不知起於何時。第見宋時每遇令節，則命詞臣撰詞以進，而黏諸閣中之户壁，以迎吉祥。觀其詞乃五七言絶句詩，而各宫多寡不同，蓋視其宫之廣狹而爲之，抑亦以多寡爲等差也。然此乃時俗鄙事，似不足以煩詞臣，而宋人尚之，豈所謂聲容過盛之一端歟？今姑採録，以備一體。

上梁文（寶瓶文説、上牌文附）

按上梁文者，工師上梁之致語也。世俗營構宫室，必擇吉上梁，親賓裹麵（今呼饅頭）雜他物稱慶，而因以犒匠人，於是匠人之長，以麵抛梁而誦此文以祝之。其文首尾皆用儷語，而中陳六詩。

詩各三句，以按四方上下，蓋俗禮也。今録數篇，以備一體。

又按元陳繹曾《文筌》有寶瓶文，云「圬者墁棟脊之詞」，而諸集無之，無以爲式。竊意其詞大略與上梁文同，末亦陳詩如樂語口號之比，第無四方上下諸章耳。未知是否，姑附其説於此。

宋人又有上牌文，蓋上扁額之詞，亦因上梁而推廣之也。聊録一首，以備其體云。

樂語

按樂語者，優伶獻伎之詞，亦名致語。古者天子、諸侯、卿大夫，朝覲聘問，皆有燕饗，以洽上下之情，而燕必奏樂，若《詩·小雅》所載《鹿鳴》、《四牡》、《魚麗》、《嘉魚》諸篇，皆當時之樂歌也。夫樂曰雅樂，詩曰雅詩，則雖備其聲容，娱其耳目，要歸於正而已矣。古道虧缺，鄭音興起。漢成帝時，其弊爲甚，黄門名倡，富顯於世。魏晉以還，聲伎寖盛。北齊後主爲魚龍爛漫等百戲，而周宣帝徵用之，蓋秦角抵之流也。隋煬帝欲誇突厥，總追四方散樂，大集東都，爲黄龍、緪舞、扛鼎、負山、吐火之戲，千變萬化，曠古莫儔，嗚呼極矣！自唐而下，雅俗雜陳，未有能洗其臣者也。宋制，正旦、春秋、興龍、地成諸節，皆設大宴，仍用聲伎，於是命詞臣撰致語以畀教坊，習而誦之；而吏民宴會，雖無雜戲，亦有首章。皆謂之樂語。其制大戾古樂，而當時名臣，往往作而不辭，豈其限於職守，雖欲辭之而不可得歟？然觀其文，間有諷詞，蓋

所謂曲終而奏雅者也。今採而不削，聊以備一體云。

右語

按右語者，宋時詞臣進呈文字之詞也；謂之右語者，所進文字列于左方，而先之以此詞，實居其右，故因而名之。蓋變進書表文之體，而別其稱耳。然考之諸集，唯歐陽修、王安石等有《進功德疏右語》，豈其特用於此等文字，而他皆不用歟？詞皆儷語，而短簡特甚。今録一二，聊以備一體云。

道場榜

按道場榜者，釋、老二家修建道場榜示之詞也。品題不同，而施用亦異：其迎神馭者曰「門榜」，淨壇場者曰「監壇榜」（亦曰衛壇），燃燈者曰「燈榜」，戒孤魂者曰「戒約榜」，限孤魂者曰「結界榜」，浴孤魂者曰「浴堂榜」，施法食者曰「施斛榜」，施水燈者曰「水燈榜」，張于造齋之所者曰「監齋榜」，張于設供之所者曰「供榜」，張於食所者曰「茶湯榜」。已上數榜，二家錯陳，而互有遺闕，其或用，或不用，亦不可知。然能觸類而長之，則亦無不通矣。此異端之教，學者勿求焉可也。後倣此。

道場疏

按道場疏者，釋、老二家慶禱之詞也。慶詞曰「生辰疏」，禱詞曰「功德疏」，二者皆道場之所用也。又按陳繹曾《文筌》云：「功德疏者，釋氏禱佛之詞。」及考諸集與《事文類聚》，並有二家疏語，則知疏者，不特用於釋氏明矣。故今錯而列之，以俟博聞者。其曰齋文，即疏之別名也。

表

按表者，釋、道陳奏之詞也。古今表詞施於君臣之際，而二氏亦以表稱，蓋僭擬也。若乃天子之於天，故宜用表稱臣，然不以施於郊祀之際，而用老氏之法以黷神，則名雖是而實則非矣。故列之於此，以俟崇正者詳焉。其曰朱，曰露香，曰默，皆表之別名也。

青詞（密詞附）

按陳繹曾云：「青詞者，方士懺過之詞也，或以祈福，或以薦亡，唯道家用之。」其謂密詞，則釋、道通用矣。詞用儷語，諸集皆有，而《事文類聚》所載尤多。今録數篇，以備一體。此外又有法誥，有告牒（以功德牒告亡者），有投簡（山簡、水簡，投諸山水以要長久之意），有解語（火解、水解，薦道士用之），有

法語。而舉棺撒土，亦皆有文，其目至爲煩瑣，而諸集不載。愚謂二氏相傳，必有舊本，臨時録用，亦何不可，何必别撰而騁詞華於無益之地哉？故皆略而不録。

募緣疏

按募緣疏者，廣求衆力之詞也。橋梁、祠廟、寺觀、經像與夫釋、老衣食器用之類，凡非一力所能獨成者，必撰疏以募之。詞用儷語，蓋時俗所尚。而橋梁之建，本以利人；祠廟之設，或關祀典，尤非他事之比，則斯文也，豈可闕而不録哉？故列之。

法堂疏

按法堂疏者，長老主持之詞也。其用有三：未至，用以啓請；將行，用以祖送；既至，用以開堂。其事重，其體尊，非夫高僧，恐不足以當此。然猶録之者，不可謂世無其人而廢此一體也。文有古、今體，今各列之。

文章一貫

〔明〕高琦　撰

《文章一貫》二卷

明 高琦 撰

高琦，號格庵，山東武城人。嘉靖五年（一五二六）進士。餘不詳。

此書採取「輯」而不作之編纂方式，但已非散漫無序、雜録前賢論文之語而已，而能依編者之文論思想加以歸類編次，頗成系統，在文話同類著述中尚屬首次。間亦有高氏少量按語，參以己意，如「引用」末「有逐段引證者」一段、「譬喻」末「譬喻忌稠疊」兩段等。高氏認爲：「意不立則罔，氣不充則萎，篇章句字不整則淆」，因於上卷設「立意」「氣象」「篇法」「章法」「句法」「字法」六目；進而又云：「吾於是立起端以肇之，叙事以揄之，議論以廣之，引用以實之，譬喻以起之，含蓄以深之，形容以彰之，過接以維之，繳結以完之」，因於下卷設「起端」「叙事」「議論」「引用」「譬喻」「含蓄」「形容」「過接」「繳緒（結？）」九目。大抵上卷爲綜論，下卷爲具體作法，規模燦然，逐層推演，指示學者塗轍，頗寓「執一貫萬」之旨趣。選材亦稱嚴謹，且同類資料匯集一處，足資相互參證。取材豐贍，頗多罕覯者，如《蒲氏漫齋語録》、《場屋準繩》等書，林執善、吴琮、吴鎰、鄒道卿、歐陽起鳴及李福堂等論文之語，皆有可圈可點處。

此書首題「同窗時庵吴守素同集」，則吴守素當爲助編者。據程默（煙谿）序、程然（晴谿）跋，知此書初刊於嘉靖六年（一五二七），即高琦中進士之次年。但國内久無傳本。日本東京成簣堂文庫藏有朝鮮銅活字本。又有寬永二十一年（一六四四）四月京都風月宗智刊本（已收入長澤規矩也《和刻本漢籍隨筆集》第十六輯）。今據寬永和刻本録入，并據成簣堂文庫藏本校改數字。

（王宜瑗）

目録

文章一貫序

子高子曰：「文之律淵乎？其寡諧哉！意不立則罔，氣不充則萎，篇章句字不整則淆。吾於是立起端以肇之，叙事以揄之，議論以廣之，引用以實之，譬喻以起之，含蓄以深之，形容以彰之，過接以維之，繳結以完之。九法舉而後文體具，體具而後用達，執一貫萬，嗣有作者，其弗渝哉！」子默曰：「是文律也，吾謂有道焉。道者，根諸心，著諸事，爲而托文以相示也。是故綴乎事者存乎文，命乎文者存乎律，主乎律者存乎道，體乎道者存乎人。古之君子，和以性情，養以問學，經以動作，紀以百物。道存於己，由是措行；行積於躬，由是脩辭；辭彰於外，由是範世。於是睿而不罔，裕而不萎，順而不淆，辭達而世範，文貫一矣。徒于法也未文焉。」子高子曰：「吾言下學可上達也。」子默躍如請曰：「是爲夫子論道之律，著篇端。」

嘉靖丁亥季夏望日煙谿程默頓首拜書

文章一貫卷上

明 高琦 編集
吴守素 同集

立意第一

（宗）〔宋〕子京《筆記》：「文章必自名家，然後可傳不朽。若體規畫圓，準方作矩，終爲人之臣僕。古人譏屋下架屋，信然！陸機曰：『謝朝花於已披，啓夕秀於未振。』韓愈曰：『惟陳言之務去。』此乃爲文之要。」

林執善云：「作文當如文與可畫竹，皆先有成竹於胸中。若胸中無一篇成説，逐步揣摩，旋生議論，安有渾成氣象？」

吴琮云：「作文須熟考上下文，然後立説。主張要在題目外，題目却要在主張内，方是好文字。」

謝疊山云：「范文正《嚴先生祠堂記》，字少意多，文簡理詳，有關世教，非徒文也。」葉水心

云：「爲文不關世教，雖工何益？」晦菴亦云：「胡文定父子最不輕下人，獨服此《記》。」

魏文帝云：「文以意爲主，以氣爲輔，以辭爲衛。」

《墨客揮犀》云：「文以氣爲主，氣以誠爲主。」

《麗澤文説》云：「題常則意新，意常則語新。」又云：「意深而不晦，句新而不怪，筆健而不粗，語新而不常。」

福堂李先生云：「主意一定，中間要常提掇起，不可放過。」

陳亮云：「大凡作文，不必作好語言。意與理勝，則文字自然超衆。故大手之文，不爲詭異之體，而自宏富；不爲險怪之辭，而自典麗。奇寓於純粹之中，巧藏於和易之内。不善文者，不求高於理與意，而務求異於文彩辭句之間，則亦陋矣。故杜牧之云：『意全勝者，辭愈樸而文愈高；意不勝者，辭愈華而文愈鄙。』山谷云：『好作奇語，自是文章一病。但當以理爲主，理得而辭順，文章自然出群拔萃。』」

《蒲氏漫齋語録》：「爲文先要識主客，然後成文字。如今作文，須是先立己意，然後以故事佐吾説方可。」

歐陽起鳴云：「如漢唐君臣題，以帝王君臣作權衡；如荀、楊題，以孔、孟作權衡；如帝王題，用天地譬喻等形容。」以下二條占地步。

《潛溪詩眼》云：「老坡作文，工於命意，必超然獨立於衆人之上。如《趙清獻碑》，世稱治郡者曰寬，立朝者曰直，盖已大矣，則進於二者，又有説焉。故曰：『其於治郡不專於寬，時出猛政，嚴而不殘；其在朝廷，不專於〔直〕，爲國愛人，〔直〕掩其疵疾。』如吾家蜀公，堅卧不起，人知其高而不稱其用。則爲碑銘曰：『世皆〔爲〕〔謂〕公貴身賤名，孰知其功，聖人之清。』然後知其有功於世也。又曰：『君實之用，出而時施，如彼水火，寧除渴饑；公雖不用，亦相其行，如彼山川，出雲相望。』然後知其表裏廢一不可也。此皆非世人所能到者，平日得意到處多如此，其源盖出於《莊子》，故其論劉伶、莊子、阮千里、閻立本，皆於世人意外別出眼目。其平日取舍文章，多以此爲法。」

福堂李先生云：「題目有病處，切須回護。如子謂武未盡善，周公未盡仁。知〔疑爲『如』字〕不善回護，便小了聖人。又漢唐君臣互有得失，先包容抑揚與奪，或始揚而終抑，始奪而終與，貴得其當也。」

爲文有八格

褒美於帝王聖賢道全德備者，用此結。

攻擊於異端好邪戕正乱真者，用此結。

評品用於善惡是非優劣雜見一題者。

抑揚就一人一事上用之。法見前。

追想或因今思古，或援古證今。

回護法見前。

推明性情、義理、奧妙、純精，必推明之。

考詳天地名物、古今度數，須考詳之。

爲文當死中求活，成中見敗。他如勝衰理亂、名實美惡、功過是非之類，不一而足，莫不皆然。

因精知粗，以顯明微，亦爲文之法也。他如常變、古今、彼此之屬，亦非一端，當類究之。

氣象第二

《后山詩話》云：「余以古文爲三等：周爲上，七國次之，漢爲下。周之文雅；七國之文壯偉，其失騁；漢之文華贍，其失緩。東漢而下，無取焉。」

《麗澤文説》云：「文有三等：上焉藏鋒不露，讀之自有滋味；中焉步驟馳騁，飛沙走石；下焉用意庸常，專事造語。」

裴度云：「文之異，在氣格之高下，思致之淺深，不在磔裂章句，隳廢聲韵也。」

《皇朝類苑》云：「余嘗究之，文章雖各出於心術，而實有兩等：有山林草野之文，有朝廷臺閣之文。山林草野之文，其氣枯槁憔悴，迺道不得行、著書立言之所尚也；朝廷臺閣之文，其氣温潤豐縟，乃得行其道、代言華國者之所尚也。」

《文筌》云：「養氣八法：朝廷宗廟聖賢題宜『肅』；山河軍旅宜『壯』；山林仙隱宜『清』；宴樂歡娱通達宜『和』；神怪豪俠幽險宜『奇』；宫苑臺榭佳麗宜『麗』；攬古搜玄雅勝宜『古』；登臨志士功業宜『遠』。古養氣之法，將此題中此景、此事、此情、此意一一由根生幹，由幹生節，由節生枝、生葉、生花。枝枝葉葉，無則不可强生，有則不可漏脱。已將此景、此事、此情、此意如青天白日，照燭纖悉，明白盡淨，却將此景、此事、此情、此意都掃除，無纖毫在於此心目之間，只有此題此氣。『肅』者凛然，『壯』者巍然，『清』者泠然，『和』者温然，『奇』者屹然，『麗』者爛然，『古』者澹然，『遠』者廓然。一片真境存此胸中，而此景、此事、此情、此意融化於其中，变態蜂生，取其精者、純者、要者而用之。須是自然存此胸中，不可著想，想之即入客氣，徒勞終日，無所用之。」

篇法第三

《緯文瑣語》云：「篇中不可有冗章，章中不可有冗句，句中不可有冗字。」

又云：「一篇不離一字，一字不離一篇。盖一即含多，多即入一。」

《麗澤文説》云：「文字一意，貴在段數多。」

又云：「散文若作段子，恐不流暢。」

又云：「作簡短文字，要轉處多，必有意思則可。沈隱侯云：『文章當從三易：易見事，易識字，易讀誦也。』」

《文章精義》云：「文字須要數行齊整處，數行不齊整處。意對處，文却不必對；意不必對處，文却著對。」

《麗澤文説》云：「作文之法，一篇之中有數行齊整處，數行不齊整處。或緩或急，或顯或晦，間用之，使人不知其爲緩急顯晦。雖然，常使經緯相通，無一脉過接乎其間，然後可。盖以緩急形者綱目，無形者血脉也。文字壯者近乎粗，子細看，所謂眼者，一篇中自有一篇中眼，一段中自有一段中眼，尋常警句是也。如何是主意首尾相應？如何是一篇鋪叙次第？如何是抑揚開闔？如何是警策？如何是下句下字有力處？如何是起頭換頭佳處？如何是繳結有力處？如何是實體貼題目處？文字至於辞意俱盡，復能於意外得新意者妙。須做過人工夫，便做過人文字。」

《捫蝨詩話》云：「爲文要知常山蛇勢。」

《吕氏童蒙訓》云：「文章有首有尾，無一言乱説，觀少游《伍拾策》可見。」

《文則》云：「孔頴達曰：『《詩》章之法，不常厥體。或重章共述一事《采蘩》之類，或一事疊爲數章《甘棠》之類；或初同而末異《東山》之類，或首異而末同《漢廣》之類；或事訖而更申《既醉》之類，或章重而事别《鴟鴞》之類；或隨時而改也《何草不黄》也，或因事而變文《文王有聲》也；或一章而再言《采采芣苢》，或三章而一發《賓之筵》也。初篇有數章，章句衆寡不等；章有數句，句字多少不同。』包括《詩》體，孰踰此説？故特取焉。」

《文章精義》云：「《孟子・公孫丑》下篇首章起句謂『天時不如地利，地利不如人和』。下分三段：第一段説天時不如地利，第二段説地利不如人和，第三段專説人和，而歸之『得道者多助』，一節高一節，此自是作文中大法度也。」

張文潛云：「《詩》三百篇，雖云婦人女子、小夫賤隷所爲，要之非深於文章者不能作。如『七月在野』至『入我床下』，於七月以下皆不道破；至十月，方言『蟋蟀』。非深於文字者，能爲之耶？」

《文章精義》云：「《史記》終篇惟作他人説，末後自己只説一句，子瞻《表忠觀碑》之類是也。介甫以爲諸侯王年表，非也。」

《文筌》：「文章體段：

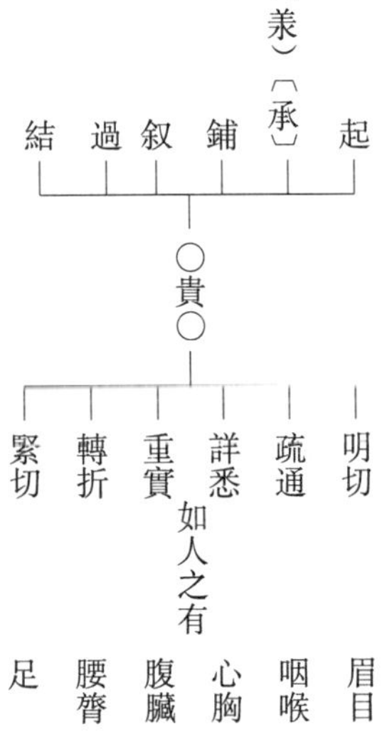

右六節，大小諸文體中皆用之。然或用其二，或用其三四，以至於五六，皆可隨宜增減，有則用之，無則已之。若强擺布，即入時文境界矣。其間『起』『結』二字，則所必不可無者也。起結二法，在作文家最爲難事，須將韓柳二家諸體文字，摘出起結，觀其變化手段，當自得之，非可言傳也。」

《場屋準繩》云：「有設問以成篇者，如韓昌黎《争臣》之類是也。有設辞譬喻者，如吕東萊《論鄭伯克段》之類是也。有直數其事者，如欧陽公《朋黨論》之類是也。有破題起，如欧陽公《縱囚論》之類是也。有立兩柱貫一篇者，如蘇老泉《春秋論》之類是也。有將一字立意貫一篇者，如東坡《留侯論》用一『忍』字之類是也。有一反一正説者，如東坡《始皇》、《扶蘇論》之類是也。有

引起《書》句而入政事者，如東坡《荀卿論》是也。有一字用於一篇之内，二三十出不覺其煩者，如韓昌黎《送孟東野序》之『鳴』字、蔡九峯《書集傳序》之『心』字等類是也。有前屢託辞説來説去，一句收拾來正主意上來者，如昌黎《應科目時與人書》之類是也。有褒貶者，如昌黎《争臣論》之類是也。以上舉其例，引伸觸類，隨人之機要，不可盡述也。」

章法第四

《文則》云：「夫樂奏而不和，樂不可聞；文作而不協，文不可誦。文協尚矣。是以古人之文，發於自然，其協也亦自然；後世之文，出於有意，其協也亦有意。《書》曰：『任賢勿二，去邪勿疑；疑謀勿成，百志惟熙。』《易》曰：『乾剛坤柔，比樂師憂，臨觀之義，或與或求。』《禮記》曰：『玄酒在室，醴醆在户，粢醍在堂，澄酒在下；陳其犧牲，備其鼎俎，列其琴瑟管磬鍾鼓，修其祝嘏，以降上神與其先祖。以正君臣，以篤父子，以睦兄弟，以齊上下，夫婦有所，是謂承天之祐。』若此等語，自然協也。《書》曰：『無偏無黨，王道蕩蕩；無黨無偏，王道平平。』《詩》曰：『不明爾德，時無背無側；爾德不明，以無陪無卿。』二者皆例上句，又協之一體。《周易・乾坤卦》中多自然成韵者。」

又云：「《詩》、《書》之文，有若重復而意實曲折者。《詩》曰：『云誰之思，西方美人。彼美人

兮，西方之人兮。』此思賢之意自曲折也。又曰：『自古在昔，先民有作。』此考古之意自曲折也。《書》曰：『眇眇予末小子。』此謙托之意自曲折也。又曰：『孺子其朋，孺子其朋。』此告戒之意自曲折也。」

又曰：「文有交錯之體，若纏糾然，主在析理，理盡後已。《書》曰：『念兹在兹，釋兹在兹，名言兹在兹，允出兹在兹。』《莊子》曰：『以指喻指之非指，不若以非指喻指之非指也。』又曰：『有始也者，有未始有始也者，有未始有夫未始有始也者。』《荀子》曰：『不利而利之，不如利而後利之之利也；利而後利之，不如利而不利者之利也。』《國語》曰：『成人在始與善。始與善，善進，不善蔑由至矣；始與不善，不善進，善亦蔑由至矣。』《穀梁》曰：『人之所以爲人者，言也；人而不能言，何以爲人？言之所以爲言者，信也；言而不信，何以爲言？信之所以爲信者，道也；信而不道，何以爲道？』此類多矣，不可悉舉，言即《莊子》而法之，則文斯邃矣。」

又云：「載事之文，有先事而断以起事，有後事而断以盡事也。如《左氏傳》欲載晉靈公厚斂雕墻，必先言：『晉靈公不君。』《公羊傳》欲載楚靈王作乾谿臺，必先言：『靈王爲無道。』《中庸》欲言『舜好問而好察邇言』，亦先曰：『舜其大智也歟。』《孟子》欲言『梁惠王以其所不愛及其所愛』，亦先曰：『不仁哉！梁惠王也。』若此流，皆先断以起事。如《左氏傳》載晉文公教民而用，卒言之曰：『一戰而覇，文之教也。』又載晉悼公錫魏絳和民樂，卒言之曰：『魏絳於是乎始有金

石之樂，禮也。』若此流，皆後斷以盡事也。」

又云：「載言之文有答問，若止及一事，文固不難；至於數端，文實未易。所問不言問，所對不言對，言雖簡略，意實周贍，讀之續如貫珠，應如答響。若《左氏傳》載楚望晉軍問伯黎，蓋得此也。至於問，則屢稱『何也』；答則屢稱『對曰』，其文與意有異《左氏》，若《樂記》載賓牟賈與孔子言樂，皆拘此也。二文具載，則可考矣。○（王曰：『騁而左右，何也？』曰：『召軍吏也。』『皆聚於中軍矣。』曰：『合謀也。』『張幕矣。』曰：『虔卜於先君也。』『徹幕矣。』曰：『將發命也。』『甚囂，且塵上矣。』曰：『將塞井夷竈而爲行也。』『皆乘矣，左右執兵而下矣。』曰：『聽誓也。』『戰乎？』曰：『未可知也。』『乘而左右皆下矣。』曰：『戰禱也。』○曰：『夫武之備戒之已久，何也？』對曰：『病不得其衆也。』『咏嘆之，淫泆之，何也？』對曰：『恐不逮事也。』『發揚蹈厲之已蚤，何也？』對曰：『及時事也。』『武坐致右憲左，何也？』對曰：『非武坐也。』『聲淫及商，何也？』對曰：『非武音也。』子曰：『若非武音，則何音也？』對曰：『有司失其傳也。』）」

《步里客談》林文節公言：「『以釜甑爨，以鐵耕乎？』他人書此，不知其幾百言也。」黄端冕綏云：「輕緩不足於體，亦不減此。」

有順下者。《大學》「知止而后有定，定而后能静，静而后能安，安而后能慮，慮而后能得」，「古之欲明明德於天下者」二節亦同。《論語》「知之者不如好之者，好之者不如樂之者」，皆是。

有逆上者。愚嘗因韓子之文而变之曰：「舜盖得之堯也，禹盖得之舜也，湯盖得之禹也，文武、周公盖得之湯也，孔子盖得之文武、周公也，孟子盖得之孔子也。不識千載而下，亦有得之於孟氏者乎？」如周子云：「聖希天，賢希聖，士希賢。」亦是法也。有排比者，與句法用一類字相似。

句法第五

陳止齋云：「造語有三：一貴圓轉周旋，二貴過度精密，三貴精奇警拔。凡造語警拔，則當於下字上著工夫。盖下字既工，則語句自然警拔矣。」

《文章精義》云：「司馬子長一二百句作一句下，更點不断；退之三五十句作一句下，子瞻亦然。初不難學，但長句中轉得意去，便是好。若一二百句、三五十句只説得一句事，則冗矣。」

《文則》云：「辞以意爲主，故辞有緩有急，有輕有重，皆主乎意也。韓宣子曰：『吾淺之爲丈夫也。』則其辞緩；景春曰：『公孫衍、張儀豈不誠大丈夫哉？』則其辞急；『狼瞫於是乎君子』，則其辞輕；『子謂子賤君子哉若人』，則其辞重。」

又云：「文有數句用一類字，所以壯文勢，廣文義也。然皆有法。韓退之爲古文，即於此得法，尤加意焉。如《賀册尊號表》用『之謂』字，盖取《易・繫辞》。《畫記》用『者』字，蓋取《考工

記》。《南山詩》用『或』字，盖取《詩・北山》。悉載於後，孰謂退之自作古哉！用一類字，不可徧舉，采經子通用者志之，可觸類而長矣。○『或』法。《詩・北山》曰：『或燕燕居息，或盡悴事國；或息偃在床，或不已于行；或不知叫號，或慘慘劬勞；或棲遲偃仰，或王事鞅掌；或湛樂飲酒，或慘慘畏咎；或出入風議，或靡事不爲。』退之《南山詩》云：『或連若相從，或蹙若相鬭；或妥若弥伏，或竦若驚雊；或散若瓦解，或赴若輻輳；或翩若盤遊，或決若馬驟。』此句稍多，不能備載，皆廣《北山》『或』字法而用之也。《老子》曰：『凡物或行或隨，或呴或吹，或强或羸，或載或隳。』又一法也。『者』法。《考工記》曰：『脂者，膏者，羸者，羽者，鱗者。』又曰：『以脰鳴者，以注鳴者，以旁鳴者，以翼鳴者，以股鳴者，以胸鳴者。』《莊子》曰：『激者，謞者，叱者，吸者，叫者，譹者，宎者，咬者。』韓退之《畫記》云：『行者，牽者，奔者，涉者，降者。』凡此用『者』字，其原出於《考工記》，因用《莊子》法也。『之謂』法。《繫辭》曰：『富有之謂大業，日新之謂盛德，生生之謂易，成象之謂乾，效法之謂坤，極數知來之謂占，通变之謂事，陰陽不測之謂神。』韓退之《賀册尊號表》云：『臣聞體仁長人之謂元，發而中節之謂和，無所不通之謂聖，妙而無方之謂神，經天緯地之謂文，戡定禍乱之謂武，先天不違之謂法天，道濟天下之謂應道。』盖取《易・繫辭》也。『謂之』法。《易・繫辭》曰：『闔户謂之坤，闢户謂之乾，一闔一闢謂之变，往來不窮謂之通，見乃謂之象，形乃謂之器，制而用之謂之法，利用出入、民咸用之謂之神。』凡經子傳記用此多矣，故不悉

載。『之』法。《孟子》曰：『勞之來之，匡之直之，輔之翼之。』《老子》曰：『故道，生之畜之，長之育之，成之熟之，養之覆之。』若《易·說卦》曰：『雷以動之，風以散之，雨以潤之，日以晅之，艮以止之，兑以説之，乾以君之，坤以藏之。』此又一法也。『可』法。《考工記》曰：『故可規可萬，可水可縣，可量可權。』《表記》曰：『事君可貴可賤，可富可貧，可生可殺。』『可以』法。《論語》曰：『《詩》可以興，可以觀，可以群，可以怨。』《月令》曰：『可以居高明，可以遠眺望，可以升山陵，可以處臺榭。』《莊子》曰：『可以保身，可以全生，可以養親，可以盡年。』『爲』法。《易·說卦》曰：『乾爲天，爲圜，爲君，爲父，爲王，爲金，爲寒，爲冰，爲大赤，爲良馬，爲老馬，爲瘠馬，爲駁馬，爲木果。』《莊子》曰：『形就而入，且爲顛爲滅，爲崩爲蹶；心和而出，且爲名爲聲，爲妖爲孽。』此又一法也。『必』法。《考工記》曰：『容轂必直，陳篆必正，施膠必厚，施筋必數。』《月令》曰：『秫稻必齊，麴（孽）〔蘖〕必時，湛熾必潔，水泉必香，陶器必良，火齊必得。』『不以』法。《左氏傳》曰：『不以國，不以官，不以山川，不以隱疾，不以畜牲，不以器幣。』『無』法。《左氏傳》曰：『無始亂，無怙富，無恃寵，無違同，無敖禮，無復怒，無謀非德，無犯非義。』『而不』法。《左氏傳》曰：『直而不倨，曲而不屈；迩而不偪，遠而不携；遷而不淫，復而不厭；哀而不愁，樂而不荒；用而不匱，廣而不宣；施而不費，取而不貪；處而不底，行而不流。』『其』法。《繫辭》曰：『其稱名也小，其取類也大；其旨遠，其辭文；其言曲而中，其事肆而隱。』《樂記》曰：『其哀心感者，其聲噍以

其敬心感者，其聲直以廉；其愛心感者，其聲和以柔。』此雖每句用『其』字，而二句以見意，又一法也。『焉』法。《祭統》曰：『見事鬼神之道焉，見君臣之義焉，見父子之倫焉，見貴賤之等焉，見親疏之殺焉，見爵賞之施焉，見夫婦之别焉，見政事之均焉，見長幼之序焉，見上下之際焉。』《學記》曰：『藏焉修焉，息焉游焉。』《三年問》曰：『翔回焉，鳴號焉，躑躅焉，踟蹰焉。』又一法也。『于時』法。《詩》曰：『于時處處，于時廬旅，于時言言，于時語語。』鄭康成云：『時，是也。』『實』法。《詩》云：『實方實苞，實種實褎，實發實秀，實堅實好，實穎實栗。』『曾是』法。《詩》曰：『曾是彊禦，曾是掊克，曾是在位，曾是在服。』『侯』法。《詩》曰：『侯主侯伯，侯亞侯旅，侯彊侯以。』『有若』法。《書》曰：『有若虢叔，有若閎夭，有若散宜生，有若太顛，有若南宫适。』『未嘗』法。《家語》曰：『未嘗知哀，未嘗知憂，未嘗知勞，未嘗知懼，未嘗知危。』『斯』法。《檀弓》曰：『人喜則斯陶，陶斯咏，咏斯猶，猶斯舞，舞斯愠，愠斯戚，戚斯歎，歎斯辟，辟斯踊矣。』『於是乎』法。《國語》曰：『上帝之粢盛，於是乎出；民之蕃庶，於是乎生；事之供給，於是乎在；和協輯睦，於是乎興；財用蕃殖，於是乎始；敦龐純固，於是乎成。』『有』法。《禮器》曰：『有直而行也，有曲而殺也，有經而等也，有順而討也，有漸而播也，有推而進也，有放而文也，有放而不致也，有順而摭也。』《樂師》曰：『有帗舞，有羽舞，有皇舞，有旄舞，有干舞，有人舞。』《左氏傳》曰：『名有五：有信，有義，有

象，有假，有類。』又一法也。《孟子》曰：『父子有親，君臣有義，夫婦有别，長幼有序，朋友有信。』此又一法也。『兮』法。《荀子》曰：『井井兮其有條理也，嚴嚴兮其能敬己也，分分兮其有終始也，猒猒兮其能長久也，樂樂兮其執道不殆也，炤炤兮其用智之明也，修修兮其用統類之行也，綏綏兮其有文章也，熙熙兮其樂人之臧也，隱隱兮其恐人不當也。』『則』法。《中庸》曰：『誠則形，形則著，著則明，明則動，動則變，變則化。』『然』法。《荀子》曰：『儼然壯然，祺然蕼然，恢恢然，廣廣然，昭昭然，蕩蕩然。』『奚』法。《莊子》曰：『奚爲奚據？奚避奚處？奚就奚去？奚樂奚惡？』『而』法。《莊子》曰：『而容崖然，而目衝然，而顙頯然，而口闞然，而狀義然。』《考工記》曰：『清其灰而盝之，而揮之，而沃之，而盝之，而塗之，而宿之。』又一法也。『方且』法。《莊子》曰：『方且本身而異形，方且尊知而火馳，方且爲緒使，方且爲物絯，方且四顧而物應，方且應衆宜，方且與物化。』『似』法。《莊子》曰：『似鼻，似耳，似枅，似圈，似臼，似洼者，似污者。』此言風吹竅穴動作之貌。『乎』法。《莊子》曰：『與乎其觚而不堅也，張乎其虚而不華也，邴邴乎其似喜乎，崔乎其不得已乎，滀乎進我色也，與乎止我德也，厲乎其似世乎，警乎其未可制也，連乎其似好閉也，悦乎忘其言也。』《禮器》曰：『洞洞乎其敬也，屬屬乎其忠也，勿勿乎其欲其饗之也。』《莊子》盖廣此法而用之。『迺』法。《詩》云：『迺慰迺止，迺左迺右，迺疆迺理，迺宣迺畝。』『以之』法。《仲尼燕居》曰：『以之居處有禮，故長幼辨也；以之閨門之内有禮，故三族和也；以之朝廷

有禮，故官爵序也；以之田獵有禮，故戎事閑也；以之軍旅有禮，故武功成也。』『足以』法。《易》曰：『體仁足以長人，嘉會足以合禮，利物足以和義，貞固足以幹事。』《中庸》曰：『聰明睿知足以有臨也，寬裕溫柔足以有容也，發强剛毅足以有執也，（齋）〔齊〕莊中正足以有敬也，文理密察足以有別也。』又一法也。『也』法。《中庸》曰：『修身也，尊賢也，親親也，敬大臣也，體群臣也，子庶民也，來百工也，柔遠人也，懷諸侯也。』若《周易·雜卦》一篇，全用『也』字，又不可盡法。『得其』法。《仲尼燕居》曰：『宮室得其度，量鼎得其象，味得其時，樂得其節，車得其式，鬼神得其饗，喪紀得其哀，辨說得其黨，官得其體，政事得其施。』『以』法。《大司樂》曰：『以致鬼神，以和邦國，以諧萬民，以安賓客，以説遠人，以作動物。』《周禮》此法極多，今不備載。『曰』法。《洪範》曰：『一曰水，二曰火，三曰木，四曰金，五曰土。』《周禮》凡次序事皆類此，一法也。《周禮·小胥》曰：『曰風，曰賦，曰比，曰興，曰雅，曰頌。』《洪範》曰：『曰雨，曰霽，曰蒙，曰驛，曰克，曰貞，曰悔。』凡此類不言數，又一法也。《大宗伯》曰：『春見曰朝，夏見曰宗，秋見曰（觀）〔覲〕，冬見曰遇，時見曰會，殷見曰同。』《易·繫辭》曰：『天地之大德曰生，聖人之大寶曰位。何以守位？曰仁；何以聚人？曰財。理財正辭、禁民爲非曰義。』凡此類又一法也。『得之』法。《莊子》曰：『豨韋氏得之，以挈天地；伏羲得之，以襲氣母；維斗得之，終古不忒；日月得之，終古不息；堪坏得之，以襲崐崙；馮夷得之，以遊大川；肩吾得之，以處太山；黄帝得之，以登雲天；顓頊得

之，以處玄宫。』云云。『之以』法。《文王世子》曰：『慮之以大，爱之以敬，行之以禮，修之以孝，紀之以義，終之以仁。』『所以』法。《禮運》曰：『祭帝於郊，所以定天位也；祀社於國，所以列地利也；祖廟所以本仁也，山川所以儐鬼神也，五祀所以本事也。』『存乎』法。《繫辭》曰：『列貴賤者存乎位，齊大小者存乎卦，辯吉凶者存乎辭，憂悔吝者存乎介，震無咎者存乎悔。』『莫大乎』法。《繫辭》曰：『法象莫大乎天地，变通莫大乎四時，縣象著明莫大乎日月，崇高莫大乎富貴，備物致用、立成器以爲天下利，莫大乎聖人。』云云。『知所以』法。《中庸》曰：『則知所以修身；知所以修身，則知所以治人；知所以治人，則知所以治天下國家矣。』『矣』法。《六月詩序》曰：『《鹿鳴》廢則和樂缺矣，《四牡》廢則君臣缺矣，《皇皇者華》廢則忠信缺矣，《棠棣》廢則兄弟缺矣。』下皆類此，不能悉載。《板》詩曰：『辭之輯矣，民之洽矣；辭之懌矣，民之莫矣。』此雖每句用『矣』字而上下之意相関。」

又云：「《檀弓》文句長短有法，不可增損。長句法：『毋乃使人疑夫不以情居瘠者乎哉？』『執有執親之喪而沐浴珮玉者乎？』『蕢尚不如杞梁之妻之知礼也。』『苟無礼義忠信誠慤之心以蒞之。』短句法：『華而睆』、『立孫』、『畏』、『厭』、『溺』。」

又云：「文有意相屬而對偶者，如『發彼小豝，殪此大兕』、『誨尔諄諄，聽我藐藐』、『故謀用是作，而兵由此起』。有事相類而對偶者，如『威侮五行，怠棄三正』、『佐賢輔德，顯忠遂良』，此皆混

然而成者，初非有意媲配。凡文對偶者如此則工矣。」

《四六談麈》云：「四六之工在於剪裁，若全句對全句，亦何以見工？四六以經語對經語，史語對史語，詩語對詩語，方妥帖。」又曰：「太祖郊祀，陶穀作祭文，不以『籩豆有楚』對『黍稷非馨』，而曰：『豆籩陳有楚之儀，黍稷承惟馨之薦。』近世王初寮在翰苑，作《寶籙青宮詞》云：『上天之載無聲，下民之虐匪降。』時人許其剪裁。」

有由長入短者，有由短入長者，有長短錯綜者，此等句法用之者多，不能盡録。

字法第六

朱文公云：「作文有穩字，古之能文者，才用便用著。」

宋景文公云：「人之屬文有穩當字，第初未之思耳。」

《步里客談》云：「下字有倒用語格力勝者，『吉日兮辰良』、『必我也，爲漢患』者。」

《文則》：「倒言而不失其言者，言之妙也；倒文而不失其文者，文之妙也。文有倒語之法，知者罕矣。《春秋》書曰：『吴子遏伐楚，門于巢卒。』《公羊傳》曰：『門于巢卒者何？入巢之門而卒也。』然夫子先言『門』，後言『于巢』者，於文雖倒，而寓意深矣。何休曰：『吴子伐楚，過巢不假塗，卒暴入巢門，門者以爲欲犯巢而射殺之。故與巢得殺之，若吴子爲自死，文所以彊守禦

也。」○仲山甫誠歸于謝，《詩》則曰：『謝于誠歸。』隱，盜所得器，《左氏傳》則曰：『盜所隱器。』於義皆不害也。《禹貢》曰：『厥篚玄纖縞。』又曰：『雲土夢作乂。』用『纖』字不在『玄』上，『土』字不在『夢』下，亦一倒法也。司馬遷作《夏本紀》改曰：『雲夢土作乂』，烏足與知此！」

沈存中《筆録》：「韓退之《羅池廟碑銘》有『春與猿吟兮，秋鶴與飛。』如《楚辭》『吉日兮辰良』、『蕙殽蒸兮蘭籍，奠桂酒兮椒漿』，盖相錯成文，則語勢矯健耳。《論語》『迅雷風烈必变』，《春秋》『隕石於宋五』、『六鷁退飛過宋都』，亦然。」此又正一反法。

《文則》云：「文有助辭，猶禮之有儐，樂之有相也。禮無儐則不行，樂無相則不諧，文無助則不順。《檀弓》曰：『勿之有悔焉耳矣。』《孟子》曰：『寡人盡心焉耳矣。』《檀弓》曰：『我弔也歟哉。』《左氏傳》曰：『獨吾君也乎哉。』凡此一句而三字連助，不嫌其多也。《左氏傳》曰：『其有以知之矣。』又曰：『其無乃是也乎。』此二者，六字成句，而四字爲助，亦不嫌其多也。《檀弓》曰：『南宮縚之妻之姑之喪。』《樂記》曰：『不知手之舞之足之蹈之也。』凡此不嫌用『之』字爲多。《禮記》曰：『言則大矣美矣盛矣。』此不嫌用『矣』爲多。《檀弓》曰：『美哉奂焉。』《論語》曰：『富哉言乎。』凡此四字成句，而助辭半之，不如是文不健也。《左氏傳》曰：『美哉！泱泱乎大風也哉。表東海者，其太公乎？國未可量也。』此文每句終用助字，讀之無齟齬艱辛之態。」

《吕氏童蒙訓》云：「『南宮縚之妻之姑之喪』，三『之』字不能去其一。『進使者問故，而夫子

之所以問使者，使者之所以答夫子』，一『進』字足矣。豈不餘一言，約不失一辭，於此可見。」

《文則》云：「字有偏傍，故文有取偏傍以成句；字有音韻，故文有取音韻以成句：皆所以明其義也。《周禮》曰：『五人爲伍。』《中庸》曰：『誠者自成也。』《孟子》曰：『征之爲言正也。』《莊子》曰：『庸者用也。』《祭統》曰：『銘者自名也。』《表記》曰：『仁者人也。』凡此皆取偏傍者也。《鄉飲酒儀》曰：『秋之爲言愁也。』又曰：『冬者中也。』《易》曰：『嗑者合也。』《樂記》曰：『樂者樂也。』《孟子》曰：『校者教也。』楊子曰：『禮以體之。』凡此皆取音韻也。」

又云：「《左氏傳》曰：『以三軍軍其前。』欲見下『軍』字有陳列之意，則當用『其』字爲有力。《公羊傳》曰：『入其大門，則無人門焉者。』欲見下『門』字有守禦之意，則當用『焉者』字爲有力。」

吴鎡云：「如『治天下，審所尚論，孰爲利？孰不爲利？孰爲害？孰不爲害？』何不云：『孰爲利？孰爲不利？孰爲害？孰爲不害？』以此推之，可知用字法。」

福堂李先生云：「前輩用字皆與題稱。如讀顔拭《齊晉比子儀論》，便見奮發意；讀晉祖逖《奇節論》，便見復讎意。」

刘燁《堯舜性仁賦》云：「内積安行之德。」歐陽公謂「積」近於學，非本題意，改爲「藴」字。凡下字之工拙，於此可見。

字有當避者，如麄如淺，如陳如生，如不穩，如君父之諱，皆避之，必須以好字樣代之方可。

文章一貫卷下

起端第一

歐陽起鳴云：「大槩初入，須是要寬緩。」《唐子西語録》云：「凡爲文，上句重下句輕，則或爲上句壓倒。《晝錦堂記》云：『仕宦而至將相，富貴而歸故鄉。』下云：『此人情之所榮，而今昔之所同也。』非此兩句，莫能承上句。《六一居士集序》云：『言有大而非誇。』此雖只一句，而體勢則甚重；下乃云：『賢者信之，衆人疑焉。』非用兩句，亦載上句不起。韓退之《與人書》：『泥水馬弱不敢出，不果鞠躬親問而以書。』若無『而以書』三字，則上重甚矣。此爲文之法也。」

《文筌》：「起端有八法。《文筌》但主作賦，然諸體文字亦可用之。下引《文筌》倣此。一問答：設爲問答以發端。一頌聖：頌美聖德以發端。一叙事：次序事實以發端。一原本：或原理之本，或原事之本，或原古之始。一冒頭：或就題立説。一破題：或見題字，或切題意。一設事：本無實事，假

設次序。一抒情：攄其真情，以發事端。或含〔下文〕，令下文在此内。或引下文，令下文從此生。或唤下文，令下文與此應。」

叙事第二

鄒道卿云：「寫神在精神，叙事在氣象。」

歐陽起鳴云：「鋪叙要豐贍，最怕文字直致無委曲。」

《麗澤文説》云：「作文他人所詳者我略，他人所略者我詳。若用言語，必不得已，只與點過。」

《文則》云：「且事以簡爲上，言以簡爲當。言以載事，文以著言，言則文貴其簡也。文簡而理明，斯得其簡也。讀之疑有闕焉，非簡也，疏也。《春秋》書曰：『隕石於宋五。』《公羊傳》曰：『聞其磌然，視之則石，察之則五。』《公羊》之義，《經》以五字盡之，是簡之難者也。劉向載泄冶之言曰：『夫上之化下，猶風靡草，東風則草靡而西，西風則草靡而東，在風所由，而草爲之靡。』此用三十二言而意方顯。及觀《論語》曰：『君子之德風，小人之德草，草上之風必偃。』此減泄冶之言半，而意亦顯。又觀《書》曰：『尔惟風，下民惟草。』此復減《論語》八言，而意愈顯。吾故曰：是簡之難者也。《書》曰：『能自得師者王，謂人莫己若者亡。』劉向載楚莊王之言曰：『其君賢君也，而又有師者王；其君下君也，而群臣又莫君若者亡。』語意煩簡，不如是，何以别經傳之文！」

又云：「觀《檀弓》之載事，言簡而不疏，旨深而不晦，雖《左氏》之富艷，敢奮飛于前乎？畧舉二事。○世子申生爲驪姬所譖，或令辨之。《左氏》載其事，則曰：『或謂太子：「辭，君必辯焉。」太子曰：「君非姬氏，居不安，食不飽。我辭，姬必有罪。君老矣，吾又不樂。」』《檀弓》則曰：『「子盍言子之志於公乎？」世子曰：「不可。君安驪姬，是我傷公之心也。」』考此，則《檀弓》爲優。○智悼子未葬，晉平公飲以樂，杜蕢謂大臣之喪重於疾日不樂。《左氏》言其事，則曰：『辰在子卯，謂之疾日。君徹宴樂，學人舍業，爲疾故也。君之卿佐，是謂股肱。股肱或虧，何痛如之！』《檀弓》則曰：『子卯不樂。智悼子在堂，斯其爲子卯也大矣。』此則《檀弓》爲優。」

《文章精義》云：「《禹貢》簡而盡，山水、土田、貢賦、草木、金革、物産，叙得皆盡。後叙山脉一段，水脉一段，更有條而不紊。《周禮・職方氏》却冗而疏。」

《修辭鑑衡》云：「文有以繁爲貴者，若《檀弓》『石祁子沐浴佩玉』，《莊子》之『大塊噫氣』，用『者』字；韓子《送孟東野》，用『鳴』字；《上宰相書》『至今稱周公之德』，其下又有『不襄』二字：凡此類則以繁爲貴也。文有以簡爲貴者，若《舜典》『至于南岳，如岱禮，西岳如初』。《孟子》獻子之友五人，『其三人，則予忘之矣』。《史記》『事在某人傳』。凡此類則又以簡爲貴也。但繁而不厭其多，簡而不遺其意，乃爲善也。」

《捫蝨新話》云：「文字有意同，而立語有工拙。沈存中記穆修、張景二人同造朝，『方論文

次，適有奔馬踐死一犬，遂相與各記其事，以較工拙。穆曰：「馬逸，有黄犬遇蹄而斃。」張曰：「有犬死奔馬之下。」今較此二語，張當爲勝。』然存中但云：『適有奔馬踐死一犬』，則又渾成矣。」

《文筌》：「叙事有十一法。正叙：叙事得文質詳略之中。總叙：總事之繁者略言之。間叙：以叙事爲經，而緯以他辞，相間成文。引叙：首篇或篇中因叙事，以引起他辞。鋪叙：詳叙事語，極意鋪陳。略叙：語簡事略，備見首尾。别叙：排别事物，因而備陳之。直叙：依事直叙，不施曲折。婉叙：設辞深婉，事寓於情理之中。意叙：略覩事迹，度其必然，以意叙之。平叙：在直婉之間。」

有三扇體，如黄詮《顔淵仲弓問仁論》之類是也。有征鴈不成行體，如阮霖《馬周言天下事論》之類是也。

議論第三

《麗澤文説》云：「文章貴在曲折斡旋。」

山谷云：「議論文字須以董仲舒、刘向爲主，《禮記》、《周禮》及《新序》、《説苑》之類，皆當貫穿熟考。」

張横浦《日新》云：「人言欧公《五代史》其間議論多感歎，又多設疑。盖感歎則動人，設疑則

意廣，此作文之法也。」

《吕氏童蒙訓》云：「《孟子》『百里奚自鬻於秦』一章，與韓退之論『思元賓而不見，見元賓之所與者，猶吾元賓也』，及曾子固《答李沿書》最見抑揚反覆處。如此類，皆宜詳讀。」

《文筌》：「議論有七法。一篇之内，或首尾之際，立爲議論，以明剖析斷決之機。正論：依正理而論之。切論：切本事而論之。廣論：備推題理而悉論之。玄論：詣極超玄之論。比論：（一）〔二〕事相比而論。難論：辯言相難而論。譬論：引事物以喻論。有單頭體者，亦議論法也。」

欧陽起鳴云：「欲抑則先揚，欲揚則先抑。」愚曰：「不特此也，凡操縱開闔之類，皆可施之。」

引用第四

《捫蝨新話》云：「文章不使事最難，使事多亦最難。不使事，難於立意；使事多，難於遣辭。能立意者，未必能造語；能遣辭者，未必得免俗。大抵爲文者多，知難者少。」

《麗澤文説》云：「不必用事，只用意便得。」

陳同父論作文法云：「作文之法，經句不全兩，史句不全三，不用古人句，只用古人意。若用古人語，不用古人句。能造古人所不到處。至於使事而不爲事使，或似使事而不使事，或似不使事而使事，皆是使他事來影帶出題意，非直使本事也。」

《文則》云：「夫取《詩》即云《詩》，取《書》即云《書》，蓋常體也。觀以《康誥》爲『先王之令』見《國語》，《周書》爲『西方之書』見《國語》，以《咸有一德》爲《伊尹誥》見《礼記》，以《大禹謨》爲《道經》《荀子》，不曰《仲虺之誥》，而曰《仲虺之志》《左傳》，不曰《五子之歌》，而曰《夏訓》有之《左傳》，直言《鄭詩》、《曹詩》《國語》，止稱『《汋》曰』、『《武》曰』《左傳》，或稱『芮良夫』《左氏》，或稱『周文公』《國語》。指《那頌》卒章爲『乱辞』《國語》，摘《小宛》首章爲『篇目』《國語》；數章之末章既謂之卒章，一章之末句亦謂之卒章並見《左氏》。凡此似亦略施雕琢，少变雷同，作者考焉，毋誚無補。」

又云：「《左氏傳》載諸國燕饗賦《詩》之事，但云『賦某詩』，或云『賦某詩之卒章』，皆不載詩文而意自具。其曰『賦《棠棣》之七章以卒』，則知賦七章以盡八章也。其曰：『在《揚水》卒章之四言矣』，則知取『我聞有命』也。《左氏》於此等文，最爲得體。」

《文筌》：「引類十六

天文　地理　時令　人物　宫室　舟車　服飾　寶玉　器用　兵仗　文物　聖德　鬼神　飲食　聲色　穀粟菜蘂　鳥獸魚蟲

用事十(四)〔三〕法：正用：本題的正必用之事。歷用：歷用故事，排比先後。列用：廣引故事，鋪陳整齊。衍用：以一事衍爲一節而用之。援用：順引故事，以原本題之所始。評用：引故事，因而評論之。反用：引故事，反其意而用之。活用：借故事於語中，以順道今事。設

用：以（相）〔古〕之人物而設言今事。借用：事與本説不相干，取其一端近似者而借之。假用：故事不盡如此，因取其根，別生枝葉。藏用：用事而〔不〕顯其名，使人思而自得之。暗用：用古事古論，暗藏其中，若出諸己。」

有逐段引證者，如東坡《祭韓魏公文》之類是也。今变其法，或上或下，或錯綜，皆不拘。

譬喻第五

《文則》云：「《易》之有象，以盡其意；《詩》之有比，以達其情。文之作也，可無喻乎？博采經傳，約而論之，取喻之法，大槩有十，略條于後。○一曰直喻，或言『猶』，或言『若』，或言『如』，或言『似』，灼然可見。《孟子》曰：『猶緣木而求魚也。』《書》曰：『若朽索之馭六馬。』《論語》曰：『譬如北辰。』《莊子》曰：『凄然似秋。』此類是也。二曰隱喻，其文雖晦，義則可尋。《禮記》曰：『諸侯不下漁色。』《國語》曰：『殁平公軍無秕政。』又曰：『雖蝎譖焉避之。』《左氏傳》曰：『是豢吴也夫？』《公羊傳》曰：『其諸爲其雙雙而俱至也。』言齊高固及子叔姬來，其雙行匹至似獸。《山海經》有獸名雙雙。此類是也。三曰類喻，取其一類以次喻之。《書》：『王省惟歲，師尹惟日，卿士惟月。』歲日月一類也。賈誼《新書》曰：『天子如堂，群臣如陛，衆庶如地。』堂陛地一類也。此類是也。四曰詰喻，雖爲喻，文似成詰難。《論語》曰：『虎兕出於柙，龜玉毁於櫝中，是誰之過歟？』《左氏傳》

曰：『人之有墻，以蔽惡也。墻之隙壞，誰之咎也？』此類是也。五曰對喻，先比後證，上下相符。《莊子》曰：『魚相忘乎江湖，人相忘乎道術。』《荀子》曰：『流丸止於甌臾，流言止於智者。』此類是也。六曰博喻，取以爲喻，不一而足。《書》曰：『若金，用汝作礪；若濟巨川，用汝作舟楫；若歲大旱，用汝作霖雨。』《荀子》曰：『猶以指測河也，猶以戈舂黍也，猶以錐飡壺也。』此類是也。七曰簡喻，其文雖略，而意甚明。《左氏傳》曰：『名，德之輿也。』《楊子》曰：『仁，宅也。』此類是也。八曰詳喻，須假多辞，然後義顯。《荀子》曰：『夫耀蟬者，務在其明乎火，振其木而已。火不明，雖振其木，無益也。今人主有能明其德，則天下歸之，若蟬之歸明火也。』此類是也。九曰引喻，援取前言，以證其事。《左氏傳》曰：『諺所謂「庇焉而縱尋斧焉」者也。』《禮記》曰：『蛾子時術之，其此之謂乎？』此類是也。十曰虛喻，既不指物，亦不指事。《論語》曰：『其言似不足者。』《老子》曰：『飂乎似無所止。』此類是也。」

譬喻忌稠疊，每用，當以正意隔之。

又有逐段設譬喻者，今変其法，上下錯綜不拘。

含蓄第六

《童蒙訓》載東坡之言曰：「意盡而言止者，天下之至言也。然而言止而意不盡，尤爲極至，

如《禮記》、《左傳》可見。」

《文則》云：「文之作也，以載事爲難；事之載也，以蓄意爲工。觀《左氏傳》載晉敗於邲，先濟者賞之事，但云：『中軍下軍争舟，舟中之指可掬。』則（舉）〔攀〕舟乱刀断指之意，自蓄其中。又載楚師寒拊勉之事，但云：『三軍之士，皆如挾纊。』則軍情愉悦之意，自蓄其中。《公羊傳》載秦敗於殽之事，但云『匹馬隻輪無反者』，則要繫之意自蓄其中。若《公羊傳》載齊使人迓郤克、臧孫之事，則曰：『客或跛或眇，齊使跛者迓跛者，眇者迓眇者。』《孟子》載天下歸舜之事，則曰：『天下諸侯朝覲者，不之堯之子而之舜；訟獄者，不之堯之子而之舜；謳歌者，不謳歌堯之子而謳歌舜。』凡此則意隨語竭，不容致思。」

又云：「詩人《庭燎》之詠，文雖美之，意則箴之；張老『輪奐』之辞，文雖誦之，意則譏之。自漢以來，靡麗之賦，勸百諷一，烏足知此！」

形容第七

《緯文瑣語》云：「雜叙事猶易，若模寫山川形勢曲折，則已爲難；若至於論次郊廟禮儀、登降曲折，此又難中之難。學者苟不致意於此，終不能盡文章妙處。」

吕居仁曰：「文章之妙在叙事狀物。《左氏》列國戰伐次第，叙事之妙也。韓退之、柳子厚諸

序記，可見狀物之妙。至於《禮記·曲禮》委曲教人，《論語·鄉黨》記孔子言動，可謂至深厚。學者作文，若不本於此，未見其大過人也。」

《文章精義》云：「《禮記·喪禮》論悲哀之狀，與醫經論脉之狀，形容物理，模寫狀貌，纖悉盡矣。」

《文筌》：「體物七法。

一、實體。惟天文題以聲色字爲實體。體物之實形，如人之眉目手足，木之花葉根實，鳥獸之羽毛骨角，宫室之門墻棟柱是也。

二、虚體。體物之虚象，如心意聲色、長短動静之類是也。心意聲色爲死虚體，長短高下爲半虚體，動静飛走爲活虚體。

三、象體。以物之象貌，形容其精微而難狀者。『縹』、『爛熳乎』、『浩然』、『皇矣』、『赫兮』、『巍哉』、『翼如也』、『申申如也』、『峩峩巍巍』、『崔嵬』之類皆是也。有碎象體，扇象體，排象體，变化而用之。

四、（化）〔比〕體。設比是以體物，如賦雲言『羽旗』，賦雪言『璧玉』是也。

五、量體。量物之上下、四方、遠近、久暫、大小、長短、多寡之則而體之。其體有量本、有量枝、量連、量形、量態、量時、量方，其法有數量、排量、脱量。

六、連體。體物之相連及者。有近連，如賦人言衣冠宮室，賦馬言鞍轡厩輿之類是也；有遠連，如賦人言風雲，賦馬言舟海之類是也。

七、影體。不著本物，汎覽旁觀，而本物宛見於言外。」

過接第八

《麗澤文説》云：「看文字，須要看他過换及過接處。作文章，須要曲折斡旋。」

又云：「轉换處須是有力，不假助語而自接連者爲上。有急文接者，有緩文接者，有折腰體接者，有蜂腰體接者，有掉頭體接者，有雙關體接者，有鶴膝體接者。過接以結上生下爲妙，有順接者，有反接者。」

繳緒第九

止齋云：「結尾正關鎖之地，尤要造語精密，遣文順快。蓋精密則有文外之意，使人讀之愈不窮；順快則見才力不乏，使人讀之而有餘味。」

歐陽起鳴云：「結殺處要得緊而又緊。」

又云：「結尾如第八韻賦相似，賦末韻多有警語，如俳優散場相似，前輩所謂打猛諢出，却打

猛諢入。或先褒後貶，或先抑後揚；或短中求長，或衆中拈一；或以冷語結，或以經句結：但末稍文字最嫌軟弱，更須百尺竿頭，復進一步。」

遥禹云：「韓文公《争臣論》末句結得極好。蘇東坡作《范增論》，攻得他無逃避處。結句乃云：『增，高帝之所畏也。增不去，項羽不亡。嗚呼！增亦人傑也。』正是學此。」

《文章精義》云：「永叔《醉翁亭記》結云：『太守謂誰？盧陵歐陽修也。』此學《詩·采蘋篇》中『誰其尸之？有齊季女。』」

又云：「《喜雨亭記》結云：『太空冥冥，吾以名吾亭。』是化無爲有。《凌虚臺記》結云：『盖有足恃者而不在乎臺之存亡也。』是化有爲無。」

《脩辞鑑衡》云：「《麗澤文説》言：『結文字須要精神，不要閑言語。』愚按，韓文公《獲麟解》結云：『麟之所以爲麟者，以德不以形。若麟之出，不待聖人，則其謂之不祥也，亦宜哉！』《送文暢序》結云：『子既重柳請，又嘉浮屠能喜文辞，於是乎書。』欧公《縱囚論》結云：『是以尭舜三王之治，必本于人情，不立異以爲高，不逆情以干譽。』皆此法也。《過秦論》、《守戒》亦同。」

《文筌》：「結尾九法。

一問答　問答起，折伏終之。

一張大　題之（大）〔約〕者，張而大之。

一收斂　題之（多）〔侈〕者，收而斂之。

一會理　規步矩行，確然正理。

一叙事　叙事起，叙事終之。

一設事　設事起，設事終之。

一攄情　攄其至情，以終不盡之意。

一要終　要事之終，以結篇意。

一歌誦　或爲乱辞，或爲歌詩。」

文章一貫後序

晴谿子欲居室於岑山，求所謂工師者而經晝焉。工師曰：「吾之構室，猶子之構文也。基不實則圮，規模不宏則隘，㡯宧簃楝不固則陋，經始不審則撓，布置締繕結構不精密則敝。有一於此，非完室也。吾用戒焉。吾少時藝師是求，竭吾目力，守吾規矩，業雖弗精，亦弗庸矣。然吾聞之：文之立意，室之築基也；文之氣象，室之規模也；文之篇章句字，室之㡯宧簃楝也；文之起端，室之經始也；文之繳結，室之結構也；文之叙事、議論、引用、譬喻、含蓄、形容、過接，室之布置締繕也：莫不有規矩存焉。規矩不善，要非完文。子盍求所以完之乎？至於居室，吾任也，敢不勞耶！」晴谿子作而嘆曰：「輪扁之説，藝事之諫，其信然哉！」居無何，得吾格庵先生所輯《文章一貫》而觀之，則文之規矩，燦然畢陳，誠宗工繩墨，可以業而精之，以荅工師之詔我矣。用是校正鋟梓，以與四方學者共。雖然大匠能與人以規矩，不能使人巧，一以貫之，尚當無負吾格庵先生之深意焉。刻既成，謹以工師之説題其後。

嘉靖丁亥陸月既望晴谿程然頓首拜書

文評

〔明〕王世貞 撰

《文評》一卷

明　王世貞　撰

王世貞（一五二六——一五九〇），字元美，自號鳳洲，又號弇州山人。太倉（今屬江蘇）人。嘉靖進士。官刑部主事。因楊繼盛案與嚴嵩結冤，嵩構其父罪于帝，至死，家道中落。後累官刑部尚書，以疾歸。王氏好爲古詩文，初與李攀龍主盟文壇，後獨主壇坫二十年。其持論文必西漢，詩必盛唐，但藻飾太甚。晚年心折蘇軾，漸造平淡。著述有《弇州山人四部稿》、《藝苑巵言》等。傳見《明史》卷二八七。

此卷乃從《藝苑巵言》卷五中別出單行，題作《文評》。歷評明代文人自宋濂至李攀龍共六十三人。評語簡約，并有抑揚。於臺閣體楊士奇指責云：「如措大作官人，雅步徐言，詳和中時露寒儉。」對參與文學復古運動的前七子評價較高，過譽李夢陽云：「如樽彝錦綺，天下瓌寶。」評語間有與王氏所云前后不一，如此文評楊慎曰：「如䌽繒作花，無種種生氣。」在《藝苑巵言》他處則稱贊楊慎「穠麗婉至」，并曰：「凡所取材，六朝爲冠，固一代之雄哉！」

有《學海類編》本、《叢書集成》本。今據《學海類編》本録入。

（丁錫根）

文評

明　王世貞　撰

宋景濂如酒池肉林，直是豐饒，而寡芍藥之和。王子充、胡仲申二人如官厨内醖，差有風法，而不甚清絶。劉伯温如叢臺少年入説社，便辟流利，小見口才。高季迪如拍張檐幢，急迅眩眼。蘇伯衡如十室之邑，粗有街市，而乏委曲。方希直如奔流滔滔，一瀉千里，而瀠洄滉瀁之狀頗少。解大紳如遞夾快馬，急速而少步驟。楊士奇如措大作官人，雅步徐言，詳和中時露寒儉；又如新廷尉牘有法而簡。丘仲深如太倉粟，陳陳相因，不甚可食。李賓之如開講法師上堂，敷腴可聽，而實寡精義。陸鼎儀如何敬容好整潔，夏月熨衣焦背。程克勤如借面弔喪，緩步嚴服，動止舉舉而乏至情。吴原博如茅舍竹籬，粗堪坐起，别無偉麗之觀。王濟之如長城五千兵，閒整堪戰，而傷于寡。羅景鳴如蘂鑄鼎，雖古色驚人，原非三代之器。桑民懌如社劇夷歌，亦自滿眼充耳。楊君謙如夜郎王，小具君臣，不知漢大。羅彝正如姜斌道士升講壇，語不離法，而玄趣自少。陳公甫如坐禪僧，聖諦一語，東塗西抹，亦自動人。祝希哲如吃人氣迫，期期艾艾；又如拙工製錦，絲理多痕。王伯安如食哀家梨，吻咽快爽不可言；又如飛瀑布巖，一瀉千尺，無淵渟沈冥之致。崔

子鍾如古法錦，文理黯然，雅色可愛，惜窘邊幅。湛源明如乞食道人，記經唄數語，沿門唱誦。李獻吉如樽彝錦綺，天下瓌寶，而不無追蝕絲理之病。何仲默如雉翬五彩，飛不百步，而能鑠人目睛。徐昌穀如風流少年，顧景自愛。鄭繼之如孔北海言事，志大才短。王子衡如絲竿莀牛，珍貴能負，而不曉步驟。康德涵如嘶聲人唱霓裳散序，格高音卑。王敬夫如狐禪鹿仙，亦自縱横。高子業如玉盤露屑，故是清貴，如寒淡何？夏文愍如登小丘，展足見平野，然是疏議耳。王穉欽書牘如麗人訴情，他文則改鼠爲璞，呼驢作衛。江景昭如入鴻臚館，鳥語侏離，一字不曉。廖鳴吾如屠沽小肆，强作富人，紛紜殊增厭賤。郭价夫如鄉老叙事，粗見亹亹。豐道生如骨董肆，真贋雜陳，時亦見寶，而不堪儇詐。李舜臣如盆池中金魚，政使足翫，江湖空闊，便自渺然。陳約之如小徑落花，衰悴之中，微有委豔。黄德兆如山猺强作漢語，不免鴃舌。黄勉之如新安大商，錢帛米穀金銀俱足，獨法書名畫不真。陸浚明如捉麈尾人，從容對談，名理不乏。江于順如試風雛鷹，矯健自肆。袁永之如王武子擇有才兵家兒，命相不厚。吕仲木如夢中囈語不休，偶然而止。馬伯循如河朔餐羊酪漢，羶肥逆鼻。顔惟喬如暴顯措大，不堪造作。楊用修如綵繒作花，無種種生氣。屠文升如小家子充烏衣諸郎，終不甚似。王允寧如下邑工琢玉器，非不奇貴，痕跡宛然；又如王子師學華相國，在形迹間，所以愈遠。羅達夫如講師參禪，兩處著脚，俱不堪高坐。王道思如京市中甲第，堂構華焕，巷空宛轉，第匠師手不讀《木經》，中多可憾。許伯誠如通津郵，資用

本少，供億不虛。薛君采如嚼白蠟，杖青蘆，不勝淡弱。朱子价如小兒吹蘆笙，得一二聲，便欲隸太常。喬景叔如江東秀才，文弱都雅，而氣不壯。吴峻伯如佛門中講師，雖多而不識本面目。歸熙甫如秋潦在地，有時汪洋，不則一瀉而已。盧少楩如春水横流，滔蕩縱逸，而少歸宿。梁公實如貧士好古器，非不得一二醒眼者，政苦難繼耳。宗子相如駿馬多蹶，又如妙音聲人止解唱《渭城》一曲，日日在耳。李于鱗如商彝周鼎、海外瓌寶，身非三代人與波斯胡，可重不可議。

文章九命

〔明〕王世貞 撰

《文章九命》一卷

明　王世貞　撰

《文章九命》述古今文士之命運，概爲九類：知遇、傳誦、證仙、貧困、偃蹇、嫌忌、刑辱、夭折、無後等。「九命」之中，遭時遇主者，十僅一二，且又多流離貶竄，不得其終。其餘十之八九則潦倒四方，窮困終生而已。考世貞生平，其人雖才高氣正，却屈於嚴嵩淫威，因父案與弟世懋伏嵩門乞貸，胸中自有不平之鳴。推己及人，遂認爲古今文士皆運蹇命舛，不得盡其才於世，不得伸其志於衆，惟鬱鬱以終。故此持論難免有偏激之處。又文中歷舉古今士人不遇之例，却未能具體分析其人其世，故不能使人信服。稍後即有《更定文章九命》（王晫撰）矯正其偏。

此文最初入明萬淑所輯《閑情小品》，後又入宛委山堂《説郛續》。日本釋道超於元文元年（一七三六）於築前之太宰府書庫發現此書，即委託高志養浩校正，並付梓行，有元文二年文林堂刊本（收入《和刻本漢籍隨筆集》第十七册），今即據以録入。

（羅立剛）

《文章九命》叙

築之太宰府者，王室盛時綱紀西州之外逕也。菅相公嘗謫死于此，以故建廟。廟傍有書庫，倭漢之典籍，插架充棟，號爲神物。封閉固守，不敢妄借貸。然游學搜異書者有愬，則聽即其處閲焉。夫惟菅公之在世也，位昇台鼎，忠君愛民，政治可觀，聰敏博識，既稱中原之儒宗，歿後祭祠連緜者，不亦斯文之餘烈乎。書庫之設，固所當有，而使游學之徒遂其愬，則尤契神睿者也。貧道少時與友人湄川居士翺翔于彼，偶得王世貞《文章九命》於庫内，其事可驚可怪，可悲可喜者，秩然布列。往日讀之爲太奇，謄録以置囊中，尚矣。竊思方今文明，海内作者尸稷王、李，則此篇不可缺矣。因謀所識之一先生校正之，屬梓以永其傳。聊記册之所從來，以作叙。

元文改元秋七月

僧道超謹識

《文章九命》跋

古人讀書不草草矣。既已博搜，又隨抄出，用力乎兩端，而收功乎一時。所以述作垂世，名譽不朽也。弇州之此編，纂修古今才子命之厚薄，言簡意激。有一衲抽之《續説郛》中，秘襲焉。吁！是奚足秘哉？然人每歎《説郛》之難求，則其秘之不亦分之宜乎？絳帳之豐儒，靡取于此，若夫寒鄉之措大，或爲含毫之一助。則此僧讀書之不鹵莽也，可謂不讓古人者矣。

泉滇　高志養浩識

文章九命

明　王世貞　撰

一、知　遇

自古文章，於人主未必遇，遇者政不必佳。獨司馬相如於漢武帝，奏《子虚賦》，不意其今人，至歎曰：「朕獨不得此人同時哉！」奏《大人賦》，則大悦，飄飄有凌雲之氣。既死，索其遺篇，得《封禪書》，覽而異之。此是千古君臣相遇，令傅粉大家讀之且不能句矣。下此則隋煬恨空梁於道衡，梁武絀徵事於孝標，李朱崖至屏白香山詩不見，曰：「見便當愛之。」僧處拙筆，明遠累辭。於乎！忌則忌矣，後世覓一解忌人，了不可得。

李青蓮起自布素，入爲供奉，龍舟移饌，獸錦奪袍，天子調羹，宫妃捧硯，晚雖淪落，亦自可人。

王岐公珪爲學士，上嘗月夜召入禁中，對設一榻賜坐。王謝不敢，上曰：「所以夜相命者，政欲略去苛禮，領略風月耳。」既宴，水陸奇珍，仙韶霓羽，酒行無算。左右姬嬪，悉以領巾紈扇索

詩。王一一爲之。咸以珠花一枝潤筆，衣袖皆滿。五夜乃令以金蓮歸院。翼日，都下盛傳天子請客。亦奇遇也。

韓翃罷府閒居，不得意。一日夜半，客叩門急賀曰：「員外除駕部郎中知制誥！」翃諤然曰：「誤矣。」客曰：「邸報知制誥闕人，中書兩進名，不從，又請之。曰：『與韓翃。』時有與公同姓名爲江淮刺史者，又具二人進。御批曰：『春城無處不飛花，寒食東風御柳斜。日暮漢宮傳臘燭，青煙散入五侯家。與此韓翃。』」客曰：「此非員外詩耶？」翃曰：「是不誤矣。」

唐宣宗見伶官歌白傅《楊柳枝》詞，曰：「永豐東角荒園裏，不見楊花撲面飛。」因命取永豐柳兩株植禁中。

二、傳誦

大曆中賣一女子，姿首如常而索價至數十萬。云：「此女子誦得白學士《長恨歌》，安可他比！」元稹《連昌宮》等辭，凡百餘章，宮人咸歌之，呼爲「元才子」。王昌齡、王之涣、高適微服酒樓。諸名妓次弟而歌，咸是其詩，因歡飲竟日。李賀樂府數十首，流傳絃管。又李益與賀齊名，每一篇出，輒以重賂購之入樂府，稱爲「二李」。嗚呼！彼伶工女子者，今安在哉！

大曆中，新羅國上書請以蕭夫子穎士爲師。元和中，雞林賈人鬻元白詩，云：「東國宰相以

百金易一篇，僞者輒能辨。」元祐中，契丹使人俱能誦蘇子瞻文。

三、證　仙

自古文章之士稱以僊去者，理或有之。蓋天地冲美之氣，見鍾獨多。生有所自，出有所爲，則去有所歸，固其宜耳。淮南王與八公上昇。東方朔西入瑶池。司馬季主委羽托化。莊周爲太玄博士。嵇康爲中央鬼帝。郭璞爲都録司命。賈誼爲西明都禁郎。陶侃爲西河侯。謝幼輿爲左府監。曹植爲遮須國王。蔡邕爲修文郎。季札、荀彧俱爲北明公。劉楨、徐幹、王粲俱爲郎中。王茂弘爲尚書令。陶隱居爲蓬萊都水監。李長吉召賦《玉樓記》。白居易爲海山院主。韓退之爲真官。寇萊公爲閻浮提王。石曼卿爲芙蓉城主。蘇子瞻爲奎宿。劉景文爲雷部掌事。沈文通爲地下曹司。杜少陵爲文星典吏。

四、貧　困

古人云：「詩能窮人。」究其情質，誠有合者。莊周貸粟監河。黔婁被不覆形。東方朔稱饑欲死。司馬相如家徒四壁立，典鷫鸘裘，陽昌家傭酒。太史公無貨賂贖罪。匡衡爲人傭書。東郭先生履行雪中，足指盡露。王章病無被，卧牛衣中。王充遊市肆，閱所賣書。范史雲釜中生

塵。弟五頡十日不炊。孫晨織箕爲業。吴僅傭作讀書。趙壹言「文籍雖滿腹，不如一囊錢」。束晳債家相敦，乞貸無處。王尼食車牛餓死。董京殘雪覆體，乞匄于市。陶潛驅饑乞食，思效冥報。應璩屠蘇發徹機翁見謀。張融寄居一小舩放岸上。虞龢遇雨，舒被覆書，身乃大濕。王智深嘗五日不得食。裴子野借官地二畝，蓋茅屋數間。杜甫浣花蠶月乞人一絲兩絲。鄭處「履穿四明雪，饑拾山陰橡」。蘇源明爇薪照字，垢衣生蘚。賈島歎鬢絲如雪，不堪織衣。孟郊苦寒，敲石無火。盧仝長鬚赤脚，灌園自資。周朴寄食村居，不能娶婦。

五、偃　蹇

孫卿垂老蘭陵，避讒引却。孟氏再説不合，徬徨出晝。長卿爲郎數免，婆娑茂陵。仲舒既罷江都，衡門教授。賈生流落長沙。方朔久困執戟。楊雄白首授書。陳□〔壽〕再致絀辱。孫楚湮廢積年。郤正三十年不過六百石。潘安仁三十年一進階，再免，一除名，一不拜。盧詢斥修邊堠。王沈鬱鬱爲掾。劉顒六十餘曳裾王府。劉孝綽前後五免。蕭惠開仕不得志，齋前悉種白楊。庾仲容、王籍、謝幾卿俱久不調，沈酣以終。四傑惟盈川至令長。李、杜淪落吴、蜀。孟浩然以禁中忤旨，放還終老。蕭穎士及（弟）〔第〕三十年纔爲記室。王昌齡詩名滿世，棲遲一尉。賈島、温飛卿皆犯顔龍服，顛躓不振。孟郊、公乘億、温憲、劉言史、潘賁之徒，老困名場，僅得一第，

或方鎮一辟，憔悴以死，至其詩所謂「鬢毛如雪心如死，猶作長安下第人」，「十上十年皆下第，一家一半已成塵」，「一領青衫消不得，著朱騎馬是何人」。又有「揶揄路鬼，憔悴波臣」，「獮猴騎土牛，鮎魚上竹竿」之喻。噫！其窮甚矣。

六、嫌忌

屈原見忌上官。孫臏見忌龐涓。韓非見忌李斯。莊周見忌惠子。荀卿見忌春申。賈誼見忌絳灌。董仲舒見忌公孫弘。蔡邕見忌王允。邊讓、孔融、楊修見忌魏武。曹植見忌兄文。虞翻見忌孫權。張華見忌荀勗。陸機見忌盧志。謝混見忌宋祖。劉峻見忌梁高。薛道衡、王胄見忌隋煬。柳䛒見忌諸葛（穎）〔潁〕。張九齡、李邕、蕭穎士見忌李林甫。顏真卿見忌元載。武元衡見忌王叔文。韓愈見忌李逢吉。李德裕見忌李宗閔。白居易見忌李德裕。温庭筠、李商隱見忌令狐綯。韓偓見忌崔胤。楊德見忌丁謂。蘇軾見忌舒亶、李定。石介見忌夏竦。或以材高畏逼，或以詞藻慚工。大則斧鑕，小猶貝錦。

七、刑辱

孫臏刖足。范雎折脇。張儀捶至數百。司馬遷腐刑。申公胥靡。禰衡鼓吏。劉楨尚方磨

石。馬融、蔡邕、班固之流，至袁象、陸厥輩，咸髡鉗短後，城旦鬼薪。諸葛勗有《東冶徒賦》，酈炎有《遺令四帖》，高爽有《鑊魚賦》，杜篤有《吴漢誄》，鄒陽、江淹俱有上書，皆囚繫中成者。

八、夭折

夏侯榮七歲屬文，十三歲戰歿。林傑六歲能文，十七歲卒。夏侯稱十八。袁著十九。邢居實二十。王宗二十一。何煙二十二。王弼、王延壽、何子朗俱二十四。袁耽二十五。禰衡、王訓、李賀俱二十六。衛玠、王融俱二十七。酈炎、陸厥俱二十八。沈友、王勃俱二十九。阮瞻、到鏡、孔熙先、劉訏、歐陽建俱三十。劉世敦、盧詢俱三十二。賈誼三十三。謝瞻三十五。王洽、劉琰、王錫、王僧達、謝朓俱三十六。謝晦、謝惠連俱三十七。王珉、王儉、王肅俱三十八。王隊三十九。（稽）〔嵇〕康、歐陽詹俱四十。

九、無後

叔向之鬼既餒。中郎之女僅存。劉瓛、劉璡並廢烝嘗。何胤、何默先虚伉儷。李太白、蕭穎士有子而獨，孫女流落，俱爲市人妻。崔曙一女名星，白公一姪曰龜，系絶清時，貽文莫讀。至于文舉，二子一女，髫年俄刑。機、雲、會、曄，朞功駢僇。王筠闔門盗手。神理荼酷，於斯極矣。

《文章九命》卷尾

吴下王氏，該博鈞奇，宜哉以古文辭叱咤一世，鞭笞中州。想丈胸間武庫，鏌邪蜚霜；襟裏寶藏，隋珠懸黎閟光。自非昆季乎班馬，輿臺乎韓柳，氣象高超乎先秦，争得爾哉？時論既定矣。流入吾大東，豈直縉笏紳修之英低頭之，雖穮衮息販之徒，苟志此技者，亡不歛袵嘆服焉。有花兹編也，蓋他家九鼎之一臠，太倉之撮粟，然觀其所臚列，摘奇撿異，事實不洩，文華蔚紆。因蒻了暉，嘗抄是書，手不輟披，頃將當殺青，徼考誤於養浩先生，先生以批以句，不佞有與焉。綴腐語，附於卷尾，續貂之誚，我爲王氏甘心矣。

元文二丁巳年　泉溟　友懋續撰